Erin Hamilton
Der Duft des Weißen Salbei

PIPER

Zu diesem Buch

Es ist ein wunderschöner, sonniger Tag im Louisiana des Jahres 1859, als die achtzehnjährige Anabell Arceneaux dem Klosterleben den Rücken kehren und endlich nach Hause kommen darf. Doch ihr Glück währt nicht lange. Ein schreckliches Feuer brennt die über Generationen aufgebaute Plantage nieder und lässt das Familiengut ruiniert zurück. Während ihr Vater mit allen Mitteln um den Erhalt der Saat kämpft, erhascht Anabell einen Blick hinter die Kulissen ihres bisher heilen Daseins – in die Welt des Sklaventums und der sozialen Missstände. Gerade als sie in den Armen des attraktiven Gutssohns Lewis ein neues Glück zu finden meint, bricht eine weitere Katastrophe über die Plantage herein und zwingt ihren Vater, nach Westen auszuwandern. Lewis verspricht ihr, so bald wie möglich nachzukommen, doch Anabell wird unterwegs eine Begegnung machen, die ihr Leben für immer verändern soll …

Erin Hamilton, geboren 1978, arbeitete als Archäologin, sowie in Köln und Los Angeles beim Film, bevor sie sich ganz der Schriftstellerei widmete. Gespräche mit indianischen Freunden und ausgedehnte Reisen im Westen der USA inspirierten sie zu diesem Roman. Unter ihrem realen Namen Rebekka Pax veröffentlichte sie bereits erfolgreich mehrere Romane.

Erin Hamilton

Der Duft des Weißen Salbei

Roman

Piper München Zürich

Mehr über unsere Autoren und Bücher:
www.piper.de

MIX
Papier aus verantwortungsvollen Quellen
FSC® C014496
FSC
www.fsc.org

Originalausgabe
Februar 2013

Umschlaggestaltung: Christin Wilhelm
Umschlagmotiv: Minden Pictures/plainpicture, Lukiyanova/frenta/Shutterstock, Fekete Tibor/Shutterstock, urosr/Shutterstock
Satz: Greiner & Reichel, Köln
Gesetzt aus der Adobe Garamond Pro
Papier: Munken Print von Arctic Paper Munkedals AB, Schweden
Druck und Bindung: GGP Media GmbH, Pößneck
Printed in Germany ISBN 978-3-492-30055-1

Für Gizmo,
auf deinem Rücken träumte ich mich
in viele ferne Welten. »Only the good die young«,
das gilt wohl auch für Pferde …
Danke. Mitakuye Oyasin.
Ich werde dich nie vergessen.

Buch 1

Waonsila – Mitgefühl

When you are in doubt, be still, and wait;
when doubt no longer exists for you, then go forward with courage.
So long as mists envelop you, be still;
be still until the sunlight pours through and dispels the mists
– as it surely will.
Then act with courage.

Wenn du zweifelst, verharre und warte,
wenn der Zweifel nicht länger für dich existiert, dann geh mutig voran.
Doch solange Nebel dich umgibt, verharre;
verharre, bis das Sonnenlicht durchbricht und den Nebel auflöst
– was es sicher tun wird.
Dann handle mit Mut.

Ponca Häuptling White Eagle (18??–1914)

Sommer 1834 Louisiana

Die Hufe des Braunen klapperten laut auf der neuen Holzbrücke, die den kleinen Bach Petite Rouge überspannte. Ein Klang, der sich bis in Anabells Magen fortzusetzen schien, sie anfeuerte, ihre Vorfreude noch steigerte.

Endlich kehrte sie nach Hause zurück. Und diesmal nicht nur für einige Wochen, sondern für immer.

Die Lehrzeit im Kloster St. Aurelia lag ein für alle Mal hinter ihr. Die Nonnen und ihre Freundinnen Ann-Kathryn und Louisa würde sie vermissen, nicht aber die strenge Zucht, die Nachtwachen und Messen am frühen Morgen und am Abend, die beinahe jeden Tag bestimmt hatten.

Ganz oben in ihrem Gepäck lag ein Buch über das Leben von Heiligen, das sie selber akribisch kopiert und zu ihrer Überraschung zum Abschied von Schwester Margret geschenkt bekommen hatte. Die Geschichten von Menschen, die aus Gottesliebe die schlimmsten Qualen auf sich nahmen, hatten sie schon immer besonders fasziniert, lieber noch hätte sie jedoch eines der kostbaren Bücher über die Heilkunde ihr Eigen genannt.

Das Landaulett schaukelte über die hart getrockneten Schlammkrusten des Feldweges. Es staubte, doch der vordere geschlossene Teil der Kutsche hielt den Schmutz, der von Hufen und Rädern aufgewirbelt wurde, zuverlässig ab. Ohne den Fahrtwind hätte Anabell es an diesem heißen Tag auch kaum ausgehalten. Sie tupfte die Stirn mit einem Taschentuch und ersehnte den Moment, wenn der Weg ein kurzes Stück durch die Sümpfe führte. Dort hielten sich im Schatten der Zypressen zwar auch zahllose Mücken auf, doch die Kühle würde ihr einen Moment Erleichterung verschaffen.

In dem üppigen Kleid schwitzte sie wie in einem Räucherhaus. Zudem schien mit der Krinoline etwas nicht zu stimmen. Ein Teil musste sich gelöst haben und stach ihr bei jeder Erschütterung ins Bein. Hoffentlich war nur ein Rosshaarband oder eine Klammer verrutscht. Ein Span, der aus dem Fischbeinreif gebrochen war, glich einer kleinen Katastrophe und würde umfangreiche Reparaturen nach sich ziehen.

Bitte, lass Vater Lena nicht verkauft haben, dachte Anabell. Die Sklavin war eine Meisterin im Schneidern von Kleidern, ganz gleich ob für den Alltag oder aufwendige Ballkleider. Während seine Tochter die Klosterschule besuchte, hatte Victor Arceneaux natürlich weniger Verwendung für die Haussklavin.

Anabell wechselte den Sonnenschirm in die Rechte, als der Weg einen scharfen Knick machte, und beschattete ihr Gesicht.

Von nun an ging es durch schier endlose Zuckerrohrfelder. Die Pflanzen waren bereits übermannshoch, und wie Anabell mit geschultem Blick erkannte, würde die Ernte gut ausfallen.

Von Weitem sah sie eine Gruppe Sklaven an einer der Pressen. Ein Aufseher auf einem dürren Schecken überwachte die Arbeit und umkreiste die schwitzenden Männer wie ein Raubtier die Herde. Anabell kniff die Augen zusammen. Der Aufseher war ein Fremder. Rasmus würde sicher bei den Frauen auf den Baumwollfeldern sein und sie mit gierigen Blicken überwachen. Sie kannte den Mischling seit ihrer frühesten Kindheit und wusste auch, was man sich über ihn erzählte. Er sei ihr Halbbruder, gezeugt von ihrem Vater und einer Sklavin, die er weiterverkaufte, als ihre Mutter es nicht mehr ertrug, sie zu sehen.

Rasmus war ein brutaler Kerl, der von ihrem Vater noch immer protegiert wurde, wenngleich er die Blutsverwandtschaft niemals zugeben würde.

Das Landaulett erreichte eine Kuppe.

»Ben, halte kurz an!«, befahl Anabell dem Kutscher und lehnte sich hinaus. Nach diesem Anblick hatte sie sich schon seit Monaten gesehnt. Die Plantage der Familie Arceneaux war riesig. Vor ihr senkte sich das Land zu einem weiten Tal ab, an dessen Ende der Tupelo in der Sonne glitzerte. Er wurde von einem breiten, dunkelgrünen Band gesäumt: Sumpfland, Marschen und undurchdringliche Zypressenwälder voller Alligatoren und Moskitos. Daran schlossen Weiden an, auf denen einige Rinder grasten, und dann Zuckerrohr, ein Meer von Zuckerrohr. Im Süden zeigten eine schmale Rauchsäule und drei ausladende Bäume an, wo sich die Sklavenquartiere befanden, direkt daneben klein parzellierte Felder, auf denen sie Gemüse für den eigenen Bedarf anbauten und Schweine mästeten.

Nur noch eine kurze Fahrt mit der Kutsche entfernt begann eine weite Eichenallee. Sie führte auf das herrschaftliche Anwesen zu, in dem sie ihre gesamte Kindheit verbracht hatte.

»Können wir weiter, Miss?«, fragte der alte schwarze Kutscher.

Anabell seufzte und lehnte sich wieder zurück. »Dann los, lassen wir sie nicht länger warten.« Der Fahrer schnalzte und schon setzte sich das Landaulett wieder in Gang.

Als sie in den Schatten der ersten Eiche tauchten, stieß ein kleiner Junge, der in den Zweigen gesessen und offenbar nach ihr Ausschau gehalten hatte, einen gellenden Pfiff aus. Anabell musste lächeln. Also würde Vater wieder alle antreten lassen, als sei sie eine Kommandantin auf Inspektion. Dann sollte sie seine Erwartungen besser erfüllen. Eilig schob sie ihren Fächer zusammen und strich ein wenig Staub von ihrem ausladenden Kleid. Über ihr bildeten die Alleebäume ein dichtes Dach aus Zweigen, einen grünen, flechtenbehangenen Tunnel, in dem eine seltsame Stille herrschte.

Das Anwesen strahlte wie ein blendend weißes Licht. Ein dreistöckiger Prachtbau mit dicken Säulen und Rosen in hölzernen Kübeln auf der Veranda. Auf der Treppe herrschte wildes Durcheinander, als die Hausdienerschaft in einer Reihe Aufstellung nahm. Im Hof warteten die Gärtner und Pferdeknechte.

Anabell winkte ihrem Vater zu, der langsam die Treppe hinunterstieg und an deren Fuß stehen blieb. Seine Miene war streng, wie immer, doch die Augen lächelten.

Er ist grau geworden, dachte Anabell unwillkürlich, während sie darauf wartete, dass ihr die Kutschentür geöffnet wurde.

»Willkommen daheim, meine Tochter«, sagte Victor Arceneaux mit tiefer Stimme, nahm ihre Hände und küsste sie auf beide Wangen. »Wie war die Reise?«

»Gut, danke. Ich bin froh, endlich wieder hier zu sein.« Sie hängte sich an seinem Arm ein und ging mit ihm die Treppe hinauf. Geistesabwesend nahm sie wahr, dass ihre Amme nicht unter den Hausdienern war. Sofort trübte Angst die Freude über ihre Heimkehr. Die Vertraute aus Kindertagen war nicht mehr die Jüngste. War sie etwa tot?

»Wo ist Moja, Vater?«

»Die alte Voodoo-Hexe? Die hetzt schon seit dem frühen Morgen die Küchenmädchen umher, um dir all deine Leibspeisen zugleich zu kochen.«

Anabell fiel ein Stein vom Herzen. Sobald sie im Haus war, eilte sie, dicht gefolgt vom Hausherrn, in Richtung Küche, von wo es wunderbar nach scharfen Gewürzen, gebratenen Würsten und Flusskrebsen duftete.

Die alte Sklavin Moja stand vor einem Topf und rührte eifrig darin herum. Sie war noch ein wenig pummeliger geworden. Auf dem Kopf trug sie ein buntes Tuch, das vorn zu einem aufwendigen Knoten geschlungen war. Anabell hatte sie nie anders gesehen.

In diesem Moment sah Moja auf, und der Kochlöffel fiel ihr aus der Hand. Behäbig eilte sie zu Anabell, die vor Freude so überwältigt war, dass sie die Alte einfach in die Arme schloss und ganz fest an sich drückte.

»Anabell Arceneaux! Bist du völlig von Sinnen!«, wetterte ihr Vater im nächsten Augenblick, riss sie grob an der Schulter zurück und schlug Moja mit der flachen Hand ins Gesicht.

»Vater!«

»Wenn ich noch ein Mal sehe, wie du mit Negern vertraulich wirst, bekommt nicht Moja die Schläge, sondern du!«

Das musst ausgerechnet du sagen, dachte Anabell wütend. *Du hast Mutter doch mit einer Sklavin hintergangen und hast den Bankert vor ihren Augen aufgezogen!* Energisch machte sie sich aus seinem groben Griff frei und starrte ihn wütend an. Jedes Wort würde es schlimmer machen, und so schwieg sie und schluckte alles hinunter, worauf der Zorn ihr wie ein bleierner Klumpen im Magen lag.

Jetzt würde sie sicherlich keinen Bissen mehr essen können. Moja wandte sich den Töpfen zu, als sei nichts vorgefallen, doch Anabell kannte ihre Amme nur zu gut. Die leicht angezogenen Schultern und das Zittern ihrer Linken verrieten, dass sie weinte.

»Geh auf dein Zimmer und mach dich frisch!«

»Nur zu gerne«, fauchte Anabell leise zurück und verließ die Küche. *Willst du nicht mitkommen, um zu kontrollieren, dass ich das Hausmädchen auch nicht zu freundlich begrüße?*, dachte sie bissig.

Während sie die Stufen hochstieg, überlegte sie, nicht zum Essen zu erscheinen, doch das konnte sie Moja nicht antun.

Anabell lag lange wach. Draußen heulte der Wind um die Erker, als gelte es, gefallenen Seelen an den Höllentoren Konkurrenz zu machen. Es war der erste Sturm des Sommers.

Anabell betete, es möge kein Hurrikan werden, doch wissen konnte das nur Gott. Sie sprach ein schnelles Bittgebet, dann kehrten ihre Gedanken zum Abendessen zurück, das eigentlich eine Feier ihrer Heimkehr hätte werden sollen. Doch der Zwischenfall mit Moja hatte ihr wieder allzu deutlich gemacht, was es bedeutete, auf einer Plantage zu leben.

Als weißes Mädchen in einem Konvent ebenfalls weißer Nonnen hatte sie nicht einmal mehr über das nachgedacht, was ihr als Kind so unbegreiflich erschienen war. Warum sie nicht mit Batiste, dem Sohn des Gärtners, spielen durfte und warum die abenteuerlichen Geschichten von Schlangen und Löwen, die ihre Amme Moja erzählte, angeblich ihren Verstand vergifteten.

Als sie älter wurde, verstand sie es, ihre Treffen mit den Sklaven vor dem strengen Vater geheim zu halten und Mojas Geschichten wie das zu behandeln, was sie waren: ihr allergrößtes Geheimnis und der einzige Schatz, den ihre Vorfahren aus ihrer Heimat hatten mitnehmen können.

Anabell wälzte sich herum. Wind, der durch die undichten Fenster fuhr, bauschte die Vorhänge. Es war trotz alledem brütend heiß. Sie hätte die Läden zu gern geöffnet, doch dafür war der Sturm zu stark.

Das Unwetter hielt an und wurde immer heftiger.

Anabell hatte die laut gebrüllten Befehle bis in ihre Träume gehört und sie dort mit ihnen verknüpft. Ein Donnern ließ sie endgültig aufwachen.

»Miss Arceneaux, Miss. Sind Sie wach?«, tönte Mojas vertraute Stimme durch die Holztür.

»Ja, komm rein.«

Die Tür wurde geöffnet, und Moja schob sich ins Zimmer. Sie war völlig aufgebracht. »Ein Unglück, ein Unglück, Miss Arceneaux. Es brennt!«

Jetzt hörte auch Anabell die Glocken der nahen Kirche, die disharmonisch und schrill vom drohenden Unheil kündeten. »Wo ist das Feuer?«

Moja riss die Vorhänge auf. Der Nachthimmel glühte orange

wie ein aufgerissener Höllenschlund. Anabell stürzte zum Fenster. Der Brand kam von Süden. Ein oranges Flammenband loderte hell über den Hügelkuppen. Das Zuckerrohr brannte.

»Oh Gott. Es kommt genau auf uns zu!«

Das Feuer musste von einem Blitz entfacht worden sein. Noch immer donnerte es, als würde der Himmel bersten, Blitze erhellten panisch herumlaufende Menschen, doch es kam kein Regen. Nicht ein einziger Tropfen.

»Sie müssen sich in Sicherheit bringen, schnell!« Moja schob sie in die Mitte des Zimmers, zog die Vorhänge zu und nötigte Anabell, sich anzuziehen. Über das Nachthemd ein schlichtes Reisekleid. Korsage und Reifrock würden sie nur behindern.

»Pack alles zusammen, Moja. Du weißt, woran mein Herz hängt«, drängte Anabell und zog sich selber die bequemsten Schnürschuhe an. Die Haare noch zum nächtlichen Zopf geflochten, schob sie sich Kamm und gehäkeltes Haarnetz in die Taschen, drückte Moja kurz und wollte hinuntereilen, als sie von der Sklavin am Arm gefasst und festgehalten wurde.

Moja sah sie durchdringend an. Sie hatte plötzlich Tränen in den Augen. »Miss Anabell.«

»Was ist?«

»Sie dürfen es Master Arceneaux nicht sagen.«

»Ich schweige, versprochen. Was willst du?«

»Meine Tochter Vivien …«

»Du hast eine Tochter?«

»Ja. Sie war nicht tot, ich habe Milch genug gehabt für euch beide. Aber der Master weiß nichts von ihr. Sie ist im Sumpf am Tupelo, und sie ist ganz allein. Bitte, bitte.« Moja drückte Anabells Hände und sah sie flehentlich an, doch die konnte ihr das Versprechen nicht geben.

»Ich weiß nicht, ob mich mein Vater fortlässt. Ich wünschte, ich könnte helfen.« Ein hastiger Blick aus dem Fenster bestätigte, wie schnell sich der Brand näherte.

Anabell riss sich los, eilte hinab in den Flur und hinaus in den Hof.

Es herrschte ein wildes Durcheinander. Menschen eilten scheinbar ziellos umher, in den Ställen schrien Tiere vor Panik.

Der Sturm wirbelte verkohlte Fetzen von Zuckerrohr und Asche von verbrannten Bäumen durch die Luft und trieb den Menschen die Tränen in die Augen.

Anabell presste die Hand auf den Mund, um nicht noch mehr beißenden Qualm einzuatmen, und lief dorthin, wo das Chaos überschaubarer wurde. Ihr Vater saß auf seinem Rappen und brüllte unentwegt Befehle. Dem Tier stand Schaum vorm Maul. Es rollte mit den Augen, wollte fliehen und wurde gewaltsam zurückgehalten. In diesem Moment bemerkte Victor Arceneaux seine Tochter. Er blickte sie an, als sähe er einen Geist. Anabell ahnte, warum. Vor lauter Aufregung hatte er vergessen, dass sie nicht mehr in der Klosterschule war.

»Du musst dich in Sicherheit bringen, Anabell, du musst hinter den Fluss!«

Helfer von der Nachbarplantage erreichten die Hazienda im vollen Galopp. Binnen Sekunden waren die Aufgaben verteilt. »Gott steh uns bei, Kind.« Master Arceneaux gab seiner Tochter einen Abschiedskuss. »Bete um Regen!«

Im Nu saß Anabell auf einer milchweißen Cremello-Stute. Ein junger Mann fasste das Tier am Zügel, und dann ging es los.

Anabell war für einen Moment zu entsetzt, um mehr zu tun, als sich am Sattelhorn festzuhalten und tatsächlich zu beten. Im schnellen Ritt ging es hinab zu den Viehweiden, wo sich die Rinder und Pferde ängstlich zusammendrängten. Ihr Vater besaß nur wenig Vieh, doch wenigstens das ließ sich retten. Die Ernte war hingegen hoffnungslos den Flammen ausgeliefert.

Der Sturm toste unvermindert, die Asche in der Luft erschwerte die Sicht und ließ die Augen brennen.

Drei Reiter machten sich daran, den Zaun niederzureißen, um

auf diese Weise das Vieh zu befreien. Das Tor lag in der entgegengesetzten Richtung, näher am Feuer.

»Beeilt euch!«, rief der junge Mann, der bei Anabell ausharrte und noch immer ihr Pferd hielt, als sei sie nie zuvor geritten. Es war ihm deutlich anzumerken, wie gern er seinen Kameraden beigestanden hätte.

»Reiten Sie, helfen Sie beim Vieh, ich warte hier.«

Er wandte sich im Sattel um. »Und du kommst wirklich klar, Anabell?«

Ein Blitz zuckte und erhellte sein Gesicht. Blaue Augen, ein kantiges Gesicht, dunkelblondes Haar, das ihm in die Stirn wehte. Jetzt endlich erkannte sie den Freund aus Kindertagen. »Lewis Dearing? Bist du das?«

»Ja, hast du mich denn nicht erkannt?«, rief er und trieb sein Pferd den Hang hinab. Der braune Wallach verschwand schnell in der Finsternis.

Für einen Moment beschwor Anabell Kindheitserinnerungen herauf. Die sonntäglichen Besuche auf der Plantage der Dearings, die direkt auf der anderen Seite des Flusses lag. Sie hatte mit Lewis' Schwester Laurell gespielt und ihn erst gar nicht wahrgenommen, dann blöd gefunden, und schließlich war sie jedes Mal errötet, wenn er in ihre Nähe kam. Das war mit dreizehn gewesen. Ihre letzte Erinnerung war die an einen schlaksigen Jungen mit wirrem Haar, der viel zu schnell gewachsen war und sich beim Einreiten eines Jungpferdes furchtbar überschätzt hatte. Er war mehrfach hinuntergefallen. Der Spott der Erwachsenen klang ihr jetzt noch in den Ohren. Sie hatte an ihn geglaubt und ihn heimlich angefeuert. Schließlich hatte er den Willen des Tieres besiegt und es stolz durch die Umzäunung gelenkt. Dass er sich bei einem der Stürze den Arm gebrochen hatte, war erst später herausgekommen. Er hatte tapfer bis zum Schluss durchgehalten.

Anabell fühlte sich seltsam erleichtert, in seiner Nähe zu sein. Sie wäre vielleicht nicht so mutig wie er, doch einfach nur ausharren und abwarten würde sie auch nicht. Jede helfende Hand wurde gebraucht.

Sie trieb ihre Stute den Hang hinab, näher zu den anderen Reitern und den Rindern, die in diesem Augenblick durch die entstandene Öffnung des Zauns strömten. Die Tiere brüllten verzweifelt und waren kurz davor, außer Kontrolle zu geraten.

Anabell hatte beinahe schon vergessen, wie man Vieh trieb, doch ihre Stute war gut ausgebildet. Sie stellte sich völlig selbstständig den ängstlichen Tieren in den Weg, hinderte ein Kalb am Ausbrechen und jagte es zurück zur Mutterkuh.

Es ging nach Norden, weg vom Feuer, hin zum Fluss. Als Lewis sah, dass Anabell gut allein zurechtkam, nahm er seine Position an der Spitze der Herde ein.

Es ging im flotten Trab voran, erst über eine andere Weide, dann mitten durch ein Baumwollfeld. Die Tiere trampelten nieder, was ohnehin dem Feuer zum Opfer fiele, sollte Gott die Erde nicht bald mit rettendem Regen segnen.

Anabell konnte den Hustenreiz nicht länger unterdrücken. Der Qualm in der Luft wurde immer dichter. Und es roch leicht nach Karamell, vielleicht war eine der Zuckerrohrpressen in Brand geraten. Endlich wurde der Boden morastiger. Die breiten Köpfe der Rinder pflügten durch Schilf. Wie ein ausgefranstes Tuch beugten sich die Zypressen des nahen Sumpfs vor der Macht des Sturms.

»Wo lang?«, schrie Lewis plötzlich. »Gibt es eine Furt?«

Panik kam in Anabell hoch. Sie hatte sich bislang keine Gedanken über den Weg gemacht. Doch die Sümpfe waren tückisch. Leicht konnten sie bei dem Versuch, die Tiere vor den Flammen zu bewahren, die Hälfte im zähen Morast verlieren. Man sah den Sumpfzypressen nicht an, wie tief das Wasser war, in dem sie wuchsen. Die krummen Wurzeln, mit denen sie sich in dem weichen Boden abstützten, glichen Fußangeln, in denen die Rinder schnell mit ihren Hufen hängen bleiben und sich die Beine brechen konnten.

Anabell stellte sich in die Steigbügel und versuchte irgendetwas zu entdecken, an dem sie sich orientieren konnte. Zum Glück würde die Sonne bald aufgehen, die ein diffuses Zwielicht vorausschickte.

Stand dort drüben auf dem Hügel nicht der alte Persimonebaum, von dessen Früchten sie immer so gern gegessen hatte? Sie kniff die tränenden Augen zusammen. Ja, das musste er sein, oder?

Zweifel nagten an ihr. Was, wenn sie alle in den Tod schickte? Schon galoppierte Lewis heran. »Weißt du nun, welchen Weg wir nehmen müssen? Die Männer können die Tiere nicht mehr lange zurückhalten.«

Anabell sah sich um. Die Rinder rollten panisch mit den Augen. Die Reiter hielten sie mit Peitschenhieben davon ab, sich selber einen Weg ins Wasser zu suchen. Die Tiere in den hinteren Reihen drängten nach, rissen die Köpfe hoch und stiegen den vorderen auf die Rücken.

»Ich bin mir nicht sicher, Lewis!«

»Für Zweifel ist jetzt keine Zeit«, sagte er, nahm ihre Hand und drückte sie ganz kurz. »Wohin, Ana?«

»Nach links. Da ist eine Sturmschneise. Dort treiben wir sie rein, dann einfach geradeaus. Die Spur wird immer breiter.«

Lewis sparte sich jedes weitere Wort. Er sprengte davon und rief den Männern die neue Richtung zu.

Das Feuer näherte sich mit lautem Tosen.

Anabell schien wie aus einem Traum erwacht, hieb ihrer Stute die Fersen in die Flanken und schnitt den Rindern und Pferden so den Weg in das sumpfige Labyrinth ab. Nun, da sie sich parallel zu den Flammen bewegten, wurde es viel schwieriger, die Rinder nicht am Ausbrechen zu hindern. Die jungen Bullen am Rand der Herde waren besonders gefährlich. Nachdem ihre Stute gestoßen wurde und beinahe gestürzt wäre, scheute auch Anabell nicht mehr davor, jedem Tier, das sich zu nahe an sie heranwagte, einen heftigen Fußtritt vor den Kopf zu verpassen.

Das Feuer kam immer näher. Schon flogen die ersten Funken über sie hinweg, taumelten wie betrunkene Leuchtkäfer zwischen den Stämmen umher. Anabell schlug einen Glutfunken aus, der sich in den Stofffalten ihres Kleides festgesetzt hatte. Die Flammen rückten noch näher, und in Anabell wuchs die Angst, sich doch geirrt zu haben. Sie wusste nicht, ob ihr der Qualm oder doch die Panik so zusetzte, dass sie kaum mehr Luft zum Atmen bekam. Doch aus irgendeinem Grund blieb sie ruhig. Sie lenkte ihr Pferd, arbeitete wie die Männer, und dann erschallte von vorn endlich der ersehnte Ruf.

»Hier ist es, hier ist die Schneise!«

Mit frischer Kraft trieben sie die Tiere zwischen die vor vielen Jahren umgestürzten Bäume, die eine Art natürlichen Korridor bildeten. Ihre von Moos und jungen Schösslingen überwucherten Stämme lagen zu beiden Seiten des Wegs, der in den Sumpf führte. Die Pferde wagten sich zuerst in das brackige Wasser. Im Gegensatz zu den Rindern kannten einige die Strecke. Soweit Anabell wusste, wurde die Furt bei Niedrigwasser zumindest hin und wieder von Reitern benutzt, die auf dem kürzesten Weg nach Norden wollten.

Sobald die ersten Rinder im Wasser waren, lief alles fast wie von allein. Die Tiere folgten einfach den Pferden. Erst jetzt, da die Sicherheit in greifbarer Nähe war, fiel die Anspannung von Anabell ab. Sie fühlte sich völlig erschlagen und sackte ein wenig im Sattel zusammen. Über ihr fuhr der Wind tosend in die dürren Wipfel der Zypressen und drückte sie gefährlich tief. Flechten, die in langen Zöpfen an den Ästen hingen, lösten sich und wurden davongeweht. Umherfliegende Glut fiel zischend in das schwarze Wasser oder verglomm in den Bäumen.

Wir sind gerettet, dachte Anabell erleichtert, beugte sich aus dem Sattel und schöpfte ein wenig von dem dunklen Nass. Es schmeckte erdig. Aber selbst die feinen Sandpartikel, die von den Tieren aufgewirbelt worden waren, konnten sie nicht davon abhalten, noch etwas Wasser aus dem Fluss zu trinken und so das schreckliche Brennen in ihrem Hals zu lindern.

Ihre Stute setzte sich wieder in Bewegung, schob sich ins tiefer werdende Wasser, bis Anabell erschrocken die Zügel anzog. War sie jetzt nicht ganz in der Nähe des Wäldchens, in dem sich Mojas Tochter befinden sollte?

Hin und her gerissen sah sie den Männern nach. Sie feuerten die Rinder mit Rufen und Schlägen an. Lewis drehte sich nach ihr um. Winkte ihr zu. Sie sollte sich beeilen.

»Ich komme!«, schrie sie gegen das Tosen des Windes an.

Ihre Stute wollte den anderen folgen und schlug unruhig mit dem Kopf.

Moja hatte immer für Anabell gesorgt. War wie eine Mutter für sie gewesen. Hatte tröstende Worte gehabt und immer ein offenes Ohr für ihre Sorgen. Die Wärme, die sie bei ihrem Vater vergeblich gesucht hatte, hatte sie anfangs von einer Fremden bekommen. Moja hatte nie darum gebeten, sich um Anabell kümmern zu dürfen. Sie war dazu gezwungen worden ihr eigenes Kind zu vernachlässigen, um die Tochter ihres Masters zu nähren. Was hatte Moja gesagt? Sie hatte behauptet, ihre Tochter sei tot? Lebte sie etwa seitdem in dem Wäldchen? Die einzige freie schwarze Frau weit und breit.

Mojas Tochter.

Anabell riss das Pferd herum. Trieb es zurück ans Ufer. Sie konnte es schaffen! »Lauf Mädchen, lauf!«, trieb sie die Stute an, die nun über die Wiese am Sumpfrand entlangflog. Die Dämmerung war aschgrau, doch das zunehmende Licht reichte aus, um den Wald erkennen zu können. Wie ein blaugrauer Arm schob sich das Dickicht aus Eschen, Eichen und Pavien über den ansonsten flachen Grund. Die Bäume waren nicht so feuerresistent wie die Sumpfzypressen, und im Süden loderten schon die ersten Flammen, die von dem Baumwollfeld in Windeseile auf die Wipfel übersprangen. Es knisterte und rauschte. Pflanzensäfte kochten und brachten die Stämme schier zum Bersten. Anabell lenkte ihre Stute am Waldrand entlang. Noch war das Feuer nicht hier. Der Tupelo rauschte ganz in der Nähe. Ja, hier irgendwo in dem Wald musste sich Vivien verstecken.

Anabell stellte sich in die Steigbügel und rief. Immer wieder musste sie innehalten und husten. Der Qualm wurde zwischen den Bäumen immer dichter, und sie hatte Mühe, die panischer werdende Stute ruhig zu halten.

So sehr sie auch rief, niemand antwortete.

»Komm, noch ein Stückchen tiefer hinein.« Sie drängte das Pferd vorwärts. Zwischen den Ästen flatterten kleine Vögel umher und piepsten aufgeregt. Alles, was fliehen konnte, floh. Bisamratten, Biber, Mäuse, sogar Insekten liefen um ihr Leben, direkt zwischen den Beinen der nervösen Stute hindurch.

Anabell rief weiter, doch außer dem Knistern und Rauschen der Flammen hörte sie nichts. Dann, als sie kurz davor war aufzugeben, kam ihr der rettende Einfall. Wahrscheinlich traute sich Vivien nicht hervor. Sie wusste ja nicht, wer Anabell war und dass sie nicht vorhatte, die Frau an die Aufseher oder ihren Vater zu verraten.

»Vivien, deine Mutter Moja schickt mich! Ich bin hier, um dir zu helfen!«

Die Stute tänzelte, lief im Kreis. Zwei Hirsche rasten mit hochgerissenen Köpfen vorbei. Anabell erschrak. Es war höchste Zeit, selbst das Weite zu suchen. Zwischen den Bäumen glühte es orange wie ein zweiter Sonnenaufgang.

Sie wendete die Stute, und da stand plötzlich eine junge Frau vor ihr. Sie drückte ein Bündel an ihren Leib und blickte verängstigt zu ihr auf. Vivien schien sich nicht entscheiden zu können, ob sie Anabell vertrauen oder doch besser fliehen sollte.

Anabell streckte ihr eine Hand hin und machte den Steigbügel frei. »Los, schnell aufs Pferd. Sie schafft uns beide.«

Die junge Frau lächelte zaghaft, und dann gab es kein Zögern mehr. Als sie sich hinter ihrer Retterin aufs Pferd schwang, wurde Anabell klar, warum Moja sie um Hilfe für ihre Tochter angefleht hatte. Vivien war schwanger, die Geburt stand in Kürze bevor. Deshalb hatte sie sich nicht allein in die Sümpfe gewagt.

»Halt dich gut fest«, riet sie ihr, dann ging es auch schon los. Im vollen Galopp zurück zur Furt. Doch inzwischen war das Feuer über die Baumwollfelder schnell vorangekommen und schnitt ihnen fauchend den Weg ab.

Die Stute grub die Hufe in den Boden und warf ihre Reiterinnen beinahe ab.

Was jetzt? Anabell überlegte fieberhaft, doch ihnen blieb nur ein Fluchtweg. Sie mussten in die Sümpfe. Nicht über die verhältnismäßig sichere Furt, sondern durch das unwegsame Zypressendickicht, in dem giftige Schlangen und Alligatoren lauerten.

Ein kurzer Schauer lief ihr durch den gesamten Körper, dann atmete sie tief durch und setzte den Plan in die Tat um. Die Stute rutschte unsicher die morastige Böschung hinunter.

»Ich steige ab«, entschied Anabell schnell.

»Nein, Miss, nein.«

Doch Anabell war schon unten. Der Stoff ihres Reisekleides sog sich augenblicklich voll und klebte an ihren Beinen. Schlamm drückte in die Stiefel. Ein Blick über die Schulter bestätigte, dass sie keine Minute mehr zögern durften. Flammen rauschten die Böschung hinab, schienen gierige Finger nach ihnen auszustrecken.

Anabell knotete die Zügel zusammen, schlang sie sich um den Arm und raffte mit beiden Händen ihre vollgesogenen Röcke. Schritt für Schritt stapfte sie vorwärts, ertastete den weichen Grund. Schwimmende Grasmatten erschufen die Illusion, festen Boden vor sich zu haben, und waren ein gefundenes Fressen für die Glutfunken, die vom Feuer gleich Spähern vorausgeschickt wurden.

Hier und da begannen kleine Schwelbrände und verpesteten die Luft zusätzlich mit dichtem Qualm.

Anabell hielt sich einen angefeuchteten Ärmel vor den Mund. Die dicken, hochstehenden Wurzeln der Zypressen schienen überall zu sein. Sie musste mehrfach umdrehen, doch dann, im tieferen Wasser, ging es immer besser vorwärts. Das Wasser geriet in Bewegung. Der große Fluss war nicht mehr weit.

Plötzlich stieß Vivien einen Schrei aus. Dann entdeckte auch Anabell die giftige Natter, die elegant an der Oberfläche entlangschlängelte.

»Oh Gott. Ich hab sie nicht gesehen«, keuchte sie. Das Tier beachtete sie jedoch nicht, und sobald es weit genug entfernt war, setzten sie ihren Weg fort.

Dann endete der Sumpf endlich und die freie Wasserfläche lag vor ihnen. In der Mitte des Flusses lagen mehrere Inseln. Auf der größten würden die Männer mit den Rindern sein, überlegte Anabell, dorthin durften sie auf keinen Fall, sonst würde Viviens geheimes Leben in Freiheit bald ein Ende haben. Auf der kleinsten der Inseln, die ihnen zudem am nächsten war, wäre es am unwahrscheinlichsten, auf andere Schutzsuchende zu treffen.

Anabell wies nach vorn. »Dort müssen wir hin. Kannst du schwimmen?«

Vivien nickte und ließ sich aus dem Sattel gleiten.

Mit dem Pferd in ihrer Mitte hielten sie sich beide am Sattel fest und schwammen los.

Es war nicht leicht, in der vollgesogenen Kleidung vorwärtszukommen. Zum Glück war die Strömung zu dieser Jahreszeit nicht stark und die Stute jung und ausgeruht.

Das Tier schwamm mit weit nach vorn gestrecktem Kopf und zusammengezogenen Nüstern und kam trotz der zusätzlichen Last gut voran. Anabell ruderte mit einem Arm und beiden Beinen und betete zu Gott, er möge sie vor Treibholz und Alligatoren bewahren.

Dann endlich erreichten sie das kleine Eiland. Das Pferd stolperte durch das Schilf. Anabell ließ die Zügel los und ließ sich auf einen kleinen Baumstamm sinken. Sie war völlig erschöpft.

Vivien kam zu ihr. »Danke, Miss, danke. Ich weiß nicht, warum Sie so gut zu mir sind.«

»Moja war immer für mich da«, entgegnete Anabell schlicht und ließ den Blick über die weite Wasserfläche schweifen. Im unruhigen Strom spiegelte sich das Feuer wider, Flammen schlugen haushoch, und hinter ihnen lag nichts als Schwärze und verkohlende Stümpfe. Verbrannt, alles verbrannt.

Sie konnten das Feuer noch immer hören, aber nun war das Rauschen nicht mehr ohrenbetäubend. Doch auch die Stille war laut. Anabell wusste nicht, was sie der Fremden, deren Leben sie gerettet hatte, sagen sollte.

Sie stand auf und ging am schmalen Ufersaum der kleinen Insel entlang. Dann bemerkte sie plötzlich Lichtschein auf dem Nachbareiland. Ein kleines Lagerfeuer brannte zwischen angeschwemmten Baumstämmen. Genau in diesem Moment hallte ein Ruf über das Wasser.

»Anabell, hier sind wir!«

Es war Lewis. Eine Silhouette löste sich vom Feuer und lief auf dem kleinen Strand in ihre Richtung. Er winkte mit beiden Armen.

»Gehen Sie, Miss!«, drängte Vivien, die sich bereits hinter dem dichten Gezweig einiger junger Zypressen verbarg. Sie hatte recht. Sie durften nicht miteinander gesehen werden, was zwangsläufig geschehen würde, wenn einer der Männer auf die kleine Insel kam.

Anabell reagierte schnell. Sie fing die übermüdete Cremello-Stute ein und zog sich in den Sattel, dann trieb sie das widerstrebende Tier mit Tritten zurück in das Wasser. Sie sah kein einziges Mal zurück.

Zu ihrem Glück musste sie nicht wieder schwimmen. Zwischen den beiden Inseln hatten angeschwemmte Sedimente den

Boden angehoben, und die Strömung wurde durch die große Insel gebremst, die wie ein Keil ins Wasser ragte.

Anabell winkte den Männern zu. Sie sollten sehen, dass sie die Überquerung allein meisterte und ihrer Hilfe nicht bedurfte. Sie durften Vivien nicht entdecken.

Lewis watete ihr dennoch entgegen und ergriff die Zügel ihres Pferdes, sobald sie in Reichweite waren. Anabell fühlte sich, als würde er sie wie ein unmündiges Kind behandeln. »Wo warst du, was ist passiert? Wir dachten, du seist tot!« Er klang zornig, doch in seinem Blick hatte sie Erleichterung gesehen. Fieberhaft überlegte sie, was sie sagen sollte. Es widerstrebte ihr zu lügen.

»Da war eine Schlange im Wasser.«

Das war die Wahrheit, zwar nur ein winziger Teil der Wahrheit, aber immerhin.

»Du hättest mich rufen sollen!«

Anabell schwieg, bevor sie sich am Ende doch noch mit einer Lüge versündigte.

Das Ufer war erreicht. Die Stute stapfte müde durch den zähen Schlamm ans Ufer, schob sich durch hüfthohes Schilf und blieb stehen, sobald sie festen Boden unter den Hufen hatte. Lewis rieb ihr freundlich den Hals. Sie schnaubte und drückte ihm das Maul in die Seite. Die Art, wie das Tier reagierte, versöhnte Anabell mit Lewis.

Sie ließ sich aus dem Sattel gleiten und blieb neben ihm stehen. »Gehört sie dir?«

Lewis nickte nur, ging um Anabell herum und sattelte das Pferd ab. Scheinbar war ihm nicht nach Sprechen zumute. Er wich auch ihrem Blick aus. »Sag mir zumindest, wie sie heißt, immerhin hat sie mich tapfer bis hierher gebracht.«

»Grace, sie heißt Grace«, murmelte Lewis und strich der Stute nachlässig durch die goldgelbe Mähne. »Mein Vater findet den Farbschlag hässlich. Er meint, Cremellos taugen allenfalls für eine Dame.«

Anabell musste schmunzeln. »Unsinn.«

Sie ließ Lewis allein, auch wenn sie sich in seiner Nähe überraschend wohlgefühlt hatte, und ging zu dem kleinen Feuer, das die Männer entzündet hatten, um ihre Kleidung zu trocknen. Sie wurde mit Kopfnicken begrüßt, einer der beiden Helfer tippte sich an die Krempe seines durchweichten Hutes. Anabell nahm auf einem Stück Treibholz Platz und breitete ihre nassen Röcke aus, so gut es ging. In der warmen Sommernacht war ihr trotz der nassen Kleidung nicht kalt.

Auf dem Feuer stand ein kleiner Topf. Er war an den Rand geschoben worden, um den Inhalt nicht zu kochen, sondern nur noch warm zu halten.

»Kaffee?«, fragte Lewis, der zu ihnen getreten war. Er goss einen Emaillebecher voll und reichte ihn ihr, noch bevor sie geantwortet hatte. Anabell schloss die Hände um den warmen Becher und sog den wohligen Duft ein.

Es kam ihr seltsam unwirklich vor, am Feuer zu sitzen und über das rettende Wasser zu schauen, während am anderen Ufer Land und Leben verbrannte.

Wie es wohl auf der Hazienda aussah? Ob es ihrem Vater gut ging?

»Ich bin mir sicher, Master Arceneaux geht es gut, Anabell«, murmelte Lewis, als hätte er ihre Gedanken gelesen. Sie wollte ihm so gerne glauben. Erst jetzt, da sie selbst in Sicherheit war, war sie in der Lage, an die Zurückgebliebenen zu denken. Sie war unendlich müde. In ihrer Kehle brannten Tränen. Doch Lewis sollte sie nicht schwach sehen. Es war ihr wichtig, dass er sie nicht weinen sah.

Hastig nippte sie an dem Kaffee und spülte die salzige Trauer mit bittersüßer Wärme davon.

Am anderen Ufer tobte das Feuer. Die Flammen hatten nun auch die Wipfel der Zypressen in Brand gesteckt. Funken stoben in den Himmel und verloschen bald.

»Es wird nicht überspringen, die Distanz über den Fluss ist zu groß.« Lewis' Erleichterung war nicht zu überhören. Die Plantage der Dearings lag gleich am gegenüberliegenden Ufer.

»Ihr habt Glück gehabt.«

»Ja.«

Anabell hörte, wie die restlichen Männer aufstanden und sich leise redend entfernten, um nach den Rindern zu sehen.

Die schwerfälligen Tiere kamen auf dem Eiland nicht zur Ruhe. Der Rauch ängstigte sie, und es gab nur wenig Nahrung, die sie hätte ablenken können. Immer wieder krachte es. Dürre Äste splitterten, wenn sie sich Wege durch das Unterholz bahnten, wo zuvor keine gewesen waren.

Anabell nahm das alles gar nicht richtig wahr. Sie kam sich vor, wie mit einer schützenden Watteschicht umgeben. Der Sturm blies ihr ins Gesicht und sie fühlte sich einfach nur leer.

Was sollte nun aus der Plantage werden, was war verloren, was war gerettet worden? Waren dem Feuer Menschen zum Opfer gefallen? Die aufgezwungene Tatenlosigkeit fraß an ihr. Sie konnte nichts tun, als einfach nur dazusitzen und Zeugin zu sein, wie alles zerstört wurde, was die Familie Fleury Arceneaux über Generationen aufgebaut hatte. Wieder schnürte ihr das Entsetzen die Kehle zu, und wieder war es Lewis, der sie dazu brachte, nicht zu weinen. Gerade als ihre Augen zu brennen begannen, stand er auf, nahm ihr wortlos den leeren Becher ab und ging zum Feuer. Sie hörte, wie er Holz nachlegte. Als er mit den gefüllten Bechern zurückkehrte, setzte er sich neben sie. Schweigend sahen sie hinüber auf den Feuersturm.

Anabell glaubte Lewis' Körperwärme spüren zu können und das tat ihr unglaublich wohl. Er gab ihr Halt in dem schrecklichen Unglück. Anabell fragte sich, was aus dem Jungen von damals wohl für ein Mann geworden war. Vorsichtig drehte sie den Kopf. Er sah in die Ferne. Im rauchigen Zwielicht des Morgens wirkte er blass. Dunkler Bartschatten und Rußflecken ließen ihn älter erscheinen als die zwanzig Jahre, die er zählte. Seine Augen leuchteten auch jetzt in einem ungewöhnlichen Blau.

Plötzlich wandte er den Kopf. Seine Züge wurden weich.

»Ich bin immer für dich da, Anabell, das sollst du wissen.«

Sie nickte schnell, dann war der besondere Moment auch schon wieder vorbei. Ein Mann rief nach ihm. Lewis' Hilfe wurde gebraucht. Mit einem Ruck stand er auf, seufzte und goss den Kaffeerest aus seinem Becher ins Schilf.

»Ich bin gleich zurück«, murmelte er, doch er kam nicht wieder, die Rinder forderten all seine Aufmerksamkeit.

Gegen Mittag flaute der Sturm ab, und endlich setzte Regen ein. Anabell zog sich in den Schutz der Bäume zurück und beobachtete, wie die Flammen des Infernos allmählich erstarben. Doch es war zu spät, viel zu spät. Wo noch gestern üppige grüne Felder gewesen waren, breitete sich heute eine tote, aschebedeckte Fläche aus. Durch den heftigen Regen liefen erst graue Rinnsale in den Fluss, dann ergossen sich ganze Bäche.

Am Abend klang der Regen ab und die Wolken rissen auf, machten Platz für ein Schmierentheater in Orange und Rot. Wie konnte ein so grässlicher Tag mit solch einem beeindruckenden Farbenspiel enden, dachte Anabell. Als wolle das Schicksal sie verhöhnen.

Nach einer Nacht, die Anabell auf Pferdedecken am Feuer zugebracht hatte, brachen sie am Morgen auf. Die regennasse Kleidung war nicht einmal ganz trocken gewesen, als sie erneut durch den Fluss schwimmen musste. Anabell bekam wieder die Cremello-Stute Grace. Der Weg durch die Sümpfe war schnell zurückgelegt. Ohne Lewis' Führung hätte Anabell den Weg zur Plantage nicht gefunden. Alles war verbrannt, die Felder ebenso wie die Wälder aus Platanen und Eschen, die früher Senken und kleine Anhöhen bedeckt hatten.

Doch dann sahen sie die Hazienda und es war wie ein Wunder. Das Gebäude stand dort in alter Pracht wie ein weißer Marmorfels, der unverrückbar, unzerstörbar war. Die Wiesen in nächster Nähe leuchteten grün und auch die Allee alter Eichen war vom Inferno verschont geblieben. Anabell traten Tränen in die Augen und diesmal ließ sie sie einfach laufen.

Die Kutsche rumpelte über den Weg, der sich als schlammig braunes Band durch die ansonsten schwarze Landschaft zog.

Anabell hatte sich nach dem Schock, den sie bei ihrer Heimkehr erlitten hatte, schnell wieder erholt. Nun lenkte sie den Braunen durch zerstörte Felder und Anpflanzungen, dorthin, wo früher einmal die Hütten der Sklaven gestanden hatten. Seit ein kleiner Junge die Nachricht gebracht hatte, dass es viele Tote und noch mehr Verletzte gab, weinte Moja ununterbrochen. Gemeinsam mit ihrer Amme war Anabell nun auf dem Weg, um zu helfen.

Einfach im Haus zu bleiben, während sie dringend gebraucht wurde, war nicht vorstellbar. Bei den Nonnen hatte sie gelernt, Kranke zu versorgen, und zeigte darin angeblich besonderes Talent.

Moja hingegen besaß heilende Hände, selbst die geistlichen Frauen konnten da mit all ihrem Wissen nicht mithalten. Über die Amme waren Gerüchte im Umlauf, sie sei eine Zauberkundige, eine Hexe. Anabell glaubte diesen Unsinn nicht. Sie hatte mit eigenen Augen gesehen, was Moja mit ihren Tinkturen und Salben vermochte. Nichts davon war Hexerei, nur Wissen, das über Generationen in ihrer Familie weitergegeben worden war.

Afrikanische Klagegesänge hallten schon von weit her über die karge Landschaft. Anabell zog die Zügel an und lenkte den Wagen langsam an einer Prozession Trauernder vorbei. Auf einem

Feld reihten sich die Toten, Männer, teils verwundet, hoben ein flaches Grab nach dem anderen aus. Anabell schluckte. Wie viele mochten hier wohl umgekommen sein? Warum hatten sie nicht rechtzeitig fliehen können?

Die Sklavensiedlung lag an einem kleinen Wasserlauf, doch wie bald klar wurde, hatte er den Menschen keinen Schutz geboten. Zwei von den einstmals drei Dutzend Hütten standen noch, von den anderen waren bloß Asche und schwarze Gerippe geblieben. Moja war ganz still geworden. Sie schenkte Anabell einen dankbaren Blick. Ihrer Tochter hätte es leicht genauso ergehen können. Auf der Insel war sie vorerst sicher.

Sie stellten die Kutsche neben den verkohlten Resten der kleinen Kirche ab. Master Arceneaux war auch hier. Anabell entdeckte ihren Vater bei dem Dorfvorsteher. »Begrabt eure Toten nicht zu nah am Bach, sonst verunreinigen die Leichen das Wasser. Bei Morgengrauen kommt jeder, der arbeiten kann, zu mir.«

Der alte Mann verbeugte sich. »Ja, Master.«

»Sorg dafür, dass niemand auf die Idee kommt, sich zu drücken, sonst schicke ich Rasmus her, um nachzusehen.«

Der Mann verbeugte sich noch tiefer und berührte fast die Stiefelspitze seines Herrn, der sein Pferd zur Seite treten ließ. Eine Geste, die alles sagte. Anabell erstickte den Ärger, der in ihr hochkam, im Ansatz. Sie durfte ihren Vater nicht kritisieren, aber verstehen, warum er den Mann, der immer sein Bestes gab und schon über zwanzig Jahre für ihn arbeitete, derart behandelte, musste sie auch nicht. Warum gönnte er den Menschen nicht ein paar Tage mehr, um zu trauern und ihre Hütten wieder aufzubauen? Wo sollten sie schlafen, wo leben?

Sein Blick begegnete ihrem. Er nickte ihr kurz zu. Befürworten tat er nicht, dass sie hier war, doch er hatte es ihr auch nicht verboten, als sie ihm am Morgen mitteilte, die Verwundeten versorgen zu wollen. Von dem Proviant, der sich auf dem Wagen unter der Plane verbarg, wusste er nichts.

Ihr Vater ritt davon, ohne ein Wort mit Anabell zu wechseln. Es war ihr in diesem Moment nur recht.

Sie schulterte ihre Tasche und folgte Moja zu dem Dorfvorsteher. Er dankte Anabell überschwänglich für ihre Hilfe, gleichzeitig weinte er und klagte, dass Gott die Menschen wohl strafen wollte, dann wies er ihnen den Weg.

Die Verwundeten lagen hinter einer der Hütten. Man hatte sie auf Matten gelegt und Laken aufgespannt, um Schatten zu spenden. Es waren sechs Schwerverletzte, drei davon Kinder.

Beim Anblick der Wunden wurden Anabell die Knie weich. Brandwunden waren etwas anderes als die Infektionen und Knochenbrüche, denen sie bei den Nonnen begegnet war. Sie durfte jetzt nicht ihren Zweifeln und ihrer Schwäche nachgeben! Was für eine Hilfe würde sie sein, wenn sie ohnmächtig neben die Kranken sank? Doch selbst Moja stöhnte entsetzt auf, als sie sich der ersten Patientin, einem kleinen Mädchen von nicht ganz sechs Jahren, zuwandte, die unablässig wimmerte. Moja untersuchte sie vorsichtig und schnell. Anabell mischte auf ihr Geheiß hin Pulver mit ein wenig Wasser, bis es sich in eine milchige Flüssigkeit verwandelt hatte. »Gebt ihr ein paar Löffel davon.«

»Wie viel?« Anabell kniete sich vorsichtig neben das kleine Mädchen. Beide Beine waren verbrannt, und die roten, offenen Flächen zogen sich auch den Oberkörper hinauf. Wie sollte das nur je wieder heilen? Anabell nahm sich fest vor, sich so lange um sie zu kümmern, bis sie wieder genesen war, ganz gleich, was ihr Vater dazu sagen würde.

»Zwei Löffel sollten genügen«, wies Moja sie an. »Wir wollen uns nicht versündigen.«

Anabell verstand den tieferen Sinn ihrer Worte nicht, sie sah nur das leidende Kind, dem dringend geholfen werden musste. Vorsichtig hob sie den kleinen Kopf an und goss zwei Löffel Flüssigkeit zwischen die rissigen, leicht geöffneten Lippen. Erst geschah nichts, dann hustete das Mädchen, krampfte, und endlich schluckte sie auch. Anabell blieb bei ihr sitzen, strich über die Stirn, die von Schweiß und Ruß verklebt war, und summte dem Kind leise etwas vor. Langsam entspannte sich der kleine Körper und die glasigen Augen schlossen sich. Anabell war erleichtert, wie schnell Mojas Medizin zu wirken vermochte.

In diesem Moment trat die Sklavin heran, nahm ein breites, dünnes Tuch aus der Wasserschale und breitete den nassen Stoff vorsichtig über Beine und Unterleib des Kindes.

Anabell beobachtete ihr Tun überrascht. »Willst du keine Salbe auf die Verbrennungen geben und sie verbinden?«

Moja schüttelte traurig den Kopf. Sie winkte Anabell, ihr zu folgen. Etwas abseits blieben sie stehen.

»Die Kleine wird schlafen, bis Gott sie in seiner Güte zu sich holt. Meine Heilkunst hat viele Grenzen. Ich konnte ihr die Schmerzen nehmen und Schlaf schenken, mehr vermag ich nicht zu tun.« Moja legte ihr mitfühlend die Hand auf den Arm und zog sie gleich wieder weg, als ihr klar wurde, dass sie damit eine Grenze überschritt.

Anabell hatte es nicht einmal bemerkt. Sie war von der Wahrheit zu geschockt. Sie sah sich nach dem Kind um, dessen Züge nun friedlich waren. Die Brust hob sich bei jedem Atemzug kaum merklich, der Rhythmus war unregelmäßig. Plötzlich beschlich sie eine kalte Ahnung. »Hast du mich dazu gebracht, ihr Gift zu verabreichen?!«, fasste sie das Unglaubliche in leise Worte.

Moja riss entsetzt die Augen auf und schlug die Hände vor die Brust. »Nein, nein, bei Gott und allen guten Geistern, so etwas würde ich niemals tun.«

Anabell sah, dass die Reaktion nicht vorgetäuscht war. Sie kannte ihre Amme zu gut. Erleichtert atmete sie aus. »Für einen Moment wollte ich den bösen Gerüchten über dich beinahe glauben.«

Das Stöhnen eines Verwundeten ließ beide herumfahren und sich darauf besinnen, weshalb sie gekommen waren.

In den darauffolgenden Stunden ging Anabell Moja zur Hand und zweifelte keinen Moment mehr daran, dass die kundige Frau den Menschen half, wo sie nur konnte. Sie versorgten und verbanden Brandwunden, schienten Brüche, wo herabfallende Balken Flüchtende getroffen hatten und bereiteten einen Sud, der die Heilung beschleunigen und das Fieber vertreiben oder gar nicht erst zulassen würde.

Am Abend versammelten sich die Überlebenden des Dorfes bei der Kutsche. Anabell verteilte die Lebensmittel, die sie ohne Wissen ihres Vaters mitgenommen hatte. Die Sklaven hockten sich schweigend um die Kochfeuer oder zogen sich in die schützende Dämmerung zurück. Frauen bereiteten aus Süßkartoffeln, dem einzigen, was das Unglück verschont hatte, ein kärgliches Mahl.

Anabell blieb bei dem kleinen Mädchen. Sie hatte genau gespürt, wie unangenehm den Sklaven ihre Anwesenheit war. Als sei sie in das Einzige eingebrochen, was den Menschen fern von ihrer Heimat geblieben war. Sie wusste, sie sollte längst daheim auf der Hazienda sein, doch das prunkvolle Anwesen kam ihr heute wie eine Verkörperung all dessen vor, was Jesus und seine Jünger bekämpft hatten.

Das Mädchen, das seine Eltern in der Feuersbrunst verloren hatte und nun auf den eigenen Tod wartete, beherrschte ihre Gedanken. Die Kleine, deren Namen sie nicht einmal kannte, lag noch immer hinter der Hütte. Eine verbeulte Petroleumlampe spendete gerade genügend Licht, um Schemen zu erkennen, und ließ auch den Schmerz aus ihrem Gesicht verschwinden. Anabell hielt die Hand des Kindes und erzählte leise die Geschichte von David und Goliath, die sie früher selbst immer so gern gehört hatte. Hin und wieder bewegten sich die Augen unter den Lidern, doch sie erwachte nicht mehr.

Schließlich gab die kleine Lunge einfach auf. Anabell blieb neben der Toten sitzen, lauschte in die Dunkelheit, wo die Grillen in einer Welt aus Asche sangen, und war völlig entmutigt.

Nach einer Weile stand sie auf, hängte die Lampe an den Bock der Kutsche und fuhr gemeinsam mit Moja heim.

Die Natur erholte sich erstaunlich schnell. Schon nach wenigen Tagen reckten sich vereinzelt grüne Keimlinge aus der Asche. Der Regen ließ alles sprießen. Auf den Zuckerrohrfeldern trieben starke Schösslinge hervor. Der Wind hatte das Feuer so schnell vor sich hergetrieben, dass es den Wurzeln vieler Pflanzen nicht geschadet hatte.

Jeden Morgen, wenn Anabell nach dem Aufstehen aus dem Fenster sah, wurde die Welt ein wenig grüner. Mit jedem Aschefleck, der überwuchert wurde, verblassten auch die schrecklichen Erinnerungen, die sie mit der Feuersbrunst verband, ein wenig mehr, und ihr wurde leichter ums Herz.

Dem heutigen Tag sah sie mit gespannter Erwartung entgegen.

Sie würde Lewis wiedersehen.

Immer wieder kehrten ihre Gedanken zu ihm zurück. Als sie dort auf der Insel nebeneinander gesessen hatten, war etwas mit ihnen geschehen, das spürte sie genau.

Sie hatten zumeist geschwiegen, und doch war es so viel mehr gewesen, als neben einem Fremden zu sitzen und zu schweigen. Sie hatte seitdem versucht, sich jede Einzelheit ihres Treffens in Erinnerung zu rufen und auch die Momente, als sie sich als Kinder begegnet waren. Der Mann, zu dem er geworden war, gefiel ihr.

Bangen Herzens wartete sie darauf, dass ihr Vater endlich die Kutsche anspannen ließ und losfuhr. Es sollte erst zu den Dearings gehen und dann gemeinsam in den Ort Lafayette. Um diese Jahreszeit kamen viele Schiffe mit neuen Sklaven den Vermillion River hinauf. Die Zuckerrohrplantagen hatten einen schier endlosen Bedarf an jungen, starken Arbeitern. Auf der Arceneaux-Plantage hatte die Feuersbrunst fast die Hälfte der Männer dahingerafft. Auch wenn Anabell von ihrem Vater nicht in seine Geschäfte eingeweiht wurde, so wusste sie doch, dass ihn Geldsorgen plagten. Ohne neue Sklaven konnte er die Plantage nicht bewirtschaften, nicht einmal die nächste Ernte einfahren und verkaufen. Aber Sklaven kosteten Geld, und er hatte keine Ernte, die er als Sicherheit dagegensetzen konnte, wenn er sich bei der Bank neues Kapital lieh. Deshalb fuhren sie gemeinsam mit den Dearings in die Siedlung, damit der Jugendfreund des Vaters für ihn bürgte.

Es war ein schwerer Gang für Victor Arceneaux, doch ein unvermeidbarer. Weil Anabell der Fahrt mit freudiger Erwartung entgegensah, kam sie sich vor wie eine Verräterin.

Sie waren zu viert. Anabell und ihr Vater fuhren in dem einspännigen Landaulett voraus. Rasmus folgte auf seinem Braunen, die Sklavenpeitsche, mit der er sich auf den Feldern Respekt verschaffte, auch jetzt am Gürtel. Er trug einen Anzug und einen Zylinder wie ein feiner Herr, doch aus der Nähe besehen war der Stoff fadenscheinig und sein Haar, das er versuchte mit viel Pomade von der dichten Krause zu befreien, wellig. Jeder konnte sehen, dass er kein Herr, sondern nur ein freigelassener Mischling war.

Anabell hoffte, ihr Vater nehme ihn wirklich nur mit, damit er auf der Rückreise die neu erworbenen Sklaven beaufsichtigen konnte, die auf dem zweiten Gefährt, einem einfachen Leiterwagen, fahren würden. Sie versuchte, die Gedanken an ihren illegitimen Halbbruder auszublenden, so gut es ging, doch er machte es ihr alles andere als leicht. Immer wieder trieb er seinen Gaul an und ritt auf gleicher Höhe mit dem Wagen, um ihr, wenn Arceneaux nicht hinsah, anzügliche Blicke zuzuwerfen.

Anabell fürchtete Rasmus schon ihr ganzes Leben, und sie wusste, dass es Tage gab, an denen sein Neid auf sie an Hass grenzte.

Die Fahrt führte eine Weile am Fluss entlang. Die Stelle, an der sie Vivien gefunden hatte, lag schon hinter ihnen. Dennoch suchte sie den Wald nach Anzeichen von ihr ab, da sie in der Nähe sein musste. Doch nur Moja kannte den genauen Aufenthaltsort ihrer Tochter, die es allein von der Insel zurückgeschafft hatte.

Ein Stückchen flussaufwärts gab es eine Furt und eine kleine Brücke über die tiefste Stelle. Auf der anderen Seite lag die Plantage der Dearings.

Gramvoll betrachtete Arceneaux die üppigen Felder des Nachbarn. Sklaven sangen beim Verrichten ihrer Arbeit, und das laute Zirpen der Zikaden schnitt durch die flimmernd heiße Luft.

Das Anwesen stand inmitten eines dichten Hains alter Ulmen. Es war längst nicht so prachtvoll wie das der Arceneaux, doch was nutzte ein Haus mit vielen Zimmern, wenn es sich aus einer schwarzen Einöde erhob.

Anabell drückte kurz die Hand ihres Vaters. »Wir geben nicht so schnell auf«, flüsterte sie ihm zu.

Ihr Vater rang sich ein freudloses Lächeln ab. »Nein, Kind, das werden wir nicht.«

Sie wurden bereits erwartet. Vater und Sohn hatten ihr Kommen schon von Weitem bemerkt und waren aufgesessen. Lewis tippte sich an die Hutkrempe und warf Anabell ein Lächeln zu, das sie erröten ließ. Damit es die Männer nicht sahen, hob sie den Fächer und ließ ihren Blick schweifen, als hätte das niedrige Stallgebäude zur Linken ihre gesamte Aufmerksamkeit verdient. Aus dem staubtrockenen Boden davor erhob sich ein Pfahl mit eingelassenen Ketten. Spielte ihr das Licht einen Streich? Nein. Der Anblick des getrockneten Blutes im rissigen Holz ließ sie frösteln. Sie züchtigten die Sklaven gleich hier vor dem Wohnhaus? Anabell war froh, dass es ihr Vater anders hielt.

Die Fahrt nach Lafayette verlief fast schweigend. Wann immer es die enge Fahrspur zuließ, ritt Lewis neben der Kutsche, und Anabell wusste bald nicht mehr, wohin sie schauen sollte, damit ihr Vater nicht bemerkte, wie es um sie stand. Lewis' Augen, die unter erstaunlich dunklen Wimpern blau hervorblitzten, brachten sie schier um den Verstand. Sie hätte ihm am liebsten zugerufen, er solle vorausreiten, während sie zugleich ersehnte, er möge doch endlich etwas sagen, ganz gleich was, damit sie ihn ungeniert ansehen konnte und das Versteckspiel beendet war.

Schließlich verengte sich die Fahrspur. Lewis nickte ihr bedauernd zu, dann trieb er sein Pferd an und setzte sich an die Spitze des kleinen Zuges. Es ging am Vermillion River entlang, an dessen braunen Fluten der Hafenort Lafayette lag. Zwischen Bäumen und Schilf waren Lastkähne und kleine Boote zu erkennen, es roch nach satter Erde und dem Rauch von Holzfeuern. Zwei schneeweiße Seidenreiher stritten sich lautstark um den Platz auf einem Stück Treibholz.

Am Wegesrand hatten Händler ihre Zelte aufgeschlagen. Unter ausladenden Trompetenbäumen saß eine Gruppe Männer im Schatten. Französische Liedfetzen wehten herüber. Der melodische Klang einer Fidel trug die Melodie, den Rhythmus gaben Triangel und Löffel vor. Sehnsuchtsvoll lauschte Anabell der arkadischen Weise, die in melancholischen Worten die Vertreibung der französischen Auswanderer aus Kanada besang. Ihr Vater hielt nicht viel von Musik und die Nonnen des Klosters hatten die Musik der einfachen Leute sogar als teuflisches Treiben abgeurteilt. Anabell genoss die Klänge, solange sie konnte, schließlich wurden sie jedoch gänzlich vom Rumpeln und Quietschen der Kutsche und dem Geschrei einiger Arbeiter übertönt, die mithilfe einer Seilwinde Fracht ins Obergeschoss eines Lagerhauses hievten.

Der eigentliche Ort bestand aus einer Ansammlung ein- und zweistöckiger Holzhäuser, die sich um den Hafen mit seinen hölzernen Kais gruppierten, dem Herz Lafayettes. Fahnen flatterten vor dem Verwaltungshaus des Ortes, es ging an den kleinen Läden von Schustern, Schneidern, Seilern und Krämern vorbei.

Lagerhäuser, die Namen der Eigner manchmal auf hübschen

Schildern über dem Tor oder einfach an die Bretterwand gepinselt, reihten sich an einer breiten Straße. Einige turmhoch mit Baumwolle beladene Wagen warteten davor.

Für einen Augenblick hatte Anabell Lewis vergessen, so sehr freute sie sich, endlich wieder in der kleinen Stadt zu sein. Sie bemerkte jede winzige Veränderung.

Starker Malzgeruch, der aus einer Zuckerfabrik entwich, kündigte an, dass sie ihr Ziel beinahe erreicht hatten.

Die Kutsche hielt vor dem einzigen halbwegs prachtvollen Gebäude Lafayettes, der Bank.

Anabell stieg aus und wartete mit ihrem Vater neben der Kutsche, bis die Dearings zu ihnen gestoßen waren. Die Art, wie Lewis sie ansah, ließ ihre Knie weich werden.

»Möchtest du ein wenig spazieren gehen, Anabell, während unsere Väter sich geschäftlichen Dingen zuwenden?«, fragte er vorsichtig. Er hatte eine ungewöhnliche Art ihren Namen auszusprechen, weich und als sei sie etwas ganz Besonderes. Es gefiel ihr sehr.

Fragend blickte sie sich nach ihrem Vater um, der sich von dem Sklaven Ben, der die Kutsche gelenkt hatte, seine Brieftasche reichen ließ. »Geh nur, Kind«, sagte dieser geistesabwesend, »wir treffen uns am Hafen.«

Lewis nickte seinem eigenen Vater kurz zu und bot Anabell sein Geleit. Vorsichtig legte sie ihre Finger auf seinen Unterarm und ging mit ihm los.

»Ich habe so gehofft, du würdest ja sagen«, gestand er.

Sie lächelte nur und nahm still zur Kenntnis, wie er an ihrer Seite zu wachsen schien und den Blicken anderer Leute mit Stolz begegnete.

»Und nun? Wo gehen wir hin?«

»So weit habe ich nicht geplant. Ich begleite dich nur, was möchtest du?«

Anabell wusste genau, was sie wollte. Sie hatte einer Fahrt

nach Lafayette lange entgegengefiebert. Ihr erster Gang führte zum Tuchhändler, wo sie mehrere Bahnen Stoff erstand. Lewis drängte sie, sich die verschiedenen Tuche anzuhalten, und sie war sich sicher, dass er es nur tat, um sie ungeniert ansehen zu dürfen. Bei der Auswahl der passenden Knöpfe berührten sich ihre Hände immer wieder, scheinbar durch Zufall.

Bei einer alten Straßenhändlerin erstand Lewis kurz darauf eine wunderschöne duftende Rose und wenige Meter weiter eine winzige Schachtel Pralinen, die sie sich andächtig teilten. Anabell wünschte, dieser Tag möge niemals enden. Als sich die Sonne ihrem höchsten Stand näherte, liefen sie einen Saumpfad am Vermillion River entlang in Richtung Hafen. Anabell blieb am Fuß einer uralten Eiche stehen, die ihre knorrigen Zweige über das Wasser reckte. Von der Borke hingen lange graugrüne Flechten hinab.

Am anderen Ufer fischten Schwarze in hochgekrempelten Leinenhosen im Uferschlamm nach Flusskrebsen und schenkten dem jungen Paar keine Beachtung.

Lewis' Atem ging plötzlich schneller, strich warm über ihren Nacken. Anabell wagte nicht, sich umzudrehen, konzentrierte sich ganz auf dieses unbeschreibliche Gefühl. Sie schloss die Augen und spürte, wie er sie sanft berührte. Seine Finger tasteten ihren Hals entlang, schoben Haare zurück, die sich aus ihrer Hochsteckfrisur gelöst hatten und sich nun im Nacken ringelten, folgten der feinen Linie ihres Halses, bis sie es nicht länger aushielt und sich ihm zuwandte. Sein Blick war verträumt, ein heimliches Lächeln zauberte winzige Fältchen um seine Augen.

In diesem Moment war es Anabell egal, ob sie von jemandem gesehen wurden. Sie nahm allen Mut zusammen, hob die Hand und berührte seine Wange, die ein wenig kratzig war.

Als Lewis' Finger schließlich über ihre Unterlippe strichen, hielt sie wie gebannt inne. Etwas in ihr wollte die Flucht ergreifen, doch ihre Knie waren so weich, dass es verwunderlich war, wie sie sich überhaupt noch aufrecht halten konnte. Lewis beugte sich vor, unbewusst reckte sie sich ihm entgegen. Weich, ganz weich streifte sein Mund den ihren und weckte ein nie dagewesenes Feuer. Er neckte sie, erst vorsichtig, dann immer fordernder, bis sie schließlich jede Etikette hinter sich ließ und ihn leidenschaftlich küsste. Ihre Hände strichen seinen Rücken entlang, und sie konnte die festen Muskeln unter der Kleidung spüren, als er sie an sich drückte.

Schließlich lösten sie sich atemlos voneinander.

»Wir sollten zurückgehen«, meinte Lewis, worauf Anabell atemlos nickte und versuchte, sich wieder zu sammeln. Ihre Wangen glühten, ihre Lippen waren wund von seinen hungrigen Küssen.

Schweigend folgten sie dem Fluss zurück zum Hafen. An kleinen Stegen schaukelten Fischerboote, ein bärtiger Alter hievte einen Korb mit seinem Fang an Land. Sie blieben kurz stehen, um zuzusehen. Schleimige graubraune Katzenwelse mit winzigen Augen wanden sich und schnappten nach Luft. Es roch nach Fischblut, Tran und Teer und den schlammigen Fluten des Vermillion River.

Zwei gewaltige hochseetüchtige Segler wirkten zwischen den kleinen Fischerbooten wie Riesen aus einer anderen Welt. Abgetakelt und scheinbar müde drückten sie sich an den Pier. Mit diesen Schiffen waren die neuen Sklaven gekommen. Auch Lewis ließen die Kolosse nicht unbeeindruckt.

»Die *Tecora*«, sagte er erstaunt. »Haben sie es also wieder geschafft, an der Navy vorbeizukommen.«

Anabell sah ihn verwundert an, bis Lewis auf die erste dreimastige Barkasse wies und erklärte: »Offiziell ist die Einfuhr von Sklaven aus Afrika verboten, es darf nur noch mit denen gehandelt werden, die auf Plantagen geboren wurden. Was du da vor dir siehst, ist eigentlich ein Piratenschiff.«

Anabell wusste nicht, was sie von Lewis' Aussage halten sollte.

Piraten? Mitten in Lafayette? Sicherlich erzählte er nur Unsinn und lachte hinterher über ihre Leichtgläubigkeit. Sie beschloss, ihm nicht die Genugtuung zu geben, und verkniff sich eine Antwort.

Auf dem Schiff wurden die Decks geschrubbt. Ein widerlicher Gestank nach Schweiß und menschlichen Exkrementen wehte herüber. Sogar die Möwen hielten sich von der Barkasse fern. Anabell hustete und hielt sich die Rose vor ihre Nase. Der süße Blütenduft machte nichts besser, eher im Gegenteil. Rufe ließen sie aufsehen. Ein Mann lenkte zwei Mulis, die vor einen Karren gespannt waren. Er schlug die störrischen Tiere mit einer Weidengerte vor die Brust, bis sie das Gefährt so weit zurückgeschoben hatten, dass es direkt neben der *Tecora* auf dem Landungsdock zu stehen kam. Anabell ignorierte Lewis, der sie zum Weitergehen drängte. Auf dem Deck waren Bewegungen auszumachen, und ein merkwürdiges Gefühl sagte ihr, dass sie nun Zeugin von etwas Schrecklichem werden würde. Zwei Matrosen schwangen etwas über die Reling, und im nächsten Moment stürzte ein bis aufs Skelett abgemagerter Körper auf den Karren. Das dumpfe Rumpeln ließ die Mulis scheuen. Ein weiterer Toter folgte und noch ein dritter. Anabell war wie erstarrt. Das waren tote Menschen! Und sie warfen sie durch die Luft wie Bündel vergammelter Ladung.

»Ich versteh nicht, warum sie die nicht im Meer …«, murmelte Lewis. »Komm, Anabell, das ist nichts für eine Frau!« Diesmal gab sie seinem Drängen nach. Tränen brannten in ihren Augen. Er legte ihr den Arm um die Schultern und drückte sie an sich.

»Was für Unmenschen sind dort auf dem Schiff verantwortlich? Gegen solche Monster muss man etwas unternehmen!«, echauffierte sie sich.

Lewis hatte sie zu einer schmalen Gasse gebracht, die zwischen zwei Lagerhäusern hindurch auf den Marktplatz führte, und war nun stehen geblieben. »Auf diesen Schiffen überleben nur die stärksten Sklaven, Anabell, ein Drittel stirbt, manchmal auch die Hälfte, und das ist kein Geheimnis.«

Sie war sprachlos. Dann wussten die Plantagenbesitzer Bescheid? Die Leute auf dem Markt? Jeder?

»Anabell. Weder dein Vater noch wir würden je von solchen Händlern kaufen.« Er wollte ihr die Tränen von den Wangen wischen, doch sie wandte sich ab und trocknete sie hastig mit einem Taschentuch.

»Trotzdem, jemand muss ihnen Einhalt gebieten. So etwas ist eine Schande für jedes christliche Land und jedes zivilisierte Volk.«

Ihr Begleiter schwieg. Er wusste, wie der Sklavenhandel lief, und teilte deshalb Anabells Entsetzen nicht.

Eigentlich hatte sie Lewis noch ein letztes Mal küssen mögen, doch nun wollte sie nur noch weg von den Sklavenschiffen und am liebsten auch fort von Lafayette, doch erst einmal galt es, ihren Vater und Mister Dearing zu finden.

Als sie aus der schmalen Gasse traten, drückte Lewis kurz ihre Hand und sah Anabell tief in die Augen, dann umfing sie der laute Trubel des Marktes. Eine dicke Kreolin pries ihr frisches Obst und Gemüse an und wechselte dabei mit jedem Satz vom Englischen ins Französische und wieder zurück. Der Geruch von schmalzgebackenem Fisch drehte Anabell beinahe den Magen um. Lewis zog sie weiter. Die Stände lagen bald hinter ihnen.

»Lewis, wie viele Sklaven passen auf so ein Boot?«

Er sah sie überrascht an. »Vierhundertfünfzig, sechshundert, eine ganze Menge. Es muss sehr eng sein unter Deck. Ich habe es aber noch nie mit eigenen Augen gesehen.«

Anabell nickte schnell und verdrängte die Vorstellung von einer mehrwöchigen Überfahrt, zusammengepfercht, angekettet, ohne Licht und Luft und ohne genügend zu essen.

Als sie den Sklavenmarkt erreichten, hatte sie sich wieder gefasst. Es gab mehrere Holzbühnen, auf denen die Händler ihre menschliche Ware feilboten, dahinter hockten diejenigen, die noch nicht an der Reihe waren. Gerade erhielt ein freigelassener Afrikaner den Zuschlag für eine kleine Familie, die sichtlich froh waren, nicht getrennt zu werden. Die anderen Käufer, vornehmlich Weiße, protestierten lautstark über den Zuschlag. Dass freigelassene Neger selber Sklaven hielten und ihnen die besten Arbeiter wegkauften, wo gab es denn so etwas, beschwerte sich jemand.

Lewis schien genau zu wissen, wo er ihre Väter finden würde, und zog sie rasch weiter. »Das ist nichts für eine Lady«, murmelte er. Genau in diesem Moment fiel Anabell eine Gruppe energischer Frauen auf, die Handzettel verteilten und sich von den Marktbesuchern nicht so einfach vertreiben ließen.

»Gott hat alle Menschen geschaffen, vor seinen Augen sind alle gleich!«, rief eine blonde Mittfünfzigerin und wurde im nächsten Moment rüde zur Seite gestoßen. Lewis reagierte blitzschnell, fasste sie am Arm und fing so ihren Sturz ab.

Anabell bückte sich und hob den Stapel Papier auf, der der Frau aus der Hand gefallen war, und konnte im letzten Moment verhindern, dass ihr ein Herr im Zylinder wütend und mit Absicht auf die Finger trat.

»Was fällt Ihnen ein!«, fuhr Lewis ihn an.

Anabell reichte der Fremden betreten die Handzettel und hoffte inständig, ihr Begleiter würde den Provokateur nicht schlagen. Er schien kurz davor, doch der Mann wandte sich schimpfend ab und trollte sich.

»Unterstützen Sie die Bewegung zur Abschaffung der Sklaverei, junge Dame?«, erkundigte sich die Blonde. »Gott will nicht, dass Menschen wie Vieh und schlimmer behandelt werden. Kommen Sie in mein Haus, wir treffen uns jeden Samstag und bringen Sie Ihren mutigen Galan mit. Männer von Format sind uns immer willkommen.« Sie drückte Anabell einen Zettel in die Hand, die den Text hastig überflog.

»Gemeinsam machen wir den Plantagenherren und ihrem menschenverachtenden Treiben ein Ende!«, setzte die resolute Frau nach.

»Heben Sie sich Ihre Reden für andere auf, Lady. Komm, Anabell, dein Vater ist gleich da vorn.«

Anabell lief es eiskalt den Rücken hinunter, als Lewis auf den nächsten Stand wies, wo ihr Vater tatsächlich gerade dabei war, einen Kauf abzuschließen. Die Aktivistin folgte ihrem Blick ebenfalls, riss Anabell das Pamphlet aus der Hand und stampfte wütend davon.

»Diese Leute sehen nur die schlimmen Seiten, Anabell«, meinte Lewis beschwichtigend. »Bei uns sind die Schwarzen nicht so jämmerlich dran, wie die von den Schiffen. Sie haben es gut bei uns, keiner hungert oder muss fürchten, von blutgierigen Stammesnachbarn überfallen zu werden. Ich möchte wissen, wie laut die Dame schreit, wenn sie plötzlich keinen Zucker mehr für ihren Tee und keine Wolle für ihre Kleidung hat. Stellt sie sich dann selbst aufs Feld? Nein, sicher nicht. Dafür ist sie sich zu fein.«

Er hatte sich in Rage geredet. Als Anabell nicht antwortete, entschuldigte er sich bei ihr für seine lauten Worte.

Am liebsten hätte Anabell die Augen vor der Wahrheit verschlossen, doch dafür war es jetzt zu spät. *Irgendwann, wenn die Plantage mir gehört, beende ich das und lasse alle frei, vor allem Moja,* dachte Anabell. Doch so einfach war es nicht, und das wusste sie.

Ihr Vater schüttelte gerade einem rundlichen Mann mit Halbglatze die Hand, der ihn als verbissenen Verhandlungspartner lobte und mit gierigem Blick sein Geld in Empfang nahm.

Victor Arceneaux wirkte erschöpft. Er lächelte müde, als er seine Tochter bemerkte.

»Ist es gut gelaufen?«, erkundigte sich Lewis, sobald sie ein wenig abseits standen.

»Zweiundzwanzig im besten Zustand, aber eigentlich brauche ich dreißig neue, mindestens«, knurrte Arceneaux und war sichtlich unzufrieden. »Hast du wenigstens einen schönen Tag gehabt?«, erkundigte er sich bei Anabell, der kurz die Hitze in die Wangen stieg. Sie nickte schnell, und Lewis hob wie zum Beweis das Bündel mit den Stoffen, das er die ganze Zeit über für sie getragen hatte.

»Das freut mich für dich, Kind.«

Anabell und Lewis folgten ihrem Vater. Ihr Griff um seinen Arm wurde immer fester. Sie wollte sich nicht von ihm trennen. Lewis beugte sich ganz dicht an ihr Ohr. »Möchtest du vielleicht morgen einen Ausritt machen? Ich bringe die Cremello-Stute für dich mit«, sagte er leise.

»Oh ja, gerne«, flüsterte sie. Lewis drückte ein letztes Mal ihre Hand, dann half er ihr in die Kutsche.

Hinter ihr wurden die neuen Sklaven auf den Leiterwagen verladen. Mit Fußfesseln aneinandergebunden schlurften sie auf das Gefährt zu. Es waren muskulöse, große Männer, die meisten nicht älter als zwanzig Jahre. Ihre sehr unterschiedlichen Gesichtszüge verrieten, dass sie aus verschiedenen Regionen Afrikas stammten. Mister Dearing und ihr Vater begutachteten sie erneut. Anabell verstand ihre Unterhaltung nicht, denn Rasmus brüllte seine Befehle mit schneidender Stimme. Selbst die Zugtiere zuckten nervös mit den Ohren.

Lewis führte zwei Pferde zu seinem Vater und schwang sich in den Sattel seines Braunen.

Die letzten Sklaven bestiegen den Wagen, Rasmus befestigte die Kette, die alle miteinander verband, dann stieg auch Anabells Vater zu ihr in die Kutsche und lächelte aufmunternd. Sie wandte den Blick ab und wünschte, dass ihr die blonde Lady das Pamphlet nicht wieder entrissen hätte.

»Hey, träumen Sie, Miss?«

Anabell zuckte zusammen und bemerkte Moja, die sie freundlich an der Schulter berührte und sie neugierig musterte. »Sie strahlen ja richtig.«

Moja räumte Teetasse und Teller auf ein Tablett. Nach einer unruhigen Nacht voller Träume hatte Anabell allein auf ihrem Zimmer gefrühstückt. Bei der zweiten Tasse Tee waren ihre Gedanken wieder abgeschweift. Lewis' Mund auf ihrem, die Ahnung, dass es da noch viel mehr gab als Küsse. Sie hatte noch den Duft von Lewis' Rasierwasser auf ihrer Haut und fühlte, wie seine Fingerspitzen die Haare aus ihrem Nacken strichen.

Die Tür öffnete sich mit einem leisen Quietschen. Moja hatte das benutzte Geschirr in die Küche getragen und war zurück. Ihr Gehen hatte sie gar nicht bemerkt.

Ich muss mich zusammenreißen, dachte Anabell und konnte doch das Lächeln nicht verhindern, dass über ihre Lippen flog.

»Was darf ich Ihnen zum Anziehen rauslegen?«, wollte Moja wissen.

Sie sprang auf. »Ich suche selbst etwas aus.«

»Aber sicher, Miss.«

Moja richtete Kämme und Schmuck auf der Frisierkommode und hängte das Bettzeug zum Lüften über einen Stuhl am offenen Fenster. Sie räusperte sich.

Anabell horchte auf und wandte sich um. Moja vergrub betreten die Hände in die Schürze, ihr Blick wirkte irgendwie gehetzt.

»Sprich, was ist geschehen? Ist etwas zerbrochen oder ...«

»Nein, nein, Miss.« Sie schüttelte heftig den Kopf. »Aber vielleicht wäre es besser, wenn Sie ein wenig spazieren gehen würden oder ... Der Master hat angeordnet, dass die neuen Sklaven gleich Brandzeichen bekommen. Das sollten Sie sich nicht ansehen.«

Eine Hand schien sich eisern um Anabells Herz zu schließen und mit aller Kraft zuzudrücken. »Vater will *was* tun?«

Sie schnappte hektisch nach Luft, wollte losstürmen und war schon fast an der Tür, als Moja sie am Arm fasste und sich vor sie schob.

»Streiten Sie sich nicht mit Ihrem Vater, Miss!«

»Aber … ich verstehe das nicht, er hat doch nie … hat er dir auch?«

Moja schüttelte den Kopf. »Nein. Ich bin hier geboren, wie fast alle anderen. Niemand, der auf der Plantage zur Welt gekommen ist, wurde mit dem Eisen gezeichnet. Wir würden nicht weglaufen, Miss. Es geht uns gut hier. Aber diese Neuen, wer weiß das schon.«

Irritiert bemerkte Anabell, dass Moja tatsächlich einen großen Unterschied zwischen den Sklaven vom Markt und jenen von der Plantage machte. Der Druck in ihrer Brust ließ ein klein wenig nach. »Ich reite aus, Moja.«

Anabell saß in ihrem besten Reitkleid auf der Veranda, zu Füßen eine Satteltasche, die Moja mit kleinen Leckereien gefüllt hatte, und sah hinüber zur Schmiede. Aus dem Kamin stieg schwarzer Rauch auf, der vor dem blauen Himmel schnell verflog. Nicht weit entfernt, im Schatten einer Platane, hockten die zweiundzwanzig neuen Sklaven. Mit Sicherheit wussten sie, was sie erwartete.

Norton, der alte Schwarze, der die Aufsicht über den Stall und den Garten hatte, rollte in diesem Moment einen Hackklotz in den Hof. Früher hatte sich Anabell oft bei ihm im Stall versteckt, die Pferde gestreichelt und Nortons abenteuerlichen Geschichten gelauscht. Hin und wieder hatte er ihr warmes Maisbrot zugesteckt, das süß und fettig im Mund schmolz. Es war der Geschmack ihrer Kindheit.

Der Sklave war alt geworden, doch auf der Arceneaux-Plantage musste keiner fürchten, verkauft zu werden, wenn er für die Feldarbeit nicht mehr taugte. Norton tippte grüßend an seine Kappe, die das schüttere graue Haar bedeckte, verschwand kurz in der Schmiede und kehrte dann mit einem Hammer und anderen Gerätschaften zurück, die benötigt wurden, um die Fuß- und Handfesseln der Sklaven zu lösen.

Auf einem großen Kehrblech brachte er einen Haufen rot glühender Kohlen in den Hof. Anabell schluckte. Alles war vorbereitet. Ein einzelner Reiter kam die Allee hinaufgaloppiert. Rasmus. Jetzt fehlte nur noch ihr Vater, und sie würden mit der grauenhaften Prozedur beginnen.

Oh Gott, Lewis, wo bleibst du!, dachte sie und kämpfte gegen das flaue Gefühl im Magen. Sie stürzte den Rest Limonade aus dem Glas hinunter und erhob sich ruckartig vom Lehnstuhl. Sie musste hier weg. Vor ihrem geistigen Auge sah sie bereits das Zeichen der Arceneaux, ein AX mit einem Herz darunter, wie es sich glühend in glatte braune Haut fraß.

Anabell überquerte hastig den Hof. Ihr Rocksaum wirbelte Staub und Asche auf. »Willst du nicht zusehen, Schwesterherz?«, schnarrte Rasmus, als er ganz dicht an ihr vorbeiritt und seinem Pferd lässig mit der aufgerollten Sklavenpeitsche auf die Flanke klopfte. Sie wollte etwas erwidern, doch der Druck in ihrer Brust schnürte ihr die Luft ab und erstickte jedes Wort im Keim.

Sobald sie den Schatten der Eichenallee erreicht hatte, ging es ihr besser. Sonnenlicht fiel durch die Kronen und brach sich in der staubsatten Luft. Insekten führten seltsame Zickzacktänze auf.

Es war wie eine andere Welt, eine Welt, in der sie wieder atmen konnte. Aus ihrer Position war die Schmiede nun nicht mehr zu sehen. Anabell stellte die Tasche ab und rieb sich mit zitternden Händen über die Arme. Es war ein warmer Tag, doch gegen die Kälte von innen war auch die Sonne machtlos.

Ein unterdrückter Schrei fand den Weg bis zu ihr und stahl die Kraft aus ihren Beinen, dann klang hell das Hämmern von Eisen auf Eisen. Die Ketten fielen. Einer hatte es hinter sich, einundzwanzig weitere Männer würden die grausame Prozedur noch über sich ergehen lassen müssen.

Rasmus blaffte einen Befehl, ein Peitschenknall übertönte die Worte. Anabells Kopf flog herum. Ein Reiter mit zwei Pferden bog im lockeren Trab in die Allee ein, endlich.

Sie raffte ihren Rock, fasste die Satteltasche mit dem Proviant und rannte auf ihn zu.

Lewis galoppierte nun. Er lachte über ihr Ungestüm, dann sah er, in welcher Verfassung Anabell war, und brachte die Pferde ruckartig zum Stehen.

»Anabell, was ist los?«

Sie nahm ihm die Zügel der Cremello-Stute ab und schwang sich in den Sattel, bevor Lewis die Chance bekam, abzusteigen und ihr hinaufzuhelfen. Tränen brannten in ihren Augen, als sie das Pferd herumriss und die Zügel schießen ließ. Die Stute flog davon und übertönte den nächsten Schmerzensschrei mit dem Trommeln ihrer Hufe.

Nie im Leben war Anabell so schnell geritten. Es war beängstigend und schön zugleich. Der Wind riss ihre Tränen davon und machte ihre enge Kehle frei. Weg, nur weg!

Sie flogen an den letzten Alleebäumen vorbei, den Karrenweg entlang, hinein ins zerstörte Land. Kohle und Asche, steingrau, schwarzgrau, grau in allen Schattierungen. Rasend schnell ging es quer über ein Feld, auf dem früher Zuckerrohr gestanden hatte. Die Stute atmete immer schwerer, ascheverfärbte Schweißflocken lösten sich aus ihrem Fell, doch sie schien nicht langsamer werden zu wollen, als spürte sie, was in Anabells Herz vorging.

Doch egal wie schnell und weit sie ritt, ob Grace irgendwann unter ihr zusammenbrach, es könnte doch nicht das schreckliche Ereignis aus ihrer Erinnerung löschen. Nichts konnte das.

Gefasster griff Anabell nach den Zügeln und setzte sich tief in den Sattel, augenblicklich fiel die Stute in einen ruhigen Kanter.

Lewis, der zuvor erfolglos versucht hatte sie einzuholen, war sofort gleichauf, griff Anabell in die Zügel und brachte beide Pferde unsanft zum Stehen.

»Mein Gott, ich schlag dich tot, Grace!«, schrie er mit hochrotem Kopf. Anabell fuhr zusammen und verstand augenblicklich.

»Lewis, Lewis, nicht! Ich habe es gewollt! Sie ist nicht durchgegangen! Lewis!«

Er hielt inne, die Hand schon zum Schlag erhoben und starrte sie ungläubig an. Dann wurde seine Miene weich.

Anabell ließ sich aus dem Sattel gleiten, klopfte der Stute den klatschnassen Hals und baute sich schützend vor ihr auf.

Lewis gab ihr die Zügel zurück, stieg auch ab und strich Grace über die geweiteten Nüstern. »Ich habe sie noch nie geschlagen, aber glaub mir, wenn sie dich in Lebensgefahr gebracht hätte, würde sie mich von einer anderen Seite kennenlernen.«

»Ich musste einfach dort weg«, erklärte Anabell. Ihre Stimme klang kläglich. »Ich weiß auch nicht, was in mich gefahren ist, aber …«

»Es ist ja noch einmal alles gut gegangen.« Er hob die Hand, um ihre Wange zu berühren. Anabell wich zurück und spürte sofort Graces Schulter hinter sich. Als würde die Stute mit ihrem eben noch wütenden Herrn unter einer Decke stecken, blieb sie einfach stehen. Lewis strich die Tränen von Anabells Wange. Er lächelte aufmunternd und ließ mit dieser einfachen Geste die klirrende Kälte in ihrem Inneren in tausende winzige Splitter zerspringen. Sie schmiegte sich in die Wärme seiner Berührung, noch immer zu aufgewühlt, um seine Zärtlichkeit zu erwidern. Lewis schien das zu spüren.

»Gehen wir ein Stück«, sagte er weich und schlang seine Linke um ihre Taille.

Anabell war ihm dankbar für sein Schweigen. Irgendwie gelang es Lewis, immer genau das zu tun, was sie gerade brauchte.

Langsam ging es durch die zerstörte Landschaft. Ihre Schritte und die Hufe der Pferde wirbelten Asche auf, verkohlte Strünke knirschten unter den Schuhen.

Erst jetzt fielen Anabell die kleinen Halme auf, die sich auch hier zwischen den verkohlten Resten ins Tageslicht reckten. Sie waren von einem hellen, intensiven Grün. Hoffnungsgrün. Die Zuckerrohrfelder waren nicht vollständig vernichtet, nur die Ernte.

»Siehst du das?«, fragte Lewis auch gleich darauf und kniete sich hin, um eines der Blättchen zu berühren. »Wenn es jetzt genug Regen gibt und die Zuckerpreise hoch bleiben, habt ihr euch nach der nächsten Ernte schon fast erholt.«

Anabell lächelte, sah zu Lewis hinab und dachte dabei an die Sklaven, die das Zuckerrohr ernten sollten und genau in diesem Moment von ihrem Vater mit einem glühenden Eisen ein AX und ein Herz auf die Schulter gebrannt bekamen. Ihr wurde erneut übel.

»Lass uns ein Stückchen weiterreiten, ja?«, fragte sie schließlich. Lewis, dem ihre Stimmung nicht verborgen blieb, half ihr in den Sattel und saß ebenfalls auf. »Aber kein Wettreiten mehr, zumindest nicht, ohne mir fairerweise vorher Bescheid zu geben.«

»Versprochen.«

Anabell ritt zu ihrem Lieblingsplatz, einem kleinen Steg an einem See, nicht allzu weit von der Siedlung der Sklaven entfernt. Dort, wo der Boden feucht war, hatte die Vegetation das Feuer fast unbeschadet überstanden. Zwischen dem Schilf blühten Lilien, und die Sumpfzypressen, die aus der flachen Uferregion aufragten, hatten allenfalls einige Zweige eingebüßt.

Sie banden die Pferde fest und setzten sich ans Ende des Stegs. Hier, in der Stille des Sees, gelang es Anabell endlich, Lewis' Gegenwart zu genießen. Er gab sich sehr viel Mühe. Streichelte ihre Hand und küsste sie derart vorsichtig, als hätte es den leidenschaftlichen Moment am Ufer des Vermillion River nie gegeben.

Der Wind frischte auf und trug würzigen Zypressenduft mit sich. Er wehte Lewis das Haar in die Stirn und gab ihm etwas Verwegenes. Seine blauen Augen sprühten, als sei es ein großes Abenteuer, mit Anabell am See zu sitzen und ihr Küsse zu stehlen, während die Welt um sie herum langsam in Bedeutungslosigkeit versank.

»Weißt du«, sagte Anabell irgendwann, als sie mit dem Rücken an seine Brust gelehnt dasaß und einigen Möwen zusah, wie sie träge auf dem Wasser trieben. »Später will ich nicht auf einer Plantage leben.«

»Aber du bist das einzige Kind von Victor Arceneaux, du wirst das alles hier mal erben«, wandte er ein.

Einziges legitimes Kind, fügte sie in Gedanken hinzu und fragte sich, wer noch alles über den Aufseher Rasmus Bescheid wusste. Lewis hatte recht. Sie liebte dieses Land, konnte sich nicht vorstellen, je woanders zu leben. »Ich will keine Sklaven besitzen, Lewis. Verstehst du das nicht?«

»Gestern auf dem Markt, das hat dich sehr erschüttert, was? Aber glaubst du denn wirklich, dass wir alle gleich sind? Es gibt einen Grund dafür, dass Gott die Völker unterschiedlich geschaffen hat. Gott ist das Licht, der Teufel die Finsternis. Es ist unsere Aufgabe, die Neger zu führen und ihnen den Weg in den Schoß des Herrn zu weisen.«

Lewis' Worte klangen ganz wie die der Nonnen, und doch hatten sie einen bitteren Beigeschmack, wie ein Misston, der ein gesamtes Lied, Lewis' Lied, schief und disharmonisch klingen ließ.

»Ich weiß nur eins ganz sicher, Lewis.« Sie richtete sich auf und rückte ein Stückchen von ihm ab. »Ich will niemals Menschen besitzen, als seien sie Vieh oder Dinge, und ich werde auch nie einen Mann heiraten, der das tut. Und wenn ich als einsame Jungfer sterben muss!«

Lewis grinste unsicher und rieb sich das Kinn mit dem flachen Grübchen, das Anabell so schrecklich gut gefiel.

»So ist das ...«, brummte er, und seine blauen Augen bekamen etwas Herausforderndes.

Anabell wurde mit einem Schlag klar, wie es für ihn klingen musste. Ihre Wangen glühten prompt wie zwei Signalfeuer.

»Lewis, ich ... so habe ich das nicht gemeint!«

Er lachte. Am liebsten hätte sie ihn dafür gehasst, natürlich konnte sie es nicht.

»Dir ist schon klar, dass die Arceneaux- und die Dearing-Plantagen die größten am Tupelo sind, meine liebe Anabell? Dein Vater wird nicht glücklich sein, eine kleine Nordstaatlerin aufgezogen zu haben.«

»Ja, ja. Ich hab die Rebellion mit der Muttermilch aufgesogen, sagt er immer. Er ist immer noch wütend, dass er damals keine weiße Amme für mich gefunden hat.« Anabell presste erschrocken die Hand auf den Mund. Das hätte sie nicht sagen dürfen. Einen Moment lang starrte Lewis sie ungläubig an, dann zog er ihre Hand vom Mund fort und gab ihr einen Kuss. Sein Atem strich warm über ihre Wangen, während er sie aus nächster Nähe ansah und sie sich ganz schutzlos fühlte.

»Und was willst du dann tun, kleine Rebellin? Wenn du das Erbe deiner Familie verkauft und alle Sklaven freigelassen hast?«, fragte er lächelnd.

»Ich könnte Kinder unterrichten.«

»Du als Lehrerin?«

Eigentlich hatte sie sich darüber noch nicht recht Gedanken gemacht, doch wahrscheinlich wäre sie dazu in der Lage. In der Klosterschule war sie die Beste gewesen. Zögernd nickte sie. »Ja, warum nicht.«

Er küsste sie lange und innig.

Als sich die Sonne langsam über den Wipfeln der Sumpfzypressen hinabsenkte und sich lange Baumschatten im Wasser spiegelten, verzehrten Anabell und Lewis den Proviant, den Moja eingepackt hatte, und brachen auf.

Im gemächlichen Schritttempo ging es zurück zur Hazienda. Lewis zügelte sein Pferd, sobald sie die Allee erreichten.

Anabell hielt irritiert an. Wollte er sich hier schon verabschieden? Sollte sie den Rest der Strecke laufen?

Lewis' Augen bekamen ein geheimnisvolles Funkeln. Er lenkte sein Pferd näher, bis sich die Flanken der Tiere berührten. Anabell ersehnte und erwartete einen Kuss, doch Lewis rieb Grace den Hals, knetete der Stute die Ohren und reichte ihr schließlich ein Stückchen trockenes Brot, das er von irgendwoher gezaubert hatte. »Mein Vater hatte recht, sie ist kein Pferd für einen Mann. Ich sollte sie abgeben.«

Anabell wollte protestieren, er dürfe so ein großartiges Pferd nicht einfach an irgendjemanden verkaufen, dann begann sie zu ahnen, was er sagen würde. Ihr Herz wollte ihr schier aus der Brust springen.

»Ich schenke sie dir, Anabell.«

»Das kann ich nicht annehmen«, brachte sie hervor, starrte auf ihre Hände, mit denen sie Grace durch die goldgelbe Mähne fuhr, und vergaß dann jedes gute Benehmen. Mit beiden Armen umschloss sie den Hals der Stute, die von so viel Zuneigung überrascht unruhig tänzelte.

Lewis lachte. »Und zum Dank erwarte ich etwas von dir, Anabell.«

»Was denn?« Sie richtete sich wieder auf, strich ihr Haar glatt und konnte nicht aufhören zu strahlen. »Dafür hast du einige Wünsche frei.«

»Du kommst mich besuchen. Grace kennt den Weg. Du hast also keine Ausrede.«

Anabell küsste Lewis leidenschaftlich. »Versprochen«, flüsterte sie, riss Grace herum und galoppierte in vollem Tempo die Allee hinab.

Der Sommer verging rasend schnell. Mithilfe der neuen Sklaven wurden die zerstörten Zuckerpressen wieder instand gesetzt und neue gebaut, während das Zuckerrohr auf den Feldern in die Höhe schoss, als gelte es ein Rennen zu gewinnen. Dennoch würde es noch Monate dauern, bis das Zuckerrohr geerntet werden konnte. Anabells Vater ließ Felder, die völlig verbrannt waren, mit Stecklingen neu besetzen, zu deren Gewinnung er allerdings einen Teil der gut austreibenden Altpflanzen opfern musste. Zwei der Felder mit jungen Baumwollsprösslingen wurden von den wenigen Sklavinnen, die das Feuer überstanden hatten, betreut. Auch Moja war kaum noch im Haus anzutreffen, denn es galt die Pflanzen auszudünnen, und wenige Wochen darauf, im heißesten Monat August, begann die Ernte, die bis nach Weihnachten andauern würde und mit dem Trocknen und Entkernen der Baumwolle endete.

Für Anabell verging die Zeit wie im Flug. Sie lebte nur noch von einem Treffen mit Lewis bis zum nächsten, doch die waren selten. Inzwischen war auch die Zuckerrohrernte in vollem Gange, und auf der Dearing-Plantage liefen die Arbeiten auf Hochtouren. Einmal war Anabell einfach losgeritten, um Lewis zu überraschen. Es hatte Stunden gedauert ihn zu finden. Er war weder auf den Feldern noch bei den Mühlen. Schließlich fand sie ihn bei einer Presse, die kaputtgegangen war.

Lewis war verschwitzt und dreckig. Sie erkannte den Mann, der sich dort in einem einfachen braunen Hemd und Hose über die Maschine beugte, kaum wieder. Ihren Vater oder Rasmus hatte sie nie so hart arbeiten gesehen. Und Lewis hatte weder eine Pistole dabei noch eine Peitsche am Gürtel. Die Sklaven, die in ihrer Arbeit unterbrochen worden waren, standen in der Nähe, beobachteten ihren Master und reichten ihm das Werkzeug, das er verlangte. Er hatte keine Angst, ihnen den Rücken zuzudrehen.

Doch die Harmonie trog. Auf den Schultern der Männer, die im Schatten der Hütte rauchten, prangte das Wappen der Dearings. Dunkle Linien vernarbter Peitschenwunden erschienen auf der Haut eines jungen Mannes als unregelmäßiges Muster. Die Handgelenke eines anderen waren von Ketten wundgescheuert. Nein, so konnte und durfte ihre Zukunft nicht aussehen.

Schließlich machte ein Sklave Lewis auf seinen Gast aufmerksam. Sobald er sie sah, strahlte der junge Mann über das ganze Gesicht und eilte zu ihr. Sogar sein Haar war verklebt mit Melasse. »Es wird rund um die Uhr gearbeitet«, entschuldigte er sich. »Dass die Maschine ausgefallen ist, gleicht einer Katastrophe. Es tut mir leid, aber ich habe erst wieder Zeit, wenn sie läuft.«

»Dann vergiss nicht zu essen«, sagte sie nur. Er sah hager aus, aber gut. Sogar jetzt hätte sie ihn am liebsten in die Arme geschlossen, ganz fest an sich gedrückt und ihm einen Kuss nach dem anderen gegeben.

»Es macht nichts. Ich wollte dich nicht aufhalten«, sagte sie schnell ein wenig traurig. »Aber es war schön, dich zu sehen.«

In seinen leuchtend blauen Augen konnte sie erkennen, wie sehr er sie vermisste. Er wischte seine Hand an der Hose sauber, ergriff ihre Linke und drückte einen Kuss hinein.

»Zu Weihnachten wird es wieder ruhiger. Ich denke jeden Moment an dich, auch wenn ich nicht bei dir sein kann.«

»Ich denke auch an dich, Lewis Dearing. Auf bald.«

Er winkte ihr nach, als sie Grace in langsamem Trab zurück auf den Weg lenkte, doch als sie ein zweites Mal zurückblickte, hatte er sich schon wieder der defekten Maschine zugewandt.

So sehr Anabell das Leben auf der Hazienda auch genoss und sich eigentlich nicht recht vorstellen konnte wegzugehen, fühlte sie sich doch in ihrem Wunsch bestärkt, die Plantage der Familie nicht weiterzuführen. Mit einem Schnalzen trieb sie Grace in den Galopp.

Um tatsächlich einmal als Lehrerin arbeiten zu können, musste sie noch viel lernen, und die umfangreiche Bibliothek ihres Vaters war genau der richtige Ort dafür. Sie schwor sich, genauso hart zu arbeiten wie Lewis, um später einmal junge Menschen zu unterrichten, die dann vielleicht eine gerechtere, bessere Welt schaffen würden.

Der November zog mit Nebel und viel Regen ins Land. Die Baumwolle, die bis jetzt noch nicht geerntet war, verdarb in der kalten Nässe. Für die zwei Felder der Arceneaux hatte die Zeit ausgereicht, und Anabell war froh, wieder die Gesellschaft ihrer früheren Amme genießen zu können.

Unter dem Vorwand, Mojas Hilfe beim Nähen zu brauchen, drängte sie ihren Vater dazu, die alternde Sklavin von der anderen Arbeit zu befreien und zu ihr zu schicken.

Gemeinsam verarbeiteten sie die Stoffe, die Anabell aus Lafayette mitgebracht hatte, zu zwei wunderschönen Kleidern, doch wichtiger war es Anabell, wieder Zeit für Mojas Geschichten zu haben.

An einem dieser Tage, an dem sie eigentlich zusammen nähen wollten, bemerkte Anabell schon als Moja das Frühstück servierte, dass sie seltsam nervös war. Anabell nahm sich vor, sich zu erkundigen, was sie beunruhigte. Sobald Victor Arceneaux das Haus verlassen hatte, schlich sie sich zu der Sklavin in die Küche. Moja bemerkte sie gar nicht, sondern erledigte ihre Arbeit mit einer Geschwindigkeit, die an Panik grenzte.

»Was ist los? Es ist doch etwas?«

Moja erschrak so sehr, dass nur Anabells schnelle Reflexe verhinderten, dass eine kostbare Zuckerdose aus Kristallglas zu Bruch ging.

»Ich, ich fühle mich nicht gut.«

Anabell musterte ihr Gegenüber. Moja hatte sich mit einem roten Tuch das Haar zurückgebunden, Schweiß ließ den Rand des Stoffs dunkler erscheinen, und auch auf ihrer Stirn standen winzige feuchte Perlen. Sie sah wirklich nicht gut aus, aber eher nervös als krank. »Hast du Fieber?«

»Nein, nein. Aber bitte, Miss, ich muss mich ausruhen. Darf ich mich hinlegen? Ich weiß, ich sollte heute die Säume umketteln.«

Anabell glaubte ihr nicht, aber irgendetwas schien die Sklavin so sehr zu beunruhigen, dass sie sich zu einer Lüge gezwungen sah. Moja log nie, und faul war sie auch nicht. Wenn sie ihn so dringend brauchte, sollte sie ihren freien Nachmittag haben.

Anabell rang sich zu einem Lächeln durch. »Räume noch auf, und dann ruh dich aus, Moja, damit du schnell wieder auf die Beine kommst.«

Moja wollte etwas erwidern, schluckte dann jedoch die Worte hinunter und dankte ihr.

Anabell zog sich mit einem Buch über die Geschichte des englischen Königreichs in ihr Zimmer zurück und setzte sich auf eine kleine Bank direkt ans Fenster, wo sie auch im herbstlichen Dämmerlicht noch ohne Lampe auskam.

Mojas Unruhe schien auch von ihr Besitz ergriffen zu haben. Sie konnte sich nicht konzentrieren. Immer wieder unterbrach sie ihre Lektüre und starrte dann lange in den Nebel, der vom Tupelo herübertrieb. Wie in einem unsichtbaren Netz fing er sich zwischen den Stämmen der alten Eichen und waberte dort umher, als besäße der Dunst ein Eigenleben. Wenn jetzt die Sonne durchbräche, würden Gras, Blätter und jeder winzige Spinnwebfaden mit diamantenen Tautröpfchen überzogen sein. Doch die Sonne blieb hinter dichten Wolken verborgen, und die märchenschöne Welt existierte nur in Anabells Phantasie.

Beinahe zu spät bemerkte sie die Frau, die hastig den Innenhof überquerte und alsbald in die Nebelschwaden eintauchte. Es war niemand anderes als Moja, die eigentlich in ihrer Kammer liegen und sich auskurieren sollte.

Anabell war schlagartig hellwach. Was hatte Moja vor? Womöglich gab es ein Problem mit Vivien oder deren Baby, vielleicht brauchten sie Hilfe, um die sie Anabell nicht zu bitten wagten.

In Windeseile zog Anabell sich ihre Stiefel an, griff eine wollene Pelerine aus dem Schrank und lief in die Richtung, in die auch Moja verschwunden war.

Sie folgte einem kleinen Pfad in Richtung der Sklavensiedlung, der entlang eines Entwässerungsgrabens verlief. Der Nebel dämpfte jedes Geräusch und trübte die Sicht bis auf wenige Schritte.

Anabell konnte ihren eigenen Puls in den Ohren dröhnen hören. Hier geschah etwas Unheilvolles, sie hatte es im Gefühl.

Zu beiden Seiten des Pfades wuchs Zuckerrohr. Es war mehr als mannshoch, die bauschigen weißen Blütenstände neigten sich von beiden Seiten über den Weg und bedachten sie, wenn sie nicht achtgab, mit einem eisigen Tropfenschauer. Auch auf dem Boden hatte sich Tau abgesetzt. Bis auf Moja hatte an diesem Morgen niemand den Pfad benutzt. Ihre Fußabdrücke waren deutlich zu sehen.

Hin und wieder blieb Anabell stehen, um zu lauschen, dann senkte sich eine unheimliche, raschelnde Stille über die nebeltrübe Natur, in der selbst die Vögel nur noch verhalten zu piepsen wagten.

Die klamme Pelerine enger um die Schultern gezogen, folgte Anabell den Fußabdrücken in das grüne Halmgewirr. Es ging quer durch das Zuckerrohrfeld, bis sie unvermittelt vor einem Paviendickicht zum Stehen kam. Wenn man die Triebe der Strauchart auspresste, konnte man aus den gewonnenen Ölen Seife herstellen, hatte Moja ihr einmal erklärt. Es war genau hier gewesen, vor langer Zeit, als sie noch ein kleines Mädchen gewesen war.

Moja hatte sie damals gewarnt. Niemals dürfe ein Kind diesen Wald betreten, wenn ihm seine Seele lieb war. Angeblich hausten zwischen Eschen und Ranken böse Geister. Sie waren mit den Sklavenschiffen aus Afrika hergekommen, um die Menschen auch in ihrer aufgezwungenen neuen Heimat heimsuchen zu können.

Anabell fröstelte, doch nicht weil ihr kalt war. Sie sprach ein schnelles Vaterunser. Gott würde sie schützen. Energisch drängte sie ihre Angst zurück und folgte dem Pfad. Die Bäume hatten sämtliches Laub verloren, das nun als raschelnder gelbgrüner Teppich auf dem Boden lag. Die Stämme der Eschen waren furchig und grau wie das Novemberwetter, an vielen hatten sich Flechten und Moose festgesetzt, aus denen langsam der Nebel perlte.

Ein Stumpf sah aus, als hätte er ein Gesicht. Nein, er hatte wirklich ein Gesicht! Jemand musste vor langer Zeit mit einer Axt Augen und einen schmalen Mund hineingeschlagen haben. Jetzt war alles verwittert und moosbewachsen. Vereinzelte Federn hingen am rauen Holz, die aussahen wie Hühnerfedern.

Es ging bergauf. Der Wald lichtete sich. Wo die Kronen keine durchgehende Decke mehr bildeten, bedeckten Ahornschösslinge den Grund und erschwerten Anabell das Fortkommen. Die Blätter leuchteten in Karmesin und Blutrot.

Plötzlich fiel der Boden steil ab. Anabell gelang es gerade noch, sich hinter einigen Steinen zu verstecken, bevor die Sklaven sie entdeckten. Beinahe ein Dutzend Schwarze hatten sich in der Senke, die ein natürliches Atrium bildete, versammelt.

Anabell wagte kaum noch zu atmen. Es war eindeutig etwas Teuflisches, was hier ablief, und ihre ansonsten so fromme Moja war mittendrin!

Auf dem Boden, umgeben von einem grünen Blätterkranz, lag ein totes Zicklein. Es war noch sehr klein, nur ein paar Tage alt. In dem schwarz-weißen Fell glänzte an der Kehle Blut. Sie hatten ihm den Hals durchgeschnitten und die Flüssigkeit in einer Schüssel aufgefangen, die mit dem Messer neben dem Kopf des Tieres lag. Anabell lief ein eiskalter Schauer den Rücken hinab. Was taten die Sklaven da nur?

Moja versammelte sich mit den Frauen um den kleinen Kadaver. Sie rezitierten etwas in einer kehligen Sprache, legten weitere Blätter um das Tier und strichen liebevoll über das gescheckte Fell.

Vielleicht bitten sie es um Entschuldigung, überlegte Anabell. Moja schien diejenige zu sein, die bei dem seltsamen Ritual den Ton angab. Anabell kannte auch die anderen Frauen vom Sehen. Es waren zumeist alte Sklavinnen mit faltiger Haut und grauem Haar, die ihre Tage mit dem Auskämmen und Sortieren der Baumwolle verbrachten. Nur eine junge Frau kniete in dem Kreis, sie hatte sich mit einem Tuch ein Baby auf den Rücken gebunden. Es schlief friedlich und ahnungslos, während die Mutter mit einem kleinen Wedel Blut auf den grünen Blättern verteilte. Anabell erhaschte einen Blick auf ihr Gesicht: Vivien, Mojas freie Tochter.

Die Köpfe der Frauen fuhren herum. Sie starrten wie gebannt auf ein Paviendickicht. Jetzt geschah etwas!

Die Blätter teilten sich, und dann blieb Anabell vor Schreck beinahe der Atem stehen. Eine grausige dämonische Figur sprang ungelenk in die Mitte des Platzes. Ihre Haut war mit Asche bestrichen und von weißen und roten Flecken übersät wie bei einem Kranken. Eine Holzmaske mit hervorquellenden Augen und schmerzverzerrtem Gesicht bewegte sich ruckartig hin und her, als suche das Wesen nach einem Opfer.

Genau in diesem Moment brachen zwei alte Männer durch die Sträucher und schlugen wie besessen auf zwei kleine Trommeln ein. Sie begannen den Maskenmann zu umrunden, wobei ihre Röcke aus Stoffresten und verdorrten Zuckerrohrblättern vor dem Auge zu einem kunterbunten Durcheinander verschmolzen. Sie berührten den Maskierten mit langen Stöcken, als wagten sie es nicht, ihre Hände nach ihm auszustrecken. Vorsichtig dirigierten sie ihn so zu dem toten Zicklein, wo der Kreis der Frauen ehrfürchtig zurückwich. Auch sie begannen nun zu tanzen. Immer wilder und wilder wurde der Reigen, der um den Maskenträger und das Zicklein geführt wurde. Vivien bespritzte ihn und alle Tänzer mit Ziegenblut, und die Übelkeit, die Anabell schon beim Zuschauen überkam, wurde immer schlimmer. Dennoch konnte sie sich jetzt nicht einfach davonschleichen. Sie musste ausharren, wollte unbedingt wissen, was geschah.

Der Rhythmus der kleinen Trommeln brannte sich wie Feuer durch ihren Körper, jagte den Puls hoch und trieb ihr den Schweiß auf die Stirn. Sie fühlte sich fiebrig. Der wilde Tanz schien auch nach ihr zu verlangen: Sie sollte sich anschließen und sich drehen und drehen, bis sie erschöpft zusammenbrach.

Zwei Frauen und ein Mann sanken nacheinander auf die Knie. Moja eilte sofort zu ihnen. Mit verdrehten Augen stammelten die Besessenen ihr etwas ins Ohr.

Der Tanz ging weiter, andere brachen zusammen und flüsterten Moja ihre Geheimnisse zu. Dann, als die Sonne schon tief stand, führten die Tänzer in den bunten Kostümen den Maskierten zurück in den Schutz der Büsche.

Es war vorbei.

Ganz langsam fiel die Spannung von Anabell ab, wie ein Gewicht, das auf ihren Schultern gelastet hatte. Die Männer mit den Kostümen tauchten nicht wieder auf. Wie aus einem Bann erwacht, verschwanden die Frauen in Richtung der Sklavenhütten zwischen den Büschen. Der Platz in der Mitte des Laubkreises war verwaist. Nur ein paar Blutsprenkel glänzten dunkel auf den Blättern und zeugten noch von dem toten Zicklein, das auf schier magische Weise verschwunden war. Hatte es der maskierte Teufel mitgenommen? Wo war er überhaupt hin?

Eine unheimliche Stille senkte sich über den Wald. Der Nebel, der den ganzen Tag in Dickichten und Senken überdauert hatte, kehrte mit fortschreitender Tageszeit und sinkenden Temperaturen zurück. Vögel huschten durch die Büsche und schüttelten dabei Tropfen von den Zweigen. Einer traf Anabell genau in den Nacken und lief zwischen Haaren und Kragen herab. Sie wischte hastig darüber und bemerkte viel zu spät, dass Moja und ihre Tochter Vivien genau auf sie zukamen.

Anabell duckte sich ganz tief in ihr Versteck. Mutter und Tochter waren keine drei Schritte von ihr stehen geblieben und nahmen Abschied voneinander.

Nun sah Moja nicht mehr unheimlich aus. Sie küsste das Köpfchen des schlafenden Babys und sah dann ihrer Tochter nach, wie sie mit wiegenden Schritten im Wald verschwand.

»Ich weiß, dass Sie da sind, Miss Anabell«, sagte sie mit einem Mal ruhig und wandte sich um. Ihre Augen leuchteten gespenstisch.

Anabell drückte die Hände auf die Brust, in der ihr Herz so panisch flatterte wie ein eingesperrter Vogel, der kurz davor war, sich vor Angst die Flügel zu brechen. Sie war wie erstarrt. Moja lächelte und brach damit den Bann. Anabell erhob sich zögernd.

»Ich wusste die ganze Zeit, dass Sie uns beobachten. Es muss Ihnen Angst gemacht haben.«

»Was bedeutet das alles? Habt ihr den Teufel angebetet? Du hast doch immer morgens und abends mit mir das Vaterunser gesprochen ...«

»Und das tue ich immer noch, Kind, jeden Morgen. Kommen Sie, gehen wir heim, sonst schaffen wir es nicht mehr vor Einbruch der Dunkelheit, und Master Arceneaux wird sich Sorgen machen. Ich erkläre alles auf dem Weg.«

Widerwillig stapfte Anabell hinter Moja her, von der sie sich schändlich hintergangen fühlte, so sehr, dass sie bereits mit dem Gedanken spielte, ihrem Vater davon zu berichten. Die Konsequenzen für die Sklavin waren ihr klar. Sie würde, ebenso wie alle anderen Beteiligten, ausgepeitscht werden und danach wahrscheinlich einige Wochen bei Wasser und wenig Nahrung in einem Verschlag verbringen. Doch das war nichts gegen das, was den Seelen der Teufelsanbeter im Jenseits drohte, wenn sie erst einmal die irdischen Gefilde verlassen hatten.

Moja schwieg, während sie den Wald durchquerten und auch die erste Zeit, nachdem sie ins Zuckerrohrfeld eingetaucht waren wie in ein graugrünes Meer. Zwischen den raschelnden Blättern erzählte sie schließlich von einer schrecklichen Seuche, die unter den Sklaven wütete. Afrikanischen Überlieferungen zufolge war dafür der Seuchengott *Sakpata* verantwortlich, der von dem Mann in der Holzmaske mit der fleckigen, aschegebleichten Haut verkörpert worden war. Das Blut und Leben der Ziege war der Versuch, ihn zu bestechen. Die Menschen hatten furchtbare Angst und wussten sich nicht mehr anders zu helfen.

Anabell war fassungslos. »Und deshalb werdet ihr jetzt alle zu Götzenanbetern?«

»Verstehen Sie doch, Miss! *Sakpata* hat die Krankheit gebracht, und nur er kann sie wieder wegnehmen! Wir haben keine Wahl, er ist böse auf uns! Ich habe versucht, die Kranken zu heilen, aber nichts hilft und die Kinder sterben!«

»Weiß mein Vater davon?«

»Nein!«

Anabell fasste Moja an der Schulter und riss sie herum. »Und warum nicht? Wie soll er Medizin besorgen, wenn er nichts von einer Krankheit weiß!«

Die Sklavin rang die Hände. Ihr liefen Tränen über die Wangen. Mit erstickter Stimme würgte sie die schreckliche Wahrheit hervor: »Wir haben nichts gesagt, weil sie auf anderen Plantagen jeden Kranken erschießen und die Leichen in die Sümpfe werfen. Wir haben Angst, Miss, wir haben schreckliche Angst.«

Anabell war für einen Moment sprachlos, dann fasste sie Moja am Arm und zerrte sie weiter. Ihr Vater musste davon erfahren, sofort! Und sie würde dafür sorgen, dass niemand erschossen wurde. Moja weinte und bettelte, ihr Geheimnis nicht zu verraten, doch Anabell war taub für ihre Klagen. Sie durften keine Zeit mehr verlieren. Vielleicht konnten noch Leben gerettet werden.

Atemlos erreichten die Frauen schließlich den Vorplatz der Hazienda. Es war bereits dunkel. Im Haus brannte kaum Licht, und der Nebel trieb in gespenstischen Schwaden über den Hof. Von der Eichenallee preschte ein Reiter in vollem Galopp heran.

»Gott erbarme sich, der Master!«, flüsterte Moja und duckte sich ängstlich. Anabell kamen ihre Worte vor wie blanker Hohn. Doch Moja hatte recht, es war ihr Vater. Er preschte auf seinem Rappen heran, die Fackel in seiner Hand wegen des Windes nicht viel mehr als glimmende Kohlen. Sobald er Anabell entdeckte, hielt er direkt auf sie zu und riss erst im letzten Moment scharf an den Zügeln.

»Weg, weg von ihr!«, brüllte er Moja an und stieß mit der Fackel nach der schreienden Sklavin. Anabell ließ Moja los, um nicht von dem tänzelnden Rappen umgestoßen zu werden.

»Was ist denn los, Vater?«

»Was los ist? Die Pocken, die Pocken sind los! Sofort ins Haus, Anabell, und bete zu Gott, dass du dich nicht angesteckt hast!«

Die Pocken? Ihr wurde flau, dennoch musste sie an Mojas Worte denken. Ihr Blick begegnete dem der Sklavin, die auf dem Boden kauerte und ihr sicheres Ende erwartete.

»Du darfst sie nicht umbringen, Vater!«

Arceneaux schob sein Pferd zwischen die beiden Frauen. Der Rappe tänzelte, hatte Schaum vorm Maul und knirschte mit den Zähnen, er spürte die Stimmung seines Herrn genau. Arceneaux brachte ihn mit einem Ruck am Zügel zur Ruhe.

»Wer hat denn etwas von umbringen gesagt?!«

»Auf, auf …«, sie schluckte die Worte. Er durfte nicht wissen, was auf den anderen Plantagen geschah.

»Ins Haus, Anabell, und du zurück zum Dorf. Keiner verlässt seine Hütte. Und wagt es nicht, wegzulaufen und das Unglück auch noch zu unseren Nachbarn zu tragen.« Arceneaux sprang vom Pferd, als Moja sich ungläubig aufrappelte und davonrannte. Die Sklavin war in Sicherheit.

Anabell wollte ihrem Vater keinen weiteren Grund geben, auf sie wütend zu sein, und eilte in die entgegengesetzte Richtung davon. Auf der Veranda des Wohnhauses blieb sie stehen und sah zum Stall hinüber.

Der Sklave, der üblicherweise die Tiere versorgte, war ebenfalls fort, sodass der Hausherr seinen Rappen selber absattelte und versorgte.

Nur langsam wurde Anabell klar, was der Pockenausbruch womöglich bedeutete. Den Tod der Sklaven, ihr eigenes Ende und womöglich das ihres Vaters. Jetzt half nur noch Gottvertrauen.

Der Arzt aus Lafayette kam noch in der Nacht. Anabell wurde aus einem unruhigen Schlaf geweckt. In einem Albtraum nach dem anderen hatte sie immer wieder ihren eigenen grauenvollen Tod durchlebt. Als es an der Tür klopfte, fuhr sie mit hämmerndem Herzen auf. Im stockfinsteren Zimmer betastete sie Gesicht und Hände. Nein, da war nichts. Keine Pusteln oder Bläschen, nichts.

Dann hörte sie Stimmen auf dem Gang und es wurde wieder geklopft. »Anabell, bist du wach? Doktor Verger ist da.«

Sie setzte sich im Bett auf und bat sie herein.

Der dickliche Arzt mit dem dunkelblonden Rauschebart war ihr schon seit frühester Kindheit bekannt. Seine Miene war ernst, als er dicht gefolgt von Anabells Vater das Zimmer betrat. Arceneaux trug einen vielarmigen Kerzenleuchter und eine Blendlaterne und leuchtete dem Arzt. Die beiden Männer machten viel Aufhebens um Anabell, versuchten sie aber gleichzeitig zu beruhigen, was ihr den Ernst der Lage noch deutlicher vor Augen führte.

Nach einer allgemeinen Untersuchung, bei der Verger bis auf einen erhöhten Puls nichts feststellte, machte sich der Arzt an seiner abgewetzten schwarzen Ledertasche zu schaffen.

»Ich werde Sie impfen, Miss. Wenn Sie sich bislang noch nicht angesteckt haben, wird Ihnen nichts passieren. Aber es kann ein bis zwei Wochen dauern, bis ich Ihnen Entwarnung geben kann.«

Auf Geheiß des Arztes knöpfte Anabell den Ärmel ihres Nachtgewandes auf und schob ihn bis über die Schulter. Die warmen

Hände ihres Vaters, die tröstend die ihren ergriffen, fühlten sich an wie Fesseln. Als sie das kleine scharfe Messer sah, dass der Arzt aus einem weißen Tuch wickelte, hätte sie sich am liebsten losgerissen. Die Klinge blitzte diabolisch im flackernden Kerzenschein.

»Was tun Sie?«

»Sie brauchen keine Angst …«

»Die Wahrheit, bitte!«, drängte Anabell, deren Magen sich zu einem winzigen Klumpen zusammengezogen hatte.

Der Arzt seufzte. »Es klingt furchtbar, wenn ich es sage. Aber ich mache einen kleinen Schnitt in Ihre Haut und reibe ein Pulver aus Kuhpocken hinein. Wer die Rinderkrankheit hatte, bleibt von den Menschenpocken verschont.«

Er setzte das Messer an, ehe Anabell Zeit bekam, etwas zu erwidern. Der Schnitt brannte, sie holte tief Luft und wandte den Kopf ab, um nicht sehen zu müssen, wie Verger das gelbliche Pulver in die Wunde rieb.

Anabell sah erst wieder hin, als er ihr einen kleinen Verband angelegt hatte. »Danke«, würgte sie hervor.

»Ruhen Sie sich aus, Miss Anabell. Es wird schon alles gut gehen. Wenn Sie sich in den nächsten Tagen unwohl fühlen und sich auf dem Schnitt kleine Bläschen bilden, ist das ganz normal.«

Arceneaux gab seiner Tochter einen Kuss auf die Stirn und versprach, sich als Nächster behandeln zu lassen, dann würde der Arzt noch in der Nacht zu den Sklavenhütten aufbrechen.

Für viele Menschen kam dennoch jede Hilfe zu spät. Die Pocken wüteten in den Sklavenquartieren und brachten Dutzenden Tod und Elend.

Anabell war ins Kloster geschickt worden, wo sie schon viele Jahre ihres Lebens verbracht hatte. Die Vertrautheit der ehrwürdigen weiß getünchten Gemäuer und die Abgeschiedenheit ließen die Briefe ihres Vaters, der von den Vorgängen auf der Plantage berichtete, wie aus einer gänzlich anderen Welt erscheinen.

Sie hatte gefiebert, drei Tage lang, dann bildete sich auf der Einschnittstelle an ihrem Oberarm eine dicke Pustel, die erst voll Wasser, später mit Eiter gefüllt und schließlich ausgetrocknet war. Die Angst, sich doch noch zu infizieren, wollte nur langsam schwinden.

Schwester Margarete, eine gutmütige ältere Nonne, die das Gelübde erst abgelegt hatte, nachdem ihr Mann verstorben und die Kinder erwachsen waren, kümmerte sich liebevoll um sie. Gemeinsam beteten sie für das Seelenheil der Verstorbenen und baten den Heiligen Rochus um Beistand für die Erkrankten. Die Schwestern kümmerten sich auch um Opfer der Pockenepidemie, doch Anabell war der Kontakt mit Kranken durch ihren Vater verboten worden. Sie verbrachte viel Zeit in der Bibliothek oder half Schwester Margarete dabei, Kräuter zu verarbeiten und daraus Arzneien und Salben herzustellen. Die Ablenkung tat ihr gut.

Anabell sah ihren Vater und Lewis in den folgenden Wochen kein einziges Mal. Vom Leid auf der Plantage und den drohenden Ernteausfällen erfuhr sie auch weiterhin nur durch die Briefe ihres Vaters. Die Sklaven der Dearings waren beinahe genauso schwer betroffen. Lewis war zu Anabells Erleichterung rechtzeitig immunisiert worden und gesund geblieben. Der Ausbruch der Seuche beschränkte sich nur auf die umliegenden Plantagen und war vorläufig durch ausreichendes Impfen gebremst worden.

Anabell machte sich keine Illusionen. Das erneute Unglück bedeutete für die Arceneaux-Plantage das Aus. Ihr Vater hatte sich hoch verschulden müssen, um die neuen Sklaven zu kaufen und die vom Feuer zerstörten Zuckerrohrmühlen zu ersetzen. Noch einmal würde er bei den Banken kein Glück haben, und so wie es aussah, gab es kaum eine Plantage im Umkreis, die Arbeiter vermieten würde. Alle hatten Verluste zu beklagen.

Überall im Land war die Ernte durch den Pockenausbruch zum Erliegen gekommen. Es gab Gerüchte, wonach vereinzelt Baumwollernten verbrannt wurden, weil niemand Ware kaufen wollte, die mit Erkrankten in Berührung gekommen war.

Und so würde Anabells Traum von einem Leben abseits der Plantage vielleicht schneller Realität werden, als sie es sich erhofft hatte.

Beim Gedanken an ihre eigene ungewisse Zukunft und all das Elend, dass die Epidemie gebracht hatte, stiegen Anabell Tränen in die Augen. Sie musste ihren Spaziergang im Kräutergarten des Klosters unterbrechen, um sich auf eine kleine Bank zu setzen. Der üppige Chiffonrock raschelte protestierend, als er zwischen Holz und dichten Rosmarinbüschen eingezwängt wurde. Doch Anabell war der kostbare Stoff in diesem Moment egal. In der Abgeschiedenheit des Gartens ließ sie ihrer Trauer freien Lauf. Sie hatte doch davon geträumt, die Sklaven freizulassen und nicht davon, dass sie alle starben! Sie wollte so gern zurück, um zumindest zu helfen. Durch die Impfung war sie geschützt, warum sollte sie dann weiter zum Nichtstun verdammt eingesperrt hinter Klostermauern ausharren?

Anabell tupfte ihre Tränen ab, und langsam, ganz langsam wich die ohnmächtige Trauer heißer Wut. Und dieses Gefühl schrie förmlich danach, dass Anabell sich nicht länger in ihr Schicksal fügte und ausharrte, bis man sich ihrer wieder erinnerte. Und sie fasste einen Entschluss.

Grace flog nur so über den Weg dahin. Die Stute, die in den vergangenen Wochen mit den Eseln der Nonnen und einigen lahmen Arbeitspferden auf der Weide gestanden hatte, genoss es sichtlich, wieder ausgiebig galoppieren zu können.

Anabell ließ sie laufen und hatte das Gefühl, endlich wieder frei zu atmen. In der stickigen Luft der Klostermauern waren ihre Sinne wie taub gewesen. Sie hatte gar nicht gemerkt, wie sich eine Schwere um ihren Körper gelegt hatte, die unaufhörlich zunahm.

Jetzt war sie frei. Endlich wieder frei!

Wie sehr hatte Schwester Margarete, die gute Seele, gezetert, als Anabell wild entschlossen ihre Stute sattelte und einfach davonritt.

Merkwürdig, dachte Anabell, *die Natur sieht aus wie immer, grün, satt und üppig*. Schillernde Kolibris schwirrten von Blüte zu Blüte und erfüllten die warme Luft mit ihrem hohen Piepsen. Natürlich blieben sie unbeirrt vom Leid, das die Menschen heimsuchte, doch es kam ihr vor, als würden die Farben und Düfte, ja, das pralle Leben selbst, Gottes höchste Schöpfung verhöhnen.

Auch die wunderschöne weiße Hazienda sah aus wie eh und je. Inmitten grüner Felder gelegen, war von dem Feuer vor bald einem Jahr fast nichts mehr zu sehen. Einzig die Stümpfe einiger verkohlter Bäume zeugten noch von dem Feuersturm. Auf dem letzten Wegstück musste Anabell ihre Stute zügeln. Ihr kam ein voll beladener Wagen entgegen, der fast die ganze Wegbreite beanspruchte. Zwei braune Kaltblüter mühten sich in der warmen Nachmittagssonne mit ihrer Last. Der Kutscher war nicht von der Sorte, der seine Tiere schlug. Er rief ihnen aufmunternd zu, und ihre breiten muskulösen Schultern warfen sich mit vermehrter Kraft ins Kummet. Schaum flog, der Atem kam stoßweise aus den geblähten Nüstern.

Der Kutscher grüßte freundlich.

Anabell wartete in einer kleinen Ausbuchtung und musterte verwundert die Fracht. Unter der Plane waren Möbel. Ein Schrank zeichnete sich deutlich ab, hier und da ragte ein Stuhlbein hervor. In der Richtung, aus der die Kutsche kam, lag eigentlich nichts, außer dem Anwesen der Arceneaux. Wie ein fahrender Händler, der die Herrenhäuser der Gegend auf gut Glück abklapperte, wirkte der Mann jedoch nicht.

Die Begegnung auf dem Weg war bald vergessen. Grace brachte die schattige Eichenallee hinter sich und trabte auf den Vorplatz. Anabell sah sich nach Ben um, dem Sklaven, der in den Ställen arbeitete und eigentlich immer sofort zur Stelle war, wenn im Hof Hufschlag ertönte. Es regte sich nichts.

Anabell verdrängte den Gedanken, der Alte könnte ebenfalls der Seuche zum Opfer gefallen sein. Womöglich half er bei Moja im Garten mit, das tat er oft, wenn niemand erwartet wurde.

Sie band Grace im Schatten neben einer Tränke fest, lockerte den Sattelgurt und betrat das Haus über die breite Veranda. Im Eingang blieb sie wie angewurzelt stehen. Mehrere Holzkisten türmten sich dort, wo früher einmal eine Kommode aus Kirschholz gestanden hatte. Auch die Standuhr fehlte, genau wie das brokatbezogene dunkelgrüne Sofa, auf dem einst Gäste gewartet hatten, bevor sie vom Hausherrn in Salon oder Esszimmer gebeten wurden. Dort, wo ein großer Spiegel gehangen hatte, war nur noch eine helle Stelle zu sehen.

Was hatte das alles zu bedeuten? Anabell stockte der Atem, der Boden drehte sich plötzlich unter ihr weg. Sie griff erschrocken nach dem Geländer. Wenigstens das war noch da. Das feste Holz in ihrer Hand zu spüren, das sich warm und vertraut anfühlte, ließ die Sicherheit zurückkehren.

Im Obergeschoss waren Menschen. Schritte brachten die Bodendielen zum Knarren, es wurden Möbel gerückt.

»Vater?« Anabell stieg die Stufen hinauf. Langsam nur, denn ihre Knie waren noch immer ziemlich weich. Auch in der Diele stapelten sich Kisten. Rasmus trug gerade eine aus ihrem Zimmer und blieb überrascht stehen, als er Anabell entdeckte. »Was tun Sie hier, Miss?«, knurrte er unfreundlich.

Bei dem Gedanken, er habe in ihren Sachen gewühlt und ihre Kleidung angefasst, lief ihr ein Schauder über den Rücken.

Ohne ein Wort zu verlieren stürmte sie an ihm vorbei in ihr Zimmer. Auch dort fehlte ein Teil der Möbel.

Moja stand mit dem Rücken zur Tür und sortierte mit ihrer üblichen Sorgfalt Anabells Kleider. Die Schränke waren schon fast alle leer. »Moja?«

Die Sklavin fuhr herum. Auf ihren Wangen glänzten Tränen. In diesem Moment hatte Anabell ihr schlagartig alles verziehen. Ihre Lüge und auch das teuflische Ritual mit dem Zicklein im Wald. All das war aus Angst vor der Seuche geschehen, weil die Leute sich nicht mehr anders zu helfen wussten.

Moja ließ vor Schreck das Nachthemd fallen, das sie gerade hatte falten wollen. »Miss Anabell«, schluchzte sie und streckte die Hände aus.

»Heb das sofort auf, sonst …«, dröhnte Rasmus. Anabell schrak zusammen. Moja hob das Kleidungsstück auf, schlug kurz die Augen nieder, doch dann ging eine plötzliche Verwandlung mit ihr vor. Sie erwiderte den Blick des Aufsehers mutig und mit straffem Rücken. »Du kannst mir nicht drohen, Rasmus, ich bin eine freie Frau!«

Anabell wollte ihren Ohren nicht trauen. »Lass uns allein, und mach die Tür hinter dir zu«, befahl sie dem Mann.

Rasmus knallte die Tür ins Schloss. Der Boden dröhnte unter seinen zornigen Schritten, als er sich entfernte.

Anabell begegnete Mojas Blick. »Ist das wahr? Ist das wirklich wahr? Vater hat dir die Freiheit geschenkt?«

»Master Arceneaux ist so gütig, er ist …«

Moja nickte, und noch mehr Tränen liefen aus ihren braunen Augen, die sie fortwischen wollte, doch Anabell nahm sie in die Arme und drückte ihre ehemalige Amme ganz fest. »Oh, ich freue mich so für dich, ich freu mich so!«

Moja strich ihr über den Rücken, ließ die Hand zwischen den Schulterblättern kreisen, wie früher, wenn Anabell sich verletzt hatte oder unglücklich war und bei ihr Trost suchte.

»Ich will das nicht. Ich will nicht frei sein und bei fremden Leuten arbeiten, ich will mit Ihnen gehen!«, protestierte sie unter Tränen und schluchzte heftig. Anabell schob sie freundlich von sich und reichte ihr ein Taschentuch. Auch sie war kurz davor, ihre Fassung zu verlieren. Zu viele unterschiedliche Gefühle stürmten auf sie ein. »Was hat mein Vater vor? Ich habe keine Ahnung, was hier überhaupt los ist.«

»Der Master hat ja recht, ich bin zu alt für so eine lange Reise. Ich finde Pferde grässlich, nie in all den Jahren habe ich mich auf den Rücken einer solchen Kreatur gewagt, und das werde ich auch nicht mehr tun.«

»Aber wohin will er denn überhaupt und wann?«

»Master Arceneaux ist in seinem Arbeitszimmer«, erklärte Moja und wandte sich wieder dem Packen zu. Deutlicher konnte sie es nicht machen. Von ihr würde Anabell nicht erfahren, was ihr Vater für ihre Zukunft bestimmt hatte. Während Anabell den Flur durchquerte und sich an Kisten und Möbeln vorbeischob, um in den gegenüberliegenden Flügel des Anwesens zu gelangen, wo das Arbeitszimmer ihres Vaters lag, stieg Zorn in ihr auf.

Sie beschloss, auch unhöflich zu sein, wenn man so unhöflich zu ihr war und alles hinter ihrem Rücken plante. Sie öffnete die Tür, ohne zu klopfen.

Ihr Vater schrak auf. Sein braunes Haar, das Anabell von ihm geerbt hatte, war wild zerstrubbelt. Er trug noch seinen Morgenrock und hatte doch bereits einen Scotch auf dem Schreibtisch stehen. Es schien, als hätte sich das heillose Durcheinander im Haus auf ihn übertragen oder andersherum.

»Anabell, Kind, was tust du hier?« fragte er irritiert und strich sich über die unrasierten Wangen. Seine Augen waren vom Schlafmangel gezeichnet und wurden weich beim Anblick seiner Tochter. Sie sah sofort, dass er von Sorge getrieben war. »Wann wolltest du es mir sagen?«, fragte sie noch ein wenig zornig.

»Ich wäre zu dir gekommen, schon bald. Aber du bist in der Obhut der Nonnen besser aufgehoben. Hier, in dem ganzen Chaos, dem Elend, das die Pocken gebracht haben ...«

»Vater, ich bin kein kleines Kind mehr!«, empörte sie sich.

Victor Arceneaux erhob sich, ging schwerfällig um den breiten Schreibtisch aus Eichenholz herum und beugte sich vor, um seine Tochter auf die Stirn zu küssen.

»Was weißt du über Alta California, Anabell?«

Anabell stand an der Reling des Frachters. Der Kai von Lafayette verschwamm vor ihren Augen. Lewis stand ganz nah am Rand und schwenkte seinen Hut. Anabell winkte mit gleicher Verzweiflung zurück, die Linke mit dem Verlobungsring ganz fest über ihr Herz gepresst.

Ein Zittern fuhr durch das Schiff, als die halb gerefften Segel in den Wind drehten. Am Bug schäumten die braunen Fluten des Vermillion River. Möwen stürzten sich in die Strudel und kehrten gleich darauf an die Oberfläche zurück. In ihren Schnäbeln zuckten kleine Welse, die sofort gierig verschlungen wurden.

»Ich schwöre bei Gott, ich komme nach! Anabell, vergiss mich nicht!«, schrie Lewis gegen das Knattern der Segel an.

»Ich warte auf dich, Lewis, versprochen!«

Anabell sah zu, wie er davonrannte und zwischen den alten Lagerhäusern verschwand.

Fort, er war fort! Konnte er den Abschied nicht ertragen? Hatte er Angst, vor den Schaulustigen die Fassung zu verlieren, wie es einem Mann nicht geschehen sollte?

Hufgetrommel auf hartem Lehm riss ihren Blick vom Hafen los. Lewis saß auf seinem Braunen und preschte den Leinpfad entlang, der das Ufer des Vermillion River säumte.

Anabell bewunderte Lewis für seinen Entschluss zu bleiben,

statt gemeinsam mit ihr das seuchengeplagte Land hinter sich zu lassen.

Lewis hatte seine Schwester an die Pocken verloren. Sein Vater hatte die Impfung nicht recht vertragen und kämpfte nun schon seit Wochen mit dem Fieber. Die Mutter wusste weder ein noch aus und war auf die Unterstützung ihres Sohnes dringend angewiesen. Unter den Sklaven der Dearings hatten die Pocken genauso schlimm oder noch schlimmer gewütet als auf der Plantage der Arceneaux.

»Er ist ein guter Mann. Er wird kommen, sobald er seine Familie allein lassen kann«, tröstete sie ihr Vater, der neben ihr stand. Sie hörte seine Schuldgefühle heraus. Womöglich hätte sie bei Lewis bleiben können, gefragt hatte sie nie.

Das Schiff fuhr nun in der Mitte des breiten Stroms und nahm weiter Fahrt auf. Schwimmpflanzen trieben wie grüne Nester flussabwärts. Der Saumpfad war zu Ende. Anabell verlor Lewis immer wieder aus den Augen. Er verschwand hinter Sumpfzypressen, die das zerklüftete Ufer säumten, dann tauchte er plötzlich wieder auf und ritt weiter.

Sein ermüdetes Pferd strauchelte häufig auf dem morastigen Grund, doch er jagte es vorwärts.

»Er hat den Verstand verloren und wird sich noch alle Knochen brechen«, knurrte Victor Arceneaux.

»Kehr um!«, rief ihm Anabell zu. »Kehr um, Lewis.«

Der Wind trug ihren Ruf über das Wasser und schreckte Seidenreiher von einem Stück Treibholz hoch. Lewis verhielt sein Pferd, ritt in den Schilfgürtel hinein und sah ihr von dort aus nach. Der Wind zerzauste sein Haar, der Hut, mit dem er ihr noch am Kai gewunken hatte, war auf dem wilden Ritt verloren gegangen.

Anabell wünschte sich, noch ein letztes Mal in seine Augen zu sehen und dabei seine Lippen auf ihren spüren zu dürfen. Ihr Herz tat schon jetzt ganz schrecklich weh. Wie sollte sie je die kommenden Wochen und Monate überstehen?

Die Arceneaux hatten Glück im Unglück gehabt. Anabells Vater hatte ihr schließlich erzählt, was er für sich und seine Tochter plante. Überraschend hatte der Banker, bei dem sich der Plantagenbesitzer zuvor Geld geliehen hatte, den Vorschlag gemacht, die Plantage mitsamt des bald reifen Zuckerrohrs an einen Investor aus dem Norden zu verkaufen. Von eben jenem Banker war auch der Vorschlag gekommen, es mit der Rinderzucht zu versuchen, und zwar in Alta California, wo der stete Zustrom von Siedlern einen guten Absatzmarkt von Rindfleisch garantierte.

Ich ertrage es hier nicht mehr, hatte Arceneaux seiner Tochter die Entscheidung erklärt, *und ich kenne mehr als einen Mann, den im Süden das Glück verlassen hatte und der dann im Westen neues fand.*

Auf der Karte, die er ihr zeigte, war das Land eingezeichnet, das nun ihre und bald auch Lewis' neue Heimat werden sollte. Ein fruchtbarer Streifen entlang der Küste, von üppigen Eichenwäldern bestanden und mit einem kleinen namenlosen Fluss, der immer genug Wasser führte.

Es würde noch Monate dauern, bis sie das Land mit eigenen Augen sehen würde, doch eines beglückte sie schon jetzt. Im mexikanischen Kalifornien gab es weder Zuckerrohrplantagen noch Sklaverei.

Rasmus, den sein Vater zu ihrem Bedauern mit in ihr neues Leben nehmen wollte, hätte seine Sklavenpeitsche, die er auch auf dem Schiff wie ein Rangabzeichen am Gürtel trug, getrost über Bord werfen und in den Fluten des Vermillion River versenken können.

Lewis' Silhouette verschwand endgültig hinter einer Flussbiegung, und es kam Anabell vor, als sei jetzt auch ein Schatten auf das Land gefallen. Der Ausblick wurde eintönig, Sumpf- und Marschland, in dem sich allenfalls Moskitos und Schnappschildkröten wohlfühlen konnten, zog vorbei.

Plötzlich zerriss ein Schuss die merkwürdige, vor Hitze flirrende Stille, die wie eine Glocke über dem Schiff gelegen hatte. Anabell fuhr zusammen. Angst hatte sie keine. Am Bug zielten Reisende, die sich schon den ein oder anderen Drink genehmigt hatten, mit ihren Gewehren auf Treibholz. Grölendes Gelächter folgte, wenn wieder einmal ein Ziel verfehlt wurde.

Anabell spähte auf das Hinterdeck, wo ihr Pferd untergebracht war. Mit einem Dutzend anderer stand Grace durch Netze gesichert da und fraß Heu. Der Lärm machte ihr keine Angst.

Mit lautem Platschen flohen Alligatoren von ihrem sonnigen Ruheplatz auf einem schlammigen Uferstreifen ins Wasser und zogen damit erst recht die Aufmerksamkeit der gelangweilten Schiffsreisenden auf sich. Anabell hielt es nicht länger an der Reling, als der erste getroffene Alligator vorbeitrieb. Sie konnte die Biester nicht leiden, dennoch wünschte sie auch dieser Kreatur kein Leid. Ihr Vater schien ebenso zu denken. Er bat einen Mann um dessen Gewehr, lud es und zielte sorgfältig. Der Alligator wand sich fauchend um die eigene Achse, sein Blut färbte das brackige Wasser rot. Dann drückte er ab und beendete das Leid der Kreatur mit einem sauberen Schuss. Den hellen Bauch nach oben gekehrt, trieb das Tier davon.

Buch 2

Wowacintanka – Seelenstärke

Hold on to what is good,
Even if it's a handful of earth.
Hold on to what you believe,
Even if it's a tree that stands by itself.
Hold on to what you must do,
Even if it's a long way from here.
Hold on to your life,
Even if it's easier to let go.
Hold on to my hand,
Even if someday I'll be gone away from you.

Halte am Guten fest, auch wenn es nur eine Handvoll Erde ist. Halte fest, woran du glaubst, selbst wenn es ein Baum ist, der aus eigener Kraft stehen kann. Halte fest an dem, was du tun musst, auch wenn der Weg weit ist. Halte an deinem Leben fest, auch wenn es einfacher scheint, es loszulassen. Halte meine Hand fest, auch wenn ich dich eines Tages verlassen muss.

Gebet der Pueblo Indianer

Der Krieger war mit einem kleinen Trupp Lakota im Lager von Tatanka Numpa aufgetaucht. Sie brachten schöne Pferde mit. Muskulöse, gesunde Tiere, wie sie auf den Weiden im Westen heranwuchsen. Dem Küstenland, wo einst die Gabelböcke ihre Jungen bekamen und der Puma auf die Jagd ging. Nun standen dort befestigte Häuser der heiligen weißen Männer, die ihresgleichen anzogen wie ein stinkender Kadaver die Fliegen. Die Wasicu, die Weißen, teilten das Land mit Schnüren aus gewundenem Draht und ließen dort ihre dummen Rinder weiden und die schönen Pferde. Von dort kamen die Krieger zurück.

Ohitika führte den Trupp gemeinsam mit seinem Bruder Waniyetu. Er war groß und stolz und der schönste Mann, den Zica je gesehen hatte. Er prahlte nicht und trank auch nicht das krankmachende Wasser der Weißen, wie so mancher Verzweifelte. Jeden Morgen war er gesegnet, denn er begrüßte *Wakan Tanka* und *Tunkasilapiki*, die Geister, mit heiligem Rauch. Ja, er war ein guter Mann, und Zicas Augen kannten nur noch ihn, den Spielgefährten aus Kindertagen. Früher war das Lager von Tatanka Numpas Vater und das von Ohitika im Sommer eines gewesen, und Zica kannte Ohitika noch als kleinen Jungen. Jetzt war er zum Mann gereift, und ihr Herz schien nur noch schlagen zu können, wenn er in der Nähe war. Die Luft war belebender und besser, wenn sie zuvor an seinem Leib vorbeigestrichen war. Er war der Mann, der für sie bestimmt war, da war sie sich sicher.

Ohitikas voller Name bedeutete: Tapferer Mann, der sein Land liebt, und Zica zweifelte nicht an seiner Tapferkeit. Zu gern hätte sie erfahren, wie er den Namen erhalten hatte, doch es gehörte sich nicht für eine Frau, einen Fremden anzusprechen und gar nach dessen Visionssuche zu fragen.

Jetzt endlich würde sie die Gelegenheit bekommen, ihn aus der Nähe zu sehen. Zica brachte einen Kessel voller Gabelbockfleisch in das Tipi ihres Bruders, wo dieser heute seine Gäste empfangen und mit ihnen Handel treiben wollte. Sie würde das Essen über seinem Feuer zu Ende kochen und die besten Stücke Ohitika reichen.

Die Klappe, die das Tipi verschloss, stand offen. Der Wind hatte gedreht und ließ den Rauch nicht richtig abziehen.

Zica stellte den Kessel ab. Sie verkniff sich eine neckende Bemerkung über die Faulheit ihres Bruders, der lieber den Eingang öffnete, statt hinauszugehen und mit einem Handgriff den Rauchabzug anzupassen. Sie packte die Stange geübt mit beiden Händen, verschob sie ein Stück nach Westen und arretierte die Stellung mit einem dicken, runden Stein.

Tatanka Numpa war allein in seinem Zelt. Da er, obwohl er bereits Häuptling war, noch keine Frau gewählt hatte, versah Zica gemeinsam mit ihrer Schwester alle anfallenden Arbeiten. So oft sie konnte, stahl sie sich jedoch davon und ging auf die Jagd. Eigentlich gehörte es sich nicht für eine Frau, und erst recht nicht für die Schwester des Häuptlings, doch mittlerweile hatten sich alle damit abgefunden, dass sie etwas anders war.

Das viele Fleisch, das Zica heimbrachte, sprach dafür, dass es richtig war, sie gewähren zu lassen. Und doch wurde über sie geredet, wenngleich nicht böswillig. Zica kannte den Inhalt der Gespräche genau. Man sagte, als Zica gezeugt worden war, hätten sich die Seelen nicht einigen können, wer in ihrem Körper wohnen dürfe, ein Mann oder eine Frau, und so bekam sie eine wankelmütige Seele, welche die Eigenschaften beider Geschlechter in sich vereinte.

Während Zica das Feuer schürte und mit einem kurzen Besen den Boden fegte, richtete ihr Bruder seine gesamte Aufmerksamkeit auf die ererbte Pfeife seines Vaters, die er mit dem besten Tabak füllte, um sie mit seinen Gästen zu rauchen und so den friedlichen Charakter ihrer Begegnung zu unterstreichen.

»Was soll ich den Männern antworten, wenn sie das Essen loben?«, erkundigte er sich scheinbar beiläufig, doch sie hörte das Lächeln in seiner Stimme.

»Die Wahrheit«, entgegnete sie und verkniff sich ungebührlichen Stolz. »Dass Tatanka Numpas Schwester mehr versteht, als Häute zu gerben und Mokassins zu besticken, und ihr Wild selbst jagt.«

Er sah sie an. Schalk leuchtete aus seinen braunen Augen. »Aber mir gefallen deine Mokassins.« Er befestigte eine verzierte Adlerfeder an seinem Hinterkopf, das Haar trug er sorgsam gescheitelt und zu zwei Zöpfen geflochten, wie es üblich war.

Zica würzte das Fleisch gerade mit Lavendel und den sehr salzig schmeckenden Blättern der Gauklerblume, als die Gäste ihre Ankunft ankündigten, indem sie laut vor dem Zelt auftraten.

Ohitika wurde von seinem Bruder begleitet. Waniyetus Miene war ernst, wie es sein Name verriet: Winter. Er sah grimmig aus wie der Frost. Die Männer setzten sich auf einige Decken und rauchten schweigend mit Tatanka Numpa. Zica musterte Ohitika durch den Dunst der Kochstelle, nahm gierig jedes Detail wahr, als würde sein Anblick den Hunger in ihr stillen können. Ohitika fielen die geflochtenen Zöpfe, deren Enden mit schwarzem Band umwickelt waren, bis auf den flachen Bauch hinab. Seine Leggings waren bis zu den Knien grün gefärbt, das Leder perfekt gegerbt und die Seiten bestickt. Zica fragte sich unwillkürlich, wer die Kleidung für ihn herstellte. Hatte er bereits eine Frau?

Dunkle Narben auf seiner Brust bezeugten, dass er seine Tapferkeit im Sonnentanz mehr als einmal unter Beweis gestellt und mit seinem Leid vom Schöpfer Kraft für andere erbeten hatte.

Ohitika bat Tatanka Numpa um Mehl und vor allem Munition und bot im Tausch eines der erbeuteten Pferde, ohne Zica überhaupt Beachtung zu schenken. Ihre Traurigkeit wuchs mit verstreichender Zeit. War sie denn so unansehnlich? Sie hatte den ganzen Morgen damit verbracht, sich auf diese Begegnung vorzubereiten, hatte im kalten Bergwasser gebadet, sich das Haar mit duftenden Kräutern eingerieben und ihre schönste Kleidung angezogen. Heute sah sie nun wirklich nicht aus wie eine Frau, die hin und wieder das Leben eines Mannes führte.

Sie teilte Essen aus. Eigentlich war ihre Aufgabe damit erledigt. Sie hätte das Zelt jetzt verlassen können, doch alles in ihr sträubte sich dagegen, die kostbare Nähe zu Ohitika aufzugeben. Genau in diesem Moment sah er auf. Endlich. Er lächelte genießerisch, nickte ihr zu. Sein Blick jagte ihren Puls hoch, während sie das Gefühl hatte zu fallen und nur er ihren Sturz bremsen könnte. Ohitika schien sich seiner Wirkung auf sie nicht bewusst zu sein, sonst hätte er die folgenden schicksalhaften Worte nie gesagt: »Ich habe nicht mehr so gut gegessen, seit wir aufgebrochen sind. Ich wünschte, wir hätten jemand dabei, der uns jeden Abend so gut bekocht.« Er hielt ihr die Holzschale hin und bat um Nachschlag.

Tatanka Numpa lachte. »Wenn ich Zica nicht hätte, wäre ich wohl schon längst verheiratet …« Er lobte seine Schwester noch weiter, doch die Worte gingen in dem wilden Rauschen unter, das in Zicas Ohren dröhnte. Ihre Wangen glühten, sie mussten leuchtend rot sein. Schnell rutschte sie näher an das Feuer, in der Hoffnung, die Männer mögen glauben, ihre Gesichtsfarbe rühre von der Hitze her.

Während Tatanka Numpa längst wieder das Thema gewechselt hatte und die Brüder darum bat, ihre Überfälle auf die Weißen weit weg von seinem Stammesterritorium durchzuführen, um die eigenen Leute vor Racheaktionen zu schützen, jagte in Zicas Kopf ein Gedanke den nächsten.

Hier war ihre Chance, und sie wollte ergriffen werden. Schon seit Jahren verweigerten ihr die Männer ihres Lagers, sie auf den

Kriegszügen mitzunehmen. Sie habe vielleicht den Mut eines Mannes, aber in ihrem Körper hause nicht der falsche Geist. Sie war kein Two Spirit, kein Mann im Körper einer Frau, und daher auch nicht berechtigt, wie einer behandelt zu werden.

Aber Zica wollte auch nicht wie ein Mann behandelt werden, sie wollte nur endlich etwas tun.

Weiße Siedler zu überfallen, die wie die Heuschrecken über das Land kamen, war ein guter Anfang. Sie verstand Tatanka Numpas Entscheidung, die Weißen zu meiden und sein Volk immer weiter in die schützenden Berge zu führen. Er war älter als sie, alt genug, um sich gut daran zu erinnern, wie ihre Eltern abgeschlachtet worden waren, obwohl sie nichts Schlimmeres getan hatten, als an einem Bachlauf zu lagern, den neuerdings ein Weißer für sich beanspruchte.

Sie waren auf Lakota-Land gestorben, und nun konnten ihre Kinder noch nicht einmal mehr die Ruhestätte ihrer Ahnen besuchen.

Ohitika und sein Bruder erhoben sich und versprachen Tatanka Numpa, seinen Wunsch zu respektieren und entweder in Richtung Küste zu ziehen oder sich ganz weit nach Süden zum wilden Fluss zu wenden, den die Weißen Rio Grande nannten. Für Tatanka Numpas Leute drohte keine Gefahr. Ohitika wollte schon am nächsten Morgen mit seinen Kriegern aufbrechen. Was er nicht wusste, war, dass Zica ihm folgen würde.

Zica hatte sich geschworen, sein Herz zu erobern, ganz gleich wie lange es dauern würde. Ihr Bruder musste sich dann eben eine neue Frau suchen, die alles für ihn in Ordnung hielt. Es gab einige, die dem jungen Häuptling schöne Augen machten. Der Abschied würde Zica dennoch schwerfallen.

———

Die Fahrt entlang der Küste hatte mehrere Wochen gedauert. Nachdem das Schiff sie den Vermillion River hinunter bis zur Mündung gebracht hatte, stiegen die Arceneaux auf ein hochseetaugliches Schiff um, das auch den Stürmen im Golf von Mexiko gewachsen sein würde. Sie segelten nach Westen, immer in Sichtweite zur Küste. In jedem Hafen, den sie anliefen, gab Anabell Briefe an Lewis auf und hätte so gern auch nur eine einzige Zeile von ihm erhalten, doch wohin sollte er die Briefe schicken?

Die Schiffsreise endete an einem warmen, sonnigen Sommertag in Corpus Christi. Von jetzt an würde es über Land weitergehen. Anabell wusste nicht, ob sie diesen Wechsel begrüßen oder verfluchen sollte. Bislang war ihre Reise nach Westen derart bequem verlaufen, dass sie oft von Langeweile geplagt gewesen war und mittlerweile jedes kleinste Detail in der Planung ihres Vaters für ihr neues Leben kannte.

Die Pferde freuten sich zweifellos, endlich nicht mehr zum Stillstehen gezwungen zu sein. Sie liefen auf einer kleinen Koppel neben der Pension Burro Negro auf und ab und vollführten übermütige Bocksprünge. Grace stach mit ihrer seltenen Fellfarbe aus der kleinen Herde heraus. In der tief stehenden Nachmittagssonne sah sie fast golden aus und weckte begehrliche Blicke.

Schon am nächsten Morgen brachen sie auf. Geführt von zwei erfahrenen Männern und unter dem Schutz von sechs zwielichtigen, bis an die Zähne bewaffneten Kerlen ging es westwärts auf den Fluss Rio Grande zu, dessen Lauf sie bis nach El Paso folgen würden. Mit ihnen reiste ein knappes Dutzend Siedlerfamilien, die allesamt ärmer waren als die Arceneaux und zumeist mit Schiffen direkt aus Europa gekommen waren. Sie führten all ihr Hab und Gut auf Planwagen mit sich, die von dürren Mulis und Ochsen gezogen wurden. Der Treck kam erschreckend langsam voran. Die Siedler hatten sich für teures Geld schlechte Wagen und kranke oder alte Zugtiere andrehen lassen.

Nach zwei Tagen war Victor Arceneaux so weit, den Führern Geld zu bieten, wenn sie den Treck teilten. Er konnte es nicht ertragen, ständig auf die Nachzügler warten zu müssen, und rechnete Anabell unentwegt vor, dass sie ohne die anderen um ein Drittel schneller sein konnten. Verteilt auf die gesamte Reise kosteten sie die langsamen Planwagen mehrere Wochen.

Nach sechs Tagen hatte er die Summe so hochgeschraubt, dass sich ein Scout dazu entschloss, das Angebot anzunehmen. An einer Siedlung, wo über Nacht Rast gemacht wurde, trennten sie sich endgültig vom Treck. Der Scout, ein stämmiger, schwarzhaariger Mann namens Paco, heuerte einen Freund an. Carlos war genauso dunkelhaarig, aber hager wie eine Heuschrecke und vervollständigte die Gruppe als Wächter.

Als sie sich von dem Wagentreck absetzten, wurde Anabell erst klar, wie wenig sie in die neue Heimat mitnahmen.

Auf zwölf Mulis und Pferden war all ihr Hab und Gut verladen. Für jeden Reiter – ihren Vater, Rasmus und sie selbst – war noch ein Ersatzpferd dabei, das war alles.

Carlos und Paco wählten für ihre Reise den gleichen Weg wie die Wagen. Einige Tage lang zogen sie durch eine hügelige Landschaft, die von mageren Sträuchern und stacheligen Pflanzen bewachsen war. Anabell hatte noch nie eine derart karge Natur gesehen. Gegen die üppigen Sümpfe und satten Wiesen Louisianas glich dieser Teil von Texas eher einer Wüste. Zu ihrem Schrecken war es in den Augen ihrer Führer keinesfalls so. Die dürren Akazien, Kreosotbüsche und Salbeisträucher waren für Paco und Carlos das reinste grüne Paradies. Mit der Zeit erkannte auch Anabell Schönheit in der Kargheit, wurde sich der Kostbarkeit des kleinen Wasserlaufs, dem sie zum Rio Grande folgten, bewusst. An seinem Ufer wuchs dichtes Gras, die Mimosen blühten gelb, und für die Pferde und Mulis gab es immer genug zu trinken. Wie mochte es wohl außerhalb dieser kleinen Oasen aussehen?

Allein bei dem Gedanken, sich weit von einem Wasserlauf entfernen zu müssen, wurde Anabell angst und bange. Schon jetzt waren die Tage schrecklich heiß, und nach vielen Stunden im Sattel ersehnte sie nichts mehr, als im Schutz ihres Zeltes den glühenden Leib mit kaltem Wasser zu kühlen.

Vor dem Wasser, das die Männer in Lederschläuchen mit sich führten, ekelte sie sich, seit sie einmal davon probiert hatte. Es schmeckte brackig und schal, nach vielen Stunden kam noch ein weiterer Geschmack hinzu, über den sie lieber nicht nachdachte, immerhin dienten schlecht gegerbte Tierhäute als Behälter.

Trotz des beschwerlichen Weges und der ein oder anderen steinigen Passage kamen sie schnell und sicher voran.

Dass es anderen nicht so gut ergangen war, konnte man an den Skeletten von Pferden und Rindern sehen, die ihren Pfad säumten. Zurückgelassene Gepäckstücke und ganze Wagen zeugten davon, was weniger glückliche Reisende vor ihnen erlitten hatten. Oft schlugen sie ihr Lager an Orten auf, wo andere vor ihnen gewesen waren, und nicht selten begegneten sie dort schlichten Grabstätten, die häufig aus nicht mehr als einem Steinhaufen und einem roh gezimmerten Holzkreuz bestanden. Die Namen derjenigen, die ihren Traum mit dem Leben bezahlt hatten, suchte Anabell meist vergebens.

Als sie nur noch zwei Tagesritte vom Rio Bravo entfernt waren, lagerten sie auf einer kleinen Kiesbank am Flussufer. Vorgänger hatten einige junge Erlen, die wohl bei einer Springflut entwurzelt worden waren, genutzt, um ein kleines Stück saftiger Wiese für ihr Vieh abzugrenzen. Ein steiler Schutthang bildete eine weitere natürliche Barriere.

Anabell stieg abends längst nicht mehr einfach nur vom Pferd ab und wartete, bis ihr Zelt von den Männern aufgebaut worden war, sondern half, wo Hilfe gebraucht wurde. Sie tränkte das Vieh, lud die Lasten der Mulis ab und schlug das Lager auf.

Mittlerweile hatte sich sogar ihr Vater daran gewöhnt, dass seine Tochter auf dieser Reise Veränderungen durchmachte.

Während Paco mit einer kleinen Axt einen dünnen Stamm bearbeitete, trug Anabell das leichte Holz zur Umzäunung, fügte es in eine Lücke ein und verkeilte es. Grace schnaubte ihr freundlich zu. Die Stute wollte gerade erneut den Kopf zum Grasen senken, als sie aufschrak.

Anabell hatte gelernt, auf die Warnsignale der Tiere zu achten. Sie fuhr herum und entdeckte einen harmlosen jungen Gabelbock, der sich am anderen Ufer einen Weg zur Tränke bahnte. Seltsam berührt vom Anblick des Tieres bewunderte sie die Eleganz, mit der es seine schmalen Hufe zwischen die glatt geschliffenen Steine setzte. Dann zerriss ein Schuss die Idylle.

Der Bock machte einen jähen Satz, vollführte eine groteske Drehung in der Luft und brach zusammen. Die Hinterbeine traten ins Leere, dann lag er still. Die Felswände beiderseits des Wasserlaufs reflektierten den Knall wie ein unheilvolles Omen.

Die Pferde stoben in ihrem Pferch wild durcheinander, beruhigten sich aber schnell wieder.

Anabells Vater hatte geschossen, erkannte sie mit weichen Knien. Carlos beglückwünschte ihn mit einem gut gelaunten Schlag auf die Schulter. Anabell fühlte sich auf eine merkwürdige Weise betrogen, als hätte ihr Vater etwas zerstört, das nur ihr gehört hatte.

Rasmus watete durch das flache Wasser auf die andere Seite, fasste den toten Bock an den kurzen Hörnern und schleifte ihn zum Lagerplatz. Anabell blieb auf Abstand. Sie setzte sich bei den Pferden auf einen Findling und lauschte ihrem friedvollen Kauen. Mit angezogenen Beinen, die Arme fest um sie geschlungen, beobachtete sie, wie die Sonne langsam hinter den Bergen unterging. Anabell hatte es noch nie gut ertragen können zuzusehen, wie ein Tier ausgenommen wurde. Der Geruch verdarb ihr auf Tage die Lust, Fleisch zu essen, und obwohl sie den Tod des

Gabelbocks bedauerte, freute sie sich sehr darauf, endlich wieder etwas anderes zu essen als Schinken, Mehlfladen und Eintöpfe aus Bohnen und eingeweichtem Mais.

Obwohl es Sommer war und tagsüber eine unerträgliche Hitze herrschte, wurde es hier mit zunehmender Dunkelheit kalt. Louisianas schwüle Sommernächte gehörten endgültig der Vergangenheit an. Anabell wollte die leise Traurigkeit nicht in ihr Herz lassen, doch abends vermisste sie Lewis immer besonders. Sie ordnete ihr schlichtes Reisekleid und erhob sich. Bald würde es schwer werden, den Weg zwischen den Kieselsteinen auszumachen, aber noch tauchte die Abenddämmerung alles in ein fahles blaues Licht. Überall raschelte es. Winzige Tiere huschten umher. Grillen begannen ihr Nachtkonzert, und sicher dauerte es nur noch Augenblicke, bis der erste Kojote zu heulen begann.

Das Lagerfeuer war wie eine schützende Insel im Meer der Nacht. Ein Schutz vor all den Wesen, die dort unerkannt lauerten.

Victor Arceneaux lächelte seiner Tochter zu. Anabell nahm seine Einladung nur zu gerne an. Sie setzte sich neben ihn auf eine Pferdedecke und ließ sich einen breiten Wollschal um die Schultern legen, der zwar kratzte, aber auch ungemein wärmte. Auf einem kleinen Rost am Feuer briet bereits das zartere Fleisch des Gabelbocks, eine weitere Portion kochte in einem kleinen Kessel. Es duftete verführerisch.

Anabell starrte in die Flammen und dachte an Lewis. Ihrer Sehnsucht nach ihm konnte sie nicht entkommen.

Die Zeltwände flatterten leise und vertraut. Dämmerblaues Licht rief Schemen hervor. Anabell drehte sich noch einmal um, weg vom Licht, als ihr klar wurde, wie merkwürdig still es war. Der Fluss murmelte über den Kies, doch außer dem Geräusch des

Wassers und sachtem Wind, der durch die Bäume strich, war da nichts. Kein Tier war zu hören, nicht ein einziges.

Sie versuchte, ihre aufkommende Unruhe zu unterdrücken, doch an Einschlafen war nicht mehr zu denken. Der Abend zuvor war bald zu Ende gewesen. Nach dem Festessen waren alle schnell schläfrig geworden, und Anabell war die Erste, die sich in ihr Zelt zurückzog. Kein Wunder also, dass es sie auch als Erste aus den Federn trieb.

Sie setzte sich auf, kämmte sich das Haar und zog Überrock und Jacke ihres beige und bordeaux gestreiften Reisekleides über, das sie nun schon seit mehreren Tagen trug. Halbhohe Stiefel, die sich zum Reiten genauso gut eigneten, wie um unebenes Terrain zu Fuß zu bewältigen, komplettierten ihre eintönige Reiseausstattung. Sie öffnete das Zelt und trat hinaus. Die merkwürdige Stille hielt an.

Die zwei dunklen Erhebungen am Feuer waren Rasmus und Paco, die dort schliefen. Carlos hatte sich für die letzte Wachschicht bis zum Morgen gemeldet und verbarg sich wohl irgendwo im Ufergehölz. Anabell ging zum Wasser und wusch sich mit dem eisigen Nass das Gesicht, bis auch die letzte Müdigkeit verschwunden war. Als sie sich gerade mit dem Ärmel abtrocknete, schreckte sie ein leiser Pfiff auf. Das Geräusch war von der Feuerstelle gekommen.

Sie starrte durch das Zwielicht zu den schlafenden Männern, dann sah sie die Bewegung. Pacos Kopf lugte hervor. Der Mexikaner schob ganz langsam seine Hand ins Freie und deutete mit einer Pistole auf Anabells linke Seite. Ihr Herz raste los. Gefahr!

Kam die Bedrohung aus dem kleinen Wäldchen, oder sollte sie dorthin in Deckung gehen? Was wollte er ihr sagen?

Anabell war wie erstarrt. Ihr Kopf weigerte sich, eine Entscheidung zu treffen. Und dann wurde sie ihr abgenommen.

Plötzlich stoben die Pferde in ihrem Pferch wie wild durcheinander. Sie hörte, wie die Tiere gegeneinander stießen, Hufe krachten laut gegen Holz. Dort im Pferch war etwas bei ihnen, das ihnen Angst machte.

»Grace!« Anabell lief los.

Im gleichen Moment öffnete sich der Eingang von Arceneaux' Zelt, und die Männer beim Feuer sprangen auf.

»Nein, Miss!«, hörte sie Paco rufen, dann war sie auch schon so nah am Pferch, dass sie den Schecken sehen konnte, der halb von Kreosotbüschen verborgen in der Nähe wartete. Feuerrote und weiße Streifen zogen sich über Hals und Flanken, Handabdrücke und Punkte auf der Hinterhand.

Anabell erstarrte. Da war nicht irgendein Tier, das die Pferde beunruhigte, sondern ein Mensch. Ein Indianer!

Ein wilder Schrei gellte durch das Tal. Es hörte sich an, so wie sie sich immer die Stimmen der Seelen vorgestellt hatte, die im Fegefeuer brannten. Zwei Reiter donnerten im Galopp auf das kleine Lager zu. Schüsse fielen.

Anabell hörte, wie jemand immer wieder ihren Namen rief. Ihr Vater. Sie solle aus dem Weg gehen. Sie tat es nicht. Der Fremde im Pferch hob kurz den Kopf. Er hatte dunkles Haar, sein Gesicht war zur einen Hälfte rot und auf der anderen schwarz. Ein wildes Zackenmuster zog sich über seine muskulöse Brust. Er schien die Zähne zu blecken wie ein in die Enge getriebenes Raubtier. Anabell schrie.

Der Indianer duckte sich hinter einen Baumstamm, legte eine Flinte an und schoss. Die Kugel ging dicht an ihr vorbei. Ein Mann stöhnte getroffen auf.

Endlich ließ Anabell sich fallen. Schüsse wurden gewechselt, zischten dicht über ihren Kopf hinweg, schlugen Funken auf den Kieselsteinen. Sie hatte Angst wie noch nie in ihrem Leben. Dem Feuer auf der Plantage konnte sie davonreiten, jetzt blieb ihr nur noch zu beten.

Der Indianer riss an den Balken, um die Tiere aus der Umzäunung zu befreien, und schoss hin und wieder, um Anabells Vater in Deckung zu zwingen. Die Balken und Stämme klemmten aus irgendeinem Grund. Gott war mit ihnen!

Anabell wandte den Blick und sah gerade noch, wie Rasmus niedergeritten wurde. Paco hatte sein Gewehr verloren, zum Laden fehlte ohnehin die Zeit. Alles ging so schrecklich schnell. Dem Mexikaner steckte ein Pfeil im Rücken. Ein Indianer preschte geradewegs an ihm vorbei und genau auf Victor Arceneaux zu.

»Vater, nein!«, schrie Anabell, doch es war zu spät.

Er verriss den Schuss, als der Reiter auch schon heran war und ihm mit der flachen Hand auf den Rücken schlug. Von der Wucht nach vorn geschleudert stürzte er. Anabell sah ungläubig, wie der Indianer, doch nein, es war eine Frau, ihr Pferd wendete und davonpreschte.

In diesem Moment krachte es im Pferch. Anabell beobachtete gerade noch, wie der Indianer auf Graces Rücken sprang, mit der Stute über die halb zusammengebrochene Umzäunung setzte und davongaloppierte. Anabell stieß einen ungläubigen Schrei aus. Wie konnte er das tun? Ausgerechnet Grace stehlen!

Auch die anderen Indianer waren wie durch Zauberei verschwunden. Eine Weile hörten sie noch das Klappern leiser werdender Hufe, bis nur noch das Rauschen des Flusses zu vernehmen war. Anabell zitterte am ganzen Leib und starrte dorthin, wo die Reiter verschwunden waren, bis sie eine Berührung an der Schulter spürte.

»Vater!«, sagte sie schuldbewusst und erwachte wie aus einem Traum. Sie hatte doch gesehen, wie er fiel, warum war sie nicht zu ihm gerannt, als die unmittelbare Gefahr vorbei gewesen war?

Am ganzen Körper bebend ließ sie sich von ihm in die Arme schließen und merkte, dass auch er zitterte.

»Diese verdammten Bastarde«, knurrte er. »Ist dir etwas passiert?« Er schob sie von sich, um sie anzusehen.

Anabells Hände waren von dem Sturz aufgeschürft und brannten, als sei sie in ein Nadelkissen gefallen, den Knien erging es nicht besser. Aber sie lebte.

»Was ist mit deinem Kopf?«

Erst jetzt spürte sie das warme Rinnsal, das langsam den Nacken hinabkroch und ihr Haar an die Haut klebte.

»Es tut nicht weh.«

Sie ließ zu, dass er ihren Kopf abtastete, bis sie plötzlich scharf einatmete. Er hatte die Wunde gefunden, doch sie war klein.

»Sind sie weg?«

Arceneaux, der sein entsichertes Gewehr schussbereit hielt, nickte. »Ich denke schon, aber wir sollten wachsam bleiben.«

Gemeinsam mit ihrem Vater kehrte Anabell zu den Männern zurück, die sich in den Schutz des Erlenwäldchens zurückgezogen hatten. Jeder Schritt kam ihr unendlich schwer vor, die Kiesel schienen mit Absicht unter ihren Schuhen wegzurutschen. Ein Mann schrie unterdrückt.

Anabell sah zuerst nur Rasmus, der hinter einem Felsen kauerte und mit dem Gewehr im Anschlag Wache hielt.

Paco lag ausgestreckt auf dem Boden. Sein Freund Carlos hatte ihm bereits Hemd und Jacke ausgezogen. Der Pfeil steckte noch immer im Rücken des Mexikaners, der unablässig wildeste Verwünschungen ausstieß.

»Lady, kommen Sie mal her«, rief Carlos. Seine Stimme ließ keinen Raum für ein Nein. Anabell musterte den Verwundeten zweifelnd, dachte dann an alles, was sie von Moja und den Nonnen gelernt hatte, und fasste sich. »Wie kann ich helfen?«

Sie schob sich den Rock unter die Knie und ließ sich Carlos gegenüber nieder.

»Diese Pfeile sind teuflisch, sie drehen sich in der Wunde. Ich muss ihn rausziehen.«

»Und was soll ich …?«

»Sie sorgen dafür, dass Paco mich nicht umbringt. Mit einer Lady an seiner Seite benimmt er sich hoffentlich besser.«

Anabell musterte das schmerzverzerrte Gesicht des Verwundeten und hegte Zweifel, ob sie den Mann überhaupt von irgendetwas abhalten konnte. Im Moment hätte sie ihm sogar zugetraut, vor Zorn und Schmerz alle Anwesenden zu massakrieren.

Rasmus reichte Anabell eine silberne Taschenflasche und unterließ es diesmal, sie mit Blicken oder Worten zu reizen. Sie roch kurz daran, verzog das Gesicht, als der Alkohol in ihrer Nase brannte, und wurde immer gefasster.

Mit Verletzungen kannte sie sich aus, und da sie gemeinsam mit Schwester Margarete einen Schmied versorgt hatte, der sich eine halbfertige Sichel in den Schenkel gebohrt hatte, schreckte auch Pacos Verwundung sie nicht.

»Waschen Sie das Blut ab, Carlos, sonst kann man ja gar nichts erkennen«, sagte sie. Der Mexikaner hatte das Zittern ihrer Stimme wohl überhört. Vorsichtig nahm er einen Wasserschlauch und goss den Inhalt langsam über die Wunde. Die Ränder waren regelrecht zerfetzt. Der Pfeil steckte schräger, als er aufgetroffen war, und drückte das Schulterblatt hoch.

»Ich werde es machen. Halten Sie ihn. Rasmus, du solltest ihm helfen«, befand sie.

»Wissen Sie, was Sie tun, Lady?«

Anabell hob den Blick und begegnete Carlos' unsicheren dunklen Augen. »Ich kenne mich ein wenig in der Heilkunde aus. Haben Sie schon mal einen Pfeil entfernt?«

»Nur bei einem Gaul, und der ist zwei Tage darauf krepiert«, gestand er und schluckte.

Rasmus gab nur widerwillig seinen Wachposten auf. Er hatte sicherlich noch nie im Leben einem Verwundeten geholfen, bislang hatte Anabell eher die Menschen versorgt, die seine Peitsche einmal zu oft zu spüren bekommen hatten. Sie wies ihn an, sich über Pacos Kopf zu postieren und ihn an den Oberarmen festzuhalten.

»Nun holen Sie das verdammte Ding doch endlich raus,

Lady«, knurrte Paco. Anabell goss Schnaps über die Eintrittswunde, und der Mexikaner brüllte.

Jetzt war es so weit. Mit Carlos' Hilfe drückte sie das Schulterblatt ein wenig hoch, unter dem sich die Pfeilspitze verhakt hatte, und drehte sie langsam heraus. Als es nicht mehr weiterging, schob sie vorsichtig den Finger in die Wunde und ertastete den Eintrittskanal. Schließlich glitt die Spitze ins Freie. Ein Schwall Blut folgte.

Paco schüttelte die helfenden Hände ab und setzte sich stöhnend auf. Seine Augen waren blutunterlaufen, auf der Stirn stand Schweiß. Er nahm Anabell die Taschenflasche mit dem Schnaps ab.

»Das brauchen wir noch für Ihre Verletzung!«

»Ich wende das Zeug lieber innerlich an.«

»Wenn Sie jetzt alles austrinken, bekommen Sie Brand.«

Er hatte die Flasche schon an den Mund gesetzt, nahm aber nur einen winzigen Schluck. »Na gut, tun Sie, was Sie tun müssen.«

Anabell übergoss die Wunde noch einmal und nähte sie dann mit Rosshaar zusammen, wie sie es im Kloster gelernt hatte.

Paco erholte sich erstaunlich schnell und bestand darauf, dass sie noch am gleichen Tag weiterzogen, sonst würden die Indianer in der Nacht wiederkommen und sich doch noch die Pferde und Mulis holen, auf die sie es abgesehen hatten.

Anabell bekam von ihrem Vater einen Gürtel mit einer Pistole und eine kurze Unterweisung im Gebrauch der Waffe. Zur Probe schoss sie genau ein Mal, traf einen Baumstamm, auf den sie gar nicht gezielt hatte, und war von der Gewalt der Waffe furchtbar erschrocken.

Der Indianer, der ihre Grace gestohlen hatte, hatte sein eigenes Pferd in der Nähe des Pferchs zurückgelassen. Als sie sich gemeinsam ans Satteln und Packen machten, erkannte sie auch, warum. Der Schecke, der nun am Pferch auf und ab hinkte, war von einer Kugel getroffen worden. Als Paco den Gaul für das, was ihm die Indianer angetan hatten, umbringen wollte, stellte sich Anabell ihm mit wilder Entschlossenheit entgegen. Das Tier hatte sich seinen Herrn nicht ausgesucht.

»Wenn überhaupt jemand entscheidet, was mit dem Pferd passiert, dann ich!«, sagte sie wütend. »Nur mir ist ein Tier gestohlen worden. Deshalb gehört dieses hier mir!«

Die Männer lachten sie aus, scherzten über den struppigen Indianergaul, doch Anabell hatte sich in den Kopf gesetzt, den Schecken zu behalten. Vielleicht wollte der verdammte Dieb sein Tier ja wiederhaben. Vorerst jedoch führte sie es mit sich. Da der Hengst kein Brandzeichen hatte, würde auch niemand auf die Idee kommen, sie sei eine Pferdediebin. Sie taufte ihn Schatten, weil er ihr leise folgte und jede Bewegung der Rappstute nachahmte, die sie ritt, seit Grace fort war. Ein Muster aus rotbraunen Falken auf den Schultern des Schecken stand im starken Kontrast zu den weißen und roten Linien, die als seltsame Codes Flanken und Beine bedeckten.

Die Männer schienen sichtlich erleichtert, als ein Ritt durch eine tiefe Wasserstelle den Großteil der Farbe aus dem Fell wusch. Ein Indianerpferd blieb es dennoch. Anabell konnte noch immer nicht glauben, dass der Reiter es wirklich nur mit der einfachen Lederschnur gelenkt hatte, die dem Tier um den Unterkiefer geknotet worden war. Dort baumelte scheinbar zur Zierde eine gestreifte Feder und ein Büschel schwarzer Haare.

»Die skalpieren sich gegenseitig«, hatte Carlos mürrisch erklärt und Anabell damit einen weiteren Schauder über den Rücken gejagt.

Auf der anderen Seite des Flusses erreichten sie ein flaches Plateau. Breite Wagenspuren verrieten, dass hier kurz zuvor noch Menschen vorbeigekommen waren. Die niedergedrückten Halme hatten sich noch nicht wieder aufgerichtet. Scharfer Salbeiduft tränkte die Luft, wo verholzte Stängel gebrochen waren und die pelzigen Blätter schlapp herunterhingen.

Paco zog das Tempo weiter an. Die Wagenkolonne versprach Sicherheit. Sicherheit, die sie in der kommenden Nacht dringend brauchen würden.

Ohitika drückte sich dicht an den sonnengewärmten Felsen und spähte auf die andere Flussseite, wo die Weißen gerade die Wagenspuren entdeckt hatten und das einzig Vernünftige taten: Sie hetzten den anderen Siedlern hinterher.

In Ohitika kochte der Zorn, obwohl er äußerlich ruhig blieb. Dieser Raubzug war gründlich schiefgelaufen.

Er legte seine Linke an den Mund und stieß zwei Falkenrufe aus. Sie hallten bis in die Ebene. Sein Schecke spitzte die Ohren und riss den Kopf hoch, doch die Frau musste den Zügel an ihrem Sattelhorn befestigt haben. Das Pferd bäumte sich kurz auf, kam aber nicht dagegen an.

Ohitika spürte eine Berührung an der Schulter und stieß die Hand seines Bruders fort. Waniyetus Blick war ungerührt, frostig wie der Winter auf der Prärie, von dem er seinen Namen hatte. »Vergiss das Pferd, Ohitika.«

»Was schlägst du vor?«

»Hier ist nichts mehr zu holen, gehen wir wieder nach Westen, wo die Pferde unter den Eichen fett werden.«

Er wollte nach Alta California, wie die Weißen es nannten. »Dafür müssen wir mehr sein, die Missionen sind gut bewacht.«

Waniyetu nickte. Er war der Besonnenere von beiden und Ohitika wusste, dass sein Bruder ihm zur rechten Zeit sagen würde, wie er seine Idee in die Tat umsetzen wollte.

Gemeinsam stiegen sie die kleine Anhöhe hinab, wo Zica mit den Pferden wartete. Die junge Frau strahlte über das ganze Gesicht. Sie hatte heute den Mut eines Kriegers gezeigt und war unbewaffnet und offen auf einen Feind zugeritten.

Waniyetu hatte bezeugt, dass sie den Mann direkt über dem Herzen berührt hatte. Mit einem Messer wäre ihm der Tod sicher gewesen. Nur zwei Mutproben zählten höher, das Skalpieren eines lebenden Gegners und einen Mann zu töten. Die meiste Tapferkeit verlangte jedoch, was Zica getan hatte.

Unwillig gestand Ohitika ihr seinen Respekt zu. Im Gegensatz zu ihm hatte sie heute nicht versagt. Es war beschämend.

Die junge Frau war so weise zu schweigen, als er die Zügel der erbeuteten Stute nahm und sich auf den Rücken des Tieres schwang. Ihr leichtes Bocken und den Versuch, ihn zu beißen, quittierte er mit einem halbherzigen Schlag auf die Schulter.

»Ein schlechter Tausch, Bruder«, meinte Waniyetu, »verglichen mit deinem Xota ist diese Stute ungefähr so gewandt wie ein Bär, der vergorene Früchte gefressen hat!« Er lenkte sein Pferd an ihm vorbei und trieb es mit einem Schnalzen auf die Berge zu.

Plötzlich sehnte sich Ohitika nach den rauschenden Kiefernwäldern und schroffen Hängen, die nach Norden bis in das Land der Oglala-Sioux und weiter führten. Das Land der weiten Ebene, das Land seiner Mutter.

Das Land des Mannes, der bei seiner Mutter gelegen hatte, war weit, weit weg, und er wollte nicht daran erinnert werden. Der Mann, der diesen Namen wirklich verdient hatte, war der Vater seines erwählten Bruders Waniyetu. Er hatte Ohitika wie einen Sohn aufgezogen und den stillen Freund damit zu seinem Bruder gemacht.

»Falls wir nach Alta California ziehen, werden wir das Lager deines Verwandten nicht aufsuchen, Zica. Aber wir passieren es mit einigen Tagesritten Abstand«, sagte Ohitika und suchte den Blick seiner Begleiterin. Sie zuckte unter seinen Worten wie unter einem Schlag zusammen. Er wusste, warum sie ihnen so beharrlich folgte. Sie hatte ihn ausgewählt, doch er war noch nicht bereit, sich eine Frau zu nehmen, und er hegte nicht die Gefühle für sie, von der seine Mutter immer gesprochen hatte.

»Reite heim«, wiederholte er seine Bitte. »Du hast bewiesen, wie viel Mut in dir wohnt. Reite heim.«

Sie schüttelte energisch den Kopf. »Ich will nicht zum Tipi meines Bruders zurückkehren und für ihn Mokassins besticken, mein Weg ist der einer Kriegerin.«

»Zica!«

Sie sah Ohitika mit einer Mischung aus Wut und Schmerz an. »Du willst, dass ich gehe, nur du!« Sie preschte davon und war schon bald außer Sicht.

Die Brüder tauschten einen Blick. Waniyetu wusste genau, was die junge Frau an sie band, und sie wussten beide, dass Zica wiederkehren würde, sobald der Wüstenwind ihre Enttäuschung davongetrieben hatte.

»Warum nimmst du sie nicht zur Frau, Bruder, sie würde dich in deinen Plänen nicht hindern.«

»Sie ist Two Spirit«, erwiderte Ohitika unsicher.

»Unsinn. In ihr wohnt nicht der Geist eines Mannes, sie hat nicht den Wunsch, sich mit einer Frau zu verbinden, sondern mit dir. Und ihr Medizinmann hätte das früh erkannt. Sie ist eine mutige Frau, von *Wakan Tanka* gesegnet, das ist sie.«

»Dann führe du sie doch in dein Zelt«, neckte Ohitika und wurde mit einer knappen Geste abgewiesen.

»Sie wählt dich, nicht mich.«

»Dann bleibt ihr Wunsch ungehört.«

Die untergehende Sonne färbte den Horizont blutrot.

Anabell konnte sich kaum noch im Sattel halten. Nach dem Gewaltritt tat ihr jeder einzelne Knochen weh. Ihre Stute trabte mit hängendem Kopf hinter den anderen her, und das Indianerpferd lahmte und hörte nicht auf, aus der Kruppe zu bluten, wo es von der Kugel gestreift worden war.

Carlos trieb die Packtiere unerbittlich an.

Anabell wischte sich den Schweiß von der Stirn und konzentrierte sich, um in dem schwindenden Licht zu erkennen, wohin sie ritten. Die Pferde waren so erschöpft, dass sie einfach nur noch vorwärtsstolperten und sich ganz auf ihre Reiter verließen, die sie um Unebenheiten und trockene Kakteen, deren Nadeln lang wie ein kleiner Finger waren, herumlenkten. Doch der Blick zum Horizont versprach Hoffnung.

Staub lag in der Luft. Der Wind trug die dunkelgraue Fahne weithin sichtbar über die Ebene. Der Wagentreck musste gleich vor ihnen sein.

Als sich schließlich die ersten Planwagen vor ihnen abzeichneten, war es fast vollständig dunkel. Die Pferde verfielen von allein in einen holprigen Galopp. Artgenossen wieherten, und in der Luft lag der würzige Duft von Kochfeuern. Sie hatten es geschafft.

Anabell wandte sich im Sattel um, blickte auf die Wüste hinter ihnen, die in Schwärze versank und tausend Augen zu haben schien.

Sie waren sicher, endlich sicher. Ganz gleich, ob ihnen die Indianer folgten, mit einem Treck von Siedlern würden sie es nicht aufnehmen. Die Angst, die ihr den Tag über im Nacken gesessen hatte und mit schier eisernen Händen Gedanken und Herz umklammert hielt, schwand und machte einem Gefühl wohliger Erleichterung Platz.

Die Siedler gingen ihnen mit gezogenen Waffen entgegen. Carlos ritt voraus. Er führte ein schnelles Gespräch auf Spanisch. Dann ließ man sie passieren und plötzlich waren sie in der Mitte eines übervölkerten Lagerplatzes, der an einem kleinen Bach lag. Es war ein Durcheinander aus Planwagen, Zelten und Unterständen, die oft aus nicht mehr als einem Wachstuch und zwei Stangen bestanden.

Der Treck war gerade erst zum Halt gekommen. Einige Siedler waren noch dabei, ihre Zugtiere auszuspannen.

Für diese Nacht begrüßte Anabell die Enge zwischen den Zelten, das geschäftige Treiben war wie das Summen eines Bienenstocks, jeder ging seiner Arbeit nach, und doch waren alle zusammen.

Wochen später

Das Meer. Endlich. Der Anblick glich einem Wunder. Anabell hatte an manchen Tagen daran gezweifelt, es je zu erreichen.

Und wie sehr unterschied sich der Pazifik von dem Meer, das sie kannte. In Louisiana verschmolzen der warme Golf und das Land miteinander. Dort gab es Sümpfe und Marschvorland, das sich immer weiter zergliederte und schließlich zu Inseln wurde. Welch einen krassen Gegensatz dazu bildete Alta Californias Küste.

Anabell stieg vom Pferd. Weicher hellbeiger Sand umschloss ihre Stiefel und erschwerte das Gehen.

Sie zog das Tier am Zügel hinter sich her. Der Küstensaum übte eine schier magische Anziehung auf sie aus. Algen, Muscheln, Treibholz und Tang, aus dem winzige Krebse sprangen, lagen angespült auf dem nassen Sand. Fliegen schwärmten von einem angetriebenen Fisch auf, der in der Sonne zu stinken begonnen hatte.

Anabell lief ein Stück und ließ sich vom Wind das Haar zerzausen, während Sand gegen ihre Schuhe prasselte. Gischtflocken lösten sich vom Saum, wie schaumgeborene grünbraune Geister, die umhersausten und das Pferd nervös machten. Sie atmete tief ein, konnte von der tosenden Weite einfach nicht genug bekommen.

Die Wellen donnerten ohrenbetäubend laut an den Strand und ließen den Boden zu ihren Füßen erbeben. Sie schlugen mit einer Gewalt auf, als stünden Land und See miteinander im Krieg.

»Komm, Anabell«, hörte sie ihren Vater gegen den brausenden Wind anrufen. »Wir reiten am Strand weiter, du kannst es dir in den nächsten Tagen noch lange genug ansehen.«

Sie seufzte und saß auf.

Von nun an würden sie einfacher und sicher reisen und hatten daher von Paco und Carlos Abschied genommen. Scout und Wächter waren überflüssig. Der Camino Real, der Weg des Königs, führte seit der Zeit der spanischen Entdecker die Küste entlang. Missionen lagen daran aufgereiht wie auf einer Perlenschnur. Die befestigten Bauwerke lagen einen Tagesritt und weniger auseinander, kleine Ansiedlungen tupften das fruchtbare Gebiet dazwischen. Auf dem Camino Real war immer etwas los. Mitreisende erzählten davon, dass es sich die Mönche zum Brauch gemacht hatten, auf ihren Ritten Senfkörner mitzuführen und zu verstreuen. Deshalb wuchs überall entlang des Weges gelb blühendes Senfkraut. In Tälern und entlang kleiner Bäche breiteten sich ganze Meere der Pflanze aus.

Für die Pferde war die Zeit des Hungers vorbei. Das Gras war zwar trocken, doch es stand hoch. Lichte Eichenwälder bedeckten das sanfte Hügelland entlang der Küste und boten den Reisenden ausreichend Schatten und Feuerholz. Nach der Wüstendurchquerung erschien Anabell Alta California wie ein üppiges Paradies. Einige missionierte Indianer vom Stamm der Chumash schlossen sich ihrer Reisegruppe an und Anabell wagte schnell die ersten Gespräche mit den Frauen, die unterwegs zur Mission von Santa Barbara waren. Die schier endlose Reise mit den Männern hatte sie weibliche Gesellschaft vermissen lassen.

Am Abend kampierten sie in einem lichten Eichenwäldchen. Die Bäume duckten sich dicht an den Boden und hatten nur auf einer Seite Äste, so stark wehte der Wind hier an vielen Tagen.

Anabell stieg gemeinsam mit den Indianerinnen Maria und Dolores über einen schmalen Pfad zum Strand hinab. Sie wollten Krebse fangen, hatten die beiden verkündet. Anabell lief bei dem

Gedanken an frisches Krebsfleisch das Wasser im Mund zusammen. Sie konnte kein Trockenfleisch mehr sehen und erst recht keine Bohnen. Als Maria ihr wie selbstverständlich einen Flechtkorb gereicht hatte, war sie den Frauen gern gefolgt.

Die Sonne stand bereits tief und übergoss die Wogen und den nassen Sand mit rotgoldenem Licht. Es war Ebbe. Die Indianerinnen zogen ihre Schuhe aus und steckten die Zipfel ihrer langen Röcke hoch. Anabell zögerte kurz und schob dann energisch ihr Schamgefühl beiseite. Sobald sie ihr zerschlissenes Reisekleid hochgesteckt hatte, folgte sie Maria mit dem Korb in die Brandung und sah sich um. Die schaumigen Wellenfinger spielten mit Treibholzstückchen und kleinen Kieseln, doch von Krebsen war weit und breit nichts zu sehen.

Anabell kam sich plötzlich ein wenig fehl am Platze vor. Wofür war all das gut, was sie in der Klosterschule gelernt hatte, wenn sie nicht einmal ihr eigenes Abendessen finden konnte? Maria bückte sich hastig, stieß die Finger in den Sand und hielt Anabell einen graubraunen Krebs entgegen, der eher aussah wie eine riesige Ausgabe der winzigen Flohkrebse, die sich sonst im Tang versteckten.

Anabell nahm das Tier mit spitzen Fingern entgegen. Es hatte keine Scheren und klappte nur hin und wieder den Hinterleib mit vielen kleinen Beinchen nach vorn.

»Ich seh sie nicht«, gestand Anabell konsterniert und ließ das Tier in den Korb ihrer Begleiterin fallen.

»Sie können sie auch nicht sehen, die vergraben sich«, lachte die Indianerin.

Sie zeigte Anabell, worauf sie achten musste. Es war eine Frage von Geschick und Geschwindigkeit, die Krebse auszugraben, die sich durch kleine Luftbläschen verrieten, die immer dann aus dem Sandboden aufstiegen, wenn gerade Wasser darübergelaufen war. Bald war Anabell fast genauso flink wie Maria, und ihr Korb füllte sich.

Dolores hatte sich unterdessen auf die Klippen gewagt und turnte dort mit atemberaubender Leichtigkeit zwischen den Brechern herum, wo sie Muscheln und große Krabben von den Felsen sammelte. Als die Sonne blutrot am Horizont unterging, traten die drei Frauen den Rückweg an.

Dolores hatte zwischen den Felsen einige große Krabben erbeutet, die zusammen mit Muscheln und Krebsen für alle reichen würden. Während die Chumash-Indianerinnen in einem großen Kessel einen Eintopf zubereiteten, setzte sich Anabell zu ihrem Vater, der von der lange Reise gezeichnet war. Er war grau geworden, die Wüstenhitze hatte seine Haut gegerbt und ausgetrocknet. Zum ersten Mal kam er ihr alt vor.

»Ich wünschte, ich hätte dir all das hier ersparen können, mein Kind«, sagte er traurig, als sie ihre Hand auf seine sehnige Rechte legte.

Anabell ließ den Blick über das sanfte Hügelland gleiten, über dem funkelnd die ersten Sterne erschienen. Grillen sangen im hohen Gras. »Ich bin froh, das wir hergekommen sind. Ich glaube, Gott wird zufrieden mit uns sein. Die Plantage, die Sklaven …«

Er schnaubte abfällig, drückte aber dennoch ihre Hand. Mittlerweile hatte sie ihn in ihre früheren Zukunftspläne eingeweiht. »Ich glaube, deine Ballkleider wirst du nie im Leben wieder tragen können, wir sind in der gottverdammten Wildnis gelandet.«

»Wenn du glaubst, die Bälle in New Orleans und die Teekränzchen am Samstagnachmittag wären alles, was mich interessiert hat, dann kennst du deine Tochter schlecht.«

Er lachte. »Nein, du kommst ganz nach deiner Mutter.«

»Wie war sie?«

Er schüttelte den Kopf. »Anabell, du weißt …«

»Ja, du redest nicht über sie.« Die friedliche Stimmung war plötzlich dahin. Anabell wollte endlich wissen, warum ihr Vater nicht über seine verstorbene Frau sprach. War es wirklich nur die Trauer, die ihn schweigen ließ? Enttäuscht erhob sie sich und trat zu Maria ans Feuer, die im Kupferkessel rührte. Der würzige Duft versöhnte Anabell ein wenig.

Northern Coastal Ranges

Ohitika hatte sich von den anderen getrennt und ritt nun allein durch das Hügelland, das die weißen Siedler Coastal Ranges getauft hatten. Ohitika wollte die einzelnen Missionsstationen und die Pueblos auskundschaften, die vor Vieh nur so überquollen, während sein Bruder Waniyetu gemeinsam mit Zica nach Verbündeten suchte.

Ohitika sah dem Abend mit gemischten Gefühlen entgegen.

Jasper Crawford wusste nicht, dass er kam, doch er würde sich sicher freuen, ihn zu sehen. Das tat er immer, wenn Ohitika ihn sporadisch aufsuchte.

Und dann würden sie wieder streiten. Beim letzten Mal war er kurz davor gewesen, Jaspers Beleidigungen mit dem Messer zu beantworten. Dieses Mal durfte es nicht wieder so weit kommen. Im Stillen bat er *Wakan Tanka*, den Großen Geist, ihm Geduld zu schenken. Schon hatte er den kleinen Bergrücken überquert. Zwischen harzig duftenden Pinien ging es einen kleinen Pfad hinab. Er lenkte die gestohlene Cremello-Stute vorsichtig, sie war noch immer nicht so trittsicher wie die beiden Mustangs, die er mit sich führte und die ihm, trotz schwerer Last, mit schlafwandlerischer Sicherheit den steilen Pfad hinabfolgten. Der Wald lichtete sich, viel mehr noch als beim letzten Besuch vor fast zwei Jahren. Helle Stümpfe und gesplitterte Äste zeichneten sich deutlich gegen die wachsende Dämmerung ab. Jasper war tüchtig gewesen.

Ohitika ließ den Blick über das offene Gelände schweifen.

Einige fette Rinder weideten gemeinsam mit zwei Pferden in einem üppigen Tal. Das Dunkelgrün der Nadelbäume auf den Hügelkuppen ging in das hellere Grün des Grases in den Senken über. Ohitika erstarrte. Ein Wapiti graste zwischen niedrigen Sträuchern und drehte ihm die ungeschützte Flanke zu. Langsam wanderte Ohitikas Hand zum Bogen. Er war nah genug für einen sicheren Schuss ins Herz, der Wind stand perfekt und das Tier war unaufmerksam.

Die Stute blieb stehen. Er nahm sich Zeit, um zu zielen. Der Wapitibulle hob den Kopf, sah in seine Richtung, wackelte mit den Ohren und senkte den Kopf wieder ins Gras. Dennoch ließ Ohitika die Hand mit dem Pfeil sinken und schob ihn zurück in den Köcher. In seinen Satteltaschen war genug Fleisch für mehrere Tage. Der Truthahn, den er am Vorabend erlegt hatte, hatte sich unter Eichen und Kiefern fett gemästet.

Mit einem Schnalzen trieb er die Pferde an und erreichte nach kurzer Zeit das kleine Blockhaus, bei dessen Bau er vor sechs Jahren geholfen hatte. Das Fundament aus Findlingen hatte Moos angesetzt. Feuerholz war auf den windabgewandten Seiten bis unter das Dach aufgeschichtet. Als Ohitika vom Pferd sprang, wurde die Tür geöffnet.

Jasper Crawford hielt sein Gewehr im Arm, grimmig und bereit, sein Heim gegen jeden zu verteidigen. Er stand einfach da und musterte Ohitika stoisch.

»Bist also wieder zurück, Forrest. Ich hätte dich in deiner Aufmachung beinahe über den Haufen geschossen.« Abfällig ließ der gealterte Trapper seinen Blick über Ohitikas Hirschlederhemd und die bestickten Beinlinge gleiten. Ohitika wusste genau, wie sehr sein Vater es hasste, wenn er sich nach Art der Lakota kleidete, und hatte daher mit Absicht auf die Hose verzichtet, die er sonst oft trug.

»Vielleicht solltest du es tun«, gab er mürrisch zurück und machte sich daran, die Packpferde abzuladen.

Jasper stellte schweigend sein Gewehr zur Seite und half ihm.

»Wie lange bleibst du diesmal? Ich kann wohl nicht hoffen …«

»Einige Wochen, über den Winter, mal sehen.«

»Was ist mit deinem Schecken passiert?«

»Weg, vielleicht tot. Ich musste ihn zurücklassen.« Warum schaffte Crawford es immer, genau die Fragen zu stellen, die ihn am meisten reizten? Ohitika fühlte vertraute Wut in sich aufsteigen und unterdrückte sie mühsam. Er wollte seinen Aufenthalt nicht mit einem Streit beginnen, doch der ältere Mann schien es genau darauf angelegt zu haben. Er strich der Cremello-Stute prüfend über den Rücken, ließ die Hand über die Kruppe gleiten und hielt inne. »Du hast das Brandzeichen verfälscht?«

Ohitika zerrte die Stute und die beiden Packpferde fort und brachte sie zur Koppel, Crawford und seinem anklagenden Blick wandte er den Rücken zu. Als er zurückkehrte, stand sein Vater noch immer dort. »Hat dir deine Mutter nicht beigebracht, dass ein Sohn seinen Vater respektieren soll?«

»Was weißt du schon über meine Mutter?«

Ohitika schob sich an ihm vorbei, nahm sein Gepäck und betrat die Hütte. Der kleine Raum war sauber und ordentlich. An einem Tisch stand eine junge Indianerin. Sie hatte ihr glänzend schwarzes Haar sittsam unter einer Haube versteckt und trug ein bodenlanges rotbraunes Kleid mit einer Schürze. Ihr Bauch wölbte sich verräterisch. Sobald sie Ohitika sah, lächelte sie scheu und knetete an einem Brotteig weiter.

»Guten Abend, Magdalena«, begrüßte er sie freundlich. Die junge Frau, die nun schon zwei Jahre mit Jasper Crawford verheiratet war, war unschuldig an dem Zwist, der Vater und Sohn schon seit vielen Jahren begleitete, und er wollte sie nicht damit belasten. Ohitika erinnerte sich noch genau daran, wie sein Vater ihm den Entschluss mitteilte, zu heiraten. Eine offizielle Eheschließung mit seiner Mutter, einer Lakota-Indianerin, hatte es nie gegeben.

Jasper Crawford war auf der Suche nach einer Frau hinunter zur Mission von St. Louis Obispo geritten und hatte sich dort mit Erlaubnis der Franziskaner-Padres den Frauen vorgestellt. Die Mönche sperrten die Indianerinnen in barackenähnliche Klöster, die sie *Monjerio* nannten.

Ohitika hatte ihn dorthin begleitet. Es war erbärmlich. Die heiratswilligen Frauen waren nacheinander an ein kleines vergittertes Fenster getreten. Magdalena war eine von ihnen gewesen. Ein nicht sonderlich hübsches, aber gehorsames Mädchen von gerade eben sechzehn Jahren, das der Enge des Klosterlebens um jeden Preis entfliehen wollte. Sie hatte Jasper Crawford angefleht, sie zur Frau zu nehmen, und dieser hatte nach kurzem Zögern zugesagt. Erst nach der schlichten Trauung wurde klar, warum sie keinen weiteren Tag in dem lang gestreckten Backsteingebäude mit dem hübschen Säulengang verbringen wollte. Die Narben von den Schlägen der Aufseherin würde sie ein Leben lang tragen.

»Du bekommst einen Bruder, Forrest.« Ihre leisen Worte rissen ihn aus seinen finsteren Erinnerungen.

»Wenn du keinen Streit mit mir willst, nenn mich nicht bei diesem Namen, Magdalena.«

Sie sah schüchtern zu ihrem Ehemann, der in dem Moment die Eingangstür schloss und die Flinte an die Wand daneben hängte. Jasper hatte offensichtlich zu diesem ewigen Streitpunkt nichts zu sagen. »Wann kommt das Kind?«, erkundigte sich Ohitika, damit die explosive Stille nicht das gesamte Wiedersehen verpestete.

»In drei Monaten, ungefähr.«

Er zwang sich zu einem Lächeln und legte der jungen Frau versöhnlich die Hand auf die Schulter. »*Mitakuye oyasin.* Mögt ihr beide gesegnet sein, Magdalena.«

Jasper Crawford schenkte ihm einen strafenden Blick. Er wollte für sein Kind keinen Segen von jemandem, der den katholischen Glauben so offen ablehnte wie sein Erstgeborener.

Ohitika schenkte sich aus einem Eimer Wasser in einen Becher und setzte sich an den Tisch. Er wusste, das unwohle Gefühl würde in den nächsten Tagen langsam verschwinden, doch diesmal hatte er sich vorgenommen, es nicht einfach nur der Zeit zu überlassen, die Mauer zwischen Vater und Sohn abzubauen.

»Wie ist es euch ergangen?«, erkundigte er sich vorsichtig.

»Gut, das Jahr war gut, zu gut. Die Rinder sind fett und haben leicht gekalbt. Leider sollte man fast sagen. Die Missionen und Pueblos quellen über vor Vieh. Keiner kauft mehr was. Die Padres gehen sogar schon dazu über, verwilderte unmarkierte Tiere töten zu lassen. Sie schicken Trupps los, die nur die Häute und besten Fleischstücke zurückbringen, den Rest überlassen sie den Krähen und Wölfen.«

»Und die Pferde?«

Jasper Crawford musterte seinen Sohn misstrauisch. »Was interessiert dich das Vieh der Padres?«

Ohitika zuckte mit den Schultern und täuschte Desinteresse vor. Die Siedlungen schrien geradezu danach, überfallen zu werden. Im Süden würde man ihm die Tiere gut bezahlen, für die unmarkierten würde er mit viel Geschick sogar von der mexikanischen Armee Geld bekommen können. Ja, das gefiel ihm. Eine gewaltige Herde über die Sierra Nevada treiben. Doch bis dahin würden noch Monate vergehen, in denen er warten und beobachten musste. Bald würde ihn niemand mehr von den Neophyten, den bekehrten Indianern, die in den Pueblos in der Nähe der Mission lebten, unterscheiden können. Dazu musste er nur sein langes Haar unter einem Hut verstecken und einfache Wollkleidung tragen. Der Winter würde ins Land ziehen und dann wieder der Frühling, und mit ihm kämen Waniyetu und eine Schar tapferer Männer aus den Ebenen, Oglala wie er und Tokalas, Fuchskrieger der Sioux, die den Ruf hatten, die mutigsten Kämpfer von allen zu sein.

———

Los Ángeles

Es war Sonntag, und die warme Morgenluft war erfüllt vom Geläut zahlreicher Glocken. Die Missionskirche *Nuestra Señora la Reina de los Ángeles* erstrahlte blendend weiß im klaren Licht Alta Californias. Auf dem Platz vor der Kirche standen zahlreiche Karren, Kutschen und Reitpferde.

Anabell erschien die kühle Kapelle, in der schwerer Weihrauch in der Luft hing, wie eine andere, eine erhabene Welt. Sie trug seit Beginn der Reise zum ersten Mal wieder ein festliches Kleid aus dunkelblauer Seide. Ein weißes Tuch bedeckte sittsam das Dekolleté. Die Kleidung saß nicht mehr. Anabell hatte abgenommen, die enger geschnürte Korsage war ungewohnt und zwängte sie ein. Der Reifrock hingegen stieß überall an, wo sie zuvor elegant durchgekommen war.

Anabell ging an der Seite ihres Vaters, der in seinem Anzug und dem verbeulten Zylinder ebenfalls ein wenig wie verkleidet aussah.

Viele der Kirchenbesucher waren Mexikaner in protzigen, merkwürdig anzusehenden Anzügen mit Silberschnallen und Beschlägen. Die Frauen trugen weite Kleider mit üppiger Spitze und bunt bestickte Tücher.

Als sie in die gleißende Helligkeit des Vorplatzes traten, läuteten die Glocken noch immer. Es dauerte etwas, bis sich Anabell an das grelle Licht gewöhnt hatte, aber dann konnte sie es kaum noch erwarten, den kunterbunten Markt, der sich gegenüber der Mission erstreckte, zu erkunden.

Es gab zahlreiche Obst- und Gemüsehändler, die duftende Orangen, Granatäpfel und frische Oliven feilboten. Bunte Teppiche, Tücher und Schmuck waren zwar schön anzusehen, doch nichts, wofür sie es wagen würde, Geld auszugeben, das sie später noch bitter nötig haben würden.

Victor Arceneaux erfreute sich an der guten Laune seiner Tochter, gab ihrem Wunsch nach frischen Lebensmitteln für ihre Reise nach und blieb mit ihr bei einer Gruppe mexikanischer Musikanten stehen, die zu wilder Musik schräg und ausgelassen sangen. Von einer alten Frau mit einem Bauchladen erstand er ein silberbeschlagenes Holzkruzifix und reichte es ihr. »Das ist für unser neues Heim. Ich möchte, dass du es aufbewahrst, bis wir unser Ziel erreicht haben, und dann einen Platz dafür auswählst.« Er drückte ihr einen liebevollen Kuss auf die Stirn. »Ich fürchte, wir müssen jetzt zur Herberge zurück, wenn wir heute noch einen Teil der Strecke schaffen wollen, bevor die Nacht hereinbricht.«

Anabell nickte niedergeschlagen und drückte das silberne Kruzifix an ihr Herz. Ihr hatte es in der fröhlichen, kleinen Ansiedlung gefallen. Sie war das Reisen so leid. Jetzt würde es allerdings nicht mehr lange dauern. Die Hoffnung, binnen zehn Tagen ihr endgültiges Ziel zu erreichen, trieb sie zur Eile.

Nach einem kurzen Imbiss verließen sie die *Asistencia Nuestra Señora Reina de los Ángeles* auf dem Saumpfad Camino Real nach Norden. Ihre Reisegruppe war auf elf Menschen und über fünfzig Pferde und Maulesel angewachsen. Anabell ritt mittlerweile meist auf dem Mustang. Er hatte die Schussverletzung gut überstanden, und der kräftezehrende Ritt durch die Wüste hatte ihm scheinbar am wenigsten ausgemacht. In der kurzen Zeit, die sie nun die Küste Alta Californias hinaufreisten, waren die Rippen bereits nicht mehr zu sehen und das Fell glänzte. Sogar Anabells Vater hatte sich zu einem Lob durchgerungen. Das Tier sei zwar nicht schön oder zuchttauglich, aber für die Reise sei es fast ein Glücksfall gewesen, dass Anabell auf diese Weise zu einem neuen Pferd gekommen war.

Dennoch trauerte sie Grace hinterher. Die Stute war ein herzensgutes Tier gewesen und ein lebendiges Andenken an Lewis. Kein Tag verging, an dem Anabell nicht an ihn dachte. Erst hatte sie geglaubt, den Trennungsschmerz von ihrem Verlobten nicht auszuhalten. Anfangs hatte sie jeden Morgen seinen Abschiedsbrief gelesen, doch vor einigen Wochen hatte sie sich dabei ertappt, dieses morgendliche Ritual aufgegeben zu haben. Die Erinnerung an ihn hatte begonnen zu verblassen wie Tinte auf regennassem Papier.

Panisch hatte sie versucht, sich jedes Detail heraufzubeschwören. Die kleinen Lachfältchen an seinen Schläfen, das etwas zu lange Haar, das in seine blauen Augen wehte, seine Stimme und das Gefühl seiner Lippen auf ihrer Haut. Erinnerte sie sich noch richtig an die Worte, die er bei ihrem Abschied gesagt hatte? Oder schuf ihre Sehnsucht neue Bilder?

Ob er wohl tatsächlich nachkommen würde?

Wenn er dich wirklich liebt, dann tut er es, hatte ihr Vater gesagt. Ich wäre deiner Mutter bis ans Ende der Welt gefolgt, damals.

Anabell hatte nachfragen wollen, doch dieses Mal war es ihr gelungen, ihre Neugier zu bezähmen. Wahrscheinlich würde irgendwann der Moment kommen, an dem er endlich über die Frau sprach, deren Tod ihn zu einem anderen Menschen gemacht hatte.

Anabell wusste von ihr nicht mehr als die getuschelten Berichte von Freunden und Verwandten. Und das kleine Ölgemälde, das auf der Hazienda im Salon gehangen hatte. Es zeigte eine zarte junge Frau mit sanften, aber traurigen Augen. Sie sah Anabell erschreckend ähnlich, und vielleicht erklärte dieser Umstand, warum ihr Vater sie so oft nachdenklich beobachtete, während er völlig in Gedanken versunken schien.

Das waren nur einige der Überlegungen, die Anabell wieder und wieder durch den Kopf gingen, während sie den Saumpfad entlangritt, der durch ein Meer gelber Blüten führte.

Jeden Tag legten sie etwa fünfunddreißig Meilen und mehr zurück. So weit lagen die einzelnen Missionen und Asistencias auf dem Camino Real voneinander entfernt.

Das Wetter blieb immer gleich. Die Nächte waren kühl, die Morgen grau. Der Nebel, der Bäume und Sträucher benetzte und überall lange Flechten wie Bärte sprießen ließ, hielt sich oft bis zum Mittag. In den Talsenken bedeckte er mancherorts sogar bis zum Einbruch der Nacht den Boden. Der Himmel darüber war strahlend blau.

Zuerst war Anabell erleichtert gewesen, in den Pueblos und Estanzias, durch die sie kamen, fast keine Schwarzen zu sehen. Für sie war es der Beweis, dass es in Alta California tatsächlich keine Sklavenhalter gab und keinen schändlichen Handel mit Menschen, die ihrer Heimat entrissen wurden. Nach und nach wurde ihr jedoch klar, dass es den Indianern, die auf den Feldern schufteten, nicht viel besser erging.

Doch vielleicht war das nur ein falscher Eindruck, denn kaum jemand schien Hunger zu leiden. Männer und Frauen arbeiteten meist getrennt voneinander. Ein Pater in grauer Kutte war oft in der Nähe, manchmal begleitet von einem schwer bewaffneten Soldaten.

In Santa Barbara, einer Mission inmitten zahlreicher Pueblos, verließen die anderen Reisenden die Gruppe, und die Arceneaux zogen allein weiter gen Norden.

Immer weniger Karren mit Gütern waren nun auf dem Saumpfad unterwegs. Es gab nur vereinzelte Estanzias und kaum noch Dörfer außerhalb der Missionen. Dafür umso mehr mit Eichen bestandene Grasflächen.

Die mit Nebel verhangenen dunklen Wälder in den Senken verschlugen Anabell die Sprache. Die Stämme der riesigen Bäume waren rotbraun, oft von überstandenen Feuern gezeichnet und dicker als manch kleines Haus. Es war still zwischen ihnen, kaum ein Vogel sang, und auf dem Grund dämpfte eine dichte Laubschicht die Geräusche auf ein Minimum. Gelbe Nacktschnecken krochen umher und hinterließen glänzende Schleimpfade. Molche bewohnten moosige Flecken zwischen Farn und

Lilien. Anabell, Rasmus und ihr Vater betrachteten ihre Umgebung staunend, nur der alte Siedler, der sich ihnen für einige Tage angeschlossen hatte, schien das Schauspiel oft genug gesehen zu haben und konzentrierte sich auf den Weg.

Die Pferde waren nervös. Ihnen behagte der Wald nicht, wo hinter jedem Baumstamm Gefahr lauern konnte.

Es ging einen schmalen Pfad hinauf, und Anabell konnte es gar nicht glauben, wie schnell sich die Vegetation änderte. Die Mammutbäume wichen Pinien, dunkle Stille wurde zu gleißend hellem Licht. Grillen zirpten und brachten ihre Nerven unangenehm zum Schwingen.

Auf dem Höhenzug war es brütend heiß. Anabell fächelte sich Luft zu und war ausnahmsweise dankbar für ihr hochgeschlossenes Kleid und den Hut, denn es fielen sofort ganze Schwärme stechender Fliegen über sie her.

Der Untergrund aus porösem Stein ließ es nicht zu, den Plagegeistern mit einem kurzen Galopp zu entkommen. Die Pferde schlugen mit Kopf und Schweif und kämpften aufgebracht gegen die Zügel, mit denen ihre Reiter sie zu langsamer Gangart zwangen. Anabell half dem Schecken so gut es ging und erschlug so viele Stechfliegen, dass ihre Handschuhe bald voller Blutflecken waren.

Dann ging es endlich abwärts. Sie trabten, bis sie ein kräftiger Wind empfing, der kühl aus dem Tal aufstieg.

»Gleich sind Sie an ihrem Ziel!«, rief ihr Begleiter mit einem Mal.

Anabell traute ihren Ohren nicht. Heute? Wirklich heute sollte es so weit sein? Arceneaux wandte sich im Sattel nach ihr um. Unter dem grauen Bart grinste er breit.

Das unwirkliche, wilde Land lag bald hinter ihnen und machte weiten Grasflächen Platz. Die Sonne stand tief und färbte die Halmspitzen zu einem goldenen Meer.

In der Ferne rief ein heller Glockenschlag die Menschen von

den Feldern. Das konnten nur die Glocken von San Miguel Arcángel sein!

Anabell jauchzte und trieb ihr Pferd an. Als sie an ihrem Vater vorbeistob, riss dieser ausgelassen seinen Hut in die Luft und war im nächsten Moment gleichauf.

Während Rasmus sich mühte, die erschrockenen Saumpferde zurückzuhalten, ritten Vater und Tochter Seite an Seite.

Vorbei ging es an Indianern mit Ochsengespannen, Viehhütern und Ernterinnen mit vollen Körben.

Ein weiß getünchter langer Ziegelbau erhob sich auf einer weiten Ebene und war bald als große rechteckige Anlage zu erkennen. Ein Teil der Adobebauten war zu Ruinen zerfallen, doch der Großteil kündete in prachtvollem spanischem Stil von der Macht und Botschaft Gottes.

Der Weg, der auf das gebogene Haupttor zuführte, wurde von Eichen und Walnussbäumen gesäumt. Anabell zügelte ihr Pferd, um ihr neues Heim in Ruhe betrachten zu können. Es gab Brunnen zu jeder Seite des Tores. Im großen rechteckigen Innenbereich entdeckte sie die Kirche, Wohngebäude der Franziskaner, ein Wachhäuschen für die Soldaten, die die Mission beschützten, und zahlreiche schlichte lange Adobebaracken mit einfachen Säulengängen, die wohl verschiedensten Zwecken dienten. Es gab einen großen Waschplatz und eine Ölmühle, neben der ein ausgespannter Esel döste.

Anabell folgte ihrem Vater zum Hauptgebäude und ließ sich von ihm aus dem Sattel helfen. Vorbei war die Zeit der Unabhängigkeit, in der sie nicht wie ein kleines hilfloses Kind behandelt wurde, dachte sie bedauernd. Aber vorbei waren auch die Tage im Sattel voller Hitze und Staub und die Nächte auf hartem Boden in zugigen Zelten und ohne ausreichend Nahrung.

Sie banden die Pferde an und betraten den angenehm kühlen Backsteinbau.

Ein schlanker Padre in grauer Robe kam ihnen entgegen. Er

hatte ein hageres Gesicht und tiefliegende Augen. Trotz seiner jungen Jahre war sein Kopf auch ohne die Tonsur recht kahl. Anabell war er auf den ersten Blick unsympathisch, und sie schämte sich, einen Diener Gottes nicht zu mögen.

»Willkommen, willkommen im Namen unseres Herrn«, begrüßte er sie eifrig und machte eine hektische Geste mit dürren Händen, die nicht zur Ruhe passen wollte, die der Rest seines Körpers ausstrahlte. »Ich bin Padre Juan, ich bringe Sie zu unserem Ordensvorsteher, Padre Miguel.«

Sie folgten ihm durch einen kurzen Flur, der in einen rechteckig angelegten Kräutergarten führte. Vier knorrige Olivenbäume in den Ecken boten Schatten. Es duftete nach Rosmarin, Lavendel und Zitronenblüten. Die schwere Würze umgegrabener Erde mischte sich darunter. Ein Mönch beugte sich über die aufgebrochene Krume und setzte kleine Stecklinge in eine Furche. Als er Schritte auf dem steinernen Umlauf vernahm, richtete er sich auf und wischte die mit Erde verschmutzten Hände an der Kutte ab. Sein gutmütiges, etwas rundes Gesicht wirkte auf den ersten Blick sympathisch.

»Wir haben Gäste, Padre«, begann der jüngere Franziskaner.

»Das sehe ich, das sehe ich. Lass Erfrischungen bringen.« Er machte eine Geste, die den Jüngeren zur Eile trieb.

»Ich überlasse die Kräuter und Rosen nicht gern den Indianern, sie haben keinen Sinn für Schönes. Es ist schon schwer genug, ihnen die Feldarbeit beizubringen«, erklärte er seufzend. »Ich bin Padre Miguel, ich verwalte Gottes kleinen Vorposten hier.«

»Victor Arceneaux und meine Tochter Anabell. Ich habe die Estanzia Arroyo gekauft, ich hoffe, man hat Sie davon in Kenntnis gesetzt?«

Das Gesicht des Paters schien einen Moment lang wie versteinert, dann nickte er. »Na gut, Sie können ja nichts für die Anordnungen, die Mexikos Regierung über uns verhängt. Ich fürchte, die Tage, die unser Orden an dieser Küste wirken wird, sind gezählt, aber damit will ich Sie nicht behelligen. Sie sind sicher erschöpft von der langen Reise. Ich schlage vor, dass Sie heute Abend hier übernachten, wir haben ausreichend Gästequartiere. Morgen können Sie dann in Ruhe Ihr neues Heim erkunden.«

»Vielen Dank, Padre, das ist zu gütig von Ihnen.«

Anabell folgte dem Franziskaner zu dessen Büro, einem schlichten, aber gemütlichen Raum, in dem dunkle Holztöne überwogen. Durch ein kleines Fenster fiel weiches Abendlicht herein, zwei Öllampen vertrieben die wachsenden Schatten. Sie nahmen gegenüber des Schreibtischs Platz. Padre Juan brachte ein Tablett mit Brot, Oliven, Hartkäse und kleinen gebratenen Würsten, die köstlich dufteten. Anabell wartete, bis der Padre ihnen allen Wasser eingeschenkt hatte, dann griff sie zu.

Padre Miguel schickte den jüngeren Ordensbruder los, um die Gästezimmer vorzubereiten und Rasmus anzuweisen, wo er Lasttiere und Gepäck unterbringen könnte.

Anabells Vater berichtete auf Bitte des Geistlichen von ihrer langen Reise, und Anabell tat das, was von ihr erwartet wurde: sittsam zu schweigen, bis einer der Männer das Wort an sie richtete, doch das taten sie nicht. Sie blieb stumm und war sogar erleichtert, ignoriert zu werden. Während sich draußen das Licht gänzlich aus der Welt stahl und der Dunkelheit das Feld überließ, glitten die entbehrungsreichen Monate erneut an ihrem inneren Auge vorüber. Der Überfall der Indianer, die Mojave-Wüste, in der sie sich beinahe verirrt und ein schreckliches Ende gefunden hätten, und ihre Sehnsucht nach Lewis Dearing, die alles andere überschattete.

»Ihre Tochter hat sich tapfer geschlagen, Mister Arceneaux, aber einer unverheirateten Frau eine solche Reise zumuten …«

Die Worte des Mönchs ließen sie aufhorchen. »Ich bin verlobt, Padre. Mein zukünftiger Ehemann wird bald hier sein. Er reist uns nach.«

Arceneaux sah seine Tochter tadelnd an. Doch in seinem Blick lag Verständnis. Er wusste, wie sehr sie Lewis vermisste, auch wenn sie sich Mühe gegeben hatte, es zu verbergen.

»Möchten Sie Ihre Tochter so lange in unserer Obhut lassen? Wir haben viele unverheiratete junge Christinnen hier, die hinter den sicheren Mauern unserer Mission vor den rauen Sitten geschützt werden.«

Anabell erwartete, dass ihr Vater das Angebot ablehnte. Als er zögerte, breitete sich ein beklemmendes Gefühl in ihrem Magen aus. Im Kloster St. Aurelia in Lafayette hatte es ihr gefallen, doch hier in der Fremde? Die Vorstellung, hinter den dicken weißen Backsteinmauern eingesperrt zu werden, ängstigte sie.

»Bis auf der Estanzia alles geregelt ist, wäre das keine schlechte Idee.«

Victor Arceneaux musste aufgefallen sein, dass Anabell blass geworden war, denn er drückte ihr beruhigend die Hand. »Meine Tochter kann Ihnen Ihre Gastfreundschaft sicherlich vergelten. Sie hat sechs Jahre in einem Kloster gelebt und gelernt.«

Padre Miguel lächelte ermutigend. »Das höre ich gerne, junge Dame. Hier, an diesem abgelegenen Zipfel von Gottes Erde, sehen wir selten Frauen wie Sie. Wir könnten dringend Hilfe bei den jungen Indianerinnen gebrauchen. Sicherlich findet Gottes Wort leichter zu den Heidinnen, wenn es aus dem Mund einer Frau kommt. So bedauerlich wie es ist, die Wilden trauen uns nicht.«

Anabells Gedanken rasten durcheinander. Sie konnte sich nicht vor einem Fremden gegen die Entscheidung ihres Vaters stellen, und ihre Bitten stießen bei ihm meist auf taube Ohren. Oder sie konnte das Beste aus der Situation machen. Hier bot sich unverhofft die Gelegenheit herauszufinden, ob sie wirklich konnte, was sie vor Lewis so leichtfertig behauptet hatte.

»Ich habe mir schon lange gewünscht, einmal Kinder zu unterrichten, Padre …«, gestand sie ein.

Victor Arceneaux musterte sie erstaunt, als erkenne er seine

Tochter gar nicht wieder. Padre Miguel nickte hingegen und murmelte einen leisen Dank. »Sie muss der Himmel geschickt haben, Miss. In den nächsten Tagen erwarten wir eine Gruppe neuer Kinder. Die Indianer haben versucht, sie vor uns zu verstecken, aber Padre Mateo und einige Sergeanten haben sie aufgespürt und bringen sie her. Für die Mädchen können wir, bei Gott, noch Hilfe gebrauchen.«

Anabell versuchte ihr Entsetzen nicht zu zeigen. So wie es klang, nahmen sie den Indianern die Kinder gegen deren Willen fort. Das konnte Gott doch nicht wollen, oder? Aber womöglich hatte sie den Franziskaner nur falsch verstanden. Sie hoffte es.

»Ich werde mein Bestes tun, Padre.«

»Die Estanzia, wie ist dort der Zustand?«, erkundigte sich Victor Arceneaux. Anabell war diese Stimmlage ihres Vaters nur allzu vertraut. Wenn es um das Geschäft ging, kannte er weder Gott noch Freunde. Padre Miguel war das offenbar auch aufgefallen. Er faltete nervös die Hände, ließ den Blick kurz aus dem Fenster wandern, dann räusperte er sich. »Die Gebäude sind fast alle gut in Schuss. Aber ich konnte meine wenigen Soldaten nicht zur Bewachung abstellen.« Sein Kehlkopf hüpfte auf und ab, während er schluckte. »Ein Nebengebäude ist abgebrannt, und es gab Plünderungen.«

Anabell sah, wie ihr Vater erst erbleichte und ihm dann die Zornesröte ins Gesicht stieg. »Weiter«, presste er hervor.

»Ich fürchte, von den Indianern sind viele fortgelaufen.«

»Das Vieh?«

»Verwildert, vielleicht fort.«

»Großartig!«

Arceneaux seufzte und fuhr sich durch das Haar und kämpfte um Fassung.

»Soweit ich weiß, haben Sie das Land und alle Gebäude darauf erworben, der Rest …« Padre Miguel hob die Hände, um seine Hilflosigkeit auszudrücken.

»Aber das Land ist wenigstens gut und der Wasserlauf noch dort, wo er auf dem Plan verzeichnet war?«, spottete Arceneaux bitter. Anabell warf ihm einen kurzen Blick zu. Sie würden es schon schaffen, wollte sie ihm signalisieren.

Die Art, wie der Padre sich verhielt, stimmte sie misstrauisch. Er schien alles andere als froh, dass die Estanzia Arroyo, die ursprünglich zur Mission gehört hatte und für die Versorgung der Geistlichen zuständig gewesen war, einen neuen Besitzer bekam. War der Verkauf am Ende gar nicht freiwillig zustande gekommen? Hing es irgendwie mit seiner Bemerkung über die Gesetzesänderungen Mexikos zusammen, die die Befugnisse der Missionen beschnitten? Sie hatte sich nie gefragt, warum die Franziskaner ihr Eigentum überhaupt verkaufen mussten. Doch wahrscheinlich würde sie das in den nächsten Tagen und Wochen herausfinden.

Anabell hatte sich gerade in ihrem neuen Heim, einem kargen, winzigen Zimmer im Frauentrakt der Mission eingerichtet und von ihrem Vater und dem ungeliebten Halbbruder Abschied genommen, als die Kinder kamen.

Vier Soldaten brachten sie auf einem Karren in die Mission und bewachten sie wie gefährliche Verbrecher. Anabell wusste nicht, was von ihr erwartet wurde.

Sie war froh, sich in allem an die junge Indianerin Lucia halten zu können, die nicht nur fromm, sondern auch aufgeschlossen und freundlich war. Gemeinsam nahmen sie sich der verängstigten Kinder an, die, nach Mädchen und Jungen getrennt, in die Wohnbereiche der Mission gebracht worden waren.

Lucia kniete sich neben ein Mädchen und entlockte ihm leise Antworten, die es zwischen zahlreichen Tränen hervorstammelte.

Als sie sich wieder erhob, drückte sich das Kind an die neu

gewonnene Freundin. »Sie sagt, sie haben Angst vor den schrecklichen Krankheiten, die der Gott der Priester zu ihnen sendet. Sie wollen nicht sterben, und sie wollen auch nicht geschlagen werden. Deshalb haben die Eltern sie versteckt. Die Kleine möchte wieder heim.«

Anabell beugte sich zu dem kleinen Mädchen und strich ihr über den dunkelbraunen Schopf. So weiches Haar hatte sie nie zuvor berührt. Das Kind wirkte zerbrechlich wie ein kleiner Vogel. Es war beinahe zu Tode geängstigt und ausgezehrt vom langen Weg zur Mission und der Flucht zuvor. »Du kannst nicht wieder heim. Du bist jetzt hier bei uns. Ich verspreche dir, dass dich niemand schlagen wird.« Anabell überging Lucias irritierten Blick, die ihre Worte für das Kind zögernd übersetzte.

»Du brauchst keine Angst zu haben. Du wirst viele tolle Sachen lernen und du wirst Gott kennenlernen.«

Das Mädchen wischte sich die Augen und antwortete etwas in ihrer melodischen Muttersprache. Plötzlich wurde sie von Lucia an der Schulter gepackt und heftig geschüttelt. Die Indianerin sprach energisch auf sie ein und rief damit einen neuen Tränenschwall hervor.

»Lucia, Lucia, hör sofort auf! Was soll denn das?«

»Sie hat gesagt, dass sie Gott nicht kennenlernen will. Die meisten Padres verstehen ein paar Worte in unserer Sprache. Wenn sie solche Reden hören, dann bekommen die Kinder das zu spüren, und ich glaube nicht, dass Ihr Versprechen sie davon abhalten wird, die Kinder mit dem Stock zu züchtigen, Miss.«

Anabell nickte. Lucia hatte recht. Sie sollte den Kindern nichts versprechen, was sie nicht halten konnte oder von dem sie nichts wusste.

»Wie heißt die Kleine?«, fragte sie, während sie das Kind zum Waschraum brachten.

»Das ist unwichtig. Sie wird nachher einen neuen Namen bekommen. Möchten Sie aussuchen, wie sie heißt? Vielleicht nach einer tapferen heiligen Frau. Das wird ihr Kraft für ihren weiteren Weg geben. Namen sind wichtig.«

Anabell schüttelte den Kopf und schwieg. Was geschah hier nur? Was die Padres taten war unrecht!

Im Waschraum standen zwei volle Zuber, in denen das Wasser dampfte. Acht kleine Mädchen drängten sich ängstlich in eine Ecke, während drei bekehrte Indianerinnen, die in der Mission sonst für die Küche zuständig waren, beschwörend auf die Kinder einsprachen. Das älteste Mädchen trat schließlich vor und entledigte sich seines Gewandes aus speckigem Hirschleder. Man nahm ihr auch den Schmuck aus Muscheln und roten Korallenperlen ab, bevor das verängstigte Mädchen in den Waschzuber gedrängt wurde, wo man sie mit viel Seife und einer harten Bürste abschrubbte, bis die Haut ganz rot war.

Da Anabell die Sprache der Indianer nicht verstand, überließ sie es den Frauen, die Kinder zu überreden, sich der Prozedur zu unterziehen. Das kleine Mädchen, das zuvor versucht hatte wegzulaufen, ließ sich schließlich von ihr zum Zuber führen. Anabell seifte ihr das Haar ein und gab acht, dass ihr der Seifenschaum nicht in die Augen geriet. Die Verwahrlosung oder gar Läuse, von denen der Padre gesprochen hatte, entdeckte sie bei keinem der Mädchen. Sie waren vielleicht ein wenig dünn und sehr, sehr unglücklich, aber anderes war auch nicht zu erwarten, wenn man die Familien bis in die Berge verfolgte und ihnen die Kinder entriss.

Während sie das Mädchen abtrocknete und ihr in ein schlichtes Wollkleid half, dachte sie an ihre eigene Kindheit zurück. Sie hatte tagelang geweint, nachdem ihr Vater sie ins Kloster zur Erziehung gegeben hatte. Sie fühlte sich ungeliebt, wie abgeschoben.

Die Liturgie und der strenge Tagesablauf waren ihr anfangs ein Gräuel. Mitten in der Nacht wurde sie aus dem Bett geholt, um eine Stunde lang in der eisigen Kapelle auf den Steinfliesen zu knien und zu beten. Viele Mädchen waren derart übermüdet, dass sie einschliefen. Die Schwestern weckten sie dann mit schmerzhaften Schlägen und einer weiteren Stunde des Gebets, in denen sie darüber nachsinnen sollten, wie Gott über faule und träge Kinder dachte.

Anabell war nur ein einziges Mal eingenickt, danach hatte die Angst sie wachgehalten. Nach und nach hatte sie sich an den Alltag im Kloster gewöhnt, unter den Mädchen Freundinnen gefunden, und der Unterricht weckte ihre Neugier. Ihr Wissensdrang war nahezu unstillbar, und die Bibliothek war ihr eine schier unerschöpfliche Quelle.

Vielleicht würde es den Indianerkindern in der Mission genauso ergehen. Sie würde ihnen Lesen, Schreiben und ein wenig Rechnen beibringen, mehr als die Kinder auf der Plantage je gelernt hatten. Ihre Zukunft würde besser sein als die ihrer Eltern, die als Wilde im Wald hausten. Ja, so musste es sein.

Mit neuem Elan widmete sich Anabell dem nächsten Mädchen, das am ganzen Körper zitterte und mit beiden Händen etwas an den Leib presste.

»Was hast du da? Komm, zeig her.«

Sie schüttelte den Kopf und verkrampfte die Hände noch fester, als Anabell versuchte, die kleinen Finger zu lösen.

Lucia trat hinzu. »Bitte lassen Sie es ihr. So ein kleiner Talisman schadet doch nicht.«

»Ich will es nur sehen. Ich nehme es nicht weg.«

Lucia übersetzte, und das Mädchen antwortete hastig, doch hergeben wollte sie ihren Schatz noch immer nicht.

»Es ist ein Talisman, der sie vor den Krankheiten der Weißen schützen soll. Sie sagt, bis auf ihre Mutter seien all ihre Verwandten und Geschwister an den Pocken gestorben. Sie glaubt, wenn eine Weiße es berührt, verliert der Zauber seine Wirkung.«

Anabell sah die Indianer erschrocken an. Die Erinnerungen an die Epidemie auf der Plantage waren noch allzu gegenwärtig.

»Wann hat es einen Ausbruch gegeben und wo?

Lucia zuckte mit den Schultern. »Es gibt immer wieder welche. Die Handelsschiffe schleppen die Krankheit die Küste hinauf bis weit in den Norden und wieder hinunter. Und dann sind da noch die vielen Siedler, jeden Tag kommen neue.« Lucia seufzte und beugte sich wieder zu dem Mädchen, um ihr leise etwas zuzuflüstern. »Ich habe ihr gesagt, sie soll es behalten, aber verstecken. Wenn sie sich die Medizin um den Bauch bindet, wird es niemand sehen.«

Lucias Blick war flehentlich, Anabell sollte zustimmen. Und sie nickte. Eigentlich durfte sie dem Kind nicht erlauben, seinen heidnischen Zauber zu behalten, aber sie würde es nicht übers Herz bringen, der Kleinen ihre einzige Hoffnung zu nehmen.

»Sind hier in der Mission auch Menschen gestorben?«

Lucia nickte mit zusammengepressten Lippen und fuhr fort, dem Mädchen das lange Haar zu waschen. »Viele, oft ganze Familien. Die Toten lagen überall herum, weil niemand mehr da war, um sie zu begraben.«

Anabell sprang auf. »Ich bin gleich zurück.«

Der Zorn verlieh ihr Flügel. Sie hastete aus dem Gebäude und quer über den Hof zum Trakt, in dem die Jungen untergebracht waren. Schon von Weitem hörte sie ein Kind weinen. Sie folgte dem Geräusch, bis sie eine ähnliche Situation entdeckte wie im Waschbereich der Frauen. In mehreren Zubern wurden die bedauernswerten Neuankömmlinge abgeseift, wobei die Männer weit weniger liebevoll zu Werke gingen als die Frauen. Fast jedes Kind brach in Tränen aus, sobald Seife in die Augen geriet. Einige Jungen hatten die Prozedur schon hinter sich. Diejenigen, die bereits neue Hosen und Hemden trugen, mussten sich auf einen von zwei bereitstehenden Stühlen setzen, wo ihnen das zum Teil sehr lange Haar kurz geschnitten wurde. Anabell bekam den Eindruck, dass es für viele körperlichen Schmerzen glich, wenn die Schere ihr Äußeres endgültig dem Aussehen der Weißen anpasste.

Unter den Stühlen mischten sich braune und schwarze Strähnen in eindrucksvoller Menge.

Zwei Franziskaner standen in der Nähe und überwachten die Prozedur. Einer war der hagere Padre Juan, sein Gesprächspartner machte ihn auf Anabell aufmerksam. Er trat ihr entgegen. »Señorita Arceneaux, haben Sie sich im Gebäude geirrt?«, erkundigte er sich und erweckte dabei den Eindruck, sich über sie lustig zu machen. Doch Anabell war so entrüstet, dass kein Spott der Welt sie aufhalten konnte. »Stimmt es, dass es hier immer wieder zu Pockenausbrüchen kommt, Padre?«

Er nickte und wies ihr den Weg in den Hof. »Alle paar Jahre kommt es vor. Aber für Sie gibt es keinen Grund zur Sorge.«

Sie betraten den Innenhof, wo sich der Wind zwischen den gekalkten Adobemauern fing und Staub und Getreidespreu durcheinanderwirbelte.

»Ich sorge mich nicht um mich, Padre, ich kann die Krankheit nicht mehr bekommen, aber ich habe gesehen, was sie anrichten kann. Die Kinder fürchten sich beinahe zu Tode, weil sie glauben, dass sie in der Mission krank werden.«

»Gottes Wege sind unergründlich.«

»Gottes Wege?« Anabells schrecklicher Verdacht schien sich gerade zu bestätigen. »Aber man kann impfen. Wenn die Gefahr einer Ansteckung so groß ist, warum impft man die Indianer nicht? Es ist doch nur ein kleiner Schnitt und ein kurzes Fieber!«

»Die Hexer, diese Schamanen wollen nicht, dass wir es tun«, erwiderte er lakonisch.

Anabell war fassungslos. Sie schafften es, den Leuten ihre Kinder wegzunehmen, aber nicht sie zu impfen? »Die Neophyten glauben nicht mehr an die Macht ihrer Zauberer, oder nicht? Wenn man sie impft, könnten sie den anderen davon erzählen und ihnen die Angst nehmen.«

»Ich sehe, Sie haben hehre Ziele für eine Frau, Señorita. Sie wollen den Wilden helfen, das ist löblich. Aber vielleicht sind die

Seuchen von Gott gesandt. Womöglich ist es eine Prüfung ihres Glaubens? Wie viele kehren uns den Rücken, wenn es so weit ist, was denken Sie? Wer aufrecht und fromm ist, hat keinen Grund, den Tod zu fürchten.«

»Und die Padres müssen sicherlich auch die Pocken nicht fürchten, habe ich recht?« Anabell wusste, dass sie gerade eine Grenze überschritten hatte, wie sie es im Kloster nie gewagt hätte. Der Franziskaner verzog zornig das Gesicht, doch bevor er etwas erwidern konnte, erklang ein spitzer Schrei aus dem Gebäude. Schläge ließen die Kinderstimme noch schriller werden und dann plötzlich verstummen. Anabell rannte zurück und stieß beinahe mit dem zweiten Franziskaner zusammen, der ein nacktes Kind in den Hof zerrte. Es war ein Mädchen.

Der Padre stieß das Kind gegen sie. »Die hat sich verlaufen. Wollte bei ihrem Bruder bleiben.«

Anabell nahm das Kind an der Hand. Ihr Blick ging von einem Geistlichen zum anderen, doch von ihnen war Gottes Güte nicht zu erwarten. Da sie nicht mehr wusste, wie sie das begonnene Gespräch zu einem positiven Ende bringen sollte, wandte sie sich enttäuscht zum Gehen. »Ich bringe die Kleine zum Frauentrakt.«

»Tun Sie das, Señorita. Wenn Sie erst einmal eine Weile unter Wilden gelebt haben, werden Sie eher verstehen.«

Anabell öffnete den Mund für eine Erwiderung, verkniff sich die Worte dann aber im letzten Moment und bat Gott im Geiste, ihr Geduld zu schenken und die Kraft, etwas verändern zu können.

Ohitika zog die Falkenfeder aus der Mähne seines Pferdes und schob sie in die Satteltasche. Er hatte seinen alten Mustang ausgewählt, um mit ihm die Missionen und Estanzias auszukundschaften. Das Tier war unmarkiert und in den Augen der Mexikaner so unansehnlich, dass niemand Verdacht schöpfen würde. Ohitika selbst war kaum wiederzuerkennen. Wäre er seinem Vater bei der Ankunft in der schlichten Wollkleidung entgegengetreten, wäre die Begrüßung zweifellos freundlicher ausgefallen. Doch das hatte er gar nicht beabsichtigt. Mit einem Seufzen schob er seine langen Zöpfe unter einen breitkrempigen Hut und saß auf.

Nun war er nicht mehr als ein bekehrter Mischling auf der Suche nach Arbeit in der Mission. Es behagte ihm nicht, seine Waffen nicht griffbereit zu haben. Gewehr, Pfeile und Bogen waren in der Schlafrolle eingewickelt, nur sein Messer trug er noch in einer Scheide am Gürtel.

Er lenkte das Pferd vom Hof und spürte die Blicke des Hausherrn im Rücken. Sein Vater ahnte, dass Ohitika sich nicht einfach nur den Markt ansehen und ganz sicher nicht eine Messe in der Kapelle besuchen wollte, doch er war klug genug, nicht zu fragen, wenn sein Sohn nicht vorhatte, ihn in seine Pläne einzuweihen.

Immer wenn Ohitika sah, wie schlecht es den Stämmen des Küstenstrichs erging und wie sehr Gewehre und Krankheiten der Weißen unter ihnen wüteten und gleichermaßen Krieger wie Kinder töteten, fühlte er sich in seinem Vorhaben bestätigt. Vieh und Pferde zu stehlen, die auf dem geraubten Land seiner Vorväter und dem seiner Verwandten fett wurden, war gerecht. *Ina makoce*, Mutter Erde, gehörte allen. Sein Diebstahl war ein kleiner Ausgleich für das, was Männer wie sein Vater angerichtet hatten.

Ohitika konnte sich noch gut an die Zeit des Herumziehens erinnern. Den Rest der unrühmlichen Familiengeschichte kannte er aus Erzählungen seines Vaters und dessen Kameraden zur Genüge.

Jasper Crawford stammte aus der kleinen Siedlung Beaver Creek an der Hudson Bay. Dessen Vater war Trapper der Company, die Mutter eine Cree-Indianerin. Crawford folgte seinem Vater nach und fing für einige Jahre Biber, Fuchs und Nerz. Dann zog er mit drei weiteren Männern westwärts, um Büffel zu jagen. Südlich der *Paha Sapa*, der heiligen Berge der Sioux, die von den Trappern Black Hills genannt wurden, trafen die Männer auf eine Gruppe versprengter Lakota, die Opfer eines Kriegertrupps der Cheyenne geworden waren. In der Zeit, da die Stämme vor der Flut der Weißen westwärts drängten wie auf der Flucht vor einem rasenden Präriefeuer, kam es zwischen ihnen immer wieder zu Reibereien und Kämpfen. Die Gruppe, auf die sie stießen, war ihrer Pferde, Waffen und Vorräte beraubt worden und so den hereinbrechenden Herbststürmen, die die Ebene in eine eisige, windgepeitschte Hölle verwandeln würden, hilflos ausgeliefert. Dann geschah das, worüber sein Vater nicht sprach und seine Mutter nur unter Tränen.

Die vier Trapper waren den überlebenden Indianern wie Freunde entgegengetreten, doch als sie merkten, dass die drei Frauen mit einigen Verwundeten und Sterbenden allein waren, wandelte sich ihr Verhalten. Die Weißen merkten schnell, dass sie es nur mit einem kleinen Jagdtrupp zu tun hatten, der weit von der Hauptgruppe entfernt war. In einer stürmischen Nacht töteten sie die Verwundeten und brachten die Frauen in ihre Gewalt. So fanden Ohitikas Eltern zusammen. Nach dem Winter trennten sich die Trapper, und Crawford zog mit seiner erbeuteten indianischen Frau weiter gen Westen. Irgendwann in diesen Monaten schien sich etwas in ihrer Beziehung zueinander geändert zu haben. Hauwi verzieh Crawford zwar nicht, doch sie folgte ihm freiwillig. Als sich dann ein Kind ankündigte, blieben sie eine Weile an einem kleinen See in den Rocky Mountains, wo es genug Wild gab, von dem sie sich ernähren konnten.

Ohitikas eigene Erinnerungen begannen bruchstückhaft. Erst war da nur der Blick vom Pferderücken aus, Wälder, Berge, Seen und die endlosen Graslandschaften der Plains. Andere Kinder sah er so gut wie nie. Die einzige Gesellschaft bildeten seine Eltern, die oft stritten, sich versöhnten und einander dann wieder tagelang anschwiegen. Zwei kleine Geschwister wurden geboren, ein Junge und ein Mädchen, die beide nicht ihren ersten Winter überlebten.

Zwei Mal im Jahr besuchten sie Handelstreffen der *Rocky Mountain Fur Company*. Die Fellaufkäufer veranstalteten die sogenannten Rendezvous im September, wenn die Jagd aufgrund des Fellwechsels der Biber eine Weile ausgesetzt wurde. Es waren kleine schlammige, dreckige Orte, in denen es vor Menschen wimmelte und die Ohitika allesamt schlecht in Erinnerung hatte. Eines Tages, er hatte gerade seinen sechsten Winter erlebt, trafen sie bei einem Rendezvous auf eine Gruppe Lakota-Krieger, die Felle gegen Gewehre und Pulver tauschen wollten. Hauwi ließ sich nichts anmerken, doch ihre Verwandten hatten sie erkannt und sie diese.

Mitten in der Nacht, Crawford hatte sich nach erfolgreichem Handel betrunken, wurde Ohitika von seiner Mutter geweckt. Sie bestiegen das schnellste Pferd und ritten in stockfinsterer Nacht davon. Es war ein beängstigender, langer Ritt, der sie schließlich ins Jagdlager der Oglala-Lakota führte. Von da an hatte Ohitika eine neue Familie.

Crawford suchte den Stamm auf, bot Pferde und ein Gewehr als Versöhnungsgeschenk an, und es wurde ein Kompromiss gefunden. Hauwi gestattete ihm, seinen Sohn zu besuchen, doch Ohitika wuchs fortan bei den Lakota auf. Wie es Brauch war, übernahm der Bruder seiner Mutter die Aufgabe eines Vaters, und so bekam er einen neuen Bruder: Waniyetu, seinen Cousin. Sie waren fast gleich alt, stritten und vertrugen sich und bestanden die meisten Abenteuer gemeinsam.

Okiciye – helft einander, ihr seid verwandt, hatte seine Mutter ihn bei der ersten Begegnung gemahnt. Doch sie brauchten diese Ermahnung nicht. Als Brüder wuchsen sie zu Männern heran, jagten Büffel, fingen Pferde, landeten Coups und verdienten sich ihre Namen. *Ohitika mani wica ma'koce ta'gila* – Tapfer gehender Mann, der sein Land liebt. Ohitika. Ein guter Name. Nach und nach vergaß er Forrest Crawford, den Jungen, der er gewesen war.

Die sporadischen Besuche seines leiblichen Vaters, der ihn hin und wieder zu mehrtägigen Ausflügen abholte, konnten daran nichts ändern. Crawford merkte, dass er nur noch wenig ausrichten konnte, und beschloss weiterzuziehen, nach Alta California. Dort, im warmen Westen, von dem er schon so viel gehört hatte, wollte er das Trapperleben hinter sich lassen und eine kleine Farm aufbauen, auf der er den Rest seines Lebens verbringen konnte.

Ohitika begleitete ihn, gepackt von Abenteuerlust. So weit im Westen war er noch nie gewesen. Als er dann die reichen Estanzias und Missionen sah, die sich am Camino Real reihten wie Perlen auf einer Schnur, fasste er einen Plan.

Und da war er nun.

Ohitika trieb sein Pferd in einen sachten Galopp. Der Mustang trug ihn weich durch kniehohes Gras, auf dem vereinzelt Rinder grasten, die niemandem zu gehören schienen. Die meisten hatten keine Brandzeichen, was von Vorteil war. Entweder war der Besitzer völlig sorglos oder es waren verwilderte Tiere. Beides würde den Indianern die Aufgabe leicht machen.

Weiter ging es, durch Täler und sanftes Hügelland. Es waren üppige Weiden, die einst der Stamm der *En-'ne-sen* bewohnt hatte. Die Menschen waren vertrieben, andere von Seuchen dahingerafft worden oder im gierigen Bauch der Missionen verschwunden, die sie erst nach Jahren als Neophyten, als Menschen ohne Herz und Seele wieder ausspuckten. Dann waren sie noch frommer als Ohitikas leiblicher Vater, der erst seit einigen Jahren den Weg zur Kirche gefunden hatte. Nun wollte Jasper Crawford scheinbar alles nachholen, was er in den Jahrzehnten versäumt hatte.

Ohitika hatte wie fast jeden Morgen, seit er mit den Lakota

lebte, die Sonne aufgehen sehen und dem Schöpfer für *mitakuye oya'sin* gedankt, für alle Verwandten, die Menschen, die Vierbeinigen, für Pflanzen, Erde, Wasser und die Geister. Die Natur war seine Kirche, der heilige Salbei, Süßgras und die Pfeife trugen seine Worte empor.

Ein wenig wusste er von dem Christengott der Weißen. Er sprach zu ihnen aus Büchern und plagte die Menschen, die er lieben sollte, mit Schmerz und Elend in diesem und im jenseitigen Leben. Er war ein Gott der Angst, der mehr mit dem Tod zu schaffen hatte als mit dem Leben. Wahrscheinlich hatte er seinen Gläubigen die Grausamkeit eingepflanzt, denn seine Priester waren doppelzüngig. Sie predigten von Freundschaft und Frieden, bevor sie die Leichtgläubigen einsperrten und Seuchen über sie brachten.

Ohitika konnte nicht verstehen, warum sich die Indianer dem Gott der Weißen zuwandten. Nachdenklich ritt er weiter in Richtung Küste.

Wiesen wurden zu Äckern. Ohitika bemerkte zwei Neophyten, die sich mit einem Gespann störrischer Ochsen abmühten, um ein Feld zu pflügen. Während einer die blökenden Rinder an den Führseilen packte und herumzog, setzte der andere den Pflug in eine neue Furche. Stockschläge klatschten auf die Rücken der trägen Tiere und trieben sie vorwärts.

Ohitika ritt zu den Männern hin, grüßte und erkundigte sich nach Farmen mit vielen Pferden, auf denen er vorgab, nach Arbeit zu suchen.

Die beiden Bekehrten schöpften keinerlei Verdacht und nannten ihm gleich mehrere Estanzias, auf denen zurzeit die jungen Pferde eingeritten wurden.

Ohitika ritt weiter Richtung Küste, bis er auf den Camino Real stieß, und dann nach Süden. So wie er die Männer verstanden hatte, zwang die mexikanische Regierung die Mönche dazu, Teile ihrer Besitzungen an Privatleute zu verkaufen. Die riesigen Estanzias und Ländereien würden nun nicht mehr unter dem Schutz der Soldaten stehen, die bei den Graukutten stationiert waren. Noch eine gute Nachricht.

Zwei Wochen waren vergangen, seit die kleinen Mädchen, weinend und verängstigt, in der Mission angekommen waren.

Anabell hatte fast jede Stunde des Tages mit ihnen verbracht, weit mehr als die Padres wünschten. Doch die Kinder brauchten sie und Lucia, denn sie verstanden die fremde Welt nicht, in die sie geraten waren. Mit all ihren Regeln, die sie befolgen sollten, ohne überhaupt die Worte zu verstehen.

Die Franziskaner waren strikt und verboten jedes Wort in der Muttersprache. Doch sie kamen nur selten in den Frauentrakt, und so ermahnte Lucia die Kinder zwar, doch sie bestrafte sie nicht. Es gab so viele Dinge, die mit Schlägen geahndet wurden, dass Anabell sie sich selbst nicht alle merken konnte.

Doch heute spielte all das keine Rolle. Heute hatten sie frei. Die Mädchen gingen artig in Zweierreihen und sangen ein frommes Lied. Ihre klaren, hellen Stimmen tönten über sonnendurchflutete Orangenhaine hinweg, die herrlich dufteten. *Ya viene el alba rompiendo el día, digamos todos: Ave María!* Dieser einfache Vers konnte als vierstimmiger Choral gesungen werden, doch so weit waren die Kinder noch nicht.

Anabell intonierte die nächste Strophe, und einige zaghafte Stimmchen folgten. Sie sprach die Worte langsam vor: »*Nació María para consuelo, de pecadores y luz del cielo*«, und beim nächsten Versuch klappte es schon etwas besser.

Plötzlich tauchte Padre Miguel vor ihr auf. Das Lied blieb förmlich in Anabells Kehle stecken, und auch die Worte der Mädchen klangen mit einem Mal wie abgehackt. Der Franziskaner faltete die Hände unter den langen grauen Kuttenärmeln, blieb stehen und lächelte gutmütig. »Na, das klingt ja schon recht hübsch«, urteilte er, sobald der letzte Ton verklungen war, und tätschelte einem Mädchen den Kopf, das ihn anschaute, als hätte er sie geschlagen.

»Vielen Dank, Padre.«

»Lucia hilft Ihnen gut?«, erkundigte er sich und musterte die junge Indianerin, die ein tadelloses, hochgeschlossenes Kleid und eine weiße Haube trug und die Augen sittsam niederschlug.

»Ja, sie ist mir eine wunderbare Stütze«, lobte Anabell und hätte am liebsten hinzugefügt, dass sie die meiste Arbeit mit den Kindern erledigte.

»Ich wusste, dass ich mich auf sie verlassen kann. Auf Lucia liegt unsere große Hoffnung. Überlege es dir, meine Tochter, ob du nicht doch den Habit nehmen und in unserem Kloster ein gottgefälliges Leben führen willst.«

Lucia nickte, schwieg und war offensichtlich erleichtert, dass er keine sofortige Antwort von ihr erwartete.

Padre Miguel ließ seinen prüfenden Blick über die Mädchen gleiten, dann verabschiedete er sich mit einem kurzen Segen.

Spürbare Erleichterung machte sich breit.

»*La vida* …«, begann Anabell aufs Neue, und die Mädchen sangen sofort mit.

Singend kamen sie an einer Tongrube vorbei, wo Indianerinnen Lehm mit Stroh mischten und dann in große eckige Formen füllten. Sie stellten Adobes, ungebrannte Lehmziegel, her, die auf einem staubigen Platz zu Tausenden trockneten. Die Frauen ackerten im Schweiße ihres Angesichts. Die staubige Kleidung klebte an ihren Körpern, rotbrauner Lehm verkrustete die Beine.

Der Anblick unterschied sich kaum von dem auf der Plantage, nur dass die Afrikaner Indianern Platz gemacht hatten. Statt Rasmus mit seiner Peitsche hatte ein Mönch die Aufsicht, der den Frauen weit schlimmere Strafen androhte, als es ein Aufseher je gekonnt hätte.

Anabell drängte die Mädchen zur Eile. Einige hatten begonnen, nach Verwandten Ausschau zu halten. »Kommt, kommt, ich habe eine Überraschung für euch.«

Sie folgten einem kleinen Trampelpfad westwärts, der durch eichenbestandenes Grasland führte. Aufgeschreckte Eidechsen flüchteten die Bäume hinauf, Borke löste sich knisternd unter winzigen Krallen. In den Büschen zirpten Grillen. Anabell hatte Lucia nicht verraten, wohin der Spaziergang führen sollte, doch spätestens als der Horizont zu endlosem Blau zerschmolz und Pelikane in langen Ketten über die Hügel zogen, ahnte die Indianerin etwas.

Anabell wollte zum Strand. Seit ihrer Ankunft in der Mission war sie nur zwei Mal zur Küste hinabgeritten, und sie vermisste den Anblick des Pazifiks und die tosende Gewalt der Wellen. Es war der einzige Ort, an dem es ihr gelang, völlig zu entspannen und auch nicht an Lewis zu denken. Sie hoffte, dass es auch den Kindern so ergehen würde und die Welt um sie herum für einige kostbare Stunden in einem besseren Licht erschien.

Lucia warf ihr einen seltsamen Blick zu, doch da sie nichts sagte, tat Anabell es als unwichtig ab.

Das Land wurde rauer, vereinzelte Geier segelten im Aufwind. Es war das Reich des Windes, der die Bäume so lange niederdrückte, bis sie gebeugt wuchsen wie gebrochene Menschen. Stauden des Bärenklau füllten Senken mit groben Blättern und weißen Blütentellern, auf denen es schwirrte und summte.

Der dumpfe Rhythmus unbeschlagener Pferdehufe mischte sich unter die Windgeräusche. Ein einzelner Reiter kam ihnen auf einem Schecken entgegengeritten. Das Tier sah struppig aus, schwitzte in seinem Winterfell, das viel zu dick für das milde Klima Alta Californias war. Der Reiter trug ungefärbte helle Kleidung, wie die meisten bekehrten Indianer, und hatte den Hut tief ins Gesicht geschoben. Als er vorbeiritt, fiel sein musternder Blick auf die Mädchen und Anabell. In dem markanten jungen

Gesicht funkelten hasserfüllte Augen. Das Gefühl galt ihr, daran bestand kein Zweifel.

Angst fuhr ihr in die Glieder. Für einen Moment glaubte sie, der Indianer würde im nächsten Moment vom Pferd springen und seinem Zorn freien Lauf lassen. Er tat es jedoch nicht, sondern ritt einfach weiter. Der Geruch von Pferdeschweiß hing einen Moment lang in der Luft, und das Blut summte ihr in den Ohren. Anabells Herz schlug, als wolle es ihr schier aus der Brust springen.

Den Ruf der Mädchen hörte sie erst, als die Klapperschlange direkt vor ihr war. Das Tier war sandfarben und wie mit Teer und Kupfer gesprenkelt. Die Hornglieder des Schwanzendes rasselten gefährlich, und die Klapperschlange hatte sich bereits halb aufgerichtet.

Vergessen war der Reiter. Anabell sah nur noch das Tier. Den stumpfen eckigen Kopf, die starren Augen und ein Maul, das sich langsam öffnete. Die Zeit blieb stehen. Die schreienden Kinder waren weit weg, sie war allein, allein mit dem Tod. Sie durfte sich nicht bewegen, musste mit ihrer Umgebung verschmelzen. Das trockene Rasseln zermürbte ihre Nerven. Sie stand da wie erstarrt und flehte zu Gott, das Tier möge einfach davonschlängeln. Dann fuhr der Wind in ihr Kleid, und die Schlange schnellte vor.

Die Welt hatte Anabell mit einem Schlag wieder. Sie sprang zurück, und die Schlange löste die Giftzähne aus dem Rocksaum, nur um sich gleich darauf wieder drohend aufzurichten. Dann war da plötzlich ein Durcheinander aus Hufen und Staub. Jemand riss sie unsanft zurück, und sie wäre gefallen, wenn man sie nicht festgehalten hätte. Wie gebannt starrte Anabell auf das jetzt reiterlose Pferd, das wie besessen stieg und bockte und die scharfen Hufe immer wieder dort herniedersausen ließ, wo in einer Wolke aus Staub die Klapperschlange sein musste.

Als das Pferd endlich mit einem zufriedenen Schnauben stehen blieb und am Boden schnüffelte, wagte Anabell zum ersten Mal wieder zu atmen.

Der Fremde löste seinen Griff und trat neben sie. »Geht es Ihnen gut? Sind Sie gebissen worden?«

»Ich, ich weiß nicht«, stotterte Anabell.

»Zeigen Sie Ihr Bein her.« Ehe sie protestieren konnte, kniete er nieder und schob ihren Rock bis zu den Knien hoch. Seine raue Hand umfasste ihren Unterschenkel, der Daumen strich über ihre Haut. Es brannte kurz, als er daran herumdrückte. »Was tun Sie da?«

»Ein winziger Schnitt, aber kein Gift. Sie hatten Glück.«

Als er sich wieder erhob, trafen sich ihre Blicke. Seine Augen waren von einem hellen warmen Braun, in denen kein Hass mehr stand. Prägnante Wangenknochen unterstrichen sein außergewöhnliches Gesicht, es war schmaler als die der meisten Indianer der Mission, die Nase war gerade, ihre Flügel geschwungen.

Der Fremde hatte seinen Hut verloren. Zwei lange schwarze Zöpfe lagen auf seinen Schultern. Als ein Mädchen ihm die verlorene Kopfbedeckung reichte, konnte Anabell endlich wieder sprechen. »Danke.«

»Das war nichts«, wiegelte er ab, setzte den Hut auf und schob die Zöpfe wieder darunter. Seine Augen lagen nun im Schatten der Krempe. Er griff nach den Zügeln seines Pferdes, das wieder völlig ruhig war.

Anabell blickte auf den Boden, wo noch immer die Schlange lag. Doch jetzt bewegte sie sich kaum noch. Blut glänzte zwischen den Schuppen.

»Hetzen Sie immer Ihr Pferd auf Schlangen?«, fragte sie, während die Erleichterung sich langsam in ihrem Körper breitmachte.

Der Fremde lachte und klopfte dem Schecken den Hals. »Er hasst Schlangen mehr als ich.«

»Dann sollte ich wohl besser Ihrem Pferd danken.« Anabell rieb dem Tier die Blässe. Der Reiter ließ sie stehen, bückte sich nach der zuckenden Klapperschlange und trennte ihr mit einem schnellen Schnitt den Kopf ab. Blut spritzte in den Sand. Das Pferd schnaubte laut.

Im nächsten Moment war der Indianer aufgesessen und band den erschlafften Schlangenleib an seinem Gepäck fest.

Anabells Blick war wie gefangen von dem Zackenmuster der Schuppen und dem geraden Ende, aus dem es rot in den Sand tropfte.

Der Indianer tippte sich an den Hut. »Adios, Señora. Heute Abend werde ich die Schlange essen und dabei an Sie denken.« Im nächsten Moment preschte er davon.

Anabell, Lucia und die Mädchen sahen ihm nach.

»Los, Kinder, gehen wir«, sagte Anabell, und ihre Knie waren noch immer weich. Sie machten einen Bogen um den abgeschnittenen Kopf des Reptils, und dann stimmten die Mädchen erneut das Lied an, als sei nichts geschehen.

Diesmal gelang es dem Meer nicht, ihre Gedanken zu beruhigen. Anabells Herz raste einfach weiter, als wolle es sich nie wieder beruhigen. Anabell hatte sich neben Lucia auf einen glatt geschliffenen Felsen gesetzt und sah den Kindern beim Spielen zu, wobei die Mädchen zum allerersten Mal lachten.

Lucia schwieg, seit sie den Strand erreicht hatten, und schälte eine Orange nach der anderen. Später, wenn die Mädchen sich ausgetobt hatten, würden sie einen kleinen Imbiss einnehmen. Der intensive Duft mischte sich mit der Meeresluft. Anabell schlang die Arme um die Knie, damit sie endlich aufhörten zu zittern.

»Hast du den Mann vorher schon mal gesehen?«, wollte Anabell wissen.

Lucia schüttelte den Kopf, ohne aufzusehen, und nahm eine neue Orange aus dem Korb. Ihr Messer grub sich in die dicke Schale wie in schuppige Schlangenhaut. Saft spritzte.

»Er war nicht von hier. Er trug Kleidung wie wir, aber er kam von den Ebenen, dem weiten Grasland hinter den Bergen. Viele Tagesreisen weit ostwärts.«

»Woher weißt du das?«

Lucia sah auf. »Das Gesicht und die Art, wie er die Worte dehnt, die Zöpfe. Hin und wieder kommen Lakota und Arapaho auf die Märkte, aber nur sehr selten.«

»Dann hat er sich verkleidet?«

»Vielleicht wollte er unerkannt reisen. Die Unbekehrten haben oft Angst, dass sie in den Missionen zu Gefangenen werden oder ihnen verwehrt wird, Handel zu treiben. Wiedersehen werden wir ihn wohl kaum«, fasste Lucia Anabells Gedanken in Worte.

Sie blieben bis zum späten Nachmittag am Strand. Die Kinder spielten ausgelassen auf den Felsen, jagten einander oder suchten im Spülsaum nach kleinen Schätzen. Der Strand war übersät von glatt geschliffenen Steinen, aus denen die Jüngsten Türme bauten. Die armdicken Stämme angeschwemmten Seetangs erinnerten an Schlangen. Anabell sah die schlanken Reptilienleiber überall und hoffte inständig, diese Angst bald wieder zu verlieren. Auch daheim in Louisiana hatte es viele gegeben, Klapperschlangen und Vipern an Land, andere Giftschlangen in den Sümpfen. Solange der Abstand groß genug war, faszinierte sie der Anblick der Tiere. Von diesem Tage an ängstigte er sie.

Als die Sonne nur noch zwei Handbreit über dem Horizont stand, traten sie den Rückweg an. Lediglich an der Kleidung von zwei Mädchen zeigten sich Salzränder, die anderen hatten es geschafft, sauber zu bleiben. Ein Gefühl sagte Anabell, dass die Padres es nicht gutheißen würden, wenn sie erfuhren, wohin der Ausflug gegangen war.

Die Kinder sangen auch auf dem Rückweg. Diesmal lag sogar ein wenig Freude in den hellen Stimmen, und in so manchen Augen funkelte der Glanz kurzen Glücks. Sobald sie die Außenbereiche der Mission erreichten, mussten die Mädchen ihre kleinen Schätze, die sie vom Strand mitgebracht hatten, zurücklassen. Lucia sammelte glatte Steine, Muschelschalen und rote Stückchen aus Sequoiaholz ein und legte alles in einen hohlen Eichenstamm. Falls es damit irgendeine heidnische Bewandtnis hatte, so erschloss sich Anabell diese nicht. Die Kinder schien diese Lösung auf jeden Fall glücklicher zu machen, als ihre ursprüngliche Bitte, die Dinge einfach fortzuwerfen.

Glockenhall rief die Arbeiter von Feldern und Baustellen heim. Anabell und Lucia drängten die Kinder zur Eile. Als sie die Plaza erreichten, wurden sie bereits von Padre Juan erwartet. Sein Gesicht war wie aus Stein.

»Geh, bring die Kinder heim, Lucia, ich glaube, der Padre möchte sich mit mir besprechen.«

Die Indianerin schlich mit gesenktem Blick weiter. Der Franziskaner sah ihr einen Moment lang nach, dann flog sein Kopf herum. Anabell wurde wieder einmal klar, wie wenig sie diesen Mann leiden konnte.

»Sie waren am Strand?«, fuhr er sie an.

»Ja, warum nicht. Es war ein unterrichtsfreier Tag …«

»Wie können Sie es wagen! Liegt es Ihnen überhaupt nicht am Herzen, was mit diesen armen Seelen geschieht?«

»Was soll schon geschehen, wenn sie ein wenig frische Luft und Gottes wunderschöne Schöpfung genießen?«

Der Padre fasste sie am Arm und nötigte sie unsanft, ihm in Richtung Hauptgebäude zu folgen. »Mir scheint, Sie wissen es wirklich nicht, Señora!«

»Was? Was weiß ich nicht?« Sie hätte sich am liebsten losgerissen. Aber sie tat es nicht. Zu viele Menschen sahen zu, Hunderte. Im rechtwinkligen Innenhof wurde gerade das Essen ausgegeben, und alle indianischen Neubekehrten warteten mit Schüsseln in der Hand auf ihre Abendmahlzeit. Das Kloster glich einem riesigen Betrieb, in dem gearbeitet, gebetet und bekehrt wurde.

»Es ist den Indianern unter Androhung der Prügelstrafe verboten, zum Meer zu gehen. Wenn es danach ginge, müsste ich alle Kinder …«

Wie ein eiskalter Blitzschlag zuckte Panik durch ihren Verstand. »Nein, ich flehe Sie an, das dürfen Sie nicht!«

Der Franziskaner lächelte so diabolisch, dass Anabell Gänsehaut bekam. Was für ein furchtbarer Mensch nannte sich hier Diener Gottes!

Padre Juan ließ sie los und verzog seinen Mund zu einem süffisanten Grinsen. »Aber nur, weil Sie so nett bitten.«

»Ich, ich habe nichts von dem Verbot gewusst. Warum …?«

»Ich will es Ihnen erklären«, meinte er gönnerhaft, strich mit den Händen seine Soutane glatt und verschränkte dann die Finger. »Die einzige Hoffnung, die diesen Wilden bleibt, ist es, ein gottgefälliges Leben zu führen. Wir müssen sie zivilisieren, sonst werden sie unweigerlich untergehen. Wir lehren sie den Ackerbau, die Viehzucht, zu ernten, was man sät, wie es schon im Alten Testament geschrieben steht. Bevor wir kamen, haben sie im Freien gehaust und aufgeklaubt, was Gott oder der Teufel ihnen vor die Füße geworfen haben, den Rest des Tages waren sie faul und haben dem Müßiggang gehuldigt. Am Meer fanden sie viel von ihrer primitiven Nahrung. Sie kann nur eins vor der Todsünde *Acedia* retten! *Ora et labora*, bete und arbeite!«

Anabell dachte an die schmackhaften Krebse und Muscheln, die sie auf ihrer Reise hierher selbst gesammelt hatte.

»Und wenn ich die Mädchen an den Strand bringe, könnten sie in alte Gewohnheiten zurückfallen«, sagte sie, wenig überzeugt von der Theorie der Mönche.

Padre Juan hob die Hände. »Na bitte, Sie haben es verstanden. Nun gehen Sie, ich denke, Sie haben Gott um Verzeihung zu bitten.«

Anabell kochte innerlich vor Wut. Wie Juan es ihr befohlen hatte, ging sie zur Kapelle, doch nicht um Gott um Vergebung zu bitten, weil sie den Kindern ein wenig Freude bereitet hatte. Das sicher nicht!

Der schmale dunkle Bau empfing sie mit dem Duft von Weihrauch und rußenden Bienenwachskerzen. Kunstfertige Menschen hatten die verputzten Steinsäulen so bemalt, dass sie aussahen wie Marmor. Sie ging weiter, an schlichten Bänken vorbei. Farbenfrohe Darstellungen von Heiligen und Engeln mit Adlerflügeln zierten den himmelblau grundierten Altarraum. Anabell tauchte zwei Finger in das Weihwasserbecken und bekreuzigte sich, dann kniete sie im Seitenschiff vor einem gekreuzigten Jesus nieder und bat den Gottessohn darum, den Mönchen, allen voran Padre Juan, das Gebot der Nächstenliebe näherzubringen. Sie sah auf. Der Holzschnitzer hatte Jesus das Gesicht eines Indianers gegeben. Die Dornenkrone saß auf einem schwarzen Haupt, die Stacheln bohrten sich tief in die Stirn. Der Blick war leidend und entrückt und erinnerte auf frappierende Weise an die schicksalsergebenen Mienen der Missionsindianer. Der Künstler hatte sich vom Leben direkt vor der Kapellentür inspirieren lassen.

Anabell verließ die Kirche. Die Seelenruhe, die sie sich von dem Gebet erhofft hatte, blieb aus.

Der Winter kam auch nach Alta California und brachte Regen und Sturm. An diesem Abend war Anabell gleich zu Bett gegangen, nachdem ein Franziskaner, wie immer nach Einbruch der Nacht, die Tür der Frauenbaracken abgeschlossen hatte.

Anabell lebte mit den anderen Erzieherinnen im vorderen Teil des Baus, ihr Zimmer lag direkt neben dem Schlafsaal der Mädchen. Der Sturm rüttelte an dem winzigen Fenster. Anabell lag wach und lauschte auf den leisen, unheilvollen Klang der Glocke, deren Pendel von Böen bewegt wurde.

Plötzlich mischte sich ein anderes Geräusch darunter, Schritte.

Anabell horchte auf. Sicherlich konnten die anderen Frauen genauso wenig schlafen wie sie. Sie stand auf und trat an das Fenster. Düstere Wolken rasten über den Himmel, als sei der Teufel hinter ihnen her. Hin und wieder blitzte der Vollmond hervor, umgeben von einem nebeligen Halo. Dann wurde die Plaza für kurze Zeit von einem bläulichen Leuchten erhellt. Der Regen fiel sturzflutartig und verwandelte den gestampften Lehmboden in ein Meer aus Schlamm und Brackwasser. Etwas seitlich, halb geschützt durch das Dach der Kochstelle, warteten vier Pferde. Ihr Fell glänzte nass. Durch das wellige Fensterglas konnte Anabell die Tiere nicht genau erkennen.

Wer reiste mitten in der Nacht nach San Miguel Arcángel oder brach um diese Zeit auf?

Es donnerte, obwohl Anabell keinen Blitz gesehen hatte. Als sich das Donnern wiederholte, wurde ihr mit Schrecken klar, dass es von der Eingangstür kam. Ihr Puls schoss hoch und rauschte bis in ihre Schläfen. Es musste etwas geschehen sein!

Rasch zog sie sich ihren Mantel über und hastete barfuß in den Flur. Er war stockfinster und leer. Mit einer Hand an der Wand, lief sie in Richtung der Haupttür. Es gab ein winziges Fenster im Eingangsbereich, schmal wie eine Schießscharte, so schmal, dass nicht mal ein Kind hindurchpasste.

Wieder folgte ein Schlag gegen die Holztür. Anabell fuhr erschrocken zusammen. Jemand wollte herein! Einbrecher! Die Padres hatten nicht mit Schauergeschichten gespart, als sie Anabell erläuterten, warum sie die Türen der Baracken jede Nacht verriegelten. Angeblich lauerten überall Männer, die, von teuflischen Absichten getrieben, darauf aus waren, Frauen zu verführen oder gegen ihren Willen zur Unzucht zu zwingen.

Anabell erstickte der Hilfeschrei in der Kehle, als sie bemerkte, dass sie in dem Flur nicht allein war. Eine, nein, zwei Gestalten duckten sich hinter einem großen Holzschrank.

»Wer, wer ist da?«

Ein harter Gegenstand schabte über die Tür. Jemand versuchte etwas im Rahmen zu verkanten, um das Schloss aufzuhebeln.

Das Unwetter nahm zu. Jetzt blitzte es wirklich, und der kurze Lichtschein, der durch das Fenster fiel, erhellte zwei Indianerinnen, die Bündel an den Körper pressten.

»Gehen Sie, Señora«, flehte die Ältere.

»Maria?«

»Ja.« Sie trat hervor und zog ein junges Mädchen mit sich, ein halbes Kind noch. Es war ihre Schwester Carlita.

»Was soll das?«, fragte Anabell verständnislos. »Wer versucht da einzubrechen?«

»Mein Bruder.« Plötzlich traten Tränen in ihre Augen. Sie drückte Carlita fest an sich, die sich wiederum an sie klammerte. »Ich ertrage es hier nicht. Die Mission macht mich krank. Mein Vater hat sich taufen lassen, damit er Handel mit den Graukutten treiben kann. Aber er hat nicht gewusst, dass sie uns einsperren. Sie haben uns nicht wieder fortgelassen. Mein Vater ist tot. Er hat Steine getragen, bis er einfach tot umgefallen ist. Wenn ich hierbleiben muss, sterbe ich auch!« In Marias Augen schimmerten Tränen. Sie rollten über ihre Wangen und tropften vom Kinn.

Anabell hörte längst nicht mehr auf das Ächzen und Knarren der Tür, auf die Schläge, die sich perfekt in jeden Donnerhall fügten. Sie wusste nicht, was sie antworten sollte. Die vergangenen Monate in der Mission hatten ihr die Wahrheit jeden Tag vor Augen geführt. Dies war nicht Gottes Werk. Dies war das Werk fehlgeleiteter, gieriger Männer, die das Wort Gottes vorschoben, um ihre eigenen Machtinteressen zu verfolgen. Die Missionen, die sich durch Alta California zogen, waren der lange, gierige Arm Spaniens und nun Mexikos, der sich auf diese Weise das Land der Indianer aneignete. Sie brachten Seuchen mit sich, als hätte jemand die sieben Siegel geöffnet und die Reiter der Apokalypse entfesselt. Pest, Hunger, Tod und Krieg hielten reiche Ernte unter den Stämmen, und wer entkam, wurde zum Frondienst auf seinem eigenen Land gezwungen.

Anabell nickte, strich Carlita über den Kopf.

»Seid vorsichtig, ich werde für euch beten.«

Sie fühlte sich so schrecklich müde. Die Zeit in San Miguel Arcángel hatte sie mürbe gemacht, hohl wie eine Statuette, außen sorgsam bemalt und innen nichts als Luft und Schatten.

Als die Tür mit einem hölzernen Kreischen brach, zuckte sie zusammen und wich zurück, wurde zur bloßen Beobachterin.

Ein Mann mit einem Spaten in der Rechten betrat den Flur. Maria fiel ihm in die Arme. Der Fremde küsste die Stirn seiner Schwester, hob die jüngere mühelos hoch, um sie zu herzen. Seine Kleidung klebte ihm wie eine zweite Haut am Körper. Durch den Regen wirkte sein kurz geschnittenes Haar wie aus schwarzem Lack.

Ein zweiter Mann nahm die Bündel der Frauen und schulterte sie. Die Indianer verschwanden mit dem nächsten Donnerhall. Ein grauer Regenvorhang schluckte die vier Gestalten. Als Anabell die Pferde angaloppieren hörte, kehrte sie langsam in ihre Kammer zurück. Am liebsten wäre sie mit den Indianern von diesem schrecklichen Ort geflohen. Doch wer sollte sich um die kleinen Mädchen kümmern, wenn nicht Lucia und sie?

Die Vorstellung, diese unschuldigen Wesen einem Mann wie Padre Juan zu überlassen, gab ihr die Kraft durchzuhalten. Bis ihr Vater sie zur Estanzia brachte oder, so Gott es gäbe, Lewis endlich kam und sie zum Altar führte.

In ihrer Kammer entzündete sie eine Kerze. Der Lichtschein glättete die Züge einer kleinen Muttergottes aus Lehm, die eines der älteren Mädchen für sie gebastelt hatte. Anabell betete für die sichere Reise der vier Flüchtenden und dass sie ein besseres Leben erwartete, dort, wo sie hinwollten. Bis zum Morgen würde der Regen ihre Spuren verwischt haben, und bis dahin würde sie beten.

Gott erhörte sie nicht.

Anabell war sich sicher, dass die meisten Kinder und auch einige erwachsene Frauen den Lärm in der Nacht mitbekommen hatten, doch niemand hatte die Flüchtenden verraten.

Als Padre Juan am Morgen kam, um die Tür aufzuschließen, damit die Arbeiterinnen das Frühstück vorbereiten konnten, schlug er sofort Alarm. Kurz darauf läutete die Glocke. Männer rannten über den Hof, ihre Schritte ein lautes Platschen. Anabell hatte sich schon Stunden zuvor angezogen. Sie wollte in ihrer Kammer ausharren, bis man sie rief, doch als Schreie und Weinen aus dem Schlafsaal herüberdrangen, war es vorbei mit ihrer erzwungenen Ruhe.

Sie eilte hin. Die ersten Mädchen liefen ihr weinend entgegen. Padre Juan und zwei Soldaten durchsuchten den Schlafbereich der Flüchtlinge. Ein grobschlächtiger Soldat hielt eine junge Frau am Arm gepackt und schien ihre verzweifelten Versuche, sich zur Wehr zu setzen, gar nicht wahrzunehmen.

»Wer etwas weiß und es nicht sagt, wird in der Hölle schmoren! Es gibt besondere Orte für Verräter und Lügner!«, drohte der Padre und machte sich daran, den Schlafsaal zu verlassen. Die Soldaten folgten ihm mit dem weinenden Mädchen. Anabell lief ihnen hinterher und holte sie im Hof ein. In diesem Moment versetzte der Franziskaner der Indianerin eine schallende Ohrfeige, während der Soldat sie gegen die Wand des Adobebaus drückte. Er grunzte unter der Anstrengung, Schweiß perlte über sein unrasiertes Gesicht, während er das Mädchen an den Schultern gepackt hielt.

»Was soll das? Was wollen Sie von ihr?«

Anabells Ruf wurde ignoriert. Der zweite Soldat warf ihr einen anzüglichen Blick zu, während er sich zwischen sie und das Geschehen drängte.

»Du und Maria, ihr seid doch immer zusammen gewesen, ich habe euch beobachtet. Du weißt, wohin sie geflohen sind!«

Die Indianerin zitterte und presste ihre Lippen aufeinander. Blut rann ihr aus der Braue, wo sie der Ring von der Hand des Franziskaners getroffen hatte.

»Lassen Sie das Mädchen in Ruhe, oder …«

»Oder was?«, knurrte der Mönch.

»Oder ich rufe Padre Miguel!«

Wasser spritzte unter eiligen Schritten. »Ich hörte, man ruft nach mir?«, ertönte der vertraute Bass des Ordensvorstehers. Anabell fiel ein Stein vom Herzen.

»Lassen Sie das Mädchen los, sofort!«, fuhr er den Soldaten an. »Eure Aufgabe ist es, die Mission zu beschützen und nicht die Menschen in unserer Obhut anzugreifen.«

Anabell erschien es, als würde Padre Juan vor ihren Augen schrumpfen. Vielleicht tat er es sogar. Der Soldat ließ die Indianerin los. Er und sein Kumpan schienen plötzlich viel Wichtigeres zu tun zu haben.

Anabell nahm sich der jungen Frau an, die sich, am ganzen Körper bebend, das Blut aus dem Gesicht wischte.

»So etwas ist unverzeihlich, meine Tochter«, sagte Padre Miguel mitfühlend und warf seinem Glaubensbruder einen zornigen Blick zu. Doch der ließ sich nicht so schnell einschüchtern. »Ich bin sicher, sie weiß, wohin sie wollten.«

»Stimmt das? Weißt du es?«, fragte der Franziskaner.

Die Indianerin schüttelte den Kopf und senkte den Blick.

»Wir möchten deine Freundin nur davor bewahren, eine schreckliche Dummheit zu begehen und sich zu versündigen. Wenn sie den jungen Mann unbedingt heiraten will, dann hätte sie es doch mit dem Segen der Kirche tun können!«, versuchte der Ordensvorsteher zu erklären.

Anabell verkniff sich eine Bemerkung, die verraten hätte, dass sie von der Flucht gewusst und sie nicht verhindert hatte.

»Er ist ihr Bruder«, stieß die junge Indianerin hervor und rannte zurück in die Baracke.

»Ihr Bruder?« Padre Miguel schüttelte ungläubig den Kopf.

Konnte er denn wirklich nicht verstehen, dass die Menschen in den Missionen, die für sie Gefängnissen gleichen mussten, nicht glücklich waren?

Den ganzen Tag über herrschte eine bedrückende Stimmung. Die Menschen wateten durch Schlamm, die Schritte so schwer, wie die Herzen müde waren. Auch wenn es niemand in Worte zu fassen wagte, jeder wusste von dem nächtlichen Fluchtversuch und viele, wenn nicht alle, hofften mit den Wagemutigen.

Die Sonne brach den ganzen Tag nicht durch die dicke dunkelgraue Wolkendecke. Nebel bedeckte Hügel und Felder wie ein Leichentuch, als wisse die Natur, was gerade geschah.

Als die Sonne hinter dem Horizont versank und der Himmel aussah wie eine rote klaffende Wunde, kehrten die Soldaten zurück.

Sie hatten sie gefunden.

Schweigen senkte sich über die Menschen, die gerade an der Küche anstanden, um sich ihr Abendbrot abzuholen. Anabell war bei den Mädchen, die noch immer ein wenig verstört waren.

Die Indianer wichen vor den Reitern zurück. Es war gespenstisch still. Selbst der Hufschlag der Pferde schien gedämpft. Ein lebloser Körper baumelte auf dem Rücken eines Rappen, der von einem Soldaten am Zügel geführt wurde. In einer breiten schlammigen Gasse ritten die Männer mit ihrer menschlichen Beute bis vor das Wachhaus der Station.

Drei Padres traten hinzu. Anabell entdeckte die gemütliche Gestalt des Ordensmeisters und hoffte, zumindest er würde Güte beweisen. Sie hatte von langen Haft- und Prügelstrafen gehört, die auf Fluchtversuche standen. Die Indianerinnen hatten ihr bereitwillig, aber mit Grauen davon erzählt.

»Geht, holt euch etwas zu Essen und dann will ich keine von euch mehr hier sehen. Ihr geht in den Schlafsaal, verstanden?«, wies sie die Kinder an. Lucia nickte. Sie würde dafür Sorge tragen, dass die Kleinen nicht mehr mitbekamen als unbedingt nötig.

Anabell sah nur noch Marias zusammengesackte Gestalt, die mit gefesselten Händen auf einem Pferd saß. Ihre Kleidung war verdreckt und zerrissen, Blutsprenkel auf ihrem Rock.

Sie musste zu ihr, rannte quer über den Hof, durch knöcheltiefen Schlamm und Pfützen. Den längeren, steingepflasterten Weg unter den Balustraden zu nehmen, der um den Platz herum führte, würde zu viel Zeit kosten.

Als sie das Wachhaus fast erreicht hatte, wurde gerade ein gefesselter Mann von einem Pferd heruntergezogen. Er kämpfte mit aller Kraft gegen die Soldaten und schrie in einer fremden Sprache, doch entkommen konnte er nicht. Anabell sah sofort, dass eine seiner Schultern ausgekugelt war, wohl weil er Widerstand geleistet hatte, als sie ihm die Hände auf dem Rücken fesselten. Carlita rief seinen Namen und weinte, Maria blieb unheimlich still. Ihr Blick war gebrochen, wie tot. Sie starrte einfach vor sich hin.

»Wer bist du? Wie nennt man dich?«, fragte Padre Miguel ruhig und musterte den Indianer. Sein kinnlanges Haar machte es deutlich, entweder war er schon vor einer Weile von einer Missionsstation geflohen oder er hatte sich nie taufen lassen.

»Er hat ihnen geholfen. Die Pferde sind von ihm«, knurrte der feiste Soldat.

Der Franziskaner musterte den Gefangenen kurz. »Sperrt ihn ein, eine Woche lang jeden Tag zehn Stockschläge, danach sehen wir weiter.«

Anabell war fassungslos. Padre Miguel, der Mann, dem sie am meisten vertraut hatte, verwandelte sich vor ihren Augen in einen eiskalten Richter. Die Soldaten zerrten den Indianer fort. Er setzte sich zur Wehr, versuchte sich loszureißen und wurde mit dem Kopf gegen die Wand geschlagen, bis sein Widerstand brach.

»Maria, du enttäuschst mich. Steig ab.«

Die junge Frau gehorchte. Sie hielt sich mit den gefesselten Händen am Sattelhorn fest und ließ sich zu Boden gleiten. Der Blick blieb der gleiche. Völlige Leere. Als hätte sich ihre Seele unendlich weit zurückgezogen, so stand sie vor dem Franziskaner.

»Ich dachte, Jesus hätte dich in sein Haus gerufen, stattdessen finde ich einen Judas vor. Dein Bruder ist wegen dir gestorben, du hättest ihm ins Gewissen reden können, dein Glaube war stärker als der seine.«

Die Angeschuldigte blieb stumm.

»Zwanzig Stockschläge auf die Füße! Und für die Kleine die Hälfte.« Jetzt wurde auch Carlita still. Ihre rotverheulten Augen weiteten sich, als sie von Padre Juan aus dem Sattel gezerrt wurde.

»Aber Señor, zeigen Sie Güte!«, flehte Anabell den Ordensherrn an. Dieser zog sie am Arm fort und schien nicht gewillt, sie loszulassen. »Es mag für eine zartfühlende Frau wie Sie nicht leicht zu verstehen sein, Señorita Anabell, aber Gottes Pfad ist nicht immer gerade und eben. Oft führt er durch Dunkelheit und Felsgebirge. Die Indianer gehen den steinigen Weg.«

»Carlita ist doch noch ein Kind!«

»Dann lernt sie es früher.«

Tagsüber war eine neue Tür in die Baracke eingesetzt worden. Anabell wartete dahinter, bis die Schreie im Hof verklungen waren und man Maria und Carlita zu ihr brachte. Sie wurden auf sorgfältig vorbereitete Lager gelegt. Carlita stöhnte. Sie war zu erschöpft, um zu schreien. Ihre kleinen Füße waren völlig zerfetzt.

Anabell wusch sie, so gut es ging, während Lucia das Kind hielt und ihr ein leises Lied vorsang. Es war kein Kirchenlied, doch das würde niemand erfahren.

Die Stimmung in den Adobebaracken war gekippt. Auch in den Augen der Männer hatte Anabell die Veränderung bemerkt. Zorn war an die Stelle der Demut getreten und wurde mit dem

Hass auf die verbrecherische Tat der Soldaten zu einer gefährlichen Mischung.

Den meisten Neophyten war sofort klar, dass Maria vergewaltigt worden war. Anabell verstand es erst jetzt, als die junge Frau vor ihr auf dem Krankenbett lag.

Die Indianerinnen klagten in ihrer verbotenen Muttersprache, während sie die verstörte Maria zwischen den Beinen wuschen, wo sie immer noch blutete. Salbei wurde verbrannt, um die Luft zu reinigen und die guten Geister herbeizurufen.

Diese Menschen hatte Gott nun verloren, und es war einzig die Schuld seiner übereifrigen Diener, der Franziskaner.

Anabell ahnte, was man ihr sagen würde, wenn sie den Missbrauch vor den Padres zur Sprache bringen würde: Dass es Marias Schuld sei, weil sie den Schutz des abgeschlossenen Frauentrakts verlassen hatte. Einem Mann wie Padre Juan traute sie sogar zu, den Soldaten diesen Befehl gegeben zu haben.

»Ich werde die Mission verlassen«, beschloss Anabell und verband Carlitas Fuß mit weichen Stoffstreifen.

»Das wird das Beste sein, Señorita«, sagte eine alte Indianerin und legte ihr die abgearbeitete Hand auf die Schulter. »Gehen Sie, so bald wie möglich. Sie sind eine gute Frau. Es soll Ihnen nichts geschehen.«

»Die Kinder werden mir fehlen.«

»Die werden Sie nicht vergessen. Sie sind in ihren Herzen.«

Den Abschied von den Mönchen hatte sie schnell hinter sich gebracht. Anabell hatte mit mehr Widerstand gerechnet, doch Padre Miguel wies ihre beiden Begleiter nur an, sie wieder zurückzubringen, falls Señor Arceneaux mit der Anwesenheit seiner Tochter nicht einverstanden war. Offenbar war auch der Ordensleiter der Meinung, dass Anabell nicht in die Station gehörte.

In der Nacht hatte es wieder geregnet. Am Morgen lag Nebel über dem Land. Die Luft roch wunderbar nach feuchter Erde und würzigen Kräutern und erschien Anabell wie ein belebendes Elixier.

Sie wurde von einem Soldaten und einem indianischen Rancher begleitet, der ein Packpferd mit ihren Habseligkeiten am Zügel führte.

Zuerst ritten sie auf dem Camino Real nordwärts. Die Senfpflanzen, die den Weg kennzeichneten, waren fast alle verblüht und von Sturm und Regen zu Boden gedrückt. Der eigentliche Saumpfad hatte sich in eine schlammige Rinne verwandelt, in der die Tiere leicht ausrutschen konnten. Eindrucksvolle Pinien säumten den Weg, knorrig und schief zeugten sie vom ewigen Kampf gegen den Wind. Hier und da schützten ihre flachen Kronen kleine Senken und Feuerstellen. Orte, an denen Menschen auf ihrer Reise nordwärts haltgemacht hatten.

Als die Sonne als fahlgelber Fleck im Zenit stand, brach ein felsgesäumter Wasserlauf die Landschaft auf. Sie folgten ihm tiefer ins Landesinnere, wo sich ein dunkler Wald in die Talsohle drückte.

Der indianische Begleiter wies auf Abdrücke von dicken Tatzen im weichen Ufergrund des Stroms hin. Bärenspuren. Anabell verließ sich auf seine Versicherung, die Tiere würden keine Reitergruppe angreifen. Kurz darauf erklommen die Pferde einen Hang, und vor ihnen öffnete sich üppiges Weideland. Zwischen einigen Bäumen kräuselte sich Rauch. Rinder weideten in kleinen Gruppen und standen dabei bis zum Bauch in üppigem Gras.

Sie passierten mehrere kleine Adobebauten, deren Dächer ausgebrannt und eingestürzt waren. Ohne das schützende Dach lösten sich die ungebrannten Ziegel auf und flossen nach und nach mit dem Regenwasser davon. Dennoch würde es Jahrzehnte dauern, bis sie gänzlich verschwunden sein würden.

Waren das die verlassenen Indianerhäuser, von denen Padre Miguel bei ihrer Ankunft gesprochen hatte?

Die Reiter hielten auf die Stelle zu, wo eine Rauchsäule aufstieg, und dann sah sie ihr neues Heim endlich vor sich. Die Estanzia bestand aus einem zweistöckigen Adobebau, weiß getüncht mit rostroten Dachziegeln. Ein weiter Torbogen führte in einen Innenhof.

Zwischen den Bäumen, die das Areal beschatteten, entdeckte Anabell mehrere Gatter. Während in einem Pferde vor sich hin dösten, drängten sich in einem zweiten junge braun-weiße Rinder. Ihr Muhen und der intensive Geruch, der von ihnen herübertrieb, weckten den Eindruck eines betriebsamen Anwesens.

Anabell lenkte ihr Pferd am Haus vorbei direkt zu den Gattern. Irgendwo dort waren Männer, die scherzten und lachten. Der Klang der Stimmen übte eine merkwürdige Anziehungskraft auf sie aus.

Sie entdeckte einen weiteren Pferch, in dem fünf Kälber standen und sie mit großen Augen anglotzten. Frische Brandzeichen prangten auf ihrem Fell. Zwei Männer beugten sich über ein gefesseltes Kalb, während ein dritter bereits ein weiteres Jungtier absonderte. Sein Pferd übernahm dabei die meiste Arbeit.

Mit einem schrillen Blöken empfing das gefesselte Kalb das Eisen.

Als sich die Männer aufrichteten, blieb Anabell beinahe das Herz stehen. Die Art sich zu bewegen, die dunkelblonden Haare. Noch drehte er ihr den Rücken zu. War das etwa Lewis? Warum war er nicht zu ihr gekommen? Warum war er einfach an der Mission vorbeigeritten?

Ihre Hand krampfte sich um die Zügel. Die grobe Behandlung veranlasste ihr Pferd zu einem unwilligen Schnauben und einigen Schritten rückwärts. Geistesabwesend lockerte sie die Finger und grub sie versöhnlich in die schwarz-weiße Mähne des Indianerpferdes.

Die Männer hatten sie gehört, ein dunkelhaariger Typ mit Schnauzbart wandte sich um, sagte etwas zu seinem Kumpel und tippte dann grüßend an den Hut. Der Dunkelblonde begegnete ihrem Blick, und dann schien die Welt für einen Augenblick still zu stehen. Er war es wirklich.

»Lewis?« Anabells Stimme kam nur flüsternd, doch sein Name dröhnte auch so mit jedem Herzschlag durch ihren Körper. Lewis ließ das Brenneisen in die Glut fallen, Funken stoben auf.

Seine Schritte waren langsam, als traue er seinen Sinnen nicht. Als er schließlich bei ihr war und seine behandschuhte Hand die ihre drückte, leuchteten seine blauen Augen vor Glück. Sein kantiges Gesicht war sonnenverbrannt, und er wirkte älter. Die Trauer hatte Spuren bei ihm hinterlassen, doch das machte ihn nur noch anziehender.

Anabell ließ sich von ihm aus dem Sattel heben und schmiegte sich an seine Brust, die nach Schweiß und Leder roch. Er drückte sie ganz fest an sich und seufzte.

»Wie lange bist du schon hier, Lewis?«

»Zwei Tage. Wir wollten am Sonntag zum Gottesdienst in die Mission kommen und dich abholen.«

»Am Sonntag? Erst am Sonntag?«

»Ach, Anabell. Ich weiß, ich hätte sofort kommen sollen.«

Sie lehnte den Kopf zurück, um ihn zu mustern. War er sich seiner Gefühle etwa nicht mehr sicher? Hatte er deshalb…?

Lewis erstickte ihre Sorgen in einem Kuss.

Die fröhlichen Rufe und Witzeleien der anderen Arbeiter kümmerten sie nicht. Wie oft hatte sie sich in den vergangenen Monaten ausgemalt, ihn zu küssen. Seine Lippen auf ihren, seine Arme, die sie warm umfingen, ihr Schutz boten und machtvoll in eine andere Welt entführten. Es war noch schöner als in der Erinnerung, und dieses Mal würde sie nichts und niemand mehr trennen können. Schließlich löste sie sich von ihm und holte mit glühenden Wangen tief Luft.

»Du musst müde sein von dem langen Ritt hierher«, meinte Lewis und musterte sie prüfend.

»Nein, nein, bin ich gar nicht. Es war schön, wieder unterwegs zu sein. Oh, ich bin so froh, endlich hier zu sein. Zeigst du mir alles? Oder …« Leise Enttäuschung kroch in ihre Gedanken. »Brauchen die Männer dich jetzt? Dann schaue ich zu, aber ich will nicht wieder weggeschickt werden.«

»Niemand schickt dich irgendwo hin.«

»Wir kommen allein klar, Lewis, kümmer dich um deine Señorita«, rief der Schnauzbärtige. Die Arbeiter hatten Anabells flehende Worte gehört und lachten fröhlich.

»Danke!«

Lewis legte Anabell den Arm um die Taille. Eng an ihn geschmiegt gingen sie zum Tor, das in den Innenhof führte.

»Dein Vater ist nicht hier, aber vor Einbruch der Dämmerung ist er sicherlich zurück. Das wird eine schöne Überraschung sein.«

Im Innenhof trafen sie auf die beiden Begleiter von Anabell, die ihr Gepäck bereits abgeladen hatten und gerade ihre Pferde tränkten. Lewis lud die Männer ein, sich im Küchenhaus selbst zu bedienen und ein wenig auszuruhen, bevor sie die Rückreise antraten. Aus jedem seiner Worte sprach, dass er keinen Augenblick zu viel an die Fremden verschwenden wollte. Während Lewis ihnen den Weg wies, band Anabell ihren Schecken an einem Pfeiler an, neben dem bereits ein Wassereimer und etwas Heu standen. Sie lockerte den Sattelgurt und wartete auf Lewis, der über den weiten Hof eilte. Die Estanzia wirkte wie ein kleines Fort. Ringsum von Mauern eingeschlossen, waren auch die wenigen Fenster auf der Außenseite des Hauptgebäudes klein gehalten. Nach innen waren sie größer und hatten zu beiden Seiten frisch gestrichene Fensterläden. Zwei knorrige Feigenbäume sorgten bei hoch stehender Sonne mit ihren ausladenden Blättern für Schatten im Innenhof. Es duftete süßlich und ein wenig vergoren. Die Früchte waren reif.

Lewis drückte ihr einen Kuss auf die Stirn und schien erst jetzt das Pferd zu bemerken, auf dem sie hergeritten war.

»Du hast Grace nicht mehr?«

Anabell erzählte ihm in knappen Worten von dem Überfall.

»Und dann hast du einem Indianer das Pferd gestohlen?«, fragte er und schien ihr kein Wort zu glauben.

»Nicht gestohlen, er hat es zurückgelassen, weil es angeschossen war. Seit er nicht mehr so mager und struppig ist und die ganze komische Bemalung ab ist, sieht er eigentlich sogar ganz in Ordnung aus. Carlos hat ihn aber zureiten müssen. Er konnte gar nichts.«

»Wenn es wirklich ein Indianerpferd war, hat es wahrscheinlich auch noch nie einen Sattel gesehen.«

Anabell hakte sich bei Lewis unter. Es spielte keine Rolle mehr, was auf der abenteuerlichen Reise nach Alta California geschehen war, und für einen Moment wollte sie sogar nicht einmal mehr an die armen Menschen auf der Missionsstation denken.

Die nächsten Stunden gehörten nur Lewis und ihr. Ihrem Fest des Wiedersehens. »Ich will nichts mehr hören von den Wilden, ich will sehen, wo wir in Zukunft leben werden.«

»Dein Wunsch sei mir Befehl, Anabell.«

Das Haupthaus war geräumig mit zahlreichen Zimmern und einigen Kaminen, die in den wenigen Tagen, die es im Winter unangenehm kalt wurde, Wärme spenden konnten. Bis auf einige Schränke und Stühle wirkten die Räume noch recht leer. Ob die Verwalter der Franziskaner nie viel gehabt hatten, oder die Estanzia das Interesse von Plünderern auf sich gezogen hatte, wusste niemand zu sagen. Alle Wände und auch die Decken zwischen den mächtigen Holzbalken waren frisch mit weißer Kalkfarbe getüncht. Die Räume im Obergeschoss standen fast alle leer und seien, wie Lewis erklärte, für ihn und Anabell vorgesehen.

Sie konnte es kaum glauben. Endlich wurde ihr lang gehegter

Traum wahr. Den Rest ihres Lebens würden sie gemeinsam verbringen. Dass ihre Gefühle für Lewis ihr ein klein wenig gedämpft vorkamen, schob sie der langen Trennung zu.

Vom Haupthaus ging es zu den Ställen und Lagerräumen, die zum Teil gerade erst gebaut wurden. Vier indianische Arbeiter schafften mit einem Eselskarren frische Lehmziegel heran und verbanden sie mit einem zähflüssigen Erdgemisch. Auf ihre Nachfrage, ob die Männer bezahlt wurden oder wie bei den Mönchen Zwangsarbeit leisteten, konnte Lewis ihr Herz erleichtern. Die Männer erhielten Geld.

Auf dem Weg zum Küchengarten erkundigte sich Anabell nach Lewis' Eltern. Er wurde still, seine Miene bitter. Sie bereute ihre Frage sofort. Lewis schluckte hart. Seine geröteten Augen blieben trocken, während er erzählte, dass seine Mutter gestorben war wie auch seine jüngere Schwester.

Die guten Zeiten auf der Plantage waren vorbei, und auch die Dearings hatten aufgrund von Pockenepidemie und daraus resultierenden Ernteausfällen verkaufen müssen. »Ich habe Vater geholfen, alles abzuwickeln. Sie leben jetzt auf einem kleinen Hof direkt am Fluss. Meine ältere Schwester hat einen Mann gefunden, und sie wollen in einem, spätestens anderthalb Jahren heiraten. Ich habe Vater gebeten, mit mir hierherzukommen, aber er war der Meinung, dass er die lange Reise nicht mehr schaffen würde. Und ich fürchte, er hatte recht. Seit Mutters Tod hat ihn die Kraft verlassen. Wenn du ihn jetzt sehen könntest, würdest du ihn nicht wiedererkennen.«

Anabell kuschelte sich an ihn. Ihr war plötzlich klar, wie viel Lewis für sie aufgegeben hatte. Sicherlich plagte ihn sein Gewissen, weil er in dieser schweren Zeit nicht bei seiner Familie sein konnte.

»Danke«, sagte sie leise. »Ich bin so unendlich froh, dass du hier bist.«

Sie gingen in den üppig wuchernden Garten und setzten sich

auf eine Bank zwischen Lavendel und Olivenbäumen. Es gab Obstbäume in Hülle und Fülle. Zitronen, Orangen und Pfirsiche. Anabell malte sich ihre gemeinsame Zukunft aus: Während Lewis sich um die Viehzucht kümmerte, würde ihr ganzer Stolz der Garten sein und Zutaten für köstliche Gerichte liefern.

»Glaubst du, du kannst hier glücklich werden, Lewis?«

»Sobald wir geheiratet haben und wir endlich Mann und Frau sind, werde ich der glücklichste Mann der Welt sein.«

Anabell ahnte, was er mit seinen Worten wirklich meinte, und ihr stieg das Blut zu Kopf. Lewis' Blick bekam ein warmes Leuchten, als er zärtlich ihre geröteten Wangen küsste.

Buch 3

Wowakwala – Demut

What is life?
It is the flash of a firefly in the night.
It is the breath of a buffalo in the wintertime.
It is the little shadow which runs across
the grass and loses itself in the sunset.

Was ist Leben?
Es ist das kurze Aufleuchten eines Glühwürmchens in der Nacht.
Es ist der Atem eines Büffels in der Winterzeit.
Es ist der kleine Schatten, der über das Gras huscht und sich im Sonnenuntergang verliert.

Crowfoot, Krieger der Blackfoot und Redner (1830–1890)

Die Kirche war winzig. Anabell hatte erwartet, dass sie für die Hochzeit den weiten Weg bis zur Mission würden zurücklegen müssen, doch ihr Vater hatte sie beruhigen können. Es gab eine kleine Holzkirche, die von den Siedlern des Landstrichs gemeinschaftlich erbaut worden war und von einem Priester betreut wurde.

Alle Bewohner der umliegenden Estanzias und Höfe hatten sich versammelt, um der Hochzeit beizuwohnen. Anabell ritt auf ihrem Schecken und starrte wie gebannt auf die kleine Kirche, die sich weiß von den nahen Bergen abhob. Es war Sonntag, ein Tag so hell und schön wie es ihn nur in Alta California gab. Schlanke Seevögel segelten im Wind, der den Klang einer einzelnen Glocke weit über das Land hob.

Anabell trug ein cremefarbenes Kleid. Zahlreiche Unterröcke bauschten sich abenteuerlich über der Krinoline. Ein weißes Baumwolltuch schützte sie vor dem kühlen Wind, der von der See heranpfiff. Auf ihrem Kopf saß der einzige Hut, der die weite Reise überstanden hatte, die zerdrückten Seidenblumen hatte sie durch echte Blüten ersetzt.

Der Ritt ging langsam vonstatten, denn Anabell bestand darauf, seitlich wie eine Dame zu reiten. Der Schenkel, den sie über das dafür ungeeignete Sattelhorn gelegt hatte, würde am Abend sicherlich grün und blau sein, doch daran dachte sie in diesem Moment nicht.

Sie konnte es kaum erwarten, endlich von ihrem stolzen Vater zum Altar geführt zu werden, hin zu Lewis, und dann würden sie vor Gott schwören dürfen, was in ihrem Herzen schon längst geschrieben stand. Ein gemeinsames Leben bis ans Ende ihrer Tage.

Sie wandte sich im Sattel um. Lewis ritt direkt hinter ihr und erwiderte ihr strahlendes Lächeln. Als sie die kleine Kirche mit dem Friedhof erreichten, jubelten die Menschen. Es schien, als hätte sich jeder, der im Umkreis lebte, zur Kirche aufgemacht. Farmen und Estanzias mussten menschenleer sein. Auch von den Arbeitern der Arceneaux war nur ein einziger auf dem Anwesen zurückgeblieben.

Obwohl Anabell diesen Moment unendliche Male in ihrer Phantasie durchlebt hatte, war sie aufgeregter, als sie es sich je hätte vorstellen können. Als ihr Vater sie aus dem Sattel hob, waren ihre Knie weich wie Butter und sie war froh, sich an seinem Arm festhalten zu dürfen.

Der Hof leerte sich, und bald hatten alle Menschen auf den wenigen Bänken im Inneren der Kirche Platz genommen.

»Ich bin froh, dass du so einen guten Mann gefunden hast«, sagte Arceneaux mit bebender Stimme und drückte ihre behandschuhte Hand. »Wenn deine Mutter dich jetzt sehen könnte, sie wäre so stolz auf dich.«

»Sie schaut bestimmt zu uns herab.«

Eine helle Musik erklang und spielte eine feierliche Melodie. »Ich hab einen alten Iren mit einer Fidel auftreiben können.« Arceneaux schmunzelte, dann gingen sie gemeinsam über eine kleine Treppe in die Kirche. Blumengirlanden schmückten den Altarraum. Das Licht, das durch schlichte, schmale Fenster fiel, brachte silberne Leuchter und den Abendmahlkelch zum Glänzen.

Anabell setzte sich zwischen ihren Vater und Lewis, dann begann der Priester den Gottesdienst mit einem Segensspruch.

Die folgenden Gebete und gemeinsamen Lieder zogen wie Tagträume an Anabell vorbei.

Ganz in der Ferne schien eine andere Glocke zu läuten, die fast klang wie die der Mission weit weg an der Küste. Was für eine ungewöhnliche Tageszeit, überlegte Anabell, als plötzlich Unruhe aufkam.

»Erhebt euch, Lewis Dearing und Anabell Arceneaux«, sagte der Priester und lächelte Anabell an. Sie erhob sich, doch Lewis schien gar nicht mitzubekommen, dass sie jetzt zu Mann und Frau werden sollten. Er wandte sich zur Tür. Waren das etwa Schreie? Jemand rief etwas. Ein Unglück.

Ein schwarzer Schatten schien den schönsten Tag ihres Lebens zu verdunkeln und in einen Albtraum zu verwandeln.

Anabell fasste nach Lewis' Hand.

Ein Mann aus der letzten Reihe stand auf und öffnete die Tür. Entsetzensschreie. Plötzlich waren alle auf den Beinen. Anabell konnte nichts sehen, doch eine grausige Nachricht schien die Menschen in Panik zu versetzen.

»Ruhe, Ruhe liebe Leute!«, rief der Geistliche, doch bis auf Anabell schien ihm niemand mehr Beachtung zu schenken.

»Kommt! Raus hier! Schnell!«, ertönte Arceneaux' herrischer Bass und erinnerte Anabell an die schreckliche Feuersbrunst auf der Plantage. Er fasste seine Tochter an der Hand und riss sie vorwärts. »Kommt! Lewis, die Seitentür!«

Mit einem verzweifelten Aufschluchzen folgte Anabell ihrem Vater, Lewis und den Priester direkt hinter sich. Niemand versperrte ihnen den Weg. Die panischen Menschen zog es alle in die entgegengesetzte Richtung: zum Hauptausgang. Als sie die Tür öffneten, konnte sich Arceneaux gerade noch rechtzeitig zurück in die Kirche retten, sonst wäre er von einem durchgehenden Pferd niedergetrampelt worden. Sie kamen auf der Seite aus der Kirche, wo die Reittiere angebunden waren. Auch hier herrschte heilloses Chaos. Männer sprangen in die Sättel, Pistolen und Gewehre schussbereit, und preschten in alle Himmelsrichtungen davon. Lewis gelang es, einen schlaksigen, dunkelblonden Jungen in Feiertagsstaat festzuhalten. »Was ist hier los, verdammt!«, brüllte er ihn an.

»Indianer, Indianer greifen die Farmen an«, stotterte der Junge mit aschfahler Miene. Lewis stieß ihn von sich und fluchte heftig. Anabell schwindelte. Sie drückte sich ganz dicht an die Wand und starrte auf das Durcheinander von Menschen und Pferdeleibern. Die Korsage schien ihr die Luft abzudrücken und den Puls in ihrer Kehle zu ersticken.

Rasmus kam angelaufen, er musste wohl den Hauptausgang genommen haben, eilte zu seinem Pferd und warf seinem Vater kurz darauf eine Pistole zu. »Es ist wahr, vorne liegen zwei Kerle, die die Nachricht gebracht haben. Einer sieht aus wie ein Stachelschwein, so viele Pfeile haben die ihm in den Körper gejagt, der andere hat nur zwei abbekommen, aber es sieht übel aus. Sie verrecken beide.«

In diesem Moment begann auch die kleine Kirchenglocke zu schlagen, schnell und hoch, ein schriller, hysterischer Ton. Die Nachricht vom nahenden Unheil hallte über die Hügel.

Der Platz leerte sich binnen Augenblicken.

»Los, wir reiten heim!«, entschied Arceneaux. »Die Leute hätten zusammenbleiben sollen. Aber so ist es hier auch nicht sicherer als auf der Estanzia.«

»Und, und meine Hochzeit?« Anabell wusste schon in dem Moment, als die Worte ihre Lippen verließen, dass ihre Frage dumm war.

»Es tut mir leid, mein Kind. Später.«

Arceneaux packte sie etwas zu fest und hob sie in den Sattel. »Setz dich rittlings, Ana!«

»Aber, mein Kleid!«

»Lewis hat es gesehen …«

»Los, Anabell«, rief jetzt auch ihr Verlobter.

Anabell ärgerte sich über ihr eigenes törichtes Verhalten und schwang ihr Bein über den Sattel. Stoff riss, die Krinoline knirschte gefährlich und sprang dann hoch. Anabell zerrte den Stoff darüber, damit die Beine nicht bis zu den Oberschenkeln entblößt waren, und fasste energisch nach den Zügeln. Die Männer saßen auf: Lewis, ihr Vater und Rasmus. Einige Rinderhirten der Estanzia waren schon früher aufgebrochen, ohne die Order ihres Vorgesetzten abzuwarten.

Mit Lewis an ihrer Seite ging es im raschen Trab zur Vorderseite der Kirche. Ein Mann lag dort in einer dunkelroten Blutlache, die schnell von der Erde aufgesogen wurde. Fünf befiederte Pfeilschäfte steckten ihm im Rücken, ein abgebrochener im Bein. Ein zweiter Mann hockte zusammengesunken auf den Kirchenstufen, und auch auf dem weiß gestrichenen Holz war Blut.

»Jemand muss ihm helfen!«

»Aber nicht du, Ana! Nicht du!« Lewis gab ihrem Pferd einen Schlag auf die Kruppe, und das erschrockene Tier schoss mit den anderen davon. Im schnellen Galopp ging es den schmalen kurvenreichen Pfad entlang.

Anabell hielt sich verzweifelt am Sattel fest und überließ dem Pferd den Rest. Der Wind roch nach Rauch!

Wie besessen begann sie zu beten. Ein Vaterunser, dann noch ein Ave-Maria. Sträucher peitschten ihr ins Gesicht. Es ging durch ein weites Tal, wo Wacholderbüsche blaugraue Früchte trugen. Mittlerweile zeichneten sich gleich zwei Rauchsäulen vor dem Himmel ab, und noch immer schrillten die Kirchenglocken wie die Trompeten der Engel am Tag der Apokalypse. Und dann waren sie plötzlich da.

Erst trübte eine Staubwolke die Luft, dann übertönte auf einmal ein unheilvolles Dröhnen den Hufschlag ihres Pferdes. Die Luft schien zu vibrieren. Vögel stoben aus dem Gras auf. Der Schecke legte die Ohren an und wurde langsamer, als hielte ihn eine unsichtbare Kraft zurück.

Und dann sah Anabell sie. Pferde, Dutzende! Sie galoppierten in einer breiten Front auf sie zu. Leib an Leib, dicht wie eine Mauer. Ihre Köpfe waren weit vorgestreckt, die Augen aufgerissen. Einige trugen Halfter, andere Zaumzeug und Sattel. Die

Beine bewegten sich so schnell, dass sie in dem aufgewirbelten Staub verschwammen.

Anabells Pferd grub die Hufe in den Boden. Es gelang ihr gerade noch, sich an der Mähne festzuhalten und nicht im hohen Bogen aus dem Sattel zu schießen. Auch die Pferde der Männer kamen zu einem plötzlichen Halt. Rasmus' Wallach stieg panisch auf die Hinterbeine und warf seinen Reiter ab. Der rappelte sich zwar sofort wieder auf, doch das Tier war unwiderruflich fort.

»Anabell, da hoch!« Lewis packte ihr Pferd am Zügel und preschte zu einer kleinen Anhöhe zur Rechten. Sie mussten um jeden Preis aus dem Weg der durchgegangenen Pferde. Sie streiften mehrere Wacholder, die brechenden Äste setzten eine Wolke scharfer, harziger Gerüche frei, dann stand die Zeit mit einem Mal still.

Anabell sah den Indianer zuerst. Er ritt im vollen Galopp auf einem milchweißen Pferd und schien die Herde mit Schreien nur noch weiter anzuspornen. Auf dem Fell des Tieres und der bloßen Brust des Wilden prangten archaische Bemalungen. Sein Gesicht war zur einen Hälfte weiß, die andere schwarz. Er schrie markerschütternd. Der Ruf wiederholte sich, hinter ihr, über ihr und dann zischten die ersten Pfeile. Diesmal waren die Indianer in der Überzahl.

»Bleib hier, zwischen den Büschen und halte um Himmels willen das Pferd ruhig.« Anabell nickte.

»Lewis, schwör, dass du auf dich aufpasst!« Er erwiderte nichts, riss sein Pferd herum und begann zu schießen. Durch die Wacholderzweige konnte Anabell ihren Vater ausmachen, der Rasmus im letzten Moment hinter sich auf das Pferd zog und aus der Gefahrenzone brachte.

Die Indianer schienen überall zu sein. Ihre grässlichen Schreie füllten die Luft. Eine wilde Kakofonie aus Stimmen, Schüssen und Pferdegewieher. Anabell sah Lewis schießen. Das Pferd eines Indianers brach zusammen, er sprang von dem fallenden Tier und lief, eine Keule schwingend, weiter. Direkt auf ihren Vater zu. Nun war es an Rasmus, Arceneaux zu schützen, und er stürzte dem Krieger zu Fuß entgegen.

Lewis flog im Sattel zurück. Er war von einem Pfeil getroffen worden. Anabell konnte es gar nicht mit ansehen. Sie flehte Gott um Hilfe an, doch ein Gebet wollte ihr nicht über die Lippen kommen.

Und da war er wieder, der Krieger mit dem schwarz-weißen Gesicht. Er hatte es auf den Arbeiter der Estanzia abgesehen. Dicht über den Hals seines Pferdes gebeugt, raste er auf den Mann zu, der in seiner Panik feuerte. Die Kugel traf nicht, und um die Waffe erneut zu laden, fehlte die Zeit. Der Indianer hob einen Speer und warf. Anabell schrie, als der Arbeiter durchbohrt wurde und krampfhaft zuckte. Der Krieger zügelte sein Pferd und holte sich seine Waffe zurück. Jetzt war er ganz nah. Blut tropfte von der Speerspitze auf das cremefarbene Fell seines Reittiers. Und dann erkannte Anabell sie plötzlich. Grace! Der Wilde ritt ihre Stute!

Fassungslos sah sie mit an, wie Grace mit Lewis' Wallach zusammenstieß und ihn beinahe umriss. Lewis schoss und traf den Indianer am linken Arm, was der gar nicht zu spüren schien. Mit einem Tritt stieß der Wilde Anabells Verteidiger vom Pferd. Lewis fiel. Seine Pistole krachte. Doch es war zu spät, zu spät!

Der Indianer umkreiste den liegenden Mann. Grace' Hufe streiften seine Schultern, seine Beine. Als der Krieger den blutbesudelten Speer hob, um ihn Lewis in die Brust zu rammen, hielt Anabell es nicht mehr aus.

»Nein! Nein!«, schrie sie und jagte aus der Deckung der Wacholderbüsche heraus direkt auf den Wilden zu. Der war einen Augenblick abgelenkt und zögerte.

»Grace, lauf!«, schrie Anabell geistesgegenwärtig. Die Stute erkannte sie und auch den Ruf, mit dem Anabell sie früher immer zum wilden Rennen angefeuert hatte. Sie riss den Kopf hoch, und plötzlich musste der Indianer kämpfen, um nicht einfach davongetragen zu werden.

Anabell hörte ihn fluchen, dann war die Chance vorbei!

Der Speer beschrieb einen Halbkreis durch die Luft und traf Lewis, der sich wieder aufgerichtet hatte, am Kopf.

»Nein, Lewis, nein!«

Er kippte zurück. Die Blicke von Anabell und dem Indianer trafen sich. Er erinnerte sich an ihre letzte Begegnung. Ein Augenblick, nicht länger als ein Wimpernschlag verging, als er ihr Pferd musterte, seinen Schecken, den sie nun ritt.

Anabell fühlte keine Angst, nur Leere. Lewis war tot und hatte all ihr Leben mit sich genommen. Ihr war plötzlich alles egal. Die Welt hatte die Tore vor ihr zugeschlagen, jetzt stand sie draußen und war allein.

Ein helles Sirren, ganz nah, riss sie in die Realität zurück. Ein dumpfer Aufprall, und ihr Pferd brach kurz in den Hinterbeinen ein. Als Anabell klar wurde, dass ein Pfeil durch ihr Kleid in den Sattel eingedrungen war und auch das Pferd getroffen hatte, war es schon zu spät. Das verwundete Tier kannte kein Halten mehr und preschte los, der Herde hinterher. Anabell klammerte sich am Sattel fest. Ihr war jetzt alles egal. Sie hörte die Rufe ihres Vaters, doch als sie sich umdrehte, war da nur Staub und die blauen Silhouetten der Wacholder.

Auch vor ihr nichts als Staub und Pferdeleiber. Der aufgewirbelte Sand setzte sich knirschend in ihren Mund und verklebte ihre brennenden Augen, die Tränen riss der Wind davon.

Anabell vergaß die Zeit.

Sie sah immer wieder Lewis vor sich, wie er dalag und sich nicht rührte. Was der schönste Tag ihres Lebens hätte werden sollen, war nun der schrecklichste. Ob die Krieger, die sie hin und wieder neben der Herde auftauchen sah, vorhatten, ihr Gewalt anzutun, wie es die Padres immer behaupteten? Sie fühlte sich wie abgestorben, so wie sie es im Blick der armen Maria gesehen hatte, nachdem die Soldaten ihr die Unschuld genommen hatten.

Die Pferde wurden auf die Berge zugetrieben. Vor einer Weile mussten sie die Kirche auf der Linken hinter sich gelassen haben, doch der Staub hüllte sie ein wie eine Tarnkappe. Die Tiere, das Fell schweißverklebt, liefen nun langsamer. Einige trabten, andere gingen einen ruhigen Galopp. Die anfängliche Panik war verschwunden.

Auch Anabells Gleichgültigkeit war langsam auf dem Rückzug. Sollte sie einen Fluchtversuch wagen? War ihr verwundetes Pferd überhaupt dazu in der Lage? Der Pfeil steckte noch immer fest, hielt sie selbst, Sattel und Pferd zusammen. Blut nässte Flanke und Bauch und verklebte das Fell. Als sie eine Hand um den befiederten Schaft schloss und daran zog, ächzte das Pferd und strauchelte. Herausziehen konnte sie die Spitze also nicht. Vorsichtig lenkte sie den Schecken aus der Mitte der Herde heraus und weiter an den Rand.

Auf den ersten Blick war dort niemand. Anabell passte den richtigen Moment ab und riss das Pferd herum, als sie ein Dickicht junger Nadelbäume passierten. Im Galopp schoss sie zwischen den Stämmen hindurch. Ein Herzschlag verstrich, noch einer und noch einer, und nichts geschah. Das Pferd keuchte, und Anabells Hände bebten. Eigentlich bebte ihr ganzer Körper.

Dann erklang plötzlich ein Pfiff.

Der Schecke riss den Kopf hoch und spitzte die Ohren. Als sich der Laut wiederholte, galoppierte er los. Raus ging es aus der Deckung und direkt auf einen Indianer zu. Ein breites Lächeln verzerrte die schwarz-weiße Kriegsbemalung, als der Schecke trotz Anabells verzweifelter Bemühungen, ihn zu stoppen, zu Lewis' Mörder lief und neben ihm stehen blieb.

»*Hau kholá*, Xota«, sagte der Fremde, rieb dem Pferd die Stirn und zog ihm mit einer raschen Bewegung das Zaumzeug vom Kopf. Anabell war fassungslos. Sie rammte ihre Fersen in die

Flanke des Pferdes und versetzte dem Tier einen Schlag mit der Faust. Es rührte sich nicht, dafür aber der Indianer. Die Ohrfeige brannte auf ihrer Wange.

Als er versuchte, nach ihr zu fassen, schlug sie nach ihm, doch ihre Gegenwehr kümmerte ihn nicht. Plötzlich hielt er einen Lederriemen in der Hand und fesselte sie so geschickt und schnell, wie es die Männer auf der Estanzia mit den jungen Kälbern tun. In ihren Händen pochte sofort das Blut.

»Was habt ihr feigen Mörder mit mir vor?«, fragte sie mit bebender Stimme. Der Indianer ignorierte sie und ritt los. Anabells Pferd folgte ihm wie ein treuer Hund. In diesem Moment beschloss sie, das Tier von nun an zu hassen und Grace gleich mit, die den Krieger trug, als hätte sie nie einen anderen Besitzer gehabt.

Als die Sonne den Horizont beinahe berührte, waren sie tief in unwegsames Land vorgedrungen. Pinien und vereinzelte Eichen klammerten die Wurzeln an schroffe Hänge. Die Pferde, es mussten über einhundert Tiere sein, wurden von nicht einmal zehn Indianern getrieben, doch die verstanden ihr Handwerk.

Anabell schwankte zwischen Zorn und Trauer.

Sie starrte auf den breiten, bloßen Rücken des Kriegers, der unbeirrt weiterritt und nur hin und wieder mit den anderen Männern kurze Worte wechselte. Muskeln spielten in seinen Schultern. Sein offenes Haar reichte ihm beinahe bis zur Hüfte. Zwei schwarz-weiße Federn waren mit einem vierfarbigen Kreuz in einem Kreis an seinem Hinterkopf befestigt und wippten mit jedem Schritt, den Grace machte, auf und ab. Der blutige Speer, mit dem er Lewis ermordet hatte, ragte hinter ihm auf. Anabell ersehnte aus tiefstem Herzen, jetzt eine Waffe zu haben. Dann wurde ihr klar, was sie sich gerade gewünscht hatte, und formulierte in Gedanken hastig ein Bittgebet. Gott möge ihr die Rachlust vergeben und ihr die Geduld und Frömmigkeit der Märtyrer schenken.

Der Mann, dessen Gefangene sie nun war, schien unter den Wilden eine gehobene Position einzunehmen. War das nun gut oder eher schlecht für sie?

Sie erreichten einen Talkessel.

Die Indianer trieben die Pferde hinein und verriegelten den einzigen Ausgang der Schlucht mit Seilen. Es ging blitzschnell. Dieser Ort war ausgewählt und vorbereitet worden, was nur einen Schluss zuließ: Die Überfälle und Viehdiebstähle waren von langer Hand geplant.

»Mitakola piki! Mitakola piki!«, rief der Indianer, der auf Grace ritt. Die Reiter versammelten sich um ihn und warteten schweigsam.

»Anpetu wašte wan miyelo bluha!«, schrie der Krieger und riss triumphierend seinen blutigen Speer in die Höhe.

Plötzlich war das Tal erfüllt von Jubelrufen, die Anabell das Blut in den Adern gefrieren ließ. Erstaunt entdeckte sie, dass einer der blutrünstigen Krieger in Wahrheit eine Frau war, eine Kriegerin. Ihre dunklen Augen ruhten auf Anabells Entführer. Der Blick sagte alles. Sie war stolz auf ihn, würde ihm überallhin folgen.

Die Indianer wechselten einige Worte, dann machten sich zwei von ihnen auf den Weg. Sie ritten den Pfad zurück, auf dem die Pferde hergetrieben worden waren. Wahrscheinlich sollten sie das Camp bewachen.

Anabell grübelte. Ob ihr Vater sich mit einigen Männern aufmachen würde, um sie zu befreien? Er konnte sie doch nicht einfach so den Wilden überlassen. Aber vielleicht lebte er auch gar nicht mehr. Anabell schluckte schwer. Was für eine schreckliche Vorstellung. Ihr Vater, tot. Tot wie auch Lewis. Sie hätte nicht gedacht, dass der Schmerz in ihr noch weiter anwachsen könnte. Als ihr klar wurde, dass womöglich niemand von ihren Liebsten mehr lebte, sie keinen von ihnen wiedersehen würde, wurde ihr schwarz vor Augen. Sie fühlte, wie sie vom Sattel rutschte, und konnte doch nichts dagegen tun. Ihr Körper war weich wie schmelzende Butter. Sie hing kurz fest, dann riss Stoff. Der schmerzgeplagte Schecke sprang zur Seite, als sich der Pfeil aus dem Saum ihres Kleides löste, durch den sie zuvor fest verbunden waren. Anabell schlug mit dem Kopf zuerst auf den Boden. Dann war da nur noch der Schmerz und anschließend nichts mehr.

Ohitika starrte auf die ohnmächtige Frau hinab, deren Rock in die Höhe stand wie die Federn eines aufgeplusterten Präriehuhns. Es war ein seltsam bedrückender Anblick. Ohitika wusste selbst nicht so genau, warum er die Wasicu mitgenommen hatte. Sie warf einen dunklen Schatten auf diesen überaus erfolgreichen Tag.

Dadurch, dass kleine Kriegereinheiten die Farmen gleichzeitig auf langer Front überfallen hatten, war für die Weißen und die indianischen Anhänger der Mönche nicht genug Zeit geblieben, sich zu wehrhaften Trupps zusammenzutun. Jetzt würden sie erst einmal ihre Wunden lecken und beraten, was zu tun war, bevor sie die Verfolgung aufnahmen. Wenn sie es überhaupt taten. Denn eigentlich war das Land von Alta California überreich an Vieh, und dafür Leben und Ernte zu riskieren würden nur die wenigsten. Wenn doch, so konnte ihnen die Weiße gute Dienste leisten. Ohitika stieß die ohnmächtige Frau mit dem Fuß an. Sie regte sich nicht.

Ausgerechnet in diesem Moment trat sein Bruder Waniyetu zu ihm. Auch aus seinem oft sehr ernsten Gesicht sprach die Freude. Sie umarmten einander.

»Schau an, wer wieder da ist, dieses Pferd mit dem ganzen Speck auf den Rippen ist tatsächlich Xota? Du hast ihn gefangen und seine Diebin gleich mit!« Er schlug Ohitika anerkennend auf die Schulter.

»Dein Pfeil hat sie an ihn geheftet wie eine lästige Klette ans

Winterfell. Was hätte ich denn tun sollen?«, scherzte Ohitika. Waniyetu folgte ihm zu dem verletzten Pferd. Sie arbeiteten schnell und schweigend. Brachen erst das Ende des Pfeils ab, dessen Feder deutlich sichtbar Waniyetus Markierung trug, dann entfernten sie den Sattel. Ohitika schob dafür zwei Finger darunter und hielt den Schaft fest, während sein Bruder ihn aus dem zähen Leder löste.

»Ich fürchte, ich brauche ein Messer. Du kannst nicht zielen, Bruder.«

»Wäre es dir lieber, ich hätte die Wasicu getroffen?«, gab Waniyetu zurück und legte den Sattel auf den Boden.

Ohitika zuckte mit den Schultern. Es war ihm eigentlich gleich, was mit der Weißen geschah. Mit einem raschen Schnitt erweiterte er die Wunde und zog den Pfeil heraus, bevor das Pferd ausschlagen konnte.

»Bitte, der gehört dir«, sagte er und reichte Waniyetu den Pfeil. Dieser drehte die blutige Metallspitze, bis sie das Licht eines soeben entzündeten Lagerfeuers reflektierte. »Warum hast du die Frau mitgenommen, Ohitika? Doch nicht nur, weil sie zufällig an deinem Pferd hing.«

Er konnte seinem Bruder die Antwort nicht ewig schuldig bleiben, das wusste er. »Ich habe sie schon einmal getroffen.«

»Ich weiß, ich war dabei, erinnerst du dich?«

»Nein, nicht bei dieser unsäglichen Sache im Süden. Am Camino Real, nahe der Mission San Miguel Arcángel.«

Waniyetu zog nachdenklich die Brauen zusammen. »Der Große Geist führt euch an drei verschiedenen Orten zueinander, die einige Wochenritte auseinanderliegen. Sie stiehlt dein Pferd und du das ihre.«

»Ich hab Xota zurückgelassen.«

»Unwichtig. Was ist geschehen, als du die Wasicu das zweite Mal getroffen hast?«

»Eine Klapperschlange. Sie hat sie nicht gesehen. Die Schlange hat gebissen, aber die Zähne blieben im Stoff stecken. Mein Pferd hat die Schlange getötet, bevor sie ein zweites Mal zubeißen konnte.«

»Du hast ihr also das Leben gerettet. Die geschuppten Brüder sind weise, Ohitika. Wenn wir wieder daheim sind, geh zu Wambli Mato, der Alte wird Rat wissen. Eure Geister sind auf irgendeine Art miteinander verbunden. Ob es gut oder schlecht ist, wer weiß. Vielleicht musst du eine Zeremonie abhalten, um diese Kraftlinie zu zerstören, bevor es ein Unglück gibt.«

Ohitika nickte niedergeschlagen. »Ich kann sie also nicht einfach hierlassen?«

Waniyetu verpasste ihm einen liebevollen Faustschlag gegen die Schulter. »Nein. Und ich passe auf, dass du es nicht tust. Und während ich mir jetzt ein gutes Stück Fleisch brate, sorgst du dafür, dass Shung'wakan manu bleibt, wo sie ist.«

»Shung'wakan manu?«

»Was sonst ist sie, wenn nicht das?«

Ohitika musste lachen. »Damit wirst du mich für immer aufziehen, oder?«

»Dafür sind Brüder doch da, oder nicht?«

»Nun geh, hau schon ab und schlag dir den Bauch voll.«

Anabell erwachte mit schrecklichen Kopfschmerzen. Es war dunkel um sie herum, doch nicht allzu weit entfernt flackerte warmer Lichtschein. Er rührte von einem Lagerfeuer her, um das sich die Indianer versammelt hatten. Ein Krieger war aufgestanden, erzählte und unterstrich seine Worte mit weit ausholenden Gesten. Immer wieder wurde er von anderen unterbrochen, die etwas ergänzten oder über Scherze lachten.

Dort feiern sie, die Mörder und Diebe, dachte Anabell bitter, und Gott unternimmt nichts dagegen.

Erst jetzt wurde ihr klar, dass sie nicht mehr dort lag, wo sie vom Pferd gefallen war. Jemand musste sie zum Lagerplatz getragen haben. Zwar waren ihr die Fesseln nicht abgenommen worden, dennoch hatte irgendjemand versucht, es ihr leichter zu machen. Sie lag auf einigen Decken. Die Wolle war an manchen Stellen fadenscheinig und roch nach Pferdeschweiß. Anabell setzte sich auf. Sofort begann es in ihrem Kopf wie wild zu pochen. Ihr Nacken schmerzte. Sie zog die Beine ganz dicht an ihren Körper, bis die Krinoline knirschend protestierte. Anabell versuchte, das umständliche Teil herunterzudrücken, doch es sprang wieder und wieder auseinander. Frustriert riss Anabell die Halterungen los, Knöpfe kullerten in den Sand, Bänder gaben nach. Es war schwer mit gefesselten Händen, die halb taub waren und zitterten, doch es war auch niemand da, der sie aufhielt, eigentlich überhaupt niemand, der sich für das interessierte, was sie tat.

Schließlich lag die Krinoline neben ihr im Dreck, verbogen und verkantet wie ein totes langbeiniges Insekt.

Langsam zog Anabell wieder die Beine an, schlang die Arme um die Knie und weinte. Stumme Tränen rollten über ihre Wangen und betupften die cremefarbene Seide ihres Hochzeitskleides mit Salzflecken. Es war egal, es war alles gleich, denn den Mann, für den sie es angezogen hatte, gab es nicht mehr.

Anabell sah den Mond über die Hügel wandern, beobachtete, wie zwei Indianer losgingen, um die Wächter abzulösen, die kurz darauf den felsigen Weg hinunterkamen und sich mit ans Feuer setzten. Unter einem weiten Sternenhimmel kroch die Nacht dahin, und niemals zuvor war ihr das Bellen der Kojoten verzweifelter erschienen als zu dieser Stunde.

Schließlich erhob sich ein Krieger vom Lagerfeuer. Erst glaubte Anabell, er wollte sich in den Büschen erleichtern, doch er ging nicht in die Dunkelheit, sondern kam direkt auf sie zu. Ihr wurde flau im Magen. Am liebsten wäre sie aufgesprungen und fortgerannt, doch es war sinnlos, die Fesseln an ihren Handgelenken waren mit einem Seil an einem Baumstamm befestigt; das hatte sie als Allerserstes überprüft.

Ja, das Mondlicht machte es mehr als deutlich, dort kam ihr Entführer und wollte sich wohl seinen Preis holen. Blitzartig flammten Erinnerungen auf. Marias leerer Blick und all das Blut zwischen ihren Beinen. Lieber würde sie sterben, als das Schicksal der unglücklichen Frau zu teilen.

Der Indianer blieb vor ihr stehen, musterte sie abwartend, dann kniete er sich vor sie. »Du musst hungrig sein«, sagte er und stellte ein hölzernes Gefäß vor ihr ab. Darin lagen ein Fladen und ein dampfendes Stück Fleisch. Anabell konnte nicht genau erkennen, was es war, doch es roch gut. Ihr Magen schien sich nicht für den schier unüberwindbaren Widerstand in ihrem Kopf zu interessieren und knurrte.

»Ich will dein verdammtes Essen nicht!« Anabell trat nach der Schüssel. Sie flog dem Indianer vor das Knie, der Inhalt landete im Dreck.

Er schlug sie nicht, er schrie sie nicht einmal an. Stattdessen zog er ein Messer. Mondlicht brach sich auf der Klinge. Anabell erstarrte. So schnell also würde sie sterben. Wegen eines Stückchen Brotes.

»Entweder du isst das hier oder gar nichts«, beschied er ihr gleichmütig, hob das Brot auf, schabte mit der Klinge den Schmutz ab und legte es zurück in die Schüssel. Mit dem Fleisch verfuhr er auf die gleiche Weise.

»Wie heißt du?«

Anabell presste die Lippen aufeinander und hatte das Gefühl zu schrumpfen. Sie fühlte sich roh und wund, als reichte ein kleiner Stoß, um sie gänzlich zu zerstören. Was kümmerte ihn, wie sie hieß? Und warum sah er sie auf diese seltsame Weise an, als versuche er, ihr jeden Gedanken aus dem Kopf zu zerren? Er legte eine Hand auf die bloße Brust. »Ich bin *Ohitika mani wica ma'koce ta'gila*. Sag Ohitika, das tun alle.«

»Anabell Arceneaux«, würgte sie schließlich hervor. Vielleicht würde er sie ja ein wenig besser behandeln, wenn er ihren Namen kannte.

Ohitika schlug die Beine unter, als wolle er es sich bei ihr gemütlich machen. Glaubte er, sie würde einfach so vergessen, dass er den Mann erschlagen hatte, den sie liebte?

»Anabell Arceneaux, erinnerst du dich an die Klapperschlange? Erinnerst du dich, wie ich dir versprach, an dich zu denken, wenn ich ihr Fleisch esse? Das habe ich. Du gibst mir viel zu denken, Wasicu.«

Sie glaubte ihren Ohren nicht zu trauen. Woher wusste er von der Klapperschlange? Es konnte doch nicht sein? Die Kriegsbemalung machte es ihr schwer, seine Gesichtszüge zu erkennen. Unmöglich war es nicht. Vielleicht war er es. Wie hatte Lucia damals gesagt, der Fremde sei von weit her gekommen und reiste verkleidet als einfacher Missionsindianer. Damals hatte es sie gewundert. Jetzt verstand sie. Er hatte die Siedlungen ausgespäht. Dieser Überfall war von langer Hand vorbereitet, und er war der Drahtzieher. Ihr Entführer steckte hinter dem Elend, das über die Menschen gekommen war. Lieber würde sie verhungern, als ihm auch nur ein einziges freundliches Wort zu gönnen!

»Nun gut. Ich verstehe.« Er erhob sich. »Brauchst du noch Decken? Ist es warm genug?«

»Lass mich allein.«

»*Ake na doksa*, Anabell«, murmelte er, drehte sich um und kehrte zum Feuer zurück.

Die Nacht war eisig. Anabell hatte das Gefühl, kaum zu schlafen, und wenn sie doch einmal einnickte, dann träumte sie von Lewis. Wie sie vor dem Altar standen, Hand in Hand, wie der Priester den Segen sprach und sie sich küssten. Dann begannen die Kirchenglocken zu läuten, es mussten Dutzende sein, tiefe und hell tönende, überall um sie herum. Sie steigerten sich, wurden immer schneller und lauter, bis ihr die Ohren schmerzten. Und dann kam plötzlich Blut. So viel Blut. Es rann aus Lewis' Haaren, aus seinen Augen, und immer noch lächelte er.

Im Traum schrie Anabell. Sie übertönte sogar die Glocken, während sich Lewis' Gesicht nach und nach in eine blutige Fratze verwandelte und sich dann auflöste. Er wurde zu Nebel, waberte durch die Kirche wie Weihrauchdunst. Anabell jagte den Schwaden hinterher, versuchte sie zu erhaschen, doch ihre Hände glitten hindurch und verwischten Lewis' Antlitz endgültig.

In ihrem Albtraum waren die Kirchenbesucher von den Bänken aufgestanden und lachten und lachten, als wären sie verrückt geworden. Dann flog das Portal auf und herein wankte ein mit Pfeilen gespickter Mann. Das Knallen, mit dem die Flügeltüren gegen die seitlichen Wände flogen, ließ Anabell hochschrecken.

Ihr Atem ging wie nach einem langen Lauf. In der kalten Luft bildeten sich Wölkchen. Für einen Moment wusste sie nicht, wo sie war. Dann enthüllte das morgendliche Zwielicht die Felswände der Schlucht. Leises Wiehern und Schnauben aus dem Talkessel, wo die Pferde waren, wurde als Echo mehrfach zurückgeworfen. Im fahlen, blauen Licht waren schlafende Gestalten zu erkennen, eng eingewickelt in Decken und Felle. Mehrere Pferde standen bereit, damit die Krieger im Falle eines Angriffs schnell flüchten konnten, doch auch sie dösten mit herabhängenden Köpfen. Eines davon war Grace. Ihre Grace.

In Anabells Kopf rasten die Gedanken wie wild durcheinander. Die Resignation des Vortages war grimmiger Entschlossenheit gewichen. Lewis würde nicht wollen, dass sie sich aufgab. Ihm zuliebe würde sie kämpfen und so lange durchhalten, bis sie fliehen konnte. Und wenn es Jahre dauerte! Sie würde nicht eher ruhen, bis sie an seinem Grab stand und mit eigenen Händen die Erde berührte, in der er die letzte Ruhe gefunden hatte, das schwor sie sich.

Von diesem neuen Ziel beseelt, setzte sie sich auf und zog die Schüssel mit Brot und Fleisch, die sie am Vorabend nicht angerührt hatte, zu sich heran. Ihre abgeschnürten Hände waren angeschwollen, die Haut der Finger spannte bei dem Versuch, sie zu krümmen. Der nächtliche Nebel hatte das Brot weich werden lassen. Es war ein Fladen aus Maismehl und Kräutern, wie sie ihn auch auf ihrer Reise nach Alta California oft gegessen hatte. Er schmeckte fettig und rauchig, nach dem Feuer, in dem er zubereitet worden war. Sobald sie den ersten Bissen heruntergeschluckt hatte, merkte sie, wie hungrig sie war. Rasch verzehrte sie ein Stück kaltes Rindfleisch und fast den ganzen Fladen. Das Wasser in der Trinkflasche war eisig. Sie trank etwas und wusch sich mit dem Rest das Gesicht.

Das Seil, das ihre Hände mit dem Baum verband, war gerade lang genug, dass sie hinter einem Gebüsch ihre Notdurft verrichten konnte.

Als nach und nach Leben in das Lager der Pferdediebe kam, hatte sich Anabell vorbereitet, so gut sie konnte. Wahrscheinlich würde sie in den nächsten Tagen weite Strecken auf dem Pferderücken zurücklegen müssen. Die vielen Unterröcke ihres Hochzeitskleides waren da nur hinderlich. So gut es ihr mit gefesselten Händen möglich war, hatte sie sich von den dicksten Taftschichten getrennt und sie zu einem Bündel zusammengeschnürt. Aus Teilen der Krinoline war eine Waffe geworden.

Zwar ließen sich ihre Fesseln mit dem herausgebrochenen Fischbein nicht durchtrennen, doch verbunden mit Draht aus dem Gestell und mit Bändern umwickelt, gaben sie einen behelfsmäßigen Dolch ab. Das Ende war nadelspitz.

Anabell hatte ihn gut eingewickelt am Rücken unter ihre Korsage geschoben. Falls dieser Wilde namens Ohitika vorhatte, sich an ihr zu vergehen, würde er seine Lust mit Blut bezahlen müssen.

Anabell hatte das Gefühl, man würde ihr auf den ersten Blick ansehen, was sie plante. Deshalb senkte sie jedes Mal, wenn sich einer der Krieger ihrem Platz näherte, den Kopf. Bangen Herzens harrte sie dessen, was man mit ihr vorhatte.

Ein unerträglicher Schmerz kreiste in Lewis' Brust. Alles drehte sich, rutschte, glitt. Einen klaren Gedanken zu fassen war unendlich schwer. Lewis hatte das Gefühl, Ewigkeiten in diesem Schwebezustand zu verbringen.

Wer wusste schon, wie es einem Menschen nach dem Tode erging? Vielleicht brauchte die Seele eine Weile, sich ganz zu lösen, und so lange das so war, blieb er in diesem Schwebezustand.

Eine weitere Schmerzwelle kündigte sich an, und Lewis krallte die Hände fest in den Stoff. Langsam hörte das Drehen und Sinken auf, und sein Geist trieb aus der Bewusstlosigkeit heraus. Sein Körper brannte wie im Fieber. Jeder Muskel schmerzte. Als er sich bewegte, fühlte er das Laken auf der schweißfeuchten Haut kleben.

Angenehme Kühle streifte sein Gesicht, Flüssigkeit tropfte, und dann kehrte das wohlige Gefühl zurück, das den Brand in seinen Gliedern linderte.

»Señor, Señor Dearing?« Die Stimme driftete wie aus weiter Ferne an sein Ohr. Also war er nicht tot?

Er hörte Schritte, die sich entfernten. Eine Tür fiel ins Schloss.

Er war verwundet, aber nicht tot. Er konnte sich nur nicht mehr daran erinnern, wie es geschehen war. Vielleicht ein Unfall auf der Estanzia? Die jungen Bullen konnten selbst einem erfahrenen Mann schnell gefährlich werden. Sicher würde gleich seine geliebte Anabell bei ihm sein und sich um ihn kümmern. Die Hochzeit in der Kirche … Er erinnerte sich noch genau, wie wunderschön seine Auserwählte ausgesehen hatte und wie sehr sie strahlte, als sie an seiner Seite Platz nahm.

Dann traf ihn die Erinnerung an den Indianerüberfall wie ein Schlag und trieb ihm den Schweiß aus den Poren.

Anabell.

Was war nur mit seiner Anabell geschehen?

Er riss in dem Moment die Augen auf, als Victor Arceneaux in das Zimmer gestürmt kam. »Er ist wieder bei Bewusstsein?«, dröhnte er.

»Eben war er es«, antwortete eine eingeschüchterte Frauenstimme leise.

Lewis zwang sich dazu, die Augen offen zu halten, und langsam, ganz langsam wich der Nebel und er konnte Konturen ausmachen.

»Lewis, kannst du mich hören?«

Jemand drückte seine linke Hand, und er versuchte, die Geste zu erwidern.

Sein Kopf wurde angehoben, und er spürte, wie ihm kühles Porzellan an die Lippen gehalten wurde. Er schluckte schon, bevor das Wasser kam, erfrischendes Wasser, das seine staubtrockene Kehle anfeuchtete. Er schluckte und hustete, schluckte und hustete, und dann wurde es endlich besser.

»Ana«, keuchte er.

Die verschwommene Gestalt vor ihm, die sich als Arceneaux herausstellte, schüttelte den Kopf.

»Sie ist verschollen. Ich habe noch gesehen, wie ihr Pferd von einem Pfeil getroffen wurde und durchging. Sie könnte überall sein. Rasmus hat nach ihr gesucht, einzelne Spuren verfolgt. Nichts.« Die Stimme zitterte. »Gott, verdammt!«

»Ich, ich finde … Ana«, keuchte Lewis. Die Panik, die durch seinen Körper brandete, klärte den Geist besser als weitere Ruhetage. »Die Indianer?«

»Daran habe ich auch gedacht.« Arceneaux raufte sich das schüttere Haar. »Aber Anabell ist die einzige Frau, die verschwunden ist. Sie haben nur die Pferde und ein paar Rinder mitgenommen. Selbst auf den Farmen, wo Frauen schutzlos gewesen sind, ist ihnen nichts geschehen. Die Neophyten, die von der Mission fortgerannt sind, zähle ich nicht. Wahrscheinlich ist Anabell der verdammte Indianergaul krepiert, und sie irrt irgendwo umher.«

Vor Lewis' geistigem Auge spielte sich ein Drama ab. Anabell in einer menschenleeren Gegend, wo sie Bären, Berglöwen und marodierenden Wilden schutzlos ausgeliefert war.

Womöglich lief sie mit letzter Kraft genau in die falsche Richtung. Weg, immer weiter weg von ihm, während er fiebernd und unfähig, ihr zu helfen, in der Estanzia lag.

Arceneaux drückte seine Hand. »Werde gesund, Lewis. Ich tue alles, damit wir unsere Anabell bald wiederhaben. In einigen Tagen sind Fährtensucher hier. Männer, die alles tun, wenn man ihnen nur genug Geld bietet. Wir bekommen sie zurück!«

Lewis versuchte sich aufzurichten, doch ein heftiges Stechen in der Brust zwang ihn in die Kissen zurück.

»Du warst zwei Tage nicht ansprechbar. Die Pfeilwunde hat sich entzündet. Ruh dich aus, Lewis.«

Er wollte nicht schlafen, doch sein Wille kam nicht gegen den Körper an, und er versank wieder in tiefe Bewusstlosigkeit.

Es war der vierte Tag in Gefangenschaft, und so langsam hatte sich Anabell an den immer gleichen Ablauf gewöhnt. Jeden Morgen wechselten die Indianer den Standort und trieben ihre erbeuteten Tiere mal in einen Talkessel, mal in einen schmalen Canyon. Die Verstecke waren nie weit voneinander entfernt und doch so abgeschieden, dass Anabell die Hoffnung verloren hatte, man würde sie bald finden und befreien.

Die Herde wuchs jeden Tag weiter an. Mittlerweile hatten die Indianer über zweihundert Tiere erbeutet, und Anabell war sich sicher, dass es noch weitere Räubergruppen mit versteckten Herden gab. Jeden Abend kamen Reiter, andere verließen das Zeltlager für einige Stunden. Sie verhandelten, tauschten Pferde und spielten manchmal darum.

Ohitika hatte seit dem ersten Abend nicht mehr mit ihr gesprochen. Immer brachte ihr ein anderer Essen und Wasser. Niemand schien ihre Sprache zu verstehen oder mit ihr sprechen zu wollen.

Anabell verbrachte die Zeit mit Gebeten und dem Beobachten ihrer Umgebung. Jeder Hinweis konnte wichtig sein, falls sich plötzlich doch einmal die Chance zur Flucht ergeben sollte, und heute war etwas anders. Das Lager lag weit oben. In der Senke wuchsen nur niedrige Pinien und Wacholder. Als die Sonne noch ihre wärmenden Strahlen geschickt hatte, war die Luft erfüllt gewesen vom Bienengesumm. Die emsigen Tierchen wurden von den gelben Blüten der Kreosotbüsche angezogen, wo ihnen flinke Eidechsen auflauerten. Nun waren die Insekten und ihre Jäger längst verschwunden, und im langen Schatten der Bergflanke wurde es bitterkalt.

Noch stieg ein wenig gespeicherte Wärme aus dem lockeren Quarzsand auf, doch in der Nacht würde sie erbärmlich frieren müssen.

Während Anabell noch im Kopf durchspielte, ob sie die Indianer um ein kleines Feuer bitten konnte und diese Idee gleich wieder verwarf, weil sie es ihr sicherlich nicht gestatten würden, führte ein Mann zwei Mulis heran.

Die Tiere waren schwer beladen. Es waren große Bündel aus Häuten, die abgeladen und fortgetragen wurden.

Durch ein struppiges Dickicht hindurch konnte Anabell vage erkennen, dass die Indianer zwei hohe Konstruktionen errichteten. Holz schlug gegen Holz, Leder knarrte. Es wurde viel gelacht und geflucht, bis die Arbeitsgeräusche mit einem Mal verstummten. Während einige Männer Lagerfeuer entzündeten, beobachtete Anabell, wie Ohitika gemeinsam mit einem anderen Krieger zu einem kleinen Wasserlauf hinüberging.

Sie hatten bloße Oberkörper. Anabell fror allein schon beim Anblick von so viel Haut, die der beißenden Kälte ausgesetzt war, schrecklich. Die Männer schenkten ihr keinerlei Beachtung, sondern gingen den Wasserlauf entlang auf einen kleinen Weiher zu, der verborgen hinter einigen Felsen lag. Schnell entledigten sie sich auch ihrer Schuhe und Hosen. Anabell wandte sich ab, als die Männer vollständig entkleidet in das sicherlich eisige Wasser tauchten. Bei den Geräuschen, die sie dabei machten, musste sie trotz der Abscheu, die sie gegenüber ihren Entführern empfand, schmunzeln.

Sie musste plötzlich an die Mission denken und daran, wie sehr es den Padres zuwider gewesen war, wenn die ihnen anvertrauten Menschen Freude empfanden.

Ob es dort auch Überfälle gegeben hatte? Waren die Angreifer mit ihresgleichen besser umgegangen? Was mussten die Frauen in den abgesperrten Baracken für Ängste ausgestanden haben! Und, mein Gott, wenn es auch dort gebrannt hatte!

Schritte wurden lauter, und ein Paar grün gefärbte Mokassins schoben sich in ihr Sichtfeld. Anabell rutschte erschrocken ein Stück rückwärts und sah auf. Wassertropfen rannen aus Ohitikas langem Haar und seine Arme hinab. Einige trafen sie ins Gesicht. »Du schläfst bei mir im Tipi. Hier draußen wird es zu kalt«, beschied er ihr nüchtern.

Der Indianer löste das Seil, mit dem sie am Baum angebunden war, und wartete dann, scheinbar teilnahmslos, bis sie aufgestanden war und die Pferdedecken aufgehoben hatte. Es schien ihm selbstverständlich, ihr dabei nicht zu helfen. Selbst einer gefangenen Frau gegenüber hätte sich kein zivilisierter Mann so benommen, dachte Anabell trotzig und versuchte nicht an Sklavinnen oder alte Bettlerinnen zu denken, denen es kaum anders erging.

Womöglich war sie für den Indianer auch genau das.

Eigentlich war es absurd, aber gerade Anabell Arceneaux, die davon geträumt hatte, in Louisiana alle Sklaven im Familienbesitz zu befreien, gehörte nun selbst einem anderen Menschen. Und wenn Ohitika sie mit den Augen eines Sklavenbesitzers sah, so war sie minderwertig, ein austauschbares Gut und weniger wert als ein Hund, den er aufgezogen hatte, oder ein gutes Pferd.

»Komm mit«, befahl Ohitika knapp.

Anabell umschlang die Decken so gut, wie es eben ging, mit beiden Armen und wankte hinter dem Indianer her. Er hielt den Strick nur lose in der Hand. Als bestünde nicht einmal die Chance, sie könne weglaufen. Trauten sie ihr denn gar nichts zu?

Hinter einigen Büschen erhoben sich zwei große kegelförmige Zelte, wie Anabell sie nie zuvor gesehen hatte. Sie schienen aus mehreren Häuten gefertigt zu sein, die kunstvoll miteinander vernäht waren. Knebel hielten die Vorderseite zusammen, wo eine Tür ausgespart war. Der obere Teil des Zeltes war schwarz abgesetzt und mit weißen Kreisen verziert, der untere Bereich rostrot eingefärbt. Das ganze Zelt leuchtete warmgelb und einladend, erhellt von einem Feuer, das im Inneren brannte.

Ohitika stampfte vor dem Eintreten laut mit den Füßen auf und zog Anabell dann einfach hinter sich hinein. Wie angewurzelt blieb sie neben der Tür stehen und versuchte, sich in dieser seltsamen Behausung zu orientieren. Es war dunkel, aber angenehm warm. In der Mitte brannte tatsächlich ein kleines Feuer in einem Steinkreis und warf sein weiches Licht auf drei Indianer, die sich darum versammelt hatten und sie neugierig betrachteten.

Der Ernste, wie sie Ohitikas ständigen Begleiter getauft hatte, weil er scheinbar immer nachdenklich oder traurig war, machte eine Bemerkung, die ihren Entführer aufstöhnen ließ. Ohitika ging an ihr vorbei und schloss die Eingangsklappe des Zeltes. Seine schnelle Bewegung hatte Anabell ängstlich zurückweichen lassen. Als die Indianer nun auf eine Stelle wiesen, setzte sie sich dorthin.

Es wurden Blicke ausgetauscht, aber es herrschte Schweigen.

Anabell wollte keinen Fehler machen und konzentrierte sich auf die Flammen, bis sich jemand räusperte. Es war der Ernste. Als er ihre Aufmerksamkeit hatte, tippte er sich auf die bloße Brust. »Waniyetu.«

Anabell verstand. Das war sein Name.

»Zica«, stellte sich die Frau vor, und der dritte, ein älterer Mann von beeindruckender Statur, trug den spanischen Namen Abuelo.

»Anabell«, sagte sie leise.

Waniyetu überraschte sie mit einem breiten Lächeln, das eine Zahnlücke erahnen ließ. »Anabell, Shung'wakan manu, willkommen. Ich spreche Wasicu-Worte nicht gut«, formulierte er holpernd und wies zur Tür. »*Lila tunkel osni yilo.*«

»Er sagt, es ist kalt draußen«, übersetzte Ohitika.

Anabell nickte schnell und hielt die Hände zur Bestätigung in die Nähe des Feuers. Angenehm prickelte die Wärme durch ihre Finger, die von der Kälte ganz blau geworden waren. Sie konnte den erleichterten Ausdruck, der sich auf ihrem Gesicht breitmachte, nicht verbergen.

Die Indianer vertieften sich in ein Gespräch. Hin und wieder fiel ihr Name, doch im Moment reichte es Anabell völlig, ihren durchgefrorenen Körper zu wärmen. Das Gespräch verschärfte sich und wurde zu einer hitzigen Diskussion, in der die unterschiedlichen Positionen mit ausladenden Gesten unterstrichen wurden. Schließlich wies Waniyetu auf Anabell. Angespannte Stille. Offenbar war Ohitika überstimmt worden, und jetzt wurde erwartet, dass er sich der Mehrheit fügte. Da sie nicht wusste, was nun kommen würde, fing ihr Herz an, wie verrückt zu schlagen.

Als Ohitika dann ein Messer aus dem Gürtel zog, hätte sie beinahe laut geschrien. »Deine Hände, Anabell«, forderte er, und als sie nicht sofort tat, was er sagte, griff er danach und zog sie einfach heran. Anabell ahnte und hoffte, was passieren würde, doch die Angst, er könne ihr einfach nur wehtun wollen oder sie gar töten, ließ sich nicht unterdrücken, und sie zitterte heftig.

Ohitika musterte die bebenden Hände, ihre verkrampften Schultern, und sein Griff wurde weicher. »Keine Angst, ich schneide nur das Seil durch.«

Die Klinge fuhr zwischen ihre Handgelenke und durchtrennte die Lederstricke mühelos. Anabell war so überrascht, dass sie es einen Moment lang zuließ, wie Ohitika ihre Handgelenke massierte und die gedrückte Haut rieb.

Dann riss sie sich los und presste die Arme an den Körper.

»Was soll das? Was willst du von mir? Du hast meinen Ehemann umgebracht und mich entführt! Wenn du etwas Schreckliches tun willst, dann mach es endlich und bring mich danach um, damit das alles hier ein Ende hat!«

Waniyetu mischte sich ein und schien eine Erklärung zu verlangen. Ohitika erwiderte seine Worte mit abgehackten Sätzen, dann fasste er nach ihrer Hand und drückte sie, bis sie seinen Blick erwiderte. »Welcher war dein Mann?«

»Was?« Tränen traten ihr in die Augen.

»Welcher der Weißen war dein Mann?«

Anabell kämpfte gegen die schier übermächtige Trauer an. Sofort hatte sie Lewis vor Augen, hörte ihn lachen, erinnerte sich an seine zärtlichen Küsse und die Grübchen in seinen Wangen. »Dunkelblonde Haare, er trug einen Anzug. Sein Pferd war schwarz. Du hast ihn umgeritten und ihn dann mit dem Speer ...«

»Du hast geschrien.«

»Nein, vielleicht ... ich weiß es nicht.«

Ohitika nickte überzeugt. »Doch. Du hast geschrien, und da habe ich dich erkannt und das Leben des Mannes verschont.«

Es schien ihr, als setzte ihr Herz für kurze Zeit aus.

Er log, anders konnte es nicht sein. Dieser Wilde log! Und doch, wie sehr wollte sie, dass er die Wahrheit sprach.

Hoffnung war ein tückisches Gift. Sie hatte es bereits geschluckt, und nun breitete es sich aus. »Du, du hast …?«, stotterte sie ungläubig.

Ohitika lächelte überlegen und genoss scheinbar ihre Irritation. Doch Anabell reichte es. Sie konnte keine weitere schlechte Nachricht oder Demütigung mehr ertragen. Mit einem Zornesschrei schlug sie dem Indianer ins Gesicht, den zweiten Schlag fing er ab und hielt sie fest.

Das Gelächter der anderen blieb aus, ebenso wie der Faustschlag, den sie von Ohitika als Erwiderung erwartet hatte.

»Ich habe ihn wirklich nicht getötet, Frau! Ich habe ihn mit dem stumpfen Ende des Speers geschlagen. Er hat sich nicht mehr bewegt, aber er lebt.«

Er ließ Anabells Hände los, und sie sackte einfach nur zusammen. Lewis lebte. Sie verstand nicht, warum der Indianer ihn verschont hatte, nachdem er bei dem Arbeiter Augenblicke zuvor keine Gnade gekannt hatte, doch eigentlich war ihr der Grund ohnehin gleich. Bald würde Lewis wieder genesen sein und kommen, um sie zu befreien. Bis dahin würde sie durchhalten und versuchen, ihm Zeichen zu hinterlassen.

Ohitika rieb sich grinsend das Kinn und erntete dafür von seinen Freunden einige Lacher. »Du bist eine Strafe des Schöpfers, Anabell, Shung'wakan manu. Ich weiß nicht, warum er mich mit dir verbunden hat.«

Anabell wollte etwas Trotziges erwidern, schluckte dann aber die Worte hinunter. Bis Lewis sie finden würde, wollte sie nichts mehr riskieren.

Nach und nach entspannte sie sich, was ihr in der beengten Atmosphäre des Tipis nicht leicht gelingen wollte. Hätte man sie ohne Zwang bei einem Besuch in diese Behausung eingeladen, wäre sie wohl nicht mehr aus dem Erkunden und Fragenstellen herausgekommen, doch sie war auch ohne die offensichtlichen Lederstricke eine Gefangene.

Die Indianer behandelten sie freundlich, nie fiel ein lautes Wort. Der ältere Mann, Abuelo, der scheinbar kaum ihre Sprache verstand, bereitete über dem Feuer Fleisch zu, das er zuvor mit Kräutern gespickt hatte.

Anabell wunderte sich über die Frau. Sie kochte nicht für die Männer, und sie schien sich auch sonst eher wie eine von ihnen zu verhalten. Zica war wirklich eine Kriegerin. Eine Zeit lang spaltete sie mit großer Sorgfalt Truthahnfedern auf, doch als Ohitika sie ansprach, ließ sie ihre Arbeit ruhen.

Die Art, wie ihre Augen leuchteten, verrieten selbst einem Fremden, was sie für den Krieger empfand, und ab diesem Moment war sie wieder ganz Frau.

Ohitika reichte ihr einen Knochenkamm und wandte ihr den Rücken zu. Er ließ sich von Zica das Haar auskämmen, das seit dem Bad im eisigen Tümpel fast vollständig getrocknet war. Sie ließ sich Zeit. Nutzte jede Möglichkeit, um ihm scheinbar zufällig mit ihren Händen über seinen gebräunten Rücken zu streichen.

Ob sie verheiratet waren? Heiraten die Wilden überhaupt?

Nein, waren sie nicht, überlegte Anabell, sonst müsste die Frau den Mann, den sie begehrte, nicht heimlich berühren.

Ohitika genoss ihre Aufmerksamkeit mit geschlossenen Augen, bis sie eine seiner Strähnen griff und absichtlich daran zog. Anschließend scherzten sie miteinander, doch dann hielt er den Kopf gerade, und Zica zog einen perfekten Scheitel durch sein Haar. Danach flocht sie es zu zwei ebenmäßigen Zöpfen, die sie mit roten Stoffstreifen umwickelte. Als sie ihr fertiges Werk betrachtete, erntete sie einen Kommentar von Waniyetu, der sehr nach einem schmeichelnden Lob klang. Er wiederholte es immer wieder, bis sie ihm schließlich den gleichen Dienst erwies. Diesmal machte sie keinen Hehl daraus, dass es sich um einen Freundschaftsbeweis handelte, ähnlich wie unter Geschwistern.

Kurz darauf war das Fleisch gar. Anabell erhielt von Abuelo

eine große Portion, dazu Brot und Mais. Schließlich förderte Zica eine gelbe Melone zutage und teilte sie genau durch fünf.

Anabell war über die Freundlichkeit ihrer Entführer verwundert und Gott dankbar für ihr Glück im Unglück.

Spät am Abend begleitete Zica sie nach draußen, wo sie sich erleichtern konnte. Das Messer in der Hand der Indianerin blieb dabei ständige Ermahnung, es besser nicht mit einer Flucht zu versuchen.

Auch in der Nacht durfte Anabell ohne Fesseln im Tipi ruhen. Allerdings wies man ihr einen Platz zwischen Zica und dem schweigsamen Waniyetu zu. Wollte sie tatsächlich zur Tür schleichen, hätte sie im Stockfinsteren auch noch über Ohitika hinwegsteigen müssen. Ein unmöglich durchzuführendes Unterfangen. So versuchte sie erst gar nicht, aus dem Tipi zu fliehen oder eine Waffe zu stehlen.

Am nächsten Tag waren die Fesseln zurück und rückten Anabells Realität wieder zurecht. Nach der Morgenmahlzeit hatte Ohitika ihr erneut ein Lederseil um die Handgelenke gewunden. Sie hatte sich nicht gewehrt, aber auch nicht ihre Tränen zurückhalten können.

Er hielt inne und hob kurz die Hand, als wolle er ihr Gesicht berühren, tat es aber nicht. Anabell hatte ganz kurz das Gefühl, dass ihm die gesamte Situation unangenehm war. Doch warum entführte er sie dann überhaupt?

»Lass mich gehen, bitte«, versuchte sie es. »Mein Vater wird sicher ein Lösegeld bezahlen, oder wir behaupten, du hättest mich aus den Händen meines Entführers befreit, bitte.«

»Nein, das kann ich nicht machen, komm mit.« Er lief voraus. Es ging ein Stück am kleinen Wasserlauf entlang, dorthin, wo die stetig wachsende Herde untergebracht war. Ohitika bückte sich unter einem Seil durch, das zwischen einem Baumstamm und einem Felsen gespannt worden war, und hielt es für Anabell hoch, damit sie ihm folgen konnte. Als er einen Pfiff ausstieß, der ein wenig wie der Ruf eines kleinen Vogels klang, kam Bewegung in die Tiere.

Mit angehaltenem Atem sah Anabell, wie sich eine Cremello-Stute näherte, die sie überall wiedererkannt hätte. Grace trieb die anderen Pferde mit angelegten Ohren aus dem Weg, wer nicht schnell genug war, wurde gebissen. Die letzten Meter legte sie im Galopp zurück. Sie sah mager aus, hier und da waren kleine Löcher im Fell. Narben, die vom rauen Leben in der Herde kündeten.

»Grace!«

Die Stute schnaubte eine Begrüßung und drückte ihr weiches Maul zunächst an Ohitikas Arm, erst dann wandte sie sich Anabell zu. Der Indianer schwieg, während sie ihre Hände über den Pferdehals gleiten ließ und die Finger in die verfilzte Mähne grub.

»Sie gehört mir«, flüsterte Anabell. »Wie konntest du nur.«

Ohitika hob seine Rechte, in der er ein schmales Seil hielt, und wie auf ein Kommando kam Grace zu ihm.

»Nein«, protestierte Anabell leise und sah dann erstaunt zu, wie der Indianer eine Schlaufe formte, sie der Stute ins Maul schob und um den Unterkiefer knotete. Sie ließ es mit freundlich gespitzten Ohren über sich ergehen. Wenn Anabell sich da an die Kämpfe erinnerte, die Lewis und auch sie beim Aufzäumen mit ihr ausgefochten hatten, kam sie aus dem Staunen gar nicht mehr heraus.

Der Indianer wählte ein zweites Pferd aus, einen rotbraunen Wallach mit dümmlichem Blick, kein Zweifel, der war für sie.

Kurz darauf saß sie mit gefesselten Händen auf dem Pferd, das von Ohitika am Seil geführt wurde. Der Indianer ritt Grace. Anabell kam es vor, als wolle er sie verhöhnen. Es war ihre Stute, ihre! Und er wusste es genau.

Sie ritten aus dem Tal hinaus, über Pässe und Grate, auf denen der Wind pfiff und kleine Steinchen vor sich hertrieb. Der Indianer schien jeden Winkel der Wildnis zu kennen. Einen Pfad gab es nicht, zumindest keinen, den Anabell sehen konnte.

Bald war ihre Kehle so trocken, als hätte sie Sand geschluckt. Doch die Blöße, ihren Entführer um Wasser zu bitten, die wollte sie sich nicht geben.

Als die Sonne hoch am Himmel stand, ging es wieder abwärts. Mimosenbüsche bildeten ein schier undurchdringliches Dickicht, doch Ohitika führte sie sicher zwischen Dornen und Gestrüpp hindurch. Auf halber Strecke ins Tal stieß er einen Pfiff aus, der von den Wänden zurückgeworfen wurde. Dann kam die Antwort.

Auch in diesem abgeschiedenen Canyon verbargen sich Pferdediebe mit ihrer Beute. Unter Weiden und Ahornbäumen waren bald mehrere Armeezelte auszumachen. Planen waren zum Schutz vor Sonne und Wind aufgespannt. Ohitika drehte sich zu Anabell um. »Wir sind zum Handeln hergekommen, es wird nicht lange dauern.«

Sie antwortete ihm nicht. Was sollte sie auch sagen. Sie war nicht gefragt worden, ob sie mit hierher reiten wollte, und es würde ihn auch nicht kümmern, ob und wann sie zurückwollte.

Während es durch ein lichtes Wäldchen tiefer hinunterging, fragte Anabell sich, wie viele dieser geheimen Räuberlager es in der Wildnis Alta Californias geben mochte. War es für Lewis überhaupt möglich, sie zu finden? Gab sie sich nicht falschen Hoffnungen hin?

Kinderlachen hallte aus dem Tal herauf. Es klang falsch an diesem Ort und doch: Wo Kinder waren und lachten, konnten keine schlimmen Mörder hausen. Ohitika ritt auf das kleine Lager zu, begrüßte eine junge Frau und rief einem Mann einen Gruß auf Englisch zu. Das hier waren keine Lakota, wurde Anabell schnell klar. Die Indianer glichen jenen, die sie in den Missionen und an der Küste gesehen hatte. Sie trugen Hemden und schlichte Hosen, einige hatten das Haar kurz geschnitten.

»Steig ab, oder brauchst du Hilfe?«, sagte Ohitika, als sie die Zelte erreicht hatten.

Anabell schoss ihm einen zornigen Blick zu und ließ sich vom Pferd rutschen. Natürlich brauchte sie keine Hilfe!

»Und was jetzt? Soll ich jetzt hinter dir herschleichen wie ein Hund?«

Ohitika verzog den Mund, halb grinste er und halb fletschte er die Zähne. »Richtig geraten. Entferne dich nicht zu weit von mir. In diesem Lager gibt es einige Männer, denen ich fast alles zutrauen würde.«

»Das ausgerechnet aus deinem Mund«, spottete Anabell. Doch sie hatte nicht mit Ohitikas Reaktion gerechnet. Er fasste sie am Arm und zog sie dicht an sich. Sein Blick war eisig.

Er brauchte nichts zu sagen. Als er sie dann wieder von sich stieß, hatte sie weiche Knie. Ihr Arm schmerzte, wo kurz zuvor seine Hand gewesen war, und versprach blau zu werden.

In was für eine Hölle war sie nur geraten?

Sie harrte aus, bis Ohitika ein Bündel von ihrem Sattel losgemacht hatte, dann folgte sie ihm mit gesenktem Blick.

Ohitika ging zielstrebig an zwei kleinen Armeezelten vorbei.

An einem Feuer waren mehrere grob gezimmerte Tische aufgebaut. Zwei raubeinige weiße Viehtreiber spielten Karten und waren schon zu dieser frühen Stunde angetrunken.

Einer sah auf und sein glühender Blick traf Anabell. Sie kam sich mit einem Mal nackt vor, schutzlos. Am liebsten hätte sie die Hände um den Leib geschlungen, doch die Fesseln hinderten sie daran. Instinktiv ging sie schneller, hielt sich dichter hinter Ohitika. Waren das die Leute, vor denen er sie warnen wollte? Die Situation war völlig absurd, doch sie fühlte sich in der Nähe ihres Entführers tatsächlich sicherer.

Ohitika ließ die Weißen links liegen und ging zu den Indianern, die ein Stückchen weiter hinten lagerten. Während Ohitika die Fremden begrüßte, setzte sich Anabell wenige Schritte entfernt in den Schatten einer knorrigen Weide und lehnte sich an die raue Borke.

Ohitika breitete seine Waren vor den Indianern aus. In das Bündel waren Waffen eingewickelt gewesen. Fünf Pistolen und drei Gewehre, zählte Anabell. In den Beutelchen versteckten sich vermutlich Munition und Schießpulver. Mehr und mehr Indianer kamen heran, begrüßten Ohitika und begutachteten die Waffen. Ausrüstung für weitere Raubzüge. Ihr Entführer lieferte die Werkzeuge für Mord und Elend.

Anabell beobachtete das Treiben eine Weile, dann ließ sie ihren Blick schweifen und wollte ihren Augen nicht trauen. Dort hinten bei den Kochfeuern, war das nicht die kleine Carlita? Anabell reckte den Kopf. Kurz blitzte ein hellblaues Leinenkleid zwischen den Baumstämmen auf. Alle Missionskinder trugen sie. Den Färberwaid bauten die Mönche selber an.

War die Kleine auch entführt worden? Nach allem, was sie bereits hatte durchmachen müssen? Anabell hielt es nicht länger auf ihrem Platz. Sie stand auf und sah zu Ohitika hin, der gestenreich feilschte. Er drehte ihr den Rücken zu.

Sie würde nicht weit gehen, dachte Anabell. Nur so, dass er sie immer noch im Blick hätte, wenn er wollte.

Dennoch schlug ihr das Herz bis zum Hals, als sie die ersten Schritte tat. Laub raschelte unter ihren Füßen, doch niemand schenkte ihr Beachtung. Es würde grenzenloser Dummheit gleichen, an einem helllichten, sonnigen Tag zu flüchten, das wussten die Indianer so gut wie Anabell selbst.

Schon konnte sie das Kochfeuer deutlich erkennen. Daneben hatten die Indianerinnen aus Lehm einen kleinen Kuppelofen gebaut, in dem sie ihre Brotfladen zubereiteten. Die Spanier nannten diese Öfen *el horno.* Der Duft frischen Backwerks lag in der Luft.

Und da war sie. Carlita! Der Anblick trieb Anabell die Tränen in die Augen. Das Mädchen tollte mit einem kleinen Hund, raste wie ein Derwisch zwischen den Bäumen umher und lachte ein glückliches Kinderlachen. Ihre armen kleinen Füße waren nach den Stockschlägen also wieder verheilt.

Sieh her, sieh doch her, dachte Anabell, und als hätte sie ihren Wunsch erhört, wandte sich die Kleine in ihre Richtung. Sie zögerte. Erkannte Anabell offensichtlich, hob den Welpen auf und drückte das Tierchen an sich. Mit steifen Schritten ging sie vorsichtig auf Anabell zu.

Diese ließ die Ärmel ein wenig tiefer über die festen Lederriemen gleiten, die um ihre Handgelenke gewunden waren, und sank auf die Knie.

»Señorita Anabell?«

»Ja, Carlita, ich bin es.«

Ein Lächeln huschte über das Kindergesicht und war genauso schnell wieder fort. Sie drückte den Welpen fester an sich, als fürchte sie, Anabell sei gekommen, um ihn ihr wegzunehmen. Hatte sie etwa auch vor ihr Angst?

»Willst du mir den kleinen Kerl nicht vorstellen?«

Carlita war wie versteinert, dann reckte der Welpe plötzlich den Kopf, winselte kurz und leckte seiner Spielkameradin über die Nase. Carlita kicherte. Das Eis war gebrochen. Sie setzte den zappelnden Hund wieder auf den Boden und folgte dem neugierigen Tier zu Anabell.

Das kleine Mädchen runzelte die Stirn, während sie ihr Gegenüber musterte. »Was machen Sie hier? Suchen Sie nach uns? Kommen gleich Ihre Freunde, die Soldaten?«

»Die Soldaten sind nicht meine Freunde«, sagte Anabell und setzte in Gedanken hinzu: Oder vielleicht doch, wenn sie mich befreien? »Ich bin nicht ganz freiwillig hier, Carlita. Und du, was ist mit dir?«

Die Kleine strahlte über das ganze Gesicht. »Maria und ich sind weggelaufen, als sie kamen, um die Pferde zu stehlen. Ganz viele sind weggelaufen. Und diesmal bekommen sie uns nicht.

Die Krieger passen auf uns auf!« Stolz lag in ihrer Stimme. »Sie sagen, ich muss nie wieder in das Gefängnis der Graukutten zurück.«

Anabell nickte traurig. Womöglich stimmte es, nur dass sie selbst sich weit weniger darüber freute. Sie hob dem Kind die Hände entgegen. Carlitas Augen wurden groß, als sie die Fesseln sah.

»Ich bin nicht freiwillig hier.«

»Komm, komm, Señorita!« Sie wurde energisch an der Hand gefasst. Carlita zog sie zu den Kochfeuern. Die Frauen hielten überrascht in ihrer Arbeit inne, um das Kind und die Gefangene zu mustern. Die Kleine rief etwas in einer fremden Sprache und bekam prompt eine Standpauke. Anabell stand einfach nur da und wartete ab. Solange sich Carlitas kleine Hand so energisch um ihre klammerte, würde sie nirgendwohin gehen. Und dann war plötzlich Maria da. Blass für eine Indianerin, mit Schatten unter den Augen, doch sie war es.

»Señorita Anabell?«

Schnell hatte sich ihre Überraschung gelegt. Sie sah die Fesseln, wie alle anderen auch. Carlita ließ Anabell stehen, lief zum Feuer und kam mit einem rußigen Messer, von dem noch Fleischsaft tropfte, zurückgerannt. Maria hielt sie an den Schultern fest und nahm ihr die Klinge aus der Hand.

Carlita schimpfte und schrie, doch sie hatte gegen die Ältere keine Chance. Anabell verstand, auch ohne die einzelnen Worte zu kennen. Hier würde ihr niemand helfen. So freundlich wie die meisten sie auch behandelten, sie war und blieb eine Gefangene. Carlita weinte.

»Es macht nichts, Kind«, stieß Anabell hervor. »Auch wenn du sie durchschneidest, macht mich das nicht freier.«

»Aber wer ist denn böse zu dir? Die Padres?«

Sie schüttelte den Kopf. »Nein, die nicht. Ein Mann hat mich entführt. Er heißt Ohitika.«

Ein Raunen ging durch die versammelten Frauen. Offensichtlich kannte man ihn. Maria nahm sie zur Seite. »Wo ist der Krieger jetzt? Weiß er, dass Sie hier sind?«

Anabell warf einen Blick zurück. Aus ihrer Position konnte Ohitika sie nicht mehr sehen. Etwas sagte ihr, dass das alles andere als gut war. »Maria, sag mir nur eins.«

Die Indianerin schob sie ein Stück weiter von den anderen Frauen fort und scheuchte auch die weinende Carlita zurück zum Feuer. »Was ist, Señorita? Ich weiß nicht genau, wie schlimm es die Mission getroffen hat. Wir sind geflohen, bevor die meisten Graukutten wussten, was geschah. Nur Padre Juan ist tot, da bin ich sicher.«

Das war es eigentlich nicht, was Anabell hatte fragen wollen. Als sie nicht antwortete, fuhr die Indianerin fort: »Sie müssen verstehen, er ist einfach zu weit gegangen. Er hat die Männer geprügelt, ohne Grund, immer wieder. An dem Tag, als er plötzlich Eisennägel in die Peitschenschnur geflochten hatte, erschlugen sie ihn.«

Anabell lief es kalt den Rücken hinunter. Irgendwo in ihrem Inneren verspürte sie Erleichterung, dass den Padre sein Schicksal ereilt hatte, und dann kam die Scham. Andererseits, war er nicht selber schuld an seinem frühen, gewaltsamen Ende?

Anabell dachte mit Grauen an die blutigen wundgeschlagenen Füße von Maria und Carlita.

»Maria. Weißt du, was mit mir geschehen soll?«, fragte sie schließlich mit bebender Stimme. »Was will dieser Ohitika von mir?«

Die Indianerin richtete den Blick in die Ferne, dann auf den Boden. Sie strich ihr Haar zurück. »Er hat Sie nicht …«

»Nein.«

»Manchmal handeln sie mit Sklaven. Früher gab es einige Banditen, die Stämme überfallen haben und die Kinder an die Missionen verkauften, aber das ist vorbei, und Sie sind kein Kind. Womöglich will er Handel treiben.«

War er nicht genau deshalb hergekommen? Um zu handeln? Würde er sie an einen der Männer verkaufen?

»Gibt, gibt es auch eine andere Möglichkeit?«, stotterte Anabell.

»Wenn er Sie nicht für sich will, als zweite Frau, dann bringt er Sie vielleicht heim zum Stamm. Das wäre nicht so schlimm. Sie müssten arbeiten, vielleicht für seine Mutter oder seine Tanten. Irgendwann werden Sie frei und Lakota sein.«

Das klang nicht viel besser. Verschleppt zu werden und bei den Indianern in ihren primitiven Zelten als Sklavin dahinzuvegetieren. Anabell schluckte. Sie wünschte nicht zum ersten Mal, sie könnte die Zeit zurückdrehen. Dann hatte sie plötzlich eine Idee. »Maria, wenn er handeln will, kannst du oder dein Begleiter nicht versuchen ... Ich schwöre, mein Vater zahlt euch die Summe dreifach zurück!«

»Wir haben nichts.« Sie hob abwehrend die Hände und schüttelte den Kopf. »Gehen Sie, Señorita Anabell. Bevor der Krieger zornig wird. Ich wünsche Ihnen Glück und den Segen Ihres Gottes.« Maria drückte kurz Anabells Hand.

So schnell wechselten die Seiten. Nun war Maria frei und sie selbst an ihrer Stelle.

Anabell schlug nicht den gleichen Rückweg ein. Vielleicht würde sie doch noch etwas entdecken, eine Chance zu fliehen, irgendetwas! Sie ließ die Ärmel wieder über die Fesseln rutschen, damit nicht jeder sofort sah, dass sie nicht frei war, sondern jemandem gehörte.

Jeder einzelne Schritt zurück zu Ohitika fiel ihr schwer. Es schien, als wollte der staubige Boden sie festhalten. Lauf, flüsterte er ihr zu, lauf weg, versuche es zumindest!

Anabell tauchte ein in ein Dickicht von Mimosenbüschen. Die feingefiederten Blättchen der Pflanzen zuckten vor ihr zurück, als fürchteten sie ihre Berührung.

Ein deutlich zu erkennender Pfad führte zwischen den gelb

blühenden Dornbüschen hindurch. Pollen löste sich in feinen Puderwolken und setzte sich auf ihrer Kleidung ab. Um nicht die Orientierung zu verlieren, behielt Anabell die im Wind schwingenden Äste der Weide im Auge, unter der ihr Entführer saß.

Womöglich feilschte Ohitika in diesem Moment um ihr Leben. Sie lief genau auf den Baum zu, als sich das Dickicht mit einem Mal lichtete. Knorrige Stümpfe ragten dort aus dem steinigen Grund, wo scheinbar vor Kurzem Feuerholz geschlagen worden war. Kiesel knirschten. Anabell nahm eine Bewegung wahr.

»Wen haben wir denn da«, schnarrte eine unangenehme Stimme. Anabell fuhr erschrocken herum, im selben Augenblick grub sich eine Hand in ihr Haar. Sie schrie. Gleich darauf trat ihr jemand in die Knie und presste ihr eine Hand auf den Mund. Harte Schwielen auf ihren Lippen, Schweiß und Tabakgestank. Ihr wurde übel und eiskalt. Es gab noch Schlimmeres als die Entführung durch einen Indianer … etwas viel Schlimmeres!

Ein rauer Bart rieb über ihre Wange. Sie erhaschte einen Blick auf einen feisten Weißen mit fettigem schwarzen Haar und einem ungepflegten Backenbart. Er hielt sie umklammert und drückte sie an seinen schwitzigen Oberkörper. Sein Kumpan, blond, knochig und nicht weniger ekelerregend, spähte zu der Weide hinüber, unter der Ohitika sitzen musste, und grinste. Offenbar war der Indianer ahnungslos.

Die Männer zogen sie tiefer ins Dickicht. Die Chance auf Rettung schwand mit jedem Schritt. Anabell kämpfte, stieß mit ihren Ellenbogen zu und trat um sich. Die Verzweiflung gab ihr Kraft, aber nicht Kraft genug, um es mit zwei Männern aufzunehmen. Der Blonde fasste nach ihren gefesselten Händen. »Der Häuptling hat sie uns fein zusammengeschnürt«, feixte er.

In diesem Moment schlimmster Bedrängnis wünschte sich Anabell nur eines: Ohitika möge kommen und ihr beistehen!

Ohitika hob den Kopf. Hatte dort jemand geschrien? Eine Frau? Er hatte bemerkt, dass Anabell sich entgegen seiner Order entfernt hatte. Doch als er ihr nachspähte, war sie bei den Kochfeuern in ein Gespräch vertieft, und das sollte ihm recht sein. Der Handel lief gut. Zwei der Pistolen hatte er bereits gegen kunstfertig gewebte Decken eingetauscht, die er seiner Mutter mitbringen wollte.

In diesem Moment legte sein neuer Handelspartner einen breiten Armreif zu dem Silberschmuck, den er bislang für zwei erbeutete Gewehre bot. Ohitika wartete mit unbewegter Miene ab, bis er einen weiteren folgen ließ, dann besiegelte er den Handel. Mit dem Silber und Türkisschmuck würde er daheim weit mehr eintauschen können. Während er die Armreifen und Silberbeschläge in ein Kaninchenfell einwickelte, wuchs seine Unruhe. Als er zur Kochstelle und dem angrenzenden Mimosendickicht hinübersah, war die Wasicu nirgends zu sehen. Sie würde doch nicht…?

Ohitika nahm eilends Abschied von dem Silberschmied und vertröstete die anderen Männer auf einen späteren Zeitpunkt.

Irgendetwas stimmte nicht. Selbst Anabell würde nicht so dumm sein, am helllichten Tag die Flucht zu versuchen.

Er ging lautlos, den Körper angespannt wie der eines Tieres kurz vor dem Sprung. Er hielt in gerader Linie auf die Kochstelle zu, registrierte den verlassenen Holztisch, auf dem der Wind ein Kartenspiel zerstreute, als etwas seine Aufmerksamkeit auf sich zog.

Rascheln im Gebüsch, leises Knirschen von Kieseln, Keuchen. Sein Herz beschleunigte den Schlag, wie eine große Trommel rief es zum Tanz. Ohitikas Hand schloss sich um die Kriegskeule, löste sie vom Gürtel. Die Linke umfasste das Messer.

Innehalten, ein kurzes Spähen, dann ging er mit der Schulter voran in die dornigen Mimosen. Die langen Stacheln stachen in seine Haut. Durch die zuckenden Blätter nahm er Bewegung wahr. Stoff raschelte, ein erstickter Schrei, leises Wimmern.

Er schob den Fuß vor, lautlos selbst auf Kies, dann sah er sie. Ein feister Weißer mit dunklem Haar beugte sich über Anabell und kämpfte mit den Schichten ihrer Unterröcke. Sein Kumpan drückte die junge Frau zu Boden, presste ihr eine Hand auf den Mund und sah genau in diesem Moment auf.

Der brennende Blick Ohitikas traf ihn wie ein Schlag ins Gesicht.

»Scheiße!«, fluchte er. »Hey, Perez, wir haben Besuch.«

»Dann soll er verschwinden oder sich hinten anstellen«, knurrte der feiste Kerl, ohne sich umzudrehen.

Vor Ohitikas Augen verschwamm Anabells Gesicht, das einen Ausdruck blanken Terrors zeigte, und wurde zu dem seiner Mutter. War das eine Vision aus der Vergangenheit? Es blieb keine Zeit, darüber nachzudenken, warum die Geister die beiden Frauen miteinander in Verbindung brachten. Wichtig war nur der Augenblick und das, was die Vision mit ihm machte. Er holte mit der Keule aus, und wäre der dunkelhaarige Perez nicht im letzten Moment ausgewichen, hätte die Spitze der Waffe seinen Schädel zertrümmert. So bohrte sie sich tief in seine Schulter und riss ihn zur Seite, fort von Anabell, die in diesem Moment einen lauten Schrei ausstieß.

Der Blonde hatte sie losgelassen und riss eine Pistole aus dem Gürtel. Sein eigenes Leben zu verteidigen war ihm wichtiger, das Vergnügen mit Anabell war mehr als fragwürdig geworden. Perez brüllte wie ein waidwunder Bär, als Ohitika die Keule aus seiner Schulter riss.

Anabell sah ungläubig zu, wie es der Indianer gleich mit beiden Männern aufnahm. Er bewegte sich unfassbar schnell. Die Pistole des Blonden krachte einmal, und die Kugel verfehlte Ohitika. Der Krieger wirbelte herum, ließ seine archaische Waffe niedersausen und fällte Perez, der gegen ihn anrennen wollte, mit einem Schlag auf die Schulter. Anabell sah die Linke des Indianers mit dem Messer heranschnellen, Metall blitzte auf, und der Angriffsschrei des Mannes erstickte in einem Gurgeln.

Der Blonde hatte nachgeladen und schoss erneut. Ohitika wurde zurückgeworfen, und Anabell sah schon das Blatt sich wenden, als dieser sein Messer warf. Die Klinge traf den Blonden in die Hüfte.

Der Mann war einen Augenblick wie erstarrt, dann schwang plötzlich die Linke herum, und Anabell blickte aus nächster Nähe in den Lauf einer weiteren Pistole. Eine feine Rauchfahne kräuselte sich über der bereits abgefeuerten Waffe in seiner anderen Hand. Schwarzpulvergestank biss ihr in die Nase.

»Keine Bewegung mehr, Häuptling, oder ich knall dein kleines Flittchen ab.«

Ohitika hielt mitten in der Bewegung inne, die Keule halb zum Schlag erhoben. Auch die Zeit schien den Atem anzuhalten. Anabell konnte die Ader sehen, die an der Kehle ihres Entführers klopfte, der hoffentlich auch ihr Retter sein würde. Was geschah, wenn Ohitika verlor, das wusste sie.

Der Indianer war verwundet. Blut floss aus seiner Schulter und spross als seltsame rote Blume über sein ledernes Hemd. Er wankte kurz und fing sich gleich darauf wieder.

Anabell sah die Pistole, die genau auf ihren Kopf zielte aus dem Augenwinkel. Ohitika senkte seine Waffe langsam und hob die Linke in einer beruhigenden Geste.

»Was hast du vor?«, fragte er leise.

»Lass die Keule fallen, Häuptling.«

Ohitika schüttelte langsam den Kopf. »Die Frau gehört mir, du bekommst sie nicht.«

»Ach nein? Ich glaube, du hast da etwas übersehen. Ich habe die Pistole, und du?« Er zuckte mit den Schultern.

»Wag es nicht. Ich knall erst sie ab und dann dich.«

Ohitikas Blick traf ratlos den Anabells, die langsam aus ihrer Starre erwachte. Der Indianer wusste nicht, was er tun sollte, schoss es ihr durch den Kopf. Der Blonde erpresste ihn mit ihrem Leben. Irgendwie mussten sie den Kerl überwältigen. Zusammenarbeiten.

Anabell kämpfte gegen ihre Angst an und wurde tatsächlich ein klein wenig ruhiger. Der Blonde hatte zwar seine Pistole auf sie gerichtet, sah aber angestrengt zu Ohitika hin, von dem er den Angriff erwartete. In Anabell sah er keinerlei Gefahr. Sie musste ihn ablenken. Ein paar Herzschläge lang würden genügen. Dass der Indianer ihn besiegen würde, war für sie keine Frage. Er würde es schaffen. Er musste! Und sie wollte die Weichen dafür stellen.

Langsam zog sie das Bein an, während die Männer einander taxierten. Ohitika schien etwas zu ahnen. Er packte seine Keule fester, bis die Sehnen seiner Hand wie Stränge hervortraten, dann sah er sich ruckartig um, als hätte er jemanden kommen hören. Der Blonde folgte nervös seinem Blick, die Hand mit der Pistole schwankte.

Jetzt! Anabell trat ihm mit aller Kraft vor das Knie und ließ sich zur Seite fallen.

Die Kugel, die ihren Kopf zerschmettern sollte, grub sich tief in den Sand. Dann geschah alles blitzschnell. Ohitika schlug dem Blonden die Waffe aus der Hand. Die Keule zertrümmerte seine Finger. Während sich der Indianer auf seinen Widersacher stürzte, holte Anabell die Pistole zwischen den Wurzeln eines Mimosenbusches hervor und umklammerte das warme Metall wie einen rettenden Anker.

Die Männer wälzten sich über den Boden, bis der Blonde plötzlich erstarrte. Seine Beine zitterten, dann wurde der ganze Körper schlaff und der Kopf kippte langsam zur Seite. Blicklose, leere Augen waren auf Anabell gerichtet.

Ohitika rollte sich auf den Rücken und blieb keuchend liegen. Sein Atem ging schwer, die Augenlider flatterten.

Starb er jetzt auch?

Anabell schob die Schusswaffe in ihren Gürtel und kroch die kurze Strecke zu Ohitika, zum Gehen waren ihre Knie noch zu weich. Ihre Schultern schmerzten fürchterlich, dort wo die Gelenke überdehnt waren, weil die verdammten Kerle ihr die Arme verdreht hatten.

Auf Ohitikas Gesicht lag ein triumphierendes Grinsen. »Du sollst nicht weglaufen, habe ich dir gesagt«, keuchte er und presste die Zähne vor Schmerzen aufeinander.

Wie konnte er in dieser Situation scherzen? Anabell unterdrückte ein Zittern. Die Angst saß ihr noch immer in den Knochen. »Wo bist du verletzt?«

Die Schussverletzung in der Schulter hatte sie bereits gefunden, doch da musste noch mehr sein. Ohitika verdrehte die Augen und wurde ohnmächtig.

Wenn sie ihm nicht half, würde er sterben, das wurde ihr klar. Auch wenn sie nichts lieber wollte als fliehen, so konnte sie ihn nicht einfach hier liegen und sterben lassen. Es wäre Mord gewesen, nichts anderes.

Das Gefühl, gebraucht zu werden, gab ihr die nötige Ruhe zum Handeln. Ihre eigene Panik rückte in den Hintergrund.

Anabell hob ein Messer auf und durchtrennte mit einigen Mühen ihre Fesseln, dann legte sie Ohitika einen strammen Verband an, der hoffentlich die Blutung stoppen würde. Alles, was sie im Kloster gelernt hatte, kam nun zur Anwendung. Ob sie ihrem Entführer helfen musste, stand außer Frage. Die Nächstenliebe gebot es.

In dem Moment, als sie die Stichwunde in seinem Unterleib entdeckte, knirschten die Schritte mehrerer Menschen auf dem Kies.

»Hier, wir sind hier!«, rief Anabell.

Ohitika lag auf einer rotbraunen Decke, in die kunstfertige Hände geometrische Muster gewebt hatten. Ein kleiner, mit duftenden Pinienzweigen gedeckter Unterstand spendete dem Verwundeten Schatten.

Die anderen Indianer, die zum Kampfort gekommen waren, hatten die Situation mit erstaunlicher Ruhe erfasst. Ohitika war zurück zum Lager getragen worden, und jeder schien es für selbstverständlich zu halten, dass Anabell sich auch weiterhin um ihn kümmerte. Man hatte ihr Wasser gebracht, Kräuter und Stoffstreifen zum Verbinden der Wunden. In einer glänzenden flachen Muschelhälfte verbrannte ein getrocknetes Bündel weißen Salbeis, von dem Anabell wusste, dass er von den Indianern sowohl für religiöse als auch für profane Anlässe verwendet wurde.

Aus den Büchern der Nonnen wusste Anabell von der heilenden Wirkung des Krautes. Maria hatte auf ihre Bitte hin einen intensiven Salbeisud hergestellt, mit dem sie Ohitikas Wunden waschen wollte.

Aber nun war Maria fort, die anderen Frauen ebenfalls, und sie hatte niemanden mehr, der ihr bei Ohitikas Pflege zur Seite stehen würde.

Nie war sie ihrem Entführer so nah gekommen. Auf eine seltsame Art scheute sie sich, ihn zu berühren, was ihr bei Männern, die mit Krankheiten und Verletzungen ins Kloster gekommen waren, nie passiert war.

Sie knotete die Lederbänder auf, mit denen er sich einen Brustschmuck aus Knochenröhrchen und Perlen umgebunden hatte, und legte ihn sorgfältig zur Seite. Das Lederhemd, das aus einem einzelnen Stück gefertigt worden war, musste sie zerschneiden. Es war ohnehin durch all das ausgetretene Blut ruiniert und landete gemeinsam mit den provisorischen Druckverbänden auf einem Haufen. Sie würde es später wegwerfen.

Schwester Margret war eine gute Lehrerin gewesen. Nachdem

Anabell Ohitikas Stichwunde gewaschen hatte, tastete sie den Unterleib ab, ob eines der Organe geschwollen war oder sich irgendwo größere Mengen Blut angesammelt hatten. Offensichtlich hatte er Glück im Unglück gehabt und die Klinge nur wenig Schaden angerichtet. Anabell nahm eine Handvoll Salbeiblätter, die noch immer in dem Sud schwammen und drückte sie über der Einstichstelle aus. Öliger Saft tröpfelte auf die Wunde, dann legte sie einen Verband an und widmete sich der Schussverletzung. Auch hier wusch sie zuerst alles Blut ab. Ohitikas Körper war sehnig, die Haut hatte einen hellen Bronzeton. Mehrere Narben verschiedenen Alters verteilten sich scheinbar symmetrisch einige Fingerbreit unter den Schlüsselbeinen. Anabell wunderte sich nur kurz, dann forderte die Schusswunde ihre gesamte Aufmerksamkeit. Das austretende Blut war zäh und dunkel, die Hautränder verkrustet. Das Blut kam aus der Tiefe. Die Kugel steckte tief im Fleisch.

Anabell tastete die Schulter ab. Nein, es gab wirklich kein Austrittsloch. Wie sollte sie nun das Geschoss entfernen? Zweifel überkamen sie. Könnte sie es ohne die passenden Instrumente schaffen? Die Kugel saß zu tief, um mit einem Messer in der Wunde nach ihr zu suchen. Die Klinge würde mehr Schaden anrichten als nutzen.

Anabell holte tief Luft. Mit einem geflüsterten Bittgebet auf den Lippen tastete sie noch einmal über Ohitikas Schulter. War dort nicht eine kleine Wulst? Sie nahm beide Hände zur Hilfe und drückte.

Ohitika schlug stöhnend die Augen auf, und Anabell zuckte erschrocken zurück. »Ich, ich … die Kugel«, stotterte sie.

»Sie lassen zu, dass eine Wasicu …« Ohitika stieß einige Worte aus, die in Anabells Ohren nach einem deftigen Fluch klangen.

»Die Kugel muss heraus, Mister Ohitika.«

»Nur Ohitika«, stöhnte er, dann fasste er plötzlich ihre Linke und drückte sie. Sein Blick machte ihr Angst. »Hol die Kugel heraus, Anabell. Der Große Geist hat unsere Lebenspfade nicht grundlos miteinander verwoben. Hol sie raus.«

Anabell biss die Zähne zusammen und nickte. Sie erklärte ihm, dass die Kugel fast aus seinem Rücken ausgetreten war und sie versuchen würde, sie von dort zu entfernen. Ihr Patient willigte ein und setzte sich mit ihrer Hilfe auf. Die Bewegung musste für seinen Unterleib die Hölle sein, doch er biss nur grimmig die Zähne zusammen und verlor keinen Laut.

Die Sonne stand bereits tief, und die Strahlen fielen am Piniendach vorbei bis zu ihrem Patienten. Auch auf Ohitikas Rücken entdeckte Anabell Narben, ähnlich wie auf der Brust. Sie wusch die Schulter und das Messer mit dem Kräutersud. Der Schnitt in unversehrte Haut fiel ihr schwer. Ohitika stieß zischend Luft aus, während er die Zähne vor Schmerz fest aufeinanderpresste.

Nur noch ein weiterer winziger Schnitt, und die Kugel glitt fast von allein heraus.

Anabell war grenzenlos erleichtert. Nicht vorzustellen, wenn sie Ohitika geschnitten und das Geschoss einen ganz anderen Weg durch den Körper genommen hätte.

Sie ließ ihrem Patienten die zerdrückte Bleikugel in die Hand fallen und legte ihm routiniert einen Verband an. Unter seinem forschenden Blick goss sie den restlichen Salbeisud in den Sand und packte die übrigen unbenutzten Stoffstreifen für einen späteren Zeitpunkt zusammen.

»Anabell.«

Sie sah nicht auf. Seine Nähe machte sie nervös.

»Anabell Arceneaux.«

Mit Schrecken wurde ihr klar, dass sie sich eigenmächtig von ihren Fesseln befreit hatte. »Es, es tut mir leid, ich musste, ich wollte …« Sie streckte ihm die Hände entgegen und schlug die Augen nieder.

Die Spanne einiger Herzschläge verstrich, und es geschah nichts. Dann spürte sie plötzlich eine Berührung an der Wange.

Ohitika strich ihr eine Strähne aus dem Gesicht, die sich aus ihrem Zopf gelöst hatte, als die Männer sie in die Büsche geschleift hatten. Männer, die nun tot waren.

Ohitikas Finger folgten der Rundung ihrer Wange, bis sie aufsah und seiner Berührung auswich.

»Danke, Anabell«, sagte er. Die Erwiderung, sie hätte ihm auch zu danken, wollte dagegen nicht über ihre Lippen kommen.

»Du musst etwas tun«, forderte der Indianer sie mit wachsender Selbstsicherheit auf. »Geh zu dem Lagerplatz der beiden Wasicu und bring die Pferde her, die dort angebunden sind. Dann kehrst du zurück und suchst alles zusammen, was dir von Wert erscheint.«

Anabell riss entsetzt die Augen auf. »Ich soll die Toten berauben? Das mache ich nicht, niemals!«

»Was ihnen gehörte ist nun mein, wie es Sitte ist. Geh und mach, was ich sage, bevor sich andere bedienen. Ich fordere ja nicht, dass du die Leichen durchsuchen sollst. Geh.«

Sie sprang auf, schüttelte den Kopf, schlug dann aber doch die Richtung ein, in der die Zelte und der Tisch standen. Die Kerle hatten versucht, ihr die Unschuld zu rauben, warum sollte sie ihnen dann nicht wegnehmen, was sie ohnehin nicht in die Hölle mitnehmen konnten!

Anabell stolperte von Ohitika fort. Ihr Kleid war völlig zerrissen, sie musste die Röcke mit einer Hand raffen, um nicht über die Säume zu fallen. Das Erlebte saß ihr noch immer im Nacken, wie eine große Hand, die einen wehrlosen Welpen gepackt hielt. Anabell fühlte sich genauso hilflos und ausgeliefert. Und doch lief sie, Schritt für Schritt über knirschenden Kies.

Ihr war glücklicherweise nichts angetan worden. Anabells Augen würden nicht so leer sein wie die von Maria.

Ihre gesamte Kopfhaut tat weh. Die Kerle hatten ihr beim Versuch, sie festzuhalten, das Haar büschelweise ausgerissen. Doch bis auf die Schmerzen in den Schultern und zahlreiche Blutergüsse an Armen und Beinen war sie glimpflich davongekommen.

Weil Ohitika sie gerettet und sein Einschreiten beinahe mit dem Leben bezahlt hatte. Wenn sich seine Wunden entzündeten, konnte es immer noch passieren.

Eigentlich war nun der perfekte Zeitpunkt, um eine Flucht zu wagen. Doch Anabell verwarf den Gedanken sofort wieder. Es erschien ihr wie Verrat. Sie konnte ihren Retter nicht zum Sterben zurücklassen. Außer ihr schien sich niemand in dem Lager um den Fremden kümmern zu wollen.

Aus dem Dickicht von Mimosen und Kreosotbüschen kam ein beständiges lautes Summen. Ein Chor Abertausender von Wildbienen. Das Geräusch ging ihr an die Nerven. Genauso hatte es in dem Versteck geklungen, wo die Männer versucht hatten, ihr Gewalt anzutun.

Anabell war froh, als sie endlich den roh gezimmerten Holztisch durch das Dickicht entdeckte. Der Wind hatte die Spielkarten fast alle auf den Boden geweht, wo sie nun wie seltsame Tiere über den Sand huschten. Die Männer würden nie wieder zu ihrem Spiel zurückkehren, und das war auch gut so, dachte Anabell grimmig und sah sich im Lager der beiden Toten um. Tatsächlich standen nicht weit von einem kleinen Leinentuch, das sie zwischen zwei Stämmen gespannt hatten und wohl das Nachtlager darstellte, vier Pferde. Zwei waren gesattelt, zwei dienten offenbar zum Wechseln oder als Packtiere. Anabell ließ kurz den Blick schweifen, doch um Säcke und Kisten zu durchwühlen, fehlte ihr der Mut. Hastig nahm sie eine Pistole und ein Pulverfläschchen an sich, sowie einen luftgetrockneten Schinken, der vom Ast einer Akazie baumelte, und ging zu den Pferden. Den Gurt samt Pistole und das würzig duftende Fleisch hängte sie über das Sattelhorn.

Sie würde beide Hände brauchen, um die Tiere zu führen. Kurzerhand verknotete sie ihre zerrissenen Röcke, damit sie nicht mehr schleiften, band die Pferde los und zerrte sie in Richtung des Unterstandes. Die Indianerinnen beobachteten sie aus einiger Entfernung. Anabell war sich sicher, dass mittlerweile jeder im Lager wusste, was geschehen war, dennoch hielten sich alle fern. Zumindest von Maria und der kleinen Carlita hätte sie erwartet, dass sie kamen und sich nach ihrem Wohlergehen erkundigten.

Doch Anabell schob auch diesen Gedanken beiseite und zog die Pferde hinter sich her, bis sie Ohitika erreichte. Der Indianer lag flach ausgestreckt auf seinem Krankenbett und sah ihr unter halb geschlossenen Lidern entgegen. Als er schwieg, band sie die Pferde einfach in der Nähe an und hockte sich in den Schatten eines Baumes. Den Rücken an den Stamm zu drücken und die raue, knotige Borke sogar durch die Stäbe der Korsage zu spüren, tat unglaublich wohl. Der Geruch der warmen Rinde umfing sie und war wie Balsam für ihre Seele. Endlich meinte sie die Ausdünstungen der widerlichen Männer nach Schweiß, Tabak und Lust, die sie noch immer auf ihrer Haut wähnte, nicht mehr zu riechen.

Bei dem Versuch des Dunkelhaarigen, sie zu küssen, hatte er eine Spur aus klebrigem Speichel auf ihrem Hals hinterlassen.

Die Übelkeit kam ganz plötzlich. Anabell erbrach sich gleich neben ihrem Sitzplatz in den Sand und scharrte das Erbrochene sofort mit dem Fuß zu. Die Erinnerung und das elende Empfinden blieben.

Sie musste den Geruch loswerden und mit ihm das widerliche Gefühl, das deren Berührungen hervorgerufen hatten. Das Bedürfnis, sich in den eiskalten Wassern des Creek zu waschen, wurde beinahe übermächtig. Entschlossen verließ sie den Platz unter dem Baum und stand plötzlich vor Maria.

Die Indianerin schien sie unendlich lange anzusehen, ihr Blick so forschend, als könne sie in Anabells Seele lesen.

Schließlich hatte sie die Information, die sie suchte, gefunden. Ihre Mundwinkel zuckten als Ausdruck der Erleichterung nach oben.

Erst jetzt fiel Anabell das Bündel auf. Die Indianerin hielt es ihr entgegen. Es war zweifelsohne für sie.

Vorsichtig nahm sie die Gabe an. Es war ein schlichter heller Wollrock und eine passende Bluse mit rot umsticktem Saum, wie die Indianerinnen sie in den Missionen getragen hatten.

Woher hatte Maria gewusst? Ein Blick genügte. Anabell drückte den Stoff, der entfernt nach Kiefernharz roch, an sich und ging in die Richtung, wo sie das Wasser schon verheißungsvoll rauschen hörte.

Maria folgte ihr schweigend. Anabell wollte in dem Lager nicht mehr allein sein, und auch das schien die unerwartete Freundin zu wissen.

Mit einem kurzen Drücken ihrer Hand verabschiedete sich Maria von ihr. Anabell hatte ihr zerrissenes Kleid fortgeworfen. Die geschenkte Wollkleidung schmiegte sich an ihren noch feuchten Körper und war ungewohnt rau. Dennoch fühlte sich Anabell wie neugeboren.

Das Wasser war eisig gewesen. Abertausend winzige Nadelstiche hatten jeden Fingerbreit ihrer Haut malträtiert und gereinigt. Jetzt erinnerte sich nur noch ihr Herz an die erlittene Angst. Ihre Haut duftete nach dem Kraut der Indianer, das ihr Maria anstelle von Seife gegeben hatte. *Castilleja* nannten es die Spanier, und Anabell wollte sich die hilfreiche rot blühende Pflanze merken.

Ihr Haar lag als nasser schwerer Zopf über ihrem Rücken. Das heraustropfende Wasser ließ sie frösteln, während sie mit raschen Schritten zu Ohitika zurückkehrte.

Die Sonne senkte sich bereits über die weichen Hügel der Berge, und die ersten Kojoten stimmten, verborgen vor den Augen der Menschen, ihre wehmütigen Lieder an.

Ohitika war nicht allein.

Anabell stolperte beinahe, als sie den schlanken Krieger bemerkte, der neben dem Unterstand hockte und offenbar mit Ohitika sprach. Sein dichtes Haar lag breit über seinem Rücken. Schwere Silberspangen schmückten seine bloßen Arme, die hellen Leggings waren mit perlenbestickten Streifen verziert. Kein Zweifel: Waniyetu war gekommen.

Anabell fragte sich, ob es jetzt leichter oder schwerer werden würde. Jetzt war jemand da, um sich um Ohitika zu kümmern. Eine Flucht in der schützenden Dunkelheit widerspräche also nicht dem Gebot der Nächstenliebe. Allerdings war nun auch jemand gekommen, der sie mühelos wieder aufspüren konnte. Die Situation war vertrackt.

Anabells Schritte wurden immer langsamer. Sie verschränkte die Arme vor der Brust.

Waniyetu sah erst auf, als sie den Unterstand beinahe erreicht hatte, und erhob sich mit einem Lächeln, das auf seinem ernsten Gesicht sehr fremd wirkte.

»Shung'wakan manu!«, rief er erfreut aus. Anabell wurde den Verdacht nicht los, dass die Worte ein Name waren.

Er nahm ihre Hand und drückte sie kurz. »Danke für helfen, … Bruder mein.«

»Das war Christenpflicht«, entgegnete sie schnell und zog ihre Hand fort. Waniyetus Miene wurde ernst. Sie sah, wie er nach Worten suchte. Sein Blick schweifte ab, er öffnete den Mund, schwieg und versuchte es dann erneut. »Die Männer«, begann er, »geht es dir gut?«

Anabell fühlte, wie ihr kalter Schweiß die Haut klebrig werden ließ. Es war klar, was er meinte. Ohitika musste ihm von dem Vorfall erzählt haben. Sie nickte schnell. »Ja, ja, es geht mir gut, nichts passiert.«

Die Erleichterung in seinem Gesicht war ehrlich. »Du bei Ohitika, … nicht weglaufen«, sagte er, wies auf den Verwundeten und ging davon. Anabell ließ sich in den Sand sinken, der noch warm von der Abendsonne war, und sah dem Indianer ungläubig nach. Die Mimosenbüsche verschluckten bald seine Gestalt, und sie war allein mit Ohitika, der in einen tiefen Erschöpfungsschlaf gefallen war.

Die Beine angezogen, den Kopf auf die Knie gestützt, betrachtete sie den Schlafenden. Er sah auf seine Weise gut aus. Die dunklen Schatten, die sich unter seine Augen gelegt hatten, vertrugen sich nicht mit dem jungen und zugleich markanten Gesicht. Die Wangenknochen waren nicht ganz so ausgeprägt wie bei Waniyetu, die Nase scharf und gerade, die Lippen ebenmäßig. Ein wenig konnte Anabell nachvollziehen, warum die Indianerin Zica den Krieger mit dem weichen Blick einer Verliebten betrachtete.

Sie wird sich sicher Sorgen machen, dachte Anabell und wunderte sich, warum Waniyetu sie nicht mit hierhergebracht hatte, nachdem ihm doch offenbar ein Bote von dem Kampf und dessen Folgen berichtet hatte.

Anabell wandte den Blick ab. Wie es wohl Lewis erging? Ob er von der Verletzung genesen war?

Nachdem sie Ohitika kämpfen gesehen hatte, bestand für sie kein Zweifel mehr daran, dass er Lewis ohne Weiteres hätte töten können. Dass er kein Mitleid mit seinem Gegner kannte, hatte er ebenfalls bewiesen. Anabell schauderte. Also war Lewis wirklich nur verschont worden, weil sie im letzten Moment geschrien und so Ohitikas Aufmerksamkeit erregt hatte.

Lewis fühlte sich noch immer ein wenig schwach, doch die Wut, die in seinem Herzen brannte, vermischt mit der Angst um Anabell, gaben ihm die nötige Kraft, um den beiden Fährtensuchern entgegenzutreten.

Selten waren ihm derart zwielichtige Gestalten unter die Augen gekommen, doch der erste Eindruck war zweitrangig. Wie Arceneaux von mehreren erfahren hatte, waren sie in ganz Alta California die Besten im Aufspüren menschlicher Fährten. Wenn sie nicht Verbrecher jagten, auf die Mexikos Regierung ein hohes Kopfgeld ausgesetzt hatte, fingen sie für die Padres entflohene Indianer ein, die man von Gottes Botschaft nicht überzeugt hatte, oder beschafften ihnen Heidenkinder für die Klosterschulen.

Nun saßen Ned Montano und sein Kumpan, der den Spitznamen Reaper Jack trug, in Arceneaux' Arbeitszimmer. Sie verpesteten den kleinen Raum mit den Ausdünstungen ihrer seit Monaten nicht gewaschenen Körper, dazu kam Pferdeschweiß und Tabak. Der sehnige, pockennarbige Jack schob beständig einen Pfriem Kautabak von einer Backe in die andere, scheinbar ratlos, ob er in dem vornehmen Haus seines Auftraggebers auf den blank gescheuerten Holzboden spucken durfte oder nicht. Sein zerfurchtes Gesicht war sonnenverbrannt, die dünnen, glatten dunkelblonden Haare standen in starkem Kontrast dazu. Den mit Salzrändern verkrusteten Hut hatte er nicht abgenommen. Eine Unverschämtheit in Arceneaux' Augen, doch auch der überging die äußere Erscheinung der menschlichen Bluthunde geflissentlich. Um Anabell zu finden, waren sie auf ihre Dienste angewiesen.

Ned Montano übernahm für beide das Reden. Er sah aus wie das Gegenteil von Jack, ebenso dreckig, doch muskulös wie ein Stier. Seine Augen waren groß, dunkel und vorstehend, fast könnte man seinen Blick für dümmlich halten. Die Verschlagenheit eines Mörders war ihm so gut wie nicht anzusehen.

Er rieb sich über seinen Bart, der das weiche Gesicht noch breiter erscheinen ließ.

»Es ist nur so, Sir«, brummte er, »Jack und ich arbeiten immer zu zweit. Ihre Jungs würden uns nur aufhalten.«

Arceneaux erhob sich, die Hände auf den massiven Schreibtisch gestützt und bedachte die Killer mit einem eisigen Blick.

»Ich biete Ihnen verdammt viel Geld, meine Herren! Entweder nehmen Sie den Auftrag nach meinen Bedingungen an oder Sie verlassen mein Haus und zwar auf der Stelle!«

Die Männer tauschten einen Blick. Reaper Jack zuckte mit den spitzen Schultern. »Nur die beiden, kein Mann mehr«, sagte er mit dünner Stimme, »und das Kommando habe ich.«

Nun war es an Arceneaux zu entscheiden. Er nickte. »Lewis Dearing wird entscheiden, ob und wann die Suche abgebrochen wird, alles was mit der Fährte zu tun hat, ist Ihre Sache.«

»Dann haben wir einen Deal, Señor Arceneaux!«

Sie standen auf und reichten einander die Hände. Lewis hatte ein mulmiges Gefühl dabei, diesen zwielichtigen Gestalten die Suche nach Anabell zu überlassen, aber was sollten sie sonst tun?

Er begleitete Montano und Reaper Jack, er wollte gar nicht wissen, womit der Dürre den Namen des Sensenmanns verdient hatte, in den Hof. »Ich erzähle Ihnen gerne alles, was ich von dem Überfall weiß«, erbot er.

»Nicht nötig, Señor Dearing«, erwiderte Montano und widmete sich der Aufgabe, sein Sattelzeug zu überprüfen. Als er den Gurt stramm zog, versuchte der Gaul ihn zu beißen, woraufhin ihn der Kopfgeldjäger in den Bauch trat. Lewis verzog missfallend den Mund. »Wie wollen Sie Anabell denn finden, sie ist schon fast zehn Tage fort!«

»Das lassen Sie unsere Sorge sein.«

»Wie?«

Der Mann spuckte aus, Lewis knapp vor die Stiefel. »Wenn Sie wissen wollen wie, satteln Sie ihr Pferd und beeilen Sie sich.«

Lewis zog nachdenklich die Stirn kraus. Die Schatten waren bereits lang, der Hof lag im warmen Schein der Nachmittagssonne. Sie würden höchstens noch eine Stunde Licht haben, dann brach die Nacht herein, und selbst für die besten Fährtensucher war das Neumondlicht nicht ausreichend.

Er hatte weder Proviant für die lange Reise gepackt noch seine Schlafrolle für kalte Nächte.

Er wollte nicht noch eine Frage stellen und bei den Männern den Eindruck erwecken, als sei er begriffsstutzig oder gar wehleidig. Reaper Jack befreite die beiden Packpferde, die die Männer mit sich führten, von Lasten und Bündeln, und beantwortete so Lewis' ungestellte Frage: Sie würden noch einmal zur Hazienda zurückkehren, bevor sie endgültig die Verfolgung aufnahmen.

Es folgte ein scharfer Ritt durch Dämmerung und hereinbrechende Nacht, den Lewis in jeder Faser seines Körpers zu spüren glaubte. Nein, er war wirklich noch nicht ganz genesen, doch das ging niemanden etwas an.

Noch immer hatten ihn weder Reaper Jack noch sein bärbeißiger Kumpan eingeweiht, was sie vorhatten.

Als sich die nahen Hügel der Coastal Ranges als weiche Linie gegen den Nachthimmel abzeichneten, hielten sie auf einen kleinen Creek zu, der nur einige Schrittbreit Wasser führte.

Die Aufgaben waren schnell verteilt.

Lewis blieb mit Jack auf dem diesseitigen Ufer, Montano überquerte den Wasserlauf und bezog hinter einer Felsengruppe Position. Gut verborgen zwischen Kalksteinfindlingen und Salbeisträuchern begann das Warten. Zuerst hatte die Aufregung Lewis den Schweiß auf die Stirn getrieben, doch als dann immer länger nichts geschah, begann er sich zu fragen, ob das alles überhaupt einen Sinn hatte. War die ganze Suche nach Anabell nicht ein wirres Hoffnungsgespinst, dem er und ihr Vater gemeinsam nachhingen, weil sie ihren frühen Tod einfach nicht akzeptieren wollten?

Der Knoten in seiner Brust, den er seit dem Indianerüberfall spürte, schmerzte immer mehr. Ja, über das Ende der geliebten Frau nachzudenken, tat verdammt weh, viel mehr, als sich der irrsinnigen Hoffnung hinzugeben, sie sei irgendwo da draußen und warte auf ihn.

Sie sollten der Wahrheit ins Gesicht sehen. Anabell war tot. Das verwundete Pferd hatte sie in die Wildnis verschleppt, wo sie dann hoffentlich ein schnelles Ende gefunden und Gott sie vor Leid verschont hatte.

Die beiden Kopfgeldjäger schienen das anders zu sehen. Doch Lewis machte sich keine Illusionen. Sie waren auf Arceneaux' Geld aus, und der hatte ihnen versprochen, nach erfolgloser Suche zumindest einen Teilbetrag auszuzahlen.

Die Summe wäre noch immer fürstlich.

Als Lewis gerade überlegte, die gesamte Aktion abzubrechen und mit Anabells Vater ein vertrauliches Gespräch zu führen, gesellte sich ein beständiges, dumpfes Geräusch zu dem Chor der Nachtvögel.

Ein Reiter näherte sich im Trab. Noch war er nicht zu sehen, doch der Hufschlag des Pferdes hallte in der Nachtstille von den niedrigen Felsen wider.

Reaper Jack bewegte sich so langsam, als verliefe die Zeit für ihn nach anderen Regeln. Seine schmalen Schultern bewegten sich unter dem Jackenstoff wie Schlangen, während er sein Gewehr in Position brachte. Der Kopf senkte sich ein wenig.

Lewis wusste nicht, wohin er schauen sollte, auf den Schützen oder das Ziel? Wollten sich die Kopfgeldjäger bemerkbar machen und den Mann stellen? Woher hatten sie überhaupt gewusst, dass er diesen Weg nehmen würde?

Der ahnungslose Reiter lenkte sein Pferd nahe am Wasser entlang, wo man zwar seine Spuren auf den groben Kieseln nicht so leicht entdecken würde, der Hufschlag aber verräterisch laut war.

Beim Näherkommen offenbarte die Silhouette ein mageres, womöglich altes Tier. Der Reiter war besser genährt und saß schläfrig und ein wenig zusammengesunken im Sattel.

Lewis' Begleiter schoss ohne Vorwarnung, und auch auf der

anderen Seite leuchtete ein Mündungsfeuer auf. Das Pferd riss den Kopf hoch und brach dann ohne einen einzigen Laut unter dem Reiter zusammen. Der Mann rannte ein Stück, bis eine Kugel direkt vor seinen Füßen einschlug, dann blieb er stehen und reckte die Arme hoch.

Gemeinsam mit Reaper Jack und Ned Montano rannte Lewis den Hang hinab. Der Mann, der dort mit erhobenen Händen ausharrte, war ein Missonsindianer. Er trug schlichte helle Wollkleidung und einen breitkrempigen Hut. Das Haar war vor einer Weile geschnitten worden und reichte bis zum Kinn. Sein Gesicht war rundlich wie seine Leibesmitte. Offenbar führte er ein gutes Leben im Schutz der Padres.

»Nicht schießen, nicht schießen, Señores!«, wiederholte er mit dünner Stimme.

»Wir haben nur ein paar Fragen«, schnarrte Montano.

Im Hintergrund röchelte das Pferd. Keiner der Männer schien es aus seinem Elend erlösen zu wollen. Lewis zögerte kurz. Das Leid des Tieres zerrte an seinen Nerven, doch er wollte auch nicht verpassen, wenn die Männer den Indianer verhörten. Doch vorerst schienen sie nur ihren Spaß mit ihm haben zu wollen. Sie stießen ihn mit den Gewehrkolben, beschimpften ihn als dreckigen Wilden und traten ihm in die Kniekehlen. Lewis' Entscheidung war gefallen. Noch im Gehen zog er seine Pistole. Dem klapperdürren Gaul lief schaumiges Blut aus der Nase und er sah ihm mit glasigen Augen entgegen. Der Knall echote durch den Creek, und das Tier lag sofort still. Lewis schob die rauchende Waffe zurück in den Gurt, als etwas seine Aufmerksamkeit auf sich zog. Zwei Gewehre ragten aus einem Bündel Schaffelle. Er zog sie heraus. Es waren gute Waffen, keine alten Flinten, wie sie die Rothäute sonst trugen. Es war mehr an diesem Kerl als der erste Blick vermuten ließ. Reaper Jack und Montano hatten einen guten Riecher gehabt.

Als Lewis zu ihnen zurückkehrte, hatten sie dem Indianer bereits ordentlich zugesetzt. Sein Gesicht war geschwollen, der Hut war zum Spielball des Windes geworden.

Jack verpasste dem Mann einen heftigen Schlag mit dem Gewehr. Montano fing den Indianer auf, bevor er zusammenbrach, und schleppte den halb besinnungslosen Mann dank seiner Bärenkräfte mühelos in die Deckung eines Weidengestrüpps.

»Was macht so ein Kerl mit guten Gewehren?«, meinte Lewis und ließ die Waffen außer Reichweite des Indianers auf den Boden fallen.

»Das werden wir gleich wissen.«

»Kaffee?«, fragte Montano an Lewis gewandt. »Es wird ein Weilchen dauern, bis er redet. Reaper hat da seine speziellen Methoden. Wenn diese verlausten Wilden eines sind, dann zäh, selbst so ein Fettsack wie der da.«

Lewis zuckte mit den Schultern und folgte dem anderen. Rasch sammelten sie einige trockene Äste zusammen. Lewis schlug Feuer und wandte Reaper Jack und seinem Opfer den Rücken zu. Er musste nicht unbedingt zusehen, aber die Schreie des Indianers berührten ihn auch nicht allzu sehr. Er klang nicht anders als die Sklaven, wenn sie auf der Plantage die Peitsche zu spüren bekommen hatten. Und wenn er etwas über Anabell erfahren würde, dann war sein Leid es auf jeden Fall wert. In einer Sache gab er den Männern recht. Die Rothäute waren dem Untergang geweiht. Ihr Land gehörte zivilisierten Menschen. Nun gut, Reaper und Montano konnte man wohl schwerlich als solche bezeichnen, doch Leute wie die Dearings und Arceneaux sehr wohl. Die Indianer hatten Pech. Im Gegensatz zu den Afrikanern waren sie nicht mal für die schwere Arbeit auf dem Feld zu gebrauchen. Kein Wunder, dass es kaum noch welche in Louisiana gegeben hatte, der Westen würde der Entwicklung bald folgen. Er wusste genau, wie entsetzt Anabell wäre, wenn sie seine Gedanken hören könnte. Lewis hatte sie nie mit der Realität, die das Leben auf der Plantage mit sich brachte, behelligt. Seine zarte Anabell. Er mochte ihre träumerische weiche Art. So sollte eine Frau sein, genau so. Er wollte sie beschützen, hätte es mit der ganzen Welt aufgenommen, um sie in Sicherheit zu wissen. Doch dafür musste er sie erst einmal finden. Lewis stocherte im Holz herum und schob ein wenig trockenes Gras zu den glimmenden Funken. Bald züngelten die ersten Flammen hoch. Er hasste es, bei der Suche nach Anabell auf die beiden Halunken angewiesen zu sein.

Montano kehrte mit einer kleinen Blechkanne vom Creek zurück, schüttete etwas gemahlenen Kaffee hinein und stellte sie in das Feuer. Die Flammen knisterten und zischten.

Als der Kaffee gekocht war und Lewis gerade den letzten Tropfen mitsamt dem krümeligen Satz in den Sand kippte, erstarben die Schreie des Indianers und gingen in ein Wimmern über.

»Hallo, Dearing«, rief Reaper Jack zu ihm herüber und wischte unterdessen sein blutiges Messer an der fleckigen Kleidung seines Opfers ab.

Lewis war sofort auf den Beinen. Der Wilde war kaum noch wiederzuerkennen. In seinen weit aufgerissenen Augen glänzte das Weiße. Reaper stieß ihn mit dem Messer an. Am Ende seiner Kräfte, berichtete der Gefolterte unter Tränen von den Lagern der Pferdediebe in den Bergen, mit denen er Handel getrieben hatte.

»Wir suchen eine Frau, blondes langes Haar…« Lewis brauchte gar nicht weiter zu beschreiben.

»Ja, ja, die Frau aus der Mission. Sie ist dort.«

»Anabell?« Lewis' Herz schlug plötzlich bis in seine Kehle und hämmerte jeden anderen Gedanken aus seinem Kopf. Er fiel neben dem Indianer auf die Knie und packte ihn an den Schultern. »Was ist mit ihr? Wo ist sie, wo?«

»Sie, sie ist eine Gefangene, sie gehört einem der Anführer!«

»Nein! Sie gehört mir!«, brüllte Lewis.

»Immer mit der Ruhe, Junge«, brummte Montano und legte ihm eine Hand auf die Schulter. »Wir bekommen schon raus, wo sie ist.« Lewis nickte geschlagen und überließ die weitere Befragung dem dürren Kopfgeldjäger. Reaper Jack entlockte dem Indianer jedes noch so winzige Detail über das Lager, in dem Anabell zuletzt gesehen worden war.

»Kann ich gehen, kann ich jetzt gehen?«, wimmerte der Fremde, als alle Fragen beantwortet waren, und zitterte dabei am ganzen Leib. Im Schein des kleinen Lagerfeuers wirkte Reapers Gesicht wie eine gespenstische Fratze. Er grinste zufrieden, die Wangen hohl, wie ein Totenschädel. Plötzlich war Lewis klar, wie er zu seinem Namen gekommen war.

»Klar kannst du gehen, in die Hölle!«

Er stieß dem Mann die Klinge in die Kehle, als töte er eine Ziege. Der Indianer hauchte sein Leben gurgelnd aus. Lewis war überrascht. Andererseits hatte er auch nicht erwartet, dass sie ihren unfreiwilligen Informanten nach dem Verhör laufen lassen würden. Eigentlich hatte er sich über das Problem bislang überhaupt keine Gedanken gemacht.

»Müssten wir ihn vergraben?«, erkundigte er sich bei Montano, der den Rest des Kaffees in das Feuer goss und die Glut mit dem Stiefel zuscharrte.

»Nein, eine tote Rothaut interessiert niemanden.«

Reaper machte sich unterdessen am Kopf des Toten zu schaffen. Lewis hatte bislang nur vom Skalpieren gehört, es zu sehen ekelte ihn an. »Was soll das?«

»Die mexikanische Regierung hat ein Kopfgeld auf Apachen ausgesetzt«, gab der Dürre zurück.

»Aber das ist kein Apache. Selbst ich weiß, dass sie weiter im Süden unterwegs sind.«

Reaper Jack warf ihm den Skalp zu. Lewis fing ihn aus Reflex auf und kämpfte damit, die warme, nasse Haut nicht vor Ekel fallen zu lassen. Der Kopfgeldjäger beobachtete ihn amüsiert.

»Und? Wer erkennt schon den Unterschied? Sind sie erst mal so weit, sehen die Rothäute alle gleich aus.«

Lewis hatte nichts hinzuzufügen. Er wollte das Ding nur loswerden und warf den Skalp zurück. Jack ging zu seinem Pferd und knotete ihn an den Sattel, wo er wie ein purpurnes Abzeichen baumelte, und stieg auf. Ihre Arbeit hier war erledigt. Morgen ging es in die Berge zu Anabell. Lewis' Herz war leicht. Wie schnell sich doch das Blatt wendete. Seine Anabell war nicht verloren. Sie lebte, und das keinen Tagesritt entfernt von ihm.

Der Indianer, der sie gestohlen hatte, würde ihn von einer Seite kennenlernen, die selbst der ungehorsamste Sklave der Dearings sich nicht vorstellen könnte!

Es dauerte drei Tage, bis Ohitikas Fieber gesunken war. In der Zwischenzeit war Anabell allein mit ihm und Waniyetu. Der Bruder des Verwundeten war zwar über die Zeit nicht gesprächiger geworden, doch er zeigte ihr die Kräuter und Pflanzenteile, die er verwendete, um Ohitikas Fieber zu senken und die Entzündung des Fleisches abzuwenden. Schon die Nonnen hatten Anabell die Bedeutung von Weidenrindentee gelehrt, und Waniyetu zeigte ihr die Baumarten mit der stärksten Wirkung. Sie rieb die Rinde klein, gab sie in kaltes Wasser und kochte sie ganz langsam auf. Der Indianer überließ es ihr, seinem Bruder den bitteren Tee einzuflößen, der gegen Fieber und Schmerzen gleichermaßen half. Unterdessen schlug er auf einem flachen Stein Weidenbast weich, um ihn auf die Verletzungen zu legen.

Die anderen Indianer waren am Tag nach dem Unglück weitergezogen, als wäre das Tal durch das vergossene Blut unbewohnbar geworden. Anabell hätte gerne noch einmal mit Maria oder der kleinen Carlita gesprochen, doch sie waren fort.

Waniyetu schien die Barriere, die ihnen die Sprache auferlegte, zu hassen.

Nachdem er gemerkt hatte, dass Anabell Interesse für die Heilpflanzen der Indianer aufbrachte und auch selbst einiges an Wissen besaß, versuchte er, ihr mit vielen Handzeichen und wenigen Worten zu erklären, welches Kraut wozu gut war.

Auf kurzen Streifzügen in Sichtweite des Unterstandes zeigte er ihr einen kugeligen Strauch, der Anabell an eine Mischung aus Lavendel und Flieder erinnerte. Waniyetu schlug mit einem kleinen Beil ein Stück Rinde ab, und sie verstand, warum der Busch Rotwurzel genannt wurde. Er gab ihr Tee aus den Blättern zu trinken, der nicht nur gut schmeckte, sondern auch Entzündungen der Schleimhäute heilte. Sie probierte die kleinen, mehligen Früchte des Manzanitastrauches und lachte, als Waniyetu ihr vorführte, wie er sich mit den borstigen Blättern die Zähne putzte.

Am Morgen des vierten Tages schwitzte Ohitika heftig, und dann war das Fieber so plötzlich fort, wie es gekommen war. Es war Zeit aufzubrechen.

Anabell half dabei, eine Trage aus jungen Weidenschösslingen zu bauen, die zwischen zwei ruhigen Packpferden befestigt wurde.

Ohitika protestierte, da er reiten wollte, doch Waniyetu bestand auf die Trage, und der Kranke fügte sich.

In den vergangenen Tagen war es Anabell beinahe so vorgekommen, als sei sie keine Gefangene, sondern freiwillig bei den Männern. Das änderte sich, als die Pferde gesattelt waren und sie aufbrechen wollten. Als Waniyetu mit dem Seil auf sie zutrat, stiegen ihr Zornestränen in die Augen.

»Das kann doch nicht dein Ernst sein!«

Waniyetu stand einfach nur mit ausdruckslosem Gesicht da und wartete. Anabell war fassungslos. Glaubte er, sie ließe sich einfach so wieder zur Gefangenen machen?

»Ohitika, ich habe dich gepflegt, ich habe nicht versucht zu fliehen«, wandte sie sich an den Mann, dem sie angeblich gehörte, und trat zu ihm. Der Krieger stand mit Mühen aufrecht und lehnte sich gegen die Krankenbahre. Unter dem Bronzeton seiner Haut lauerte die Blässe eines Menschen, der dem Tod gerade noch entkommen war.

Anabell bebte vor Wut. Sie hielt die Arme dicht an den Körper gepresst. Erst als Ohitika ihre geballte Faust berührte, merkte sie, wie sehr der Zorn sie beben ließ.

»Anabell«, mahnte Ohitika sanft. »Ich bin dir dankbar für deine Fürsorge, aber ich traue dir nicht. Wenn ich dich auf einem Pferd reiten lasse, wäre die Versuchung für dich zu groß. Du weißt, mein Bruder würde nicht von meiner Seite weichen.«

Anabell starrte ihn einfach nur an, diesen erschreckend gut aussehenden Mann, der über ihr Leben entschied. Der Hass, den sie in den ersten Tagen für ihn empfunden hatte, war zurück. Seine Berührung bemerkte sie kaum.

»Weißt du, wie mein Bruder dich nennt?«, erkundigte er sich ruhig. Sie blieb still. »Shung'wakan manu.«

Ja, diese indianischen Worte hatte sie aus Waniyetus Mund schon oft vernommen. Ohitika benutzte sie selten, doch er tat es ebenfalls. Hatten sie ihr also einen Spitznamen in ihrer Sprache gegeben. Schön. Es überraschte sie kaum.

»Es bedeutet Pferdediebin, Anabell, und ist ein ausgesprochen starker Name für eine Frau. Wenn du auf der Stute reiten würdest, die einst dir gehörte, würdest du dann nicht versuchen, auf ihr zu entkommen?«

Anabell presste die Zähne aufeinander, bis ihr Kiefer schmerzte. Tatsächlich hatte sie genau das vorgehabt. Widerstrebend ließ sie zu, dass Ohitika ihre Linke nach vorn zog. Waniyetu reichte ihm das geflochtene Lederseil, und dann schlang sich wieder der Riemen um ihre Gelenke, und sie fühlte sich plötzlich brüchig wie angeschlagenes Glas. Ein wenig mehr Druck, ein unbedachtes Wort und sie würde zerspringen vor Schmerz, vor Scham und Zorn.

Waniyetu sagte etwas auf Lakota, dass Ohitika innehalten ließ. Anabells Blick begegnete dem seinen. Seine Augen, die von einem leuchtend warmen Braun waren, blickten sie forschend an. »Anabell, mein Bruder hat etwas vorgeschlagen. Er glaubt, du seist anders als die Weißen, die er bislang kennengelernt hat. Er glaubt, du verstündest den Wert eines Versprechens, das nicht nur mit dem Mund, sondern auch mit dem Herzen gegeben wird. Wenn du bei deiner Seele und deinem Gott schwörst, nicht zu fliehen, reitest du als freie Frau.«

Anabell war wie erstarrt. Sie sah Waniyetu an, dann Ohitika. Sie meinten, was sie sagten, aber konnte sie dieses Versprechen auch geben? Einen Meineid bei Gott und ihrer Seele zu schwören, wagte sie nicht. In den vergangenen Tagen war es ihr leichter gefallen, bei den Indianern zu leben, die Brüder waren nicht so grausam und wild, wie sie zuerst gedacht hatte. Aber das änderte nichts daran, eine Gefangene zu sein. Konnte sie schwören, bei ihnen zu bleiben, bis Lewis kam, um sie zu befreien? Wenn er sie befreite, lief sie nicht weg, die Gefahr des Eidbruchs bestand dann nicht mehr. Doch was geschah, wenn ihr Verlobter nicht kam oder sie nicht fand? Ohitika drückte ihre Linke, die er hielt, ohne das Seil abzunehmen oder weiter darumzuwickeln.

»Nun, Shung'wakan manu, wie denkst du darüber?«

Anabell nahm allen Mut zusammen, denn sie fürchtete sich vor der Antwort. »Wirst du mich jemals gehen lassen, Ohitika?«

Er wechselte einen schnellen Blick mit seinem Bruder. In dieser Sache schienen sie sich einig. »Ja, werde ich. Du sollst wieder eine freie Frau sein.«

Hoffnung ließ ihr Herz höher schlagen. »Wann?«

Er zuckte mit den Schultern. »Der Große Geist hat unsere Wege miteinander verflochten. Ob es gut ist oder schlecht, weiß ich nicht, ich bin nur ein einfacher Krieger. Unser weiser Mann, Wambli Mato, wird die Antwort wissen. Wenn ich seinen Rat erfahren habe, entscheide ich.«

Anabell atmete tief durch. Eine genauere Angabe über den Zeitpunkt ihrer Freilassung würde sie wohl nicht bekommen.

Ihre Kehle fühlte sich an, als glühte darin ein Stückchen Kohle, sie war heiß und genauso trocken.

»Also gut, dann schwöre ich bei Gott. Ich werde nicht versuchen zu fliehen.« Für einen Moment fühlte es sich an, als hätte sie selbst die Tür zu ihrem Käfig zugezogen und den Schlüssel so weit fortgeworfen, wie sie konnte.

Ohitika sagte nichts, sondern lächelte nur. Anabell riss ihre Hand aus seiner, wickelte den Lederriemen ab und warf ihn zusammengeknüllt gegen die Schulter ihres Entführers. Er sollte nicht glauben, dass sie ihre Gefangenschaft jetzt leichter ertrug.

Ohitika fing die Fessel auf und schwieg. Als Waniyetu kurz darauf Grace zu Anabell führte und ihr auf den bloßen Rücken ihrer heiß geliebten Stute half, ging es ihr besser.

Sie erreichten das Tal am späten Nachmittag. Die Beschreibung des indianischen Schmugglers war präzise gewesen. Die beiden Kopfgeldjäger ritten voran, Lewis mit Rasmus hinterher. Arceneaux' ehemaliger Aufseher führte die beiden Packpferde und war mit seiner Aufgabe alles andere als zufrieden. In Lewis' Augen war er seinem ehemaligen Herrn gegenüber undankbar und aufsässig, doch das war das Problem von Arceneaux und nicht seines. Er selbst hatte genug damit zu kämpfen, sich trotz seines angeschlagenen Zustandes aufrecht im Sattel zu halten.

Die Wachposten, von denen der Indianer berichtet hatte, waren allesamt unbesetzt, und sie vertaten viel Zeit damit, sich heimlich anzunähern, bis sie es herausgefunden hatten. Die Pferdediebe mussten ihr Lager abgebrochen haben. Doch wenn Reaper Jack recht behielt, dann würden sie mit ihren mehreren Dutzend Stück Vieh leicht zu verfolgen sein.

Der Killer pfiff ein munteres Liedchen, während sie über brüchige Kalkhänge immer weiter hinaufritten. Zu beiden Seiten breitete sich monotones Chaparral aus. Die Vegetation der Trockenregion bestand fast ausschließlich aus verdrehten Manzanitabüschen, einzelnen Wacholdern und harzenden Kiefern. Hin und wieder schwirrten schillernde Kolibris vorbei auf der Suche nach Honigweiden, die sie hier nicht finden würden. Die Hitze war sengend. Stechfliegen quälten Pferde und Reiter gleichermaßen. Erdgrillen schickten aus ihren Verstecken monotone, schrille Töne herauf, wie eine Schar winziger, geigender Teufel.

Lewis folgte dem Beispiel der Fährtensucher, schob sich gegen den Durst ein Blatt eines Manzanitabusches in den Mund und kaute lustlos darauf herum.

Als sie den höchsten Punkt erreichten, präsentierte sich das Tal fast als durchgehendes Blätterdach. Die Pferdediebe hatten wirklich ein gutes Versteck gefunden. Unter den Weidenbäumen waren die Pferde gut vor neugierigen Blicken geschützt gewesen. Lewis konnte es kaum erwarten, den Lagerplatz zu erreichen und abzusuchen.

Sie teilten sich auf und durchstreiften das gesamte Areal. Ausgerechnet Rasmus war es, der schließlich einen schrillen Pfiff ausstieß. Lewis bahnte sich einen Pfad durch ein dorniges Mimosendickicht, bis er den Wasserlauf erreichte. Noch ein Stückchen am Ufer entlang, dann sah er den Mischling mit etwas winken.

Lewis riss ihm das Kleid aus den Händen und presste den fleckigen Seidenstoff an sich. Fast war ihm, als könnte er Anabells Parfüm noch immer daran riechen.

»Damit erübrigt sich die Frage, ob es von ihr ist«, sagte Rasmus trocken und setzte sich, von Lewis abgewandt, auf einen Felsen, den das Wasser zu einem flachen Rund geschliffen hatte.

»Es ist ihr Hochzeitskleid, du hast sie selbst darin gesehen, sie war die schönste Braut …«

»Ja, ja, heben Sie sich das für jemand anderen auf, Dearing.«

Lewis ließ die Arme mit dem Kleid sinken. Gut, das Kleid hatte ihn ein wenig aus der Fassung gebracht, dennoch hatte der Mischling nicht das Recht, in der Weise mit ihm zu sprechen. »Dein Herr hat wohl vergessen, dir das richtige Benehmen beizubringen!«, fuhr er ihn an. »Wag es ja nicht noch einmal, so mit mir zu sprechen!«

Rasmus war aufgesprungen und drückte Lewis ein Messer an die Kehle. »Ich habe keinen Herrn, ich hatte noch nie einen, Dearing, also pass du auf, wie du mit einem freien Mann redest.«

Lewis schlug zu. Rasmus stürzte zu Boden, das Messer flog aus seiner Hand. Nun richtete Lewis die Pistole auf seinen Widersacher, das warme Gefühl an seiner Kehle ignorierte er. Wütend ließ Lewis das Kleid fallen und zielte entschlossen mit seiner Waffe auf den Mann am Boden.

Rasmus schien nicht klar zu sein, wie kurz er davorstand, eine Kugel in den Kopf zu bekommen. Im Moment war es Lewis völlig egal, welchen Stellenwert Arceneaux seinem Vorarbeiter zumaß, doch Rasmus beantwortete die Frage selber.

»Du hast es noch nicht mal geschafft, meine kleine Schwester zur Frau zu machen, und schon spielst du dich auf, als seist du der Thronfolger, pah!« Er spuckte Lewis vor die Füße und stand auf. Die Pistole schien er überhaupt nicht als Bedrohung wahrzunehmen.

Lewis starrte sein Gegenüber fassungslos an. Plötzlich fügte sich alles wie ein Puzzle ineinander. Warum Arceneaux den Mischling mit nach Alta California gebracht hatte, warum er ihn so oft ins Vertrauen zog und auch weshalb Rasmus kaum Interesse daran hatte, dass Anabell gefunden wurde.

Genau in diesem Moment kamen Reaper Jack und Montano durch das Mimosengebüsch. Lewis steckte seine Waffe weg und wischte sich das Blut von der Kehle.

»Sie war hier!«, rief er den Kopfgeldjägern zu.

»Dann vergeuden wir keine Zeit. Die Spuren führen südwärts, sie haben drei, vielleicht vier Tage Vorsprung. Das Vieh macht sie langsam.«

Sie waren schon viel zu lange in ihrem Versteck. Die mexikanische Regierung scherte sich zwar nicht allzu sehr um Viehdiebe, doch irgendwann würden auch sie den Bitten der Siedler nachgeben und Soldaten in die Berge schicken. Mit ihnen konnten es seine Krieger nicht aufnehmen, nicht wenn sie ihre Beute behalten wollten. Sie mussten fort, und zwar bald. Eine Entscheidung war unausweichlich, und Ohitika war derjenige, der sie zum Wohle aller treffen musste.

Die Stichverletzung im Unterleib plagte ihn. Reiten konnte er nur kurze Strecken. Die gestohlenen Pferde selbst bis in den Süden zu treiben, war daher unmöglich.

Anabell kümmerte sich noch immer um seine Genesung. Waniyetu hätte es ebenso gut gekonnt und mittlerweile sogar er selbst, doch Ohitika ahnte, was sich sein Bruder dabei gedacht hatte. Ja, es stimmte, die Wasicu gefiel ihm mit jedem Tag ein wenig mehr. Sie hielt sich an ihr Versprechen, und er war froh, sie nicht anbinden zu müssen, wie er es nicht mal mit seinen Pferden oder Hunden tat.

Anabell hielt die Besuche bei ihm so kurz wie möglich, doch auch sie hatte die Scheu vor ihm verloren, und in manchen Augenblicken schien sie sogar vergessen zu können, dass er sie geraubt hatte.

Geraubt! Er war nicht besser als sein Vater! Ohitika versuchte den Gedanken zu verdrängen, sooft er sich den Weg in sein Herz bahnte, und das war verdammt oft. Es war Fügung, entschuldigte er sein Handeln, er konnte es nicht einfach rückgängig machen. Warum sonst hätten die Geister ihre Lebenspfade gleich drei Mal miteinander gekreuzt. Und dann die Sache mit den Pferden ... Nein, es musste mehr daran sein.

Er konnte es kaum erwarten, Wambli Mato, den Heiligen Mann des Clans, um Rat zu bitten.

Danach würde Anabell gehen können, wohin sie wollte.

Ohitika saß auf einem Büffelfell vor dem Eingang seines Tipis und ließ den Blick schweifen, bis er sie entdeckte.

Anabell hockte an dem kleinen Wasserlauf und war damit beschäftigt, das Kochgeschirr zu reinigen. Während sie den Kessel mit Händen voller Sand vom Ruß befreite, schmiegte sich ihr Kleid eng an den Körper. Sie war eine gesunde junge Frau, und seit sie das cremefarbene Ungetüm nicht mehr trug, das mit Metall, Bändern und Knochen in Form gehalten wurde, bewegte sie sich geschmeidig wie eine Katze. Das braunrote Haar hatte sie sich zu einem strammen Zopf geflochten, der im Rhythmus ihrer Bewegungen hin und her schwang. Wie es sich wohl anfühlte, ihr Haar?

Er sah ihr gerne zu. Erst als das Ziehen in seinen Lenden nicht mehr zu ignorieren war, wandte er den Blick ab.

Nein, er war wirklich nicht wie sein Vater, denn dann hätte er sich von Shung'wakan manu längst geholt, was sein Körper forderte. Eine Frau mit Gewalt zu nehmen, reizte ihn nicht. Er würde um sie werben und sie gehen lassen, wenn sie ihn nicht erhörte oder Wambli Mato sah, dass sie von bösen Geistern zueinander geführt worden waren.

Ein Grund mehr, die Entscheidung, die er zu treffen hatte, nicht länger hinauszuzögern.

Am Nachmittag versammelten sich alle um ein Mahl aus Schopfwachteln, gedämpftem Kürbis und Maisbrot, das Zica gemeinsam mit Anabell zubereitet hatte. Die Frauen sprachen kein Wort miteinander, sie versuchten es nicht einmal. Zica schien froh darüber, dass sie die Sprache der Weißen nie gelernt hatte. Sie war eifersüchtig, und das was Ohitika den Anwesenden zu sagen hatte, würde ihre Stimmung nicht verbessern.

Als alle ihre Mahlzeit beendet hatten und Zica jedem den Becher mit ihrem Lieblingsgetränk, Wasser, das mit Manazitablättern und Minze versetzt war, gefüllt hatte, begann Ohitika zu reden. Waniyetu und er hatten sich zuvor lange besprochen.

Die Gruppe würde vom nächsten Tage an getrennte Wege gehen. Der Apache Abuelo, Zica und die restlichen Krieger sollten die zum Verkauf bestimmten Pferde nach Süden treiben. Waniyetu, Anabell und er würden sich ein Versteck suchen und dort ausharren, bis er selbst wieder vollständig genesen war. »Jeden Tag, den wir hierbleiben, erhöht sich die Chance, entdeckt zu werden. Zica, Abuelo, euch beiden vertraue ich am meisten. Ihr werdet sicherlich auch für unsere Tiere einen guten Preis erzielen.«

Der Apache nickte nur. Wahrscheinlich war er sogar erleichtert, genau wie die anderen Krieger, die keinen Hehl daraus machten, wie froh sie waren, endlich losziehen zu können.

»Wir sollten uns nicht trennen!«, sagte Zica zornig. Ihr dunkler Blick ging von Ohitika zu Anabell und wieder zurück zu ihm. »Ich komme mit euch!«

»Dann sind es zu wenige, um die Pferde zu treiben, und das weißt du genau. Ich vertraue dir meine Tiere an, Zica.« Ohitika sah sie beschwörend an. »Wir sehen uns alle im Sommerlager wieder, und dann feiern wir!« Die Kriegerin schaute betreten auf ihre Hände. »Danke für dein Vertrauen«, murmelte sie.

Der Abend, der unerwartet zu einem Abend des Abschieds geworden war, dauerte lang.

Anabell hatte sich erst um die leer gegessenen Töpfe und Pfannen gekümmert und sich dann früh zum Schlafen zurückgezogen. Ausnahmsweise bedauerte Ohitika einmal nicht, ihrer Gesellschaft zu entbehren. In der eingeschworenen Gemeinschaft der Krieger war sie eine Fremde. An Abenden wie diesen fiel es besonders auf. Noch einmal riefen sie sich die verschiedenen

Überfälle ins Gedächtnis, und Abuelo, der ein besonders guter Geschichtenerzähler war, berichtete von einem Abenteuer, das er erst zwei Tage zuvor erlebt hatte.

Ohitika lachte, bis ihm alles wehtat, und erheiterte damit auch die anderen, die ihn gutmütig mit seinen Verletzungen aufzogen. Schließlich löste sich die Gesellschaft langsam auf. Als Ohitika von den Büschen wiederkehrte, wo er sich erleichtert hatte, saß nur noch Zica am Feuer.

Sie erhob sich, sobald sie das Knirschen seiner Schritte im Sand vernahm, und wandte sich zu ihm. Langsam kam sie näher. Ihr Gang war wiegend. Weiblich. In Gegenwart der anderen Männer versuchte sie immer alles, damit diese sie als Kriegerin und nicht als Frau sahen. Für Ohitika wollte sie Frau sein. Feuerschein vergoldete das Büffelfell um ihre Schultern. Er war dabei gewesen, als sie ihn erlegt hatte und zum ersten Mal bewies, dass sie mehr war, mehr sein wollte als ihre Altersgenossinnen.

Wie er sie nun auf sich zukommen sah, wunderte sich Ohitika wieder, warum er nie in Liebe zu dieser Frau entbrannt war. Aber Gefühle ließen sich nicht erzwingen, auch nicht von ihm.

Ihre Blicke begegneten sich.

Zica wusste es schon lange. Jetzt endlich schien sie eine Entscheidung getroffen zu haben. »Ich gehe, wie du es von mir verlangst«, sagte sie, die Stimme voller Trauer und Enttäuschung und noch etwas anderem: Begehren.

Er hob die Hand und strich ihr über die Wange. »Es tut mir leid, Zica. Was nicht ist …«

Sie nickte langsam und nahm seine Hand. »Wenn ich heimkomme, bin ich eine andere Frau, ich vergesse alles, was vor dem morgigen Tag geschehen ist, alles, aber heute ….«

Ihre Berührung war kraftvoll, als wollte sie die unausgesprochenen Worte mit Gewalt durch seine Haut treiben. Er hielt dagegen. Schmerz zuckte durch seine Schulter, doch das war in diesem Moment gleichgültig. Mit der freien Hand zog er sie an sich. Zica verschmolz mit ihm zu einem leidenschaftlichen Kuss. Als sie sich schließlich voneinander lösten, schien sich die Nacht verändert zu haben. Bis auf das ferne Heulen eines Kojoten war es still.

»*Ohitika mani wica ma'koce ta'gila*, geh ein Stück mit mir.« Zicas Aufforderung ließ nichts anderes zu, als sie zu begleiten. Sie führte ihn fort von den Tipis, wo die anderen schliefen, hinein in die Stille eines Pinienhains. Dort, unter dichten Kronen, verborgen vor den Augen der Wachehaltenden, breitete sie das Büffelfell auf dem Boden aus. Ohitika wollte sie fragen, ob sie es sich wirklich überlegt hatte. Wenn es herauskam, würde sie niemals einen Mann mit vollen Ehren heiraten können, und die Brautgeschenke würden weit magerer ausfallen. Doch Zica war sich ihrer Sache so sicher, als hätte sie es schon lange geplant.

Nur kurz hielt er sich mit ihrem weichen Hirschledergewand auf, an dem kleine Pinsel aus schwarzem Pferdehaar schaukelten, dann stand sie nackt vor ihm. Ihr Körper war sehnig. Kleine, runde Brüste reckten sich seinen Händen entgegen. Zicas Mundwinkel zuckten zu einem selbstzufriedenen Lächeln nach oben, während ihre flinken Finger über seine Hüfte huschten und die Bänder lösten, mit denen seine Leggings befestigt waren. Sie rutschten zu Boden, und er streifte sie mitsamt der Mokassins ab.

Das Mondlicht zauberte Schatten auf ihren Körper, bläulich wie Geisterhände zuckten sie über ihre Haut. Ohitika zwang sich Ruhe auf. Wenn es schon nur diese eine Nacht zwischen ihnen geben sollte, dann würde er sie langsam lieben, wie der Frühling die Grasebenen, und nicht über sie hinwegrasen wie ein Herbststurm. Gemeinsam sanken sie auf das Fell, erkundeten einander, sein Blick in die Ferne gerichtet, ihrer auf ihn, jeden Moment festhaltend.

Es gab eine Witwe im Winterlager, mit der er die ersten Freuden der Vereinigung erlebt hatte. Eine erfahrene Frau, die genau gewusst hatte, was sie wollte.

Zica hingegen war aufgeregt und flatterhaft. Sie ersehnte alles und wusste nichts. Er konnte sie mit jeder Berührung überraschen und verzaubern. Als seine Hände ihre sehnigen Schenkel hinaufwanderten, hielt sie ganz still, und als seine Finger geheimere Orte erreichten, wand sie sich und drückte eine Hand auf den Mund, um nicht laut aufzustöhnen. Er liebte sie vorsichtig und langsam und gleich darauf noch einmal mit mehr Leidenschaft. Sie blieben so lange eng aneinandergeschmiegt liegen, bis die Kälte nicht mehr zu ignorieren war. Jeder zog sich an. Still, ohne ein Wort, ohne einen einzigen Blick.

Als Zica schließlich die Kiefernnadeln aus dem Fell schlug und es sich wieder um die Schultern legte, gab Ohitika ihr einen letzten Kuss auf die Stirn. Einen Abschiedskuss.

Die Nähe, die bislang immer zwischen ihnen bestanden hatte, war fort und würde nie wieder zurückkehren, als hätten sie eine Tür hinter sich geschlossen.

Er legte ihr die Hände auf die Schultern und suchte lange ihren Blick. Eine Mischung aus Trauer und Glück lag darin.

»Wenn du ein Kind empfangen hast, bin ich bereit, es großzuziehen. Das sollst du wissen.«

Die Trauer in ihren Augen vertrieb auch das letzte bisschen Glück, ihr Lächeln war nichts als Maskerade. »Ich kann keine Kinder bekommen, Ohitika, niemals. Ich blute nicht. Der Große Geist wollte nie, dass ich eine Familie habe. Ich bin Kriegerin, und das ist gut so.«

Sie ließ ihn stehen. Er sah ihr nach, wie sie zu den Tipis zurückkehrte, die wie übergroße Lampen dastanden, von innen durch wärmende Feuer erleuchtet. Ohitika legte den Kopf in den Nacken und sah hinauf zur Milchstraße, in der mehr Lichter funkelten als Wesen über die Erde wandelten. Nun endlich verstand er die Freundin aus Kindertagen, die für eine Nacht seine Geliebte gewesen war.

Buch 4

Wokola – Respekt

And while I stood there
I saw more than I can tell,
and I understood more than I saw;
for I was seeing in a sacred manner
the shapes of things in the spirit,
and the shape of all shapes as they must
live together like one being.

Und während ich dort stand, sah ich mehr, als ich erzählen kann, und ich verstand mehr, als ich sah; denn ich erkannte die Seele aller Dinge und die Form aller Formen, wie sie als einziges Wesen zusammenleben müssen.

Black Elk, aus Black Elk Speaks

Die Krieger hatten sich aufgeteilt. Erst am Morgen, als Anabell half, die beiden großen Zelte der Indianer abzubauen, hatte sie erfahren, dass die Zeit in diesem Tal zu Ende ging.

Zica, die sie schon seit Tagen wie Luft behandelt hatte, war an diesem Morgen wie verwandelt. Sie lachte und scherzte viel und half Anabell sogar dabei, die großen miteinander vernähten Häute zusammenzurollen und sie gemeinsam auf ein Muli zu verladen. Binnen kürzester Zeit hatten Ohitika und Waniyetu die Pferde ausgesucht, die sie mitnehmen würden. Der Großteil der Herde sollte nach Süden getrieben werden. Es folgte ein schneller Abschied. Anabell glaubte kurz zu sehen, wie Ohitika und die Indianerin vertraut miteinander sprachen, dann ging die Reise los.

Anabell bekam zu ihrer Freude Grace zugeteilt. Die Stute folgte den anderen Pferden, worüber sie froh war. Die beiden Brüder lenkten ihre Tiere nur mit einem einfachen Lederseil, und es war Anabell immer noch ein Rätsel, warum die Tiere nicht einfach davonrannten. Eine Weile ritten sie auf schmalen Pfaden hintereinander her, und Anabell war ganz und gar damit beschäftigt, kleine schwarze Fliegen davon abzuhalten, ihr das Blut auszusaugen. Als sie schließlich die karge Landschaft der Kalksteinhügel verlassen hatten und sich vor ihnen weites, von Eichen bestandenes Grasland ausbreitete, beschloss sie, das Schweigen zu brechen.

»Ohitika«, rief sie dem Krieger zu. Ihr Herz raste schon, bevor er überhaupt reagierte. Sie hatte ihn noch nie um etwas gebeten oder freiwillig mit ihm geredet, wenn es nicht um das immer gleiche Thema ging: ihre Freilassung.

Mittlerweile kannte sie ihren Entführer recht gut, und die Art, wie sich seine Haltung versteifte, sagte ihr vor allem eins: Er erwartete genau eine solche Frage von ihr und war schon vorher gereizt.

Anabell wurde noch nervöser. Sein Schecke, den sie eine Zeit lang geritten hatte, reagierte wie durch Zauberhand auf den Willen seines Reiters, lief einen kleinen Bogen, und dann ritt Ohitika auch schon neben ihr.

»Du hast etwas zu sagen, Anabell?«

Sie sah ratlos auf ihre Hand, mit der sie den einzelnen Lederzügel hielt. Vielleicht war es doch keine so gute Idee.

»Anabell?« Diesmal war seine Stimme weicher, und sie fasste den Mut, ihm in die Augen zu blicken. Sie waren erstaunlich hell im grellen Licht der Mittagssonne, dennoch sah man ihm an, dass ihm die lange Zeit auf dem Pferderücken Schmerzen bereitete. Etwas, das er nie zugeben würde.

»Ich weiß nicht, wie man auf diese Weise ein Pferd lenkt«, gestand sie ein und hob die Hand mit dem Zügel.

Ohitika lächelte gewinnend. *»Lena lakol wicho'ghun yilo.«*

»Das verstehe ich nicht.«

»Dann solltest du lernen, es zu verstehen. Das ist die Art der Lakota, sagte ich. Ich werde es dir zeigen. Unser Weg ist noch weit, wir haben Zeit.«

Anabell nahm sich fest vor, auf indianische Art reiten zu lernen. Es faszinierte sie, wenn Ohitika davon sprach, dass die Pferde wüssten, wo der Reiter hin will, wenn man nur intensiv an die Richtung oder ein Ziel dachte. Der Zügel war nur dafür da, im Notfall anhalten zu können. Anabell probierte es, sah starr zu einem Baum auf ihrer Linken, und Grace drehte tatsächlich ab. Es war unglaublich. Sie lachte laut. »Das ist Zauberei!«

»Keine Zauberei, Anabell. Es kommt aus dem Herzen. Alle Wesen, die auf Mutter Erde leben, sind *Mitakuye oyasin*, unsere Verwandten. Die Vierbeiner, die Geflügelten und die Brüder im Wasser, wir sind eines. Wir sind alle miteinander verbunden.«

Anabell sah ihn an. Erlaubte er sich einen Scherz mit ihr? Nein. Aus Ohitikas Miene sprach die Überzeugung. »Tief im Herzen sprechen wir alle die gleiche Sprache, Anabell. Du musst dir nur die Mühe machen, aufmerksam zuzuhören.«

Er ließ seinen Schecken antraben und schloss zu seinem Bruder auf. Es war das erste Mal, dass sie wünschte, er wäre länger in ihrer Nähe geblieben.

Eine Weile sah sie auf seinen bloßen, braun gebrannten Rücken, in dem die Muskeln spielten, dann konzentrierte sie sich wieder auf Grace. Wenn Ohitika recht hatte und es eine gemeinsame Sprache des Herzens gab, dann wollte sie lernen, ihre Stute zu verstehen.

Am Abend kampierten sie erneut gut verborgen in einer kleinen Senke. Zwei Tage später, nach einem Ritt quer durch duftende Pinienwälder, lag ihr Ziel vor ihnen. Erst glaubte Anabell, die Indianer planten, die kleine, versteckt liegende Farm zu überfallen, doch sie machten keine Anstalten, sich heimlich zu nähern oder Waffen zu ziehen. Anabells Nervosität schwand.

Es war Abend, die Sonne lag schon fast hinter dem Horizont. Die Schatten waren lang und blau, und die Natur schien von besonderem Duft erfüllt: Gras, Baumharze und ferner Salzgeruch.

Als sie aus dem Wäldchen herausritten, hielt Waniyetu plötzlich sein Pferd an und hob unauffällig die Hand. Ohitikas Aufmerksamkeit gehörte sofort ihm.

Dann sah auch Anabell den Hirsch, der auf einer kleinen Lichtung äste und nicht in ihre Richtung sah. Waniyetu glitt lautlos vom Pferderücken. Geduckt, Pfeil und Bogen schussbereit, schlich er davon.

Anabells Brust wurde eng. Sie bedauerte das prächtige Tier, aber gleichzeitig dachte sie an all das zarte Fleisch, das der junge Bock liefern würde. Nach Wochen, in denen sie ihre Mahlzeiten mit mageren Vögeln und – wenn sie Glück hatten – einem Hasen bestreiten mussten, war ein Hirschfilet wie ein wahr gewordener Traum.

Waniyetu verschmolz mit dem hohen Gras, das in den Spitzen bereits trocken war, und dann war er gar nicht mehr zu sehen. Gebannt starrte sie auf den Hirsch, der den Kopf gesenkt hatte und aus einem kleinen Bachlauf trank.

Dann sprang das Tier plötzlich auf, lief einige Schritte und drehte sich nach dem Jäger um. Waniyetu erhob sich. Der Hirsch stieß einen schrillen Ton aus, der irgendwie verwundert klang. Anabell verstand nicht, warum Waniyetu nicht endlich schoss und warum er seine Deckung aufgegeben hatte. Dann bemerkte sie den dunklen Fleck im Hirschfell. Der Wapiti schien einen letzten tiefen Atemzug zu nehmen, dann fiel er um.

»Mitten durch das Herz«, kommentierte Ohitika.

»Ich hab den Pfeil gar nicht gesehen.«

»Er ist auf der anderen Seite wieder ausgetreten. Komm.«

Anabell ritt hinter ihm den Hang hinauf.

Waniyetu kniete bei dem erlegten Hirsch, die Handflächen zum Himmel erhoben, als würde er beten.

»*Hahó, hahó*«, sagte Ohitika feierlich und wartete, bis sein Bruder seinen Dank an das tote Tier und den Schöpfer beendet hatte. Gemeinsam wuchteten sie den Hirsch auf den Rücken eines nervösen Packpferdes und ritten weiter auf einem gewundenen Pfad den Hang hinab.

Anabells Stute wieherte. Von der Wiese hinter der Hütte kam Antwort. Ihre Ankunft war nun nicht mehr geheim.

Eine zierliche Frau, die offenbar im Hof die Hühner gefüttert hatte, sah auf und ließ vor Schreck die kleine Schüssel mit Brotkrumen fallen.

Ohitika hob die Hand, sie winkte zögernd zurück.

Im schnellen Trab überbrückten sie das letzte Stück zum Haus. Jetzt sah Anabell, dass die junge Frau ein Wickeltuch mit einem

Säugling darin umgebunden trug. Sie schien nervös, aber auch erfreut, die Indianer zu sehen.

Anabell hielt sich im Hintergrund. War die junge Mutter Ohitikas Frau? Das kleine Kind seines? Überrascht unterdrückte sie ihre leichte Enttäuschung und stieg vom Pferd.

»Forrest, wie schön dich zu sehen!«, rief sie aus.

Ohitika sah als Erstes das Kind an, dann begrüßte er die Frau mit einem flüchtigen Kuss auf die Wange. Aber hatte Anabell richtig gehört? Sie nannte ihn Forrest?

»Wo ist mein Vater?«, erkundigte er sich.

»Er bessert Zäune aus und ist sicher bald zurück.«

Ohitika bedeutete Anabell näher zu kommen. Sie wurde der jungen Mutter vorgestellt und erfuhr auch deren Namen. Magdalena Crawford und ihr Sohn Benjamin.

»Das ist mein Bruder, Waniyetu«, erklärte Ohitika.

Waniyetu gab Mrs. Crawford die Hand. »Es bedeutet Winter«, übersetzte er seinen Namen und lächelte entwaffnend.

Anabell machte sich daran, die Pferde von ihren Lasten zu befreien. Sie wusste, jetzt war nicht der richtige Zeitpunkt, die verwirrenden Familienverhältnisse zu ergründen. In ihrem Kopf hatten sie auf jeden Fall ein heilloses Durcheinander gestiftet.

Wenn Ohitikas Vater hier lebte, wie konnte es dann sein, dass die Frau seinen Bruder nicht kannte? Ohnehin benahm sie sich weder wie seine Schwester noch seine Frau.

Ohitika entledigte sich bis auf seinen Schurz aller Kleidung und überraschte damit nicht nur Anabell, sondern auch Magdalena, die mit geröteten Wangen im Haus verschwand.

Er schob sich an Anabell vorbei zum Packpferd und lud sich den Hirsch über die Schulter. »Geh rein und hol ein paar Schüsseln von Magdalena«, ordnete er an und war schon mit dem Hirsch hinter dem Haus verschwunden.

Anabell tat, was er sagte, und bekam von der Hausherrin auch noch eine kleine Blendlaterne gereicht.

Als sie zu Ohitika hinter die Hütte trat, hatte dieser den Hirsch bereits mit dem Kopf nach unten an einem Balken aufgehängt. Rasch zog er ein Messer mehrmals über einen kleinen Schleifstein.

Die Luft roch schon jetzt nach Blut und dem würzigen Moschusduft des Hirschfells. Bald würden sich unangenehmere Nuancen darunter mischen, doch übel wurde Anabell von den Ausdünstungen der Innereien schon länger nicht mehr. Unwillkürlich dachte sie an die Zeit in Louisiana zurück. Vor zwei Jahren hatte sie noch geglaubt, die Zeit im Kloster und die Ausbildung in der Heilkunde seien das einzige Abenteuer, das sie je bestehen würde. Nun stand sie neben einem halb nackten Wilden, den sie zu ihrem Entsetzen immer anziehender fand, und hielt Holzschüsseln, während er einem Hirsch den Bauch aufschlitzte.

Mit einem nassen Platschen ergoss sich graues Gedärm in die größte der Schüsseln, die Ohitika unter das Tier gestellt hatte. Anabell nahm ein wenig Abstand. Der Wind wehte von ihr weg und ersparte ihr das Meiste.

»Magdalena will sicherlich eine Suppe kochen«, meinte Ohitika und legte Anabell nacheinander Herz, Lunge und Leber in die Schüssel. Sie hielt noch immer die flackernde Laterne und stellte erstaunt fest, dass Waniyetu tatsächlich das Herz des Tieres getroffen hatte. »Dein Bruder ist ein guter Schütze«, bemerkte sie, und als hätte er sie gehört, trat Waniyetu plötzlich zu ihnen.

Ohitika sagte etwas, und beide lachten, dann griff er in die Schale und schnitt einen schmalen Streifen von der Leber ab. Waniyetu, der offenbar genau deshalb hergekommen war, nahm das Stück mit spitzen Fingern und aß es mit großem Genuss. Anabell schwankte zwischen Ekel und Neugier. Ohitika nahm sich selbst ein Stück und schloss beim Kauen genießerisch die Augen. Als er schließlich Anabells kritischen Blick bemerkte, nahm er ihr die Blendlaterne aus der Hand, hängte sie an einen Haken und spießte dann für sie ebenfalls ein Stück purpurrotes Fleisch auf.

Er grinste ermunternd, die Lippen blutverschmiert, und sah damit aus wie eine Mischung aus einem Wilden und einem verführerischen Höllenboten. Na gut, warum sollte sie es nicht probieren. Selbst gegarte Eichhörnchen hatten sich als Delikatesse herausgestellt.

»Es ist gut, na los!«, forderte er sie auf und hielt ihr das Stückchen vor den Mund.

»Dafür schuldest du mir was«, gab sie zurück und öffnete den Mund. Es war lauwarm, salzig und besaß den typisch würzigen Geschmack von Hirschfleisch. Sah man von der Konsistenz ab, war es alles andere als ekelig.

Als sie die neugierigen Blicke der Brüder sah, die sie anschauten, als erwarteten sie eine Ohrfeige, musste sie lachen.

Nachdem sich beide noch ein Stück gesichert hatten, brachte Anabell die Schale hinein zu Magdalena, die in einem großen Kessel bereits Wasser erhitzte und Maiskörner einweichte.

Die junge Frau bedankte sich, schien aber nicht zu wissen, wie sie ein Gespräch mit der Fremden beginnen sollte.

Anabell eilte zurück nach draußen. Waniyetu hatte sich wieder den Packpferden zugewandt, und so half sie Ohitika dabei, den Hirsch zu häuten. Aufgrund der noch nicht gänzlich verheilten Schussverletzung in der Schulter konnte er nur eine Hand zum Ziehen benutzen. Gemeinsam ging es leichter, und bald konnte Anabell das Fell aufrollen.

»Weißt du, wie man es bearbeitet?«, fragte Ohitika, als er sah, dass sie es einfach zur Seite legte.

»Nein, tut mir leid. Ich kann dir sicherlich ein hübsches Taschentuch mit Initialen besticken oder einen Kräutertee gegen Kopfschmerzen zubereiten, aber nein, das kann ich nicht.«

»Macht nichts. Die Frauen werden es dir daheim zeigen. Magdalena kann es behalten. Ich hoffe, sie hat bei den Priestern nicht alles verlernt.«

»Sie war in einer Mission?«, fragte Anabell erstaunt.

Ohitika sah von seiner Arbeit auf. Seine Augen schienen beinahe schwarz, nur das Licht der Laterne reflektierte sich in ihnen und offenbarte Ohitikas plötzlichen Zorn. »Ja, die Soldaten der Graukutten haben sie ihren Eltern gestohlen und für Jahre im Kloster eingesperrt. Sie haben sie verprügelt, damit sie ihre eigene Sprache und die Geschichten ihrer Großmütter vergisst. Ihr Rücken ist voller Narben …«

Ohitika stieß einen Fluch auf Lakota aus und löste mit einem gekonnten Schnitt Schulter und Vorderbein des Hirsches. Anabell wusste nicht, was sie antworten sollte. Sie hatte gesehen, wie die Franziskaner mit den Eingeborenen umgingen, und sie hieß es alles andere als gut.

»Ich wünschte, sie würden es nicht machen«, sagte sie schließlich und seufzte.

»Reden wir nicht darüber, sonst sage ich am Ende noch Dinge, über die ich besser schweigen sollte.«

Ohitika hob unversehens den Kopf. Anabell sah in die Richtung, in die er blickte. Ein einzelner Mann führte ein Muli am Strick und näherte sich mit raschen Schritten der Farm.

Anabell merkte sofort, wie sich Ohitikas gesamte Haltung versteifte, als erwarte er einen Kampf. Er hätte am liebsten eine Waffe gezogen.

»Kennst du den Mann?«, erkundigte sich Anabell flüsternd.

»Jasper Crawford. Mein Vater.«

Anabell hatte der seltsamen, wortkargen Begrüßung von Vater und Sohn beigewohnt, der ein ebenso stilles Mahl folgte. Nun lag sie auf dem Dachboden des kleinen Blockhauses und versuchte zu schlafen. Magdalena hatte sich mit dem Säugling früh zur Ruhe begeben, Waniyetu sein Lager in der Scheune aufgeschlagen.

Ohitikas sonst so lautlosen Schritte hallten aus dem Untergeschoss hinauf. Wenn sie durch die Ritzen zwischen den Bodendielen hinabspähte, konnte Anabell sogar sehen, wie er unaufhörlich hin- und herlief. Der Indianer trug eine bestickte Lederhose und ein schlichtes Leinenhemd, was ihm ein fast schon zivilisiertes Aussehen gab. Das Haar hatte er sich zu einem einzelnen langen Zopf gebunden. Auf den üblichen Zierrat wie Biberfellstreifen, rote Bänder oder Federn verzichtete er.

Der alte Crawford, ein bärtiger Trapper mit schütterem dunkelgrauen Haar und sonnenverbrannter Haut, saß noch immer auf der Bank am Esstisch und beobachtete gereizt seinen Sohn, der sich wie ein Tier im Käfig verhielt. Die Männer stritten, seit sie allein waren.

Crawford beschuldigte seinen Sohn, für die Pferdediebstähle verantwortlich zu sein, hatte jedoch keine Beweise, denn die neun Tiere, die die Brüder mit sich führten, waren bis auf Grace allesamt unmarkiert. Ohitika, oder Forrest, wie er von Crawford genannt wurde, schwieg zu der Anklage.

Anabells Anwesenheit hingegen ließ sich nicht verschweigen. Es war offensichtlich, dass sie gegen ihren Willen bei den Indianern war.

Anabell hoffte, Mr Crawford könne ihren Entführer zum Umdenken bewegen, doch sobald er das Thema anschnitt, lenkte Ohitika das Gespräch auf seine eigene Mutter, und Crawford stieß allenfalls noch einen deftigen Fluch aus, bevor er verstummte. Der Streit wogte hin und her, bis Ohitika schließlich aus der Hütte stürmte und nicht mehr wiederkehrte. Die plötzliche Stille im Haus war gespenstisch. Anabell lugte erneut zwischen den Brettern hindurch.

Crawford stand auf, holte aus einem kleinen Schrank eine Flasche hervor, goss sich ein Glas voll und stürzte die klare Flüssigkeit hinunter. Er nahm beides mit zum Tisch.

Nachdem er noch zwei weitere Schnäpse getrunken hatte, wankte er zur Treppe, stapfte hinauf und legte sich bei seiner jungen Frau zur Ruhe. Anabell hörte sie eine Weile flüstern, dann schlief sie ein.

Anabell bemerkte das große Silberkreuz, das Magdalena an einer Kette trug, während sie ihr dabei half, Feuerholz zu einem kleinen Lehmofen zu tragen. Über dem kleinen kuppelförmigen Konstrukt befand sich eine schlichte Überdachung, die vor Regen, aber mehr noch vor der brennenden Sonne Alta Californias schützen sollte. Zweimal in der Woche fachte die junge Frau den Ofen an, um frisches Brot zu backen. Magdalena richtete sich auf und schob das silberne Glaubenssymbol zurück unter den Kragen ihres hochgeschlossenen Kleides. Also hatte sie sich trotz der schlechten Behandlung durch die Padres zum Christentum bekehren lassen, oder vielleicht gerade deshalb. Anabell gab es einen kleinen Hoffnungsschimmer. Vielleicht waren Magdalena und sie einander näher, als sie geglaubt hatte.

»Gibt es hier eine Kirche, Schwester?«, erkundigte sie sich.

Magdalena strahlte. »Santa Lucia ist nur zwei Stunden entfernt.«

Anabell verschlug es die Sprache. Plötzlich hatte sie weiche Knie. So nah? So nah war sie an der Estanzia ihres Vaters und bei Lewis? Die von der Indianerin genannte Kirche lag nur einen Tagesritt nordwärts davon.

Der Gedanke, sich ein Pferd zu nehmen und ihrem indianischen Namen Ehre zu machen, drängte sich auf. Sie könnte einfach nach Westen reiten, immer weiter, bis sie das Meer und den Camino Real erreichte. Von dort aus wäre es leicht, die nächste Mission oder Asistencia zu erreichen. Bei den Franziskanern und ihren Soldaten wäre sie in Sicherheit. Lewis war nur einen Tagesritt entfernt!

Und sie hatte bei Gott und ihrer Seele geschworen, nicht zu fliehen. Was für eine grenzenlose Dummheit! Die verzweifelte Sehnsucht nach den geliebten Menschen trieb ihr Tränen in die Augen. Magdalena, die gerade den rußenden Backofen anfeuerte, bemerkte es nicht.

»Ich glaube nicht, dass Ohitika es zulässt, dass wir dorthin reiten. Aber wir könnten gemeinsam hier beten«, schlug sie vor, ohne aufzusehen.

Anabell wischte sich mit dem Ärmel über die Augen und reichte ihr ein weiteres Scheit Eichenholz. »Ja, ja, das können wir.«

Eine Woche verging, in der sie ruhig und unentdeckt bei den Crawfords lebten. Die Pferde gewannen auf den üppigen Spätfrühlingsweiden ihre Kraft zurück. Ihr Fell glänzte, während sie ausgelassen über die Hügel galoppierten. Ohitika und Waniyetu hatten beide die schlichte Kleidung missionierter Indianer angelegt und vergolten Jasper Crawford seine unfreiwillige Gastfreundschaft, indem sie Reparaturen ausführten und zusätzliche Zäune setzten.

Anabell ging indes Magdalena zur Hand.

Die junge Mutter konnte ihre Hilfe gut gebrauchen. Sie freute sich über die Kräutertees, die Anabell für sie zusammenstellte, damit sie mehr Milch für das Kind hätte und es nicht mehr so oft vor Hunger schrie.

Jeden Tag hoffte Anabell darauf, Jasper Crawford einmal allein anzutreffen, um mit ihm zu sprechen. Als die Brüder zur Jagd ausgeritten waren und Magdalena ihr Kind versorgte, war es so weit. Crawford war im Schuppen und sah seine Schlagfallen durch, die er im kommenden Winter aufstellen wollte. Er ölte Scharniere und setzte neue Federn ein, als Anabell durch die offene Tür trat und abwartend stehen blieb, bis er von seiner Arbeit aufsah. Er rieb sich mit dem Handrücken über den struppigen Kinnbart und widmete sich wieder seiner Arbeit.

»Mister Crawford …«

»Ich weiß, weshalb Sie zu mir gekommen sind, und ich kann Ihnen nicht helfen, Miss.«

»Aber … ich habe doch gehört, ich …«, stotterte Anabell. Der

Mann hatte ihr abweisend die Schulter zugekehrt. Deutlicher konnte er es nicht machen.

»Ja, ich weiß, unsere Streitereien sind wohl kaum zu überhören. Wir kommen nicht gut miteinander aus, mein Sohn und ich.«

Anabell setzte sich auf einen Hackklotz und schlang die Arme um den Oberkörper, weil Crawford ihre Hoffnung zerstörte, bevor er sie überhaupt angehört hatte.

»Die Hazienda meines Vaters ist ...«

»Ich weiß, Miss. Ich weiß, wer Sie sind. Man sucht nach Ihnen, aber ich werde meinen Sohn nicht verraten!« Er blitzte sie zornig an, doch auch Schuld stand deutlich in seine Miene geschrieben. Anabell weinte. »Ich verlange doch gar nicht von Ihnen, dass Sie Ohitika den Soldaten ausliefern. Nur geben Sie einen Brief für mich auf. Sie sollen wissen, dass ich lebe, dass es mir gut geht. Ich flehe Sie an, ich appelliere an Sie als Christen!«

Er ließ das Tellereisen fallen und stand auf. Anabell kam erschrocken auf die Beine und wich stolpernd zurück, bis sie die Wand des Schuppens im Rücken hatte. Plötzlich machte ihr der Trapper Angst.

»Ich habe Forrests Mutter entführt und noch viel Schlimmeres. Ich bin der Letzte, wirklich der Allerletzte, den Sie um eine Christenpflicht bitten sollten.«

»Aber, aber ... Sie bereuen es«, stotterte Anabell nach endlosen Augenblicken des Schweigens.

Crawford wandte sich ab. »Ja«, sagte er leise, »jeden Tag. Ich wünschte, Forrest hätte keinen Grund, mich zu hassen.«

Anabell wusste nicht, was sie sagen sollte, und schlich hinaus. Der grelle Sommertag hatte für sie alles Lichte verloren.

Nach zehn weiteren Tagen bat Ohitika Anabell darum, sich noch einmal seine verheilten Verletzungen anzusehen. Anabell wusste, die lange Reise zum Sommerlager der Lakota ließ sich nun nicht mehr weiter aufschieben.

Nervös folgte sie dem Indianer über die Weide, bis er ebenen Grund gefunden hatte. Er zog sein Leinenhemd über den Kopf und legte sich hin, damit Anabell seinen Bauch abtasten konnte. Sie scheute sich immer mehr davor, ihn zu berühren. Er besaß einen schönen Körper, und Anabell war keinem Mann bislang so nahe gekommen wie Ohitika, wenn sie nach den Verletzungen in seiner Bauchhöhle tastete. Die Einstichstelle war mit rotem, festem Narbengewebe verschlossen. Vorsichtig legte Anabell ihre Fingerspitzen von beiden Seiten daneben.

Ohitikas Blick empfand sie wie kleine glühende Pfeile, die sich in sie bohrten. »Ich kann nicht, wenn du mich so anstarrst.«

Mit einem zufriedenen Grinsen auf den Lippen schloss er die Augen. »Besser?«

»Ja.« Anabell gelang es, sich auf ihre Aufgabe zu konzentrieren. Der Knoten, den sie seit dem Kampf ertastet hatte, war noch immer da, doch er wurde weicher. »Tut das weh?«

»Nein«, kam prompt die Antwort.

Anabell drückte fester zu, und als Ohitika nicht reagierte, war sie zufrieden, denn auch in der Bauchhöhle schien der tiefe Stich gut verheilt zu sein. Zögernd hob sie ihre Augen. Musterte die breiten Schultern und die sehnige Brust des Mannes, die in ihr den Wunsch weckten, ihre Finger darübergleiten zu lassen. Stattdessen zog Anabell die Hände zurück, als sei Ohitikas Haut plötzlich glühend heiß geworden. Sie fühlte sich entlarvt. Wieder fielen ihr die symmetrischen Narben unterhalb seiner Schlüsselbeine auf.

»Wie ist das passiert?«, erkundigte sie sich und berührte nun doch eine der Stellen. Ohitika fing ihre Hand ab und hielt sie fest. Sein Griff war nicht grob, aber doch fest genug, dass sie die Hand nicht einfach fortziehen konnte. Er schlug die Augen auf und setzte sich hin. »Du bist zu neugierig, Wasicu.«

»Das hat dir doch jemand mit Absicht angetan.«

Er lächelte geheimnisvoll und ließ Anabell wünschen, möglichst weit weg von ihm zu sein.

»Es ist *wi'wungwacipi wa'kan*, ein heiliger Tanz. Die höchste Form des Gebets, die uns die Weiße Büffelfrau gelehrt hat. Vielleicht siehst du ihn ... später. Die Lakota haben es nötiger denn je, die Zeremonie abzuhalten.«

Er stand auf und zog sie mit auf die Beine. »Es ist Zeit heimzukehren, Shung'wakan manu. Morgen reiten wir!«

Der Aufbruch kam auch für ihre unfreiwilligen Gastgeber recht plötzlich. Jasper Crawford wirkte traurig und gleichzeitig erleichtert, dass sein Sohn weiterzog. Womöglich käme er erst Jahre später wieder oder nie.

Für Anabell bedeutete es, dass die Chance, ihrem Vater und ihrem Verlobten eine Nachricht zu hinterlassen, nun endgültig schwand. In der Nacht vor ihrer Abreise suchte sie in der Hütte vergeblich nach Feder, Tinte und Papier. Entschlossen, nicht ohne eine Nachricht zu gehen, mischte sie Asche mit Wasser und schrieb mit einer angeschnittenen Hühnerfeder auf ein kleines Brettchen.

Als sie schließlich ausgerüstet mit großen Mengen Proviant in die Wildnis aufbrachen, lag das Brettchen dort, wo für über zwei Wochen ihr Lager gewesen war. Crawford oder seine Frau würden es auf dem Dachboden finden und dann, wenn Gott Anabells Gebete erhörte, die Nachricht doch noch abschicken.

Die ersten Tage ritten sie durch ein sanftes Hügelland. Wohin man auch sah, breiteten sich lockere Eichenwälder aus, in denen verwilderte Hausschweine und Truthähne reiche Beute versprachen. Kleine Bäche durchzogen das Land und bildeten hier und da Tümpel, die das Leben aus einem weiten Umkreis anzogen. Obwohl Anabell nirgends Wegzeichen erkannte, schien Ohitika immer zu wissen, wohin er ritt. Anabell bewunderte seine Fähigkeit, wagte aber nicht zu fragen, ob er ihr erklären könnte, wie er mit Sonne und Sternen die Richtung bestimmte. Sie sprach nur wenig mit den Männern, die von ihr mittlerweile erwarteten, dass sie ihnen jeden Abend etwas zu essen kochte, sich um die Vorräte kümmerte und ihre Kleidung ausbesserte. Auch die Packpferde überließen sie ihr, die restlichen Tiere folgten als kleine Herde von allein.

Anfangs hatte es Anabell beunruhigt, dass die Krieger ständig mit erhöhter Aufmerksamkeit ritten, als warte hinter jedem Hügel ein feindlicher Trupp Indianer. Doch dann gaben ihr die wachsamen Blicke ein Gefühl von Sicherheit.

Hin und wieder sah sie in der Ferne Rauch aufsteigen, der von Gehöften oder kleinen Lagern stammte, anderen Menschen begegneten sie so gut wie nie.

Eine kleine Familie, die allein mit einem Planwagen nach Westen zog, trieb ihre erschöpften Mulis im Galopp von ihnen fort, und man schien nicht einmal zu bemerken, dass Anabell ebenfalls eine Weiße war und keine Gefahr drohte. Einen Moment lang war sie empört über so viel Misstrauen, dann wurde ihr wieder klar, dass sie tatsächlich mit zwei Männern ritt, die entführten, Vieh stahlen und auch vor Mord nicht zurückschreckten. Sie hatte sich nur schon zu sehr an sie gewöhnt.

Anabell wusste im Nachhinein gar nicht mehr, wie viele Tage sie unterwegs waren. Es gab wenig Abwechslung. Von Sonnenauf- bis Sonnenuntergang saß sie im Sattel. Die Krieger wechselten die Pferde, ohne zwischendurch überhaupt abzusteigen. Meist war Anabell so überanstrengt, dass sie den ganzen Tag kaum ein Wort sprach. Am Abend fiel sie in einen tiefen Erschöpfungsschlaf, sobald sie gemeinsam gegessen hatten.

Zuerst hatten sie die Sierra Nevada durchritten; ein schier endloses Bergland, reich an harzigen Kiefern und immergrünen Eichen, dann schwanden die Hügel und mit ihnen die Bäume.

Vor ihnen lag, karg und heiß, die Wüste. Die trockene Luft sog den Reisenden die Flüssigkeit schneller aus den Poren, als sich ein Schweißfilm auf der Haut bilden konnte. Salzseen flirrten in der Sonne wie Traumbilder aus Glas. Ein irres Farbspiel in Gelb, Rosé und Violett, das Anabell trotz der quälenden Temperaturen wie ein Wunderwerk des Schöpfers erschien.

Die Indianer verlegten sich darauf, in den Morgen- und Nachtstunden zu reisen und die größte Hitze zwischen schattigen Felsen und in den seltenen Oasen zu verdösen.

In diesen Tagen wuchs Anabells Bewunderung für die beiden Sioux-Männer. Um die Pferde zu schonen, liefen sie nun die meiste Zeit, und rannten stundenlang in einem schnellen Trott voran. Anabell kannte niemanden, der das vermochte.

Ihr stummer Groll wandelte sich zu widerwilligem Respekt vor dieser Leistung, und sie tat das ihre, um es den Brüdern leichter zu machen. Sie war Ohitika dankbar dafür, weiterhin reiten zu dürfen, obwohl sie bei jedem Schritt spürte, wie schwer es die Pferde hatten. Jeden Tag wurden sie magerer, das Fell stumpf und der Blick weniger lebhaft.

Wenn sie rasteten, half Anabell dabei, die Tiere zu versorgen, dann bereitete sie ein karges Mahl zu, schleppte Wasser, wenn es denn welches gab, und reparierte Kleidung.

Ohitika zeigte ihr, wie sie mit einer kleinen Schleuder Schopfwachteln und Präriehunde erlegen konnte, um den dürftigen Speiseplan etwas aufzubessern, und verriet ihr auch, welche Kakteen viel Wasser enthielten oder süße Früchte trugen.

Am Tag, an dem sich die ersten Berge als dunkelblaue Zackenlinie weit im Osten am Horizont abzeichneten, hätte Anabell beinahe vor Freude geweint. Ohitika, der wie Waniyetu jeden Morgen mit erhobenen Armen die Sonne begrüßte und auf diese Weise zu seinem Gott betete, unterbrach seinen Lauf und dankte dem Großen Geist. Anabell sprach ein Vaterunser, und am Abend holte Waniyetu eine Trommel hervor.

Unter dem endlosen Sternenzelt der Wüste hielten sie ein kleines Fest ab, das eigentlich nicht einmal diese Bezeichnung verdiente. Sie lagerten an einem klaren Tümpel, der von einem Rinnsal gespeist wurde, das unter einer Ansammlung von Felsen hervorgluckerte. Das ärmliche Mahl bestand aus süßen Fladen, die Anabell aus Maismehl und Kaktusfeigen gebacken hatte. Fleisch gab es keines, doch Ohitika hatte gleich bei ihrer Ankunft einen wild wachsenden Kürbis entdeckt. Die reifen, jedoch bitteren Früchte garten noch in der heißen Asche des Kochfeuers, während sie sich Blüten, junge Sprosse und die gerösteten Kerne schmecken ließen.

In einer Schale zogen einige Manzanitablätter in Wasser und würden später ein köstliches Getränk abgeben. Anabell wusste, wie sehr Ohitika es liebte. Seit wann war es ihr so wichtig geworden, ihm kleine Freuden zu bereiten?

Sie sah ihn gerne lächeln. Ja, wirklich gerne. Und immer wenn sie ihn dann anblickte, gab es ihr einen kleinen Stich ins Herz. Ihre Sehnsucht nach Lewis schien mit jeder zurückgelegten Meile weniger zu werden, was sie beunruhigte. Sie konnte sich Ohitikas dunklem Blick kaum noch entziehen, und oft wollte sie es auch nicht mehr.

An diesem Abend saßen sie gemeinsam am Feuer, teilten das Essen, und später sang Waniyetu zum Trommelschlag.

Als Anabell in der kalten Nacht zu frieren begann, war es bereits spät. Ohitika stand auf und kehrte mit einem Büffelfell zurück, das er Anabell um die Schultern legte. Er ließ sich neben ihr nieder, was er eigentlich sonst nie tat.

Anabells Herz begann zu rasen. Sie wollte die wachsenden Gefühle nicht zulassen und dachte krampfhaft an Lewis, dann drängte sich plötzlich eine Erinnerung an Moja dazwischen. *Das Herz tut selten, was der Verstand von ihm verlangt*, hatte sie ihr gesagt, als sie noch ein kleines Mädchen war.

Das Fell roch nach Wild und Leder und ein wenig nach dem Mann, der fast jede Nacht darauf schlief.

»Danke«, sagte Anabell leise, zog es eng um ihre Schultern zusammen und kuschelte sich hinein.

Waniyetu saß auf der anderen Seite des Feuers. Er schien die Welt um sich vergessen zu haben, schlug leise die Trommel, summte und sang eine gleichförmige Melodie, die klang, als entsteige sie der Natur selbst.

Ohitika legte ein Stück Holz nach, und dann spürte Anabell plötzlich seine Berührung. Er strich ihr über den Rücken. Sie war wie erstarrt. Alles in ihr sehnte sich nach Berührung, nach *seiner* Berührung.

Ohitika sah einfach weiterhin in die Flammen des kleinen Kochfeuers, als sei es ganz selbstverständlich, ihren von der langen Reise müden Rücken zu massieren.

Anabell kämpfte schier endlose Augenblicke mit sich selbst, dann kapitulierte sie vor ihren Gefühlen und schmiegte sich an ihn. Ohitika atmete leise aus. Er musste die Luft angehalten haben. So selbstverständlich war es also nicht. Auch für ihn war es eine Grenze, die sie überschritten hatten.

Vorsichtig, als fürchte er, sie könnte es sich anders überlegen, zog er sie dichter an sich. Doch Anabell wollte gar nicht mehr fort. In ihrem Inneren schien ein Orkan zu toben, der lauter und lauter wütete. Sie hatte ihm nichts mehr entgegenzusetzen. Anabell lehnte sich in die Wärme Ohitikas, spürte die seidenweiche Haut seiner Halsbeuge. Seine Rechte streifte ihre Wange und strich Haarsträhnen zurück, die ihr aus dem Zopf gerutscht waren. Seine Finger waren ein wenig rau, das gefiel ihr.

Anabell neigte den Kopf.

Sie sah ihn im flackernden Feuerschein nur undeutlich, so nah waren sie einander. Ohitikas Atem strich warm über ihre Haut, in seinen Augen schwammen Lichtpunkte. Er hielt inne. Dann küsste Anabell ihn, drückte ihre Lippen weich auf seine, bis sie sich ganz leicht fühlte, wie in einer anderen Welt. Ohitika zog sie fest in seine Arme. Lang und leidenschaftlich war ihr erster

Kuss, getrieben von einem Hunger, der seit Wochen beständig gewachsen war.

Als sich Anabell atemlos von seinen glühenden Lippen löste, war Waniyetus Platz auf der anderen Seite des Feuers verwaist. Sie sah sich erstaunt um, auch seine Schlafrolle war fort, aber sie konnte ihn singen hören. Seine Stimme klang leise, weich und verwaschen vom leisen Plätschern des Wasserlaufs. Er musste irgendwo hinter den Felsen sein, bei dem dichten Hain aus Kreosotbüschen und Kakteen.

Anabell fühlte sich ertappt. Warm stieg ihr die Röte in die Wangen. Sie hatte ihn nicht vertreiben wollen, und doch war sie froh, dass Waniyetu ihnen den Platz am Feuer überlassen hatte. Jetzt waren sie ganz allein unter dem weiten, funkelnden Sternenhimmel.

Ohitika schwieg. Andächtig löste er ihren Zopf, zog die langen Flechten auseinander und legte sie um ihre Wangen, dann beugte er sich vor, um ihr einen weiteren Kuss zu stehlen. Er sagte leise ihren Lakota-Namen, weich und melodisch, Lied und Beschwörung gleichermaßen.

Anabell betrachtete nun auch den Mann, ihren Entführer, dessen Anblick ihr in den vergangenen Wochen und Monaten so vertraut geworden war. Die entbehrungsreiche Reise hatte sein markantes Gesicht noch schärfer ausgeprägt. Sein Körper war sehnig und stark. Sie war überrascht, wie leicht es ihr fiel, ihren Blicken Berührungen folgen zu lassen. Muskeln spielten unter ihren Fingern. Sie ließ sie über seine haarlose, samtweiche Brust gleiten.

Ohitika küsste ihre Kehle und ihre Schultern, murmelte schließlich etwas, das wie ein Fluch klang, und zog sie fest an sich. Seine Umarmung machte es ihr fast unmöglich, sich noch zu bewegen.

Ohitika ließ sie jedoch auch nach leisem Protest nicht los. Sie fühlte das wilde Hämmern seines Herzens, das laut gegen das ihre schlug, und dann wurde ihr plötzlich klar, dass er sie beide gerade davon abhielt, etwas Dummes zu tun. Ohitika kämpfte mit seiner Leidenschaft, um nicht hier mitten im Nirgendwo mit ihr zu schlafen. Entsetzt wurde Anabell klar, dass sie sich ihm womöglich hingegeben hätte, und war überrascht und dankbar. Sie barg den Kopf an seiner Schulter.

Ohitika, der in den Augen der Weißen nichts anderes als ein barbarischer Wilder war, bewies mehr Anstand, als ihn die meisten weißen Männer gehabt hätten.

Anabell legte ihre Hände auf seinen sehnigen Rücken, ganz still, bis das Brennen in ihr weniger wurde und ihre Herzen gemeinsam von der fiebrigen Jagd abließen. Der Kuss, den ihr Ohitika schließlich auf die Wange drückte, war beinahe keusch. Sie erwiderte ihn ebenso vorsichtig.

Eng aneinandergeschmiegt starrten sie in die Flammen, sahen den Funken nach, die knisternd in den Himmel stoben. Nun liefen sie nicht mehr Gefahr, Opfer ihrer Leidenschaft zu werden. Anabell wagte erneute Küsse, verschränkte ihre Hände mit seinen starken. Schließlich holte Ohitika weitere Decken, aus denen er ihnen ein gemeinsames Lager bereitete. Dicht nebeneinander legten sie sich zum Schlafen.

Ohitika küsste sie auf die Schläfe. »*Ca wana tan iyunkapi na waśteyela ihanblepo*«, sagte er leise.

»Was heißt das? Es klingt schön.«

»Ich wünsche dir eine gute Nacht und schöne Träume.«

Sie musste schmunzeln. Es hatte geheimnisvoller geklungen. »Das wünsche ich dir auch, Ohitika.«

Eine Weile war Anabell noch wach und ertappte sich bei dem Gedanken, dass es vielleicht gar nicht so schlimm sein würde, nie mehr nach Alta California zurückzukehren. Dann kuschelte sie sich fester in die Arme des Kriegers und schloss die Augen.

Es dauerte noch zwei Tage, bis sie die westlichsten Ausläufer der Rocky Mountains erreichten. Hier stießen sie vermehrt auf die Anzeichen weißer Siedler. Die Trails zum South Pass, auf denen Tausende von Siedlern gen Westen durch Prärie, Wüste und Berge bis hinauf zur Pazifikküste im Norden zogen, waren nur einige Tagesritte entfernt, und so mancher Reisende hatte scheinbar beschlossen, die Fahrt früher zu beenden. Am Fuße der Bergkette gab es üppige Wälder und saftige Wiesen, die von Schmelzwasserbächen beständig mit Feuchtigkeit versorgt wurden.

Von Weitem sahen sie niedrige Hütten, aus denen Rauch aufstieg, klein parzellierte Felder und Rinderherden. Die Brüder sagten nichts, doch Anabell merkte, wie sehr es den beiden missfiel. Von nun an wechselten sie sich nachts wieder mit Wachehalten ab, als glaubten sie, jeden Moment von den Weißen überfallen zu werden.

Einem Wasicu ist nicht zu trauen, pflegte Waniyetu zu sagen, und sein Bruder stimmte ihm darin zu.

Oft blieb Anabell mit wach, wenn Ohitika die erste Wache übernahm. Dann schmiegten sie sich eng aneinander und redeten leise. Ohitika war sehr interessiert an Anabells Vergangenheit, und auch sie wusste bald mehr über ihn und sein Volk, die Lakota. Die Indianer kamen ihr nicht mehr primitiv vor, wie sie es noch in den Missionen geglaubt hatte.

Nachdem sie ihn mehrfach darauf angesprochen hatte, rückte Ohitika schließlich mit der Geschichte seiner Herkunft heraus.

Wie die drei Trapper, zu denen auch sein Vater gehörte, den kleinen indianischen Jagdtrupp überfallen und die Frauen gegen ihren Willen ins Bett gezwungen hatten. Sie verstand nun, warum Ohitika Jasper Crawford ablehnte, vor allem, da er bei seiner Mutter und deren Bruder, Waniyetus Vater, aufgewachsen war.

»Ich bin Lakota«, sagte er dann, »und der Mann, der meine

Mutter schwängerte, kann das nicht ändern. Wichtig ist das hier.« Er legte sich die Hand auf die Brust.

»Das Herz?«

»Nein. Dein *Na'gi*, deine Seele.«

Anabell nickte still und überlegte, was ihre Seele war. Gab es etwas in ihr, das an die französischen Vorfahren erinnerte? War sie die Tochter ihres Vaters oder mehr ihrer Mutter, die sie nie kennengelernt hatte?

»Was denkst du, Shung'wakan manu?«

»Ich frage mich, was meine Seele ist.«

Er nahm ihre Hand und lächelte. »Das werden wir bald erfahren. Wambli Mato, unser Heiliger Mann, wird es dir sagen können. Du wirst ihm gefallen. Er mag Menschen, die sich auf Heilkunst verstehen.«

Anabell war sich nicht sicher, ob sie diesen Wambli Mato überhaupt kennenlernen wollte. »Woher will er wissen, wie mein *Na'gi,* oder wie immer ihr es nennt, aussieht?«

»Er weiß es. Und dass er es weiß, wirst du in dem Moment verstehen, in dem du in sein Tipi trittst. Seine Augen erzählen Geschichten. Er kennt alle verwandten Wesen, uns, unsere Ahnen und manchmal auch die Zukunft.«

Das Land zu Füßen der gewaltigen Berge war ein Paradies. Alles war üppig und grün. Die Pferde erholten sich von den Strapazen des Wüstenrittes, und auch Anabell und ihre beiden Begleiter genossen das kühlere Klima und die reiche Natur. In Anabell tobte ein wildes Durcheinander. Erinnerungen und die Gefühle zu Lewis verblassten vor der immer stärker werdenden Zuneigung, die sie für Ohitika empfand. Und so war sie beständig hin- und hergerissen zwischen dem Wunsch, ihrem Entführer nah zu sein, und den Schuldgefühlen Lewis gegenüber. Ihr Verlobter würde sie nicht so leicht aufgeben, das wusste sie. Er hatte seine Familie in Louisiana verlassen und ein Leben als Plantagenbesitzer ausgeschlagen, um ihr in eine ungewisse Zukunft zu folgen. Solch ein Mann gab nicht so leicht auf, wenn seine Braut vor seinen Augen entführt wurde.

Mittlerweile war sie sich sicher. Chitika hatte die Wahrheit gesagt, als er ihr schwor, ihren Verlobten nicht erschlagen zu haben. Immer wieder kehrten ihre Gedanken zu jenem schicksalhaften Tag zurück.

Es hätte der schönste ihres Lebens werden sollen. Doch nun dachte sie nur noch an den blutüberströmten Mann, der durch die Kirchentür hereintorkelte. Die Momente, die sie davor mit Lewis gehabt hatte, schmolzen zu Augenblicken zusammen und wurden in Ohitikas Gegenwart immer blasser. Die wenigen Male, die sie sich getroffen hatten, ließen sich an einer Hand abzählen. Das schreckliche Feuer, der Besuch in Lafayette, der gemeinsame Ausritt, als er ihr Grace schenkte. Zweimal waren sie noch gemeinsam geritten. Sie hatte ihn dreimal auf der Plantage besucht, und dann waren ihre Väter noch zweimal mit dabei gewesen, bevor Lewis um ihre Hand anhielt.

Mittlerweile zweifelte Anabell an ihren Gefühlen. Sie mochte Lewis, mochte ihn wirklich, und er war ihr wichtig, doch vielleicht mehr wie ein Freund oder der Bruder, den sie niemals gehabt hatte. Bei ihrem ersten Treffen hatte sie nicht geahnt, wie sich Liebe anfühlen konnte. In den Jahren im Kloster war sie kaum einer männlichen Seele begegnet. Lewis war der erste Mann, der ihr den Hof gemacht hatte, seit sie zur Frau gereift war. Sein Interesse war schmeichelnd, die Welt, in die sein Werben sie führte, schrecklich aufregend und neu.

Wahrscheinlich wäre sie sehr glücklich mit ihm geworden, wenn an dem schicksalhaften Tag die Welt nicht aus den Fugen geraten wäre.

Auch Ohitika sah ihre Begegnung als eine Fügung des Schicksals an, das war ihr mittlerweile klar geworden. Er hatte sie nicht entführt, weil er sie als Frau begehrte, das kam erst viel später.

Im Gegensatz zu Lewis hatte er es ungleich schwerer gehabt, ihre Zuneigung zu gewinnen. Es wunderte sie selbst, dass es überhaupt möglich gewesen war. Doch es war geschehen, und sie hatte nur noch Augen für ihn. Immer wenn Ohitika nicht hinsah, ruhte ihr Blick auf seinem sehnigen Körper und der geschmeidigen Art, sich zu bewegen. Sicherlich stand Waniyetu ihm in nichts nach, doch das spielte keine Rolle, ihr Herz sah ihn nicht. Anabell begrüßte jeden warmen Tag, denn dann verzichtete Ohitika auf die meiste Kleidung. Bis auf einen Schurz, Schuhe und einer Umhängetasche aus weichem Leder nahm ihr nichts den Blick auf seinen schönen Körper.

Auch an diesem Tag schien die Sonne wieder von einem beinahe wolkenlosen Himmel. Mit jedem Schritt gelangten sie höher hinauf und tiefer in die Wildnis hinein. Anabell ritt auf ihrer Stute Grace, während Ohitika voranging und seinen Schecken Xota führte. Seit sie die Tiere an einem klaren Bergsee getränkt hatten, beschlich Anabell das Gefühl, beobachtet zu werden. Sie erwähnte es nicht, doch als auch Waniyetu und Ohitika mit größerer Vorsicht reagierten, nahm ihre Nervosität zu. Die Zeiten, in denen sie sich keiner Klinge nähern durfte, waren längst vorbei, und so trug auch Anabell ein Messer an ihrem Gürtel. Bislang hatte sie damit allenfalls Gemüse geschnitten und Truthähne oder Schopfwachteln ausgenommen, doch sie war bereit, sich damit zu verteidigen, wenn es zum Äußersten kam.

Ohitika ließ sich langsam zurückfallen und lief nicht mehr voraus, sondern neben seinem Pferd. Xota wurde so zu seinem Schutzschild, falls die Gefahr tatsächlich an der Bergflanke lauerte.

»Wenn ich aufsitze, galoppieren wir sofort los«, sagte er leise und ohne sich nach Anabell umzudrehen. Also hatte sie mit ihrer Ahnung recht! Dann ging plötzlich alles blitzschnell.

Ohitika sprang auf Xotas Rücken und beugte sich ganz flach über das Pferd, das in diesem Moment lospreschte, als sei der Teufel hinter ihm her. Grace folgte wie von allein. Unter den Pferden brach Panik aus, und Anabell sah gerade noch, wie Waniyetus Fuchs links, auf der Seite der Angreifer, vorbeijagte.

Im gleichen Augenblick ertönten wilde Schreie, und mehrere Indianer rasten in halsbrecherischem Tempo die Bergflanke hinab. Die Brüder erwiderten den Angriff mit lauten Rufen. »*Hokahey*!« schreiend stellten sie sich den Gegnern. Ohitika schoss einen Pfeil nach dem anderen ab und holte damit gleich mehrere Angreifer von ihren Pferden. Pfeile zischten knapp über Anabells Kopf hinweg, dann hatte sie den schützenden Wald erreicht. Ein Packpferd brach getroffen zusammen und brachte damit auch seine panischen, wild bockenden Artgenossen zu einem unfreiwilligen Stopp.

Anabell zerrte an dem einzelnen Zügel, riss Grace' Kopf herum und brachte so auch ihre Stute zu einem abrupten Halt zwischen eng stehenden Douglasien. Von der Lichtung schallten grauenhafte Rufe. Anabell musste sehen, was dort geschah!

Sie zwang ihr widerstrebendes Pferd zurück zum Waldrand und sah gerade noch, wie ein feindlicher Krieger schreiend auf Ohitika zupreschte. Dieser holte mit seiner Keule aus. Anabell hörte den dumpfen Knall, mit dem die Waffe den Schädel des Gegners zertrümmerte, das Pferd ließ sich jedoch nicht mehr stoppen. Xota brach unter dem Aufprall in die Knie, und als der Schecke aufsprang, stand Ohitika ebenfalls und erwartete den nächsten Angreifer mit erhobener Keule und einem langen Messer in der Linken.

Waniyetu focht nicht weit entfernt. Er schoss vom Pferderücken aus und hielt sich so seine Gegner vom Leib, bis er plötzlich in der Bewegung erstarrte.

Ein Pfeil stak in seinem Rücken. Er riss ihn heraus und warf ihn fort, als sein Pferd ebenfalls getroffen wurde.

Es sah nicht gut aus. Die Brüder waren nun beide zu Fuß und sahen sich noch immer einer Übermacht von vier Kriegern gegenüber. Doch das schien sie nicht einzuschüchtern. Mit einem wilden Aufschrei rannte Ohitika einem Reiter entgegen, wich dessen Speer aus und war im nächsten Schritt bei ihm. Mit einem Sprung war er auf dem Pferd, Anabell sah sein Messer aufblitzen und kniff die Augen zusammen, um nicht sehen zu müssen, was geschah.

Als sie die Augen wieder öffnete, saß Ohitika allein auf dem Pferd seines Gegners. Waniyetu rollte mit einem anderen Krieger über den Boden. Sie schlugen wie von Sinnen aufeinander ein, dann wurde ihr durch halbhohes Gebüsch die Sicht genommen.

Ein frostiges Gefühl zwischen ihren Schulterblättern alarmierte Anabell. Sie wandte sich um und sah den Krieger erst im letzten Moment. Er hatte sich ihr durch den Wald genähert, sein Rappe verschmolz nahezu mit den dichten Schatten der Douglasien. Das Gesicht war grimmig und alterslos. Zwei weiße Streifen unter den Augen teilten es in zwei Hälften, von denen die untere komplett rot gefärbt war. Anabell, die vom Pferd gestiegen war, schien von ihm nicht wahrgenommen zu werden, oder er hielt sie für ungefährlich. Nur so konnte sie sich erklären, dass sich der Krieger von seinem Rappen gleiten ließ, um ihre Packpferde zu stehlen. Fassungslos sah Anabell mit an, wie er sich zwischen die dicht gedrängten Tiere schob, um die Führseile zu durchschneiden, mit dem sie an das tote Pferd gebunden waren. Anabell packte die kalte Wut, und dann tat sie etwas, was sie nie für möglich gehalten hätte.

Sie rammte einem Packpferd den Ellenbogen mit aller Kraft in den Bauch und setzte damit eine nicht mehr aufzuhaltende Reaktion in Gang. Das ohnehin panische Tier begann zu toben, keilte aus und steckte die anderen Pferde mit seiner Angst an. Der Krieger, der zwischen ihnen stand, war ihnen hoffnungslos ausgeliefert. Anabell hörte ihn schreien, als er von den ersten Hufen getroffen wurde. Die Geräusche waren unerträglich, doch nun ließ es sich nicht mehr aufhalten.

Nach einer Weile beruhigten sich die Tiere wieder. Das Messer fest in der zitternden Hand, die Faust vor den Mund gepresst, ging sie mit weichen Knien um die Tiere herum, bis sie den Mann sehen konnte. Die Packpferde hielten sich, soweit es die Stricke zuließen, von dem Fremden fern. Einige Tiere bluteten, wo sie das Messer des Indianers getroffen hatte. Gerettet hatte ihn sein verzweifelter Versuch, gegen die Tiere zu kämpfen, nicht. Der Indianer war mehr tot als lebendig. Anabell wagte es nicht, näher heranzugehen. Auch aus einigen Schritten Entfernung erkannte sie deutlich den eingedrückten Brustkorb. Mehrere Rippen mussten gebrochen sein und sich in die Lunge gebohrt haben.

Der Rappe des Kriegers stand nicht weit entfernt. Er beäugte seinen Herrn und blähte die Nüstern, als der Blutgeruch in seine Richtung trieb. Bevor das Pferd die Flucht ergriff, fasste Anabell nach den Zügeln. Sie wusste später selbst nicht mehr, warum sie es getan hatte.

Als Ohitika in den Wald gerannt kam und dabei verzweifelt ihren Namen rief, stand sie noch genauso da. Den fremden Rappen am Zügel, in der Rechten ihr Messer und vor sich den zerschlagenen Körper des Kriegers.

Ohitika riss sie an sich und drückte sie ganz fest. Er keuchte, war noch atemlos vom Kampf. Seine Hände bewegten sich hastig über ihre Wangen, ihre Schultern und Arme. Seine Berührungen erschienen Anabell ganz weit weg, seine Stimme gedämpft. Schließlich wurde ihr der Sinn seiner Bemühungen klar.

»Es, es geht mir gut«, stotterte sie.

Ohitika sagte etwas auf Lakota. Anabell glaubte, er danke seinem Gott. Dann kam Waniyetu zu ihnen. Er hinkte und sah sich wachsam nach allen Seiten um. Als nichts seine Aufmerksamkeit erregte, kam er zu ihnen.

Ohitika grinste seinen Bruder an und klopfte dem Rappen auf die muskulöse Kruppe. »Meine Shung'wakan manu hat das beste Pferd erwischt!«

Die Brüder lachten befreit. Anabell verstand nicht sofort, was Ohitika meinte, und zum Lachen war ihr sicher nicht zumute. Sie waren gerade so mit dem Leben davongekommen, die Brüder bluteten beide aus zahlreichen Wunden, und wer wusste, ob die Angreifer nicht noch Verstärkung erhalten würden.

»Sind alle tot?«, fragte sie und merkte, wie ihre Knie plötzlich nachgeben wollten. Ohitika fasste sie am Arm und gab ihr Halt.

»Zwei sind feige geflohen«, beschied Waniyetu.

Der von den Pferden niedergetrampelte Krieger stöhnte und bewegte schwach die Hand. Er müsste längst tot sein, schoss es Anabell durch den Kopf. Die Brüder wechselten einen eisigen Blick, und Ohitika zog Anabell am Arm mit sich fort. Sie wandte sich um und sah gerade noch, wie Waniyetu neben dem Verwundeten niederkniete und sein Messer hob. Er zögerte nicht, ihm den Gnadenstoß zu geben.

Dumpf bohrte sich die Klinge in die Brust. Von dem Geräusch sackten Anabell endgültig die Beine weg. Ohitika hielt sie, bis sie sich wieder gefangen hatte, und half ihr dann, sich auf einen kleinen Findling zu setzen.

»Ich muss dir helfen, du bist verletzt«, sagte Anabell.

Er wandte sich ab.

»Ohitika!«

»Das hat Zeit, Anabell, wir sollten uns hier nicht unnötig lange aufhalten.« Damit kehrte er auf die Lichtung zurück und begann die Toten abzusuchen. Zuzusehen, wie Ohitika seine erschlagenen Gegner beraubte, war ihr ein Gräuel. Bald darauf hinkte auch Waniyetu über die Lichtung zu den Männern, die durch seine Hände den Tod gefunden hatten. Waffen, Schmuck und sogar Kleidung wechselten den Besitzer.

Anabell musste sich ablenken. Sie erhob sich, ging zu den Packpferden und sah nach, ob sie alle Kräuter und Arzneien fand, die nötig waren, um die Brüder später zu versorgen. Als die beiden immer noch nicht von ihrem Plünderungszug zurückkehrten, lenkte sie sich damit ab, die Packpferde aus ihrer misslichen Lage zu befreien und die Ladung des toten Tieres auf die anderen zu verteilen. Erstaunt nahm sie wahr, dass jemand den Rappen des Kriegers an Grace gebunden hatte. Womöglich Waniyetus Werk.

Anabell vermied den Blick auf den Toten und führte Grace mitsamt dem Rappen auf die Lichtung.

Ohitika näherte sich im Laufschritt und zog zwei Pferde hinter sich her, Waniyetu folgte mit drei weiteren. Nachdem die erbeuteten Tiere angebunden waren, brachen sie auf.

»Sie werden zurückkommen, um ihre Toten zu bestatten«, sagte Ohitika, als ahne er genau, welche Frage ihr auf den Lippen lag. »Bis dahin sollten wir weit weg sein.«

Sie ritten ein scharfes Tempo und erreichten erst kurz vor Einbruch der Dämmerung ein kleines Plateau, auf dem sie ihr Nachtlager aufschlugen. Es war kalt und windig, doch immerhin bot es einen weiten Blick über das Tal. Feinde, die sich näherten, mussten ein breites Geröllfeld überqueren und würden sich auf diese Weise schon früh verraten. Ohitika hobbelte allen Pferden die Beine mit Seilen zusammen und ließ nur drei außen vor. Gemeinsam mit den erbeuteten Tieren ergab sich eine ansehnliche Herde, die sich für die Nacht mit einem kargen Mahl aus Weidengestrüpp und hartem, vergilbtem Gras zufriedengeben musste.

Im letzten Abendlicht versorgte Anabell die Wunden der Brüder, wusch sie mit Weidenrindentee aus und gab beiden das Gebräu zu trinken, um Entzündungen auf jede mögliche Weise zu bekämpfen oder gar nicht erst zuzulassen. Waniyetu hatte es schlimmer erwischt als seinen Bruder. Sein linker Fuß war nach dem Sturz vom Pferd angeschwollen, ließ sich aber noch bewegen. Sie machte ihm kalte Umschläge und öffnete noch einmal die bereits verkrustete Wunde über dem Schulterblatt, wo er von einem Pfeil getroffen worden war und den er sich im Kampf einfach herausgerissen hatte. Auch dort kam der Sud aus Weidenrinde zum Einsatz. Waniyetu gab ihr hin und wieder Ratschläge, denn er besaß große Kenntnis von heilenden Pflanzen und führte Vorräte getrockneter Heilmittel mit sich.

Schließlich bereitete Anabell ein karges Mahl zu, das aus alten Maisbroten und Trockenfleisch bestand. Alles andere hätte ein Feuer benötigt, und das konnten sie nicht anzünden, da es meilenweit zu sehen wäre. Falls die Krieger von einem nahen Lager aus aufgebrochen waren, durften sie sich nicht verraten, gegen einen zweiten Angriff wären sie chancenlos.

Anabell glaubte zuerst, kein Auge schließen zu können. Dann schlief sie doch ein, die Hand fest um ihr Messer geklammert. Die Brüder wechselten einander mit Wachehalten ab, und es war Ohitika, der sie bei Sonnenaufgang mit einem Kuss auf die Stirn weckte.

Anabell sah ihm beim Beten zu und sprach selbst ein Vaterunser, während die Indianer mit erhobenen Armen die Sonne begrüßten und ein wenig Süßgras verbrannten, dessen Rauch ihre Gebete nach oben begleitete.

Da sie in der Nacht unbehelligt geblieben waren, rechneten die Brüder nicht mehr mit einem Angriff und beschlossen, nicht überhastet aufzubrechen. Anabell sah nach den Verletzungen der Männer, und als sie damit fertig war, kam Waniyetu mit einem Bündel zu ihr, das er ihr wortlos überreichte. Es enthielt Dinge, die sie nie zuvor gesehen hatte. Ratlos betrachtete sie eine perlenbestickte Messerscheide. Sie zeigte drei hintereinander herfliegende schwarz-weiße Vögel, womöglich Elstern, und war wunderschön. Dann erinnerte sich Anabell plötzlich wieder, wo sie sie zuvor gesehen hatte. Sie gehörte dem unglücklichen Krieger, der von den Pferden totgetreten worden war.

»Ich will die Sachen nicht!«, protestierte Anabell und legte die Messerscheide wieder zurück. »Es gehört sich nicht, Tote zu berauben.«

Ohitika, der leise näher getreten war, strich ihr weich durch das Haar und legte ihr die Hand auf die Schulter. Seine Berührung besänftigte ihren erwachenden Zorn augenblicklich. »Diese Krieger haben uns angegriffen, um uns zu berauben, Anabell. Sie hätten dir alles weggenommen, was du besitzt. Die Cheyenne und die Lakota sind seit langer Zeit Feinde. Du hast den Krieger mit einer List besiegt. Nach unserem Brauch …«

»Es ist aber nicht mein Brauch!«

»Du kannst die Sachen eintauschen, wenn wir zu einem Handelsposten kommen. Es gibt doch sicher Dinge, die du brauchst.«

Anabell dachte daran, wie sehr sie sich nach Stoff für neue Kleidung sehnte. Das Kleid, das ihr Maria nach dem Überfall durch die beiden Weißen gegeben hatte, war nach der langen Reise nicht viel mehr als ein Fetzen, zerrissen von Dornen und Sträuchern. Sie fuhr mit der Hand durch die Habe des Toten. Einige Münzen, eine Kette aus Bärenklauen, zwei Adlerfedern, Schmuck aus Knochenröhrchen, eine bestickte Tasche. Und dann waren da noch die Waffen. Das Messer, Pfeile in einem schönen Köcher, ein Bogen und eine Keule, die aussah wie eine Vogelklaue, die eine Kugel mit menschlichem Gesicht hielt. Sie war mit Bändern und Federn geschmückt, und Anabell blieb nicht verborgen, wie sehr sie Waniyetu gefiel.

»Wie weit ist der nächste Handelsposten?«

»Zehn Tage, oder ein wenig mehr. Und wir sind in der Nähe von Fort Laramie, dort gibt es einen Franzosen, mit dem ich schon einmal Geschäfte gemacht habe«, sagte Waniyetu.

»Gut, ich denke darüber nach.« Anabell wickelte alles wieder in das Hirschfell ein und verknotete das Bündel mit zwei Schnüren. Den neidischen Blicken der Brüder nach zu urteilen, hatte sie durch Zufall die reichste Beute gemacht. Auch der Rappe mit den beiden weißen Vorderbeinen war das beste Pferd. Plötzlich kam ihr eine Idee. »Ohitika?«

Er kam zu ihr und half das vollgepackte Hirschfell auf dem Rücken eines Packpferdes zu befestigen. Anabell strich ihm über den Arm, und sein Blick wurde sofort weich. Sie wusste, er würde ihr diese Bitte nicht abschlagen. »Nach eurem Brauch gehört mir doch auch das Pferd, oder?«

»Genauso ist es.«

»Dann kann ich den Rappen auch eintauschen.«

Mittlerweile kannte sie den Krieger gut genug, um ihm anzusehen, wie sehr ihm der Gedanke missfiel, das erbeutete Pferd am Handelsposten gegen Kleidung und Essen einzutauschen. Dennoch schwieg er und nickte zustimmend.

»Ich hab gesehen, wie sehr dir der Schwarze gefällt, und ich möchte meine Stute Grace wiederhaben.«

Ohitikas Miene hellte sich auf. »Du gibst mir den Rappen für dieses tollpatschige Tier?«

Sie besiegelten den Handel mit einem Kuss. Schließlich grinste Ohitika breit. »Ich hätte sie dir auch so gegeben, Shung'wakan manu.«

Tief in den Rocky Mountains, umgeben von Eis und schneebedeckten Bergen, gab es nur noch wenige Trails, und die Brüder konnten es nicht mehr vermeiden, auf andere Weiße und indianische Reisende zu treffen. Ohitika wollte Waniyetu die abgelegeneren, höheren Routen nicht zumuten, da auf ihnen sehr lange Strecken zu Fuß zurückzulegen waren. Sein Knöchel war von dem Sturz noch immer angeschwollen. Wenn er sich nicht darauf konzentrierte, humpelte er und biss grimmig die Zähne aufeinander. Ohitika fürchtete eine Begegnung mit Weißen. Was würde Anabell tun? Fliehen?

Überwogen die Gefühle für ihn, oder war der Wunsch, zu Vater und Verlobtem heimzukehren, stärker? Irgendwann musste er und vor allem sie sich dieser Frage stellen. Ohitika war längst davon abgerückt, sie gehen zu lassen, falls Wambli Mato keine besondere Verbindung ihrer Seelen entdeckte. Er spielte sogar mit dem Gedanken, die Wasicu zur Frau zu nehmen.

Der Moment, vor dem er sich gefürchtet hatte, kam eher als erwartet. Sie ritten ein sandiges Ufer entlang, als sich ein Schrei unter das Rauschen des gletschermilchgefärbten Bergbachs mischte. Ohitika horchte auf. Es war der Schrei eines Menschen, der furchtbare Schmerzen litt. Waniyetu, der vorausritt, wandte sich um und zog in genau dieser Bewegung seinen Bogen von der Schulter. Er hatte es auch gehört. Die Schreie ließen verschiedene Schlüsse zu. Ein Mensch in Not, jemand wurde gefoltert, oder man versuchte, ihnen einen Hinterhalt zu stellen.

Anabell richtete sich im Sattel auf. Ihr entsetzter Blick ließ keine andere Wahl: Sie würden den Schreien folgen und nachsehen. Im schnellen Trab überquerten sie das flache Gewässer und tauchten in einen dichten Wald junger Weiden und Birken. Die Schreie wurden lauter. Flüche mischten sich darunter. »Daniel!«, rief eine raue Stimme. »Daniel, du Hurensohn!«

Waniyetu hob die Hand. Sie waren fast da. Ohitika nahm sein Gewehr, lud es mit Kugel und Pulver und schloss, noch während er den Ladestock in den Lauf stieß, zu seinem Bruder auf. Anabell verstand ohne ein Wort, dass sie sich im Hintergrund halten sollte.

Was sie dann entdeckten, verblüffte auch Ohitika.

Auf einer kleinen Lichtung stand ein schwer beladenes Muli und ein Pferd. Beide hatten alles Gras, das sich in Reichweite ihrer Stricke befand, bis auf die Wurzeln abgefressen. Gleich daneben kniete ein grauhaariger Trapper mit langem Bart an einem kleinen Weiher und schrie. Sein blaues Hemd und die ledernen Hosen waren mit Wasser vollgesogen. Ein Arm des Mannes war bis zum Ellenbogen im Wasser, mit der anderen riss er seine Pistole aus dem Gurt und richtete sie auf die Neuankömmlinge.

»Keinen Schritt näher, verdammtes gieriges Pack!«, brüllte er.

Waniyetus Hand mit dem Pfeil zitterte. Es war ihm anzusehen, wie gerne er den Trapper für seine Beleidigung erschossen hätte.

»Wir wollen Ihnen helfen, Sie sind in Not«, sagte Ohitika und senkte beschwichtigend das Gewehr.

»Nein, nein, das glaube ich nicht. Ihr roten Teufel wollt meine Felle stehlen!«

»Komm, Bruder«, meinte Ohitika nur und wendete sein Pferd. Waniyetu zögerte kurz, ihm widerstrebte es, dem Fremden den Rücken zuzukehren, dann folgte er ihm trotzdem. Sie waren fast bei Anabell angelangt, als der Trapper seine Meinung änderte.

»Bleibt, bleibt hier, es war doch nicht so gemeint!«, rief er ihnen hinterher.

Ohitika wartete, bis der Trapper schwor, die Waffe wegzuwerfen, wenn sie ihn nur aus seiner misslichen Lage befreiten.

Anabell sah ihn flehentlich an, sie wollte so gern helfen. Sobald die Pistole auf den Ufersaum plumpste, ritten sie gemeinsam auf die kleine Lichtung. Schnell war klar, dass der Mann ohne ihre Hilfe elendig sterben würde. Der Trapper fluchte wie ein Rohrspatz. Er hatte sich in einer Schlagfalle verfangen, die samt dem Beschwerungsstein tiefer in den See gerutscht war. Daniel, der Mann, nach dem er so verzweifelt gerufen hatte, war ein Freund, von dem er sich einige Tage zuvor verabschiedet hatte.

Ohitika und Waniyetu stiegen zu dem Mann ins Wasser.

Mit seinem Tomahawk gelang es Ohitika schließlich, die Wurzel durchzuhacken, in die sich die Kette und der Stein des Tellereisens verklemmt hatten.

Anabell sah gebannt zu, wie die Brüder den Verletzten aus dem Wasser zogen. Der Trapper hielt mit der Rechten das Tellereisen, in dem offenbar mehrere Finger seiner linken Hand eingeklemmt waren. Ohitika stützte ihn, während Waniyetu die Kette und den Beschwerungsstein heraustrug. Erschöpft sank der Fremde auf der Wiese in die Knie. Anabell war sofort bei ihm. »Wie lange sind Sie schon eingeklemmt gewesen?«, fragte sie. Die Haut des Mannes war weißlich und aufgequollen, die Finger hatten bereits aufgehört zu bluten.

»Seit gestern Morgen«, stöhnte der Trapper.

Ohitika hielt den Mann fest, während Waniyetu die Schlagfalle öffnete. Der Verwundete schrie ohrenbetäubend, als sich seine Finger aus den Metallzähnen lösten.

Mittelfinger und Zeigefinger waren unrettbar zertrümmert. Anabell bekam Angst bei dem Gedanken, was das bedeutete. Sie würde die Finger bis zum zweiten Gelenk abtrennen müssen. Eine gefährliche Prozedur, bei der sie bislang nur zugesehen hatte. Krampfhaft rief sie sich den Müller ins Gedächtnis, der mit gequetschten Fingern ins Kloster gekommen war. Die Schwestern hatten die zerstörten Glieder abgeschnitten. Ein halbes Jahr später war es eine brandige Zehe, die einem kleinen Jungen beinahe das Blut vergiftet und ihn so das Leben gekostet hätte.

Als der Trapper, der sich als Old Marten vorstellte, seine Hand sah, wusste er, was geschehen würde. »In der Packtasche am Sattel ist mein letzter Whiskey, bring ihn her«, knurrte er an Ohitika gewandt.

Während der Trapper fluchend seinen Whiskey trank, entfachte Anabell ein Feuer, stellte einen intensiven Sud aus Weidenrinde her und weichte Salbei ein, den sie später um die Stümpfe wickeln wollte. »Das hier müssen Sie auch trinken, es lindert die Schmerzen und wird hoffentlich verhindern, dass Sie Fieber bekommen.«

»Woher soll ich wissen, dass Sie mich nicht vergiften wollen, Lady?«, brummte er und trank das bittere Gebräu.

Anabell erklärte ihm, dass sie mehrfach bei einer Amputation assistiert hatte. Ihr Patient nickte nur müde und ergab sich in sein

Schicksal. Anabell sprach ein kurzes Gebet und wies die Brüder an, Old Marten festzuhalten.

Mit einem kleinen scharfen Messer, mit dem Ohitika sonst seine Beute häutete und zerlegte, trennte sie die zerschmetterten Finger ab. Der Trapper bäumte sich nur ein Mal schreiend auf, dann schenkte ihm Gott die Gnade einer Ohnmacht. Erleichtert atmete Anabell durch. Sie hatte gezweifelt, ob sie zu der Amputation in der Lage gewesen wäre, wenn der arme Mann die ganze Zeit über geschrien hätte. Jetzt durchtrennte sie flink die Bänder am Gelenk und vernähte die überstehende Haut mit hauchfeinen Sehnen, die sie gemeinsam mit den Salbeiblättern eingeweicht hatte. Diese legte sie nun über die frischen Nähte und verband die Stümpfe mit sauberen Stoffstreifen. Es waren Reste der seidenen Unterröcke, die zu ihrem Hochzeitskleid gehört hatten.

Old Marten wachte nicht ein Mal auf. Sie ließen ihn schlafen und richteten sich in seinem kleinen Lager für die Nacht ein. Anabell merkte, dass sie ihre beiden Begleiter mit ihrer kleinen Operation beeindruckt hatte und auch, dass sie am liebsten sofort weitergezogen wären. Besonders Ohitika behagte es scheinbar gar nicht, die Nacht über bleiben zu müssen.

Als sie sich am Abend gemeinsam zur Ruhe legten und im Windschutz eines Felsens unter das Fell kuschelten, war sie nicht bereit, das Schweigen noch länger zu akzeptieren. Im blauen Licht des Mondes suchte sie den Blick Ohitikas. Er hielt sie in den Armen, wie immer, doch seine Miene war verschlossen und glich darin bald dem grimmigen Äußeren seines Bruders.

»Etwas bedrückt dich«, begann sie das Gespräch, »und es hat mit mir zu tun.«

»Du irrst. Schlaf lieber, morgen liegt ein weiter Ritt vor uns.«

»Ohitika.«

Er brachte sie mit einem langen leidenschaftlichen Kuss zum Schweigen. Vielleicht hatte sie sich alles nur eingebildet, hoffte sie, schob sich noch ein wenig dichter in seine warme Umarmung und schloss die Augen. Hoffentlich würde sie in der Nacht nicht von der Amputation träumen. Das war ein Erlebnis, das sie niemals in ihrem Leben vergessen würde. Doch es war auch etwas, auf das sie stolz sein konnte. Die alte Anabell, die zarte Miss Arceneaux von der Zuckerrohrplantage, hätte sich so etwas niemals getraut. Es gefiel ihr, wer sie seit ihrem Aufbruch aus Louisiana geworden war. Eine mutige Frau, die anderen half, eigentlich so, wie sie es sich immer gewünscht hatte.

In den Bäumen und Sträuchern verbargen sich zahllose Vögel. Ihr vielstimmiger Chor weckte Anabell am nächsten Morgen. Die Nacht in den Bergen war kalt gewesen. Nebel hing über dem kleinen See. Auf Halmen und Blättern funkelten Tautropfen, und sogar die dichten Haare des Bisonfells waren von einer feinen Silberschicht überzogen.

Nachdem er seinen Rausch und die betäubende Wirkung des Weidenrindensuds ausgeschlafen hatte, war Old Marten ein völlig anderer Mensch. Er betrachtete die indianischen Brüder zwar noch immer mit Argwohn, doch Beleidigungen wie am Vortag gehörten der Vergangenheit an.

Ohitika und Waniyetu beschlossen, der Fährte eines Steinbocks nachzugehen, der sich nah an ihr Lager herangewagt hatte, während Anabell den Trapper versorgte. Sie nötigte ihn, mehr Weidenrindentee zu trinken, den er nur ungern gegen seinen Kaffee tauschte.

Allein mit Anabell, begann Old Marten Fragen zu stellen. Warum eine gute, weiße Frau wie sie mit Indianern umherzog. Wo sie herkam, wo sie hinwollte. Anabell antwortete ausweichend oder gar nicht und konzentrierte sich auf das Verbinden.

»Es ist kaum gerötet, Sie haben Glück im Unglück, Mister Marten«, sagte sie schließlich und wollte aufstehen, als der Trapper sie mit der gesunden rechten Hand festhielt.

»Sie brauchen Hilfe, Miss. Sind Sie entführt worden?«

Anabell schluckte. »Hören Sie, Sir …«

»Nein, jetzt hören Sie zu, junge Lady. Ich bin unterwegs zu einem Rendezvous der Fur Company, um meine Biberfelle zu verkaufen. Es sind viele anständige Männer dort. Trapper, Händler, Soldaten. Überzeugen Sie die beiden Rothäute, mit mir und Ihnen dorthin zu reiten. Gegen eine Überzahl werden sie nichts ausrichten können. Sie haben mir geholfen, das Mindeste, was ich tun kann, ist, mich zu revanchieren.«

»Ohne die Rothäute, wie Sie Ohitika und Waniyetu nennen, hätte ich Sie niemals aus dem Wasser bekommen, Old Marten. Und Sie wollen es ihnen danken, indem Sie Ihre Retter in einen Hinterhalt locken?« Zornig riss sich Anabell los und wunderte sich zugleich ein wenig über sich selbst. Sie hatte keinen Augenblick gezögert.

Nicht wegzulaufen hatte sie geschworen und eine Befreiung immer als kleinen Ausweg aus ihrem Versprechen gesehen. In letzter Zeit hatte sie jeden Gedanken daran gemieden. Hoffte sie überhaupt noch auf eine Rettung durch Lewis?

Als Ohitika von dem Jagdausflug zurückkehrte, ging sie ihm entgegen, um ihn mit einem Kuss zu begrüßen. Old Marten sah es, und sie hoffte, dass es für ihn Antwort genug war.

Zwei Tage waren sie nun schon in schier endlosem, wogendem Grasland unterwegs. Die Prärie glich einem Meer aus Gold. Zuerst war Anabell das Land karg erschienen, nur Gras und Himmel und eine feine dunkle Linie Horizont dazwischen. Doch die Prärie war voller Leben. Vereinzelt zogen kleine Verbände von Büffeln umher. Die schweren Tiere nahmen Reißaus, sobald sie der Menschen gewahr wurden, und dann dröhnte der Boden unter ihren Hufen. Gabelböcke verschwammen im flirrenden Hitzegelb mit dem Grasmeer. Der Himmel war erfüllt von zirpenden kleinen Vögeln, es gab gewaltige Präriehundkolonien, mit vielen Tausenden von Tieren und überall genug Nahrung und Wasser für die Pferde.

Am Abend des dritten Tages suchten sie eine kleine Senke auf, in der sich Wasser gesammelt hatte und das Gras noch grün war. Mit einem gespielt verächtlichen Blick zeigte Ohitika Anabell eine Pflanze, die im feuchten Uferboden wuchs und wies sie an, die Wurzeln auszugraben. *Timpsula* nannten die Lakota das Gewächs. Büschel von lilafarbenen Blüten schaukelten zwischen schimmernden haarigen Blättern. Als sich Anabell ratlos vor die Pflanze kniete, nahm Ohitika seinen Tomahawk aus dem Gürtel, hackte auf den Boden ein, als gelte es einen Feind zu töten, und förderte schließlich mehrere längliche Knollen zutage, von denen keine einzige von der Axt verschont geblieben war.

Waniyetu lachte. »Sind sie tot?«

»Das ist Frauenarbeit, Bruder«, erwiderte Ohitika grinsend und drückte Anabell die Knollen in die Hand. »So, jetzt weißt du, wie es geht.«

Anabell stieß dem Krieger spielerisch die Faust in die Seite und machte sich daran, weitere Rüben auszugraben. Sie war schon jetzt neugierig, wie die Pflanze schmecken würde. Wie Kartoffeln, oder doch nach Rüben, denen die Knollen der Form nach ähnelten.

Die beiden Männer schenkten ihr keine weitere Beachtung. Bereits den ganzen Tag lang waren die Brüder ausgelassen und fröhlich. Sie mussten schon ganz nah am Sommerlager der Lakota sein, das sie am nächsten Vormittag erreichen würden. Für die Brüder schien das Grund genug zu sein, sämtliches Gepäck auszubreiten und zu sortieren. Den ganzen Abend diskutierten sie über einzelne Beutestücke, während Anabell die Timpsula-Rüben garte und daraus ein nahrhaftes Porridge zubereitete. Sie versuchte nicht darüber nachzudenken, was in dem Sommerlager mit ihr geschehen sollte. Marias Worte waren deutlich ausgefallen. Sie würde als Sklavin der Indianer leben und niedere Arbeiten verrichten müssen, bis sie eines Tages in den Stamm aufgenommen würde. Ob Ohitika sein Versprechen hielt und sie nach dem Treffen mit seinem Medizinmann freiließ? Irgendwie konnte sie nicht glauben, dass der Krieger sie so einfach gehen lassen würde. Und wie sollte sie überhaupt allein nach Hause finden? Anabell war das Reisen so satt. Wollte sie überhaupt fort von ihm?

Diese Nacht war seit Langem die erste, die sie nicht in Ohitikas Armen verbrachte. Sie konnte einfach nicht so tun, als ginge das alles ewig so weiter.

Der Morgen kam als glutroter Brand über die Prärie. Anabell lag auf dem Rücken, lauschte dem flüsternden Gras und sah zu, wie der feuerrote Himmel langsam blasser wurde. Nebel lag wie eine schützende Decke über dem kleinen Weiher, und die Pferde bewegten sich darin wie Geister. Es war die Stille der Prärie, der letzte Morgen ihrer Reise. Melancholie beschlich ihr Herz. Als sie sich aufsetzte, bemerkte sie Ohitikas nachdenklichen Blick. Schließlich lächelte er zögernd, als nehme er in Gedanken Abschied. Von ihr? Oder nur von der Zeit der Reise? Sie wurde das unwohle Gefühl nur schwerlich los.

Nach einer kargen Mahlzeit packte Anabell so schnell zusammen, wie an jedem anderen Morgen seit ihrem Aufbruch aus Alta California. Doch dieser Tag war anders und versetzte sie in ungläubiges Staunen. Ohitika förderte einige Gefäße zutage, die aus sorgfältig mit Bienenwachs verschlossenen Schildkrötenpanzern bestanden. Sie enthielten verschiedenfarbige Pulver, die von Waniyetu zu Farbe angerührt wurden. Anabell konnte nur staunend zusehen, wie sich die Brüder zuerst gegenseitig die Gesichter und Arme bemalten und dann auch die Felle der Pferde verzierten.

Die Streifen, Zackenlinien, Handabdrücke und Striche, so erklärte Ohitika, erzählten von den ruhmreichen Taten, die ihre

Reiter bestanden hatten, oder verliehen den Tieren Scharfsicht und die besondere Kraft des Donners.

Waniyetu trug eine Kappe mit einem Wolfsfell auf dem Kopf, sein Gesicht war weiß, bis auf einen schwarzen Handabdruck über seinem Mund. Ohitika trug eine ähnliche Bemalung, wie an dem Tag von Anabells Entführung. Eine Gesichtshälfte war rot, die andere schwarz, getrennt durch eine Linie weißer Punkte. Die Erinnerung rief Anabells Angst zurück.

Sie kauerte sich auf den Boden und harrte still aus, bis die Brüder endlich zum Aufbruch bereit waren.

Der Ritt zum Sommerlager dauerte nicht einmal bis zum Mittag. Eine Zeitlang ging es durch schier endlose Grasebenen, dann tauchte ein Flusslauf auf. Ahornbäume und Weiden säumten seine Ufer.

Die Brüder lenkten ihre Pferde flussaufwärts. Bald hing der Rauch von Holzfeuern in der Luft, und dann lag es plötzlich vor ihnen. Dutzende farbenfroh bemalte Tipis reihten sich am linken Ufer. Aus den offenen Spitzen strichen dünne Rauchsäulen. Eine Pferdeherde mit Hunderten von Tieren graste nicht weit entfernt. Die Brüder zügelten ihre Pferde und genossen einen Moment lang den Blick auf ihre Heimat. In Ohitikas Gesicht hielt ein feierlicher Friede Einzug, und Anabell erinnerte sich wieder daran, dass sein voller indianischer Name lang war und eine besondere Bedeutung hatte. Der stolz einhergehende Mann, der sein Land liebt.

Ja, das war er wirklich, es lag in seinem Blick.

»Anabell, bleib dicht bei mir«, sagte er, lehnte sich zu ihr herüber und drückte kurz ihre Hand. Sie hatte ihre Finger zusammengekrampft. Seine Hand war warm, verglichen mit ihrer. »Hab keine Furcht.«

Sie nickte. Es war so leicht gesagt. Er wusste doch nicht, wie sie sich fühlte, wie viel Angst sie vor diesem Tag gehabt hatte.

In diesem Moment sahen ein paar Jungen zu den Neuankömmlingen hinauf und riefen etwas. Waniyetu riss seinen Speer in die Luft. Ohitika schrie markerschütternd, sein Bruder tat es ihm gleich, und Anabell hätte sich am liebsten irgendwo verkrochen. Ihre Stute tänzelte. Für Grace bedeuteten die Schreie vor allem eines: Galopp. Angriff im vollen Tempo. Anabell konnte sie kaum noch zurückhalten, als die Schreie ein Echo im Dorf fanden und wiederholt wurden. Im Trab ging es los, und schnell waren die ersten Zelte erreicht.

Unsicher folgte Anabell Ohitika und drängte Grace nah an sein Tier. Von überall kamen Menschen. Männer, Frauen, Kinder umringten die Neuankömmlinge. Dunkle Augen in dunklen Gesichtern musterten sie. Anabell musste husten, vom Staub, den die Pferdehufe aufwirbelten und sich wie ein Schleier um alles legte. Die Indianer riefen wild durcheinander, und die Brüder kamen kaum noch nach, alle Fragen zu beantworten. Die geraubten Pferde wurden begutachtet. Anabell kam sich vor wie Vieh. Diebesgut, genau das war sie. Ohitika sprang vom Pferd und ging auf eine ältere Frau zu, um sie herzlich zu umarmen. Seine Mutter? Auch Waniyetu war längst abgestiegen, um Freunde und Familienmitglieder zu begrüßen. Anabell blieb auf Grace' Rücken, dort fühlte sie sich sicherer. Starr blickte sie auf ihre Hände, die sie fest in die goldblonde Mähne gegraben hatte. Jemand berührte ihre Wade, betatschte sie. Jetzt war sie eine Sklavin.

Unweigerlich kehrte sie in Gedanken an den Tag in Lafayette zurück, auf den Sklavenmarkt, wo die Schwarzen sich auf kleinen Tribünen drehen mussten und von den Käufern bewertet wurden. Wahrscheinlich geschah es ihr recht. Das Schicksal vergaß nicht. Wenn ihr Vater sie jetzt nur sehen könnte oder Lewis.

Die Tränen kamen wie von allein. Die ganze lange Reise war sie tapfer gewesen, doch jetzt ging es einfach nicht mehr. Sie hörte Ohitikas ausgelassene Stimme. Er hatte seine Familie wieder. Und sie?

Wieder eine Berührung am Bein. Sie wollte sie fortschlagen,

doch ihre Hand wurde festgehalten. Die Berührung war vertraut. »Shung'wakan manu, Anabell.«

Sie hob den Kopf und sah die Welt durch einen Tränenschleier. Ohitikas bemaltes Gesicht war verschwommen, sie erkannte seine Mimik nicht, doch seine Geste war deutlich. Sie gehörte ihm. Er konnte mit ihr machen, was er wollte. In diesem Moment besaß sie einfach keine Kraft, sich zu wehren. Er umfasste ihre Hüften und zog sie vom Pferd. Sofort lag seine Hand schwer um ihren Nacken. Ja, er machte es mehr als deutlich, welche Position ihr gebührte. »Anabell, das ist Hauwi, meine Mutter. Du wirst mit ihr gehen.«

Die Fremde stand mit ausdrucksloser Miene vor ihr. Als junge Frau musste sie sehr schön gewesen sein, dachte Anabell kurz und wunderte sich nicht mehr, woher ihr Entführer sein gutes Aussehen hatte. Ohitika verschwand zwischen jungen Kriegern, die ihn hochleben ließen. Er war ein Held und ließ sich feiern, für die Überfälle, für Raub und Mord in Alta California.

In den letzten Wochen war es Anabell mehr und mehr gelungen zu verdrängen, für wen ihr leichtsinniges Herz schlug, doch jetzt holte die Realität sie ein wie ein Hammerschlag.

»Komm«, befahl die Indianerin und nahm die Packpferde am Zügel. Anabell folgte ihr mit Grace. Andere Frauen riefen Hauwi etwas zu. Womöglich neideten sie ihr die neue Dienerin. Über Trampelpfade ging es an mehreren Tipis vorbei. Daneben hingen in Holzrahmen gespannte Felle. Frauen kochten unter freiem Himmel auf offenen Feuerstellen. Jeder schien sie anzustarren. Kinder liefen neben ihr her, riefen in ihrer Sprache, lachten sie aus. Grace tänzelte und stieß sie beinahe um. Anabell riss am Zügel und zog ihr Pferd unsanft hinter sich her.

Schließlich erreichten sie ein Zelt, das von einer alten Weide beschattet wurde. Bis auf Hüfthöhe waren die Lederwände rostrot eingefärbt. Über der Tür zeigte sich eine schwarze Schlange mit weißen Mustern.

Hauwi fluchte leise vor sich hin, während sie die Packpferde an einem Baum anband. Anabell wurde den Verdacht nicht los, dass sie selbst der Grund ihres Zornes war und war daher umso mehr darauf bedacht, alles richtig zu machen. Schweigend und mit gesenktem Kopf verrichtete sie ihre Arbeit.

Sie schleppte die Ladungen mit Beutestücken zum Tipi, eine schier endlose Menge Taschen, Bündel, Felle und Proviant, die ihr den Schweiß aus den Poren trieb. Schließlich hockte sie sich keuchend neben den Stapel und schnappte nach Luft. Ihre Kehle war trocken, sie sehnte sich nach einer Abkühlung und einem Schluck Wasser.

Von Ohitikas Mutter fehlte jede Spur. Anabell hatte gar nicht bemerkt, dass sie fortgegangen war. Aus dem Tipi, dessen Tür zu und von außen mit Knebeln verschlossen war, drang kein Laut. Nachzusehen wagte sie auch nicht.

Von Ferne drangen Freudenrufe der Krieger, jemand schlug eine Trommel, und nicht weit von ihr murmelte der kleine Fluss mit seinem erfrischenden Nass. Wind flüsterte einladend im grün schillernden Schilf. Ob sie weggehen durfte und ihren Durst löschen? Es war doch nicht weit?

Nun wünschte Anabell, sie hätte sich nach den Regeln erkundigt, die bei den Lakota für eine Gefangene galten. Schließlich erhob sie sich. Der Entschluss war gefallen. Wenn Ohitika auch nur ein wenig an ihr lag, dann würde er sie nicht wie den letzten Dreck behandeln, oder wie ihr eigener Vater die schwarzen Sklaven auf der Plantage, fügte eine bittere Stimme hinzu. Schließlich war sie nur eine Gefangene auf Zeit. Anabell band zwei Pferde los, so würde sie wenigstens eine Ausrede haben. Sie lief zielstrebig zum Wasserlauf und ließ die Tiere saufen. Die beiden Packpferde zerrten an ihren Stricken, sie wollten tiefer in das Wasser und schlugen mit den Hufen, um ihre Bäuche mit dem kühlenden Nass zu bespritzen. Anabell balancierte über ein paar flache Steine, bis die Tiere ihren Willen hatten, und kniete dann selber nieder, um mit hohler Hand Wasser zu schöpfen.

Oh, es tat so gut. Für einen Augenblick vergaß sie alles um sich herum. Als sie genug getrunken hatte, nahm sie eine Handvoll und ließ sie sich in den Nacken rinnen.

Ein schrilles Wiehern ließ sie so hochfahren, dass sie beinahe den Halt auf dem glatten Stein verlor.

Der goldrote Hengst, der mit imposant gebogenem Hals im Schilfrohr stand, sah aus wie eine Statue. An seiner Aggressivität bestand kein Zweifel. Mit aufgerissenen Nüstern und rollenden Augen pflügte er mit dem Vorderbein durchs Wasser. Zahlreiche alte und frische Narben zerfurchten das Fell und bezeugten eindrucksvoll, wer die Königswürde in der Herde beanspruchte. Und sie würde diese Autorität nicht infrage stellen. Angst lähmte Anabells Bewegungen, bis sie ganz starr war und mit aller Kraft die Stricke umklammerte, an denen die beiden Packpferde mit zunehmender Nervosität zerrten.

»In Ordnung, Roter, wir haben verstanden, das ist dein Wasser, wir verschwinden«, murmelte Anabell, während sie den Hengst nicht aus den Augen ließ und vorsichtig über die Findlinge balancierte. Dann ging alles ganz schnell.

Der Hengst senkte mit angelegten Ohren den Kopf und galoppierte los. Die Packpferde brachen in Panik aus und rissen Anabell einfach mit. Ein schreckliches Reißen ging durch ihren Arm, sie stürzte, wurde einige Schritte durchs Schilf geschleift, dann rutschten die Seile endgültig durch ihre Hand. Hufe donnerten über Stein und wurden rasch leiser. Eine Frau schrie den Pferden, die sich eine wilde Verfolgungsjagd durch die Siedlung lieferten, wüste Verwünschungen auf Lakota hinterher. Anabell blieb einfach liegen. Ihre Seele war erschöpft, und ihre Hände taten schrecklich weh. Sie hielt sie ins Wasser, dessen Kühle ein wenig Linderung brachte. Wind fuhr in das Schilf, flüsterte durch die Halme, wurde zur Melodie und übertönte alles Übrige. Es war wie eine andere Welt, eine, in der die Zeit stillstand.

Als Hauwi Anabell schließlich fand, saß diese zusammengesunken und völlig durchnässt auf einem Findling und weinte. Ihre Rechte, mit der sie die Pferde gehalten hatte, glühte, als hätte sie versucht, Kohlen aufzuheben. Die Linke hatte sie sich an den Steinen aufgeschürft, als sie sich beim Sturz irgendwo abstützen wollte.

Anabell spürte die Anwesenheit der Fremden, doch sie konnte sich weder dazu durchringen, sich umzuwenden noch aufzustehen. Sie konnte nur noch weinen. Über den brennenden Schmerz, über ihre aussichtslose Situation und ihr Heimweh.

Die Indianerin wartete eine Zeit lang am Ufer, dann watete sie ins Wasser und legte Anabell eine Hand auf die Schulter.

»Komm, Mädchen. Ich weiß, es ist schwer, aber komm.«

»Die Pferde sind weg.«

»Das ist egal, die kommen wieder. Niemand wird dir böse sein. Ich am allerwenigsten.«

Anabell zog schluchzend die Nase hoch, drückte die schmerzende Hand an die Brust und nahm schließlich die Hilfe der Fremden an, die ihr stützend unter den Arm griff.

Als der Abend hereinbrach, saß Anabell mit Hauwi auf einem Baumstamm am Fluss. Innerhalb weniger Stunden war aus der Fremden eine Freundin geworden. Die Indianerin verstand genau, wie Anabell sich fühlte, und konnte ihren Zorn über die Tat ihres Sohnes kaum verhehlen.

Es ist das Blut seines weißen Vaters, war sie überzeugt, das ihn zur Entführung einer wehrlosen Frau getrieben hatte. Sie drängte Anabell dazu, ihr alles zu erzählen. Angefangen bei ihrem Leben in Louisiana, über den Überfall am Rio Grande, wo Ohitika ihr Pferd stahl, zu ihrer Zeit in der Mission. Das Schicksal der geraubten Kinder rührte Hauwi zu Tränen, und danach hielt sie Anabells verschrammte linke Hand und drückte sie hin und wieder tröstend. Als sie beim Überfall auf die Farmen und ihrer abgebrochenen Hochzeit ankam, erzählte Anabell seltsam gefasst. Die Reise von Alta California war ihr nur noch wenige Worte wert, doch Hauwi schien eine sehr aufmerksame Zuhörerin zu sein.

Anabell fühlte den Blick der Indianerin auf sich ruhen, der sie so sehr an Ohitika erinnerte. Schließlich hob sie den Kopf, um ihn zu erwidern.

»Du hast ihn trotzdem gern?«, fragte Hauwi ungläubig.

Anabell nickte wie in Trance. »Das dachte ich zumindest.«

»Und nun?«

Sie seufzte. »Jetzt bin ich wieder am Anfang. Ich weiß gar nichts mehr. Ich dachte, er würde mich mögen, aber seit heute Morgen ist alles anders. Ich bin kein Pferd, kein Gewehr oder eine Trophäe, die man einfach so stehlen kann. Ich bin ein Mensch!«

Hauwi nickte langsam. »Ich verstehe dich mehr als du denkst.«

Anabell musste sich zusammenreißen, um sie nicht auf ihre Entführung durch Ohitikas Vater anzusprechen. Wie musste sie sich wohl gefühlt haben? All die Jahre an der Seite eines Mannes, der ihre Verwandten ermordet hatte und für den sie fast nur Hass kannte. Vielleicht konnte Hauwi ihr zur Verbündeten werden, falls Ohitika sein Verhalten ihr gegenüber änderte und sie fortan tatsächlich eine Sklavin sein sollte.

»Wann kommt Ohitika?«, erkundigte Anabell sich schließlich.

Hauwis Gesicht wurde weich. »Später, vielleicht auch erst morgen. Er wird an den Feuern der Männer seine Geschichten erzählen und den Ältesten von den Weißen und unseren Verbündeten berichten. Die Krieger werden feiern und tanzen. Morgen kommt er, um Geschenke zu verteilen.«

»Wohnt er denn nicht hier?«

»In meinem Tipi? Oh, nein.« Hauwi lächelte amüsiert und schüttelte den Kopf. »Ohitika teilt sich ein Zelt mit seinen Cousins. Er kommt und geht, wann es ihm gefällt.«

Hauwi sollte recht behalten. Ohitika hielt sich vom Zelt seiner Mutter fern und damit auch von Anabell. Nach einer unruhigen Nacht begann für sie erneut ein neues Leben. Die Indianerin hatte ihr einen Winkel in ihrem Heim abgetreten, wo ihr ein paar Felle als Schlafstatt und an den Streben aufgehängte Ledertaschen zur Aufbewahrung ihrer wenigen Habseligkeiten dienten. Die unruhige Nacht hatte sie mit Grübeln verbracht. Den Blick hinauf, durch den Rauchfang zu den Sternen gerichtet, hatte sie entschieden, dem fremden, neuen Leben entschlossen die Stirn zu bieten. Wenn sie nicht wie eine Leibeigene auftrat, würde sie womöglich auch nicht wie eine behandelt, und sie wollte auch nicht so aussehen. Gleich am Morgen, nachdem sie Hauwis Auftrag erfüllt und in mehreren Ledersäcken Wasser geholt hatte, bat sie die Indianerin um ein Gespräch.

Sie besaß noch immer die Dinge, die Waniyetu dem toten Cheyenne-Krieger abgenommen hatte, der durch ihre List gestorben war. Sorgfältig rollte Anabell das Fell mit ihren Schätzen auseinander und breitete sie aus. Die Indianerin wartete schweigend und beobachtete Anabell genau. Der erschien es, als würde sie gerade eine Prüfung ablegen. Mit klopfendem Herzen wählte sie ein kleines, scharfes Messer aus, dessen hölzerner Griff mit eingekerbten Büffeln verziert war. »Du hast mich so freundlich aufgenommen, Hauwi. Ich möchte dir etwas schenken.«

Die Indianerin nahm das Messer, betrachtete es kurz und legte es nach einem knappen Nicken zur Seite. Gefiel es ihr nicht? War es zu wenig? Nervös fuhr Anabells Linke über den Tomahawk, die Pfeife und einige Beutelchen. Sie entschied sich für den Tabak, doch Hauwi hob abwehrend die Hand. »Nein, verbrenne ihn lieber. Damit er deine Gebete zum Großen Geist tragen kann. Mir hast du genug gegeben.«

Anabell war erleichtert und berichtete Hauwi von ihrem eigentlichen Wunsch, einige der Dinge gegen frische Kleidung einzutauschen.

Kurz darauf durchquerten sie das Dorf auf dem Weg zu einer alten Frau, die ihren Lebensunterhalt mit dem Anfertigen von Kleidung bestritt. Hauwi führte die Verhandlung für sie auf Lakota. Anabell gelang es nur hin und wieder, ein einzelnes Wort aufzuschnappen. Was ihr keinesfalls entging, waren die feindseligen Blicke, die ihr die Alte aus kleinen Augen zuschoss, die wie funkelnde schwarze Edelsteine in einem wettergegerbten Gesicht saßen. Schließlich wechselten die Güter den Besitzer. Anabell erhielt einen schlichten Rock und ein Hemd aus dunklem Leder, sowie ein helles Wildlederkleid, das an den Ärmeln schmale Fransen besaß.

Sie war erleichtert, als sie sich von der grimmigen Alten mit einem hingehauchten *ahakala* – bis später – verabschieden und mit Hauwi zurückeilen konnte.

»Ich werde dir zeigen, wie man es verziert«, sagte die Indianerin und strich dabei mit der Hand über ihr eigenes Kleid, das mit Perlen bestickt war und einen klimpernden Saum aus weißen Knochenröhrchen und schwarzen Fransen besaß.

»Das würde ich gerne lernen.«

»*Wana wonnspe ci'cu piktehisto*, ich lehre es dich. Doch für heute solltest du deine ältesten Dinge anziehen.«

Anabell sah sie fragend an, doch wenig später erkannte sie selbst, was für eine Arbeit auf sie wartete. Zusammengerollte Häute mussten von Fett- und Fleischresten gereinigt und anschließend mit Asche und Urin gegerbt werden. Anabell wurde schon bei der bloßen Vorstellung flau im Magen. Erst glaubte sie, nur ihr würde diese Aufgabe übertragen, doch als Hauwi sich einen alten Kittel anzog und mit mehreren Metallschabern, Messern und Pflöcken bewaffnet zu ihr kam, verkniff sich Anabell das Murren.

Wer Kleidung haben und in der Nacht nicht frieren wollte, musste sich die nötigen Dinge selber herstellen.

Sie suchten sich eine Stelle im Schatten einer Weide, wo der

Boden möglichst flach und kaum bewachsen war, und rollten die Häute aus. Sie stanken, doch wenigstens wehte auf der Prärie ein kräftiger Wind, der die übelsten Gerüche schnell forttrug.

Hauwi zeigte Anabell geduldig, wie der metallene Schaber eingesetzt werden musste, um die Haut zu reinigen, ohne sie dabei zu beschädigen. Es war eine harte Arbeit, von der ihr bald der Rücken und auch die Hände wehtaten. Ihr Wunsch, Ohitika wiederzusehen, schwand mit jedem Fetzen Fleisch, den sie ablöste und in eine Schale warf. So wollte sie ihm nicht gegenübertreten. Nicht mit verschmierten Armen und Händen, angetan mit einem fleckigen Lumpen, und doch vermisste sie ihn, sie vermisste ihn sogar sehr.

Zwei Tage nach ihrer Ankunft stand Ohitika plötzlich vor dem Tipi seiner Mutter, als Anabell gerade aufbrechen wollte, um einen Kupferkessel am Bachlauf zu reinigen. Sie hatte das Gefühl, ihr Herz würde für einen Moment aufhören zu schlagen. Sie ließ den Kessel ins weiche Gras fallen und ging mit steifen Schritten auf ihn zu.

Ohitikas Blick wanderte anerkennend über ihr neues Kleid, seine Miene blieb jedoch ernst. Er kam ihr weder entgegen noch streckte er seine Arme aus, um sie mit einer Umarmung zu begrüßen. Ernüchtert blieb Anabell vor ihm stehen und schlug die Augen nieder. »Du hast mir gefehlt«, sagte sie leise.

»Ich hätte eher herkommen sollen.«

»Ja.«

Das Schweigen, das folgte, war wie eine Mauer, die auf ihrer Enttäuschung errichtet wurde. Ohitika räusperte sich und blieb still. Das Rauschen des Windes in den Weiden wurde zu ohrenbetäubendem Gebrüll. Als Ohitikas Hand sich um ihren Unterarm schloss, zuckte Anabell zusammen, und die Berührung hörte so schnell auf, wie sie gekommen war.

»Ich, ich …«, stotterte Anabell.

»Schon gut.«

Ohitika strich ihr mit der Fingerspitze über den Arm und ließ sie hilflos erbeben.

»Wambli Mato erwartet uns, Shung'wakan manu.«

Anabell folgte ihm quer durch das Sommerlager. Die Erinnerung an seine flüchtige Berührung verblasste bereits. Wie sehr wünschte sie sich, er würde ihre Hand halten oder auch nur neben ihr gehen und mit ihr reden. Wo kam die Distanz her, die sie plötzlich zwischen ihm und ihr fühlte, gehörte ihre Vertrautheit tatsächlich der Vergangenheit an? Oder war es etwas anderes? Konnte oder wollte er nicht, dass jemand anderes sah, dass sie miteinander vertraulich waren, dass es mehr gab als den erfolgreichen Krieger und die geraubte Wasicu?

Wambli Mato wohnte in einem alten Tipi, dessen Leder von Wind und Sonne gegerbt war. Verblichene Malereien von Adlern und Bären waren vor kurzer Zeit nachgemalt worden und zogen sich nun in einem breiten Band um die gesamte Behausung. Der alte Mann saß an einem sonnigen Fleckchen neben seinem Tipi und hatte sein Gesicht mit geschlossenen Augen dem Licht zugekehrt. Er sah liebenswürdig aus. Seine wettergegerbte Haut war von Lachfältchen durchzogen. Er hatte sich trotz der sommerlichen Wärme ein hellbeiges Büffelfell umgelegt, das seine hagere, sehnige Brust nur halb bedeckte. Narben zeugten von einem bewegten Leben.

»*Hihani wa'ste*, guten Morgen, Großvater«, begrüßte Ohitika den Alten, der die Augen öffnete und langsam blinzelte.

Ohitika legte Anabell eine Hand auf die Schulter, sagte etwas auf Lakota und setzte sich dann neben Wambli Mato. Anabell folgte seinem Beispiel hastig und zwang sich zu einem Lächeln, wenngleich ihr Herz wie wild pochte.

Dieser Mann sollte also über ihre Zukunft entscheiden. Von ihm würde es abhängen, ob sie je wieder nach Hause durfte oder für immer bei den Indianern bleiben musste.

Der Alte erwiderte ihr Lächeln voller Herzenswärme und ließ Anabells Furcht schwinden.

Eine Weile unterhielten sich die beiden Männer in der melodischen Sprache der Lakota, wobei Wambli Mato kurze Fragen stellte, die Ohitika ausführlich beantwortete. Anabell verstand nur einzelne Bruchstücke, doch ihr wurde wieder einmal klar, wie gern sie Ohitika zuhörte. Seine Stimme war tief und berührte etwas in ihr, als gäbe es dort eine Saite, die nur er anschlagen konnte, der nur er Töne entlockte. Sie dachte an die vielen Abende auf der langen Reise, als sie ihren Kopf auf seine Schulter gebettet hatte, um seinen Erzählungen zu lauschen. Sie wollte nicht, dass all das endete, die Gefühle konnten doch nicht mit der Ankunft im Sommerlager einfach so verschwinden.

Anabell merkte erst, dass die Männer ihre Unterhaltung beendet hatten, als Wambli Mato sich vorbeugte und die Hand nach ihr ausstreckte. Unsicher sah sie sich nach Ohitika um.

Er lächelte und strich ihr ermunternd über den Rücken.

Also reckte sie dem alten Indianer die Rechte entgegen, der sie mit beiden Händen umschloss. Seine knotigen Finger rieben über ihre Gelenke, während er vor sich hin murmelte, lächelte und wie sich selbst zunickte. Schließlich gab er Ohitika einen Wink, worauf dieser sofort aufsprang und im Tipi des Alten verschwand.

Als er zurückkehrte, hielt er Wambli Mato eine lange Pfeife und ein Beutelchen mit Tabak hin. Die Audienz war offensichtlich beendet. Anabell wollte sich erheben, doch Ohitika bedeutete ihr zu warten und setzte sich ebenfalls.

Feierlich wurde die Pfeife entzündet, der Alte blies den Rauch in die vier Himmelsrichtungen, hielt die Pfeife dem Himmel entgegen und blies auch Anabell Rauch ins Gesicht. Nach einigen abschließenden Worten auf Lakota war das seltsame Treffen beendet. Ohitika gab dem Alten ein kleines Geschenk, während Anabell sich seltsam gläsern fühlte, als könne jeder bis in ihr Herz schauen. Wambli Mato hatte etwas mit ihr gemacht, ihre Seele allein mit der Kraft seiner Augen bloßgelegt.

Auf dem Weg zurück zum Zelt wirkte Ohitika seltsam beschwingt. Er lächelte, und obwohl er sie nie direkt anfasste, waren sich ihre Körper so nah, dass sie sich beinahe ständig berührten. Auch Anabell fühlte sich erleichtert, ohne genau zu wissen, warum, und genoss die flüchtige Zärtlichkeit.

»Was hat er gesagt?«, fragte sie schließlich.

»Es ist gut, dass du hier bist.«

Anabell blieb die Frage nach ihrer Rückkehr nach Alta California im Hals stecken. »Und?«, brachte sie gerade noch heraus. Ohitika sah sie verschwörerisch an. »Es war kein Zufall, dass wir uns dreimal begegneten, und auch nicht das Werk eines erzürnten *Na'gi*, einer unruhigen Seele. Wambli Mato wird die Geister befragen, Shung'wakan manu. Hab noch ein wenig Geduld. Sobald ich etwas weiß, komme ich zu dir.«

Er verabschiedete sich mit einem schnellen Kuss auf ihre Stirn, dann ließ er sie in Sichtweite von Hauwis Tipi stehen und eilte davon. Anabells Herz jagte. Sie liebte ihn, mehr noch, als sie in den vergangenen Tagen der Unsicherheit je für möglich gehalten hätte. »Vergiss mich nicht, Ohitika!«, rief sie ihm mutig hinterher. Sein beinahe schwebender Gang kam ins Stocken, und er sah sich nach ihr um. Mehr war gar nicht nötig.

Es erschien Anabell wie eine Tortur, ständig von Ohitika getrennt zu sein. Sie lebte nun schon seit einigen Wochen im Zelt seiner Mutter. Hauwis anfängliche Zurückhaltung war Sympathie gewichen. Sie machten fast alles gemeinsam. Sammelten Beeren und Knollen, pflückten Castillejablüten, aus denen sie Haarwaschmittel bereiteten und stellten mit Schlingen Hasen und Präriehühnern nach.

Den Nachmittag verbrachten sie oft gemeinsam mit anderen Frauen im Schatten einiger Bäume, wo sie Kleidung ausbesserten oder neue herstellten. Anabell hatte Hauwi gebeten ihr zu zeigen, wie sie ein Hemd für Ohitika anfertigen konnte, das sie nun mit zahlreichen winzigen Glasperlen verzierte. Die Technik hatte sie sich von ihrer Gastgeberin abgeschaut und schnell erlernt. Schon als Kind hatte sie gern gestickt, deshalb bereitete ihr die Perlenweberei besonders große Freude.

Sooft sie konnte, hielt sie nach Ohitika Ausschau, der sich zumeist bei den anderen unverheirateten Männern aufhielt. Manchmal blieb er auf Jagdausflügen tagelang fort und kehrte dann müde und oft stolz zurück. Anabell war über die Sitten der Indianer immer noch erstaunt. Statt die reiche Beute für sich zu behalten, teilte er sie. Seine Mutter und nächsten Verwandten erhielten gute Stücke, ebenso wie angesehene alte Männer und Frauen. Der Rest, aber keineswegs Abfälle, ging an all jene, die kein Jagdglück gehabt hatten, oder an Familien, in denen der Ernährer tot oder durch Krankheit unfähig war, selber Beute zu machen. Auch Hauwi war immer bereit, mit anderen zu teilen.

Wenn jemand kam und sie scheinbar grundlos in ein Gespräch verwickelte, ging derjenige nie ohne etwas Fleisch, ein kleines Stück Fladen oder einige Timpsulaknollen fort.

Zu Anabells neuen Aufgaben gehörte es, einer uralten Frau zu helfen, die in einem kleinen, kuppelförmigen Zelt wohnte. Als sie Hauwi fragte, ob sie mit der Alten verwandt sei, antwortete diese nur, *Mitakuye Oyasin*, wir sind alle verwandt.

Jeden Morgen ging Anabell als Allererstes zum Fluss, um Wasser zu holen. Oft traf sie dabei auf andere Frauen und Kinder. An diesem nebeligen Sommermorgen waren allenfalls Pferde im breiten Schilfgürtel unterwegs und bewegten sich als weiche Schatten durch das wabernde Weiß.

Anabell kniete auf einem breiten, flachen Stein und füllte je einen Eimer und einen indianischen Lederbeutel mit Wasser, als sie eine Bewegung hinter sich vernahm. Schritte knirschten im Uferkies.

Eiskalte Angst durchzuckte Anabell. Lauerte ihr jemand auf? Die Erinnerung an den Überfall durch die beiden weißen Pferdediebe zuckte ihr durch den Kopf. Sie hätte beinahe den Lederbeutel fallen lassen. Als sie sich mit erzwungener Ruhe und einer Hand an dem kleinen Messer im Gürtel umsah, stand dort kein anderer als Ohitika. »*Hihani wa'ste, Shung'wakan manu*«, begrüßte er sie.

»Dir auch einen guten Morgen, Ohitika.«

Sie kam wackelig auf die Beine und schleppte die Wassergefäße das Ufer hinauf. Ihr Herz jagte wie verrückt. Es war seit Langem das erste Mal, dass sie miteinander allein waren. Doch Ohitika schien nicht vorzuhaben, sie mit einem Kuss zu begrüßen. Hier im Uferschilf waren sie doch nun wirklich vor neugierigen Blicken geschützt.

In ihr machte sich Enttäuschung breit. War sie für ihn nichts weiter als eine nette Ablenkung auf der langen Reise gewesen? Oder war Wambli Matos Urteil nun doch negativ ausgefallen?

Während sie sich den kleinen Hang hinaufmühte, stand er einfach nur da und sah ihr entgegen. Er ist schön, dachte Anabell. Obwohl schön eigentlich kein Wort war, das ihr üblicherweise zur Beschreibung eines Mannes einfiel. Doch Ohitika war schön, wie er dort im aufkommenden Wind im Gras stand. Den Riemen einer bestickten Ledertasche quer über die breite Brust geschlungen, die bloße Haut in einem warmen Bronzeton. Er trug das Haar offen, und Anabell wunderte sich, dass er auch seine Adlerfedern trug, die er sonst nur zu besonderen Anlässen hervorholte. Gab es eine Zeremonie oder gar einen Kampf? Vielleicht wollte er sie auch beeindrucken. Nein, das konnte es nicht sein.

»Du könntest mir tragen helfen, nachdem du mir so einen Schrecken eingejagt hast«, brummte sie, enttäuscht über sein distanziertes Auftreten.

»Das wäre weder für dich noch für mich gut, Anabell. Was sollen die anderen denken? Dass eine junge Frau wie du nicht stark genug ist, um Wasser zu holen? Oder sollen sie einen Krieger sehen, der Frauenarbeit verrichtet?«

Anabell schwieg und mühte sich, während er in gebührendem Abstand mit leichten Schritten neben ihr herging. Sie verkniff sich jedes weitere Wort. Ein weißer Gentleman hätte einer Frau geholfen, für einen Indianer kam es offenbar einer Beleidigung gleich, ihr etwas abzunehmen. Wieder etwas gelernt, dachte Anabell bissig.

Wie lange sollte sie noch Ohitikas Mutter dienen? Wann würde er sie heimkehren lassen, wenn er doch offensichtlich das Interesse an ihr verloren hatte?

Ohitika ging voraus und schob einen Ast zur Seite, damit Anabell ungehindert passieren konnte. Er ließ sie keinen Moment aus den Augen, als würde er sie mit bloßen Blicken berühren. Als sie das kleine Zelt der alten Frau erreichte und den Eimer abstellte, glühten ihre Wangen.

Ihr Begleiter folgte ihr beharrlich zu Hauwis Tipi, wo sie den wassergefüllten Lederbeutel aufhängte. Ohitika öffnete die Zeltklappe, sein Blick sagte alles. Plötzlich war sie sich nicht mehr so sicher, dass sie ihm nicht mehr gefiel. Sie ging mit weichen Knien hinein.

Das Tipi war verwaist, Hauwi fort, stellte sie überrascht fest. Ohitika trat zu ihr in den runden Raum, den Eingang hatte er offen gelassen, damit sich wohl jeder überzeugen konnte, dass er ihr nicht zu nahe kam.

Sein Blick war prüfend. Anabell wusste nicht, was sie tun sollte. Sie sehnte sich so sehr nach seinen Berührungen, danach, die Nächte in seinen Armen zu schlafen und den Morgen mit einem Kuss zu begrüßen. Die Tage waren ohne die Gespräche mit ihm leer und unvollständig.

Ohitika bückte sich, hob ein Bündel auf und reichte es ihr.

Überrascht betrachtete sie das Kleid aus hellem, zartem Wildleder, verziert mit schwarzen Fransen aus Pferdehaar und geometrischen Perlenstickereien. »Für mich?«, fragte sie ungläubig. Jeglicher Zweifel über seine Zuneigung war verschwunden.

»Ich hoffe, du trägst es heute. Shung'wakan manu … Anabell …« Er suchte nach Worten, trat näher und legte seine Hände um ihre Schultern. »Ich möchte, dass du hierbleibst, als meine Frau. Bitte sag ja. Heirate mich.«

Mit weichen Knien sank sie gegen ihn. »Wann?«, flüsterte sie, die Wange an seine Schulter gelehnt.

»Heute! Ich kann nicht länger ohne dich sein und so tun, als hätte ich dich nie berührt. Ich bin ein Geist, der rastlos umherzieht, eine Seele ohne Körper, wenn du mich nicht wärmst.«

Anabell weinte Tränen der Freude, als sie ihm ihre Antwort gab. »Ja, bis in alle Ewigkeit.«

Er hatte sie nach einem langen Kuss verlassen, um gemeinsam mit anderen Männern die Schwitzhütte aufzusuchen und sich für die bevorstehende Hochzeit, *Kiciyuzapi*, zu reinigen.

Anabell konnte ihr Glück kaum fassen. Was sie sich insgeheim so lange gewünscht hatte, war Realität geworden. Sie fühlte sich wie in einem wunderbaren Traum.

Nachdem die Krieger die Schwitzhütte verlassen hatten, waren die Frauen an der Reihe.

Hauwi, die offenbar in die Pläne ihres Sohnes eingeweiht gewesen war, versprach Anabell, sie durch alle Teile der Zeremonie zu geleiten, als sei sie ihre Schwester oder Mutter.

Gemeinsam mit drei weiteren Frauen ging es zur Schwitzhütte, die von den Lakota *initipi wakan*, Hütte des heiligen Atems, genannt wurde. Verborgen vor den Blicken der Männer entkleideten sie sich. Anabell hatte bislang immer abgelehnt, wenn das Feuer für die Reinigungszeremonie angefacht wurde, diesmal konnte sie nicht nein sagen. Es war Teil der Hochzeitsvorbereitungen.

In der Hütte war es dunkel. Durch die Häute und Tücher, die das kuppelförmige Gitterwerk der Holzstreben bedeckten, fiel allenfalls ein Schimmer Tageslicht. Anabell bemerkte rote Bänder, Tabak und Süßgraszöpfe, die in den Winkeln aufgehängt waren.

Eine alte Frau, jene Alte, für die sie jeden Morgen Wasser schleppte, erwartete sie im heißen Dunkel. Ihre Haut war runzelig wie alte zerfurchte Rinde. Die Brüste hingen schlaff und dünn bis zum Bauch. Sie hatte eine kleine Trommel bei sich, die sie bald eifrig zu schlagen begann. Anabell hockte auf dem Boden und schwitzte. Das Gefühl, nicht atmen zu können, wich bald einer seltsamen Leichtigkeit. Die kratzige Singstimme trug sie fort, sie driftete durch Erinnerungen, gute und schlechte, und schloss sie fort, als zöge sie Türen hinter sich zu. Ihr Körper schwitzte, schien alles Schlechte auszuscheiden, wie der fiebrige Brand einer Wunde während der Heilung.

Anabell verstand kein einziges Wort. Die Alte sang von früheren Generationen und davon, was zu den Pflichten einer jeden guten Sioux-Frau gehörte. Hauwi übersetzte flüsternd, doch der Sinn ging an Anabell vorbei. Sie konnte nur noch an Ohitika denken, den stolzen geachteten Krieger, der bald ihr Ehemann werden sollte.

Die Zeit kroch langsam wie eine Schildkröte dahin. Dann endlich, als Anabell glaubte, Hitze und Dampf keinen Moment länger aushalten zu können, stieß jemand die Tür auf, und es strömte frische Luft herein. Bei einem Bad im eisigen Fluss wusch Anabell auch den letzten Schweiß ab und zog ihr neues Kleid an. Nicht anders als bei einer christlichen Hochzeit, nahm sich ihrer eine Gruppe aufgeregt schnatternder Frauen an. Anabell verstand kein Wort. Doch als man sie zu einem Felsen bugsierte, setzte sie sich artig, während man ihr das Haar auskämmte und es in Sonne und Wind trocknete. Sie bekam kleine Geschenke. Armbänder und eine Kette aus Horn und Türkisen, bestickte Mokassins von Ohitikas Tante, die ihr Glück bringen sollten.

Sie fühlte sich wie in einem Traum, einem wunderbaren Traum.

Am frühen Nachmittag bewegte sich die Gruppe auf einen kleinen Hügel zu, der einzigen Erhebung weit und breit und damit in den Augen der Lakota ein heiliger Ort.

Anabell trug ihr winziges Silberkreuz, das sie von ihrer Mutter geerbt hatte, deutlich sichtbar über ihrem Kleid. Nach all dem, was sie in den vergangenen Monaten erlebt hatte, erschien es ihr nicht mehr wie ein Sakrileg, Ohitika nach seinem Brauch zu heiraten.

Nach der Zeit in der Missionsstation bei den Franziskanern war ihr eines klar geworden: Ihre eigene Vorstellung von Gott als einem Wesen der Güte und Vergebung hatte nichts gemein mit dem, was die Mönche den Indianern gepredigt hatten. In Ohitikas Großem Geist hingegen fand sie so viel Ähnlichkeiten zu ihrem Gott, dass sie zu der Überzeugung gefunden hatte, es müsse sich um ein und dasselbe Wesen handeln. Ihren Schwur wollte sie vor Gott leisten, und er sollte über die Einhaltung wachen. Ob nun ein Priester die Vermittlerrolle übernahm, oder Wambli Mato, das würde dabei wohl weniger wichtig sein als die Aufrichtigkeit ihrer Worte.

Hauwi ging den ganzen Weg über neben ihr und strahlte beinahe so sehr wie die zukünftige Braut selbst.

Am Hügel erwarteten sie die Dorfbewohner. Manche saßen auf ihren Pferden, andere hatten den kurzen Weg zu Fuß zurückgelegt.

Anabell entdeckte Ohitika sofort. Er trug das Hemd, das sie für ihn gefertigt hatte. Jemand muss es ihm gegeben haben. Er sah wundervoll darin aus. Der kurze Brustpanzer aus hellen Knochenröhrchen rundete das Bild perfekt ab. Zu seiner Rechten stand Waniyetu, sein angenommener Bruder und bester Freund, um den Bund zu bezeugen. Mit jedem Schritt, den Anabell durch das hohe, grüne Gras näher schritt, klapperten die Verzierungen ihres Kleides. Bald stand sie Ohitika gegenüber, zu ihrer Linken war Hauwi, die Frau, die sie zu ihrer Zeugin bestimmt hatte.

Ohne eine besondere Ankündigung begann die Zeremonie. Wambli Mato, der spirituelle Führer der Gruppe, verbrannte Süßgras, Lavendel, Zeder und Tabak, deren Rauch er mit einem Adlerflügel in die vier Winde verteilte. Ohitika lächelte entrückt. Seine braunen Augen schienen so endlos wie zwei tiefe Seen. Hin und wieder wehte ihm der Wind eine Haarsträhne ins Gesicht, doch er schien es gar nicht zu bemerken.

Wambli Mato sang. Seine Stimme mischte sich mit dem Wind und den rauschenden Blättern, dem fernen Wiehern der Pferde und den Gesängen der Präriévögel.

An Ohitikas Kehle klopfte sein Puls unter dünner Haut. Sein Herz raste genauso schnell wie ihres, wurde ihr klar, und sie stellte sich vor, wie es sein würde, ihn genau dort zu küssen. Wenn sie erst einmal Mann und Frau waren, würde sie endlich tun dürfen, wonach sich ihr Körper seit Langem sehnte.

Der Gesang verklang, ebenso der Rhythmus der Trommel. Ohitika räusperte sich, um Wambli Mato eine Frage zu beantworten. Er sprach lange und sah Anabell dabei unentwegt an. Sie hörte einzelne Namen heraus, den ihres Vater ihrer Mutter und der Orte, in denen sie das Schicksal mit dem Krieger, der nun um ihre Hand anhielt, zusammengeführt hatte. Am Ende hielt er ihr die Rechte hin, und sie legte ihre hinein. Der *Wikasa Wa'kan*, der Heilige Mann, wiederholte seine Frage für Anabell in brüchigem Englisch: »Wie kennst du *Ohitika mani wica ma'koce ta'gila*?«

Anabell wiederholte, was ihr Hauwi beigebracht hatte. Zählte die indianischen Namen von Ohitikas Verwandten auf und die Taten, mit denen er sich als Jugendlicher und später als Mann hervorgetan hatte.

Dann folgte eine weitere Frage, diesmal richtete sie sich an die Zeugen, die nun die guten Eigenschaften der zukünftigen Ehepartner aufzählten. Waniyetu machte den Anfang. Er rühmte

Ohitikas Fähigkeiten auf Raubzügen und auf der Jagd und seine Treue als Freund und Bruder. Hauwi lobte Anabell als tüchtige und tapfere Frau, die vom Großen Geist mit der Gabe einer Heilerin gesegnet worden war.

Wambli Mato nickte zufrieden und entzündete eine Pfeife. Anabell begann gerade erst zu verstehen, welch wichtige Rolle der *canunpa wakan*, der Heiligen Pfeife, und dem Tabak, der von den Indianern *chancaha* genannt wurde, zukam. Der Heilige Mann bot die Pfeife dem Großen Geist an und sprach ein Gebet für die Zukunft des Paares.

Dann hielt er die Pfeife mit dem geschnitzten Vogelkopf zwischen Anabell und Ohitika, damit sie diese gemeinsam hielten. Sie schlossen den heiligen Bund. Anabell atmete den würzigen Tabakrauch ein, und dann blendete sie die Welt und alles andere aus. Es gab nur noch Ohitika und sie.

»Ich liebe dich«, sagte er und fügte einige Worte auf Lakota hinzu.

»Ich liebe dich«, erwiderte Anabell mit bebender Stimme. »Und ich will dir treu sein und eine gute Ehefrau in guten wie in schlechten Tagen, so wahr mir Gott helfe.«

Sie küssten sich, und die Zuschauer riefen ihnen ihren Segen zu. Waniyetu klopfte Ohitika anerkennend auf die Schulter, und dann waren sie plötzlich umringt von Gratulanten. Ein kleiner Junge brachte Ohitika ein Pferd, das dieser dem Heiligen Mann zum Dank überreichte.

Ganz gleich, wie viele Menschen kamen, um zu gratulieren und Geschenke zu überreichen, Anabell ließ Ohitikas Hand keinen Moment lang los. Sie verstand kaum ein Wort, während sich immer neue Gesichter, Männer und Frauen, alte und junge, zeigten und ihre Wünsche vorbrachten.

Schließlich verliefen sich die Menschen, und Ohitika stieß einen Pfiff aus. Wie aus dem Nichts kam sein Schecke Xota herangaloppiert und blieb schließlich vor ihnen stehen. Ohitika hob Anabell hinauf und sprang dann selbst auf den Rücken des Pferdes. Unter Gelächter und anzüglichen Bemerkungen seiner männlichen Freunde ging es im Galopp zum Lager zurück.

Anabell schmiegte sich ganz fest an Ohitika und fürchtete keinen Moment, bei dem wilden Ritt herunterzufallen.

Als sie die ersten Zelte passierten, wurde ihr klar, dass sie kein eigenes Heim besaßen. Anabell hatte bislang im Tipi ihrer Schwiegermutter gewohnt und Ohitika gemeinsam mit seinem Bruder und einem weiteren Krieger in einem alten kleinen Tipi aus brüchigem Leder mit rissigen Nähten.

Die Hoffnung, irgendjemand könnte ihnen zur Hochzeit ein eigenes Zelt geschenkt haben, verflüchtigte sich schnell. Das wäre selbst unter engsten Verwandten zu viel. Niemand brachte sieben oder acht frische Bisonhäute auf einmal auf.

Ohitika drückte Anabell Küsse ins Haar, während er sein Pferd zu Hauwis Tipi lenkte. »Bis zur Büffeljagd wohnen wir hier«, raunte er ihr zu. »Mutter zieht für die nächste Zeit zu einer Tante, danach müssen wir teilen.«

Was in ein paar Tagen war, interessierte Anabell nicht.

Traumwandlerisch folgte sie ihrem indianischen Ehemann in das Zelt.

Der Boden war mit duftenden Kräutern bestreut. Felle von Bison und Wolf versprachen ein weiches Lager. Im Winkel neben der Tür standen Schalen und Schüsseln voller Köstlichkeiten. Süßgraszöpfe hingen von den Streben und auf einer Schale aus Perlmutt brannte duftende Zeder.

Da hatte sich wirklich jemand viel Mühe gegeben.

Ohitika schlug energisch die Eingangsklappe zu. Endlich durften sie allein sein. Anabell hörte jemanden draußen lachen, und plötzlich fühlte sie sich unwohl. Es war helllichter Tag, das Lager voller Menschen, und jeder wusste, was nun in diesem Tipi geschehen würde. Dass die Wände nur aus dünnen Häuten bestanden und sogar ein wenig Licht durchließen, trug nicht zu ihrer

Entspannung bei. Ohitika schien es völlig egal zu sein. Er zog sie mit einem tiefen Seufzer an sich.

»Die letzten Wochen waren die längsten meines Lebens«, seufzte er, während seine Hände hungrig über ihre Arme wanderten, an den Schultern unter das Kleid fuhren und ein begehrliches Prickeln ihren Rücken hinabsandten. Anabell wusste nicht, wie ihr geschah. In einem Moment hatte die Vorstellung, belauscht zu werden, sie nahezu erstarren lassen, und nun konnte sie nicht genug von Ohitikas Zärtlichkeit bekommen, die ihre Haut in ein Feuermeer verwandelte.

Ein wenig entsetzte Anabell die Heftigkeit, mit der es ihren Partner nach der Vereinigung zu verlangen schien. Er zog sich selbst den Brustschmuck über den Kopf und legte seine Waffen zur Seite. Anabell löste indes die Bänder seines Hemdes und war dabei furchtbar aufgeregt, obwohl sie ihn schon sehr oft mit bloßem Oberkörper gesehen hatte.

Ihr eigenes Kleid fiel ungleich schneller. Ohitika zupfte vier Knoten auf, schon glitt das Kleid zu Boden, und sie war nackt. Er schob sie an den Schultern in den Lichtstrahl, der durch den Rauchfang fiel, und Anabell genierte sich unter seinem prüfenden Blick. Sie bedeckte ihre Blöße und wandte sich ab.

Andere Frauen hatten sie vor ihrer ersten Nacht gewarnt. Es sei nicht leicht für eine Frau und würde allenfalls dem Mann Freude bereiten, doch aus irgendeinem Grund hatte sie geglaubt, bei ihr müsse es anders sein. Sie hörte, wie Ohitika sich auszog, und die Nervosität wurde zu Angst.

Sie erinnerte sich an den Rat, ein oder zwei Gläser Wein zu trinken, um weniger verkrampft zu sein, doch Alkohol schien es in der gesamten Siedlung nicht zu geben.

»Was hast du, Anabell?«, fragte Ohitika weich. Er strich ihr durch das Haar, hob die schweren lockigen Flechten und fuhr mit den Fingerspitzen ihren Rücken entlang.

Sein warmer Atem strich über ihre Wangen, Küsse folgten,

weich und lockend, und das Beben in ihrer Brust wurde schwächer. »Du bist schön, Shung'wakan manu, so schön.«

Wirklich? Anabell drehte sich langsam in seinen Armen um, wollte es in seinen Augen sehen, doch er küsste sie, küsste sie, bis sie glaubte, ihre Beine würden sie nicht mehr tragen können.

Das musste Magie sein, oder Liebe, oder beides.

Ihre Angst war fort. Anabell ließ ihre Hände über seinen Rücken gleiten, den starken Muskeln abwärts folgend, bis sie seinen Hintern umfasste und ihre Hände mit einem scheuen Lächeln wieder fortzog. Doch es hatte ihr gefallen, sie wollte mehr von ihm fühlen und sehen. Dicht an ihn gepresst, verlor sie nach und nach ihre Scheu. Ohitikas Küsse verdrängten ihre Angst, und seine kundigen Berührungen weckten eine Lust in ihr, die sie nie für möglich gehalten hätte.

Als seine Lippen ihre Brüste erkundeten, entfuhr ihr ein überraschter Laut, dann wurde sie ganz still. Schließlich hatte sie das Gefühl, innerlich zu glühen.

Sie sank mit Ohitika auf die Felle und war bald ganz Feuer und Leuchten. Als er schließlich in sie eindrang, war sie mehr als bereit für ihn. Er war vorsichtig, lenkte sie ab mit Liebesschwüren und Berührungen, und der kurze Schmerz war bald vergessen. Sie liebten sich ein zweites Mal, erst dann ruhten sie, Arm in Arm, die nackten Körper eng miteinander verschlungen, und Anabell konnte noch immer nicht ganz fassen, welches Wunder sie gerade erlebt hatte.

Ohitika sah sie glücklich an. Das Lächeln, das seinen Mund umspielte, war ihr fremd, doch wunderschön. Sie hoffte, es noch viele, viele Male zu sehen.

Ziellos, wie Schmetterlinge, huschten ihre Finger über seinen Körper. Jetzt, da sie ihre Scheu verloren hatte, bekam sie nicht genug von seiner warmen Haut und dem Spiel der festen Muskeln darunter.

Ohitika roch so gut. Sie wollte für immer mit dem Duft seines

Körpers in der Nase einschlafen und jeden Morgen in seinen Armen aufwachen.

Irgendwann trieb sie der Hunger zu den Schalen mit Köstlichkeiten, die jemand für das frischgebackene Paar bereitgestellt hatte. Sie fütterten sich gegenseitig mit zartem Fleisch, süßen Früchten und Maisbrot, das klebrig vor Honig war, dann kuschelten sie sich wieder in die Felle und liebten sich ein drittes Mal.

Anabell lag auf dem Rücken und starrte durch den Rauchabzug hinauf in den Himmel, der erst gelb wurde, dann zogen Wolken vorbei, die auf einer Seite rot glühten, wie von einem Feuer angestrahlt. Von Ferne hallte der Klang mehrerer Trommeln und das Lachen ausgelassener Menschen.

Anabell fuhr erschrocken auf, als plötzlich jemand an der Tür des Tipis kratzte. Gleich darauf ertönte eine wohlvertraute Stimme. Waniyetu. Er sagte etwas auf Lakota und lachte leise.

Ohitika erwiderte, er solle verschwinden, und setzte sich zugleich auf. »Leider können wir nicht den ganzen Abend hier drin bleiben«, erklärte er. »Sie möchten mit uns feiern.«

»Oh nein«, stöhnte Anabell und kam wehmütig unter dem warmen Fell hervor. Ohitika befestigte bereits seine Leggings und zog seinen Brustschmuck an.

Anabell schlüpfte in ihr Kleid, und es kam ihr vor, als werde sie unsanft aus einem Traum geweckt. Sie kämmte Ohitika das Haar und half ihm, die Federn wieder zu befestigen, die bei ihrem Liebesspiel herausgerutscht waren. Die Küsse, die sie ihm stahl, verzögerten ihren Aufbruch nur. Aufhalten konnte sie ihn nicht.

Schließlich liefen sie Seite an Seite auf den Feuerschein zu, wo sich bereits eine Gruppe Männer zusammengefunden hatte, die im Kreis saßen und gemeinsam auf eine riesige Trommel einschlugen. Tänzer wirbelten umher. Einer der Tänzer war Waniyetu. Reich mit Fransen und gefärbten Lederstreifen geschmückt, tanzte er mit einer Gruppe junger Krieger. Auf seinem

Kopf wippten zwei Federn auf und ab, die in einem Streifen gefärbten Stachelschweinfells befestigt waren. Anabell erinnerten die Bewegungen der Männer an jemanden auf Spurensuche, doch hin und wieder bekam der Tanz etwas Kämpferisches, was nicht zum reinen Ausdruck der Freude passen wollte.

Anabell setzte sich mit Ohitika und war bald schon umringt von Stammesmitgliedern, die sie mit Essen verwöhnten und ihnen Geschenke machten. Anabell war die ganze Aufmerksamkeit fast schon unangenehm. Wildfremde schenkten ihnen Kostbarkeiten, obwohl Anabell eine Fremde und zudem noch eine Wasicu, eine Weiße, war.

Bald besaß sie nicht nur wunderschöne neue Kleidung, sondern auch mehrere Flechtkörbe und Schalen, eine Umhängetasche und einen Grabstock, um mit den anderen Frauen nach *timpsula* zu suchen. Es gab Decken und Felle, Kochgeschirr und Kräuterbündel von Pflanzen, die sie selbst nicht hatte sammeln können oder deren Gebrauch ihr fremd war. Die Gaben von Ohitikas Freunden waren noch üppiger. Waffen waren darunter, Tabak, eine Pfeife, und Waniyetu brachte ihnen sogar ein Pferd und eine bereits bearbeitete Bisonhaut. Die erste von sieben, die sie für ihr eigenes Tipi brauchen würden.

Spät in der Nacht hallte plötzlich ein Ruf über die Prärie. Bald war alles in Aufruhr, die Trommler hörten auf zu schlagen, der Rhythmus riss ab, und die Tänzer hielten inne. Anabell glaubte im ersten Schreckensmoment, es drohe ein Angriff.

Rufe gellten und schienen von überall her zu kommen. Dann brachte das Dröhnen von Pferdehufen die Erde zum Beben.

Anabell drückte sich mit dem Rücken an Ohitika, der seinen Arm schützend um ihre Mitte legte.

Schließlich wurden Reiter sichtbar, die durch das Lager preschten. Sie trieben eine kleine Pferdeherde. Die jungen Krieger reckten Speere in die Luft und schrien Triumphrufe in die Nacht.

Einzelne feuerten ihre Gewehre ab. Mündungsfeuer blitzte. Anabell fuhr der Schreck in die Glieder, als auch Ohitika einen Anfeuerungsruf ausstieß.

Er drückte ihr schnell einen Kuss auf die Wange, als er merkte, wie sehr er sie erschreckt hatte, und lachte. »Zica ist zurück, und offenbar waren sie erfolgreich.«

Zica? Das war die junge Frau gewesen, die wie ein Mann als Krieger lebte und von ihnen zumeist auch so behandelt worden war. Anabell erinnerte sich genau, wie sehr Zicas gesamte Erscheinung sie verwundert hatte. Und zunächst hatte sie Zica sogar für Ohitikas Geliebte gehalten. Vielleicht war sie das sogar gewesen. Die Blicke, mit denen sie den Krieger bedachte, und die Art, seine Nähe zu suchen, hatten sich ihr ins Gedächtnis gebrannt.

Zica wusste nichts von ihr und Ohitika, und Anabell wurde immer unwohler dabei, der Fremden gleich gegenüberzustehen. Als Ohitika dann ein wenig von ihr abrückte, kam es ihr vor wie eine Bestätigung ihres Verdachts. Sie waren tatsächlich Geliebte gewesen!

Ein Falbe mit geblähten Nüstern und verschwitzten Flanken, auf denen Streifen, Wellenlinien und Zacken von bestandenen Kämpfen kündeten, schob sich durch die Wartenden. Ein menschlicher Skalp schmückte den schlichten Zaum. Zica ritt stolz, die sehnigen Beine bloß wie ein Mann, den Kopf hocherhoben. Adlerfedern wehten in ihrem Haar. Ihr folgten vier Krieger, die weithin hörbare Jubelrufe ausstießen.

Dann entdeckte die Kriegerin Ohitika. Ihre Züge wurden schlagartig weich, als schrumpfte ihre Welt auf Zica und den begehrten Mann zusammen. Anabell kannte das Gefühl, sie kannte es genau. Wilde Eifersucht erfasste sie, von der sie gar nicht gewusst hatte, dazu fähig zu sein.

Zica ritt geradewegs auf Ohitika zu.

Als sich ihr Falbe schon fast zwischen sie geschoben hatte,

duckte sich Anabell an dem Tier vorbei und stellte sich an die Seite ihres Ehemanns. Zica musterte sie beide, und die Freude schwand aus ihrem Gesicht. Sie ignorierte Anabell und richtete eine Frage an den Mann an ihrer Seite.

Ohitika hatte dem Treffen mit Zica mit Unbehagen entgegengesehen. Warum musste sie ausgerechnet heute heimkehren, wenn er sich am liebsten für Tage mit seiner wunderschönen Frau zwischen die Felle gelegt hätte? Er ahnte, wie sehr er der Kriegerin mit dem wehtun würde, was er ihr sagen musste. Noch war sie nur enttäuscht, dass Ohitika die geraubte Frau noch immer bei sich hatte.

Zica verzog ihren schönen, vollen Mund zu einem Lächeln. »Ich grüße dich, Ohitika. Der Große Geist hat dir seine Gunst geschenkt und deine Wunden schnell heilen lassen?«

»Ja, hat er. Wie ich sehe, wart ihr erfolgreich.«

Sie streckte die Beine und nickte. »Wir haben viel für die Tiere bekommen.« Sie sprang vom Pferd. »Was wird gefeiert?«

Ohitika legte seine Rechte um Anabells Hüfte, die erleichtert aufatmete. »Ich habe geheiratet, Zica.«

Die Kriegerin erstarrte. Ausgerechnet jetzt erinnerte sich Ohitika wieder an die einzige Nacht, die sie miteinander verbracht hatten. An Zicas perfekten Körper und ihre Leidenschaft. Es war ein einmaliger Akt gewesen, warum konnte er ihn nicht vergessen?

»Du hast die Wasicu zur Frau genommen? Deine Sklavin?«, fragte sie ungläubig.

»Shung'wakan manu war nie meine Sklavin, Zica. Die Geister haben uns zusammengeführt. Und ich liebe sie.«

Er hatte mehr gesagt, als Zica wissen musste, doch er wollte, dass sie verstand, wie ernst es ihm war. Natürlich gab es immer noch die Möglichkeit, eine zweite Frau zu nehmen. Etwas, das er sich überhaupt nicht vorstellen konnte.

Anabell schmiegte sich noch ein wenig dichter an ihn, doch Ohitika nahm sie kaum noch wahr. Er kannte Zica seit frühester Kindheit, sie mit den Tränen kämpfen zu sehen, tat ihm in der Seele weh.

»Dann wünsche ich euch alles Gute«, würgte sie hervor, schwang sich zurück auf ihr Pferd und ritt zu den anderen Kriegern. Sicher wäre sie am liebsten davongaloppiert oder hätte sich fortgestohlen, um ihren Gefühlen freien Lauf zu lassen, doch das konnte sie nicht. Freunde und Verwandte erwarteten, ihre Geschichte zu hören. Und sie würde ihre Abenteuer wieder und wieder erzählen müssen, bis die Sonne sich erneut über den Horizont schob.

Anabell schien zu ahnen, worum es in seinem Gespräch mit Zica wirklich gegangen war. Er drückte ihr einen Kuss auf die Stirn. »Sollen wir heimgehen? Die Krieger werden jetzt von ihrer Reise erzählen. Niemand wird uns vermissen.«

Anabell lächelte. »Nichts würde ich lieber tun. Aber möchtest du nicht erfahren, wie es deinen Freunden ergangen ist?«

Ohitika schüttelte den Kopf. »Heute nicht. Sie sind wohlbehalten zurück, das ist das Wichtigste.« Er neigte den Kopf, um ihr etwas ins Ohr zu flüstern. »Ich will dich, du schönste aller Prärieblumen.«

Anabell kicherte. Leise stahlen sie sich davon.

Der Sommer verging rasend schnell. Glühend heiße Tage auf der Prärie wechselten mit stürmischen, an denen ebenso heiße Winde Staub durch das Lager trieben. Die Gewitterstürme waren heftiger als irgendwo sonst, doch zum Glück traf sie keiner mit voller Wucht. An den kühlen Morgen zog Anabell meist mit einer Gruppe Frauen aus, um in den schattigen Senken und entlang kleiner Bachläufe nach Knollen und Früchten zu suchen und

Schlingen zu kontrollieren, die sie in der Nähe von Wildwechseln und den weit verzweigten Burgen der Präriehunde auslegten.

Immer wurden sie dabei von einigen jungen Männern begleitet, die sie beschützten, denn der Raub von Frauen war zwischen den Lakota und ihren Nachbarstämmen nicht selten. Anabell genoss jene Tage, wenn das Los auf Ohitika fiel. Dann warfen sie einander verstohlene Blicke zu, denen nachts im Tipi leidenschaftliche Begegnungen folgten. Zu ihrem Bedauern kam es nur selten vor, dass ihr Mann mit ihnen auszog. Er war ein sehr guter Jäger. Meist war er es, der mit Waniyetu und einigen anderen den Büffeln nachstellte, die im Sommer in kleinen Gruppen umherzogen. Die oft Tage dauernde Trennung erduldete sie still, genau wie die anderen Frauen, und es machte sie stolz, wenn er dann abgekämpft und müde, aber mit reicher Beute heimkehrte.

Die einsamen Abende verbrachte Anabell mit ihrer Schwiegermutter, die ihr, während sie Felle reinigten oder der unangenehmen, harten Arbeit des Gerbens nachgingen, die Sprache der Lakota beibrachte.

Manchmal rief auch Wambli Mato nach Anabell. Sie ließ dann alle Arbeit liegen, um zu dem geachteten Heiligen Mann zu gehen. Jedes Mal war sie nervös, und doch war sie froh, wenn er sein Wissen so bereitwillig mit ihr teilte.

Seine Erfahrung schien endlos zu sein. Die Natur bot Mittel für fast jede Krankheit. Er ließ Anabell bestimmte Pflanzen suchen und daraus Pulver und Salben herstellen, und jedes Mal musste sie *Ina Makoce*, Mutter Erde, etwas dafür zurückgeben, seien es Rauchopfer oder kurze Dankesworte. Hin und wieder wurde sie dabei von einem kleinen Mädchen oder Waniyetu begleitet, die ebenfalls von dem Alten unterwiesen wurden.

Anabell war bald klar, dass Wambli Mato sich viel von Ohitikas Bruder erhoffte, doch der schien noch nicht bereit, sein Leben als Krieger aufzugeben und sich der Heilkunde zu widmen, obwohl sich beides nicht ausschloss. Es war üblich, dass bei einem Gefecht Medizinmänner die Verwundeten sogar auf dem Schlachtfeld versorgten, und Wambli Mato wusste von einem Kampf gegen Weiße zu berichten, wo sie die Soldaten damit überraschten, die Verletzten auf Bahren abzutransportieren. Ein Wagnis, das der Heiler beinahe mit seinem eigenen Leben bezahlt hätte.

Buch 5

Wacantognaka – Großzügigkeit

When one sits in the Hoop Of The People,
one must be responsible because
All of Creation is related.
And the hurt of one is the hurt of all.
And the honor of one is the honor of all.

Wenn jemand im Kreis der Völker sitzt,
muss er verantwortungsvoll sein,
denn jegliche Schöpfung ist miteinander verwandt.
Und der Schmerz des Einzelnen ist der Schmerz von allen,
und die Ehre des Einzelnen ist die Ehre von allen.

Überlieferung von White Buffalo Calf Woman

Als die Nächte wieder kühler wurden und die Senken oft nebelbedeckt waren, machten sich die Indianer für den Aufbruch bereit. Es sollte nach Norden gehen, in Richtung *Paha Sapa*, der heiligen Berge, die von den Weißen Black Hills genannt wurden. Dort würden sie auf andere Gruppen stoßen und sich mit ihnen zu einem gewaltigen Jagdlager zusammenschließen. Auch die Büffel, die den Sommer in kleinen Gruppen verbracht hatten, vereinten sich dann zu gewaltigen Herden von Tausenden von Tieren.

Anabell war begeistert, endlich wieder mit Ohitika reisen zu dürfen und jede Stunde des Tages in seiner Nähe zu sein, auch wenn es bedeutete, die Bequemlichkeit eines Tipis gegen Übernachtungen unter freiem Himmel zu tauschen.

Gemeinsam mit fünf Kriegern, darunter auch Ohitika und Waniyetu, zwei Jungen an der Schwelle zum Mannesalter, sechs Frauen und dem alten Medizinmann Wambli Mato, bildeten sie eine Jagdgruppe, die nach umherziehenden Bisons Ausschau halten und wenn möglich die ersten Tiere erbeuten sollte. Der Rest der Indianer zog auf direktem Weg in das Winterlager.

Anabell genoss die langen Ritte durch die Prärie. Das Grasland war schier endlos. Goldene Hügel, die Woge für Woge heranrollten. Der Himmel war ihr nirgends so weit erschienen wie im Reich der Lakota. Immer wieder tauchten in den Senken Seen auf, die wie riesige, blau glänzende Augen in die Weite starrten, hinauf zu *Wakan Tanka*, dem Großen Geist. Dort stiegen die Krieger dann von ihren Pferden und suchten den Boden nach frischen Spuren ab.

Mit jeder erfolglosen Suche wurde der alte Wambli Mato trauriger. »Früher gab es so viele Büffel wie die Sterne zahlreich sind. So weit man sehen konnte, bis zum Horizont zogen sie, Seite an Seite«, murmelte er und brachte Anabell, die neben ihm ritt, dazu aufzuhorchen.

»Was ist mit den Büffeln geschehen, Großvater?«, fragte sie respektvoll.

Wambli Mato seufzte und rieb sich mit der Hand über das faltige Gesicht. Weinte er etwa?

»Ach, *Ina Makoce*, unsere Mutter Erde ist krank. Unsere Brüder, die Büffel sind krank, und die Lakota sterben mit ihnen. Die Weiße Büffelfrau wird uns nicht helfen.«

Anabell schluckte erschrocken, dachte an das blühende Indianerdorf am Fluss und die vielen Menschen dort. »Das kann und will ich nicht glauben.«

»Das ist der Stolz der Jugend, er brennt in den Wasicu genauso hell wie in unseren eigenen Kindern. Es gibt so viel Neues: Gier und Gewehre und schreckliche Krankheiten, und auf nichts davon kennt die Büffelfrau eine Antwort.« Der alte Mann verfiel in seine eigene Sprache, und Anabell wagte es nicht mehr, ihn zu stören.

Mit halb geschlossenen Lidern überließ sich der weise Mann vertrauensvoll der Führung seines Pferdes. Das Tier war weiß bis auf einen schmalen, grauen Fleck, der die Ohren und Stirnlocke färbte. Die blauen Augen des Hengstes schienen in mehrere Welten zugleich blicken zu können.

Anabell veränderte ihren Sitz und holte zu Ohitika und Waniyetu auf, die gerade wieder aufsaßen.

Ihr Mann warf ihr einen strahlenden Blick zu, von dem ihr ganz warm wurde. Am liebsten hätte sie ihn für die Art, wie er sie ansah, lange und innig geküsst, doch sie wusste, es gehörte sich nicht. Die Lakota schienen ähnlich wie strenggläubige Christen strikte Vorstellungen davon zu haben, wie nahe sich selbst ein verheiratetes Paar in der Öffentlichkeit kommen durfte. Auf der Büffeljagd, die für die Indianer einem heiligen Ritual gleichkam, wurden die Regeln besonders streng eingehalten. In Ohitikas Augen las Anabell vor allem eines: Ihm verlangte es genauso sehr nach ihr wie ihr nach ihm. Vergangene Nacht hatten sie sich aus dem Lager fortgeschlichen und sich unter dem endlosen Sternenzelt geliebt, als gäbe es kein Morgen. Anabell träumte schon jetzt davon, ihre Finger wieder über seinen sehnigen Rücken gleiten zu lassen oder auf ihn hinabzuschauen, während er zwischen ihren Schenkeln mit geschlossenen Augen dem Höhepunkt entgegentrieb.

Waniyetu räusperte sich und riss Anabell damit aus den Gedanken. Sofort war ihr Gesicht glühend heiß. »Shung'wakan manu, du bist sicher nicht hergeritten, um deinem Ehemann Löcher in den Rücken zu starren, sondern wolltest fragen, ob wir frische Spuren gefunden haben.«

Anabell wollte etwas erwidern, doch die Worte blieben ihr vor Scham im Hals stecken. Ohitika lenkte sein Pferd neben ihres, sodass sich ihre Beine wie durch Zufall berührten.

»Es sind frische Spuren, von heute, zehn, vielleicht zwölf Tiere.«

Anabell nickte schnell. »Das ist gut.«

»Besser als nichts.«

Er reichte Anabell einen frisch gefüllten Trinkschlauch mit Wasser und nutzte die Gelegenheit, um kurz und fest ihre Hand zu drücken. Ein Windstoß fuhr in sein offenes Haar, hob es an und eine dunkle Flechte strich über ihre Wange.

Gleich darauf war er fort.

Anabell sah ihm nach, während der Rappe ihn im Galopp den nächsten Hügel hinauftrug, wo die anderen Männer bereits auf ihn warteten. Der Anblick war atemberaubend. Im starken Gegenlicht sahen die Reiter wie Scherenschnitte aus, während der Wind an ihren federgeschmückten Haaren und den Mähnen der

Pferde riss. Und Anabell wusste so deutlich wie keinen einzigen Tag zuvor: Hier gehörte sie hin, in dieses schier endlose Land, das keine Grenzen kannte, an die Seite ihres Mannes, den sie mit jeder Faser ihres Körpers und jedem Quäntchen ihrer Seele liebte.

Die Lakota waren menschlicher und gütiger als die Weißen, die sich ihre Überlegenheit auf die Fahnen geschrieben hatten und doch Hass und Verachtung wie Reklametafeln zur Schau trugen.

Ausgerechnet jetzt schlich sich Wambli Matos unheilvolle Prophezeiung in ihre Gedanken. Konnte es stimmen? War dieses Volk wirklich dem Untergang geweiht, wie die Büffel und die Erde, die sie Mutter nannten?

Wenn es nach den weißen Siedlern ginge, mit Sicherheit. Dann wäre das Land so leer, wie es die Werber behaupteten, die an der Ostküste mit Träumen hausierten und Familien dazu brachten, ihr weniges Hab und Gut auf Ochsenkarren zu verladen und gen Westen zu ziehen.

Und angeblich war das auch noch Gottes Werk. Männer wie Padre Juan glaubten diesen Unsinn. Die Pocken schienen jedoch noch weit schlimmer unter den Indianern zu wüten, als es eine Armee je könnte. In Alta California hatten sie ihren Vernichtungsfeldzug bereits begonnen, doch was war mit der Prärie? Die Menschen waren krank, hatte Wambli Mato gesagt, und selbst ein Heiler wie er konnte ihnen nicht helfen.

Während Anabell Grace den Hügel hinauftrieb und der Wind durch die wilden Gräser pfiff, fasste sie einen Entschluss. Sie würde zu einem Handelsposten reiten und dort Mittel gegen Pocken kaufen, oder sich auf die Suche nach einem Rind machen, das die Kuhpocken hatte, um das Mittel selbst herzustellen.

Hauwi holte auf, lächelte sie ahnungslos an und wies mit dem Finger auf die Spur, der die Männer folgten. Die Büffel hatten das trockene Gras platt getreten, ihre Hufe bewegten sich auf uralten Pfaden, doch da war noch etwas: Blut!

»Wir sind scheinbar nicht die einzigen Jäger«, erklärte Hauwi. »Vielleicht haben Wölfe ein Kalb verletzt, vielleicht waren es auch andere Jäger.«

»Aber hätten sie das Tier dann nicht töten müssen?«

»Ja, aber manchmal fliehen sie mit leichten Verletzungen. Bleib dicht bei uns. Ein verwundeter Büffel ist unberechenbar.«

Anabell leistete der Anweisung nur zu gern Folge, hatte sie die Tiere bislang doch als beängstigend groß empfunden. Während sie mit Hauwi, Wambli Mato und den anderen als dichter Trupp ritten, teilten sich die Krieger auf, um das Gelände breit gefächert abzureiten.

Als Anabell die Kuppe erreichte, schoss ihr Puls hoch. Dort war der verletzte Büffel! Am Horizont sah sie einige dunkle Punkte, das war die Herde, die der lahmende Bulle nie mehr einholen würde. Die fünf Krieger kreisten das massige Tier ein. Der Bison wusste nicht, wohin er sich wenden sollte. Er senkte den Kopf, rannte gegen Ohitikas Pferd an, und Anabell fuhr die Angst um den geliebten Mann durch Mark und Bein. Der geübte Krieger wich mühelos aus, dann bohrten sich mehrere Speere in das Tier, und es brach zusammen.

Nachdem Wambli Mato den Geist des ersten getöteten Büffels mit Gebeten und süßem Rauch geehrt hatte, zerlegten die Frauen das massige Tier binnen kürzester Zeit. Anabell half, wo sie nur konnte, und versuchte sich die Handgriffe einzuprägen, damit sie später ihren Teil tun konnte, wenn sie auf die Hauptherde trafen. Ihr Ziel, genug Häute zu erbeuten, um noch vor Wintereinbruch mit Ohitika in ihr eigenes Tipi ziehen zu können, gab ihr dabei den nötigen Ansporn, um auch diese blutige Arbeit zu meistern.

Die beiden Jungen hatten die Aufgabe übernommen, das Fleisch auf Packpferden zum Hauptlager zu bringen. Sie kehrten in der Nacht zurück und brachten traurige Nachricht. Auch die anderen Jagdgruppen waren nicht auf die Hauptherde getroffen.

Die Stimmung am Lagerfeuer sank. Und obwohl alle satt waren und Finger und Münder vom saftigen Fleisch glänzten, wollte keine Freude aufkommen. Die Krieger beschlossen zur Ehre von *Wakan Tanka* und dem Büffelgeist zu tanzen und ihn um seine Gaben zu bitten. Wambli Mato entzündete seine Pfeife, opferte den heiligen Rauch und überbrückte die Zeit bis zum Tanz mit der Geschichte, wie der Büffel auf die Erde kam, um seinen Brüdern, den Menschen, als Nahrung und Kleidung zu dienen.

»Wir sind ein Büffelvolk«, wandte sich Wambli Mato erklärend an Anabell, »ohne den Büffel sind wir nichts.«

Die Ankunft der Tänzer kündigte sich mit einem tiefen Trommelschlag an. Die Frauen bildeten einen Kreis um eine große flache Trommel, und der Klang ließ die Erde erbeben wie der Huftritt der Bisons.

Vier Krieger, angetan mit Büffelfellen, folgten Waniyetu, der seinen Körper mit weißer Asche gefärbt hatte und den Kopf des getöteten Tiers wie eine Reliquie in den Himmel reckte.

Ohitika lief direkt hinter ihm, auf dem Kopf Fell und Hörner eines Bisons, den Rücken unter dem Pelz gebeugt, sodass man meinen konnte, der Geist des Tieres verleihe ihm für einen Moment die Stärke der getöteten Kreatur. Die Tänzer begannen das Feuer zu umkreisen, und ihre Füße wirbelten Staub auf, während sie tanzten, scheinbar mit den Hufen scharrten, einander mit den Hörnern bedrohten und umherwirbelten, als könnte all die aufgebrachte Energie *Wakan Tanka* zu ihnen herabrufen und mit ihm die Büffel, die sie so sehr brauchten.

Als die Sonne am nächsten Morgen aufging, saßen sie bereits eine Weile auf den Pferden und folgten einem Bisonpfad, der einen kleinen Bach entlangführte. Ohitika hatte den Kopfschmuck mit Büffelfell und Hörnern nicht abgelegt. Hin und wieder lugten seine Zöpfe unter dem Fell hervor, die Anabell mit blutrotem Stoff umwickelt hatte.

Nachdem die Indianer die ganze Nacht getanzt und gebetet hatten, wandte sich auch Anabell mit der Bitte an Gott, er möge die Büffel schicken. Und dann endlich kamen sie.

Vögel stoben aus dem Gras auf. In das Glutrot des Sonnenaufgangs mischten sich Staub und ein immer lauter werdendes tiefes Donnern. Es ließ die Erde und die Herzen erbeben und machte die Pferde nervös.

Anabell umklammerte den Zügel und starrte dorthin, wo sich langsam eine Masse dunkler Leiber über das Grasland schob. Die Tiere schienen überall zu sein. Es waren Tausende. Grunzend zogen sie vorwärts, senkten die Köpfe ins Gras, zogen kauend weiter. Jungtiere, das Fell noch ein wenig heller als die älteren Tiere, vollführten ausgelassene Bocksprünge und jagten einander.

Anabell kam kaum aus dem Staunen heraus. Es war ein unglaublich friedlicher Anblick. Die Tiere schienen sie gar nicht zu bemerken. Noch waren die Reiter zu weit weg, um in ihren Augen eine Gefahr darzustellen.

Doch Anabell wusste, was gleich geschehen würde, geschehen musste, und ihr wurde das Herz schwer. Jeder der Krieger hatte mehrere Speere bei sich, Pfeil und Bogen und Gewehre. Waniyetu verließ sich ganz auf sein Geschick mit den traditionellen Waffen.

Anabell folgte den Frauen und Wambli Mato zu einer Ansammlung flacher Felsen, die ihnen Schutz bieten würden, falls die aufgeschreckten Büffel in Panik auf sie zurasten.

Nun blieb für Anabell nur noch zuzusehen und Ohitika Jagdglück zu wünschen. Er ritt tief über den Hals seines Pferdes gebeugt. Sein fellbehangener Körper verschmolz mit der Silhouette des Rappen zu einem buckeligen Mischwesen.

Bald waren die Reiter ganz nah, und dann geschah es. Auf ein unsichtbares Zeichen hin richteten sie sich alle gemeinsam auf. Speere flogen durch die Luft, und die ersten Büffel fielen, bevor die anderen die Gefahr bemerkten. Laute Warnlaute grunzend verfielen die Tiere in Panik.

Wie ein Fischschwarm stoben sie auseinander, und es begann ein wildes Rennen. Ohitika ritt dicht an ein Tier heran und warf seinen zweiten Speer. Der Büffel brach zusammen, und schon riss er sein Gewehr vom Rücken und feuerte.

Schließlich lagen zwei Dutzend Büffel im Gras. Die meisten waren tot, einige verendeten zuckend. Hufe rissen Erdbrocken aus dem Boden.

Die Luft war voller Staub. Am Horizont verschwammen die letzten fliehenden Tiere in gelblichem Dunst. Doch der ursprüngliche Frieden kehrte nicht wieder. Anabell ritt schweigend mit den Frauen.

Es kam den jungen Männern zu, die verwundeten Tiere zu erlösen, eine wichtige Aufgabe, die mitunter sehr gefährlich war und großen Mut erforderte.

Anabell zügelte ihre Stute neben einem gewaltigen Bullen, dessen braune Augen gerade das Licht verloren. Sie fühlte Trauer um das mächtige Tier, das nun so reglos und seines Feuers beraubt im Gras kniete. Ohitikas Speer hatte den Körper durchschlagen und hielt ihn nun kniend aufrecht, in einer fast lebendigen Pose.

Ohitika kam zu ihr geritten, stieg ab und dankte dem Büffel, der sich geopfert hatte, damit die Lakota weiterleben konnten und Anabell den Winter in einem eigenen Tipi wohnen konnte.

In diesem Moment waren Wambli Matos Worte vergessen. Nach einer kurzen Trauer um die majestätischen Tiere breitete sich auf den Gesichtern der Menschen Freude aus.

Ein Bote war ausgesandt worden, und noch bevor am Mittag weitere Stammesmitglieder aus dem Jagdlager eingetroffen waren, hatten sie gemeinschaftlich sieben Tiere gehäutet und zerlegt und sich dabei die würzige, noch warme Leber schmecken lassen.

Bis zur Abenddämmerung war von den Büffeln kaum noch etwas zu sehen. Viel Fleisch war zum frischen Verzehr bestimmt, der Rest wurde von vornehmlich älteren Frauen in dünne Streifen geschnitten, um an eigens dafür hergestellten Holzgestellen zum Trocknen aufgehängt zu werden.

Der Jagdtrupp brach am nächsten Morgen erneut auf, um der Herde zu folgen, und Anabell war mit einigen jungen Frauen dabei. Diesmal waren es zehn Krieger. Die große Herde war gefunden, und die einzelnen Jagdtrupps mussten nicht länger suchen, sondern folgten der breiten Schneise, die die Tiere in dem Grasland hinterlassen hatten. Am Nachmittag des zweiten Tages trafen sie auf zwei uralte Bullen und ließen sie ziehen, da ihr Fleisch zäh und die Haut dick und narbig war.

Immer ungeduldiger suchten die Jäger die Hügel ab, bis Waniyetu plötzlich einen gellenden Schrei ausstieß. Er hatte sein Pferd an einem Abhang gezügelt und starrte auf das Land vor ihm. Als die anderen Reiter heran waren, verharrten alle in stummem Entsetzen. Blutgeruch trieb im Wind. Kojoten ergriffen bellend die Flucht.

Was dort im Tal vor ihnen lag war ein Massaker. Erst wollte sich Anabells Kopf keinen Reim darauf machen, doch dann verstand sie. Dort lagen die Körper gehäuteter Büffel. Es mussten Hunderte sein. Jemand hatte sie in den Talkessel getrieben, wo dann weitere Männer von den Hängen aus das Feuer eröffneten. Die Tiere hatten keine Chance gehabt, ihren Jägern zu entkommen, die es offenbar nur auf Felle und Schädel abgesehen hatten, der Rest wurde nun ein Fraß für Geier und Maden.

Es dauerte eine kleine Ewigkeit, bis sich der Erste räusperte und etwas sagte. Ohitika stieß einen wüsten Fluch aus, während das Gesicht seines Bruders zu Stein erstarrte. Waniyetus Hand umklammerte den Speer vor Zorn so fest, dass die Knöchel und Sehnen weiß hervortraten.

Ein anderer Krieger schrie etwas, und Anabell verstand nur ein Wort: Wasicu – Weiße!

Natürlich waren es Weiße gewesen. Menschen wie Anabell, die sich in diesem Moment vor Scham am liebsten in einer der zahlreichen Präriehundbauten verkrochen hätte. Dort verrottete so viel Fleisch, dass es für zwei Winter gereicht hätte, und nun würden die Lakota womöglich Hunger leiden müssen.

Unter den Kriegern brach eine Diskussion aus. Einer riss seinen Tomahawk aus dem Gürtel und reckte ihn mit einem Kriegsschrei gen Osten, dorthin, wo die deutliche Spur aus Wagenrädern führte. Die weißen Jäger schienen nichts zu befürchten. Ohitika reckte ebenfalls seinen Speer und stieß einen Schrei aus, der auch Anabells Blut befeuerte. In diesem Moment hasste sie die Unbekannten, die unter den Tieren ein sinnloses Gemetzel angerichtet hatten, und hätte ihrem Zorn am liebsten ebenfalls mit einem Schrei Luft gemacht. Zica tat genau das.

Ohitika drängte seinen tänzelnden Rappen näher an Anabell. »Du bleibst mit den anderen Frauen hier, vielleicht ist noch etwas von dem Fleisch zu gebrauchen.«

Anabell bekam plötzlich furchtbare Angst. »Und du?«

»Wir sorgen dafür, dass so etwas wie das hier nicht wieder geschieht! Nicht auf unserem Land, nicht mit unseren Brüdern! *Hokahey*!«

»Nein!«, meldete sich Hauwi zu Wort und drängte ihre Stute zwischen die Pferde der Krieger. »Hier jagen nicht nur Lakota. Die Cheyenne sind nicht weit, und Wasicu schlachten unsere Brüder ab. Kein Krieger mit Ehre im Herzen lässt eine Gruppe Frauen hier zurück.« Ihre Stimme bebte, als sie weitersprach. »Wir kommen mit euch.«

»Ja, ja, das werden wir«, Anabell drückte die Hand ihrer Schwiegermutter und wusste ganz genau, woran sie dachte. Ihre Entführung durch Jasper Crawford und seinen Kumpanen und die Morde, die die Trapper begangen hatten.

Die Krieger berieten sich kurz, dann brachen sie auf. Gemeinsam.

Die weißen Jäger zogen nur langsam. Die Karren, die sie mit sich führten, zwangen sie zu Schritttempo.

Schweigend und schnell folgten die Indianer der Fährte. Längst war der Hass in Nachdenklichkeit übergegangen. Erste Bedenken wurden laut. Die Waffen der Schlächter waren gut und die Spuren verrieten, dass sie in der Überzahl waren. War es sinnvoll, das Leben der besten Jäger des Stammes zu riskieren, um Rache zu nehmen? Wer würde die Daheimgebliebenen versorgen, wer die Alten und die Kinder?

Ja, natürlich hatten die Wasicu ein schreckliches Unrecht begangen, doch waren die Büffel nicht zahlreich wie die Sterne und, verglichen damit, die abgeschlachteten Tiere im Tal nicht mehr als eine Handvoll?

Doch auch die Weißen waren zahlreich, und wenn sich herumsprach, wie reich *Wakan Tankas* Geschenk an seine Kinder war, so würden mehr kommen und mehr, wie es schon im Osten geschehen war.

Anabell dachte an Louisiana. Auch das Land des Mississippi war einst Indianerland gewesen und nun ganz in der Hand der Plantagenbesitzer und ihrem beständig wachsenden Heer schwarzer Sklaven. Soweit sie sich erinnern konnte, war Anabell dort nie einem Indianer begegnet, und genau das sagte sie den Kriegern.

»Wir müssen sie aufhalten!«, erklärte Wambli Mato entschlossen. »Ich will den Großen Geist um eine Vision bitten, damit er uns rät, was wir tun sollen.«

Am Mittag erreichten sie einen Hügel mit einer Steinformation, die aussah wie ein kauernder Büffel. Der Weise Mann nahm es als Zeichen. Der Ort für seine Visionssuche war erreicht. Gemeinsam mit den anderen Frauen verbarg sich Anabell in einer mit niedrigen Bäumen bestandenen Senke, wo auch die Pferde vor fremden Blicken geschützt waren und fressen konnten. Ohitika war mit einem der Jungen aufgebrochen, um der Spur der Weißen zu folgen und das Gelände zu erkunden, während die anderen Krieger Wambli Mato bei seiner Visionssuche unterstützten.

»Was machen sie dort oben?«, erkundigte sich Anabell, die nur erkennen konnte, wie sich der Alte mit dem Rücken zum Felsen hinkniete und das Gesicht gen Sonne reckte. Waniyetu schien bei der Zeremonie eine wichtige Rolle einzunehmen. Er verbrannte Süßgras, dessen angenehmer Geruch vom Wind bis in die Senke getragen wurde.

»Unser Heiliger Mann opfert *Wakan Tanka* sein Fleisch«, erklärte Hauwi, und als Anabell verständnislos den Kopf schüttelte, meinte sie nur, eine Wasicu verstehe das nicht. Erst in einigen Jahren, wenn ihr Herz ganz das einer Lakota geworden sei, könne sie die Riten, die die Weiße Büffelfrau den Lakota gebracht hatte, begreifen.

»Wer ist die Weiße Büffelfrau, magst du es mir nicht erklären, während wir warten?« Anabell wollte die Geschichte tatsächlich gern hören, doch noch viel mehr hoffte sie auf eine kleine Ablenkung, damit sie nicht beständig an Ohitika denken musste, der die gefährlichste Aufgabe übernommen hatte.

Was wäre, wenn die Weißen ihn entdeckten? Sie würden nicht zögern, ihn zu töten, und ein Leben ohne Ohitika wäre kein Leben.

Hauwi, die ihr die Sorge anzusehen schien, lächelte. »Du wirst dich daran gewöhnen müssen, wie es jede Mutter und jede Frau eines Kriegers tun muss. Ohitika ist ein guter Kämpfer und der Beste im Auskundschaften.«

Anabell setzte sich mit ihrer Schwiegermutter ins Gras und lauschte ihrer warmen, kraftvollen Geschichte, während die Männer auf der Hügelkuppe einen kehligen Gesang intonierten.

Einst hatten die Menschen verlernt, mit dem Großen Geist zu sprechen, daher sandte jener die Weiße Büffelkalbfrau. Sie erschien zwei Jägern als wunderschöne junge Frau. Einer begehrte sie offen, der andere senkte den Blick, denn er hatte erkannt, von wem sie gesandt worden war. Der lüsterne Mann zerfiel zu Staub und Knochen, der andere aber bereitete ihre Ankunft in seinem Dorf vor.

Die Büffelkalbfrau brachte ihnen das heilige Bündel und lehrte die Menschen den Umgang mit der *canunpa wakan*, der Heiligen Pfeife. Sie zeigte ihnen auch sieben Riten. Einige davon kannte Anabell bereits: Die Hochzeit natürlich und die Schwitzhüttenzeremonie zur Reinigung von Körper und Geist. Die Narben auf Ohitikas Brust bezeugten, dass er die höchste Form des Gebetes, den Sonnentanz, absolviert hatte, und in diesem Moment ersuchte Wambli Mato den Schöpfer um eine Vision.

»Was sind die anderen drei Zeremonien? Du sagst, es sind sieben«, erkundigte sich Anabell. Sie war nun wirklich neugierig geworden.

»Eine gibt einem Kind einen Namen, die zweite dient der Heilung Kranker, und die dritte macht aus Fremden Verwandte und adoptiert sie in eine Familie.«

Bis zum Einbruch der Nacht hielt Hauwi Anabells Sorgen mit Geschichten auf Abstand, dann endlich kam Ohitika wohlbehalten von seiner Mission zurück.

Wambli Mato betete bis in die frühen Morgenstunden, und erst dann trugen zwei Krieger den völlig geschwächten Alten hinab ins Lager. Er blutete aus zahlreichen Wunden an seinen Armen und lag mit verdrehten Augen da. Aber er hatte die Vision erhalten: Niemand anderes als die Büffel selbst würden den Kriegern helfen.

Die Sterne verloren ihr Leuchten, und die Nachtschwärze schwand im Blassgelb der erwachenden Morgendämmerung. Es war gespenstisch still. Selbst die Hufe der Pferde raschelten nur leise im Präriegras. Vögel wippten auf den trockenen Triebspitzen der pelzigen Timpsulastauden, doch auch sie sangen an diesem Morgen der Rache nicht. Es war, als hielte die Natur den Atem an.

Anabells Herz raste wie verrückt. In einer Tasche auf ihrem Rücken schaukelten mehrere provisorische Fackeln. Der Plan, den sie nach Wambli Matos Vision entwickelt hatten, war so simpel wie tödlich.

Ohitika, angetan mit Büffelhörnern und Fell, würde gemeinsam mit Waniyetu die gefährlichste Aufgabe übernehmen. Sie hatten die Felle und ihre Pferde mit Büffeldung eingerieben, sodass die Wildtiere sie nicht mehr wittern würden, und ritten mitten in die Herde hinein.

Anabell hatte schon vor einer Weile von dem geliebten Mann Abschied genommen, der sich nun tief über sein Pferd gebeugt zwischen die Bisons mischte und langsam zur Spitze der Herde ritt.

Die übrigen Männer und Frauen ritten im weiten Halbkreis um die Tiere herum. Anabell folgte Zica mit gemischten Gefühlen. Die Indianerin mochte sie nicht, das machte jene immer wieder deutlich. Konnte sie ihr trauen und sich auf sie verlassen?

Die Büffel zogen grunzend durch das weite Grasland. Noch waren sie weit weg, nicht mehr als blaue Schatten in einer langsam heller werdenden Welt.

Irgendwo im Osten war das Lager der weißen Büffeljäger, und Anabell hoffte mit grimmiger Entschlossenheit, dass jene den Mittag nicht mehr erleben würden.

Plötzlich erschallte der helle Ruf eines Kaninchenkauzes. Dreimal und nach einer kurzen Unterbrechung noch zweimal. Es war das verabredete Zeichen, Ohitika und Waniyetu hatten die Spitze der Herde erreicht.

Anabell ritt zu Zica, die bereits mit einem Stein Feuer schlug. Zunder flammte auf, und die mitgebrachten Fackeln brannten im Nu.

Ohitika ritt dicht über den Hals seines Pferdes gebeugt. Ein Fell bedeckte Kopf, Hals und Körper und verwandelte den Rappen in ein Mischwesen, eine Trickstergestalt. Die List gelang. Die Bisons waren ihm so nah, dass er nur die Hand ausstrecken müsste, um sie zu berühren. Es erschien ihm wie Zauberei, wie eine heilige Vision, und das war es ja eigentlich auch. Wambli Matos Vision! Die kräftigen Tiere beäugten ihn aus ihren winzigen Augen.

Bruder Büffel, heute jagen wir euch nicht, heute kämpfen wir gemeinsam, wiederholte er in Gedanken.

Nur ein Fehler und die scharfen Hörner des Bullen neben ihm würden dem Rappen den Bauch aufschlitzen. Seitdem Ohitika auf seiner allerersten Büffeljagd das Lieblingspferd aus Kindertagen verloren hatte, gehörte die Vorstellung zu seinen größten Albträumen. Das Weiße im Auge des Bullen blitzte auf. Ohitika lenkte sein Pferd ein Stückchen zur Seite.

Waniyetu stieß den Ruf des Kaninchenkauzes aus. Ohitika spannte die Muskeln an. Gleich, gleich würde es so weit sein. Nun hing alles von ihm und seinem Bruder ab.

»*Mitakuye Oyasin*, wir sind alle verwandt«, flüsterte er kaum hörbar und drehte langsam den Kopf, bis er über seine Schulter sehen konnte.

Da, wie Glühwürmchen flammten die ersten Lichter über der Hügelkuppe auf. Durch die vielköpfige Herde ging ein Ruck. Die Büffel hatten die Gefahr bemerkt. Grunzend verbreitete sich die Nachricht, während immer mehr Feuer aufflammten. Als die ersten Tiere losrannten, war die Zeit der Brüder gekommen. Sie trieben ihre Pferde an und setzten sich an die Spitze der Büffelherde. Tausende Hufe brachten die Prärie zum Beben. Sie liefen immer schneller und schneller und folgten den Reitern tatsächlich.

Waniyetu ritt jetzt dicht neben Ohitika. Die Pferde preschten Kopf an Kopf dahin, die Büffel wie eine hornbewehrte Wand hinter ihnen, die alles niederwalzen würde, was sich ihr in den Weg stellte.

In diesem Moment stieg die Sonne über den Horizont. Blutrot ergoss sie ihr Licht über die Prärie. Sie ritten ihr genau entgegen. Ohitika kniff die Augen zu Schlitzen zusammen. Die Pferde und Büffel waren genauso geblendet wie er, und doch ging es im vollen Tempo weiter.

Der Wind trug Schreie mit sich. Krieger und Frauen verfolgten die panischen Büffel und schwenkten ihre Fackeln. Nichts machte ihnen mehr Angst als Feuer.

Ohitika verlagerte sein Gewicht, und der Rappe schwenkte nach links ab, es ging ein wenig aufwärts, und der Hengst preschte mit gewaltigen Sätzen hinauf. Dann war die Kuppe überwunden, und da war es!

Das Lager der weißen Jäger war in heller Aufregung. Die Büffel rasten heran wie der allmächtige Donner. Zehn Männer versuchten verzweifelt, auf ihre Pferde zu kommen, die in blinder Panik stiegen und sich losrissen. Drei versuchten, die Gefahr durch Schüsse aufzuhalten. Neben Ohitika brach ein Bison zusammen und riss eine Schneise in die Front, doch auch das hielt sie nicht mehr auf. Ohitika richtete sich auf und stieß einen wilden Kriegsschrei aus, das Fell rutschte ihm von den Schultern und entblößte seine feuerrote Kriegsbemalung.

Für einen Augenblick blieb die Zeit stehen. Er sah einem bärtigen Blondschopf ins Gesicht, der ihm ungläubig entgegensah, als sei der Indianer ein Geist. Die Arme mit dem leer geschossenen Gewehr hatte er sinken lassen und starrte nur noch auf die Wand aus Büffelleibern, die von der Morgensonne purpurn gefärbt wurden.

Ohitika sparte sich einen Angriff und galoppierte an ihm vorbei. Sein Rappe setzte über die Feuerstelle und hielt auf einen Schützen zu, der versuchte, sich hinter einem fellbeladenen Karren in Sicherheit zu bringen. Der Speer traf ihn genau zwischen die Schulterblätter.

Ohitika riss seinen Rappen herum, hinter den Karren, der die

Büffelherde teilte wie ein Felsen das Meer. Das Pferd stieg panisch und drehte sich im Kreis, doch Ohitika ließ es nicht fort. Die Büffel würden sie tottrampeln, genau wie es in diesem Augenblick den gierigen weißen Jägern widerfuhr. Ihre Schreie gellten zwischen dem Donnern der Hufe und verstummten nach und nach. Staub umhüllte die Masse aus Leibern wie Schleier aus einer anderen Welt, und dann sah er sie: eine weiße Büffelkuh.

Das Tier war nicht in Panik wie die anderen. Ruhig, fast schlafwandlerisch lief sie durch das Lager. Ihr Fell war an den Schultern etwas beige. Hörner und Schnauze glänzten schwarz. Die Augen, die in einem besonderen Licht zu leuchten schienen, richteten sich auf Ohitika.

Er hatte das Gefühl, nicht mehr atmen zu können. Das war ein *Na'gi,* eine Seele, oder einer von *Wakan Tankas* Geistern!

Tief berührt senkte Ohitika den Blick und begann zu beten. Er bat um Hilfe für sein Volk, denn auch er spürte die drohende Gefahr, die aus dem Osten kam, und darum, dass die Büffel nicht verschwinden würden und die Lakota dem Hunger ausgeliefert wären. Zuletzt, denn er wollte nicht gierig erscheinen, bat er um eine sichere Zukunft für Anabell und die Kinder, die ihnen hoffentlich bald geschenkt würden.

Er spürte, wie das heilige Wesen immer näher kam, und wagte, den Blick zu heben. Sie war nur einen Schritt entfernt. Ohitikas Rappe war wie erstarrt. Die Büffelkuh atmete geräuschvoll. Ihre mächtigen Rippen hoben und senkten sich, während sie den Karren mit den aufgeschichteten Fellen beschnüffelte. Ihm kam es vor, als trauere sie um ihre Brüder und Schwestern. Sie schob die glänzende Schnauze zwischen die Felle.

Konnte es sein? War dort ein Büschel weißer Haare?

Der Staub, den die Hufe aufwirbelten, nahm plötzlich zu, vermischte sich mit Brandgeruch, und Ohitika tränten die Augen. Als er darüberwischte und seine Sicht sich klärte, war die heilige Büffelkuh fort und mit ihr die letzten Tiere der Herde. Er wandte sich in alle Richtungen. Das blendend helle Sonnenlicht im Osten wurde von Staub verschleiert, und dort sah er sie wieder, die weiße Büffelkuh. Sie schrumpfte zu einem hornlosen Kalb, ihr Leben verlief rückwärts, und dann trat noch ein Wesen aus dem Licht. Ein kleiner Mensch. Ohitika wusste mit einem Stich in seinem Herzen, es war sein Sohn. Er würde einen Sohn haben. Und so wie der Geist in der Vision das heilige Büffelkalb berührte, so würde auch sein Sohn mit dem Heiligen in besonderer Verbindung stehen. Als sich die Vision auflöste, sprang Ohitika von seinem Pferd und kletterte auf den Karren. Er musste es wissen, er musste.

Anabells Herz jagte noch immer wie verrückt, als sie gemeinsam mit den anderen dorthin ritt, wo einst das Lager der Weißen gewesen war. Die Fackel, die längst erloschen war, rutschte ihr aus der Hand und fiel auf blanke Erde. Wo die Büffel langgezogen waren, wuchs kein Gras mehr. Staub hing in der Luft, setzte die Atemwege zu und verklebte das schweißfeuchte Fell der Pferde.

Sie hatten es geschafft. Kein einziger Jäger war der schrecklichen Stampede entkommen. Anabell wollte die Augen nicht vor den Toten verschließen. Es wäre unaufrichtig. Sie hatte mitgeholfen, die Büffel aufzuhetzen, jetzt musste sie die Folgen auch ertragen. Die Tiere hatten eine breite Schneise der Verwüstung hinterlassen. Die Zelte, in denen die Jäger gehaust hatten, waren zerrissen und die Stoffe weit in der Prärie verstreut. Ein Pferd lag reglos da, wie ein vergessenes Bündel.

Einige Jäger hatten offenbar versucht, davonzulaufen und waren doch von den Tieren eingeholt worden. Andere waren an Ort und Stelle gestorben. Anabell ritt an einem Toten vorbei, der auf dem Bauch lag, die verrenkten Glieder von sich gestreckt. Ein Krieger rammte dem Toten wütend seinen Speer in den Rücken und riss die Waffe wieder heraus. Niemand sagte etwas, keiner schrie oder jubelte.

Die Stille war seltsam bleiern, und erst der Anblick ihres geliebten Mannes gab Anabell ein wenig Lebendigkeit zurück.

Doch was tat Ohitika dort?

Er stand auf einem Wagen mit Fellen, riss eine Haut nach der anderen fort und warf sie in den Staub.

»Ohitika, Ohitika, was tust du?«

Anabell erhielt keine Antwort. Auch die anderen ritten nun zum Wagen und sahen ihm bei seinem seltsamen Tun zu.

Ohitika trug noch immer die Büffelhaube mit den Hörnern. Sein rot gefärbter Körper war bloß und verschwitzt, Fellflocken segelten durch die Luft und blieben an seiner Haut kleben, während er die Felle mit beiden Händen packte und zu Boden warf.

Waniyetu, der den halsbrecherischen Ritt am längsten durchgehalten hatte, führte sein völlig erschöpftes Pferd am Zügel und war kurz davor, zu seinem Bruder auf den Wagen zu steigen, als er von Wambli Mato mit einer Geste zurückgehalten wurde. Ohitika schien nicht ganz bei sich zu sein. Seine Augen waren halb geschlossen, die Lippen geöffnet, und er murmelte etwas vor sich hin.

Wambli Mato hob die Arme gen Himmel. Jemand entzündete Süßgras. Was geschah da nur?

Anabell bekam es mit der Angst zu tun, aber sie wagte nicht, jemanden zu fragen und die feierliche Stille zu stören.

Urplötzlich stieß Ohitika einen Schrei aus und brach in die Knie. Tränen rollten über sein verschmiertes Gesicht, während er ein schneeweißes Fell eng an den Körper presste und sich vor- und zurückwiegte.

Eine Frau begann einen Klagegesang, und dann hallten die Hügel wider in der Trauer um das weiße Kalb.

Wambli Mato ließ am Felsen, wo er seine eigene Vision gehabt hatte, eine Schwitzhütte errichten. In der *initipi wakan* reinigten sich Männer und Frauen im heiligen Rauch, und Ohitika berichtete allen von seiner Begegnung mit dem Geist der Büffelkuh. Seine Vision wurde wahr. Man beschloss, das weiße Kalbfell fortan in seiner Familie weiterzugeben, bis sich zeigte, ob sein Sohn tatsächlich den Weg des Schamanen ging.

Auf den beiden Wagen der toten Jäger fanden sich mehrere Hundert Felle und Schädel. Zuerst wusste niemand, was damit geschehen sollte. Waren die Felle verdorben, weil die Jäger sie ohne Achtung für das Bisonvolk genommen hatten?

Die Weisen und Häuptlinge des Hauptlagers berieten darüber und fällten eine Entscheidung. Während die Schädel auf einem Hügel aufgeschichtet und die Geister mit Geschenken besänftigt wurden, verteilte man die Felle unter den Teilnehmern des Jagdtrupps und gab die übrigen an Bedürftige.

In diesem Winter würde niemand frieren müssen.

Winterlager – Monate später

Nachdem alle Fleischvorräte getrocknet und die Felle gegerbt waren, zog Wambli Matos Gruppe westwärts in die Berge, wo traditionell das Winterlager aufgeschlagen wurde. Dort entstand im Schutz der hohen Kiefern und Wacholderwälder der heiligen Berge an einem kleinen See ein Dorf aus Tipis.

Anabell liebte ihr neues Zelt. Gemeinsam mit Hauwi und einigen Tanten und Cousinen hatte es nur wenige Tage gedauert, die großen Bisonhäute zu vernähen. Ohitika hatte junge, schlanke Bäume gefällt, entrindet und zugeschliffen. Nun besaßen sie ein eigenes wunderschönes Heim, und noch ein Glück hatte sich eingestellt: Anabell war schwanger. Während draußen Winterstürme Eis und Schnee über die Prärie fegten, verbrachte sie ihre Zeit damit, Kleidung zu nähen und mit Stickereien zu verzieren.

Ohitika hatte das weiße Fell des Büffelkalbs in einen Rahmen gespannt und zeichnete auf die Rückseite die Geschichte seiner Herkunft. Anabell war erstaunt, wie detailliert er Büffel, Pferde und Reiter darstellte. Jeden Tag ergänzte er das Bild ein wenig, bis er es schließlich durch Wambli Mato mit Zedern- und Süßgrasrauch den Geistern weihte. In der Mitte war das Abbild eines weißen Büffels zu sehen. Ein bunter Pfeil, der dem Herzen des Tieres entsprang und den Körper durch das Maul verließ, berührte das Herz einer kleinen Menschengestalt.

Anabell fühlte sich seltsam erhaben, wenn sie das Bild ihres Sohnes sah, der in diesem Moment in ihrem Leib heranwuchs. Sie selbst hatte nie Freude am Zeichnen gehabt, nicht einmal als Kind. Ohitika war fürwahr ein Künstler.

Die Tage im Winterlager vergingen schleppend. Es gab nicht viel Abwechslung. Die Männer ritten in die Berge zur Jagd, wo sie Hirschen und Steinböcken nachstellten. Zur dunkelsten Zeit gelang es Ohitika und Waniyetu, einen Grizzlybären in seiner Höhle aufzuspüren und zu töten. Als sie das gewaltige Tier zum Lager brachten, wurde Anabell im Nachhinein angst und bange um ihren Liebsten, doch das dicke weiche Fell, auf dem sie seitdem schliefen, gefiel ihr ebenso gut wie die archaische Halskette aus Bärenklauen, die Ohitika fortan trug.

Der Winter war hart und lang, der Schnee hoch. Dank der guten Jagderfolge blieben die Menschen vom Hunger verschont, doch die Pferde hatten es schwer. Anabell zog jeden Tag mit den anderen Frauen in den Wald, um junge Bäume zu schlagen, deren Zweige und Rinde die kräftigen Tiere über die harte Zeit brachten, für viele alte Pferde reichte es jedoch nicht, und sie wurden selbst zur Nahrung für die Menschen und die struppigen Hunde, die sie begleiteten.

Der Winter war die Zeit für Geschichten und Lieder.

Mit dem Frühjahr und der Schneeschmelze kam das Fieber zu den Lakota. Von nun an war Anabell Tag und Nacht damit beschäftigt, Kranke zu pflegen und nach Wambli Matos Anweisung Sud und Aufgüsse herzustellen. Es wurde eine besondere Schwitzhütte für Fiebernde gebaut. Sie bestand aus frischen Weidenästen, die in der Hitze Wirkstoffe ausdünsteten und auf diese Weise zusätzlich zu den Tees die Krankheiten bekämpften. Dennoch starben drei alte Männer und eine Frau, selbst ein kleines Mädchen wurde nicht von den Fiebergeistern verschont.

Dann endlich kam der Frühling und mit ihm ein fahrender Händler. Es war ein rothaariger Ire namens Red McIan, der hoch beladene Mulis mit sich führte, die nach seinen zänkischen Schwestern benannt waren.

Der Ire war im Winterlager ein alter Bekannter, und viele hatten seine Ankunft mit Sehnsucht erwartet. McIan tauschte Biberfelle gegen Kupferkessel und dringend benötigtes Pulver und Kugeln für die Vorderlader.

Obwohl es Anabell zuvor nicht aufgefallen war, fehlte ihr die Unterhaltung mit einem anderen Weißen. Red McIan war ein freundlicher, gut gelaunter Mann, der die Indianer respektierte. An langen Abenden kam er oft zu Anabell und Ohitika und erzählte ihnen dann von den zahllosen Siedlern auf den Trails über die Rocky Mountains und dem zunehmenden Druck auf die Stämme im Osten. McIan stimmte es traurig, und wenn man ihn fragte, so bedauerte er das Ende des Westens, wie er ihn kannte.

»Wir sind die Letzten, die das Land in seiner ganzen wilden Schönheit sehen werden«, sagte er dann. Wenn erst einmal die Soldaten hier seien und endlose Siedlerströme in das weite Land kämen, sei es vorbei mit Büffeln und Indianern, dann würden die Ochsen der Bauern die unberührte Prärie umpflügen und Kirchen und Dörfer aus dem Boden schießen, wo zuvor *Ina Makoce* und *Wakan Tanka* verehrt wurden.

»Wir werden es nicht zulassen!«, sagte Ohitika dann grimmig, und sein Blick ging zu Anabell und dem Kind unter ihrem Herzen. Dann nahm sie seine Hand und drückte sie, denn auch sie wollte, dass ihr Sohn in Freiheit unter dem endlos weiten Himmel lebte und die Prophezeiung erfüllen konnte, mit der der Große Geist seinen Vater gesegnet hatte.

Red McIan berichtete mit gedämpfter Stimme von Forts und zahlreichen Soldaten und von Kanonen, die Menschen fällten wie der Schnitter die Saat. Schließlich wusste niemand mehr etwas zu sagen. Dann stopfte Ohitika seine Pfeife, die zugleich ein Tomahawk war, vollzog die heiligen Riten, und dann rauchten sie gemeinsam, denn zumindest in jenem Winter herrschte in seinem Tipi Friede zwischen Lakota und Wasicu.

Als Red McIan aufbrach, gab Anabell ihm einen Brief für ihren Vater und Lewis mit.

Sie schrieb ihnen von ihrer Liebe und wünschte beiden Lebewohl. Sie war glücklich in ihrem neuen Leben und wünschte besonders Lewis das gleiche Glück. Er sollte eine Frau finden, die er wahrhaftig liebte und mit der er in Alta California so zufrieden leben konnte wie Anabell mit Ohitika in den Plains. Es würde Monate dauern, bis die Nachricht ihren Vater erreichte, doch dann würde er sich hoffentlich weniger Sorgen um sie machen.

Mit dem Frühling kehrte auch die Freude ins Winterlager zurück. Die Bergbäche lösten sich aus der starren Umklammerung des Eises und rauschten kraftvoll gen Tal. Gierig stürzten sich die Pferde auf jedes Fleckchen Grün, das unter dem rasch dahinschmelzenden Schnee zum Vorschein kam, und schon bald stachen die Rippen unter dem Fell nicht mehr hervor, und die Tiere waren stark genug für die Reise zurück ins Sommerlager.

Es war ein merkwürdiges Gefühl, die großen Zelte, die monatelang ihr Heim dargestellt hatten, abzubrechen. Es dauerte nur einen Tag, und von dem Lager blieben einzig runde trockene Stellen, wo die Tipis gestanden hatten, und die Pfade zwischen ihnen.

Es war nicht leicht, die Pferde einzufangen, die den Winter

über wild in den Tälern und Ebenen nahe des Lagers gelebt hatten.

Dann setzte sich an einem klaren Frühlingstag endlich der Treck in Bewegung.

Der Himmel war strahlend blau, nur einzelne kleine Wolkenfetzen trieben dahin. Adler zogen in der endlosen Weite ihre Kreise. Ihre hellen Schreie wurden von den Indianern als gutes Omen aufgenommen.

Anabell waren die kleinen unscheinbaren Vögel lieber, die ausgelassene Melodien trällerten. Die Prärie, die im Herbst gelb und kahl gewesen war, hatte sich völlig verwandelt. Ein leuchtend grünes Meer breitete sich vor ihnen aus. Anabell erschien es wie ein Wunder. Es war ihr erster Frühling im Land der Lakota, und sie konnte sich nicht sattsehen an seiner Schönheit.

Wie Seen aus Feuer breitete sich eine wahre Flut roter Castillejablüten aus und erfüllte die warme Luft mit süßen Wohlgerüchen. Weiße und violette Blumen gab es, und gelbe, die wie Kerzenflammen aussahen.

Die Kinder suchten Eier bodenbrütender Vögel, die ihre Nester einfach auf den Boden legten, und als sie am Abend ein provisorisches Lager aufschlugen, sammelte Anabell mit den anderen Frauen wilde Zwiebeln und Wurzeln für ein schmackhaftes Mahl.

Ohitika kam zu ihr ans Feuer, hielt eine Angelrute hoch und lud sie so ein, ihm zu einem weiß schäumenden Fluss zu folgen, den sie am nächsten Morgen überqueren würden. Vorsichtig bahnten sie sich ihren Weg über glatt geschliffene Steine. Anabell drückte eine Hand auf ihren Bauch, in der das Kind begonnen hatte, sich zu bewegen, und hatte das Gefühl, vor lauter Glück schier zu zerspringen.

Beim Blick in Ohitikas warme Augen war ihr sofort klar, warum er zu ihr gekommen war. Und jetzt, da sie hinter ihm herging, den Blick auf die geschmeidigen Bewegungen seines wunderbaren Körpers geheftet, spürte auch sie ein gieriges Verlangen.

Er führte sie zu einer kleinen Senke, wo sich das Wasser des Flusses in einer Art Weiher gesammelt hatte. Uralte Weiden neigten sich darüber. Im Wasser spiegelten sich der Abendhimmel und die hellgelben jungen Blätter der Bäume.

Ohitika hängte die Angel ins Wasser und wandte sich dann zu ihr um. Sein Lächeln sagte alles. War es immer so, wenn man jemanden von ganzem Herzen liebte? Anabell konnte sich nicht vorstellen, dass dieses Gefühl wiederholbar war. Es gehörte nur ihr, ihr und Ohitika.

Sie trat vor ihn, sah ihm lange in die Augen und schob dann ihre Hände in seinen Nacken. Der Kuss raubte ihr die Sinne. Als er sie hochhob und zu einer grasbewachsenen Lichtung trug, waren ihre Beine weich und ihr Herz hämmerte in ihrer Brust, als wolle es hinaus und sich mit seinem vereinen. Sie wünschte sich, diesen einen Moment für immer festhalten zu dürfen.

Die romantische Liebesnacht unter den Weiden, in *Ina Makoces* Armen, blieb Anabell auch im Sommer noch im Gedächtnis, als an eine liebevolle Vereinigung mit Ohitika längst nicht mehr zu denken war. Sie erinnerte sich noch genau an die Worte ihres Liebsten. Die Lakota hatten ein Sprichwort: Im Frühling geh leichtfüßig, Mutter Erde ist schwanger.

Anabell lächelte, während sie sich schwerfällig über das mittlerweile sonnenverbrannte Gras bewegte. Ich watschle wie eine betrunkene Ente. *Ina Makoce*, die ewig junge Erdmutter, lief sicherlich weitaus eleganter als sie.

Ohitika hatte angeboten, sie zu tragen, doch das ging Anabell zu weit. Ihn nahm die bevorstehende Geburt scheinbar mehr mit als sie. Als sie gerade dabei gewesen war, Kräuter zum Trocknen zusammenzubinden, war ihre Fruchtblase geplatzt. Ohitika, der sie nicht aus den Augen gelassen hatte, blieb bei ihr, bis die Wehen stärker wurden, und drängte sie nun dazu, sich zu seiner Tante und Hauwi zu begeben, die ihr bei der Geburt beistehen sollten.

»Die Wehen sind noch nicht so schlimm«, meinte Anabell und drückte seine Hand. Dann zuckte der Schmerz durch ihren Leib, und sie biss die Zähne zusammen. Sie wurden jetzt eindeutig heftiger und kamen auch öfter.

Ohitika sah sich um, als lauere der Feind hinter jedem Tipi, und schob sie energisch weiter.

»Solltest du nicht eigentlich bei dem Fest sein?«

»Ich kümmere mich um dich.«

»Und ich liebe dich auch«, lachte sie und verzog das Gesicht unter dem Ansturm der nächsten Wehe.

Ohitika rief laut nach Hauwi, noch bevor sie ihr Zelt erreicht hatten. Sie kam ihnen lächelnd entgegengelaufen, griff Anabell von der anderen Seite unter die Arme und half ihr ins Tipi. Ohitika drückte Anabell Küsse aufs Haar. Es fiel ihm schrecklich schwer, sich zu trennen, und auch Anabell wäre es am liebsten gewesen, er bliebe. Doch Hauwis Anweisung war strikt. Sie scheuchte ihren Sohn hinaus.

Ohitika versprach, für sie zu beten, dann fiel die Zelttür hinter ihm zu. Anabell hatte für einen Augenblick Angst. Was, wenn dies nicht der Anfang eines Lebens, sondern ein Ende war? Im Frühling war eine Frau bei der Geburt gestorben. Sie wollte nicht sterben, nicht ohne Ohitikas Hand zu halten. Der heftige Schmerz ließ nun keinen weiteren Gedanken mehr zu. Sie sank auf die Knie, und dann war das Tipi plötzlich voller Frauen. Hauwi stützte sie von einer Seite, Zica, die ihr sonst immer aus dem Weg ging, von der anderen. Sie halfen ihr hoch.

»Lauf, du musst laufen«, kommandierte die Kriegerin.

Und sie lief. Lief immer im Kreis um die Feuerstelle herum. Drei alte Frauen intonierten Lieder und schlugen auf einer Trommel. Süßgras wurde verbrannt und stieg durch die Rauchöffnung in den Himmel, Zederndufte legte sich kühlend auf ihre schweißnasse Haut. Unaufhörlich zogen die Stangen des Tipis an ihren Augen vorbei, während sie einen Fuß vor den anderen setzte, immer im Kreis.

Der Schmerz wuchs zu einem unablässigen Auf und Ab. Es wurde schlimm und schlimmer, so als hätte sie kein Kind, sondern einen Dämon im Leib, der sie von Innen heraus mit seinen Klauen zerfetzte.

Hin und wieder wurde sie von einer alten Heilerin untersucht, die ihre knotigen Finger in ihr gespanntes Fleisch drückte und sie mit halb blinden Augen musterte.

Sie trank kühles Wasser aus einem Büffelhorn, das merkwürdig schmeckte, und dann lief sie gegen den Schmerz an, weiter im Kreis, immer weiter, gemeinsam mit Zica.

Im Rauchabzug wurde der Himmel erst fahlgelb, dann dunkel. Lichter wurden geholt, Anabells kostbare Öllampe, die sie bei dem Iren im Winterlager erstanden hatte.

Ohitika war krank vor Sorge. Warum kam das Kind nicht? Warum kämpfte Anabell so schrecklich lange? Seit dem Mittag war sie nun im Zelt, und als die Sonne den Horizont berührte, hatte sie zum ersten Mal geschrien. Dieser Schrei war es, der auch seine letzte Beherrschung zunichtemachte. Nie zuvor war Ohitika sich derart hilflos vorgekommen. Wie gern hätte er die Schmerzen an ihrer statt erlitten, doch er konnte es nicht, er war zur Untätigkeit verdammt.

Im Tipi brannten nun Lichter, Schatten huschten umher. Die Gesänge der Alten waren ernster geworden, eindringlicher. Sie tönten nicht mehr fröhlich, um neues Leben zu begrüßen, sondern flehend, lockend, als feilschten sie mit den Geistern um Zeit für Anabell.

Wanbyetu fand ihn so vor, hilflos und verzweifelt. Sein Bruder kam gerade vom Sonnentanzplatz, wo Männer und Frauen an diesem Tag den Baum aufgestellt hatten, der das Zentrum für die höchste Form des Gebets darstellen würde, das die Lakota von der Weißen Büffelkalbfrau gelernt hatten: *Wi'wungwacipi wa'kan.* Ohitika kannte jeden einzelnen Schritt. Vier unberührte Frauen wählten einen Baum aus, eine junge Birke. Die Männer griffen den Stamm an. Er selbst hatte schon oft die Axt geführt, um den Baum wie einen Gegner im Kampf zu besiegen. Als Waniyetu zu ihnen trat, sah er aus, als hätte er einen Kampf bestanden. Er war staubig und verschwitzt, seine Augen leuchteten vom erhebenden Gefühl, das mit dem Aufstellen des Baums einherging.

Er legte ihm tröstend den Arm um die Schulter. »Komm mit mir, Ohitika. Du kannst nichts tun. Seit heute Nachmittag brennt das Feuer und heizt die Steine. *Initipi wakan* wartet auf dich, klär deine Gedanken.«

Doch Ohitika wollte nicht in die Schwitzhütte, er wollte in Anabells Nähe bleiben. Was, wenn sie ihn brauchte, was, wenn …?

Waniyetu blieb hartnäckig. »Es ist Frauensache, Bruder. Beten wir gemeinsam im heiligen Rauch. Dann verärgerst du die Geister nicht noch mehr.«

Widerstrebend ließ er sich fortziehen. Der halbkugelige Bau aus Büffelfell war nicht weit entfernt, dennoch rief Ohitika einen Jungen zu sich und schickte ihn als Aufpasser vor Hauwis Tipi, damit er ja keine Neuigkeit verpasste.

Er merkte kaum, wie er sich auszog und durch den niedrigen Einlass in die finstere Hütte kroch. Über ein Dutzend Männer saßen im Kreis. Die Luft war kochend heiß, feucht und zum Schneiden dick. Sofort bildete sich ein Schweißfilm auf seiner Haut. Die Hitze machte ihn benommen, entspannte die Muskeln gegen seinen Willen, und Ohitika legte den Kopf in den Nacken. Über ihm baumelte Tabak an roten Bändern von den Weidenzweigen. Auf den Wänden fanden sich Zeichnungen von

Visionen: Büffel und Pferde, Elstern und Adler und die weise Schildkröte.

Waniyetu goss Wasser über die glühenden Steine in der Hüttenmitte. Der Dampf fauchte wie Schlangengeister und hüllte die Männer ein. Auch der Büffelschädel, der im Norden lag, verschwand. Ohitika glaubte dennoch, ihn zu sehen. Erst wuchs Fleisch über die Knochen, dann Fell. Die weiße Büffelkuh war im Süßgrasdampf zurückgekehrt, und sein Herz schmerzte in Ehrfurcht. Er begann zu beten. Was sollte er tun? Wie konnte er Anabell helfen, das Kind auf die Welt zu bringen, das er in der Vision mit dem Büffelkalb gesehen hatte?

Das heilige Wesen wusste Antwort. Er musste ihren Schmerz teilen und auf sich ziehen. Die heilige Büffelfrau hatte den Lakota dafür vor langer Zeit das Ritual gezeigt.

Ohitika senkte ehrfürchtig den Kopf. Schweiß tropfte von seiner Stirn auf die Erde, auf *Ina Makoce*, die Mutter. Er war bereit.

Anabell trieb in einem See aus Schmerz. Die Wehen hatten nachgelassen. Hatte sie sich zuvor nichts anderes gewünscht, als von der Pein erlöst zu werden, so verfiel sie nun beinahe in Panik. Sie durften nicht aufhören, das Kind musste doch geboren werden, es musste …

Ihr wurde schwarz vor Augen. Als sie wieder wach wurde, hatten Hauwi und Zica, die sie zuvor gehalten hatten, sie endlich hingelegt.

»Ruh dich aus, ruh dich aus, gleich geht es weiter.« Die Kriegerin wusch ihr mit einem kalten Lappen die verschwitzte Stirn. Anabell öffnete die spröden Lippen, und Zica gab ihr etwas zu trinken. Als sie zurücksank, bemerkte Anabell das fahlblaue Licht, das durch den Rauchabzug fiel. Konnte es sein? Hatte es bereits die ganze Nacht gedauert? Das war zu lange, oder? So lange dauerte es doch nie.

Die alte Heilerin fächelte mit einem Adlerflügel Süßgrasrauch über ihren Körper und sang dabei. Ihre Augen waren geschlossen, das wettergegerbte Gesicht gerunzelt wie altes Leder. Auf ihrem Kopf saß eine merkwürdige Haube. Kopf und Haut eines Raben. Die leeren Augenhöhlen waren mit blauen Steinen ausgestopft. Geisterhaft leuchteten sie durch den Rauch und schienen in ihren Leib sehen zu können. Die steifen Schwingen fuhren durch die Rauchschlieren und verwirbelten sie. Rabenkraft. Als die Alte nun ihre Hände auf Annabelles Bauch legte, fühlte sie sich gestärkt, wie aus einem langen, erholsamen Schlaf erwacht. Das Kind in ihrem Bauch regte sich. Wie ein wohliges Glühen brandete die Erkenntnis durch ihren Körper, es ging ihm gut, es kämpfte. Die runzeligen Hände der Alten drückten fester zu, es tat weh. Anabell warf den Kopf in den Nacken.

»Sie versucht es zu drehen!«, erklärte Hauwi und drückte ihre Hand. Es war unerträglich, dann war der Druck fort. Die Alte verzog ihren Mund zu einem breiten, zahnlosen Grinsen, das glucksende Lachen, das aus ihrem knochigen Körper drang, passte eher zu einem jungen Mädchen. Auch die anderen Frauen lachten nun, tätschelten Anabells Schulter oder strichen ihr über den Kopf.

»Zwei, es sind Zwillinge«, flüsterte ihr Zica zu und strahlte vor echter Freude. Irgendwann in den letzten Stunden war ihr die Kriegerin zur Freundin geworden, und Anabell drückte dankbar ihre Hand.

Nach einer durchwachten Nacht des Betens trat Ohitika aus der Schwitzhütte. Nebel kroch durch das Lager, perlte auf Gräsern und glitzerte auf den Fellen über der Schwitzhütte.

Der Junge, der auf ihn zurannte und seinen Namen rief, weckte eine Mischung aus Angst und Freude, und Ohitika war froh, dass auch Waniyetu in diesem Moment aus der Hütte trat.

Ohitika fasste den Knaben an den Schultern. »Geht es ihnen gut? Ist mein Sohn …«

Der Junge schüttelte den Kopf, dass seine langen Zöpfe flogen. »Es ist noch nicht da. Hauwi sagt, es werden zwei Kinder.«

Ohitika wechselte einen ungläubigen Blick mit Waniyetu. Gemeinsam rannten sie zum Tipi, wo er nach Anabell rief, bis Zica die Zeltklappe öffnete und den Kopf herausstreckte. Mit dem Körper versperrte sie ihm geschickt den Blick hinein.

»Was willst du?«, fragte sie unwirsch. Dunkle Ränder unter ihren Augen verrieten die durchwachte Nacht.

»Ich dachte, ich ... es sind zwei?«, stotterte Ohitika. »Wie geht es ihr?«

Zicas Miene wurde milder. »Shung'wakan manu ist stark wie eine Kriegerin, sie kämpft.«

Das klang nicht gut. Ohitikas Blick schien die Gefühle zu verraten, die in ihm wüteten. Er ballte die Hände zu Fäusten.

»Die Geister werden entscheiden, Ohitika. Großmutter gibt ihr jetzt etwas, das die Wehen zurückruft. Du kannst nichts tun, nur beten, warten und hoffen ...«

»Ich tanze. Sag ihr das. *Tunkasilapiki*, die Geister werden es sehen. Die Weiße Büffelfrau ist zu mir gekommen, es ist ihr Wille.«

»Wenn es zwei Kinder sind, sollten auch zwei Krieger für sie tanzen«, sagte Waniyetu ernst. »Komm, Bruder, bereiten wir uns vor.«

Auf einer kleinen Kuppe ragte das hölzerne Konstrukt über dem Tanzplatz auf. Ein Kreis aus in den Boden gerammten Pfählen, die miteinander verbunden waren, umschloss den Platz, in dessen Mitte der vorbereitete Baum stand. Seine Äste waren bis auf eine Vergabelung in der Spitze entfernt worden. Dort hing ein Büschel grüner Zweige und in deren Mitte ein bemalter Büffelschädel. Der Platz war bereits voller Menschen. Tief dröhnte die Trommel, um die sich eine Gruppe von Männern versammelt hatte. In Schalen brannte Süßgras und Zedernholz. Noch war die Sonne an diesem längsten Tag des Jahres nicht aufgegangen, doch sie kündigte sich bereits an. Mehrere Jungen an der Schwelle zum Mannesalter harrten in der Nähe des Baums aus, die Gesichter vor Ehrfurcht und Angst verklärt. Ohitika hatte sich das weiße Büffelkalbfell um die Schultern gebunden, die Zeichnungen von seiner Vision nach außen gekehrt. Jeder sollte wissen, weshalb er diesmal sein Fleisch dem Großen Geist opferte. Waniyetu hatte sich indes einen weißen Büffel auf die Brust gemalt. Sie tanzten für den gleichen Zweck.

Wambli Mato begrüßte die Brüder. Er würde sie vorbereiten und ihnen nicht mehr von der Seite weichen. Sie beteten gemeinsam mit der Pfeife, schickten ihre Bitten mit dem Rauch in den Himmel. Dann knieten sich Waniyetu und Ohitika auf ein Bisonfell, und Wambli Mato stieß ihnen hölzerne Spieße durch die Haut auf der Brust und verband sie mit den Sehnen, die vom Sonnentanzbaum hingen.

Es war nicht Ohitikas erster Tanz. Er wusste, welche Qualen ihn erwarteten, und verlor doch keinen Laut, als er sein Fleisch gab. Er bat Wambli Mato um befiederte Spieße, die zusätzlich in die Haut seiner Arme geschoben wurden.

Jeder Schmerz, den er von Anabell ablenken und auf sich ziehen würde, war ihm recht. Mit zitternder Hand hob er eine kleine Pfeife aus Adlerknochen an seinen Mund und blies hinein. Der schrille Ton trug weit und wehte über das Dorf hinweg, während Ohitika und Waniyetu zu tanzen begannen und Blut und Tränen ihr Opfer bezeugten.

Anabell hörte den schrillen Pfeifton, der nach einem Adler klang und doch anders. Ihr Körper bäumte sich unter der Schmerzwelle auf. Die Wehen waren zurück! Endlich! … Der bittere Trank hatte tatsächlich gewirkt. Oder war es Ohitika?

Anabell hatte geweint und zugleich gelächelt, als sie ihr die Nachricht brachten, die Brüder würden für sie und die Kinder tanzen. So ganz erfasste sie die Bedeutung der Worte nicht, doch die anwesenden Frauen schienen plötzlich mit neuer Hoffnung beseelt. Hauwi und Zica zogen sie wieder auf die Beine. Die Alte drückte sanft auf ihren Leib, dann brandete die nächste Wehe wie eine Sturmflut über sie hinweg, und es fühlte sich an, als sei plötzlich etwas zurechtgerutscht.

»Jetzt wird es gut!«, tröstete Hauwi.

Anabell krampfte ihre Hände um die Schultern der Frauen und ergab sich dem Schmerz. Endlich geschah etwas.

Als die Sonne den höchsten Stand erreichte, gellten Anabells Schreie so regelmäßig über den Sonnentanzplatz wie der Schlag der Trommeln. Ein jedes Mal stemmten sich Ohitika und Waniyetu gegen die Pflöcke in ihrer Haut und vergrößerten ihren eigenen Schmerz.

Ohitikas Wangen waren verklebt vom Salz der Tränen, seine Sicht verschleiert. Er hatte das Gefühl zu schweben, und zugleich fühlte er durch seine Füße die feste Verbundenheit mit *Ina Makoce*. Die Pflöcke waren ein einziger glühender Strudel, den es zu bekämpfen und zu überwinden galt. Er blies die Pfeife, sandte den Adlerruf hinüber zu Shung'wakan manu, zu seiner Anabell, und als ein hoher Schrei zu ihm zurückwehte, spürte er eine ungeahnte Kraft in sich.

Er reckte die Arme hinauf, die Federn rissen an ihm, und dann sprang er hoch und rückwärts und ließ sich einfach fallen. Die aufgeheizte Erde empfing ihn. Staub wallte auf. Die Welt hörte auf, sich zu drehen. Er hatte sich losgerissen und brauchte einen Moment, um sich zu sammeln. Der glühende Schmerz ebbte ab und wich dumpfer Qual.

Zahlreiche Hände halfen ihm auf, hoben ihn hoch. Es waren die Männer seiner Familie. Sie waren bei ihm, gaben ihm Geborgenheit nach seinem Martyrium. Er bekam Wasser zu trinken. Die Menschen beteten und dankten ihm für sein Opfer. Hände strichen über seinen Rücken.

Ohitika wandte den Kopf. Waniyetu kämpfte noch immer, die Arme ausgebreitet wie Adlerschwingen, und auch Anabells Schreie hatten wieder eingesetzt.

Seine Verwandten halfen Ohitika zu einem Unterstand, wo er sich auf ein Bett aus Zedernzweigen und Süßgras setzte.

Wambli Mato entfernte die Spieße aus seinen Armen, und dann beteten sie gemeinsam, bis auch Waniyetu sich mit letzter Kraft befreite. Viele Tänzer und auch einige Tänzerinnen waren noch nicht so weit, doch für die Brüder war es nun, da die Sonne sich gen Horizont neigte, vorbei.

Anabell weinte vor Glück, als ihr die Kinder, nass und blutig, auf die Brust gelegt wurden. Es war ein Wunder. Sie lebten, sie lebten beide! Während die Helferinnen die Nabelschnur durchtrennten und unter Gebeten die blutigen Laken austauschten, fühlte sich Anabell so glücklich wie nie zuvor. Die Tadel der anderen Frauen, sie hätte sich schon Wochen vorher von der alten Heilerin untersuchen lassen sollen, damit sie sich auf eine Zwillingsgeburt hätten einstellen können, überhörte sie.

»Ohitika«, flüsterte sie kraftlos.

Hauwi lächelte. »Zica holt ihn. Wenn er kann, kommt er her.«

Anabell wurde gewaschen, dann halfen die Frauen ihr in einen Rock. Anabell saß halb aufrecht, die Kinder in den Armen, als sie plötzlich jemanden rennen hörte. Die Tür des Tipis wurde aufgerissen, und dann war er endlich da, Ohitika.

Er bedeckte ihre Stirn mit Küssen, stammelte etwas und wurde dann ganz still, als er in die winzigen, verknautschten Gesichter sah. Anabell beobachtete ihn. Das Glück, das sie in sich trug, strahlte auch aus ihm. Er wirkte abgekämpft und erhaben zugleich. Als er eine Hand ausstreckte und mit dem Zeigefinger vorsichtig über das flaumige dunkle Haar des größeren Neugeborenen strich, bemerkte sie die Verletzungen an seinen Armen. »Warum hast du das gemacht?«

»Für uns«, gab er ernst zurück, und sie war ihm, obwohl sie es nicht ganz begreifen konnte, sehr dankbar. »Das ist unser Erstgeborener, dein Sohn«, flüsterte sie. »Und das hier ist deine Tochter.«

Ohitikas Lächeln wurde immer breiter. »Wir werden gut darüber nachdenken, wie sie heißen sollen.«

Er zog das weiße Büffelfell von seinen Schultern und deckte Anabell und die Kinder damit zu. Der Kreis hatte sich geschlossen. Von nun an würde sich zeigen, auf welchem Pfad ihre Kinder in die Zukunft gehen würden. Lautlos betrat Waniyetu das Tipi. Dünne blutige Rinnsale verschmierten den weißen Büffel, den er sich vor dem Tanz auf die Brust gemalt hatte. Für einen Augenblick erschien es Anabell wie ein schlechtes Omen, dann winkte sie den Schwager zu sich heran. Bei den Lakota war es Sitte, dass jedes Kind einen Paten besaß, der wie ein zweiter Vater über sein Wohlergehen wachte und zur Ernährung und Erziehung beitrug. Und die Patenschaft über Anabells Kinder würde der stille Waniyetu haben.

Er sprach einen Segen über die Kinder, beglückwünschte die Eltern und ging mit zufriedener Miene hinaus.

Anabell hielt ihn nicht auf. Sie war schrecklich erschöpft und wollte nur noch eines: zusammen mit den Kindern in Ohitikas Armen schlafen.

Buch 6

Woohitika – Tapferkeit

When it comes time to die, be not like those whose hearts are filled with fear of death, so when their time comes they weep and pray for a little more time to live their lifes over again in a different way. Sing your death song and die like a hero going home.

Wenn es an der Zeit ist zu sterben, sei nicht wie jene, deren Herzen erfüllt sind mit der Angst vor dem Tod und die, wenn ihre Zeit gekommen ist, um noch ein wenig mehr Zeit klagen und beten, damit sie ihre Leben noch einmal auf andere Weise leben können. Sing dein Todeslied und stirb wie ein Held, der heimkehrt.

Qwatsinas, Nuxal Nation

Alta California – drei Jahre später

Die Rinderfarm gedieh. Wie im Westen alles gedieh. Die Freude wollte dennoch nicht zu Victor Arceneaux zurückkehren. Zu sehr schmerzte ihn der Verlust seiner Tochter. Für wen tat er das alles? Für wen baute er die Estanzia aus, setzte Dach und Wände instand, wenn nicht für die kommende Generation?

Victor Arceneaux war müde geworden. Es war ein schwerer Entschluss gewesen, doch vor eineinhalb Jahren hatte er die Suche aufgegeben. Gemeinsam mit den beiden Kopfgeldjägern Montano und Reaper Jack hatte Lewis eine Indianergruppe bis zum Rio Grande verfolgt. Erst dort, wo die indianischen Pferdediebe ihr Vieh verkauften, wurde klar, dass Anabell nicht bei ihnen war. Wochenlang waren sie einer falschen Fährte gefolgt. Von da an hatte Lewis nur noch allein gesucht.

Mit schweren Schritten überquerte Arceneaux den Hof und setzte sich in den Schatten der Feigenbäume. Anabell hatte diese Bäume geliebt. Ihr Vater spielte mit dem Gedanken, sie zu fällen. Der süße Duft der überreifen Früchte machte die Luft schwer und erinnerte schmerzhaft an die verlorene Tochter. Kolibris schwirrten piepsend umher. Wilde Bienen, die sonst zu Abertausenden die violetten Blüten der Salbeisträucher anflogen, sogen den klebrigen Saft aus den heruntergefallenen Früchten. Niemand erntete sie.

Der Garten hinter dem Haus, der Anabell so gefallen hatte, war perfekt gepflegt. Arceneaux bezahlte jemanden dafür, damit er so aussah, wie Anabell ihn sich gewünscht hätte. Nun war sie tot, oder noch schlimmer – in der Hand irgendeines dreckigen Wilden, der ihr Gewalt antat. Es gab einen Grabstein mit ihrem

Namen darauf und einem verdorrten Rosenstock daneben. Ganz gleich, wie oft er einen neuen pflanzen ließ, der Busch ging immer ein.

Vielleicht war es ein Zeichen, vielleicht hätte er ihr nicht diesen Stein setzen und den Priester bezahlen sollen, damit er ihr jeden vierten Sonntag eine Messe las. Womöglich hatte er alles falsch gemacht. Doch er konnte sein Leben nicht so führen wie Lewis.

Der junge Mann, der noch immer bei ihm lebte, war von dem Gedanken, seine Verlobte eines Tages wiederzufinden, schier besessen. Arceneaux wünschte, er ließe es ruhen, und fürchtete zugleich den Tag, an dem Lewis' Verstand sich klärte. Dann würde er die Estanzia verlassen, damit rechnete er fest. Lewis Dearing war ihm ein Sohn geworden, wie sein Bastard Rasmus es nie gewesen war.

Sie hatten im Schmerz um Anabell zusammengefunden. Lewis war ein guter Kerl, und er wäre sicherlich auch ein guter Ehemann und Vater geworden.

Schon jetzt fühlte sich seine Abwesenheit wie ein weiterer schlimmer Verlust an. Dabei war Lewis nur zur Mission hinabgeritten, um Salz und Mehl einzukaufen und bei den Franziskanern nachzufragen, wann der Termin für den nächsten Viehmarkt angesetzt war.

Seit immer mehr Pässe durch die Rocky Mountains gefunden wurden, strömten die Menschen in Scharen gen Westen. Die Missionen wurden von der mexikanischen Regierung säkularisiert, viele waren bereits verlassen und ihr Land verkauft. Überall entstanden neue Farmen. Auch die Estanzia Arceneaux profitierte davon. Der Rindermarkt boomte.

Hunderte Tiere trieben sie in die Schlachthäuser im Süden oder verschifften sie von kleinen Häfen nord- und südwärts.

Arceneaux war wohlhabend geworden. Doch für wen das alles?

Der süße Feigenduft schien seine Gedanken zu verkleben und

das Herz schwer zu machen. Arceneaux zertrat eine gärende Feige und ein halbes Dutzend Bienen mit dem Stiefelabsatz, krümmte den schmerzenden Rücken und barg das Gesicht in den Händen.

Er wusste nicht, wie lange er dort gesessen hatte, als ihn ein Geräusch aufhorchen ließ. Er rieb sich aus Gewohnheit die trockenen Augen.

Hufschlag hallte auf verkrustetem Lehmboden der Estanzia entgegen. Ein heiserer Schrei zerriss das gleichmäßige Summen der Bienen im heißen Innenhof. Arceneaux stand eilends auf. Hatte es einen Unfall gegeben? Die Stiere waren leicht zu reizen, besonders wenn sie im Sommer monatelang allein auf den Weiden waren.

Das Pferd lief im vollen Galopp.

Das merkwürdige Gefühl verstärkte sich. Er musste nachsehen. Die Beine noch schwer vom langen Sitzen, humpelte er auf das Tor zu, als auch schon ein Reiter in vollem Tempo hindurchschoss. Lewis riss an den Zügeln. Sein völlig verschwitzter Gaul kam mit rutschenden Hufen zum Stehen.

»Sei froh, dass ihm nicht die Lunge gerissen ist! Reitest ein gutes Pferd zuschanden!«, fuhr ihn Arceneaux mehr aus Gewohnheit denn aus echtem Zorn an.

Lewis keuchte nicht weniger als das zitternde Tier. Er versuchte etwas zu sagen, doch seiner ausgetrockneten Kehle entwichen nur japsende Laute. Erst jetzt bemerkte der Ältere, dass er etwas an seine Brust presste.

»Ist das ein Brief? Eine Nachricht?«

Arceneaux musste Lewis' Finger vorsichtig lösen. Dann hielt er einen verknitterten, speckigen Umschlag in der Hand. Der Anblick der wohlbekannten Schrift darauf zog ihm den Boden unter den Füßen weg.

»Sie, sie lebt?«

Victor Arceneaux war neben einer weiß gekalkten Säule zu Boden gesunken. Er musste sich einen Moment sammeln, bevor er die Kraft fand, den Umschlag zu öffnen. Lewis ging derweil im Innenhof auf und ab wie ein gefangenes Tier. Das völlig erschöpfte Pferd hatte allein zum Wassertrog gefunden und soff geräuschvoll in der ansonsten gespannten Stille. Victor Arceneaux befiel eine seltsame Furcht, den Brief zu lesen. Eine Weile hielt er sich mit dem Datum auf. Dezember 1837, das war fast dreieinhalb Jahre her. So lange hatte der Brief gebraucht. Schließlich wagte er sich an den Inhalt und las mit rauer Stimme:

»Verehrter Vater, mein lieber Lewis,
es geht mir gut, sehr gut sogar. Ich bedauere, wie viel Sorgen mein Verschwinden euch bereitet haben muss und hoffe, sie euch mit diesem Brief nehmen zu können.
Heute erscheint mir alles wie eine Fügung des Schicksals. Ich gehe nun den Weg, den Gott für mich vorgesehen hat. Es war hart zu Anfang, aber nur weil ich noch nicht erkannt hatte, welch wunderbarem Menschen ich begegnet bin. Sicherlich fragt ihr euch, was mir an jenem schrecklichen Tag zugestoßen ist. Ich bin entführt worden. Wochenlang war ich ganz in eurer Nähe, in den Bergen. Im Frühsommer ging es dann ostwärts. Die sengende Hitze der Wüste habe ich kennengelernt und die blühenden Täler der Rocky Mountains. Ihre Gipfel sind so hoch, dass sie an den Himmel stoßen müssten. Wir haben jeder Gefahr getrotzt. Die Reise dauerte drei Monate, und in dieser Zeit der Prüfungen habe ich meinen Mann erkannt. Ich habe Ohitika lieben gelernt. Ich weiß, was ihr jetzt sagen werdet. Ich habe die verächtlichen Worte, die wir Weißen für dieses gütige und in allem so reiche Volk übrig haben, wohl tausendmal gehört. Aber ihr wisst auch, wie unglücklich ich über das Leben der Schwarzen auf den Plantagen war. In Alta California, ausgerechnet in den

Missionen der Franziskaner, auf genauso menschenverachtendes Verhalten zu stoßen, hat mich zutiefst erschüttert. Die Indianer sind keine Wilden und erst recht keine Tiere. Sie leben in Rücksicht aufeinander und mit Achtung vor Gottes Schöpfung, wenn sie die Welt auch anders verstehen als wir.
Ich habe gefunden, wonach ich gesucht habe. Ich bin glücklich. Der Mann, dem ich das Eheversprechen aus tiefstem Herzen gegeben habe, ist ein wunderbarer Mensch, dem alle viel Achtung entgegenbringen. Und nun erwarten wir unser erstes Kind. Du wirst Großpapa, Vater. Ich kann das Wunder noch kaum fassen. Im Sommer wird es soweit sein. Wenn ich dazu komme, den nächsten Brief zu verfassen und ihn einem Händler mitgebe, ist dein Enkel sicherlich schon auf der Welt. Ich hoffe, du machst dir jetzt weniger Sorgen um mich. Dass es auf der Estanzia gut läuft, davon bin ich überzeugt. Lewis Dearing wünsche ich, dass er eine aparte junge Frau findet und mit ihr genauso glücklich wird wie ich mit Ohitika.
Mit besten Wünschen,
Anabell Crawford
Dezember 1837, Black Hills.«

Victor Arceneaux schlug mit der Faust auf den Brief. Zornesröte flammte jäh in seinem Gesicht auf. »Meine Tochter ist verrückt geworden, völlig verrückt!«

Mit dem Blick eines Getriebenen blieb Lewis vor ihm stehen. »Ich hole sie zurück. Dieser Affenmensch hat sie gezwungen, das zu schreiben. Ich werde sie befreien, und wenn es das Letzte ist, was ich tue. Ich befreie sie!« Er gab ein Wutgeheul von sich, das kaum mehr menschlich klang.

Victor Arceneaux blieb ganz still. Er wusste nicht, ob er sich freuen oder verzweifeln sollte. Seine Anabell, sein einziges Kind lebte!

Auch wenn Lewis es nicht wahrhaben wollte, er selbst kannte

seine Tochter gut genug. Anabell war schon immer rebellisch gewesen. Und dass sie sich ausgerechnet in einen Wilden verschoss, passte nur zu gut ins Bild. Oh, was hatte er nur alles falsch gemacht mit ihr.

Es war nicht leicht gewesen, ein kleines Mädchen ohne die Mutter zu erziehen. Er hatte geglaubt, sie in der Klosterschule in guten Händen zu wissen. Doch auch den strengen Nonnen war es nicht gelungen, ihr den Eigensinn auszutreiben. Frauen besaßen ein wankelmütiges, leicht zu beeinflussendes Gemüt, besonders heißblütige Mädchen wie seine Tochter.

Ja, er war sich sicher, Anabell hatte diesen verdammten Wilden geheiratet, doch das hieß noch lange nicht, dass es so bleiben musste.

Victor Arceneaux fühlte sich plötzlich gar nicht mehr so schwach und alt wie noch Augenblicke zuvor. Der Entschluss war gefallen. Sie würden Anabell dort herausholen, und sei es mit Gewalt. Dass es ihnen gelingen würde, stand außer Frage, er war bereit, alle Mittel einzusetzen, über die er verfügte.

»Wir brechen morgen auf!«

»Worauf Sie sich verlassen können, Sir«, knurrte Lewis. »Ich jage diesem Ungeheuer, der ihr das angetan hat, eine Kugel in den Kopf. Oder nein, das wäre zu gut für ihn. Ich werde ihn erschlagen wie einen verdammten Köter, und dann hole ich mir meine Frau zurück.«

Arceneaux schlug seinem Verbündeten kameradschaftlich auf die Schulter. »Bei Gott, das werden wir tun!«

Im Land des schier endlosen Himmels war die schönste Zeit des Jahres angebrochen. Es war Juni. Die Lakota nannten den Monat *Timpsula itkahca wi*, der Mond, in dem Timpsula reif ist. Doch Anabell zog nicht mit den anderen Frauen aus, um nach der nahrhaften Knolle zu graben, die in diesem Jahr überaus reichlich spross.

Eine Nachricht machte unter den Indianern die Runde und hing als Schatten, bedrohlich wie ein Todesengel, über dem Volk der Lakota. Die leuchtend grünen Hügel und spiegelglatten Seen der Prärie täuschten nicht über das Drama hinweg, das Tausende von Menschen bedrohte.

Die Krankheit, die mit den Weißen kam, war nun auch an diesem entlegenen Fleckchen der Welt angekommen. Anabell hatte schon einmal erlebt, was die Pocken anrichten konnten, und war nicht bereit, tatenlos abzuwarten oder sich aufs Beten zu verlassen, um das Grauen von Familie und Freunden abzuwenden.

Es war nicht leicht gewesen, die Stammesältesten von ihrem Vorhaben zu überzeugen. Doch Wambli Mato und Waniyetu, die beide angesehene Medizinmänner waren, standen ihr bei, und ihr Wort bekam das nötige Gewicht. Anabell erzählte in aller Deutlichkeit von dem grauenhaften Verlauf der Pockenepidemie auf der Plantage und der nahezu magischen Wirkung der Impfung, welche die Wasicu den Indianern nur allzu gerne vorenthielten. Ohitika war es schließlich, der die Wirkung der Impfung verständlich erklärte. In der Krankheit der Rinder sei der Geist der Pocken nur schwach, und wenn die Körper der Menschen frühzeitig lernten, gegen diesen Geist zu kämpfen und ihn zu besiegen, erhielte eine Impfung besondere Heilkraft, welche die Lakota so zuverlässig schützte wie die Zauberhemden legendärer Medizinmänner einen Mann vor Pfeilen.

Sie hatte den Ältesten das Versprechen abgenommen, Krieger auszusenden, um die Siedlungen zu schützen. Kein Fremder und niemand, der zum Handeln zu einem der Forts geritten war, durfte hineingelassen werden: Keine Ware und vor allem keine Kleidung durfte von außerhalb ins Dorf gelangen. Anabell war dennoch nicht wohl bei dem Gedanken, ihre beiden Kinder zum ersten Mal allein zu lassen. Sicherlich würde Hauwi gut auf ihre

Enkelkinder Tonala und Nalghi Suta achtgeben, doch die drohende Gefahr ließ sie in den Nächten nicht mehr ruhig schlafen und verfolgte sie am Tage.

Nun war Anabell schon seit einer Woche fort, unablässig auf der Suche nach einem kranken Rind, das das Wundermittel in sich trug.

Ohitika hatte es sich nicht nehmen lassen, sie auf ihrem Ritt zu begleiten. Er betrachtete die kleinen Siedlungen, die sich wie Krebsgeschwüre entlang der Trails gen Westen ausbreiteten, als Hort allen Übels. Dort lehrte der weiße Mann die Lakota, dass es Menschen gab, die ihrer Meinung nach mehr wert waren als die Indianer, und er lehrte sie noch etwas: Gier. Gier nach Dingen, die sie früher nicht einmal gekannt hatten, wie etwa das brennende Wasser. Schnaps, der den Männern die Ehre aus dem Leib fraß, bis sie ihre Herkunft vergaßen und die Familie, für die sie sorgen sollten, und stattdessen als zerlumpte Trunkenbolde im Dreck der Straßen dahinvegetierten.

Anabell wusste, Ohitika fürchtete die Zukunft. Er träumte sowohl des Nachts davon als auch in der Schwitzhütte. Irgendwann würde die Prärie nicht mehr groß genug sein, um den Wasicu aus dem Weg zu gehen. So würde es unweigerlich kommen, und das stimmte sie beide traurig.

Anabell lenkte ihre Stute näher an Ohitikas Rappen, beugte sich herüber und drückte seine Hand. Er verzog die Mundwinkel zu einem Lächeln, das ihr sofort die Sorgen erleichterte. Sie liebte ihn noch genauso wie am Tag ihrer Hochzeit.

»Ich hoffe, ich bin diesen Wasicu bald wieder los und bekomme meinen stolzen Lakota zurück«, neckte sie, stahl ihm einen Kuss und trieb ihr Pferd in einen weichen Galopp. Ohitika folgte ihr sofort und ritt bald neben ihr. In der Kleidung eines weißen Rinderhirten war er kaum wiederzuerkennen. Er trug eine abgewetzte Lederhose, ein blaues Leinenhemd und einen Stetson, unter dem er seine langen Zöpfe verbarg. Auch Anabell trug Kleidung, die an ihr altes Leben erinnerte, und sie hasste die bauschigen Unterröcke und das enge Mieder mit jeder zurückgelegten Meile mehr. Ohitika lehnte sich aus dem Sattel und strich mit seiner Hand den weißen Strumpf über ihrer Wade entlang, bis sie seine Finger spielerisch fortstieß. Wenngleich sie den Ernst ihrer Reise nie vergaß, so war es auch schön, endlich wieder allein mit Ohitika unterwegs zu sein, ohne die Blicke anderer fürchten zu müssen oder sich um die Kinder zu kümmern.

Sie hatten sich die letzte Nacht geliebt, und Anabell war es völlig gleich gewesen, wie laut sie ihrer Lust Luft machten. Die Kojoten scherten sich nicht um die Menschen. Außer ihnen und den Eulen waren sie ganz allein unter dem weiten Himmel gewesen, in dem die Sterne der Milchstraße als heller Schleier leuchteten.

Mit der Einsamkeit war es nun vorbei. Wie eine frische Wunde klaffte eine ausgefahrene Rinne in der Graslandschaft. Schweigend folgten sie der Spur, die Räder und Hufe gegraben hatten, und fanden sich bald in einer völlig fremden Landschaft wieder. Felder reihten sich zu beiden Seiten, aus Holzhütten stieg Rauch auf, und dann entdeckte Anabell, wonach sie schon so lange gesucht hatte. Rinder. Schier endlose Rinderherden. Es waren braune Tiere mit weißen Köpfen, die ihnen aus kleinen Augen entgegenglotzten.

Zufahrten mündeten in den Weg, der bald breit genug für zwei Karren war. Badgerhole Springs konnte nicht mehr weit sein. Anabell hatte die Siedlung noch nie betreten. Wo sie zu finden war, hatte ihnen vor einer Weile ein fahrender Böttcher beschrieben. Es gab nur einen einzigen Grund, weshalb sie hierherkamen. Hier sollte es einen Apotheker geben, dem der Ruf vorauseilte, ein Menschenfreund zu sein, und der auch Indianer und Schwarze behandelte.

Erst einmal in Badgerhole Springs angekommen, war John Cormacs Haus leicht zu finden. Es gab nur eine Hauptstraße, eine breite staubige Fläche, an der sich die Häuser reihten. Der namensgebende Fluss stellte sich zu dieser Jahreszeit als schlammiges Rinnsal heraus, in dem mehr Abfall trieb, als er Wasser führte. Es gab Krämerläden, Sattler, Saloons und einen Schmied. Vor einem Handelsposten der Fur Company harrten verlotterte Gestalten aus, Trapper und Pelzhändler, die hoch beladene Mulis hinter sich herzogen. Ohitika betrachtete alles mit stillem Zorn. Vor zehn Jahren habe es hier nichts gegeben, außer einem schilfgesäumten kleinen Weiher, erklärte er, als sie die ersten Häuser erreichten. Von da an schwieg er.

»Das hier scheint es zu sein.« Anabell zügelte ihre Stute und hielt vor einem weiß gestrichenen Haus mit zwei kleinen Fenstern im Untergeschoss. Ein Schild trug das Zeichen der Apotheker, einen Äskulapstab mit einer gefährlich dreinblickenden Schlange und daneben den Namen John Cormac.

Ohitika schien die Zeichnung zu beeindrucken.

Anabell kannte ihren Mann zu gut, um seine Ehrfurcht nicht zu bemerken, die er vor ihr zu verbergen suchte. Alle Indianer behandelten Heiler mit besonderem Respekt, und jemand, der sein Heim mit einer Schlange kennzeichnete, musste ein von den Geistern gesegneter Mensch mit besonderen Fähigkeiten sein.

Er stieg ab, band sein Pferd an und trat dann zu Anabell, die bereits auf dem Bohlenweg vor dem Haus auf ihn wartete. Die flüchtige Bewegung, mit der er das kleine Medizinbeutelchen streifte, das er unter dem Hemd trug und nie ablegte, ließ eine besondere Wärme in ihr aufsteigen. Sie wollte Ohitika beschützen. Doch das war ein absurder Gedanke, denn er war der Inbegriff eines Kriegers, groß gewachsen und breit in den Schultern. Er brauchte sicherlich keine Frau, die ihn beschützte, und doch würde sie ihn mit Klauen und Zähnen verteidigen und ihr Leben für ihn geben, wenn es darauf ankäme. All das wurde ihr in diesem Moment klar. Ohitikas Blick wurde tief und warm. Er empfand das Gleiche für sie, und für sie und die Kinder war er hergekommen.

Energisch trat er an ihr vorbei und öffnete die Tür. Ein helles Klingeln erschallte.

»Einen Moment bitte, ich bin gleich bei Ihnen«, tönte eine angenehme Frauenstimme aus dem Hinterraum.

Anabell sah sich um. Überall standen Keramikgefäße und Glasbehältnisse, in denen sie Pulver und Kräuter ausmachen konnte. Es roch seltsam, nach Mineralien und Alkohol. Eine ausgestopfte Eule hing an einem Faden von der Decke und bewegte sich im sachten Luftzug.

Schließlich kam eine junge Frau aus dem Hinterzimmer geeilt. Sie trug einen Säugling auf der Hüfte und machte einen abgekämpften Eindruck. »Entschuldigung, ich wollte Sie nicht warten lassen, aber der Kleine …«

»Das ist doch überhaupt nicht schlimm.« Anabell lächelte aufrichtig. »Ich weiß nur zu gut, wie das ist, ich habe Zwillinge.«

»Zwillinge? Sie haben meine ganze Bewunderung«, erwiderte die junge Frau.

Ohitika, der sich bislang im Hintergrund gehalten und dem Inhalt der Regale seine ganze Aufmerksamkeit gewidmet hatte, drehte sich in diesem Moment um und nahm den Hut vom Kopf. Die befreiten Zöpfe rutschten ihm weit über die Brust. »Ma'am.«

Die junge Frau erstarrte kurz in der Bewegung. Anabell wollte sich schon für eine schlagfertige Erwiderung bereit machen, falls sie den Indianer des Ladens verweisen wollte, als sie sich wieder fing und Ohitika freundlich zunickte.

»Womit kann ich Ihnen dienen? Mein Mann macht einen Hausbesuch, er ist zwar eigentlich nur Apotheker, aber da der Arzt dieses Ortes die meiste Zeit im Saloon hockt und säuft, wenden sich die Menschen an ihn.«

Anabell wechselte einen Blick mit Ohitika, der offenbar ihr das Reden überlassen wollte. »Ich möchte Impfstoff gegen Pocken kaufen, so viel wie möglich. Und es muss uns jemand erklären, wie man es anwendet.«

»Pocken?«, fragte die junge Mutter, machte instinktiv einen Schritt rückwärts und drückte ihr Kind schützend an sich, das protestierend wimmerte.

Anabell hob abwehrend die Hände. »Keine Angst, wir haben die Krankheit nicht und sind niemandem begegnet, der infiziert ist. Aber ich habe gehört, dass die Seuche nicht weit von hier grassiert. Ich habe vor Jahren miterlebt, was eine Epidemie anrichten kann, wir wollen nur vorbereitet sein.«

»Gelobt sei Gott«, keuchte die junge Mutter erleichtert. Sie schwieg kurz und strich ihrem Kind fahrig über das flaumige Haar. »Ich glaube, in dieser Sache sprechen Sie am besten mit meinem Mann. Wir haben nur wenig von dem Pulver da, aber er hilft Ihnen sicher gerne. Sie können hier warten.«

»Danke, ich habe noch ein paar Besorgungen zu machen, dann kommen wir wieder«, verabschiedete sich Anabell.

Der Gang in den Krämerladen stellte sich als Spießroutenlauf heraus. Offenbar hatte sich in Badgerhole Springs schnell herumgesprochen, dass ein ungleiches Paar in den Ort gekommen war. Für die Trapper schien es selbstverständlich, sich eine indianische Frau zu nehmen, doch ein Indianer, der offensichtlich eine hübsche Weiße geheiratet hatte, beging ein Sakrileg.

Die anzüglichen Bemerkungen und die Geste, mit der sie sich in den Schritt griffen, versuchte Anabell zu ignorieren. Doch Ohitika kochte vor Wut. Sie schob ihn weiter. »Hör nicht auf sie«, drängte Anabell. »Sie wollen dich nur provozieren. Vergiss nicht, weshalb wir gekommen sind, es geht nicht um uns.«

Ohitika stieß einen Fluch aus und bezähmte seinen Zorn. Trotzdem hatte Anabell das Gefühl, die Luft vibriere förmlich vor Spannung, genau wie vor einem Sommergewitter. An einem anderen Ort und wenn die Männer nicht so zahlreich gewesen wären, hätte er es für die Beleidigung mit jedem einzelnen von ihnen aufgenommen.

Anabell betrat den Krämerladen. Sie grüßte die ältere, etwas rundliche Frau und fragte sofort nach einem Pfund Salz und zwei Dutzend Nähnadeln, mehr brauchte sie nicht. Die Verkäuferin stellte gerade das Säckchen mit dem Salz auf den Tisch, als Ohitika ebenfalls den Laden betrat.

»Wir bedienen hier keine Indianer«, sagte sie leichthin und wies zur Tür. »Im Schuppen gibt es den Verkauf für euch, verschwinde!«

Anabell verschlug es die Sprache. Sie schob die abgezählten Münzen in die Tasche zurück, knallte das Salz wieder auf den Tisch und marschierte zur Tür.

»Aber, Ma'am!«

»Schämen Sie sich!«, fauchte Anabell und war schon auf der Straße. »Ich beginne dieses verdammte Dreckloch zu hassen«, knurrte sie. Ohitika beobachtete sie schweigend. Er schien von den Worten der Verkäuferin nicht sonderlich überrascht. Weil er es nicht anders gewohnt war, wurde Anabell erschüttert klar.

Die restliche Zeit, in der sie auf den Apotheker warten mussten, verbrachten sie in Mrs Cormacs Küche.

Es gab starken aufgebrühten Kaffee und frisch gebackenes Brot, das im Inneren sogar noch warm war und Anabells Zorn ein wenig besänftigte. Ohitika hielt ihre linke Hand und rieb sie zärtlich, gesprochen hatte er seit einer Weile nicht mehr.

Als am Abend schließlich der Apotheker heimkehrte, schöpften sie wieder Hoffnung. John Cormac war ein schlaksiger junger Mann mit Brille und einem sorgsam gestutzten Kinnbart und war genauso freundlich wie seine Frau. Es stellte sich heraus, dass er ursprünglich aus dem Osten kam, wo seine Familie in strengen Wintern oft auf die Hilfe der ansässigen Indianer angewiesen war. Er empfand es als Pflicht und Freude, Anabell in ihrem Bestreben zu unterstützen, die Menschen ihres Stammes zu immunisieren, bevor die grassierende Pockenepidemie die Plains erreichte und unter den Indianern wüten würde.

Da er nur wenig Impfstoff besaß, musste er zuerst zu einem Farmer in der Nähe. Dessen Frau war vor Kurzem mit Knoten und Schwellungen an den Händen zu ihm gekommen. Ein eindeutiges Zeichen dafür, dass sie sich beim Melken mit Rinderpocken infiziert hatte, die oft an den Eutern auftraten. Melkerknoten wurde ihre Erkrankung genannt.

Der Apotheker hatte den Farmer geistesgegenwärtig überzeugt, das befallene Rind nicht zu schlachten, sondern dem Apotheker als Impfstofflieferant zu überlassen. Das war mehr, als Anabell sich erhofft hatte.

Nach einem üppigen gemeinsamen Abendessen, bei dem sich alle ihre gegenseitige Sympathie bekundeten, wurde ein weiterer Beschluss gefasst. Der Apotheker würde Ohitika und Anabell zu den Lakota begleiten und die Impfungen selber durchführen, als Lohn bat er darum, mit einem Kräuterkundigen des Stammes sprechen zu dürfen, der ihm Anwendungsmöglichkeiten für heimische Pflanzen erklären solle.

»Mein Bruder Waniyetu wird Ihnen diesen Dienst gerne erweisen«, sagte Ohitika gut gelaunt. »Und ich werde für Sie übersetzen.«

»Danke.« Der Apotheker schwieg einen Moment, dann richtete er seinen Blick wieder auf den Indianer. »Sind Sie geimpft, Mister Crawford?«

»Hat das nicht Zeit?«

»Nicht in Badgerhole Springs und auch nicht, wenn wir bald aufbrechen wollen. Ich denke nicht, dass Ihre Frau den weiten Weg hierher unternommen hat, um nun Ihr Leben zu riskieren, mein Freund.«

Ohitika rutschte unruhig auf dem Stuhl hin und her und nickte dann knapp. Anabell drückte seine Hand, während John Cormac in den Verkaufsraum ging, um die nötigen Utensilien zu holen. Erst jetzt fiel ein Teil der Anspannung von ihr ab. Die schreckliche Angst, die sie um Ohitika hatte, war seit dem Tag, an dem der Händler mit der Nachricht über die drohende Pockenepidemie aufgetaucht war, beständig gewachsen.

»Ich liebe dich«, flüsterte Anabell auf Lakota, während Ohitika mit eisiger Miene seinen Hemdsärmel hochschob und ertrug, wie Cormac ihm in den Oberarm schnitt und das weiße Pulver hineinrieb. Anabell fiel es schwer, ihn bluten zu sehen. Das rote Rinnsal schien wie ein schreckliches Omen. Als hätte ihre Reise nach Badgerhole Springs eine unheilvolle Kette von Ereignissen in Gang gesetzt, die nur *Wakan Tanka*, nur Gott aufhalten konnte.

Als sie Tage später gemeinsam mit dem Apotheker das Sommerlager erreichten, hatte Ohitika das schwache Fieber, das mit der Impfung einherging, gut überstanden und konnte so auch die anderen Indianer überreden, sich der Prozedur zu unterziehen. Nur einige Ältere verweigerten sich der Medizin des weißen Mannes, selbst nachdem Wambli Mato versprach, ihnen das Mittel selbst zu verabreichen. Doch auch so hatten sie große Erfolge erzielt.

Waniyetu und Ohitika erfüllten ihren Teil der Vereinbarung, und Cormac bekam einen kleinen Einblick in die indianische Heilkunde. Als er nach Badgerhole Springs aufbrach, schieden sie als Freunde und mit dem Versprechen, einander bald zu besuchen.

Die herbstliche Büffeljagd fiel gerade ausreichend genug aus, um den Stamm über den Winter zu bringen. Die Hauptherden mussten einen anderen Weg gezogen sein. In die melancholische Stimmung mischte sich bald auch ein Funken Freude. Anabell, die geglaubt hatte, nach der Geburt der Zwillinge Tokala und Na'ghi Suta keine Kinder mehr bekommen zu können, war erneut schwanger. Noch hatte sie nicht den rechten Moment gefunden, es Ohitika zu sagen. Er ritt oft tagelang fort, um doch noch den einen oder anderen Erfolg bei der Jagd zu haben, bevor der hohe Schnee das Leben auf das Tipidorf beschränken würde.

Es war einer dieser Tage, als etwas geschah, das alles für immer verändern sollte.

Der Morgen war kühl, als hätte der kommende Winter bereits seinen Atemhauch vorausgeschickt. Die Zwillinge trugen neue warme Kleidung, die Anabell den Sommer über aus weichem Hirschleder angefertigt hatte. Die kleine Na'ghi Suta hüpfte in ihrem Kleid voraus und ließ die Pinsel aus Pferdehaar fliegen, die Anabell an den Saum genäht hatte. Tokala ging mit gewichtiger Miene hinter seiner Schwester her und trug einen krummen Stock mit sich, als sei es der schönste Speer. Hin und wieder stach er damit auf Widersacher ein, die nur er mit seinen Kinderaugen sehen konnte. Anabell hatte die beiden mit an den Fluss genommen, wo die Kinder spielen konnten, während sie für Wambli Mato Weidenrinde erntete, um die er sie für seine Aufgüsse gebeten hatte.

Dem alten Mann fiel es zunehmend schwer, bis zu dem Dickicht zu gehen, wo die Schösslinge mit der roten Borke am besten wuchsen. Doch es trieb sie nicht nur der Wunsch her, dem Medizinmann einen Gefallen zu tun. Am Fluss führte ein Pfad entlang, auf dem die meisten Krieger ins Dorf zurückkehrten. Anabell hoffte, Ohitika abzupassen und ihm an dem idyllischen Plätzchen zu erzählen, dass sie wieder ein Kind erwartete. Vielleicht war es diesmal der Junge, den er in seiner Vision mit dem weißen Büffelkalb gesehen hatte. Tokala war es nicht gewesen, das hatte Wambli Mato festgestellt, nachdem er gemeinsam mit einigen anderen Alten die Geister befragt hatte.

Versonnen strich Anabell mit den Händen durch hohe, schimmernde Schilfhalme. Tau perlte zu Boden. Ihre nackten Füße hinterließen im Gras dunkle Abdrücke. In diesem Moment konnte Anabell sich nicht vorstellen, je wieder an einem anderen Ort zu leben als in der Freiheit der Ebenen, über sich einzig die endlose Weite des Himmels.

Sie erreichten einen kleinen Ahornhain. Die Blätter der Bäume hatten bereits das Rot des Herbstes angenommen. Tokala jagte seine jauchzende Schwester durch das raschelnde Laub, worauf sie sich hinter einen Baumstamm rettete und ihn mit einer Handvoll Blätter bewarf. Die Zwillinge waren unzertrennlich und stritten so gut wie nie, ein Umstand, um den sie von anderen jungen Müttern beneidet wurde.

»Lauft nicht zu weit weg«, mahnte Anabell die Kinder, stellte ihren Korb ab und machte sich daran, die Rinde von Weidenschösslingen zu schälen, die aus dem sandigen Bachbett wuchsen. Ihr Korb füllte sich rasch.

Als sie schließlich glaubte, die Hufschläge mehrerer Pferde zu vernehmen, hatte sie genug, um mehrere Aufgüsse und Tees herzustellen. Sie erhob sich und strich gedankenverloren über ihren Unterleib. Die Hufschläge wurden immer lauter. War das Ohitika?

Erwartungsvoll ging sie ihm ein paar Schritte entgegen, dann packte sie plötzlich die kalte Angst. Jetzt hörte sie es genau. Die Pferde waren beschlagen. Keiner der Lakota ritt ein Pferd, das Hufeisen trug. Dort kamen Weiße, und Anabell war ganz allein. Leise rief sie ihre Kinder zu sich und dankte Gott, dass sie sofort zu ihr kamen.

»Wir verstecken uns, und ihr müsst leise sein.«

»Wie kleine Schildkröten?«, wisperte Na'ghi Suta mit ihrem dünnen Stimmchen.

»Ja, und jetzt still.«

Sie drückten sich hinter die Weidenschösslinge, die im ersten Herbststurm schon viele ihrer Blätter verloren hatten. Anabell spürte ihr Herz bis in die Kehle schlagen. Seit wann fürchtete sie die Weißen so? Vielleicht war es nur der Apotheker, der noch einmal zurückkehrte, doch nein, dafür waren es zu viele.

Der erste Reiter verließ das Ahornwäldchen. Er ritt auf einem schwarz gefleckten Appaloosa und trug über einem blauen

Hemd breite Silberspangen an den Armen. Anabell glaubte, ihn zu kennen: Babtiste, ein Cheyenne-Mischling, der sich bei den Weißen als Scout verdiente und hin und wieder im Sommerlager haltmachte.

Ohitika behauptete, Männer wie er liebten weder ihre Heimat noch ihre Familie und täten für Geld alles. Es war also ratsam abzuwarten, wen er zu den Lakota brachte. Zwei weitere Reiter verließen das Wäldchen. Ihr Anblick verschlug Anabell den Atem. Ihre Knie wurden weich, und für einen Augenblick glaubte sie, ohnmächtig zu werden. Still, ganz still beobachtete sie die Männer, die ihr einst alles bedeutet hatten und deren Gegenwart sie nun in Angst und Schrecken versetzte.

Victor Arceneaux ritt ein wenig gebeugt. Die Zeit hatte auch vor ihrem Vater nicht haltgemacht. Sein Bart war fast vollständig ergraut. Lewis ritt an seiner Seite. So selbstverständlich, als sei er dessen Sohn. Es beruhigte Anabell, dass die beiden zusammengehalten hatten.

Ohne wirklich darüber nachzudenken, erhob sie sich und trat aus ihrem Versteck ins Freie.

Lewis fasste bei dem Geräusch nach seinem Gewehr, entdeckte sie und ließ die Waffe sinken. Er erkannte sie nicht, und auch ihr Vater, der auf ein Wort von ihm den Kopf wandte, schien durch sie hindurchzuschauen.

Fassungslos starrte sie den Reitern hinterher. Ihre Kehle war ausgetrocknet wie nach einem Tag in der Wüste. Sie wollte ihnen hinterherrufen, doch sie konnte nicht, sie konnte einfach nicht! In ihrem Kopf stürzten Hoffnungen und Befürchtungen durcheinander. Was wollten sie hier? Nur für einen Besuch waren sie sicherlich nicht Hunderte von Meilen durch Berge und Wüsten geritten. Es konnte nur eines bedeuten: Sie wollten sie zurückholen. Doch Anabell würde nicht mit ihnen gehen. Auch nicht, wenn sie bettelten und flehten. Aber wie sie ihren Vater kannte, würde er sich nicht einfach mit einem Nein abfinden. Und Lewis?

Hatte er sie denn auch nach beinahe fünf Jahren nicht vergessen können?

Wie von allein machte sie den ersten Schritt, um ihnen zu folgen.

»Mama, können wir jetzt wieder rauskommen?«

Anabell streckte die Hände nach den Kindern. Den Korb mit der geschälten Weidenrinde hätte sie vergessen, wenn Tokala ihn ihr nicht gebracht hätte.

Anabell wäre am liebsten gerannt, doch die kurzen Beinchen der Kinder schafften es nicht so schnell. Und zurücklassen konnte Anabell sie nicht.

Sie passierten die ersten Tipis.

Zwei Jungen preschten schreiend auf ihren Pferden vorbei. Die Neuigkeit von den Besuchern hatte sich wie ein Lauffeuer verbreitet, und nun wollte jeder die Fremden sehen und hören, was sie zu sagen hatten. Es waren bald sechzig Menschen versammelt, als Anabell und die Kinder schließlich die Mitte des Dorfplatzes erreichten, wo an besonderen Tagen getanzt und Feste gefeiert wurden.

Frauen und Männer wichen zurück. Mancher hatte in der Hast ein Bündel Felle geschnappt, um sofort etwas zum Eintauschen zu haben, falls es sich herausstellte, dass die Fremden Händler waren.

»Dein Vater ist gekommen«, rief eine Freundin ihr zu. »Jemand sucht nach dir, Shung'wakan manu.«

Anabell hatte das Gefühl, die Zeit würde sich mit einem Mal dehnen und die Erde sich unter ihren Füßen strecken und den Weg immer weiter werden lassen.

Sie sah, wie Wambli Mato den Arm hob und auf sie wies. Ihr Vater, der noch immer zu Pferde saß, als könne er so seine Überlegenheit bewahren, wandte den Kopf und endlich, endlich erkannte er sie.

Lewis stieß einen Schrei aus, als sei er ins Herz getroffen worden. Er sprang vom Pferd, strauchelte und rannte dann auf Anabell zu. Für einen Augenblick fühlte sie sich nach Louisiana in den Sommer ihrer Liebe zurückversetzt. Die Erinnerung an das Gefühl war jedoch nicht mehr als ein bittersüßer Schatten. Lewis schien die Kinder nicht zu sehen, die sich ängstlich an Anabell klammerten, nicht zu bemerken, wie sie vor ihm zurückwich.

»Halt!«, schrie jemand, doch Lewis kannte kein Halten mehr. Anabell sah gerade noch, wie Waniyetu sein Bein vorstieß. Lewis stürzte bäuchlings in den Staub. Na'ghi Suta schrie ängstlich und flüchtete sich in die Arme ihrer Mutter. Anabell drückte sie fest an sich und war froh, dass Waniyetu an ihrer Seite stand. Auf ihren Schwager war Verlass, er würde sie und die Kinder schützen.

Lewis rappelte sich auf und griff sofort nach seiner Pistole.

»Nein, nicht!«

Waniyetus Speer lag augenblicklich an Lewis' Kehle und drückte sich schmerzhaft ins Fleisch, noch bevor er die Waffe auf den Indianer gerichtet hatte. Überall wurden nun Gewehre, Tomahawks und Speere gereckt, und dann senkte sich Stille über das Lager.

Anabell ließ Na'ghi Suta langsam zu Boden gleiten und berührte Waniyetu am Arm. »Das sind meine Verwandten«, sagte sie mit bebender Stimme. »Ich will nicht, dass meinetwegen Blut vergossen wird. Lewis, steck die Pistole weg.« Die Augen ihres einstigen Verlobten glänzten fiebrig.

Anabell nahm ihren ganzen Mut zusammen, trat an ihm vorbei und ging weiter. »Vater, willst du mich mit einem Gewehr in der Hand begrüßen? Feiern wir so unser Wiedersehen?«

Victor Arceneaux sah sie ungläubig an, und mit einem Mal schien er die Indianer um sie herum zu vergessen. Tränen traten in seine Augen. »Komm, komm her, mein Kind, wir reiten heim!«

Anabell blieb ruckartig stehen. »Ich bin daheim.«

Unschlüssig starrte er auf sie hinab, und auf Tokala, der sich mit dem Mut eines Dreijährigen neben ihr aufgebaut hatte und ihm seinen Stock entgegenreckte, um seine Mutter zu verteidigen. Schließlich schob er das Gewehr in die Halterung am Sattel und stieg mühsam, wie ein alter Mann, vom Pferd.

Es kam wieder Leben in die Indianer. Die gefährliche Situation war vorbei, und offenbar waren die Fremden keine Händler, mit denen sich Tauschgeschäfte machen ließen. Freunde Ohitikas blieben dennoch in der Nähe, ebenso wie Wambli Mato und Waniyetu, um das Treffen zu überwachen.

Victor Arceneaux ging mit steifen Schritten auf Anabell zu. Sein Blick wanderte über ihr Kleid aus weichem, dunklem Leder, an dem zur Zier zahllose Hirschzähne angebracht waren, die bewiesen, was für ein guter Jäger ihr Ehemann war. Ihr Haar hatte sie zu einem einzelnen Zopf geflochten, der ihr weit über den Rücken hing und mit rotem Band und Otterfell verziert war.

»Mein armes, armes Kind, wie sehr musst du gelitten haben«, stöhnte er. »Sie haben eine Wilde aus dir gemacht.«

Anabell ergriff seine Hände und ließ sich dann von ihm in die Arme schließen. Sie hielt ihn so lange, bis sie spürte, dass er sich wieder gefasst hatte. Auch in ihrer Kehle warteten Tränen, doch sie konnte sie nicht weinen.

»Es geht mir gut«, flüsterte sie. »Ich bin hier sehr, sehr glücklich.« Vorsichtig löste sie sich aus den Armen ihres Vaters, der sie verständnislos ansah.

»Ich möchte dir deine Enkelkinder vorstellen.«

Tokala nahm seine Schwester an der Hand und zog sie näher. Anabell strich dem Jungen liebevoll über den dunklen Schopf.

»Das ist nicht dein Ernst, Anabell!«

Victor Arceneaux' abfälliger Blick streifte die Kinder, doch er begrüßte sie nicht. Nun trat auch Lewis heran, noch immer wutschnaubend, weil Waniyetu ihn zu Fall gebracht und blamiert hatte. Der Krieger blieb auch jetzt in seiner Nähe, belauerte ihn wie ein Raubtier.

»Das ist mein Schwager, Waniyetu«, stellte Anabell ihn vor

und sagte an den Indianer gewandt: »*Le ate mitawa* Victor Arceneaux.«

Waniyetu zögerte, dann streckte er dem Fremden nach Wasicu-Sitte zur Begrüßung die Rechte entgegen. Sein Gesicht blieb dabei eisig, genau wie sein Name.

Arceneaux spuckte aus und verlieh so seiner ganzen Verachtung Ausdruck. Niemals würde er einem Wilden die Hand reichen!

Anabell wäre am liebsten vor Scham im Boden versunken. Die Worte, die Waniyetu daraufhin auf Lakota zischte, klangen, als sei ein Blutvergießen zwischen den Männern beinahe unausweichlich. Für Anabell entwickelte sich das Wiedersehen in Windeseile zu einer großen Enttäuschung, die ihr dazu noch Angst bereitete. »Habt ihr denn meinen Brief nicht bekommen? Was ich geschrieben habe, entspricht der Wahrheit. Ich bin glücklich hier, warum kannst du dich nicht zumindest bemühen und meine Familie begrüßen, wie es sich gehört, Vater? Habt ihr denn keinen Funken Anstand mehr im Leib?«

»Wir sind deine Familie, nicht die!«, fauchte Lewis. »Die haben deinen Verstand vergiftet.«

»Nein, Lewis, nein, das stimmt nicht, was du sagst. Es tut mir leid für dich. Du hast dir so lange Hoffnungen gemacht, und ich enttäusche dich, aber es ist nicht zu ändern.«

Anabell hatte die Kinder zu ihrer Schwiegermutter geschickt. Bei Hauwi waren sie gut aufgehoben und mussten nicht miterleben, wie Anabell sich mit ihren Verwandten stritt. Waniyetu hatte sie nur widerstrebend mit den Besuchern allein gelassen, und Anabell verspürte Erleichterung, als er anbot, mit einigen Kriegern in Rufweite zu bleiben.

Lewis und ihr Vater waren ihr nur zögernd durch das indianische Dorf bis zu ihrem Tipi gefolgt, das der ganze Stolz von Ohitika und ihr war. Es war eines der größten und schönsten im Lager. Die Brüder hatten es gemeinsam bemalt. Der unterste Bereich war schwarz, darüber schlossen sich rote Streifen und Punkte an. Den Blickfang bildeten ein schwarzer und ein weißer Büffel, die einander die Köpfe zugewandt hatten. Bunte Linien zogen sich vom Herz bis zum Maul, aus dem Pfeile schossen und sich über dem Eingang vereinten.

Es stand auf einer kleinen Wiese neben dem Wasserlauf und wurde von einem Ahorn mit rotgoldenen Blättern beschattet. Daneben trockneten große Mengen Fleisch auf einem Gestell, und ein Gabelbockfell wartete auf einen Rahmen gespannt auf weitere Bearbeitung. Über einer Feuerstelle kräuselte sich eine schmale Rauchfahne. Anabell kochte dort unter freiem Himmel, sie wollte nicht, dass es im Tipi unnötig nach Essen roch.

In diesem Augenblick, da sie Victor Arceneaux und Lewis zu ihrem Heim führte, war ihr Herz von Stolz erfüllt. Sahen die Männer nicht, wie schön es war und überhaupt nicht primitiv?

Als beide beharrlich schwiegen, öffnete sie die Zeltklappe und bat sie hinein. »Hier wohnen wir, macht es euch gemütlich.«

Victor Arceneaux sah sich nach einem Stuhl um, fand aber keinen und setzte sich dann auf den Boden. Anabell ließ die Klappe hinter sich zufallen und wurde sofort von Lewis in die Arme gerissen. »Hier sieht uns niemand, hier musst du dich nicht mehr verstellen, meine Liebste.« Er versuchte ihren Kopf an seine Brust zu drücken, wie er es früher immer getan hatte, und strich ihr weich über den Rücken. Es widerstrebte Anabell, ihm wehtun zu müssen, doch anders ging es nicht. Er schien nicht verstehen zu wollen, dass es keine gemeinsame Zukunft für sie geben würde, doch das musste er! Sie wand sich aus seinen Armen, presste beide Hände gegen seine Brust, um ihn von sich fernzuhalten, und sah ihm fest in die Augen. »Es ist aus! Versteh doch, ich liebe dich nicht, Lewis.«

»Das kann nicht sein, du … ich …«, stotterte er, hob die

Hände, um sie zu berühren, und ließ sie gleich darauf wieder sinken.

»Anabell, wir müssen reden!«, fuhr Victor Arceneaux harsch dazwischen. Sie kniete sich hin, goss beiden Wasser ein, das sie mit Manazitablättern versetzt hatte, und musterte den verbitterten, ergrauten Mann, der ihr Vater war.

»Können wir hier ungestört reden, Tochter?«

»Ja, natürlich.«

»Verstehen diese Wilden unsere Sprache?«

»Nur wenige, Vater. Aber was soll das, es gibt keinen Grund für Geheimnisse.«

Arceneaux nickte langsam und sah auf seine Hände. »Du hast mit ihnen leben müssen, sicher kennst du ihre Gebräuche. Mir wurde gesagt, mit genügend Geld sei es leicht, bei den Indianern Frauen zu kaufen. Wie viel Geld brauche ich, um dich zu befreien?«

Anabell schüttelte den Kopf. Panik stieg in ihr auf, und sie drückte die Hand auf ihren Busen, um ihr jagendes Herz zu beruhigen. »Ich gehe für kein Geld der Welt hier weg, Vater. Dies ist mein Heim, ich liebe meinen Mann, niemand hat mich gezwungen, ihn zu heiraten, niemand!«

Sie fühlte, wie ihr die Röte ins Gesicht stieg. Lewis sprang auf, stieß die Zeltklappe auf und stürzte hinaus. Auch Victor Arceneaux erhob sich. »Ich werde das nicht zulassen. Die Wilden haben dich um den Verstand gebracht.«

»Nein, ich sehe endlich klar, Vater. Bleib hier. Wenn du erst ein paar Tage mit uns gelebt hast, wirst du verstehen!«

»Nein!«

»Willst du denn deine Enkelkinder nicht kennenlernen, und deinen Schwiegersohn auch nicht?«

Er stieß Anabells Hand fort und folgte Lewis hinaus. Anabell eilte hinterher. Tränen rannen über ihre Wangen, tropften vom Kinn. Das lief alles so falsch. Was sollte sie tun, um sich mit ihrem Vater auszusöhnen? »Es sind doch nur noch wir übrig!«, flehte sie ihn an. »Mutter hätte sicher nicht gewollt, dass wir streiten.«

»Erwähne deine Mutter nicht. Sie würde sich im Grabe umdrehen, wenn sie wüsste, dass du mit einem Wilden Unzucht treibst und das auch noch freiwillig.«

Jemand hatte die Pferde der Weißen zum Tipi gebracht und dort angebunden. Lewis kontrollierte scheinbar unbeteiligt, ob in seinen Satteltaschen auch nichts fehlte. Anabell stand einfach nur da und konnte es nicht fassen. Ihr innerer Friede war an diesem Tag zersplittert wie ein Spiegel aus Kristall. Die Bruchstücke waren scharf und schnitten tief. Es war, als würde sie innerlich verbluten. Sie fühlte sich in diesem Moment schrecklich allein und hilflos.

Als hätte er ihr Leid gespürt, erschien der Mann, dem ihr Herz gehörte. Ohitika trieb seinen Rappen in sanftem Galopp durch das Lager, am Zügel ein Packpferd, über dessen Rücken ein Hirschkadaver baumelte. Offenbar wusste er bereits von den unangekündigten Gästen und eilte nun um sie nicht länger warten zu lassen.

Anabells Verzweiflung war ihr anzusehen. Sie ging ihm entgegen, er sprang vom noch galoppierenden Pferd und war sofort bei ihr. Aufschluchzend warf sie sich in seine Arme. Seine Wärme zu spüren und seinen Herzschlag zu hören tat so gut. Sie umklammerte ihn ganz fest, grub die Hände in seinen muskulösen Rücken und wollte ihn nie wieder loslassen. Ohitika strich ihr über den Kopf, wie er es auch oft tat, wenn sie Arm in Arm einschliefen.

»Shung'wakan manu, meine Anabell, was ist passiert?«, fragte er leise.

Widerstrebend löste sie sich aus der Umarmung, drückte einen Kuss auf seine Brust und sog den vertrauten Duft seiner Haut ein, der salzig und würzig war von einem anstrengenden Tag auf der Jagd.

»Ich knall ihn ab!«, hörte sie plötzlich Lewis knurren, fuhr erschrocken herum und sah gerade noch, wie ihr Vater sein Pferd zwischen Anabell und ihren ehemaligen Verlobten trieb. Er drückte die Flinte des anderen herunter.

»Nimm dich zusammen. Du bringst meine Tochter in Gefahr.«

Sie fühlte, wie Ohitika alle Muskeln anspannte. Er schob sich schützend vor sie. »Verschwinden Sie! Sie sind hier nicht mehr willkommen!« Wie aus dem Nichts tauchten mehrere, gut bewaffnete Krieger auf. Angeführt von Waniyetu, umstellten sie die Weißen. Ihre Pferde waren so flink, dass Anabell kaum noch sah, was vor sich ging.

»Wir reiten!«, hörte sie ihren Vater befehlen, dann erhaschte sie einen flüchtigen Blick in sein Gesicht, auf den Hass, der sich darin spiegelte. Er stierte Ohitika an, als hätte er ihn am liebsten eigenhändig erwürgt.

Fest an ihn gedrückt, harrte sie aus, bis die Krieger die Wasicu aus dem Lager eskortiert hatten. Als auf dem Pfad nur noch eine dünne Staubfahne zu sehen war, die vom Wind davongetrieben wurde, fiel die Anspannung von ihr ab. Tränen der Erleichterung rollten über ihre Wangen. Sie hatte plötzlich schreckliche Angst, Ohitika zu verlieren, und das weckte den Wunsch, ihm ganz nahe zu sein. Sie hörte seine Fragen nicht, mit denen er sich nach ihrer Familie erkundigte, ignorierte, wie er versuchte, sie von sich zu schieben, weil es sich unter Lakota nicht gehörte, dass Mann und Frau so offen ihre Zuneigung zeigten.

Weinend presste sie sich an ihn. Bedeckte die Narben auf seiner Brust, die der Sonnentanz hinterlassen hatte, mit weichen Küssen. Liebkoste die samtene Haut, weil sie den Blick in seine Augen scheute. Schließlich gab er nach.

Anabell klammerte sich an seine Schultern, und er trug sie zum Tipi, als hätte ihr die Angst den Boden unter den Füßen geraubt.

Im Schutz des schummerigen Halbdunkels im Zelt kannte auch Ohitika keine Zurückhaltung mehr. Hungrig griff er nach ihrem Körper, fassten seine Hände ihre Pobacken und liebkosten zärtlicher denn je ihre Brüste.

Anabell wusste selbst nicht, woher ihre überbordende Lust plötzlich kam. Als schüre die Angst das Feuer, wollte sie ihn in sich spüren, so tief und fest vereint, wie es nur möglich war. Sie riss die Bänder aus seinem Haar und grub die Finger in die seidige Flut, um ihn daran herunterzuziehen, bis er nah genug für einen Kuss war. Sie sanken auf die Felle, wo er sich ihrem Drängen hingab.

Heute wollte sie ihn lieben, mit aller Lust und aller Fertigkeit, die sie sich in den vergangenen Jahren angeeignet hatte, bis jeder schlechte Gedanke verflogen war. »*Techihila*, Ohitika – ich liebe dich«, flüsterte sie ihm ins Ohr, und mit geschlossenen Augen erklärte auch er ihr seine Liebe. Mit den Nägeln strich sie ihm über seinen festen Bauch bis hinab zu seinen Leisten. Er drückte stöhnend den Rücken durch, und sie massierte ihn sanft, bis seine Augenlider zitterten und er beinahe lustvoll kam. Leidenschaftliche Küsse überbrückten die kurze Zeit, bis er sich wieder gefangen hatte, dann schob sie ihren Körper über ihn und empfing ihn mit gespreizten Beinen. Ohitika legte die Hände auf ihre Hüften, sah sie an und drang tief in sie ein. Sein starker Griff führte sie, bei jedem Stoß zuckten die Muskeln seiner Arme, und sein sehniger Körper drängte sich ihr entgegen. Schweißperlen glänzten auf seiner Bronzehaut. Hitze, die auch in ihr glühte, ihr hilflose Laute von den Lippen riss, bis sie alles um sich vergessen hatte und nur noch Lust war und grenzenlose Liebe.

Selten war ihr der Akt so wild und schön und verzweifelt vorgekommen wie dieser. Als wären sie beide plötzlich von einer fremden Macht beseelt. Anabells Nägel hinterließen Spuren auf seiner Haut. Ohitika stieß sie irgendwann von sich, warf sich anschließend auf sie und stieß hart und tief in sie hinein, als gelte es, einen Feind zu besiegen. Sie biss in seine Schulter, als der erlösende Höhepunkt ihr schließlich schier die Luft nahm, und Ohitika schrie und bebte und sank ermattet auf sie.

Sie umschloss ihn mit Armen und Beinen, hielt ihn fest, ganz fest, um ihn nie wieder loszulassen. Sein Körper, der ihr so unendlich nah war, war auch wunderbarer Beweis dafür, dass jegliche Angst unbegründet war – er war bei ihr und das mit Leib und Seele.

Ohitika drehte sich auf die Seite und strich ihr liebevoll eine einzelne Strähne aus der verschwitzten Stirn. »Wie mir scheint, sollte ich dir einen neuen Namen geben, Shung'wakan manu, du bist bissig wie eine Wildkatze.«

Anabell schmunzelte. »Und du bist schuld daran, Krieger, vor Männern wie dir wird jede brave Frau gewarnt.«

Sie drehte sich auf den Rücken und verfolgte mit den Augen das vertraute Muster der Tipi-Stangen, die ihr Heim aufrecht hielten.

Ohitika fuhr mit den Fingern die weichen Formen ihres Körpers entlang. Es schien ihm nichts auszumachen, dass er nie wieder so sehnig und schlank geworden war wie vor der Geburt der Zwillinge. Sie war erblüht wie *Ina Makoce*, sagte er, wenn sie mit ihren breiten Hüften haderte, und verglich sie mit der üppig blühenden Prärie, von der niemand erwartete, dass sie immer so zart war wie nach der Schneeschmelze, wenn das erste Grün spross.

Sein Zeigefinger malte einen Kreis um ihren Bauchnabel, glitt hinab über ihren Venushügel, dann legte er die Hand zwischen ihre Beine und ließ sie dort ruhen. »Wenn wir heute ein Kind gemacht haben, wird er stark und wild sein wie zwei Bären.«

Anabells Wangen begannen zu glühen. »Das kann nicht sein«, sagte sie möglichst nüchtern. Wenn Ohitika den Kopf gehoben hätte, wäre ihm sofort klar gewesen, dass sie ihm etwas verschwieg, doch er tat es nicht, sondern begann sie mit den Fingern vorsichtig zu reizen. Das Kribbeln, das ihr daraufhin durch den Unterleib schoss, lenkte sie beinahe davon ab, was sie ihm eigentlich sagen wollte.

»Ich glaube nicht, dass ich da kein Kind mehr hineinbekomme«, fuhr er fort. »Vielleicht sollte ich es noch einmal probieren, was meinst du?«

Anabell biss die Zähne zusammen, kämpfte gegen den lustvollen Schauder und hielt schließlich einfach seine Hand fest, weil sie es sonst nie geschafft hätte, ihm die frohe Neuigkeit mitzuteilen.

»Du kannst gerne gleich wieder über mich herfallen, *Ohitika mani wica ma'koce ta'gila*, aber ganz gleich, wie sehr du dich anstrengst, ein Kind wirst du mir heute nicht machen.«

Jetzt endlich hörte er den warmen Spott in ihrer Stimme und sah auf. Seine schönen braunen Augen weiteten sich. »Weil da schon eines drin ist, richtig?«

Anabell atmete bebend ein und nickte schnell. »Ja.«

»Wie lange schon?«

»Acht Wochen, vielleicht zehn. Ich wollte es dir eigentlich schon eher sagen.«

Er legte seine Hand auf ihren Bauch, und es erschien ihr wie ein Segen. Seine Wärme strahlte wie Licht in sie hinein. »Das ist er«, sagte Ohitika feierlich. »Das Kind aus meiner Vision. Du wirst den Weg eines heiligen Mannes gehen, mein Sohn. Die Weiße Büffelfrau hat dich geschickt, um unserem Volk beizustehen. *Wacekiye Wica*, wachse und werde stark.«

Die Lakota-Worte klangen in Anabells Ohren klar wie Glocken und wunderschön. »War das ein Name? Wie hast du ihn genannt?«

»*Wacekiye Wica*. Das bedeutet Mann, der betet. Es kann keinen anderen Namen für ihn geben.«

Anabell legte ihre Hand auf seine und verschränkte ihre Finger. »Deine Vision, ich weiß.«

Ohitikas Miene wurde ernst. »Wir hätten vorsichtiger sein müssen! Ich war viel zu …«

Sie presste ihm den Zeigefinger auf den Mund. »Nein, wag es nicht, so etwas zu sagen. Ich bin nicht sterbenskrank, sondern schwanger! Und Wacekiye Wica bekommt davon nicht viel mit.«

Er schnappte grinsend nach ihrem Finger und biss hinein. Anabell gab ihm einen Klaps auf die Wange und fand sich im nächsten Moment unter ihm wieder. Ohitika nahm ihre Arme, zog sie nach oben und hielt sie mit einer Hand fest.

Sein Lächeln war purer Triumph. »Diesmal hältst du still.«

Anabell nickte und ergab sich seiner Kraft.

Sie wünschte, dieser Tag würde niemals enden, denn dann müsste sie nicht an morgen denken, nicht an den kalten Blick in ihres Vaters Augen, der ihr zu verstehen gab, dass er seine Tochter noch nicht aufgegeben hatte.

Ohitika liebte sie langsam und lange und ließ sie keinen Moment daran zweifeln, wer von ihnen das Sagen hatte. Anabell gab sich dem hin und genoss einfach nur.

Als sie schließlich erschöpft und eng aneinandergekuschelt zur Ruhe kamen, war es Ohitika, der plötzlich das wohlige Schweigen brach. Er lachte. »Oh nein, habe ich den armen Schecken jetzt tatsächlich mit dem toten Bock auf dem Rücken da draußen vergessen?«

»Ich fürchte, ja, aber sicher hat ihn jemand von seiner Last befreit.«

»Das wäre auch besser.« Ohitika richtete sich stöhnend auf und zog sich an. »Ich suche ihn, bevor es ganz dunkel wird, und dann spreche ich mit den Ältesten. Wir sollten nicht mehr hier sein, wenn dein Vater und dieser andere Kerl zurückkommen, um dich zu holen. Was macht es schon aus, ein paar Tage früher zum Winterlager aufzubrechen.«

Er hatte recht. Sie sollten weiterziehen, und zwar bald. Anabell würde keinen ruhigen Moment mehr haben, bis sie in Sicherheit waren, und wünschte, ihr Vater wäre nie gekommen. Sobald Ohitika die Zeltklappe zufallen ließ, war ihre Angst zurück, und von ihrer Leidenschaft blieb einzig ein wohliger Schatten der Erinnerung.

Victor Arceneaux und sein Begleiter waren den ganzen Weg schweigend geritten, hatten nur kurz in Badgerhole Springs haltgemacht, um ihre Sachen aus der Herberge abzuholen und waren dann sofort wieder aufgebrochen. Hier waren sie vor beinahe einer Woche auf Anabells Spur gestoßen. Die Frau im Krämerladen hatte sich an sie erinnert und sie abfällig als Indianerhure beschimpft, wofür Arceneaux sie am liebsten geschlagen hätte. Ihr Hinweis führte sie zum Apotheker Cormac, der ihnen gutmütig eine ziemlich genaue Beschreibung des Wegs zum Indianerlager gab und ihnen den Scout Babtiste empfahl.

Als sie diesmal aus der Siedlung aufbrachen, ritten sie ohne den Cheyenne Scout. Der Weg zum nahe gelegenen Fort war leicht zu finden. Sie mussten Anabell aus der Hand der Indianer befreien. Victor Arceneaux war nicht willens, die Hoffnung so schnell aufzugeben. Bei den Soldaten würden sie Unterstützung bekommen, wenn er den Sachverhalt nur richtig schilderte. Es war geschehen, was er seit dem Erhalt ihres Briefes befürchtet hatte: Seine leicht zu beeinflussende Tochter hielt sich tatsächlich für eine Rothaut, doch das würde er ihr austreiben. Es hatte ihm wehgetan, sie in ihren Lumpen zu sehen, in der Fremde zur Frau gereift, der Körper geformt von zwei Bastardkindern. Er war fest entschlossen, sie aus dieser Misere, der sie sich selbst scheinbar nicht bewusst war, zu befreien, und sei es mit Gewalt. Dass dieser Wilde, den sie als ihren Ehemann bezeichnete, seine gerechte Strafe erhalten würde, war nur noch eine Frage der Zeit.

Lewis war tief in Gedanken versunken und schien erst einmal

verarbeiten zu müssen, was aus Anabell geworden war. Solange er jetzt keinen Rückzieher machte, würde Victor ihm die Zeit lassen, die der junge Mann brauchte. Das Bild seiner Verlobten war vor wenigen Stunden zersprungen, wie ein kostbarer Glaspokal, den er über Jahre bewahrt hatte. Nun musste er die Scherben auflesen und die Reste zusammenfügen. Eine schmerzhafte Aufgabe. Vollständig wiederherstellen würde er das Bild von Anabell aber nicht mehr können. Die Frage war, ob ihm reichen würde, was ihm noch blieb.

Am Morgen des nächsten Tages erreichten sie Fort Stoker. Es war eine beinahe rechtwinkelige Anlage aus hohen Holzpalisaden mit zwei Aussichtstürmen und einem weiten Tor, das zu dieser Tageszeit offenstand.

Auf dem Vorplatz trainierten Reiter der Kavallerieeinheit. Einzeln preschten sie auf Strohpuppen zu und hieben mit blinkenden Säbeln danach. Staub und Stroh wirbelte nach jedem Angriff durch die frostklare Luft. Die Pferde, die bereits ihr Winterfell bekamen, waren schweißnass.

Wenn es nach Victor Arceneaux ging, dürften die Soldaten ihre Säbel bald an richtigen Gegnern ausprobieren.

Im Trab ging es durch das Tor. Er hielt sich nicht damit auf, sich von irgendjemand ankündigen zu lassen, sondern betrat direkt das Büro des Offiziers.

Als er den Mann erblickte, wusste er sofort, dass sein Plan aufgehen würde.

Mit den ersten Nachtfrösten brachen sie zum Winterlager auf, das am Fuße der *Paha Sapa*, der heiligen Berge, gelegen war.

Anabell ritt auf ihrer Stute Grace, vor sich Na'ghi Suta, die nach mehreren anstrengenden Stunden auf dem Pferderücken eingeschlafen war.

Der kleine Tokala hatte darauf bestanden, selbst zu reiten. Ohitika hatte seinem Sohn Xota ausgesucht, der inzwischen ein stolzes Alter hatte. Auf beiden Seiten hingen dicke Bündel aus Decken und Fellen, die dem Jungen einen sicheren Halt gaben, während er stolz wie ein Krieger neben Anabell herritt. Er strahlte auch nach einem halben Tagesritt noch immer über das ganze Gesicht.

Dick eingepackt in warme Jacken und Felle musste niemand frieren. Der Atem von Menschen und Pferden stieg in kleinen Wölkchen auf. Unter den Hufen der Tiere knisterte das reifbedeckte Gras. Anabell reckte ihr Gesicht der Sonne entgegen, die als fahlgelbe Kugel durch den Hochnebel schien, der sich an diesem Tag scheinbar nicht mehr auflösen würde.

Mit einem gleichmäßigen Rumpeln rutschten die Travois über den Grund. Um ihre gesamte Habe zu transportieren, waren vier Pferde nötig, die die Last hinter sich herzogen. Jeweils zwei Stangen des Tipis waren dabei mit einer dritten, kurzen verbunden, auf der alles auflag. Die einen Enden kreuzten sich dabei über den Pferdeschultern, die anderen rutschten über den Boden.

Sie kamen nur mit Schrittgeschwindigkeit voran. Anabell genoss es dennoch, wieder unterwegs zu sein. Sie war erleichtert gewesen, als eine Woche lang nichts geschehen war und ihr Vater sie in Ruhe gelassen hatte. Vielleicht akzeptierte er ihre Entscheidung ja doch. Sie betete um sein Einsehen.

Wenn er jetzt den Lagerplatz am Fluss aufsuchen würde, wäre sie längst auf und davon. Sein Cheyenne Scout würde das Winterlager an der falschen Stelle suchen, denn die Ältesten hatten sich von Ohitika und Waniyetu überzeugen lassen, den Ort dieses Mal sicherheitshalber in einen schützenden Talkessel zu verlegen.

Anabell kniff die Augen zusammen und hielt Ausschau nach dem geliebten Mann. Sie ritt mit Frauen, Kindern und Alten in der Mitte des Zuges, während die Krieger die Flanken schützten.

Ohitika ritt wie immer seinen Rappen. Sie erspähte ihn auf einem Höhenzug im Westen. Sein neuer Umhang aus Kojotenfellen blähte sich im Wind, der dort oben beißend sein musste, und sie war froh, ihm das Kleidungsstück noch vor dem Winter genäht zu haben.

Ohitika hob die Hand, als hätte er ihren Blick bemerkt. Doch eigentlich war er zu weit weg, um sie genau erkennen zu können. Sie winkte zurück.

Wambli Mato hatte recht gehabt. Ihre Seelen waren füreinander bestimmt, vom ersten Tag an war das so, sie hatten es nur nicht sofort verstanden. Ihre Na'gis erkannten einander auch über weite Entfernung, und so erklärte sich auch dieses unbeschreibliche Gefühl in ihrer Brust, das scheinbar nie nachlassen würde.

»Schau, da ist dein Papa«, sagte Anabell und wies auf den Reiter am Hang. Tokala riss die braunen Augen auf, winkte und ließ sich dann nach vorn sinken, um beide Arme um den Hals seines Pferdes zu schließen. Sein Vater sollte sehen, wie sehr er den alten, gutmütigen Xota mochte, den er am Morgen von ihm geschenkt bekommen hatte.

Anabell lächelte und drückte ihre Tochter noch fester an sich. Beim nächsten Blick zu Ohitika sah sie gerade noch, wie der sein Pferd herumriss und in einem halsbrecherischen Ritt den Hang hinunterraste. Bei dem Anblick blieb ihr vor Angst beinahe das Herz stehen. Wollte er zu ihr? Nein! Die anderen Krieger hetzten nun ebenfalls zum Treck.

Schreie wurden laut. Soldaten!

Anabell fuhr herum. Erste Schüsse fielen. Die Angreifer waren hinter ihnen. Ohitika preschte dicht an ihr vorbei, sie sah sein Gewehr aufblitzen, er lud in vollem Tempo durch, dann galoppierte Waniyetu vorbei, auch er dicht über sein Pferd gebeugt, die Waffen bereit.

Anabell rüttelte Na'ghi Suta unsanft an der Schulter wach und riss Tokala den Zügel aus der Hand. »Haltet euch fest, haltet euch um Gottes willen fest«, beschwor sie die Zwillinge. Frauen schrien. Wambli Mato brüllte Befehle. Sie sollten zusammenbleiben und nach Norden fliehen, die Krieger würden die Weißen aufhalten, bis sie in Sicherheit waren. Anabell bekämpfte ihre Panik. Sie konnte Ohitika nicht beistehen, aber sie konnte ihre Kinder schützen! Und das würde sie tun.

Sie warf einen letzten Blick über die Schulter. Staub verschluckte die Reiter. Es wurde nun andauernd geschossen. Das wütende Kampfgeheul der Krieger mischte sich mit dem wiederholten Fanfarensignal angreifender Kavallerie zu einer schrecklichen Kakofonie.

Anabell trieb ihre Stute in den Galopp. Dicht beieinander, aber ohne Panik, ritten die Verbliebenen auf die Berge zu, die sich als bläulicher Streifen am Horizont abzeichneten. Die Pferde mit den Travois mussten sie zurücklassen, sie waren einfach zu langsam. Wie sie ohne Tipis und dringend benötigte Vorräte den Winter überstehen sollten, war etwas, worüber sie erst nachdenken konnten, wenn sie ihr nacktes Leben gerettet hatten und den Soldaten entkommen waren.

Während sie flohen, zermarterte Anabell sich den Kopf darüber, ob ihr Vater hinter diesem Überfall steckte. War sie selbst der Grund, weshalb die Lakota verfolgt und womöglich Dutzende von Menschen getötet wurden?

Unbewusst zog sie den Zügel an und fiel in der Gruppe zurück. Tokalas Pferd kämpfte gegen die langsamere Gangart. Dann wurde ihr klar, was sie tat: Sie riskierte das Leben ihrer Kinder für etwas, das sich nicht mehr aufhalten ließ! Sie hatte zahllose Geschichten von Gräueltaten gehört. Die Soldaten machten keinen Unterschied zwischen Männern, Frauen und Kindern. Sie töteten alle.

Nein! Mit einem Aufschrei feuerte sie die Tiere an, drückte Na'ghi Suta, die leise wimmerte, noch etwas fester an sich, und preschte davon.

Die Kugeln durchsiebten das Pferd. An Schulter, Hals und Flanke war das Fell blutgetränkt. Der Hengst stieg, doch sein Todeskampf war schnell vorbei. Ohitika sah Waniyetu stürzen, riss sein Pferd herum und raste bei dem Versuch, ihn zu retten, direkt auf die Kavallerie zu, die sich genauso schnell näherte wie er.

Sein Bruder hatte sich hinter den Pferdekadaver geduckt und schoss einen Pfeil nach dem anderen ab. Dann war Ohitika endlich heran, und er schwang sich hinter ihm auf den Rappen. Das Tier kämpfte unter der zusätzlichen Last, doch sie schafften es zu einer kleinen Anhöhe, hinter der Waniyetu ein reiterloses Pferd einfing und aufsaß.

In der Senke mischten sich die Reiter der Kavallerie mit den Indianern, und es kam zu ersten direkten Kontakten. Säbel gegen Tomahawks, Keulen und Messer. Die Brüder ließen keine Zeit verstreichen und preschten den Hang hinab. Ohitika schoss einen milchgesichtigen Jungen aus dem Sattel und grub das Blatt seiner Kriegsaxt in die Brust des nächsten Reiters, der mit einem dumpfen Stöhnen aus dem Sattel kippte.

Das Gefecht war hitzig. Ein Durcheinander aus Pferdeleibern, Staub, Blut und Klingen. Kaum jemand schoss noch, zum Nachladen fehlte die Zeit. Ohitika war mehrfach getroffen worden, aber die Verletzungen waren nicht ernster Natur. Sein Rappe blutete aus mehreren Wunden, doch das Tier kämpfte beinahe so erbittert wie er und biss und trat nach den Gäulen der Kavallerie und ihren Reitern.

Immer wieder riefen Fanfarenstöße die Soldaten zu neuen Manövern, dann brachte endlich jemand den Trompeter zum Schweigen und die Schlacht wurde zum Chaos.

Ohitika hackte und schlug sich durch die Reihen der Feinde, die sich schließlich zurückzogen. Er rief die anderen Krieger zur Vernunft, die sich den Soldaten auf die Fersen setzen wollten.

Als der Wind sich legte, wurde das ganze Ausmaß des Überfalls klar. Der Stamm hatte über die Hälfte seiner Männer verloren. Einige Kämpfer waren noch halbe Kinder gewesen und wälzten sich nun im Staub oder lagen für immer still.

Die Soldaten schienen nicht mehr wiederzukommen.

Ohitika sah dorthin, wo sie hinter einer kleinen Geländekuppe verschwunden waren. Er war erleichtert, doch ausgestanden war die Sache noch lange nicht. Er konnte sich aber nicht sofort dazu durchringen, was als Nächstes zu tun war. Die Verwundeten benötigten Hilfe, doch auch die fliehenden Frauen, Kinder und Alten bedurften dringend des Schutzes. Einige Krieger, darunter auch Waniyetu, waren dem Treck nachgeritten, sobald die Gefechte nachließen. Die zurückgebliebenen Männer waren nur noch zu sechst. Als Ohitikas Pferd über einen stöhnenden Verwundeten stolperte, war seine Entscheidung gefallen. Er würde seine Brüder nicht im Stich lassen. Daran, was die Wasicu mit den verwundeten Kriegern tun würden, bestand kein Zweifel. Sie machten keine Gefangenen.

Ohitika sprang vom Pferd und drehte den Jungen auf den Rücken. Ihm stockte der Atem. Den Bauchschuss würde er nicht überleben. Er war gerade mal dreizehn Winter alt und hatte seine Visionssuche noch nicht hinter sich. Seine großen braunen Augen trübten sich bereits.

»Kümmert euch um die Verwundeten!«, rief Ohitika den anderen Männern zu. »Die Toten lasst liegen.«

Die Soldaten erschienen wie aus dem Nichts. Im Schatten des Waldes, den Anabell eigentlich als ihre Rettung angesehen hatte, waren sie nicht zu erkennen gewesen. Nun zerrissen Schüsse die Luft. Jemand schrie, sie sollten sich ergeben, während zugleich immer weitergeschossen wurde und die Alten an der Spitze mitsamt ihren Pferden fielen.

Es war die Hölle. Die Tiere drehten durch. Frauen pressten panisch ihre Kinder an den Leib. Wer zu fliehen versuchte, wurde niedergeschossen. Anabell sah gerade noch, wie ein Soldat aus nächster Nähe auf sie anlegte, als Grace auch schon unter ihr zusammenbrach und nicht wieder hochkam. Anabell zog Na'ghi Suta fest an sich und drückte sich hinter dem Pferdekörper flach auf den Boden. Tokala war fort, einfach fort. Xota hatte ihn davongetragen. Sie wollte ihn suchen, doch dann wäre ihre Tochter allein. Überall schrien Menschen wild durcheinander. Neben ihr keuchte die sterbende Stute mit rasselndem Atem, und die lauten Schüsse betäubten ihr Gehör und ließen selbst das Wimmern ihrer Tochter leise werden.

Anabell hob immer wieder den Kopf, doch sie konnte ihn einfach nirgends erkennen. Und dann traf sie eine Entscheidung.

»Na'ghi, bleib hier, mach dich ganz klein, wie eine Maus, hörst du?«, beschwor sie ihre Tochter. Das verweinte Gesichtchen nickte. »Mama?«

»Ich suche deinen Bruder, ich bin gleich zurück.«

Waniyetu feuerte sein erschöpftes Pferd mit Tritten und Schlägen an und jagte dem Tross von Frauen und Kindern hinterher. Sein schlechtes Gefühl trog ihn nicht. Der Wind trug das Geräusch von Schüssen heran. Sie waren in einen Hinterhalt geraten. Der Gedanke an das, was in diesem Moment dort geschah, schnürte ihm die Kehle zu. Und er würde zu spät kommen. Mit drei Pfeilen und ohne Pulver für das Gewehr konnte er ohnehin nicht viel ausrichten, doch das war ihm gleich. Vielleicht reichte es, das Feuer auf sich zu lenken, um den anderen Kriegern genügend Zeit zu verschaffen aufzuholen. Vielleicht ginge auch den Soldaten irgendwann die Munition aus, und sie würden von ihrem grauenhaften Vorhaben ablassen.

Der Wald zeichnete sich bereits als dunkler Streifen ab, Schreie waren hörbar, als Waniyetu plötzlich ein einzelnes Pferd auf sich zurasen sah. Sein Herz schmerzte bei dem vertrauten Anblick. Es war Xota! Dann wurde ihm klar, dass Ohitika längst nicht mehr auf dem alten Tier ritt.

Waniyetu kniff die Augen zusammen. Waren das etwa dünne Kinderarme, die sich um den Pferdehals klammerten? Die Erinnerung an den Morgen kehrte zurück.

Waniyetu riss sein Pferd herum, um dem Tier den Weg abzuschneiden. »Xota, Xota, hoo!«, rief er. Der Schecke spitzte die Ohren, erkannte ihn und wurde langsamer.

Zwischen Bündeln und Fellen war tatsächlich Tokala. Es glich einem Wunder, dass der kleine Junge nicht heruntergefallen war. Als er die vertraute Stimme hörte, richtete er sich auf und zog am Zügel. Waniyetu fing das Pferd ein und sah in ein totenbleiches Gesicht. Tokala gab keinen Laut von sich, sondern riss nur die großen, braunen Augen auf. Waniyetu strich ihm über den Kopf. Das Blut auf seiner Stirn stammte offenbar von einem Streifschuss, der das Pferd am Mähnenkamm getroffen hatte. Der Schecke hatte dem Jungen das Leben gerettet.

Ratlos sah sich Waniyetu um. Der Krieger war in einer verzwickten Lage. Er konnte den Jungen nicht mitten in der Prärie zurücklassen, aber ihn zurück in das Kampfgeschehen zu bringen, würde einem Mord an seinem eigenen Blut gleichkommen. Waniyetu griff herüber und hob den Kleinen zu sich auf das Pferd. Tokala wehrte sich nicht. Er war völlig leblos.

Ein Schuss, aus nächster Nähe abgefeuert, ließ die Pferde scheuen. Waniyetu kämpfte, den Jungen zu halten und das fremde Tier zu beruhigen. Xota stob davon.

»Ergib dich!«, rief jemand in der Sprache der Wasicu.

Zwei Reiter trabten auf ihn zu, die Gewehre auf Tokala gerichtet. Sie feuerten einen weiteren Warnschuss ab, der nur knapp an Waniyetus Gesicht vorbeizischte. Sie waren zu nah. Er hatte keine Chance, nicht mit dem Jungen.

Waniyetu löste sein Gewehr von der Schulter und ließ es fallen, der Bogen folgte, dann die Pfeile. Sie klapperten hell, als sie auf den gefrorenen Herbstboden fielen.

Tokala verstand von all dem nichts. Seine kleinen Hände

umklammerten den Arm seines Onkels, der seinetwegen die Schmach einer Niederlage dem ehrenvollen Kriegertod vorzog.

Waniyetu erkannte die beiden Wasicu, denen die Freude über ihren Triumph deutlich anzusehen war, und für einen kurzen Augenblick empfand er Hass auf die Frau seines Bruders. Auf Anabell, deren Verwandte Tod und Verderben über den Stamm brachten.

Die Männer waren keine Soldaten, sondern ihr Vater Victor Arceneaux und der Mann, den Ohitika im Kampf verschont hatte, Shung'wakan manus Verlobter, aus einer Zeit, in der sie noch Anabell hieß.

Der Jüngere war nun ganz nah heran. »Du?«, fragte er ungläubig, als er den Indianer erkannte, der ihn im Sommerlager in den Staub gestoßen hatte. Ein böses Lächeln machte sich auf seinem Gesicht breit. »Gott ist gerecht. Ich sagte doch, wir begegnen uns noch einmal.«

Die Pistole auf Tokala gerichtet, forderte er mit einer Handbewegung, dass Waniyetu ihm auch seine Keule überließ. Er tat es. Zufrieden und herablassend wog Lewis Dearing die exotische Waffe in der Hand. Dann schlug er unvermittelt zu.

Waniyetu reagierte blitzschnell und krümmte sich schützend über das Kind. Der Schlag traf ihn an der Schulter und zuckte brennend bis in seinen Rücken. Er verlor keinen Laut, sondern drückte das Kind nur noch enger an sich. Die Steinkeule zischte wieder durch die Luft, traf knirschend auf seinen Schädel. Seine Beine wurden weich. Er kämpfte mit der Ohnmacht. Sie würden ihn totschlagen, wurde ihm klar, und er würde nichts dagegen tun.

Das Schießen hatte aufgehört. Nur langsam ließ das hohe Fiepen in Anabells Ohren nach. Sie hatte Tokala nicht gefunden.

In der Luft hing der Geruch von Schwarzpulver, Blut und Angst. Anabell stolperte an Menschen vorbei, die sie gekannt hatte und die nun verrenkt und seltsam fremd auf der Erde lagen. Der Prärieboden glitzerte an manchen Stellen, Eiskristalle sprossen zwischen roten Lachen und verstreut umherliegenden Dingen. Hier lag eine Puppe mit schwarzen Zöpfen, dort ein kleines Mädchen neben einem aufgeplatzten Sack Maismehl.

Irgendwie fand Anabell zurück zu Na'ghi Suta, die sich nicht von der Stelle gewagt hatte, und schloss das weinende Kind in die Arme. »Ich will nicht hierbleiben, was ist mit Grace, Mama ...«

Anabell wiegte sich mit der Kleinen vor und zurück und wusste nicht, was sie antworten sollte. Grace war tot, und weg konnten sie nicht. Die Soldaten trieben die Menschen zusammen wie Vieh. Auch auf ihrer Seite tauchten Reiter auf, fuchtelten mit ihren Gewehren herum und zwangen Verwundete wieder auf die Beine. Anabell stolperte vorwärts, Na'ghi Suta fest an sich gepresst. Es ging fort vom Ort des Gemetzels, hin zu einer Kuppe, wo sie sich alle aufstellen mussten. Fieberhaft hielt Anabell nach Tokala Ausschau, fragte nach ihm, drehte kleine Kinder um und lief zwischen den Menschen umher. Sie konnte nicht glauben, dass er tot war, nicht ihr kleiner Junge, der am Morgen noch so stolz auf Xota geritten war.

Der Schmerz des Verlusts wollte sich nicht einstellen. Es war, als sei ihr die Fähigkeit, fühlen und lieben zu können, ebenfalls dort auf der harsch gefrorenen Prärie abhanden gekommen. Übrig war purer Überlebenswille.

»Tokala! Tokala«, rief sie und ignorierte die gebrüllten Befehle der Soldaten, sie solle stillstehen und ruhig sein.

Schließlich stieß ihr jemand einen Gewehrkolben zwischen die Rippen, und sie brach in die Knie. Als sie wieder hochkam, wurde sie von einem Soldaten an den Haaren herumgerissen. Er starrte ihr ins Gesicht, musterte sie kurz und schien dann zu einem Entschluss zu kommen. »Du kommst mit«, knurrte er.

Anabell schrie gepeinigt auf, wollte nach dem Mann treten, besann sich dann gerade noch rechtzeitig. Sie musste die Ruhe bewahren, für das Einzige, was ihr noch geblieben war: für Na'ghi Suta und das ungeborene Kind in ihrem Leib.

Sie zog die Kleine hinter sich her.

Als der Soldat merkte, dass sie keine Gegenwehr leistete, ließ er ihr Haar los und fasste sie am Arm.

»Hier ist sie, ich habe die Indianerhure gefunden!«

»Anabell Arceneaux?«, erkundigte sich ein Offizier und sah von seinem Pferd auf sie hinab, als sei sie der letzte Dreck. »Sind Sie Anabell Arceneaux?«

»Ich heiße Shung'wakan manu«, gab Anabell zornig zurück.

»Sie ist es, bring sie weg«, entschied der Offizier. Für ihn schien die Sache damit erledigt. Er wandte sich bereits einem anderen zu. »Erschießt die Männer, verscheucht die anderen und knallt diese verdammten Indianerponys ab. Den Rest erledigt der Winter für uns.«

Anabell glaubte ihren Ohren nicht zu trauen. »Bitte, bitte, das dürfen Sie nicht tun, Sir«, flehte sie den Mann an und klammerte sich an seinen Stiefel.

In seinem Blick las sie nur Verachtung. »Wir helfen dem Fortschritt nur ein wenig nach, Frau. Und jetzt scheren Sie sich zum Teufel, bevor ich mich anders entscheide und Ihrem Vater sage, ich hätte Sie nicht gefunden.«

Er stieß ihre Hand fort und hieb seinem Pferd die Sporen in die Flanken. Der Braune trabte an. Auch die anderen Soldaten wendeten ihre Pferde, um die Befehle ihres Kommandanten auszuführen.

Benommen folgte Anabell dem Soldaten, ließ es über sich ergehen, dass er ihr die Hände fesselte und ihr unter obszönen Worten in die Brüste kniff. Für Na'ghi Suta täuschte sie vor, es sei alles nicht so schlimm, doch es war schlimm, es war unerträglich.

Man setzte sie auf ein Pferd und führte sie davon wie ein Beutestück. Sicherlich würde ihr Vater den Soldaten eine saftige Belohnung zahlen.

Vorbei ging es an den zusammengetriebenen Indianern. Hauwi drängte sich näher an sie heran. »Bitte, suche Tokala!«, rief Anabell ihr auf Lakota zu. »Ich komme zurück, haltet durch, sag meinem Jungen …«

Hauwi wurde von einem Soldaten fortgejagt, doch Anabell war sich sicher, dass sie ihre Worte verstanden hatte.

Die Soldaten fanden keine Männer mehr, die sie erschießen konnten, die Alten schienen ihnen die Kugel nicht wert zu sein. Mit Feuer und Säbeln machten sie sich über Gepäck und Proviant der Indianer her.

Zwei weitere Frauen, die Anabell fast nur vom Sehen kannte, teilten ihr Schicksal. Es war klar, weshalb die Soldaten sie mitnahmen. Beide waren hübsch und jung, und eine hatte einen rundlichen Körper mit schweren großen Brüsten. Ihr Kleid war am Kragen bereits ausgerissen und entblößte sie. Mit den gefesselten Händen gelang es ihr nicht, den Schaden zu richten. Sie weinte, sie alle weinten, doch als sie nach einem kurzen Ritt das Tal erreichten, in dem die Soldaten die Herde der Indianerpferde zusammengetrieben hatten und nun in die Masse panischer Tierleiber schossen, vergingen ihnen auch die Tränen.

Anabell legte ihre Hände über Na'ghi Sutas Augen, damit sie nicht sah, wie die verzweifelten Pferde versuchten, die Steilhänge zu erklimmen, den Halt verloren und auf ihre Artgenossen stürzten. Es waren Hunderte von wunderschönen Tieren, die in diesem Blutbad ihr Ende fanden. Das Lachen der Soldaten schallte herauf und brach sich mit den Schreien der Pferde an den Felsen.

»Die Wasicu sind keine Menschen«, sagte die Indianerin neben Anabell und zitterte am ganzen Körper. Die konnte den Blick nicht abwenden, suchte unter den Tieren eines, das aussah wie Xota oder wie Ohitikas Rappe, und fand sie nicht. Die übereinandergestürzten, zuckenden Leiber waren nicht gut zu erkennen.

Dort, wo der Treck zuerst angegriffen worden war, sah sie das Gleiche. Tote Menschen und Tiere. Die Pferde, die die Travois gezogen hatten, lagen verrenkt in ihrem Geschirr, die Ladung darauf brannte. Dutzende wunderschöne Tipis gingen in Flammen auf. Die Menschen würden im Winter im Freien kampieren müssen, ohne Schutz und ohne Nahrung.

Anabell verlor ihr Gefühl für die Zeit. Schließlich kam das Fort in Sicht, eine rechtwinkelige Trutzburg aus Holz, die sich wie ein Mahnmal aus der Landschaft abhob.

Zwei Reiter galoppierten den heimkehrenden Soldaten entgegen. Sie trugen keine Uniformen, erkannte Anabell, und ihr Herz wurde eisig.

Ein Späher meldete die nahenden Soldaten. Es waren beinahe vierzig Mann, die einen Karren mit sich führten, auf dem offenbar die Gefallenen transportiert werden sollten.

Ohitikas Beschluss war schnell gefallen. Sie waren zu sechst und hatten vier Schwerverwundete bei sich. Den Wasicu die Stirn zu bieten war Selbstmord und Mord an ihren Verwandten, die auf die wenigen Jäger angewiesen waren, die den Kampf überstanden hatten.

Jeder raffte so viele Waffen und Munition zusammen, wie sie finden konnten, dann zogen sie sich in das unwegsame Gelände zurück, das der Regen und die Kraft der Bäche in die Prärie geschnitten hatten.

Dorthin, so wussten sie, wagten sich die Soldaten nicht.

Es begann zu dämmern und wurde Nacht.

An diesem Tag würden sie den Haupttreck nicht mehr erreichen. Krank vor Sorge um ihre Verwandten, machten sie nur wenig Rast und ritten auch zur finstersten Stunde. Dennoch kamen sie nur langsam voran, viel zu langsam. Am liebsten hätte Ohitika die anderen allein gelassen und wäre vorausgeeilt, doch jedem Mann erging es so wie ihm. Jeder einzelne hatte Frau und Kinder, Eltern und Geschwister, deren Schicksal in Ungewissheit lag.

Waniyetu bei seiner kleinen Familie zu wissen, war Ohitikas einziger Trost. Sein Bruder würde alles tun, um Anabell und die Kinder zu schützen.

In den frühen Morgenstunden verließen sie das Labyrinth der Fließrinnen, die in ein kleines Tal nicht allzu weit südlich der Bergkette mündeten.

Plötzlich scheuten die Pferde, die Augenblicke zuvor noch für jeden Schritt zu müde waren. Alarmiert zogen die Männer ihre Waffen. Ohitika wurde vorgeschickt, um die Lage zu erkunden. Ritten sie gar in einen weiteren Hinterhalt?

Der Rappe war kaum noch vorwärts zu bekommen. Seine Beine schienen wie mit dem Boden verwachsen, jeder Muskel angespannt, die Ohren dicht angelegt.

Ohitika lauschte. Es war still. Viel zu still. Die harsch gefrorene Prärie glitzerte bläulich im Mondlicht. Grashalme zitterten im schwachen Wind, der die Felshänge hinunterwehte und einen allzu vertrauten Geruch mit sich trug. Metallisch und intensiv, Blut.

Ohitika zwang das Pferd weiter. Kahles Weidengestrüpp bot nur wenig Deckung, und durch die Zweige konnte er es sehen. Der Stolz des Stammes, fast dreihundert Pferde, tot.

Wie ein Blitzschlag durchfuhr ihn das ganze Ausmaß der Tragödie. Die Verwandten und Freunde, die sie in Sicherheit geglaubt hatten, waren in einen Hinterhalt geraten und womöglich ebenso tot wie die Pferde.

Ohitika stieß einen verzweifelten Schrei aus.

In diesem Augenblick konnte er nicht glauben, dass *Wakan Tanka* noch über die Lakota wachte. Hatten sie denn nicht um seine Hilfe gebetet, hatten sie die Riten der Heiligen Pfeife denn nicht befolgt?

Wie konnte er zusehen und nichts tun? Wieso schickte er den Lakota Krankheit und Elend und ein schier endloses Heer weißer Unmenschen, die weder Respekt vor *Ina Makoce* noch dem Leben selbst hatten? Warum?

Die anderen Krieger verließen ebenfalls den Schutz der Fließrinne. Manche beteten, andere klagten und flehten.

Vergessen war der Plan, möglichst heimlich das Lager der Geflohenen zu erreichen. Niemand schonte sein Pferd. Im schnellsten Tempo folgten sie der Spur der Frauen und Kinder bis zum Waldsaum, wo sie endlich auf ein Lebenszeichen stießen.

Im Schutz der Bäume lagerten die Überlebenden. Frauen und Alte waren mit allem bewaffnet, dessen sie habhaft werden konnten, und Zica, die einzige Kriegerin, hatte das Kommando über einen Trupp Verzweifelter übernommen.

Ihr war die Erleichterung anzusehen, mit dieser Aufgabe nun nicht mehr allein zu sein.

»So wenige?«, flüsterte eine Frau.

Manche Krieger fielen mehr von ihren Pferden, als dass sie hinabsprangen. Männer und Frauen umklammerten sich verzweifelt. Jeder hatte gleich mehrere Familienmitglieder verloren. Klagerufe hallten gespenstisch zwischen den Bäumen wider.

Fieberhaft suchte Ohitika mit seinem Blick die Versammelten ab. Als er vom Pferd sprang, vertrat Zica ihm den Weg. Ihr Griff an seinem Arm war fest. »Sie ist nicht hier, Ohitika. Die Soldaten haben Shung'wakan manu und die kleine Na'ghi mitgenommen.«

Er schüttelte ihre Hand ab. Alles in ihm krampfte sich zusammen. So musste es sich anfühlen, wenn einem ein Grizzly die Pranke in die Brust schlug. Der Schmerz riss an ihm, zwang ihn beinahe in die Knie. Doch so wie Zica ihn ansah, war da noch mehr.

»Tokala?«, fragte er mit bebenden Lippen.

»Weder unter den Lebenden noch bei den Toten.«

Nein, das war mehr, als er ertragen konnte.

»Wo ist Waniyetu?«, fragte Zica ganz leise, die Stimme kaum mehr als ein Flüstern. »Ist, ist er …?«

»Er ist nicht hier?«

»Nein.«

Es war eisig kalt in der Gefängniszelle und dunkel. Es hatte lange gedauert, Na'ghi Suta zu beruhigen, doch jetzt endlich schlief sie. Anabell hatte die Kleine fest in die Decke gewickelt, die eigentlich sie beide wärmen sollte, doch Schlaf würde sie selbst nicht finden, und so wie sie sich fühlte, auch nie wieder.

Die letzten Stunden erschienen ihr wie ein nicht enden wollender Albtraum. Ihr Vater und Lewis hatten sie triumphierend von den Soldaten in Empfang genommen und ihnen für ihre Ergreifung eine üppige Belohnung gezahlt.

Sie hatten sie und das schreiende Kind in eine Baracke gebracht, wo ihr Vater ihr erklärte, dass sie fortan wieder wie eine Weiße leben und alles Vergangene vergessen sollte.

So einfach stellte er sich das vor?

Sie brachten ihr Kleidung, Wasser und eine scharf riechende Seife, mit der sie Anabell waschen wollten. Es war zu einem Handgemenge gekommen. Ihr Gesicht schmerzte noch jetzt von den Schlägen ihres Vaters, doch sie hatte nicht nachgegeben. Sich weder gewaschen noch umgezogen, bis ihr Vater die Nerven verlor und ihr Na'ghi Suta wegnehmen wollte. Dann bringe ich mich um, hatte Anabell verkündet. Ihr werdet jedes Messer, jedes Gewehr und jede Pistole verstecken müssen. Jede Klippe könnte diejenige sein, von der ich mich stürze, jeder See, der, in dem ich mich ertränke, und wenn ihr mich einsperrt, hungere ich, bis *Wakan Tanka* mich zu sich holt.

Lewis hatte sie verzweifelt und wütend angeschrien, doch wie ihr Vater die Hand gegen sie zu erheben, das wagte er nicht. Was sollen wir mit ihr tun, klagte er schließlich, und Anabell gab ihm die Antwort. Sie sollten sie behandeln, wie jede andere Indianerin, denn als solche empfand sie sich. Mit den Weißen wollte sie nichts mehr zu tun haben, weder mit ihrem Vater noch mit irgendjemand anderem.

Dann hatte sie laut nach einem Soldaten gerufen, damit man sie wegbrachte. Als Resultat war sie nun hier, in einer Gefangenenzelle. Man traute ihr nicht.

Anabell rutschte näher ans Gitter.

In der Zelle nebenan lag Waniyetu. Seine Hände waren mit Lederriemen, die tief ins angeschwollene Fleisch schnitten, gefesselt. Sein Haar verdeckte sein Gesicht. Es war blutverklebt, und auch auf dem Lehmboden unter seinem Körper waren dunkelrote Flecken.

Im diffusen Licht zweier Öllampen konnte sie nicht viel erkennen, doch es reichte, um zu wissen, dass ihr Schwager dem Tod nur um Haaresbreite entronnen war. Vielleicht rang er sogar noch mit ihm.

»Waniyetu?«, versuchte sie es wieder und streckte die Hand durch das Gitter. Seine Haut war erschreckend kalt. War er etwa tot?

Anabell hätte gern gebetet, doch sie wusste nicht, an wen sie ihre Gebete richten sollte. Ihr Vertrauen zu Gott hatte sie an diesem Tag verloren, ob es wiederkehrte, würde die Zeit bringen.

Ein Stöhnen ließ sie aufhorchen. Waniyetus Atem rasselte, es klang schmerzhaft. Er wurde wach, seine Finger zuckten, und dann schüttelte ein Hustenkrampf seinen geschundenen Leib. Anabell sah gebannt zu, wie er sich langsam auf die Seite drehte. Sein Gesicht war kaum wiederzuerkennen. Blutergüsse und Platzwunden hatten die so vertrauten Züge grotesk verformt. Seine Lippen waren aufgesprungen und trocken, doch als er sie durch die Gitterstäbe erkannte, flüsterte er ihren Namen: Shung'wakan manu, den einzigen, den sie fortan tragen wollte.

Obwohl sie mit aller Macht dagegen ankämpfte, traten ihr Tränen in die Augen. Ärgerlich wischte sie sie fort. Sie drückte Waniyetus Hand, als könnte ihn allein diese Berührung im Leben festhalten. Sie hatte so viele Fragen an ihn, doch die mussten warten.

Waniyetu driftete von einer Ohnmacht in die nächste.

Als die Sonne schließlich aufging und die Dämmerung einen fahlen Lichtstreif durch das winzige Fenster warf, blieben seine Augen länger offen. Zuckend erwiderten seine Finger ihren Händedruck. Es war ungemein tröstend.

Sie hatte Angst vor dieser Frage, und dennoch stellte sie sie. Waniyetu wusste nicht, was mit seinem Bruder geschehen war. »... aber Tokala«, keuchte er.

»Was ...«

»Sie haben ihn mir weggenommen.«

Tokala? Ihr kleiner Sohn war bei Waniyetu gewesen? Aber wie und was war mit ihm geschehen? »Wer hat ihn dir weggenommen, wer? Waniyetu, rede mit mir!«

Der Verwundete stöhnte, als er versuchte, sich zu erinnern. »Deine Verwandten, Shung'wakan manu ... sie waren es, ich habe versucht, ihn zu schützen, aber sie haben immer weitergeprügelt ...«

Anabell schrie. Sie stand auf, schlug und trat gegen die Gitter, bis Na'ghi Suta weinend erwachte und endlich ein Wärter auftauchte, um nachzusehen, was der Lärm bedeutete.

»Was willst du Indianerhure von mir?«, knurrte der feiste Soldat, »soll ich es dir mal so richtig schön besorgen?«

Er griff sich in den Schritt, bei der Bewegung klimperten die Schlüssel an seinem Gürtel und über sein unrasiertes Gesicht huschte ein lüsternes Grinsen.

»Hol meinen Vater her und Mister Dearing, sofort!«

Der widerliche Kerl lachte. »Noch mehr Wünsche, Prinzessin, oder war es das?«

Er trollte sich, und eine ganze Weile lang geschah nichts. Im Fort war es zu dieser Zeit gespenstisch still. Anabell lehnte sich mit dem Kopf an die kalten Gitterstäbe und schloss die Augen. Sie versuchte, nicht daran zu denken, und doch war es unmöglich, es nicht zu tun.

Hatte ihr eigener Vater die Hand gegen ihren Sohn erhoben? Wäre er zu so etwas in der Lage? Und wenn er nicht gewusst hatte, dass das Kind ihr Fleisch und Blut war?

Ihr Gedanke kehrte zurück zur unheilvollen Begegnung im Sommerlager. Der Blick, mit dem Victor Arceneaux die Zwillinge betrachtet hatte, war voller Verachtung gewesen, genau wie für seine Tochter.

Schritte hallten durch die Stille, knirschten über den Lehmboden und betraten die Gefängnisbaracke. Beide Männer waren gekommen.

»Ist sie also endlich vernünftig geworden?«, erkundigte sich Lewis bei dem Wärter.

»Ich bezweifle das, Sir.«

Anabell umklammerte die Gitterstäbe. »Vater! Mein Sohn, was hast du mit meinem kleinen Tokala gemacht!«

Arceneaux' abfälliger Blick ging zu Waniyetu in der Nachbarzelle, der sich mühsam aufsetzte und sich gegen die Wand lehnte. Ja, er wusste genau, welches Kind sie meinte.

»Er war bei Waniyetu!«

»Bei wem?«, fragte er lakonisch.

»Meinem Schwager, den ihr halb totgeschlagen habt!«

»Sei doch froh, dass du das Balg los bist, Anabell, es würde dich nur an die schreckliche Zeit erinnern, die du bei den Wilden verbringen musstest«, sagte Lewis sanft. In seinen Augen stand echtes Mitgefühl. Sie konnte nicht glauben, wie ernst es ihm war. »Das andere Kind geben wir der Kirche, Anabell. Sie werden eine gute Christin aus ihr machen, und du und ich werden ganz von vorn anfangen. Ich werfe es dir nicht vor, Anabell. Glaube mir!«

»Ich gehe nirgendwo mit dir hin, Lewis Dearing, lieber sterbe ich, als mit euch zu kommen!«

In diesem Moment trat Waniyetu gegen die Gitterstäbe, die laut schepperten. »Shung'wakan manu ... hat einen Mann«, keuchte er mit starkem Akzent.

Lewis riss seine Pistole aus dem Halfter und richtete sie auf den Indianer. »Du, halt den Mund! Ich hätte dich totschlagen sollen!«

»Wo ist Tokala?«, flehte Anabell. Sie rutschte an den Gittern herunter, bis sie auf dem Boden zusammensank, »wo ist mein kleiner Junge, wo?«

»Was tust du dafür, damit ich es dir sage?«, fragte Lewis plötzlich nüchtern. Anabell zuckte zusammen und sah sich dann langsam nach Waniyetu um.

Victor Arceneaux war erleichtert. Endlich hatte er einen Schlüssel gefunden, um die Kooperation seiner Tochter zu erzwingen. Während er behauptete, nach dem Kind zu suchen, wusch sie sich und würde endlich wieder die Kleidung eines zivilisierten Menschen anziehen. Es war ein kleiner Schritt, doch besser als ihre sturen Weigerungen zuvor.

Entgegen dem ursprünglichen Plan, ihre Bälger zurückzulassen, erkannte er nun, welchen Nutzen sie für seine Pläne hatten. Anabell würde zu Wachs in seinen Händen, wenn er sie als Druckmittel einsetzte. Ihn kümmerte der Gedanke nicht, ein Kind zu schlagen, zumindest nicht, solange es sich um einen Neger oder eine kleine Rothaut handelte.

In einigen Monaten, so war er sicher, würde Anabells Verblendung sich legen. Auf der Estanzia, weit weg von dem Albtraum ihrer Entführung, würde sie vergessen. Und dann sollte nicht mehr viel nötig sein, um ihr die Kinder ganz wegzunehmen. Die

Franziskaner freuten sich immer über Nachwuchs für ihre Missionen. Er musste sich also nicht einmal eine Lösung einfallen lassen, bei der er sich gegen sein eigenes Blut versündigte.

Doch jetzt würde er sich erst einmal um ihren sogenannten Ehemann kümmern. Bislang war Ohitika Crawford weder unter den Toten in der Ebene noch unter den Gefangenen. Doch ihn einfach so entkommen zu lassen, war nicht akzeptabel.

Victor Arceneaux verließ die Baracke, in der er und Lewis und jetzt auch Anabell untergekommen waren, und überquerte den Hof. Nichts deutete darauf hin, dass es noch am Tag zuvor ein Gefecht gegeben hatte. Mehrere Soldaten versorgten die Pferde, die für die Botendienste und Kundschafterritte beständig im Fort gehalten wurden.

Ein struppiges Indianerpferd stand etwas abseits und war nur deshalb noch am Leben, weil der Kommandant den Kadaver nicht im Hof haben wollte und scheinbar auch noch niemand Zeit gefunden hatte, den Gaul draußen in einiger Entfernung zu erschießen. Vielleicht würde es jetzt sogar noch Verwendung für das Vieh geben.

Ein kurzer Blick bestätigte Arcenaux' Vermutung. Die Soldaten hatten ihren Spaß mit den beiden Indianerinnen gehabt und die Frauen nun sich selbst überlassen. Eine lag im Schatten der Palisadenmauer im Stroh und regte sich nicht, die andere hockte halb nackt daneben und wiegte sich hin und her. Ihr wirres Haar bedeckte ihre großen Brüste nur dürftig.

Victor Arceneaux verspürte keinerlei Mitleid mit den Frauen. Vielmehr sollten sie sich in seinen Augen glücklich schätzen, dass sie den Soldaten etwas wert schienen. Primitive Menschen gewöhnten sich schnell an neue Situationen, was Arceneaux immer wieder erstaunte. In einigen Tagen würden sie den Wert ihres Körpers erkannt haben und ihre Dienste gegen Essen und andere Gefälligkeiten anbieten.

Arceneaux begab sich als Nächstes in die Kommandantur des

Forts. Er wollte dem Kommandanten einen Vorschlag unterbreiten, auf den er sicherlich eingehen würde. Zur Not müsste noch einmal Bestechungsgeld fließen. Sie würden Ohitika Crawford wahrscheinlich nie fassen, wenn sie versuchten, ihn in den Black Hills zu suchen, doch sie konnten ihm ein Angebot machen, das er unter Umständen annehmen würde.

Der Gedanke gefiel Victor Arceneaux ganz und gar nicht, doch es war nicht von der Hand zu weisen, dass dieser Ohitika etwas für Anabell empfand, womöglich sogar Liebe. Seine Tochter war der Trumpf in diesem Spiel, und diese Karte würde er bis zum Ende ausspielen.

Sie bestatteten die Toten in den Zweigen uralter Kiefern, an einem Ort, weit weg von den traditionellen Begräbnisstätten des Stamms. Es waren bereits Boten ausgeschickt worden, um befreundete Sioux um Aufnahme der Überlebenden in ihren Winterlagern zu bitten.

In den kommenden Monaten würde es viele Hochzeiten geben. Der Stamm bestand nach dem Blutbad fast ausschließlich aus Frauen, und die würden neue Ernährer für ihre Kinder suchen müssen, damit sie nicht verhungerten.

Ohitika war nun einer der wenigen überlebenden Männer und wurde daher von den Ältesten zu den meisten Beratungen hinzugezogen. Immer wieder hielten sie ihm seine Verantwortung vor Augen. Sie wussten, was er am liebsten getan hätte. Er wäre losgezogen, um in einer waghalsigen Aktion Anabell zu befreien.

»Sie ist die Einzige, um die du dir keine Sorgen machen musst«, sagte Zica dann. »Sie ist eine Weiße, so sehr sie sich auch wie eine der unseren fühlt. Aber sie werden sie nicht wie eine Indianerin behandeln, und das ist ihr Glück.«

Vermutlich war das so, doch Anabell bedeutete ihm alles, sie und die Kinder, und er zerbrach beinahe an der Aufgabe, seine Verantwortung für die Gemeinschaft nicht über das eigene Glück zu stellen.

Es galt nun, die Überlebenden tiefer in die Berge an einen Ort zu bringen, der leicht mit wenigen Männern zu bewachen war. Sie brauchten eine Festung, ein natürliches Fort, wie das der blutrünstigen Soldaten. Und es schien, als hätte *Ina Makoce* sie erhört. Ein unzugängliches Tal in den heiligen Bergen der Sioux versprach Sicherheit. Um dorthin zu kommen, brauchten sie jedoch Pferde, und die lagen fast alle erschossen auf der Ebene, dort, wo auch die wenigen Handelsgüter waren, mit denen sie hätten neue Tiere eintauschen können.

In der Nacht hatte Ohitika daher einen Trupp junger Männer hinaus auf das ehemalige Schlachtfeld begleitet und im Schutz fast vollständiger Dunkelheit versucht zu retten, was nicht zerstört oder verbrannt war. Zwei Tipis, von zahlreichen Stichen und Hieben der Kavalleriesäbel getroffen, waren die Ausbeute und würden mehrere Frauen für Tage mit Flickarbeiten beschäftigen, dazu noch Maismehl und Trockenfleisch, ein winziger Teil dessen, was die herbstliche Büffeljagd eingebracht hatte.

Nach langer Beratung hatte sich ein zweiter Trupp aufgemacht, den Ort des Pferdemassakers als Ziel. Das Fleisch der *Shung'wakan* sollte die Indianer nun vor dem Hungertod retten, ihre Felle schlechten Ersatz für die Büffelhäute liefern. So schnell, da waren sich alle einig, würden die Wasicu sie nicht in die Knie zwingen. Die Trauer und Wut schien die Menschen zu beflügeln, als seien sie von zornigen *Na'gis* beseelt.

Zwei Tage nach dem Unglück näherte sich ein einsamer Reiter über die Ebene. Es war Morgen. Nebel hing über dem gelblichen Gras und glühte beinahe im fahlen Licht der aufgehenden Sonne. Die Schritte des Pferdes waren unsicher, als würde es taumeln. Ohitika hielt Wache, obwohl er fast die ganze Nacht unterwegs gewesen war. Aus seinem Versteck, den dichten Zweigen einer alten Kiefer heraus, behielt er den Neuankömmling im Auge. Über den Lauf seines Gewehrs hinweg beobachtete er jede Bewegung.

Das Pferd war eines der ihren. Schwarz-weiß gescheckt, die lange Mähne wehte im scharfen Herbstwind, bahnte es sich seinen Weg. Der Reiter kauerte auf dem Tier, als hätte er Schmerzen.

Eine Weile noch blieb Ohitika auf seinem Posten, hielt Ausschau nach Verfolgern, dann blieb ihm vor Schreck die Luft weg. »Xota!«, rief er keuchend.

In Windeseile ging es die alte Kiefer hinab und hin zum Waldsaum. Ja, es war wirklich sein altes Pferd. Ohitika stieß einen Pfiff aus. Das Tier hob den Kopf und verfiel in einen zuckelnden Trab.

Ohitika versagte es sich, die sichere Deckung zu verlassen, und wartete, bis Pferd und Reiter ins Dickicht eintauchten. Xota begrüßte ihn mit warmem Schnauben und grub die Hufe in den Boden. Der dick vermummte Reiter wurde von dem plötzlichen Manöver überrascht und verlor den Halt. Ohitika fing ihn auf. Ein Stöhnen erklang aus dem Bündel. Es war eine Frau.

»Schwester, du bist in Sicherheit.«

Er stellte sie vorsichtig auf den Boden und schob den Wust aus Decken zurück, in den sie sich eingewickelt hatte. Die Hoffnung, Anabell sei zurückgekommen, schwand mit dem Blick in das zerschlagene Gesicht seiner Cousine Igmu. Die einst so fröhliche junge Frau war nicht wiederzuerkennen.

Es war klar, wo sie herkam, aus dem Fort. Die alten Decken, die sie dürftig einhüllten, waren Pferdedecken der Kavallerie. Ohitika hatte von den anderen gehört, dass die Soldaten zwei Frauen gestohlen hatten, und niemand rechnete damit, sie je wiederzusehen. Im Stillen hatte er sich bereits von ihnen verabschiedet und Gebete mit heiligem Rauch in den Himmel geschickt, um ihre Tortur nicht lange währen zu lassen und ihren Seelen Frieden zu schenken.

Er konnte nicht glauben, dass die Wasicu sie einfach so hatten ziehen lassen, scheuten sie doch sonst nicht davor zurück, auch Blut von Frauen und Kindern zu vergießen.

Sie mussten auf der Hut sein. Womöglich folgten genau in diesem Moment Späher ihrer Spur.

Ein Pfiff, ein verabredetes Zeichen, informierte ihn, dass die anderen verborgenen Wächter seinen Abschnitt für eine Weile mit überwachen würden, damit er sich um seine Cousine kümmern konnte. Igmu ließ sich von ihm stützen.

»Haben sie dich gehen lassen? Oder bist du weggelaufen? Komm, ich bringe dich zu deinen Verwandten.«

»Gehen lassen«, keuchte sie und verfiel dann in Schweigen. Ohitika wollte sie wieder auf das Pferd heben, doch sie wehrte sich. Zu reiten bereitete ihr mehr Schmerzen, als an seiner Seite ins Lager zu humpeln. Er führte sie über schmale Pfade und weiche Nadelteppiche, die jedes Geräusch schluckten, immer tiefer in den Wald.

Schließlich blieb sie stehen. Ihre geröteten Augen suchten seine, und ihr bloßer Anblick schnürte ihm die Kehle zu. Er wollte Blutrache schwören, doch erneut setzte er damit sein eigenes Wollen über das des Stammes, und so schwieg er verbissen.

»Wollen wir nicht weitergehen?« Er versuchte sie sanft weiterzuschieben, doch Igmu blieb stehen.

»Ohitika, Cousin, versprich, dass du nicht gehst!«, sagte sie plötzlich und hob die Linke. In ihrer Faust baumelten vier Amulette. Jeder einzelne Medizinbeutel war wie ein Messer, das sich in seine Brust bohrte.

Eine kleine, aus Glasperlen gestickte Schildkröte schimmerte auf dem Amulett, das seine kleine Tochter zur Geburt bekommen hatte. Die Zacken und Muster auf dem zweiten kennzeichneten Tokalas. Ein grünes schlichtes Beutelchen war das von Waniyetu, und das letzte gehörte Anabell, seiner geliebten Anabell.

»Ich, ich soll sie dir geben.«

Ohitika schüttelte den Kopf, er konnte nicht glauben, dass

die Menschen, die ihm auf der Welt alles bedeuteten, nun in das Reich der Geister eingekehrt waren. Sie waren alle tot! Er wollte schreien, riss den Mund auf und brach stumm in die Knie. Verzweifelt presste er die Amulette an seine Brust.

»Nein, nein, sie sind nicht tot, Cousin! Sie leben.«

Was? Was sagte sie da? Igmu kniete sich vor ihn, jede Bewegung ein einziger Schmerz. »Sie haben mich gehen lassen, damit ich dir eine Nachricht bringe, aber ich beschwöre dich, geh nicht darauf ein. Die Wasicu halten ihre Versprechen nicht.«

»Sag es mir! Cousine, sag es mir!«

Und dann berichtete sie unter Tränen, was der Kommandant und Anabells Vater von ihm forderten.

Das Zimmer, in das sie Anabell gesperrt hatten, war karg, aber verglichen mit der Gefängniszelle geradezu luxuriös. Es gab ein Bett mit frischer Wäsche, einen kleinen Tisch, eine Waschschüssel und zwei Stühle. Na'ghi hatte aufgehört zu fragen, wann sie wieder gehen durften, saß nun am Fenster und starrte in die Ferne. Ihr Kindergesicht wirkte dabei entsetzlich erwachsen. Ihr neues Leinengewand erinnerte auf schreckliche Weise an die kleinen Mädchen in der Hölle der Missionen von Alta California.

Anabell saß auf dem Bett und hätte sich am liebsten die Kleidung vom Leib gerissen, die ihr Teil der Abmachung mit ihrem Vater war. Sie trug die Kleidung einer Wasicu und hatte sich als solche zurechtgemacht. Die Korsage zwängte ihren Körper ein und nahm ihr die Luft zum Atmen, der hohe Spitzenkragen kratzte und die Unterkleider raschelten und knisterten und waren sperrig wie Gestrüpp.

Das Haar hatte sie sich zu einem langen Zopf geflochten und mit Nadeln aufgesteckt. Nun wartete sie.

Würde Victor Arceneaux auch seinen Teil der Abmachung einhalten? Es war zermürbend. Sie lauschte auf jedes Geräusch, jeden Schritt auf der Treppe und jeden Ruf im Hof.

Die Gleichgültigkeit der Welt war bleiern. Eigentlich sollte dort draußen ein Orkan toben oder zumindest ein Gewitter, doch in der Prärie herrschte ein normaler, sonniger Herbstmorgen.

Irgendwo da draußen waren die Überlebenden des Massakers, und einer von ihnen war Ohitika. Das hoffte sie zumindest. Mit jeder Faser ihres Körpers sehnte sie sich nach ihm, nach einer Berührung, einem Wort oder auch nur einem Blick aus der Ferne. Das war der egoistische Teil von ihr. Der andere hoffte auf seine Vernunft. Er sollte sich von ihr fernhalten. Es würde ihr helfen, die kommende Zeit durchzustehen, wenn sie ihn wohlauf und in Freiheit wusste. Die Hoffnung, irgendwann wieder mit ihm vereint zu sein, gab sie nicht so schnell auf. Es war Hauwi gelungen, ihrem Entführer zu entkommen, warum also nicht auch ihr?

Weglaufen, sobald sich ihr die Gelegenheit dazu bot, das war ihr fester Plan. Im Fort bestand keine Chance dazu. Die Soldaten würden sie finden und womöglich noch mehr Indianer töten, wenn es sich ergab. Nein, Anabell wollte geduldig sein und warten. Auf dem Heimritt nach Alta California dann würde sich ein Weg finden.

»Mama, schau mal, der Mann«, ertönte plötzlich Na'ghi Sutas dünnes Stimmchen.

Anabell sprang sofort auf und eilte zu ihr ans Fenster.

In diesem Moment fuhr ein Einspänner mit großen Rädern durch das Tor. Der einzelne Mann auf dem Bock war in der Tat kein Unbekannter. Aber was wollte der Apotheker aus Badgerhole Springs im Fort? Er sah sich suchend um.

Anabell klopfte gegen die Scheibe ihres kleinen Fensters, doch John Cormac hörte sie nicht.

Beinahe hätte sie über den unerwarteten Anblick das Klirren des Schlüssels im Schloss überhört. Eine weiche Männerstimme sagte etwas, dann ging die Tür auf. Dort stand er: Tokala. Der Kleine hielt die Hand eines Uniformierten und starrte sie ungläubig an. Seine Augen waren weit aufgerissen, schwarze glänzende Seen in einem ausgezehrten Gesichtchen. Der Soldat schob ihn mit einer sanften Bewegung in den Raum. »Willst du deine Mama nicht begrüßen?«

Na'ghi Suta rannte zu ihm und schlang ihre kleinen Arme um den vermissten Bruder. Die Begrüßung der Kinder war herzzerreißend. Anabell sah einfach nur zu und war schrecklich erleichtert, sogar der Soldat sah gerührt zu den beiden Kindern herab.

»Seit er in meiner Obhut stand, habe ich gut für ihn gesorgt, Ma'am. Mein eigener Sohn ist nicht viel älter.«

Da Anabell nicht sofort antwortete, rieb er sich über seinen kurzen, rötlichen Kinnbart und fuhr fort. »Sie haben ihn gestern im Stall gefunden. Er hatte sich einfach im Heu eingegraben, aber als sie das Indianerpony weggeholt haben, kam er raus. Ist der Junge stumm? Er sagt nichts, kein Wort. Wollte mir nicht mal seinen Namen verraten.«

»Nein, nein, ist er nicht. Er war ein ganz normaler Junge, bis sie vor seinen Augen seine Verwandten abgeschlachtet haben. Was erwarten Sie denn, wie ein Kind darauf reagiert!«, gab Anabell bitter zurück und kniete sich neben die Kinder, um sie in die Arme zu schließen. Tokala zögerte, als halte die fremde Kleidung seiner Mutter ihn zurück, doch dann drückte er sich an sie und vergrub sein Gesicht an ihrer Schulter.

Der Soldat sah betreten zu ihr hin. »Ich war nicht bei diesem Einsatz dabei, Ma'am. Ich dachte … sind Sie denn nicht froh, endlich wieder gerettet zu sein?«

»Ich bin aus freiem Willen bei meinem Ehemann gewesen, auch wenn das für Männer wie Sie wohl kaum vorstellbar ist. Und jetzt lassen Sie uns bitte allein. Ihre Uniform widert mich an.«

Der Soldat tippte sich an die Mütze. »Wie Sie wünschen, Ma'am. Ich bin vor der Tür. Mein Name ist Jim Bignell. Rufen Sie mich, wenn Sie mich brauchen. Ich werde Ihnen helfen, wenn ich kann.«

Ohitika hatte seinen gesamten Körper und das Gesicht mit Asche eingerieben und sich mit Gebeten und Fasten auf den Ritt zum Fort vorbereitet, so wie andere sich auf einen Kampf einstellten, für den es keinen guten Ausgang geben konnte.

Den Kopf leicht von den Gebeten und dem heiligen Rauch, verließ er das Waldcamp, während die Frauen hinter ihm Klagegesänge anstimmten.

Diesmal konnten sie ihn nicht aufhalten, nicht einmal die Alten. Ein Leben gegen vier, sogar fünf, wenn das ungeborene in Anabells Leib dazugezählt wurde. Mit der Vorstellung, seine Kinder könnten in Freiheit aufwachsen, wurde es leichter, sich selbst in die Hände der Wasicu zu geben. Wie er hinter Gittern und Gefängnismauern existieren sollte, war ihm dennoch unvorstellbar. Menschen einzusperren war das Schrecklichste, was sich die Wasicu ausgedacht hatten, um eine Seele zu quälen. Häuser zu errichten, die einzig diesem Zweck dienten, völlig absurd.

Ohitika lenkte den Rappen wohl zum letzten Mal aus dem Wald hinaus auf die Prärie, wo der Wind eisig pfiff und einzelne Eiskristalle wie Ascheflocken umherjagten.

Sie schmolzen auf seiner bloßen Haut und hinterließen dunkle Flecken in der weißen Farbe. Ohitika hatte nichts mitgenommen, außer den Medizinbeuteln seiner Verwandten und einem Kranz aus Süßgras. Waffen würden ihm nichts nützen und nur zu Trophäen für seine Widersacher werden. Seinen Umhang aus Bisonfell hatten die frierenden Frauen im Lager nötiger als die Feuer der Soldaten, in denen er sonst sicher enden würde.

Ohitika trieb den Rappen zum Galopp und nahm wehmütig Abschied von der Weite der Prärie, zu der er wohl nie wieder zurückkehren würde. Das Fort kam in Sichtweite. Ein von Wind und Zeit grau geschliffener Quader aus Holz.

Ja, nun hatten sie ihn entdeckt. Die Männer auf den Aussichtsposten riefen etwas, und Ohitika meinte fühlen zu können, wie sie ihren Zorn und die Läufe ihrer Gewehre auf ihn richteten. Für sie musste er eine gespenstische Erscheinung abgeben. Ein ascheweißer Reiter auf einem schwarzen Pferd, der aus dem feinen Schneetreiben wie aus dem Nichts auftauchte. Die weißen Federn in der Mähne des Rappen flüsterten und rieben im Wind gegeneinander.

Ohitika zog den Zügel an und ritt im Schritt auf das Tor zu, das sich furchteinflößend wie der Eingang zur Hölle der Christen über ihm wölbte. Gleich vier Soldaten empfingen ihn mit auf ihn gerichteten Waffen. Welcher von ihnen hatte seine Cousine Igmu geschändet? Wie viele von ihnen? Ohitika durfte nicht daran denken. Er musste ruhig bleiben, musste mit Fassung dem Tod entgegensehen.

»Der Kommandant erwartet mich«, erklärte er ruhig. »Mein Name ist Ohitika Crawford.«

Einer der Soldaten, ein untersetzter älterer Kerl, dessen Uniform längst hätte gewaschen werden müssen, zuckte mit den Schultern und ging dann auf die Kommandantur zu, neben der ein Sternenbanner wehte.

Mehr und mehr Soldaten versammelten sich um Ohitika. Jemand fasste nach dem Zügel seines Pferdes, das scheuend den Kopf hochriss. »Brauchst du Hilfe beim Absteigen, Häuptling?«, feixte ein blondes Milchgesicht und drückte dem Pferd seine Pistole zwischen die Augen.

»Steck die Pistole weg, Sullivan!«, rief jemand, und der junge Mann wurde unsicherer. »Aber Leutnant, wir sollen jeden Indianergaul erschießen.«

Der Angesprochene bahnte sich seinen Weg durch die Schaulustigen, die ihm teils nur widerwillig Platz machten. Schließlich nahm er dem Soldaten einfach die Pistole aus der Hand und schob sie sich selbst in den Gürtel. »Ich bin Leutnant Bignell, Sir. Der Kommandant hat erst später Zeit für Sie.«

Ohitika stieg ab und reichte dem Mann die Hand. »Das Pferd

gehört meiner Frau, Anabell Crawford. Sie ist keine Sioux, es gibt also keinen Grund, dieses gute Tier zu erschießen.«

»Ihr habt es gehört. Sullivan, kümmer dich um Mrs Crawfords Pferd.« Die Mundwinkel des Leutnants zuckten nach oben, doch er verkniff sich ein Grinsen. Ernster wandte er sich an Ohitika. »Sie müssen mit mir kommen, ich gehe davon aus, dass Sie keinen Widerstand leisten werden.«

»Sonst wäre ich nicht hier.«

»Gut, hier entlang.«

Ohitika folgte dem Leutnant quer über den Hof. Er versuchte, in den schmalen Fenstern Gesichter auszumachen. War Anabell dort irgendwo? Sie und die Kinder? Er hatte das Gefühl, ihre Nähe spüren zu können, als seien ihre Namen in die Luft geschrieben. »Meine Frau und meine Kinder sind hier, richtig? Ich will mit ihnen sprechen.«

»Ich werde sehen, was ich tun kann.« Der rotblonde Bignell stieß die Tür des einzigen massiven Gebäudes auf, das aus gebrannten Lehmziegeln errichtet worden war. Drinnen saßen zwei Soldaten an einem Tischchen und vertrieben sich die Zeit mit einem Kartenspiel, doch schon von draußen konnte Ohitika einen Blick in den Gang hinter ihnen werfen. Gitterstäbe.

Er verharrte. Seine Füße wollten nicht weiter. *Ina Makoce* hielt ihn mit unsichtbaren Händen. Als Bignell sich nach ihm umsah, bekämpfte er das letzte Aufbäumen seiner Angst und folgte ihm mit festem Schritt. Der Leutnant öffnete eine Zelle. »Hier herein.«

»Wir haben eine Abmachung, und ich halte meinen Teil ein. Sie bekommen mich, dafür kommen meine Familienmitglieder frei.« Ohitika trat in die Zelle, und die Tür schlug krachend hinter ihm zu. Er wandte sich um, und im gleichen Moment entdeckte er Waniyetu, der in der Nachbarzelle auf einer Pritsche lag und vom Lärm geweckt den Kopf hob. Er richtete sich sofort auf und drängte sich ans Gitter. Ohitika ging in die Knie und ergriff dessen Hände.

»Bruder, Bruder, was tust du hier?«, stotterte er mit belegter Stimme.

Ohitika löste Waniyetus Medizinbeutel von seinem Hals und reichte ihn an seinen Besitzer zurück. »Ich bringe dir den hier, und ich befolge den Rat meiner Mutter. Erinnerst du dich, was sie sagte, als wir uns zum ersten Mal begegneten?«

Waniyetu umklammerte das Beutelchen mit glasigem Blick und nickte langsam. »*Okiciye*, sagte sie, helft einander, ihr seid Brüder.«

Anabell rannte über den Hof des Forts. Die Zwillinge kamen mit ihren kurzen Beinen kaum hinterher. Sie hatte Ohitikas Ankunft nicht bemerkt, doch als Jim Bignell ihr die Nachricht brachte, hatte sie nur auf eine Gelegenheit gewartet, ihrem Vater und Lewis zu entkommen und bei ihm zu sein. Nun stieß sie energisch die schwere Tür des Gefängnisses auf und ging einfach an den beiden Soldaten vorbei. Ohitika stand mit dem Rücken zu ihr, nur mit einem Schurz bekleidet und mit weißer Farbe bemalt, als bereite er sich auf eine Visionssuche vor – oder den Tod. Die Erkenntnis traf Anabell wie ein Schlag.

Noch hatte Ohitika sie nicht bemerkt. Er war im Gespräch mit Waniyetu, der heute zum ersten Mal wieder in der Lage war, aus eigener Kraft zu stehen. Die Zwillinge rissen sich von Anabell los und stürmten vor.

Als sie schließlich hinzutrat, hatte Ohitika sich hingekniet und flüsterte den Kleinen leise Koseworte zu.

Na'ghi Suta weinte und rührte damit beinahe auch ihren Vater zu Tränen. Tokala stand still da, ernst wie sein Onkel Waniyetu, und betrachtete seinen Vater, als wüsste er um das Opfer, das jener zu bringen bereit war.

»Ich wünschte, du wärst nicht hergekommen«, sagte Anabell leise und fand nicht den Mut, näher zu treten.

Ohitika legte den Kopf in den Nacken, um zu ihr aufzusehen.

Sein Blick glitt langsam über das weite Kleid und die steife Korsage. »Du bist wieder eine von ihnen geworden.«

»Weil ich musste, versteh doch.«

Er streckte seine Hand durch die Gitter und strich über Na'ghis seidiges Haar. »Ich verstehe gut«, sagte er leise, und es lag keinerlei Spott in den Worten. Sie waren beide bereit, Opfer zu bringen, für ihre Zukunft, für die Kinder.

Als Jim Bignell schließlich ebenfalls das Gefängnis erreichte, umarmten sie sich durch die Gitterstäbe. Anabell hätte ihren Kopf so gern an Ohitikas starker Schulter geborgen und seinem so vertrauten Herzschlag gelauscht, doch immer drückte sich kaltes Metall gegen ihre Wange.

Es machte sie wütend. Sie hasste die Gitterstäbe, die ihr die vertraute Berührung verwehrten, in diesem Moment mehr als alles andere.

»Wenn Sie mir versprechen, keine Flucht zu versuchen, lasse ich Sie zu ihm ein«, bot Bignell an.

Schweigend wich sie von der Tür zurück, damit er aufschließen konnte, und trat dann in die Zelle. Der Zauber, der immer an ihrer Ehe gehaftet hatte, blieb sogar zwischen diesen dunklen Mauern bestehen. Für eine kurze Weile gab es nur sie beide, ihre Herzen, die vor Verzweiflung in Einklang schlugen, und Ohitikas Atem, der sanft und warm über ihre Schulter strich. Asche von seiner Haut verfärbte ihr Wasicu-Kleid und haftete an ihrer Wange.

Ohitikas Kuss war weich und fordernd, voll von unterdrückter Leidenschaft und dem Versprechen seiner Liebe.

»Jetzt geh, meine Shung'wakan manu, geh und sieh nicht wieder zurück. Komm nicht wieder her und versuche nicht zu ändern, was selbst *Wakan Tanka* in seiner Weisheit nicht ändern kann.«

»Nein«, flüsterte sie und klammerte sich umso fester an ihn.

»Sei mutig wie dein Name und lebe für unsere Kinder, wir hatten unsere Zeit.«

Anabell schluckte gegen die würgende Enge in ihrer Kehle an, schluckte all die Tränen, die so bitterlich geweint werden wollten, und küsste seine Hände, die starken, großen, die sie immer gehalten hatten. Aus der Zelle zu treten, kostete sie alle Kraft, die sie aufbringen konnte.

Die Gerichtsverhandlung fand am nächsten Morgen statt und war schon nach zehn Minuten wieder beendet. Sie hängten Ohitika für den Pferdediebstahl in Alta California sowie die Entführung und Schändung einer Weißen, noch ehe die Sonne ganz den Morgennebel durchdrungen hatte.

Anabell hielt das letzte Versprechen, das sie ihm gegeben hatte. Sie sah ihn nicht wieder, auch nicht auf seinem schwersten Weg. Sie hatte geschrien und geweint, als sie das ungerechte Urteil verkündeten, und versucht, den Kommandanten und ihren Vater umzustimmen. Und als all das nichts half, nahm sie die Kinder und verließ das Fort.

Sie lief so weit, dass Na'ghi Suta und Tokala nicht hören mussten, wie die Soldaten jubelten, als man die Schlinge um Ohitikas Hals legte und das Pferd, auf dem er saß, mit einem Schlag fortjagte. Als der Rappe durch das Tor geprescht kam, wusste Anabell, es war vorbei.

Nun war Ohitikas Seele, sein *Na'gi* frei. Doch auch als Geist würde er über seine kleine Familie wachen.

Anabell weinte still, bis der eisige Präriewind ihre Tränen getrocknet hatte. Ihre Augen waren geschwollen, als sie das Tor durchquerte und noch sah, wie Ohitikas in Decken gewickelter Leichnam auf ein Pferd gebunden wurde.

Wie sie später herausfand, hatte sich kein anderer als Leutnant

Bignell und der Apotheker John Cormac dafür eingesetzt, dass der Kommandant seinen Teil der Abmachung auch nach Ohitikas Tod einhielt.

Und so kam Waniyetu frei. Hinkend und mit bitterer Miene nahm er das Führseil des Packpferdes und brachte die Leiche seines Bruders heim.

Anabell durfte nicht mit ihm gehen. Ihr Vater und Lewis hatten alles genau geplant. Selbst wenn die Ehe mit Ohitika nach westlichem Recht geschlossen worden wäre, so würde die Vormundschaft nach seinem Tod in jedem Fall an Victor Arceneaux zurückfallen.

Sie brachen noch am gleichen Tag auf. Jeder Tag zählte, wenn sie die Berge noch vor dem ersten schweren Schneefall überqueren wollten. Anabell nahm kaum etwas wahr. Weder wie gepackt wurde noch dass man sie auf Ohitikas Rappen hob, den sie ihm einst schenkte und der ihn auch auf seinem letzten Ritt getragen hatte.

Na'ghi Suta weinte jämmerlich, als ihr Großvater sie vor sich in den Sattel setzte. Anabell beide Kinder zu geben riskierten sie nicht.

Wie im Traum zog die Prärie an ihr vorbei. Wogendes gelbes Gras, verschwommen durch ihre Tränen, wohin sie auch sah. *Paha Sapa*, die heiligen Berge der Sioux, waren im Nebel verborgen und für Anabell genauso unerreichbar wie die Welt der Toten, wo Ohitika nun war.

Sie betete, während sie ritten, und schwor sich dabei, nicht eher zu ruhen, bis ihr mit den Kindern die Flucht gelungen war und sie zu Füßen des Baumes stehen würde, auf dem seine Gebeine lagen.

»Du wirst sehen, in einem Jahr sieht die Welt ganz anders aus«, sagte Lewis plötzlich und sah sie an. Er schien wirklich zu glauben, Ohitika sei so schnell vergessen.

»In einem Jahr nähre ich das Kind meines geliebten Mannes

an meiner Brust, es wird den Namen tragen, den er für ihn auserwählt hat, und ich werde ihn in der Tradition seines Volkes erziehen. Du verschwindest am besten nach Louisiana auf deine Plantage und nimmst den Mann, der sich schimpft, mein Vater zu sein, gleich mit.«

»Du wirst wieder klarer sehen, Anabell, das schwöre ich dir bei Gott!«, sagte Lewis, stieß seinem Pferd die Sporen in die Flanken und galoppierte davon.

»*Wana wounspe ci'cupiktekisko*!«, rief Anabell ihm auf Lakota hinterher. Sie würde sie alle noch lehren, was es hieß, sie und die Kinder in ein anderes Leben zwingen zu wollen.

Buch 7

Woksape – Weisheit

Look behind you. See your sons and your daughters. They are your future. Look farther and see your sons' and daughters' children and their childrens' children even unto the seventh Generation. That's the way we were taught. Think about it: You yourself are a seventh generation.

Schau zurück. Sieh deine Söhne und Töchter. Sie sind deine Zukunft. Schau weiter und sieh die Kinder deiner Söhne und Töchter und deren Kinder bis in die siebte Generation. Das ist unsere überlieferte Tradition. Bedenke, du selbst bist eine siebte Generation.

Leon Shenandoah, Onondaga

Alle Überlebenden waren versammelt, als Waniyetu seinen Bruder die Leiter hinauftrug und zur letzten Ruhe bettete. Der Herbstwind trug die Klagelieder mit dem Rauch von Zedernholz und Süßgras davon, und es schien ihm, als wisperten auch die Nadeln der Kiefern ihre Anteilnahme.

Es war ein alter knorriger Baum, der die Plattform aus Stangen und Streben trug. Waniyetu streckte Ohitikas Beine aus, bettete den Kopf auf eine zusammengerollte Decke, den Blick zum Himmel gewandt, von dem die Sonne fahl herunterschien. Seine braunen Augen sahen nun und für immer hinauf zu *Wakan Tanka*.

»*Okiciye*, mein Bruder, ich habe unser Versprechen nicht vergessen«, sagte er mit belegter Stimme und legte die Hand über sein Herz. »Ich nehme deinen Tomahawk und bringe ihn erst zurück, wenn das Blut deiner Feinde die Schneide rötet.«

Waniyetu nahm von Wambli Mato Räucherschale und Adlerschwinge entgegen und fächelte dem Toten den heiligen Dunst ins Gesicht. Seine brennende Trauer ließ er auf der Plattform zurück und nahm nur den kalten Zorn mit, der ihn zu einem besseren, rücksichtsloseren Kämpfer machen würde. Es galt, keine Zeit zu verlieren.

Sein Pferd wartete bereits. Niemand stellte infrage, ob er ging. Er musste. Es war Ohitikas letzter Wunsch, und als Bruder konnte er sich dem nicht entziehen. Er wollte es auch gar nicht.

Er nahm Abschied von den Trauernden, die noch lange für Ohitika beten würden, und belud sein Pferd.

Es war Zica, die schließlich zu ihm trat und ihm einen Wasserbeutel reichte, an den er nicht gedacht hatte.

»Ich würde gerne mit dir kommen. Ohitika bedeutete auch mir sehr viel«, sagte sie leise.

»Nein, du wirst hier gebraucht, Zica. Es ist ein Weg, den ich allein gehen muss.«

Waniyetu schwang sich auf das Pferd und konnte ein Stöhnen nicht unterdrücken. Sein ganzer Körper schmerzte noch immer von den Schlägen der Wasicu. Die gebrochenen Rippen quälten ihn besonders und würden den Ritt zu einer Tortur machen.

Zica sagte nichts. Doch er sah ihr an, dass sie es wusste.

»Ich bete für dich«, sagte sie, drückte kurz seinen Arm und ging zurück zu den Trauernden.

Vielleicht hätte er ihr Angebot annehmen sollen. Zica war eine hervorragende Kriegerin. Doch was, wenn das Vorhaben misslang? Der Stamm verlöre noch eine Jägerin. Nein, entweder er würde es allein schaffen oder gar nicht.

Ein wärmendes Bisonfell fest um die schmerzenden Schultern gelegt, trieb er sein Pferd im schnellen Trab durch den Wald. Er musste die Spuren noch vor Einbruch der Dunkelheit finden. Er musste!

Anabell schreckte auf. Das Albtraumland der Trauer, das sie seit Ohitikas Tod fest im Griff hatte, lichtete sich etwas. Sie konnte nicht einmal sagen, was sie aufgeschreckt hatte. Na'ghi Suta saß vor ihr im Sattel und schlief, das zarte Kindergesicht von Kummer gezeichnet. Der Scout ritt weit voraus über einen Grat, der die wellige Prärie abrupt durchschnitt. Ein Hang hatte sich gelöst, war abgerutscht und versperrte einem schmalen Bach den Weg, den er sich ursprünglich gegraben hatte. Aufgestaut zu einem kleinen See, bildete er nun eine Oase für Mensch und Tier. Niedrige Sträucher und junge Bäume wuchsen am Ufer. Alte Timpsulastauden reckten braun getrocknete Stengel in den Wind, die Blätter mit ihren winzigen Härchen silbern schimmernd.

Ein Vogelruf erklang. Wieder und wieder, und dann durchfuhr Anabell die Erkenntnis. Sie war mit einem Schlag hellwach. Es war kein Vogel, der dort rief, sondern das Erkennungszeichen der Brüder. Ohitikas Antlitz schlich sich in ihre Gedanken, wie er die Hand an den Mund hob und den Ruf ausstieß. Doch Ohitika war nicht mehr.

Waniyetu! Anabell richtete sich im Sattel auf und sah sich um. Nichts. Weder zwischen den Schösslingen in der Senke noch auf dem ebenen Grasland. Vielleicht hatte sie sich geirrt. Doch nein, warum sollte sie den Indianer entdecken können. Sie wusste, wie meisterlich Waniyetu darin war, sich unbemerkt zu bewegen.

Das Herz von neuer Hoffnung beseelt, überlegte Anabell fieberhaft, wie sie ihm deutlich machen konnte, dass sie seine Nachricht verstanden hatte. Sie hielt ihr Pferd an, tat so, als müsse sie etwas aus der Satteltasche nehmen und ihre Kleidung richten. Lewis überholte sie, nicht ohne einen mahnenden Blick, sich zu beeilen.

Anabell ritt weiter, doch jetzt als Letzte des Zuges. Vorsichtig löste sie das kleine silberne Kreuz von ihrem Hals und hängte es im Vorbeireiten an einen niedrigen Weidenstrauch. Das Metall blitzte im Sonnenlicht. War das zu auffällig? Wenn jetzt auch nur einer zurücksah, würde er es zwangsläufig bemerken.

Anabell trieb ihr Pferd an, bis sie mit Lewis auf einer Höhe war. Sein freundlicher Blick war wie Gift in ihrem Fleisch. *»Hihani ki maci'yunkapi ktekisto«*, sagte sie auf Lakota, was so viel bedeutete wie: Ich sehe dich morgen. Die Worte waren für Waniyetu gedacht, auch wenn er sie nur schwerlich hören würde. Für Lewis stellten sie dagegen eine Beleidigung sondergleichen dar.

»Ich sollte dich für jedes Wort in dieser Affensprache schlagen«, knurrte er.

»Den größten Schmerz hast du mir schon zugefügt, Lewis. Schone deine Kräfte, alles andere wäre wirkungslos.«

»Verstehst du denn nicht, was du mir bedeutest?«

»Nein«, gab sie zurück. »Liebst du mich?«

»Von ganzem Herzen.«

»Das denkst du, doch ich bin mir sicher, dass du Liebe mit etwas ganz anderem verwechselst. Wenn du jemanden liebst, willst du den Menschen deines Herzens glücklich sehen, selbst wenn es dein eigenes Unglück bedeutet. Du aber willst nur dein eigenes Glück und zerstörst dafür alles, was mir wichtig ist, und am Ende sogar mich. Du bist gierig, Lewis. Du gierst danach, mich zu besitzen. Ich verstehe nicht, warum Gott die Wasicu mit dieser Gier gestraft hat, die so typisch für sie ist.«

»Bist du fertig?«, fauchte er.

»Ja, Lewis, ganz und gar.« Anabell wandte sich von ihm ab und sah wieder hinaus auf den gelben Wellenteppich der Prärie. Es war, als könne sie Ohitikas Geist dort irgendwo spüren. Ihn und seinen Bruder.

Waniyetu folgte den Wasicu mit großem Abstand. Shung'wakan manu hatte ihn gehört und er ihre Botschaft gefunden. Das Silberkreuz baumelte nun neben zwei Adlerfedern an Ohitikas Tomahawk und würde der Rache mehr Kraft verleihen. Es war gute Medizin.

Am späten Nachmittag wählte der Scout, den Arceneaux angeheuert hatte, einen Creek fürs Nachtlager. Offenbar rechnete niemand mit einem Angriff, und man war nur auf Bequemlichkeit aus. Die Flussufer waren windgeschützte Senken, und ein nahes Wäldchen bot ausreichend Feuerholz. Waniyetu beobachtete das Lager lange und fand bald heraus, warum Ohitikas Witwe so widerstandslos mit ihren Verwandten gezogen war. Einer der Männer hatte immer eines der Kinder bei sich. Bei einem Fluchtversuch musste sie sich also für ihren Sohn oder ihre Tochter entscheiden. Eine Wahl, die keine Mutter eingegangen wäre.

Als es dunkel wurde, bezog der Scout etwas abseits vom Lager einen Wachposten. Shung'wakan manu wählte ihren Schlafplatz möglichst weit vom Feuer entfernt, im Schutz der Bäume. Das war eine gute Idee von ihr. So konnte sie ihr Kind schnell in Sicherheit bringen, und die Männer waren allesamt näher am Feuer und damit besser sichtbar.

Schließlich begaben sich alle zur Ruhe. Der Ältere, Shung'wakan manus Vater, hatte Tokala bei sich, und der Junge weinte eine Weile, bis auch er schließlich einschlief. Was blieb, war der Gesang der Nachtvögel und das Rauschen des Creeks, der hoffentlich das Geräusch eines unvorsichtigen Tritts überlagern würde.

Waniyetu hatte viel von seiner Geschmeidigkeit eingebüßt. Nach Tagen auf dem Pferderücken spürte er jede Verletzung dreifach. Vorsichtig lief er einen großen Bogen und stieg über eine Fließrinne hinab in den Creek. Das Wasser war um diese Jahreszeit bitterkalt. Schmale Eiskanten bildeten sich bereits an Steinen und herabhängenden Zweigen. Das Wasser floss um gewaltige, glatt geschliffene Felsen.

Tief gebeugt näherte sich Waniyetu der Position des Scouts. Mit jedem Schritt hatte er weniger Gefühl in den Füßen, schon spürte er die feinen Kiesel im Flussbett nicht mehr. Näher, etwas näher noch.

Waniyetu kannte den Scout. Das Cheyenne-Halbblut Babtiste, der hin und wieder auch in ihrem Lager zu Gast gewesen war.

Jetzt konnte er den Mann sogar sehen. Er drehte Waniyetu den Rücken zu. Sein Haar war kurz und passte nicht recht zu dem scharf geschnittenen, von der Sonne zerfurchten Gesicht. Offenbar fror er. Die gewebte Decke, die er sich um die Schultern geschlungen hatte, wärmte im Vergleich zu einem Büffelfell kaum. Waniyetu konnte Babtiste bereits atmen hören. Er rieb mit den Händen über seine Arme. Das Gewehr hatte er aufrecht gegen seine Knie gelehnt.

Waniyetu bewegte sich langsam vorwärts, wie eine Schlange,

die den perfekten Zeitpunkt für den tödlichen Biss abwartete. Er setzte einen Fuß auf den Fels, beugte sich vor, seine Linke bereit zuzupacken.

Wasser tropfte aus dem Saum seiner Leggings auf den Stein. Der Scout wandte sich alarmiert um, doch er konnte die Bewegung nicht mehr zu Ende bringen.

Waniyetus Hand schnellte vor und legte sich über den Mund, die Rechte stieß das Messer tief in den Rücken des Mannes. Babtistes Todeskampf war kurz und still. Als er sich nicht mehr rührte, zog Waniyetu ihn hinter den Schutz des Felsens ins Wasser und ließ den Leichnam zurück.

Anabell war hellwach. Durch halb geschlossene Lider beobachtete sie die Umgebung. Der Mond übergoss Bäume und Felsen mit fahlem Blau. Eine Zeit lang hatte ihr Blick auf dem kleinen Tokala geruht. Die zusammengeschnürten Kinderhände ragten unter der Decke hervor, das andere Ende hatte sich ihr Vater um das Gelenk geschlungen. Als sie wieder zum Felsen sah, war der Scout plötzlich nicht mehr da. Anabells Puls schnellte hoch. Wo war der Mann?

Dann bemerkte sie eine Bewegung am Flussufer. Dort war jemand, und dann sah sie auch, wer. Das kleine Messer, das sie beim Abendessen gestohlen hatte, wurde glitschig in ihrer Hand. Sie schwitzte wie im Fieber, und ihr Herz pochte so laut, dass jeder andere Laut in den Hintergrund trat. Etwas Metallisches blitzte auf, als Waniyetu langsam das Ufer emporstieg. Es glänzte am Stiel seines Tomahawks, der in seinem Gürtel hing.

Ihre Blicke begegneten sich kurz. Was sollte sie tun? Sie musste doch etwas tun!

Waniyetu schüttelte den Kopf, als hätte er ihre Gedanken erraten, und legte einen Finger an seine Lippen. Sie sollte sich still verhalten. Anabell kämpfte gegen den Drang, aufzuspringen und das Seil durchzutrennen, das Tokala an ihren Vater fesselte.

Waniyetus Bogen spannte sich. Anabell hielt den Atem an, selbst ihr Herz schien für einen Moment stillzustehen. Hier lag sie, tatenlos, während ihr Schwager sich anschickte, ihren eigenen Vater zu töten.

Sie sah Waniyetus Hände zittern und den Schweiß auf seiner Stirn, dann flog der Pfeil von der Sehne. Ihr Vater keuchte getroffen auf. Nun gab es kein Halten mehr. Anabell sprang auf, das kleine Messer in der Hand und stürzte neben ihrem Sohn auf die Knie. Victor Arceneaux stöhnte vor Schmerzen. Tokala war wie benommen, und Blut klebte an seinem Rücken!

Waniyetu riss den Tomahawk frei. Der Schuss war fehlgegangen. Er hatte nicht richtig zielen können und hasste sich in diesem Moment schrecklich für die Schwäche, den Schmerz in den Rippen nicht überwinden zu können. Lewis Dearing war mit einem Schlag wach. Er stieß seine Decke zurück, noch ehe Waniyetu heran war, und feuerte den ersten Schuss ab. Die Kugel verfehlte ihn um Haaresbreite. Dann sauste die Klinge pfeifend hernieder.

Dearing, der gerade dabei war aufzustehen, brach in die Knie. Die Pistole in seiner Hand zitterte, Waniyetu schlug sie ihm aus der Hand.

Er wünschte diesem Mann tausend Tode. Doch Anabells verzweifelter Schrei brachte ihn dazu, Dearings Leben mit einem einzigen Hieb zu beenden. Mit eingeschlagenem Schädel kippte Shung'wakan manus ehemaliger Verlobter zur Seite und war nicht mehr.

Anabells Schreie brachen nicht ab, sie rang mit ihrem Vater um eine Pistole und rief zugleich immer wieder Tokalas Namen.

Waniyetu trat dem alten Mann in den Rücken. Anabell riss die Waffe an sich und warf sie gleich darauf fort, dann zog sie den leblosen Jungen in die Arme. Dem Krieger wurde schlagartig klar, was geschehen sein musste. Der Pfeil, sein Pfeil, hatte den Körper von Arceneaux durchschlagen und war in den des Kindes eingedrungen.

Fassungslos vor Entsetzen sank er auf die Knie. Anabell wiegte sich vor und zurück und hielt schließlich inne, als sie bemerkte, dass der Kleine noch atmete. Waniyetu sah nur den großen roten Blutfleck auf dem Rücken des Jungen, er erwartete, ihn wie ein hässliches Gewächs größer werden zu sehen, doch das geschah nicht. Und dann bemerkte er plötzlich, was ihn irritierte. Es gab keine Eintrittsstelle!

Mit zitternder Hand schob er das Lederhemd hoch.

»Er, er ist nicht verletzt, Shung'wakan manu!«

Anabell schien ihn gar nicht zu hören, bis er sie an der Schulter fasste und die Worte wiederholte. Langsam nur schien sie zu verstehen. Sie tastete den kleinen Körper ab, und auch sie fand keine Wunde.

»Vielleicht spricht er gerade mit seinem Vater«, sagte Waniyetu leise und strich dem ohnmächtigen Jungen über das glatte, feine Kinderhaar. Anabell brach in Tränen aus. Na'ghi Suta verließ ihr Versteck im Wald, wohin sie geflohen war, und kuschelte sich an ihren Onkel.

»Müssen wir nun nicht mehr fort?«, fragte sie flüsternd.

»Nein, nein, das müsst ihr nicht. Wir reiten heim, alle gemeinsam.«

»Wartet Vater dort auf uns?«

Waniyetu wies hinauf in den Himmel. »Nein, dort oben. Ohitika ist jetzt beim Sternenvolk und schaut von dort herab. Ich wache über euch auf der Erde, und wenn ich schlafe, dann passt Ohitika auf euch auf. Ist das nicht gut?«

Die Kleine presste die Lippen aufeinander und nickte tapfer, dann machte sie sich von ihm los und schmiegte sich an ihre Mutter.

Anabell presste die Zwillinge an sich und sah dabei zu Waniyetu. Winterkalt, wie sein Name war er, und doch liebevoll. Mit seiner Hilfe würde sie es schaffen, Ohitikas Kinder aufzuziehen und sie zu starken Menschen zu machen. Und doch wusste sie, was ihre Gegenwart für den Stamm bedeutete.

»Ich will nicht neue Gefahr zu den Lakota bringen, Waniyetu. Wenn es besser ist, beziehe ich eine kleine Hütte in der Nähe, damit niemand behaupten kann, ihr hättet mich gegen meinen Willen bei euch.«

»Im Frühling, wenn der Schnee schmilzt, ist es früh genug, darüber nachzudenken«, erwiderte er. »Bis dahin wird niemand erfahren, wer und wo du bist, Shung'wakan manu.«

Anabell saß bei ihrem Vater, während dieser mit dem Tode rang. Der Abschied fiel ihr, trotz all des Elends, das er über ihre Verwandten und Freunde gebracht hatte, schwer. Sie betete mit ihm, hielt seine Hand und schloss seine Augenlider, als sein Kampf verloren war.

Am nächsten Morgen ritten sie zu den heiligen Bergen, wo Waniyetu Ohitika seinen Tomahawk heimbrachte und Anabell am Fuß der Kiefer sitzen konnte, in deren Zweigen ihr Geliebter schlief.

Nun endlich konnte sie trauern.

Nachwort und Danksagung

Der Duft des Weißen Salbei ist ein Roman, der mir sehr am Herzen liegt und bei dem es mir ein großes Bedürfnis war, ihn zu schreiben. Die Idee entstand durch Recherchen für ein anderes Buch, das die Kultur der Lakota nur streifte, doch mein einstiges Interesse für die indianische Kultur war zu neuem Leben erwacht. Das Zusammentreffen mit Mitgliedern verschiedener Stämme und die daraus resultierenden intensiven Gespräche bestärkten mich in dem Vorhaben, diesem Thema ein eigenes Buch zu widmen. Viele Indianer, die zu guten Freunden geworden sind, tragen einen tief verwurzelten und sehr berechtigten Zorn im Herzen, den ich bald auch in mir wachsen fühlte.

Die amerikanische Geschichte, auf der das heutige »Idealbild« von Freiheit und Gerechtigkeit fußt, ist eine blutige. Nur ungern wird sich daran erinnert, auf wessen Leid und Leben diese Nation errichtet wurde. Geschichte wird, wie so oft, nicht von denen erzählt, die im Recht waren, sondern von jenen, die als Sieger aus ihr hervorgegangen sind.

Anabells Reise mag in ihrem Verlauf vielleicht etwas unrealistisch sein, gedacht ist sie jedoch als Momentaufnahme ihrer Zeit. Einige Figuren wurden durch historische Personen inspiriert, andere von heute lebenden Menschen, während die meisten frei erfunden sind. Zica ist als Kriegerin eine außergewöhnliche Frau, doch keineswegs undenkbar. So kämpfte die Apachin Lozen an der Seite Geronimos, wie auch Moving Robe Woman, eine Hunkpapa-Sioux-Kriegerin, die gegen General Custer ins Feld zog, um Rache für ihren Bruder zu üben. Heute sind beide berühmt für ihre Tapferkeit.

Der spirituelle Führer Wambli Mato wurde nach dem Lakota Harlan Eagle Bear benannt: Wambli Mato bedeutet Adler Bär. Ihm gilt mein größter Dank, denn Harlan hat meinen Charakteren Leben eingehaucht und sie »getauft«. Alle Namen wurden von ihm passend zu den Figuren ausgewählt. Auch die Übersetzungen und spirituellen Elemente verdanke ich ihm.

Dr. Robert Lame Deer McDonald, Mediziner und traditioneller Heiler, beriet mich in Fragen zur Heil- und Kräuterkunde, auch ihm gilt mein großer Dank und Respekt. Für ihre warmherzige Gastfreundschaft und den angenehmen Austausch danke ich zudem Sequoia Tiger Moon und Rick Mora.

Ein Buch zu schreiben ist oft eine einsame Arbeit, umso wichtiger ist daher die Unterstützung durch Freunde und Familie. Immer hinter mir stehen meine Mutter Růžena Pax und meine Schwester Rafaela Pax.

Brandon Lopez, mein bester Freund jenseits des Ozeans, gibt mir gemeinsam mit seiner ganzen Familie das Gefühl, auch in Los Angeles zu Hause zu sein, nicht zu vergessen die vielen tausend gemeinsam zurückgelegten Meilen und erlebten Abenteuer im Westen der USA.

In meiner deutschen Heimat danke ich Michael Widemann für alles und eine Kemenate in München, Melanie Panz für die schönen Spaziergänge und den ein oder anderen weinseligen Sommerabend am Wasser, Patrick Born für wilde Boulderabenteuer, Schabernack und gute Gespräche, Timo Sauer für zahlreiche Film- und Grillabende. Den Autorinnen Andrea Gunschera und Jennifer Benkau für Austausch, Trost und wechselseitige Durchhalteparolen: So macht das Schreiben Freude.

Meiner Agentin Nina Arrowsmith ist es gelungen, im Piper Verlag ein perfektes Heim für mein Herzensprojekt zu finden. Barbara Krause hat das Buch liebevoll lektoriert.

Natürlich kann man nie alle Menschen aufzählen, die im Kleinen wie im Großen dazu beigetragen haben. Euch, die ich vergessen habe, nehmt es mir bitte nicht übel.

Sitting Bull hat einst prophezeit, dass die siebte Generation zur einstigen Stärke und Einheit zurückfinden würde. Eure Zeit ist jetzt gekommen. Ich hoffe, die Vision dieses großen Mannes bewahrheitet sich: Mitakuye Oyasin.